Do Autor:

Série
OS DESAFIOS DE HAMILTON

Madame Terror

Série
AS CRUZADAS

Livro 1 – *A Caminho de Jerusalém*
Livro 2 – *O Cavaleiro Templário*
Livro 3 – *O Novo Reino*
Livro Final – *O Legado de Arn*

OS DESAFIOS DE HAMILTON

JAN GUILLOU

Madame Terror

Tradução do original sueco
JAIME BERNARDES

BERTRAND BRASIL

Copyright © Jan Guillou, 2006

Título original: *Madame Terror*

Capa: Marcelo Martinez | Laboratório Secreto

Editoração: DFL

2009
Impresso no Brasil
Printed in Brazil

CIP-Brasil. Catalogação na fonte
Sindicato Nacional dos Editores de Livros – RJ

G975m Guillou, Jan, 1944-
         Madame Terror/Jan Guillou; tradução do original sueco Jaime Bernardes. – Rio de Janeiro: Bertrand Brasil, 2009.
         504p. – (Os desafios de Hamilton)

         Tradução de: Madame Terror
         ISBN 978-85-286-1383-4

         1. Romance sueco. I. Bernardes, Jaime. II. Título. III. Série.
                                              CDD – 839.73
09-1206   CDU – 821.113.6-3

Todos os direitos reservados pela:
EDITORA BERTRAND BRASIL LTDA.
Rua Argentina, 171 — 1º andar — São Cristóvão
20921-380 — Rio de Janeiro — RJ
Tel.: (0xx21) 2585-2070 — Fax: (0xx21) 2585-2087

Não é permitida a reprodução total ou parcial desta obra, por quaisquer meios, sem a prévia autorização por escrito da Editora.

Atendemos pelo Reembolso Postal.

Para Ann-Marie

— Eu sou o direito, eu sou a justiça — disse o Capitão Nemo. — Eu sou o oprimido e ali está o opressor! É por causa dele que tudo o que amei e respeitei eu vi desaparecer: a pátria, a esposa, os filhos, o meu pai, a minha mãe; todos eu vi morrer. Tudo o que eu odeio está ali! Cale-se!

Pela última vez, olhei para o vaso de guerra que avançava a todo o vapor.

— Júlio Verne, *Vinte mil léguas submarinas*, 1870

Prólogo

A primeira versão era indubitavelmente falsa. Pelo menos, era o mais provável, em parte por vir de uma origem chamada "fontes diplomáticas ocidentais", quer dizer, da filial da CIA instalada na Embaixada dos Estados Unidos em Moscou, e em parte porque a explicação dada para a morte de 118 marinheiros e oficiais russos a bordo do submarino nuclear *Kursk* era bastante primitiva. Dizia que o submarino tinha afundado porque um tipo antigo de torpedo, carregado com peróxido pesado, teria se autodetonado e, por isso, causado uma explosão terrível que provocou o seu afundamento. Esse tipo de torpedo foi retirado de uso nas unidades da OTAN cinquenta anos atrás, justamente por não ser seguro.

Na realidade, pode ter sido uma piada de mau gosto dos funcionários de algum dos departamentos de análise política e desinformação da CIA, que inventou a explicação. Isto porque o submarino *Kursk* era um dos objetivos prioritários da espionagem ocidental na Rússia e a razão disso estava no fato de o *Kursk,* as suas armas modernas e, em especial, os seus torpedos serem assustadoramente superiores a tudo que existia na OTAN e nas outras marinhas de guerra ocidentais.

Já em 1995 tinha ficado claro que os cientistas russos haviam solucionado um dos eternos problemas dos torpedos, um problema que tinha ocupado uma quantidade significativa de pesquisadores militares de todas as marinhas de guerra desde que a arma foi criada no século dezenove.

Qualquer torpedo sempre foi uma bomba alongada, com explosivos na frente e uma hélice propulsora atrás, nada mais, nada menos. Pouco a pouco, foram encontrados métodos para ampliar o poder explosivo, melhorar as condições de direcionamento e aumentar a velocidade da bomba. Mas, na realidade, as mudanças não foram muitas desde a década de 1890, em que os torpedos avançavam a 40 km/hora, até a década de 1990, quando chegaram a alcançar o dobro dessa velocidade.

Melhor dizendo, até 1995, ano em que o cientista russo Anatolich Pavkin apresentou a sua invenção, o VA-111 Schkval (Furacão), que apesar do seu respeitável peso de duas toneladas atingiu uma velocidade superior a 500 km/hora.

O problema que Anatolich Pavkin finalmente resolveu, a grande descoberta, dizia respeito ao atrito dentro da água. Uma carcaça metálica avançando dentro da água enfrenta uma resistência cada vez maior à medida que se aumenta a força propulsora. E essa parecia ser uma limitação insolúvel na questão da velocidade dos torpedos. Coisa, aliás, que não constituía nenhum problema estratégico, já que essa limitação era igual para todos.

Mas a partir de 1995 o problema deixou de ser igual para todos. A descoberta de Anatolich Pavkin teve como base a nova idéia de deixar que outra coisa diferente do metal enfrentasse a resistência aquática. O novo torpedo Schkval passou a deslocar-se dentro de uma bolha de gás, e o gás movimenta-se muito mais rápido dentro da água do que o metal.

O submarino nuclear *Kursk*, afundado pelo submarino norte-americano USS *Memphis* no dia 12 de agosto de 2000, estava armado com a nova versão de torpedos VA-232 Schkval, que entre outras coisas possuíam um sistema de direcionamento significativamente melhorado. Foi por isso que os dois submarinos de ataque, da classe Los Angeles, USS *Toledo* e USS *Memphis*, receberam ordens para seguir para a área onde se realizaria a maior manobra de treinamento da armada russa em tempos de União Soviética e espionar o teste da nova e terrível arma.

Existia também um motivo político para a presença americana nas manobras da armada no Mar de Barents. Queria-se realizar uma demonstração de irritação ou deixar subentendida uma ameaça contra o *Kursk* ao assumir um posicionamento óbvio e audível, bem atrás do gigante soviético. Essa missão era do USS *Memphis*. O outro submarino americano, o USS *Toledo*, tentaria ficar ainda mais perto e ao lado do *Kursk*, a fim de gravar o som e realizar medições exatas no momento em que as manobras russas chegassem a ponto de o *Kursk* disparar o Schkval.

Se esse torpedo tivesse sido usado durante a Guerra Fria, teria mudado de imediato o equilíbrio do poder marítimo no mundo. Isso iria garantir à União Soviética o domínio nos mares, já que nenhum porta-aviões poderia navegar em segurança. A missão do Schkval é afundar porta-aviões, e nas forças da OTAN não existe até agora antídoto conhecido.

Essa é a causa principal para a morte de 118 marinheiros e oficiais russos do submarino *Kursk* entre os dias 12 e 20 de agosto do ano 2000. Sabe-se que 23 homens sobreviveram durante algum tempo na nona câmara impermeável na popa do vaso de guerra. Eles ficaram batendo o sinal de SOS no casco, alguns deixaram mensagens por escrito, que foram publicadas em parte, depois de passarem pela rigorosa censura russa. Mas os homens presos dentro do *Kursk* afundado esperaram em vão por salvamento, apesar de o submarino jazer em uma posição simples, a pouco mais de 100 metros de profundidade e sobre o fundo de areia. Eles morreram por motivos políticos.

Havia outro motivo mais tradicional para os Estados Unidos demonstrarem a sua irritação durante essas manobras russas no Mar de Barents: a Rússia tinha vendido o seu novo torpedo para a China.

E havia um grupo de almirantes chineses como observadores a bordo do cruzador russo *Pedro, o Grande*, o navio de comando das manobras.

De vez em quando, a China tem ameaçado retomar a Ilha de Taiwan, defendida permanentemente por uma esquadra de porta-aviões americanos. Isso foi considerado por muito tempo como garantia absoluta contra uma possível, ainda que ousada, invasão por parte da China, por muito que ela investisse na modernização e fortalecimento da sua armada. Mas com o torpedo Schkval a bordo dos submarinos chineses funcionando bem, até esse equilíbrio de poderes seria rompido.

No pior cenário imaginável, a China ficaria em condições simplesmente de poder causar enormes perdas aos Estados Unidos, caso a marinha americana se interpusesse à tentativa chinesa de recuperação de Taiwan. Os chineses poderiam dizer que a questão de Taiwan era um problema de política interna e que, evidentemente, não seria sua intenção atirar contra as forças americanas. Isto desde que eles não fossem atacados primeiro, situação em que estariam apenas respondendo ao ataque.

A respeito deste assunto, os 118 homens da tripulação do *Kursk*, orgulho da marinha russa, certamente não faziam a menor idéia. Mas serem observados por submarinos espiões americanos durante as suas manobras não era nada novo para a maioria deles. Os submarinos americanos e soviéticos, e depois russos, já brincam de gato e rato, principalmente no Atlântico, há mais de cinqüenta anos. Pelo menos oito submarinos russos e dois americanos jazem no fundo dos mares, resultado dessa brincadeira permanente e extremamente grave.

Pela seqüência de relatos realizados na época do afundamento do *Kursk*, tal como foram conhecidos, e antes de o recém-eleito presidente Vladimir Putin ter atacado com violência e bloqueado todos os vazamentos de informações, eis o que deve ter acontecido.

A bordo do *Kursk* logo se deve ter descoberto que o submarino russo estava sendo seguido por um submarino americano da classe Los

Angeles. Era, portanto, o USS *Memphis*. Mas isso era uma coisa que já estava prevista. Fazia parte do jogo que o USS *Memphis* fosse descoberto, para desviar a atenção da presença mais próxima do espião USS *Toledo*.

Todavia, parece que a tripulação russa descobriu a presença dos seus dois acompanhantes, isto porque, de repente, o gigantesco *Kursk* desapareceu de todas as telas dos USS *Memphis* e *Toledo*.

Isso deve ter sido considerado quase uma mágica pelos comandantes dos dois submarinos de ataque americanos. A especialidade deles era, justamente, seguir as pistas e, em caso de guerra, os avantajados vasos russos. E o *Kursk* era um submarino com mais de 150 metros de comprimento e altura de oito andares, um objeto gigantesco com o qual seria impossível perder contato assim tão próximo.

O *Kursk* era, sem dúvida, um submarino estratégico, no sentido de que, tal como os seus antecessores da classe Tufão, podia deslocar um enorme arsenal nuclear para qualquer parte dos mares do globo. A bordo do *Kursk* havia 24 mísseis intercontinentais com múltiplas ogivas, uma carga nuclear equivalente a 960 bombas de Hiroshima.

Mas o *Kursk*, além disso, era totalmente capaz de se defender dos seus perseguidores, os submarinos americanos, coisa que não acontecia nos seus antecessores da classe Tufão. O torpedo Schkval também não servia apenas para afundar porta-aviões.

Não é difícil imaginar o pânico que se estabeleceu entre os comandantes dos dois submarinos americanos. O *Kursk* tinha desaparecido da sua posição próxima, entre os dois, o que era um fato considerado absolutamente impossível.

Teoricamente, não faltam explicações. Fundo raso, magnetismo, temperaturas diferentes de diversas correntes dos mares e de camadas de águas, além de outras explicações naturais. Mas, na pior das hipóteses, havia a possibilidade de esses gigantes russos, apesar do barulho dos seus reatores nucleares de propulsão, conseguirem intencionalmente "desaparecer". O problema dos reatores nucleares era, sem dúvida, igual para os três submarinos envolvidos. Caso se tenha um ou dois reatores a bordo, são eles os primeiros que se ouvem, quando se tenta escutar no silêncio e na escuridão dos mares.

Numa análise *a posteriori* é possível conceber que os americanos nessa altura tenham tomado uma atitude mais cuidadosa e ficado parados para, pelo menos, evitar uma colisão.

Jamais conseguiremos saber aquilo que os americanos pensaram. Pelo menos, durante os próximos cinqüenta anos, até serem levantados os sigilos históricos dos seus relatos. Mas pensando na longa rivalidade existente entre as tripulações de submarinos americanos e russos e a sua já longa brincadeira de gato e rato entre inimigos, é fácil imaginar que os dois comandantes americanos tenham decidido falar grosso. Aqueles russos malditos não vão pensar que podem nos enganar assim tão facilmente; vejam logo se encontram esse filho-da-mãe. E coisas semelhantes. Os dois submarinos americanos devem ter dado início a manobras rápidas para estabelecer novo contato com o desaparecido *Kursk*, desaparecimento esse misterioso e constrangedor.

O comandante a bordo do USS *Toledo* escolheu uma variante da tática russa, que no linguajar dos marinheiros dos submarinos americanos é chamada de *Crazy Ivan*, o Ivan Louco. Optou por uma virada de 180 graus, para procurar o submarino russo atrás, em vez de à frente.

O seu cálculo foi, infelizmente, correto. O *Kursk* tinha enganado os seus dois acompanhantes por meio de uma manobra simples, mudando a profundidade e diminuindo a velocidade, ficando quase parado. O perseguidor USS *Memphis* tinha continuado em frente, passando por cima do *Kursk* — podemos até imaginar os risos silenciosos, mas satisfeitos, quando os russos tomaram conhecimento de que o seu truque tinha dado resultado —, e o USS *Toledo* ficou vagueando por muito tempo na frente do *Kursk*, que julgava ter ainda ao seu lado.

No momento, porém, o USS *Toledo* já tinha dado meia-volta para reencontrar o *Kursk,* que, na realidade, estava navegando em linha reta, na sua direção e ao mesmo nível de profundidade.

Quando os avisos de colisão dispararam em ambos os vasos de guerra já era tarde demais. A catástrofe foi inevitável.

A diferença de tamanho entre os dois submarinos era significativa, "como se um fosse um rebocador e o outro, um transatlântico", segundo explicou um almirante russo. O USS *Toledo* ficou seriamente avariado devido à colisão, mas mais tarde conseguiu com muita dificuldade seguir para casa a baixa velocidade, recebendo a assistência da armada americana quando já estava em segurança em águas internacionais. Embora tivesse deixado para trás uma bóia de salvamento que, decerto, se desprendeu automaticamente na colisão.

Quando os dois submarinos colidiram, o enorme impacto fez com que, naturalmente, a tripulação do outro submarino americano, o USS *Memphis,* reconhecesse a posição exata do *Kursk,* que, além disso, aumentou a velocidade e, assim, passou a produzir uma esteira sonora fácil de notar no sonar.

A maneira como o comandante do USS *Memphis* reagiu e agiu deve ter sido discutida, possível e secretamente, em algum tribunal de guerra americano. O único fato conhecido é que ele mandou disparar um torpedo do tipo Mark 48 na direção do casco do *Kursk*. É provável que tenha tido algum motivo racional para fazê-lo e a teoria usual, para não dizer a única, é considerar que ouviu — ou pensou que ouviu — o *Kursk* abrir uma escotilha de saída, justamente, de um torpedo Schkval e, por isso, se preparou para matar.

Por isso — e só por isso, diante do que podemos entender —, o comandante do vaso de guerra americano mandou disparar o seu torpedo. A lógica é simples, à maneira americana. Eu puxei primeiro da arma, disparei mais rápido.

O efeito no *Kursk*, de início, foi fantasmagoricamente imperceptível. O *Kursk* aumentou a velocidade como se quisesse fugir. Mas dois minutos e 15 segundos depois, explodia uma grande parte da carga de armamentos na câmara frontal de torpedos do *Kursk* e o submarino afundou, com incêndios violentos no seu interior, caindo como uma pedra para o fundo.

O USS *Memphis* abandonou lentamente o lugar e dirigiu-se para um nível inferior de onde podia mandar sinais codificados para a sua base. Que ordens recebeu, ninguém sabe.

Em contrapartida, sabe-se muito bem que o USS *Memphis* seguiu depois, muito lentamente e à vista, pela costa da Noruega até Bergen, gastando sete dias para realizar uma viagem que, normalmente, levaria dois. A manobra faz lembrar certas aves que fingem estar feridas para afastar a atenção dos predadores dos seus filhotes indefesos. Neste caso, o seriamente avariado USS *Toledo*.

A nova e maior catástrofe da marinha russa em todos os tempos era um fato. Esse foi o 11 de setembro da Rússia. Mas havia ainda boas possibilidades de salvar os 23 sobreviventes da tripulação russa. O submarino jazia num lugar de fácil acesso, relativamente a pouca profundidade, e o tempo não estava especialmente ruim. Nenhuma nação no mundo, tendo submarinos na sua frota de guerra, poderia deixar de ter os recursos para uma operação de salvamento simples como essa.

Mas, no entanto, os 23 sobreviventes morreram, por asfixia lenta, na falta de renovação do oxigênio ou por afogamento devido à entrada da água e à pressão cada vez mais elevada dentro do compartimento onde estavam. Pode ter demorado entre dois e dez dias. A decisão sobre a morte necessária desses tripulantes foi negociada entre dois homens na maior compreensão mútua: Bill Clinton, prestes a terminar o seu mandato de presidente dos Estados Unidos, e o recém-eleito presidente Vladimir Putin, da Rússia.

Putin foi mais ou menos coroado pelo seu padrinho, Boris Yeltsin. A família Yeltsin já era então a mais rica da Rússia, após alguns anos notadamente lucrativos como líder de um país que, por meio de terapia de choque e de várias reestruturações, conseguiu transferir todos os recursos estatais para as mãos de particulares, a fim de se transformar, com a aprovação do Banco Mundial, em uma verdadeira democracia. Uma parte significativa dessas mãos particulares pertencia à família Yeltsin. "Todos sabiam disso" na Rússia. Conseqüentemente, "todos sabiam" com a mesma segurança que o jovem e ex-oficial da KGB, Putin, era o "cachorrinho de estimação" do seu padrinho Yeltsin.

O presidente Putin encontrava-se de férias em Sóchi, no Mar Negro. E foi lá que ele ficou, por bastante tempo, para espanto de muita gente, ao que parece.

Mas já no segundo dia depois de os americanos terem torpedeado o *Kursk*, ele recebeu a visita do seu ministro da Defesa, o marechal Igor Sergejev, que lhe deu um relatório completo do que se sabia até então a respeito do acontecido: o USS *Memphis* havia afundado o *Kursk*. E, em parte, o conselho de não viajar de imediato para Moscou, visto que os americanos poderiam interpretar a viagem como sinal de guerra. Tinham disparado primeiro.

Nessa altura, uma coisa estava clara. O inexperiente homem de Estado, que tinha feito toda a sua carreira na KGB, um órgão fechado e extremamente disciplinado, não entrou em pânico. De forma alguma. Em vez disso, levantou o telefone e falou com o presidente americano.

Em menos de 24 horas, George Tenet, o então chefe da CIA, aterrissava em Moscou. Não se sabe exatamente com quem ele negociou — Putin continuava em Sóchi, no Mar Negro —, mas o resultado é conhecido. Uma dívida russa de um total desconhecido de bilhões de dólares foi saldada. E a Rússia recebeu um novo empréstimo, de 10,2 bilhões de dólares, em condições espantosamente favoráveis.

É claro que uma das condições para o negócio era a de nenhum dos sobreviventes do *Kursk* chegar com vida à superfície e contar o que havia acontecido.

A esta altura, a imprensa russa — livre, mas só pela metade — fervia com histórias originadas de entrevistas feitas com vários almirantes russos, todos dando a versão de que o *Kursk* tinha sido afundado pelo submarino americano USS *Memphis*. E Putin teve de enfrentar reuniões terríveis com os parentes dos marinheiros mortos, quando — após as negociações com os Estados Unidos terem ficado resolvidas e todos os marinheiros estarem seguramente mortos — viajou para Murmansk para receber e se confrontar com eles, todos pesarosos, mas reclamando vivamente, pela sorte — ou o azar — dos marinheiros mortos.

Depois dessa experiência, Putin chegou a várias conclusões concretas. Uma delas foi a de calar a imprensa de uma vez por todas e de mandar todos os barões da mídia para o exílio. Outra conclusão foi a de que era chegada a hora de voltar à antiga e clássica estratégia soviética de manter o poder, alternadamente, através do apoio dos militares e da reorganizada KGB.

Ele fez com que fossem demitidos todos os almirantes que disseram ou deram a entender que o *Kursk* tinha sido torpedeado pelos americanos, assim como o seu vice-primeiro-ministro, que disse o mesmo. Depois, ordenou ao seu promotor-geral que "investigasse" e apresentasse um relatório, que já foi de duas mil páginas, com as desejadas conclusões. Na versão oficial russa, concluiu-se que foi a autoexplosão de um torpedo do tipo antigo no compartimento de munições do *Kursk* que causou o seu afundamento e que esse foi o único motivo da avaria.

O funcionário da CIA na embaixada americana em Moscou que inventou primeiro essa explicação, quase cinicamente jocosa, deve ter sentido um pouco de estranheza ao ver que a sua piada havia sido elevada ao status de versão oficial russa.

Mas o novo presidente Putin chegou também a conclusões de efeito mais prolongado. Uma delas foi a de reconstruir as forças da nova Rússia com o poder militar como base. E, nesse sentido, a ordem era a de não investir como antes na quantidade. Como, por exemplo, na produção de enormes quantidades de tanques que poderiam invadir e varrer a Europa Ocidental, a fim de, como se diz na linguagem militar, medir os recursos do inimigo. Pelo contrário. A tecnologia superior evidenciada no *Kursk* seria desenvolvida sem restrições. Os salários na marinha foram elevados em 20 por cento e todos os soldos que estavam retidos foram pagos. E os parentes dos tripulantes do *Kursk* receberam entre 25 e 30 mil dólares de indenização, uma tremenda quantia na Rússia.

Outra das conclusões foi a de que a Rússia podia enfrentar o domínio americano nos mares. Não em uma confrontação direta, claro que não. Mas por meio da exportação de tecnologia militar russa para países inimigos dos Estados Unidos, o que também resultaria na arrecadação de bons recursos financeiros.

Putin neutralizou rapidamente a família Yeltsin. Já o fato de toda a velha guarda da KGB, transferida para o novo FSB (uma tradução russa do FBI), idolatrar o seu antigo colega fez com que o aposentado Yeltsin tivesse que se contentar com os bilhões de dólares que ele já tinha roubado e ficar quase satisfeito por o seu "cachorrinho" o deixar com vida e em liberdade.

Quanto aos números da popularidade de Putin terem atingido níveis baixíssimos, depois de muitos cidadãos russos o considerarem, e com razão, um traidor pelo que fez contra a tripulação do *Kursk*, ele logo encontrou uma solução. Acima de tudo, reforçou o controle estatal sobre a televisão. Durante a campanha presidencial de 2004, ele se apresentou em shows de rock junto com estrelas populares, em demonstrações das suas artes nos tatames de judô e em fotos ao telefone com o inofensivo presidente americano, George W. Bush, e recebeu 71,2 por cento dos votos. Desde então, dirige a Rússia com mão de ferro.

A invenção de o antiquado torpedo ter explodido por conta própria tornou-se a versão internacionalmente aceita do que, na realidade, foi o 11 de setembro da Rússia. Essa versão, aliás, se encaixava perfeitamente dentro da presunção generalizada de que a Rússia estava em decadência, em especial como potência militar.

Mas na irmandade internacional *sub rosae*, sob rosas, quer dizer, para todos os serviços secretos do mundo, a verdadeira história do *Kursk* tornou-se conhecida, em grande parte, já poucos meses depois da catástrofe do Mar de Barents, em agosto do ano 2000.

Para o pessoal dos serviços secretos, certas conclusões eram claras. A Rússia tinha um enorme potencial militar e tecnológico. E no que dizia respeito à tecnologia de submarinos, a Rússia estava claramente a caminho de obter uma vantagem bem nítida. Aquilo que alguns anos antes tinha sido considerado como acaso ou apenas sorte, a passagem de um gigantesco submarino russo da classe Anteus, possivelmente o próprio *Kursk,* pelo muito vigiado Estreito de Gibraltar, entrando no Mediterrâneo sem que ninguém notasse, talvez não fosse apenas sorte. Os russos talvez já fossem superiores aos Estados Unidos em tecnologia de submarinos. Isso era uma novidade.

É verdade que a aviação soviética, certas partes da tecnologia marítima, assim como na tecnologia espacial, os russos podiam ser comparados e, em alguns casos, considerados superiores à concorrência ocidental. Mas a União Soviética sempre se conteve diante da preocupação com uma nova guerra mundial, planejada e baseada como um confronto em que iriam imperar as quantidades. Como no caso de mandar avançar 100 mil tanques contra Berlim.

Mas se a nova Rússia desistisse da custosa e, além disso, inútil estratégia quantitativa, investindo mais em ciência avançada, a situação seria totalmente outra. No entanto, por conseqüência, a tecnologia de submarinos ficou subestimada. Até mesmo um vaso de guerra enorme como o *Kursk*, para sua infelicidade, pôde despistar dois submarinos de ataque americanos. A ponto de um militar americano, cujo nome se desconhece, comandante a bordo do USS *Memphis*, ter perdido o controle dos nervos e realizado o que até então ninguém tinha feito durante a Guerra Fria. Ele puxou o gatilho.

Mas se, no momento, os russos passassem a intensificar a venda dessa tecnologia, então os lucros, além do dinheiro, consistiriam no enfraquecimento do poderio americano nos mares. A designação encontrada na frota americana para o torpedo VA-232 Schkval, na sua brutal simplicidade, era muito significativa: "Destruidor de porta-aviões".

O orçamento anual da Rússia para toda a frota de submarinos, por ocasião do torpedeamento do *Kursk*, era inferior a uns magros 70 milhões de dólares. Uma cifra que, sob muitos aspectos, fazia pensar.

Sobre essa problemática escreveram-se muitos milhares de páginas de análises por todos os serviços secretos do mundo, desde o MI6 e a CIA, no Ocidente, até a ISI, no Paquistão.

Mas o maior interesse e as idéias mais concretas e inovadoras surgiram dentro de uma das menores e menos conhecidas organizações secretas do mundo. Embora, sob certos aspectos, essa organização seja tão eficiente quanto a sua equivalente no principal inimigo, o Mossad, o serviço secreto israelense. Uma eficiência que, entre outras coisas, depende das grandes semelhanças com, justamente, o Mossad.

1

Era uma fraqueza. Mas ela não tinha respeito nenhum pelos ingleses. Pelo menos pelos ingleses dos serviços públicos, os *civil servants*, como eles próprios se denominavam, com uma maneira tipicamente inglesa de se superestimar. Isto porque *servants*, servidores, era a última coisa pela qual essas figuras entendiam a si próprias. Se achavam ter alguma função principal a desempenhar no seu serviço era, antes de mais nada, a de enganar a população britânica. E não a de servi-la.

Embora fosse muito possível, evidentemente, que ela, justo nesse aspecto, ao se tratar de trair os contribuintes, tivesse que lidar com um grupo muito especial de servidores ingleses ou, se quisermos ser mais precisos, servidores britânicos.

Ou isso ainda tinha a ver com o fato de ela ser mulher e de esses esnobes muito bem-vestidos e emoldurados darem, persistentemente, a impressão de ter certas dificuldades em se relacionarem com ela, justamente por ser mulher. Às vezes, não conseguia evitar situações fantasiosas tão perturbadoras quanto indecorosas quando se encontrava com esses homens. No meio de uma palestra de um desses indivíduos bem-vestidos, distraída, ela podia imaginar e sentir o sabor de laranjas na boca e ver a trela de metal com o mesmo tipo de brilho branco que os artistas do rock da pesada costumam usar viajando de Nova York para Beirute. Na mesma semana em que ela viajou para Londres, mais um ministro, ou um homem importante no partido, tinha sido forçado a pedir demissão pela simples razão de o programa *News of the*

World ter denunciado que esse bom pai de família costumava freqüentar um bordel de homens, que colocava à sua disposição certos serviços peculiares.

Sorte dele em terminar a sua carreira num momento em que um acontecimento muito maior chegou a fazer a imprensa londrina até esquecer a sua fixação por sexo. A cidade de Londres teve o seu 11 de setembro. Três suicidas fizeram explodir as suas bombas dentro do metrô e de um ônibus, matando 52 pessoas.

O ataque já fora previsto e os prejuízos entre a população de Londres foram relativamente comedidos. Mas não eram esses prejuízos em si que provocaram o medo e o ódio pelo terrorismo que se espalhou pela imprensa londrina e pela população, mas, antes, o fato de os terroristas viverem no país. O primeiro ataque contra Londres não foi perpetrado por quaisquer fanáticos da gangue de criminosos de Osama bin Laden, os inimigos que correspondiam a todas as situações imagináveis, mas por jovens britânicos de boa situação econômica. Na perspectiva dela, isso era de esperar. Quase claro como água. Mas ela já imaginava que esse suposto mistério seria um dos temas principais, durante os dois dias seguintes, nas reuniões diárias que ia ter.

Mouna decidiu passear, indo a pé, em vez de pedir qualquer meio de transporte dos seus anfitriões britânicos. O ponto de encontro não era muito longe do seu hotel, ficava perto da St. James's Place, aonde se chegava descendo o Tâmisa e seguindo pela Ponte Vauxhall. O tempo estava meio frio para Londres no mês de julho. Mas ela parou na ponte e ficou observando o edifício que se parecia com uma grande torta árabe em verde e amarelo-claro, muito comum em casamentos. No meio dessa torta, tanto na altura como na largura, estavam situadas fileiras de salas especiais com janelas altas onde a reunião internacional seria realizada. Em dois andares, diretamente acima, havia uma pequena protuberância que era o refúgio dos chefes. Do lugar na ponte onde ela parou seria possível atingir ambos os alvos, com a maior facilidade, disparando um RPG, um tipo de espingarda de cano bem largo dando saída a uma granada. E ainda rearmar e disparar novamente, jogar o equipamento por cima da amurada da ponte, correr de volta pelo mesmo caminho por onde tinha vindo e ter cerca de 50 por cento de chance de não ser apanhada.

O mundo estava cheio de alvos para o terrorismo.

Além disso, o mundo estava cheio de alvos muito melhores do que aquele que os jovens desajustados do Oriente Médio e, a partir de agora, da Europa Ocidental, normalmente escolhiam. Mas o mundo ocidental e, acima de tudo, os peritos do mundo ocidental, que ela em breve iria encontrar em enormes quantidades naquelas salas de reuniões, e que eram um alvo fácil, tinham uma extraordinária capacidade de exagerar a periculosidade do inimigo. Se isso dependia mais da deficiência, da ingenuidade ou da falta de força de vontade dos serviços secretos em impor a sua própria importância ou o peso de novas subvenções era impossível dizer.

Mouna abriu a sua bolsinha e retocou pela última vez o batom e a sombra com um espelho emoldurado a ouro, depois apertou um pouco mais a capa italiana, de cor clara, à volta do corpo e avançou aquele pouco que faltava para atravessar a ponte, deu a volta pelo prédio e ficou na frente da entrada de serviço. Ela era a única, certamente, a usar essa entrada entre todos os convidados, visto que não havia fila nenhuma. Um cartaz informava que era proibido entrar com bicicletas. E por trás do vidro blindado estava ainda um desses militares aposentados da guarda de cavalaria de Sua Majestade a Rainha, ou seja lá de onde ele veio. E ele logo se empertigou ao ver alguém tão suspeito como uma mulher de cabelos escuros e certamente estrangeira, a quem pediu aos gritos para se identificar.

Sem uma palavra, ela apresentou o seu passaporte britânico bem falsificado e o convite do chefão maior. O militar ficou pensativo, cofiando o bigode, enquanto examinava os documentos.

— General-de-brigada al Husseini, confere! — exclamou ele.

— Sim, senhor, confere — respondeu ela, com uma voz exageradamente baixa e com um olhar receosamente tímido, de uma timidez que ela infantilmente gostava.

— Um momento, madame... Desculpe, queria dizer, general. Mas tenho que verificar. Rotina, como sabe — disse o militar, pegando o telefone.

Três minutos depois, chegaram duas figuras ofegantes, vestidas de listras brancas, como se fossem feitas de giz, para acompanhá-la até o andar das reuniões.

As longas sessões do primeiro dia não a deixaram de jeito nenhum desapontada. Foram exatamente o que esperava, uma espécie de encontro religioso, mais do que uma reunião de trabalho. Fora os costumes, a língua e uma parte especial dos rituais, tudo era mais ou menos como se fossem reuniões com o Hamas ou o Hizbollah. Ou, talvez melhor, uma paródia das Nações Unidas, um congresso internacional reunido para discutir o tema "A horrível ameaça terrorista que exige de nós uma estreita, pacífica e leal colaboração diária". Os delegados mais estranhos apresentaram os seus pontos de vista como, por exemplo, russos e bielo-russos, cujas ligações com o terrorismo, sabidamente, eram as de exercitar ao máximo, de forma enérgica, os terroristas. Ou os suecos, estonianos, finlandeses, noruegueses, letões e lituanos, que pareciam mais felizes por estarem presentes num encontro internacional de prestígio do que dispostos a falar mais alguma coisa além do que já havia sido dito na mensagem de boas-vindas. Isso era diplomacia e nada de trabalho dos serviços secretos.

Ali valia apenas registrar a sua presença com uma pequena bandeira e esse era corretamente o único motivo de ela estar naquele lugar. Ficou sentada atrás de uma bandeirinha palestina e apenas a três metros de distância dos israelenses do Mossad. Essa era a sua missão e ela não encontrou nenhuma justificativa para se manifestar durante aqueles rituais do encontro, sendo este apenas uma conseqüência da nova ordem internacional inserida depois dos ataques do 11 de setembro e agora fortalecida ainda mais pelos ataques em Londres da semana anterior.

Ela ficou sentada durante aquelas sessões, sem adormecer e sem fazer caretas ou rir na hora errada. Na hora do almoço, ficou ao lado de um russo que, no seu inglês meio truncado, tentou convencê-la de que Osama bin Laden estava por trás de todos os problemas na Chechênia. Muito conscientemente, ela evitou ajudá-lo na direção certa, mudando a conversa para a língua russa.

✪✪✪✪✪

Sir Evan Hunt era um chefe de forma alguma satisfeito. A sua carreira na vida pública tinha evoluído muitíssimo bem até o momento presente, tendo recebido inclusive o título honorífico de Sir, tudo de acordo com os planos da sua querida esposa. Mas em vez de ter sido nomeado chefe de toda a organização dos serviços secretos no exterior, o MI6, o que estava nos seus planos nos últimos anos, foi "promovido" colateralmente para chefe assistente e responsável pela cooperação internacional. Tentaram animá-lo dizendo que esse posto, atendendo ao significado da cooperação internacional num mundo modificado depois do 11 de setembro, na realidade, era o mais importante dentro do MI6 de hoje. A Guerra Fria havia terminado e com isso todo o esporte tradicional de recrutar agentes no Leste Europeu e todo aquele fino ambiente de *intriga e espionagem* que tinha sido a orientação principal do MI6. Os serviços secretos modernos confiam muito mais na técnica, até demais, segundo Sir Hunt, do que em fontes humanas. E, além disso, o novo inimigo era globalizado, o que exigia a expansão da cooperação internacional, blablablá. E a guerra atual era assimétrica, blablablá — palavreado sem fim! —, visto que as esquadras de porta-aviões não podem evitar que qualquer gangue de fanáticos religiosos suba ao topo do Big Ben e faça explodir a si mesma.

Sir Evan era conservador nas suas análises e considerava, por exemplo, a luta pelos recursos naturais do mundo, o *good old imperialism*,* significativamente mais importante do que toda a campanha grassante sobre o terrorismo. Sem dúvida, essa era uma análise construída sobre trinta anos de carreira dentro dos serviços secretos britânicos, mas pouco impressionante para os que tomam as decisões políticas, escutando de preferência os tablóides da imprensa.

Mas seria um erro da parte de Sir Evan mostrar a sua insatisfação contra as investidas falhas que as velhas famílias dos serviços secretos do mundo ocidental atualmente realizavam, desde que o desafortunado ou, pelo menos, pouco brilhante George W. Bush proclamara a Guerra ao Terrorismo. Tampouco Sir Evan caiu na tentação de se consolar e provocar uma parada na sua carreira pública. Se uma nova oportunidade surgisse, ele a aproveitaria para melhorar a sua posição hierárquica. Mas para isso era essencial que ele, antes ou depois, se tornasse conhecido como resmungão.

Na seqüência, recebeu o seu assistente de ligação, Lewis MacGregor, com o melhor dos humores, chegando a ser entusiástico. Com base na sua experiência, ele achou que devia instruir por completo o jovem MacGregor antes do encontro com a contraparte palestina, Mouna all Husseini. Caso contrário, haveria um risco significativo de MacGregor olhar com toda a profundidade nos olhos negros dela e falhar por completo na hora de entender com quem estaria falando.

— Em primeiro lugar, quero que você tenha uma questão bem clara na sua mente, meu jovem — começou por dizer Sir Evan. — Aquela com quem você vai se entender não é uma mulher bonita, quero dizer, não apenas bonita. Também talvez não seja bem uma mulher para alguém com a sua idade. De qualquer forma, ela é uma criminosa de alto gabarito. Estou sendo claro?

— Sim, Sir, completamente — respondeu MacGregor.

---

* *Good old imperialism* — O bom e velho imperialismo. (N. T.)

— Tenho aqui a ficha dela. Você pode dar uma olhada mais tarde, embora eu receie que esteja incompleta. Mas à primeira vista parece que nós estamos diante de uma veterana extraordinariamente bem-informada e experiente. Ela matou os seus primeiros israelenses quando tinha oito anos de idade, jogando granadas contra eles, em Gaza. Foi escolhida pelo próprio Muhammed Odeh, mais conhecido pelo apelido de Abu Daod, o homem por trás do ataque de Munique, em 1972, e pai dos serviços secretos palestinos, se quisermos expressar a questão com certo tato. Trabalhou junto com Ali Hassan Salameh, o que fundou a Força 17, e era o membro de ligação da CIA com os palestinos... E por aí vai. Foi educada na Universidade Americana de Beirute. Não pense você que poderá dominá-la com boas falas. E também matou... Mas isso é menos interessante. Foi educada ainda durante três anos em Pyongyang, numa escola russa de espionagem. Mas o mais importante, devo dizer... E não esqueça nunca o seguinte: ela não trabalha em campo há muito tempo. Os pequenos assassinatos já passaram de moda para ela. Mas tem melhorado a sua posição aos poucos dentro dos serviços secretos e políticos da OLP nos últimos dez anos. Isso apesar de ser apenas uma mulher. Quero dizer com isso que se nós aqui no MI 6 somos acusados de manter mulheres talentosas a distância só porque somos... Bem, você sabe, uma organização... Mas essa mulher que chegou à posição de chefe assistente e responsável por todos os contatos internacionais dentro de uma organização de espionagem árabe, eu disse árabe, não pode ser nenhuma novata. Certo?

— Certíssimo, Sir, eu só posso concordar com a sua análise, Sir — respondeu o enfaticamente esmagado MacGregor. Em parte, tinha engolido e aceitado ser tratado como criança ou menos experiente, afinal, já tinha feito um esforço enorme para estudar tudo sobre Mouna al Husseini, e, em parte, também já tinha aprendido tudo sobre a nova ciência, a que diz que as mulheres também podem. Uma questão sobre a qual os mais velhos na organização, tais como Sir Evan, conversavam, mas na qual não acreditavam.

Embora estivesse bem preparado, MacGregor ficou estranhamente impressionado com a primeira visão de Mouna ao entrar na sua sala. Na ficha, havia evidentemente uma ou outra foto dela, todas muito ruins, tiradas com teleobjetiva, na década de 1980, fotos que a apresentavam como soldada de *koffeiya** e com um uniforme bem largo que naturalmente tinha sido feito para homem. No entanto, a mulher de meia-idade que havia entrado na sua sala e que ele tinha mandado trazer por um assistente, que foi ao seu encontro a fim de marcar uma posição de superioridade como anfitrião britânico, podia ser qualquer dama espanhola ou italiana de alta classe. Mas não fazia, certamente, o tipo de assassina profissional e muito menos colega. Além disso, a sua patente era superior. Lewis MacGregor era capitão na reserva da marinha.

Mouna estava totalmente despreparada para o encontro com o jovem MacGregor. Tinha pensado em encontrar algum daqueles velhos combatentes que se pareciam, se comportavam e, acima de tudo, soavam como secretários de gabinete do Ministério das Relações Exteriores. Ela chegou logo à conclusão de que tinham mandado para a reunião algum estagiário, visto não considerarem a nova cooperação com os palestinos como especialmente importante, mas apenas simbólica. Para ela, isso era melhor ainda. Afinal, ela não tinha vindo a Londres para construir relações diplomáticas com as organizações britânicas de espionagem, mas, sim, para traí-las.

Mouna observava-o intensamente, enquanto ele se apressava em tratá-la com todas as gentilezas e delicadezas, uma a seguir a outra, por uma ordem bem britânica. Até que ela pediu leite para o chá, "Mas, por favor, sirva primeiro o leite", e essa ordenação, por algum motivo, era a que prevalecia, segundo o estilo e a classe dos britânicos. Ele mostrou-se muito gentil e atencioso, com os seus cabelos ruivos e um

---

* Cofio, espécie de barrete usado por militares. (N. T.)

aspecto tão gozadamente escocês quanto o seu sotaque. Ou seria melhor chamar a isso de dialeto.

— Madame General — começou ele, nervosamente, quando os dois se sentaram e ficaram mexendo o chá com as colheres. — Eu cheguei à conclusão de que nós, de fato, temos apenas dois pontos na agenda do dia. Um deles é a maneira como os serviços secretos de Sua Majestade podem apoiar a OLP na ação de prevenir ataques de terrorismo no Oriente Médio. E o outro, conseqüentemente, é a maneira como a OLP poderia contribuir com informações a respeito de atividades terroristas, sobretudo em todos os territórios britânicos. Será que estamos de acordo até aqui, general?

— Sim, absolutamente de acordo — respondeu ela, com um sorriso aberto. Tudo lhe parecia bem mais fácil do que havia pensado.

A dificuldade para ele era ter de fingir que existia algo de mutuamente útil na cooperação entre as duas organizações, de que os britânicos poderiam contribuir com informações sobre atividades no território dela em troca de conhecimentos sobre aquilo que mais lhes interessava, ou seja, o risco de novos ataques terroristas na própria Grã-Bretanha e, especialmente, em Londres.

Ela evitou manifestar-se com ironia sobre a transparência dos motivos da proposta e, em vez disso, explicou lentamente e com estudada simplicidade na escolha das palavras — por experiência própria ela sabia que os homens atribuíam mais seriedade às mulheres que falavam devagar — que as atividades terroristas em Londres, realizadas por palestinos ou paquistaneses, ou ainda pela segunda geração de imigrantes ou ainda por outras pessoas quaisquer, podendo ser descritas como "muçulmanas", eram um dos maiores problemas do movimento de libertação dos palestinos. O Estado livre palestino em Gaza e no resto da margem ocidental do Jordão, ou seja, nas áreas ainda não colonizadas pelos israelenses, não poderia subsistir sem o forte apoio internacional. Principalmente dos Estados Unidos e da União Européia. Toda ação terrorista, independentemente do lugar onde fosse realizada, inclusive nas praias da Indonésia entre hippies australianos, mas naturalmente ainda pior em Londres, enfraquecia o apoio diplomático aos palestinos. Conseqüentemente, havia um interesse muito forte para a OLP evitar novos atentados terroristas em Londres. Essa era, de fato, a missão prioritária dos serviços secretos palestinos, explicou ela, abertamente, quase deixando cair a máscara daquilo que seria a mentira mais afrontosa do dia. Ele aceitou logo a explicação como boa e se sentiu aliviado. Esperara, certamente, a habitual questão de prestígio por parte de todos os negociadores do Terceiro Mundo que, mais por princípio do que por realismo, insistiam sempre na igualdade em termos de relacionamento. No momento, porém, ele achava ter ultrapassado todas essas dolorosas experiências.

— Bem, capitão MacGregor, já avançamos um pouco no nosso caminho. — Suspirou ela, aliviada, e, no momento, sendo realmente sincera. — Tem alguma coisa contra se nós esclarecêssemos alguns, digamos assim, problemas burocráticos?

Mouna pareceu ficar descontraída, mas foi impossível para MacGregor definir se ela tinha ficado surpresa com a rapidez dos avanços alcançados.

— Claro que não, general — respondeu ele, rápido. — Tem alguma coisa em mente, especialmente a esse respeito?

— Tenho, sim. Se entendi direito, o senhor e eu somos o elo, a partir de hoje, entre a Organização para a Libertação da Palestina e os serviços secretos de Sua Majestade, não é verdade?

Ela havia expressado as palavras formais das suas duas organizações, acentuando todas as letras e com uma clara ironia que, sem dúvida, pareceu até divertir MacGregor.

— Totalmente correto, madame — disse ele. — A senhora é o braço direito do presidente, e eu, o braço direito da rainha. Sem dúvida. Mas qual é o problema?

Ela fingiu estar preocupada, o que não lhe era difícil. Havia um notório ponto fraco a salientar. MacGregor trabalhava naquele departamento dos serviços secretos de Sua Majestade, designado por MI6, que apenas tratava de questões com o exterior. Mas as eventuais informações que a OLP poderia receber, relativas a problemas ou a atividades na cena britânica, diziam respeito mais à organização de segurança interior, o MI 5.

E era assim, de fato. Do ponto de vista puramente prático, o combinado talvez não fosse uma solução brilhante. Mas, por outro lado, existiam leis e regulamentos com os quais não havia muita coisa a fazer.

Claro, em situações críticas poderiam acontecer retardamentos fatais antes que as informações fossem processadas nos escritórios do MI6 para o MI5, relativas a movimentos no campo britânico, por assim dizer. Mas o pior é que isso iria ser uma desvantagem, burocrática ou não. Aliás, bem burocrática, sem dúvida, com a qual era preciso conviver. Leis e regulamentos, apenas isso.

Ela pareceu insatisfeita e ele resolveu consolá-la, dizendo que iria ter o prazer de acompanhá-la no dia seguinte, quando ela fosse realizar uma visita de cortesia à seção de terrorismo do MI5.

— Muito bem. Vamos, então, falar um pouco da reunião de amanhã — disse ela.

— Ótimo. A senhora tem algum desejo especial?

— Tenho sim. É a minha primeira e talvez a única reunião com o MI 5 e eu ficaria muito agradecida se você telefonasse para eles e lhes explicasse que eu gostaria de apresentar uma análise da OLP sobre os nossos problemas comuns durante vinte minutos, sem ser interrompida. E eu digo vinte minutos, não serão 21, nem 19. Quem ou quais as pessoas entre o pessoal que os chefes da seção terrorista julguem que devem ouvir essa análise, não faz diferença para mim. Cem pessoas ou duas, tanto faz. Mas quero os meus vinte minutos. Suponho que você irá me levar para essa reunião como meu oficial de ligação, por assim dizer?

— Isso eu farei com a maior satisfação — respondeu MacGregor rapidamente, antes mesmo de perceber que tinha caído em um dos mais antigos truques de persuasão do mundo. Primeiro, ela apresentou uma exigência exorbitante para, depois, completar com uma pergunta leve, à qual ele teria que responder afirmativamente. E no momento ela já se levantava e ele se sentiu obrigado a ajudá-la a vestir a elegante capa, em uma atitude cavalheiresca inescapável. E já ela lhe estendia a mão como despedida.

— Mas, senhora, eu não estou absolutamente certo de que... — tentou ele, ainda.

— Suponho que você irá me buscar às oito e quinze — continuou ela, imperturbável, enquanto se confundia um pouco ao enfiar os braços nas mangas da capa. — Eu estou no Duke's Hotel, perto da St. James's Place. É um lugar meio escondido, mas estou certa de que você o encontrará. Foi realmente um prazer...

— Desculpe, uma última pergunta apenas! — disse ele, tentativamente, ao mesmo tempo que tratava de preparar a saída dela de um dos edifícios mais seguros e protegidos da Grã-Bretanha.

— Ah, sim, claro! — disse ela, sorrindo.

— Se conseguirmos providenciar esses vinte minutos de apresentação que a senhora propõe, do que é que vai falar?

— Ah, apenas do mais importante — disse ela. — De duas coisas. Dos inimigos com os quais os senhores se preocupam e que não são perigosos. E dos que são realmente perigosos e que os senhores estão a ponto de criar. E quando falo os senhores, quero dizer a Grã-Bretanha. Até amanhã!

Ele ficou sentado e paralisado por um momento, atrás da mesa. Era como se precisasse respirar fundo. Naturalmente, era verdade e, além disso, estava demonstrado que aquela mulher não era, de forma alguma, uma novata, tal como Sir Evan tinha salientado. Deve-se levar em consideração que ela é muito experiente, pensou ele, ao mesmo tempo que soltava uma gargalhada diante da sua conclusão nada penetrante. Esse devia ter sido o eufemismo, não do dia, mas seguramente do mês.

Embora no momento o que ele devia fazer era assumir a culpa, enfrentar a situação e trabalhar duro. A sua missão nada promissora era agora a de telefonar para os seus colegas por vezes grotescamente arredios, quase inimigos, do MI5 e tentar fixar um horário para a apresentação do dia seguinte. Missão nada fácil.

Mouna al Husseini, ao contrário do seu colega Lewis MacGregor, estava com ótimo humor ao sair daquele edifício feio, mais parecido com uma torta, feita de nozes de pistache já velhas, misturadas com *homus*, pensou ela. Essas eram as cores que eu procurava. Uma torta estranha essa aí.

Ela já tinha chegado ao meio do caminho. Restava apenas que na manhã seguinte o MI5 engolisse a própria isca. E com isso a grande operação, a maior de todos os tempos, avançasse mais alguns passos para se tornar realidade.

Primeiro, ela tomou um táxi até o hotel para trocar de roupa e vestir uma calça jeans e uma capa de couro da moda, comprada em uma loja espanhola de que ela já tinha esquecido o nome. Depois, ficou andando lentamente pela cidade. Saindo do Duke's Hotel, era apenas uma passada rápida para chegar a St. James's Street e logo a seguir a Piccadilly. Eram cinco horas da tarde e todos que andavam nas ruas pareciam correr e tentar empurrá-la. Não havia nada de racismo ou de diferença de classes nesse comportamento. Ela era empurrada com a mesma freqüência, tanto por paquistaneses quanto por homens de chapéu-de-coco e calças listradas. A questão era apenas de que ela estava em Londres. Se fosse em Tóquio, tudo bem, mas em Londres. Aquela Londres da sua juventude não era assim.

Outra novidade para aqueles que passeavam a pé nas ruas de Londres era feita de todas essas câmeras de segurança mais ou menos disfarçadas que infestavam a cidade. Dessa maneira, o jovem colega MacGregor, de atitudes diplomáticas e conciliadoras, ou, pior ainda, algum dos seus adversários ou colegas, ou ainda colegas, mas adversários, que compunham o aglomerado de contradições nos serviços secretos britânicos, poderiam seguir os seus passos nas imagens das câmeras, desde a saída do hotel. Não era fácil como antes se livrar de perseguidores, nem mesmo descendo pelas escadas de qualquer estação de metrô. O mesmo sistema de segurança existia nos subterrâneos do metrô.

Se ela estivesse em Londres para matar alguém, isso seria uma missão difícil. Mas esse tempo já havia passado. Agora a missão dela era outra, muito maior.

Mouna acabou entrando num fast-food de comida rápida e comeu um prato de peixe indefinido, antes de entrar no metrô pela estação de Piccadilly Circus, tomando a linha de Piccadilly em direção a Finsbury Park. Não demorou vinte minutos para chegar lá.

Tomou a saída errada do metrô e teve que perguntar onde ficava a mesquita. O edifício era relativamente novo, construído, de acordo com o seu palpite, na década de 1970, com tijolos vermelhos e as arcadas das janelas em verde — por uma estranha coincidência as mesmas cores do edifício-torta do MI6 —, e um minarete branco, erguido junto de uma das paredes vermelhas como se fosse uma chaminé. A arquitetura não era especialmente bonita e a cúpula, também de início branca, com a lua crescente, estava muito suja pela atmosfera londrina, poluída e tóxica. A mesquita parecia fechada e por cima da grade de entrada havia uma câmera de segurança colocada para ser obrigatoriamente vista.

Ela resolveu dar a volta pelos fundos e encontrou um banco onde se sentou. Em sua frente, de um dos lados, havia um edifício de apartamentos de aluguel, construído com os mesmos tijolos vermelhos, tal e qual a mesquita, com janelas góticas pintadas de branco. Lá em cima, certamente, os homens do MI5 teriam alugado algum dos apartamentos, pertencente a algum patriota, para montar o seu esquema de espionagem 24 horas por dia. Tudo a um custo idiota, em especial tendo em conta as regras ocidentais de pagamento por horas extras.

Comicamente, ou pelo menos muito britanicamente, a autoridade que decidiu o fechamento da mesquita foi The Charity Commission. A polícia, sem dúvida, não estaria disposta a fechar qualquer mesquita, e muito menos o MI 5 (onde a decisão realmente deve ter sido tomada), ou ainda qualquer outro órgão governamental. Mas a Comissão de Caridade teve então uma conversa civilizada com as devidas autoridades em que o desejo delas lhe foi apresentado. Essa comissão em seguida analisou o problema, conforme a melhor ordem democrática e o melhor espírito inglês, chegando à conclusão de que a mesquita em Finsbury Park reunia pessoas que faziam caridade com condicionamentos e intenções que iam contra uma ou outra lei originária do século dezenove, da Inglaterra vitoriana, fundada sobre preceitos de "respeitabilidade" ou de "bom comportamento cristão".

E toda essa complicação, todas essas firulas burocráticas e trabalhosas, por parte das autoridades britânicas, para fechar uma única mesquita e para fechar a boca de um único agitador irritante.

Não. Evidentemente, ele era um pouco mais do que apenas irritante. Como imame autonomeado (ele tinha sido leão-de-chácara de uma boate antes de atender ao chamado de Deus), Abu Hamza representava o máximo como sabotador das lutas da resistência. Se tivesse vinte anos a menos, ela teria considerado seriamente o envio de uma equipe para silenciá-lo para sempre. Na campanha mundial chamada Guerra ao Terrorismo, um único homem como Abu Hamza em Finsbury Park tornava-se um obstáculo tão grande quanto qualquer ação terrorista mal dirigida. Além disso, ele representava tudo aquilo que Mouna mais odiava na vida, o fanatismo religioso, a noção de que Deus dá a um o direito de matar ou de roubar as terras de outro e, além disso, recompensar no paraíso quem roubar melhor.

Chegava a ser ridículo que Abu Hamza tivesse ficado famoso justamente e acima de tudo por essa questão de roubo. Ele começou predicando que os fiéis corretos, da boa fé, deviam roubar os bancos ingleses a seu bel-prazer. Dizia: *"Take, shoot and loot"* (Tome, atire e roube). E essa foi a primeira citação que lhe trouxe uma enorme publicidade. A imprensa escandalosa britânica, a dos tablóides, adorava esses muçulmanos, e Abu Hamza adorava essa propaganda. Naturalmente, sobreveio uma troca de adorações entre a mídia e o predicante religioso desse surrado ódio, para dizer o mínimo. Além do mais, sua imagem era chamativa, visto que era meio ou totalmente cego e tivera as suas mãos explodidas e substituídas por ganchos. Segundo a sua própria explicação, isso era conseqüência de ter trabalhado heróica e voluntariamente no Afeganistão, retirando dos jardins-de-infância desse país as minas neles plantadas. Uma explicação provavelmente mais verdadeira para o caso é a de que ele tenha tentado fabricar algum tipo mais simples de bombas. De qualquer forma, ele era para toda a mídia a imagem quase perfeita do inimigo.

E loucos dessa espécie atraem seus iguais. Um homem que era óbvia e mentalmente doente, reconhecido pelas autoridades americanas com o nome artístico de o "20º seqüestrador do 11 de setembro", um tal Zacarias Moussaoui, foi visto visitando Abu Hamza em Finsbury Park.

Durante essa visita à mesquita, parece que ele viu a luz. E na seqüência tornou-se o 20º seqüestrador, sem nunca ter seqüestrado nenhum avião. E sem que a extremamente bem-informada imprensa mundial e as autoridades americanas, que o aprisionaram e levaram a julgamento, tenham podido explicar quais as conseqüências puramente práticas da sua conversão.

No julgamento, nos Estados Unidos, ele começou exigindo a pena de morte para si mesmo, por ser inocente. Quando o seu advogado decidiu intervir, dizendo que se tratava de um doido, ele chutou o advogado, diante da complacência do tribunal. Ele disse ainda ser o braço direito de Osama bin Laden e acabou sendo condenado à prisão perpétua sob isolamento total.

Outro caso parecido de chamamento divino foi o do cidadão britânico Richard Reid, que decidiu entrar num avião com explosivos no salto do sapato em quantidade suficiente para se arriscar a provocar um ferimento de queimadura grave na sola do próprio pé. Ele conseguiu uma sentença menor, de vinte anos de prisão, por testemunhar como Abu Hamza mediava a salvação de Deus em Finsbury Park.

E quando Abu Hamza, encantado, foi parar finalmente na prisão por ação do MI5, afirmou ser o líder de uma organização chamada "Grupo de Suporte das Leis Sharia", que mesmo segundo os repórteres de guerra mais aguerridos da imprensa britânica tem menos de 200 membros entre os dois milhões de muçulmanos que vivem em Londres.

Condenado por alguma coisa ele seria, certamente. No momento, estava preso na cadeia de Belmarsh, aguardando julgamento por uma lista de 16 acusações. Por exemplo, "por incitação de participantes em reuniões até o assassinato de não-muçulmanos e, em especial, de judeus" ou "por comportamento ameaçador, difamador ou abusivo com a finalidade de incentivar o ódio racial".

Portanto, Abu Hamza era inimigo de quem? Em primeiro lugar, dela.

E não havia nenhuma dúvida na maneira como os seus velhos professores russos de espionagem em Pyongyang iriam analisar a situação. Primeiro, tal como os antigos romanos, os russos iriam perguntar: "No interesse de quem?"

Dele mesmo. Considerando que Abu é tão louco quanto parece, esse seria o ponto número um a que os russos iriam chegar.

Do MI5, diriam também. Qualquer serviço secreto precisa ter uma série de inimigos visíveis e, principalmente, do tipo que, para entusiasmo geral da população, pode ser facilmente enquadrado. Por isso, se Abu Hamza não fosse o louco que era e não tivesse se descoberto a si mesmo, o MI5 seria obrigado, pelo menos, a ter que inventar um doido igual a ele.

Mas uma análise como essa, tão formal quanto lógica, parecia para Mouna simples e conservadora à maneira russa. Os russos nunca precisaram trabalhar em suas equações, com a imprensa em liberdade e com a diversidade de partidos políticos. Os políticos no Ocidente são jogados de um lado para outro por jornalistas que não têm qualquer outra intenção senão a de vender jornais por meio de ameaças de morte e de destruição, lançadas contra os seus leitores. E então os políticos precisam se mostrar poderosos através, por exemplo, de legislação contra interpretações erradas de Deus ou facilitando mais a escuta sigilosa de conversas. Depois, passam a exigir das autoridades que se mostrem também poderosas. Por conseqüência, é preciso muitos mais Abu Hamzas.

Tudo isso era muito deprimente e praticamente impossível de influenciar. Ainda que Abu Hamza e os seus iguais, antes de mais nada, fossem seus inimigos, ela não poderia deixar que o matassem. Contra uma medida dessas não havia apenas restrições táticas de ordem política — além de conseqüências terríveis, caso o matador fosse preso —, mas também puramente éticas.

Por vezes, ela se sentia dolorosamente impotente diante de toda essa insanidade e de todo esse fanatismo religioso que passou a representar a luta dos contrários no mundo inteiro. Um único predicante do ódio em Londres representava uma questão maior do que a ocupação israelense da Palestina ou que a ocupação americana do Iraque ou ainda que um novo ataque contra o Irã, uma questão, aliás, já levantada e planejada em Washington. Eles estariam indicando como motivo o futuro armamento nuclear do Irã.

E por parte dela seria inútil reclamar diante dos seus colegas ocidentais. Pior ainda, seria quase impossível até mesmo tentar começar a explicar, antes que eles ficassem claramente aborrecidos e começassem a gracejar sobre política e compensações.

No entanto, ela iria apresentar, apenas como provocação parcial, esse raciocínio sobre Abu Hamza como seu inimigo e amigo dos serviços secretos britânicos na palestra do dia seguinte e diante de uma quantidade desconhecida de responsáveis pelo MI5. Uma coisa estava clara. Por muitos rodeios que ela fizesse ao apresentar a sua análise da situação, eles iriam ficar danados. Mas isso de certa forma já estava previsto e era a sua intenção, fazia parte da isca.

Ainda assim ela achou que devia amaciar uma parte das suas formulações e retirar outra dos seus sarcasmos. A sua palestra estava já preparada no computador no hotel. Tinha anoitecido e ela teria assim alguma coisa com que se ocupar, indo para o quarto e fazendo as modificações necessárias. Isso seria menos deprimente do que assistir ao noticiário dos ocidentais.

No que dizia respeito aos irmãos Husseini, o que tinha sido o motivo principal da sua viagem a Londres e das suas reuniões com os seus aliados inimigos, ela sentia-se mais segura. Isso já estava mais preparado. Não precisava sofrer modificações de última hora.

✪✪✪✪✪

Todo o chão era revestido de carpete de cor bege e vermelho, formado segundo um padrão geométrico com listras de incrustados tapetes sobrepostos para rezar, todos orientados para Meca. A área devia ser de uns vinte metros por vinte e no momento estava totalmente vazia. A cúpula era nas cores azul e amarelo-ouro, com as janelas num estilo chamado *umayyad,* se a memória não o atraiçoava. Na parte de baixo da cúpula havia um círculo de pequenas janelas com vidros azuis. Uma decoração simples e estilisticamente pura.

A mesquita ali em Regent's Park tinha efetivamente uma denominação sem grande fantasia, Mesquita Central, mas era, de qualquer maneira, a maior de Londres. E tinha uma localização bem bonita, incrustada num pequeno bosque verde a um canto do parque.

Ele sentiu logo uma sensação de paz ao entrar no lugar. Era quase uma sensação miraculosa. No seu local de trabalho havia o som altíssimo de rock, enquanto todo o seu interior se encontrava em rebelião. Tinha que fazer alguma coisa muito breve, não ficar apenas na conversa. Devia contra-atacar, com força. E tinha que procurar orientação de uma espécie que jamais iria conseguir na comunidade onde tinha crescido.

Mas também era verdade que ele não se sentia muito muçulmano, tinha que reconhecer. O seu irmão mais velho é que tinha insistido para que ele fosse ali e procurasse o novo e jovem imame, Abu Ghassan. Ele próprio falava um árabe muito pobre, uma língua que não usava desde a juventude, quando os seus pais se separaram e o pai se casou de novo com uma inglesa, a respeito de quem se poderia dizer muitas coisas, impróprias para citar na casa de Deus.

E ele pouco ou nada sabia de como fazer na hora de rezar; quer dizer, na prática, não sabia quando devia levantar-se e quando devia ficar de joelhos e dobrado para a frente, naquela posição de humildade que os ingleses adoravam ridicularizar ou transformar em caricaturas da espécie mais repulsiva.

Mas ainda assim esse era certamente o único lugar em Londres onde ele poderia entrar a qualquer hora com os cabelos em pé, o coração batendo forte e com a convicção inabalável de que devia reagir com força — e sentir logo uma sensação imediata de paz.

Essa era uma palavra na qual ele não poderia pensar em qualquer outro ambiente e que jamais usava lá fora, a não ser por ironia.

Ele pensava com mais clareza e mais pureza quando estava lá dentro, e isso não dependia de outra coisa, senão da presença de Deus. Também essa compreensão era algo completamente novo para ele. Já devia ter estado presente em mais de mil cerimônias na velha igreja do internato, em todas as datas nobres da cristandade, sem nunca ter refletido sobre Deus, a não ser como um detalhe entre muitos do que se chamava boa educação. Também em Cambridge acontecia a mesma coisa. Deus, sinceramente, na verdade, era um conhecimento recente.

Ele chegou intencionalmente meia hora mais cedo, antes da hora marcada para a reunião, apenas para ficar sentado alguns momentos e colocar os pensamentos em ordem. Sob qualquer ponto de vista intelectual, estava completamente desorientado. Isso ele também tinha que reconhecer. Embora, se olhasse para trás, tal como tinha vivido antes do 11 de setembro, só poderia descrever a si mesmo até esse acontecimento como intelectualmente desorientado.

No momento, porém, o ódio e a raiva é que o tinham feito aproximar-se da casa de Deus, e isso era um completo absurdo, em especial no caso de se formular a questão de forma direta e sem rodeios.

Esperava que Ibra também chegasse um pouco mais cedo, antes do horário combinado, visto que para ele era a primeira vez.

Mas não era nada difícil entrar na mesquita, bastava entrar. Foi o que ele explicou para o seu amigo desconfiado que imaginava a existência de guardas de segurança, exame de carteiras de identidade, detectores de metais, câmeras de vigilância e todo o resto que, atualmente, caracterizava a vida em sociedade. Nessa mesquita, bastava apenas passar pelo jardim, seguir o caminho feito de pedras brancas, deixar os sapatos nas prateleiras próprias para isso, entrar e sentar-se. Ninguém perguntava nada, ninguém estranhava.

Ibra, de fato, pareceu muito desconfiado e estranho quando surgiu no portal de entrada, como se estivesse com a consciência pesada demais para poder entrar ou, ainda pior, como se duvidasse do direito que tinha de fazê-lo. Mas ficou aliviado ao localizar o amigo. E, então, avançou e sentou-se.

— Olá, Marv, como está a situação? — Foi assim que Ibra saudou o seu amigo, ainda inseguro e olhando em volta para os grupos de homens que conversavam em voz baixa ao longo das paredes do templo, uma parte deles com o Alcorão aberto na frente e em cima de um pequeno apoio de madeira.

— Podemos dizer que está tudo em paz, irmão — respondeu Marv. — Foi bom você não ter se atrasado. Esse imame de que lhe falei, Abu Ghassan, sempre chega na hora exata.

Eles continuaram sentados e em embaraçoso silêncio por momentos. Era como se também Ibra tivesse sentido o ambiente de paz ao entrar. Todas as suas discussões ardorosas no trabalho e todas as perspectivas quanto à necessidade de realizar algo de grandioso enfraqueciam diante da quietude no templo.

Tal como previsto, o imame chegou na hora exata. Ele era da idade deles, bastante alto e de físico notoriamente bem trabalhado como se fosse à academia como qualquer um. Embora tivesse cicatrizes no rosto que meteriam medo, se não fosse pelos seus olhos. O seu olhar bem-humorado, suave, representava mais do que o hábito religioso para que se entendesse que... isso mesmo, que ele era quem era.

Marv não pôde evitar seus reflexos ingleses, tudo o que o inimigo havia plantado na sua medula espinhal. É claro que ele fez as apresentações entre os dois outros personagens, com os nomes indicados pela ordem correta.

Foram sentar-se junto da parede do templo e o imame pegou logo em um apoio para livros e abriu o Alcorão que tinha trazido debaixo do braço. Depois, ordenou que os dois rezassem em silêncio, pedindo a Deus que os orientasse na conversa. Sem complicações ou falta de boas maneiras, apenas com a palma das mãos estendidas e viradas para cima.

Os dois tentaram fazer tudo isso, com sinceridade.

Mas em seguida ele foi direto ao assunto e fez algumas perguntas que não davam muito espaço para escapadas. Procuram Deus por estarem feridos? Queriam servir a Deus por terem batido feio em seus inimigos? Ou, algo mais nobre, nos inimigos do Islã? E acreditavam que Deus ficaria satisfeito com essa atuação?

Objetivamente, restava apenas reconhecer que assim era. Mas eles tinham algumas idéias a respeito do *Jihad* de que falavam entre si, e se qualquer outra pessoa que não fosse esse imame, pessoa séria e da mesma idade, fizesse essas perguntas, eles certamente ousariam se arriscar e logo reafirmariam a sua fé em Deus. Isso, em geral, fazia com que os ingleses, na sua maioria, se borrassem todos de medo.

Mas no momento os seus argumentos teológicos não iriam pegar. No momento, tinham que se salvar por meio da política e da psicologia. Se o 11 de setembro tivessse sido uma detonação nuclear, tentou dizer Ibra, em que todos teriam sentido primeiro uma onda de pressão, então, a partir desse momento, todos teriam sentido os efeitos a longo prazo. Era a radiação que matava tudo e todos, mesmo a longa distância e por muito tempo.

Até pouco tempo atrás, as discussões na sociedade britânica diziam respeito à cor da pele. No momento, era a religião. Agora, até mesmo os siques, isto é, os caras que andam na rua de turbante, se juntaram aos fascistas na Frente Nacional para combater a maléfica religião islâmica. E isso os antigos fomentadores do ódio racial na Frente Nacional aceitaram de bom grado.

Notavam-se mudanças, radiação também, um pouco. Tanto Marv como Ibra, camaradas de profissão como eles se denominavam, tinham passado a escutar nos últimos anos cada vez mais alusões furtivas. A princípio, como pequenas piadas, depois, abertamente, como comentários racistas.

E então era de notar que se tratava de um local de trabalho com pessoal altamente qualificado. Todos tinham uma educação elevadíssima, um salário anual médio de 300 mil libras, se não fossem incluídas, claro, as secretárias.

E agora, depois do 11 de setembro de Londres, o ataque há duas semanas, a situação ficou quase insustentável. Aquilo que eles bem lá fundo queriam era certamente rugir para os seus companheiros de trabalho que aqueles jovens de Leeds ainda assim tinham oferecido as suas vidas por uma coisa em que acreditavam. Não porque eram politicamente espertos, não porque queriam ficar ricos, mas porque já tinham agüentado demais e estavam desesperados. Eles queriam bater de volta, um contra-ataque nessa assim chamada Guerra ao Terrorismo. E isso merecia respeito. O que, aliás, seria extremamente imprudente dizer em alto e bom som. E isso de não poder falar em alto e bom som o que se pensa era insuportável.

Eles falaram assim por momentos, de início ardentemente, prolixos e drásticos, visto que ambos estavam acostumados a formular os seus pensamentos muito melhor e mais rápido e, se necessário, com mais graça do que todos os outros.

Mas o imame Abu Ghassan ficou apenas escutando tranqüilamente as palavras deles, sem dar sinal de intolerância, nem mesmo tendo reação alguma. E isso fez com que eles logo ficassem inseguros e, finalmente, acabassem em silêncio.

— Vocês vão querer rezar pela felicidade desses jovens? — perguntou o imame quando Marv e Ibra não tinham mais nada a dizer. Eles acenaram afirmativamente com a cabeça, mas ainda hesitantes. — Isso vocês podem fazer, evidentemente. Deus é clemente e perdoa. E esses jovens estudantes morreram mais por burrice do que por defender princípios elevados. Justamente foi essa sua tolice arrasadora que fortaleceu essa radiação venenosa de que vocês falaram. Justo essa burrice deles é a sua única desculpa. Mas vocês dois não podem esperar ter essa desculpa. De vocês Deus deve esperar muito mais. Você, Marv, como diz ser seu nome e que eu suponho ser Marwan, abra o livro na sexagésima surata, Al-Mumtahan, a *Surata d'A Examinada*,* bem apropriada. E, por favor, leia o oitavo versículo para mim.

Lentamente, ele passou o Alcorão para as mãos de Marwan, que folheou o livro nervosamente por algum tempo, antes de encontrar o lugar certo. Depois, leu o versículo, de forma um pouco sincopada, claro, mas ainda assim entendível, como era de esperar:

---

* Esta e todas as citações do Alcorão nesta obra provêm da edição de Otto Pierre Editores: *Alcorão Sagrado,* versão em português diretamente do árabe por Samir El Hayek, com apresentação de Sua Excelência, o Dr. Abdalla Abdel Chakur Kamel, diretor do Centro Islâmico do Brasil e Coordenador dos Assuntos Islâmicos da América Latina. (N. T.)

— *Deus não vos impede a que vos alieis àqueles que não vos combateram pela causa da religião e não vos desterraram, nem que com eles sejais eqüitativos, porque Ele aprecia os justiceiros.*

— *Well,* muito bem lido, Marwan — disse o imame, acenando lentamente com a cabeça, pensativamente, como se quisesse dar tempo para que aquelas palavras assentassem firmes na mente deles. — Se me permitem, gostaria de perguntar se algum de vocês por acaso é de origem palestina.

Ambos levantaram as mãos.

— Era o que eu pensava — continuou o imame. — Vocês *devem* amar aqueles que *não* vos desterraram da Palestina. É isso que está escrito. E vocês *devem* amar aqueles que não nos combateram por causa da nossa fé. Os jovens de Leeds cometeram um pecado grave. Quantas daquelas 52 pessoas, habitantes de Londres, que morreram, nos haviam desterrado de nossa casa e combateram a nossa fé? Na pior das hipóteses, talvez dez. E as outras?

— O senhor também é palestino, Abu Ghassan? — perguntou Ibra, tentando ganhar tempo.

— Sim, sou palestino. Fiquei dez anos em uma prisão israelense, tendo o Alcorão, aliás, como única leitura. E é por isso que eu me mostro como sou, na roupa que visto e na cicatriz que não escondo. Mas não tente fugir à questão — respondeu o imame, rapidamente. — Quantas dessas 52 pessoas mereciam morrer, de acordo com as palavras de Deus?

— Do jeito que a pergunta é feita, senhor, teoricamente, ninguém. Mas contra quem o impotente poderá reagir? — respondeu Ibra.

— Eles o chamam de Ibra, mas o seu nome é, certamente, Ibrahim? Na realidade, você tem o mesmo nome de um grande profeta e líder, pense nisso.

— Mas será que *não* devemos reagir?

— Devemos, sim. Às vezes. Quando é certo. Não, quando é errado, como nesse dia 7 de julho. Veja a 29ª surata, versículo 69.

Ibrahim fez como lhe tinha sido pedido, mas com uma expressão de notório desapontamento. Tinha vindo à casa de Deus procurando uma palavra de conforto e de ação, e no momento lhe parecia que a conversa seguia em sentido contrário, mais ou menos como na cristandade. Mas ele encontrou o versículo com rapidez e o leu notadamente melhor do que Marwan tinha podido fazer:

— *Quanto àqueles que lutam por Nossa causa, encaminhá-los-emos por Nossas sendas. Sabei que Deus está com os benfeitores.*

O imame ficou em silêncio por momentos, antes de voltar a falar.

— Caros amigos, eu posso entender o incêndio que grassa nos seus corações. Eu sinto o mesmo. Vocês querem lutar pela nossa causa e isso está certo e faz a pessoa se sentir bem. Mas com todo o talento especial que vocês detêm, isso não seria apenas uma burrice, mas também um pecado: explodir trens de metrô. Deus teria muito mais dificuldades em perdoá-los do que aos estudantes de Leeds, isso acho eu, e é uma coisa que, com toda a humildade, posso garantir. Aquilo que vocês dois, incondicionalmente, devem fazer é esperar o momento em que Deus vai chamá-los para realizar algo grande.

— Mas quando é que Ele vai fazer isso? — perguntou Marwan.

— Talvez amanhã, talvez nunca, como posso saber? — respondeu o imame, quase divertido. — Mas Deus deu a vocês grandes presentes intelectuais. Por isso, é um dever de ambos, perante Ele, utilizar esses dons. Podem ir agora e pensem bem no que eu lhes disse. Não voltem se for para se vingar, segundo os meus caminhos, os dos muçulmanos, dos palestinos, dos iraquianos, afinal, de todos os muçulmanos, e, sobretudo, dos seus próprios caminhos. Voltem quando acreditarem que eu posso ajudá-los a encontrar Deus e, assim, o caminho certo para a grande contribuição que Ele, sem dúvida, vai querer chamá-los para realizar.

Eles se levantaram e fizeram uma reverência. E o imame leu, então, mais um versículo do Alcorão, o 2:218, que considerou ser bem apropriado para o que estavam procurando:

— *Aqueles que creram, migraram e combateram pela causa de Deus poderão esperar dele a misericórdia, porque Deus é Indulgente, Misericordiosíssimo.*

O Alcorão, na realidade, é um Livro maravilhoso, pensou o imame, seguindo com o olhar os dois jovens, pensativos e abatidos, que tinham vindo à casa de Deus de espírito aceso, prontos para encontrar um motivo para combater. Pode-se encontrar, de fato, no Alcorão, orientação para tudo, desde que se aprenda tudo de cor.

O imame estava certo de que iria conseguir agora atraí-los para uma ação maior e muito mais divina do que qualquer um deles poderia imaginar. A operação seguia exatamente como planejada.

✪✪✪✪✪

Lewis MacGregor chegou de táxi e no horário exato, no momento em que Mouna saía do hotel. Ela entrou no carro, antes mesmo de ele conseguir sair para lhe abrir a porta. Mouna fez uma rápida saudação e encostou-se no banco, não sem antes ter batido no vidro esverdeado, mas falsamente blindado, do táxi.

— A empresa achou prático usar os carros mais discretos de Londres para certos transportes — explicou ele.

— Ótimo. Assim, eu presumo que o motorista é um dos nossos — reagiu ela, sendo breve, sem sequer olhar para o motorista, nem para o colega ou a escolta. Ela surpreendeu MacGregor ao se mostrar nervosa. Ou era o mau humor da manhã. De qualquer forma, parecia não estar disposta a ter qualquer conversa sobre assuntos gerais.

Tentou observá-la disfarçadamente. Ela estava um pouco mais elegantemente vestida do que no primeiro encontro, mas a esse respeito o seu julgamento podia não se revelar seguro. Usava um costume justo, verde-claro, a cor da moda no ano, segundo a sra. MacGregor, uma blusa de seda cinza, com um decote em "V" surpreendentemente ousado, tendo em conta que ela era, por assim dizer, muçulmana. Solto sobre os ombros, um xale de caxemira de cores quentes de outono, e nos pés sapatos pretos com saltos prateados. Segurava na mão uma pasta marrom patinado da marca Mulberry que parecia conter um computador portátil, o que se confirmou ao passar pelos controles de segurança.

Ela parecia estar entre os seus 40 e 45 anos de idade, mas MacGregor sabia que era alguns anos mais velha e tentou entender como é que ela conseguia parecer mais jovem do que era. Não era difícil imaginar, achou ele. A cintura dela não era assim tão fina, pelo que se podia ver pelo cinto apertado do costume, mas também não se podia considerar que fosse um rolo de banhas. Ela era, simplesmente, sob o aspecto físico, uma mulher bem treinada, inclusive bem musculosa, coisa um pouco estranha para quem afirmou não participar mais de operações em campo. Todos que, depois de longo tempo de serviço em campo, acabavam ficando atrás de uma mesa, logo viam o seu corpo se modificar. Isso valia tanto para homens como para mulheres. Mas Mouna, no entanto, tinha conservado o seu físico em um nível invejável.

Isso poderia ter explicações muito simples. Os oficiais dos serviços secretos não eram menos vaidosos do que as outras pessoas. E de maneira geral é mais bonito não ser gordo. Ele próprio seria o último a pensar em desistir de uma boa aparência e passava grande parte do seu tempo de trabalho no ginásio do MI 6, localizado no segundo andar.

A viagem de táxi demorou meia hora, como esperado. Ela não disse nada durante o trajeto e parecia agora concentrada e não mais com o aparente mau humor inicial.

Os escritórios do MI5, pelo menos a seção usada pelos visitantes do dia, estavam embutidos num complexo de empresas em

Knightsbridge, na frente de Kensington Gardens. Os letreiros na porta indicavam algum tipo de atividade de importação e exportação. Era um arranjo que lhe dava prazer, fazendo lembrar os bons e velhos tempos. E, de resto, era precisamente desse jeito que o seu escritório principal em Túnis fora camuflado.

Ao entrarem em uma sala fria, com recepcionista e quadros horrorosos de arte moderna em uma das paredes, pareceu ainda que se tratava de uma empresa qualquer. Mas foram levados imediatamente para uma segunda recepção, de um tipo mais severo, com gravadores, arcos de metal e pessoal de segurança uniformizado que examinou o computador dela de uma maneira que pareceu algo exagerada.

Lá dentro, a tecnologia dominava, telas cintilando e pessoal com auscultadores e microfones diante de si por todo o corredor que levava à sala de reuniões decorada nas cores cromo e azul-claro.

Umas trinta pessoas já se encontravam sentadas na sala e dois homens que certamente eram chefes esperavam para recebê-la. Nada, porém, sugeria boas-vindas, e o estilo de vestuário estava longe de ser o do Savile Row e do MI6, o quanto se poderia imaginar. Característico também foi o fato de ninguém ter se levantado quando a convidada entrou no auditório. No fundo, algumas figuras barbudas em calças jeans e com bonés do tipo americano usados no beisebol, além de óculos de sol. Sir Evan Hunt, do MI6, teria desmaiado ao olhar esse ambiente.

Os dois chefes que a receberam também usavam calças jeans, mas os paletós eram de tecido mais apropriado e do colarinho pendiam gravatas, ainda que inadequadas.

Eles deram os nomes de Pete e Webber, um de cabelos bem curtos e o outro de cabelos longos do tipo hippie. Ambos estenderam a mão, cumprimentando-a. E logo indicaram o lugar de onde ela devia falar. Em seguida, rapidamente, sentaram-se, assumindo uma postura de irônica expectativa. Algumas outras manifestações do público fortaleceram o espírito de ironia que pairava no auditório. Mouna aceitou a situação, lembrando-se de que isso era o preço a pagar pelo fato de ter convencido o MI6 a dar uma ordem para o departamento "irmãozinho" de como o encontro devia se realizar.

Ao subir em uma espécie de púlpito improvisado, de onde devia falar, Mouna pensou que diante das circunstâncias era melhor encurtar ainda mais a parte introdutória da sua palestra, mais do que já havia feito na noite anterior no hotel. Esse público era inimigo já desde o começo. Talvez fosse melhor tentar se expressar com ironia e bom humor, ainda que isso não fosse o seu forte.

Ela esperou primeiro que se fizesse silêncio e logo entrou na exposição do raciocínio de como o MI5 estava se arriscando a formar mais terroristas do que a prendê-los. O ponto de partida era o filho de um oficial egípcio de nome Mustafá Kamel Mustafá, de Alexandria, que recebeu a luz de Deus relativamente tarde na vida e que, entre outras coisas, fez carreira como leão-de-chácara em uma boate no SoHo. Casou-se com uma inglesa, um casamento de natureza garantidamente não religiosa. A mulher chamava-se Valerie Fleming. Por sua vez, ele era mais conhecido pelo nome de Abu Hamza, de Finsbury Park.

O seu raciocínio seguinte sobre o jogo de poderes entre a mídia, os políticos e funcionários leais atraiu a atenção geral, mas nada de espantar. Alguns suspiros deram-lhe a entender que estava praticando o pecado de falar em política diante de uma audiência que, segundo convenção profissional, jamais se preocupava com política. Quase todos os seus colegas do mundo ocidental achavam estar lidando com uma espécie de análise científica, apesar de os serviços secretos e os de segurança constituírem instrumentos notadamente políticos.

Mas teria sido um erro insistir nesse tema. Por isso, ela devia entrar ainda mais cedo do que pensara na mensagem principal.

— E com isso, senhores — disse ela, fazendo uma longa pausa ensaiada —, chegamos ao seu pior inimigo, aquele que vocês não vêem, aquele que vocês subestimam, ou, na pior das hipóteses, aquele diante do qual vocês se sentem impotentes. Sim, estou falando ainda do potencial terrorismo interno na Grã-Bretanha, o nosso grande problema conjunto. Na verdade, a minha narração começa em 1917. Mas posso garantir que é relevante e talvez, do ponto de vista dos ouvintes, mais gratificante. E garanto também que dentro de alguns minutos estarei já em julho de 2005 e em Londres.

E assim ela passou a falar do caso Husseini, e a história começava realmente em 1917, ano em que os palestinos mandaram um tal Muhammed al Husseini de Jerusalém para Londres. A intenção era que esse emissário, irmão do grande muezim Hadi Amim al Husseini, na época, o que mais se aproximava de um líder palestino, influenciasse o ministro britânico das Relações Exteriores, Lorde Balfour, no sentido de não prometer aos judeus a concessão do mandato palestino. A Grã-Bretanha detinha, de fato, o "mandato" sobre a Palestina, depois de, junto com a resistência árabe, ter vencido os turcos na Primeira Guerra Mundial.

— A respeito da capacidade diplomática desse Muhammed al Husseini, ou dos seus esforços, pouco se sabe. No entanto, o fato é que Lorde Balfour pareceu não ter levado em consideração as suas alegações, visto que acabou entregando a Palestina aos judeus.

"Diante desse concreto insucesso, Muhammed al Husseini não chegou à conclusão de que devia voltar para a Palestina, mas, em contrapartida, deu por concluída a sua carreira diplomática. Ele já estava trabalhando em outra linha, começando a realizar muitos e lucrativos negócios em Londres. O fato de poder assumir essas liberdades dependia possivelmente de ele ser aquilo que na Palestina se poderia chamar de aristocrata. A família Husseini, dizia-se, era aparentada com o Profeta, que a paz zele pelo seu nome.

"Então, um raro e bem-sucedido imigrante árabe em Londres, aliás, nessa altura, já cidadão britânico. E ele continua fazendo grandes negócios.

"E o que é que isso tem a ver com terrorismo? Tem, sim, podem estar certos. Se bem que, na época, ninguém ainda sequer sonhava com isso, em 1920, ano em que Ghassan veio ao mundo, o filho primogênito do nosso valorizado Muhammed al Husseini e de uma jovem de boa família, importada de Jerusalém expressamente para a finalidade de ser mãe. E os negócios continuaram bem; na realidade, muitíssimo bem. O ramo inglês da família Husseini já era rico, depois da Segunda Guerra Mundial, em 1945, ano em que nasceu o filho de Ghassan, Abdula.

"Abdula foi o primeiro na família imigrante a se tornar mais britânico do que os britânicos. Foi ele que herdou a propriedade da família, Montrose House, em Kent.

"Abdula, que, aliás, encurtou o seu prenome para Ab e alterou o sobrenome da sua família para Howard, lamentava muito, como inglês que era, nunca ter recebido um título de nobreza. É, ele ainda vive, mas agora, evidentemente, jamais será nobre, visto que já é bem conhecido das autoridades britânicas que o nome "Howard" deverá ser lido como Husseini.

"Com isso chegamos ao tema de hoje. Os filhos, Peter Feisal e John Marwan, ambos de sobrenome Howard, nasceram em 1972 e 1973, respectivamente.

"Os dois irmãos revelaram ser desde cedo extremamente talentosos em tecnologia. Em Montrose House existiu por muito tempo uma exposição de desenhos do que se diz serem motores de explosão completamente funcionais, motores elétricos para máquinas de toda espécie, guindastes para construção civil e semelhantes, que os garotos fizeram na idade de 12 e 13 anos.

"A única coisa que diferenciava os dois irmãos na adolescência era o fato de o mais novo, John Marwan, por algum motivo, se recusar a entrar para a Universidade de Eton, dando preferência à Rugby.

"Os garotos da classe alta costumavam preferir estudar economia ao chegar ao nível universitário. Os *gentlemen* ingleses do interior, normalmente, desprezam a tecnologia e as ciências naturais, domínio da classe média. Que os irmãos Howard tenham fugido dessa convenção é fácil de entender.

"Peter Feisal doutorou-se em Cambridge com pouco menos de 29 anos de idade e com um tema ligado ao eletromagnetismo que eu não tenho tempo nem capacidade intelectual para explicar. A sua tese obteve uma nota altíssima e o professorado ficou imediatamente ao seu alcance. Mas notem bem a data da defesa do seu doutorado: 11 de setembro de 2001.

"O seu irmão mais novo, John Marwan, jamais chegou a terminar a sua tese, mas também estudou em Cambridge. Atualmente, obtém enorme sucesso com uma técnica que utiliza um novo sistema de transmissão de sinais de computação para desenhos animados. Na indústria cinematográfica, em especial, parece que essa área é de enorme significado econômico.

"Por acaso, foi no dia 11 de setembro de 2002 que ambos os jovens romperam com o pai "Ab" e retomaram o nome de família, Husseini. Hoje, eles se chamam Feisal e Marwan Husseini. E se converteram, podemos quase dizer, ao islamismo. Peter Feisal usa roupas exóticas e ambos costumavam sondar a mesquita em Finsbury Park e agora passaram a rondar a mesquita em Regent's Park.

"Esses dois homens, ainda novos, são os nossos inimigos e pesadelos. Eles não pertencem à segunda geração de imigrantes como aqueles jovens de Leeds que detonaram as bombas no metrô. Eles já são da quarta geração, se é que, realmente, nós precisamos fazer as contas desse jeito.

"Eles não precisam procurar na internet por qualquer fórmula de bombas ou por alguma técnica interessante de envenenamento, já que são cientistas no nível de genialidade.

"E ainda que os serviços de segurança da Grã-Bretanha hoje em dia possam cercar um quarteirão inteiro ao norte de Londres, onde todos os habitantes, certo ou errado, se dizem muçulmanos, e possam proclamar alguma espécie de toque de recolher, ou prender uma mão-cheia deles e metê-los na cadeia por tempo indeterminado — ainda assim vocês dificilmente vão conseguir render os irmãos Husseini, ex-Howard.

"Eles não são uns imigrantes negros quaisquer. Eles são de Eton, Rugby e Cambridge.

"Isso não significa apenas que eles falam um inglês em que as mais rústicas vulgaridades da língua soam como se fossem pura poesia, ditas com a pronúncia deles. Isso significa, acima de tudo, que a irmandade de juízes, promotores, advogados e, talvez, alguns chefes de polícia, faz parte do seu ciclo de amigos e conhecidos. Eton, Rugby e Cambridge estão acima de quaisquer suspeitas de terrorismo. Aliás, tal como Cambridge, anteriormente, estava acima de todas as suspeitas de espionagem e de traição.

"Nós estamos diante, portanto, daquele que é talvez o maior perigo de terrorismo de todos os tempos na Grã-Bretanha."

Mouna olhou para o relógio e constatou que tinha poupado muito tempo. Mas era então que tudo iria se definir. E ela tinha ensaiado o final, mil vezes, em silêncio, durante a noite.

— Digamos, portanto, que estamos diante da maior ameaça terrorista de todos os tempos na Grã-Bretanha. A missão dos senhores, a missão do MI5, devia ser, em primeira mão, a de entender como essa ameaça poderá surgir. Logo a seguir, há que se saber como se poderá agir, combater e suplantar tais terroristas em potencial, extremamente perigosos, sem que o céu venha abaixo e sejamos despedidos e dirigidos para atividades mais prosaicas, como tratar de roubos de bicicletas ou aplicar multas de estacionamento pelo resto do tempo, até chegarmos à aposentadoria.

"A Jihaz ar-Razed, a minha organização, pode contribuir de duas maneiras. Se os senhores agüentarem escutar, podemos explicar. E podemos descobrir o perigo, também aqui em Londres, antes dos senhores."

Ela suava frio por baixo da maquiagem. Mas aquela gangue de rufiões a aplaudiu mais do que polidamente, até mesmo sorrindo com entusiasmo. A piada dela tinha, portanto, caído bem, estava vendo. Em especial aquela da arte de pronunciar "as mais rústicas vulgaridades da língua" (todos pensaram nas mesmas palavras sem que ela precisasse dizê-las) "soam como se fossem pura poesia". Precisamos seguir as tradições do lugar aonde chegamos, pensou ela. Os ingleses são especialmente sensíveis ao uso da língua, o que faz parte da sua cultura, por muito que isso seja incompreensível. Mas na guerra todos os truques são permitidos.

No momento, tudo dependia do que acontecesse a seguir. Aqueles que se autodenominavam Pete e Webber olharam para os seus relógios e mandaram todo o pessoal trabalhar, usando algum tipo de piada e dizendo para "terem cuidado lá dentro". E se despediram polidamente de Lewis MacGregor (que se portou profissionalmente interessado, com uma das pernas cruzada sobre a outra durante toda a palestra, sem que tivesse mudado uma única vez de posição ou de expressão).

O fato de eles terem se despedido primeiro de MacGregor fez com que Mouna ficasse esperançosa e ela logo estendeu a mão para seu homem de ligação do MI6, agradecendo pela ajuda do dia, assegurando-lhe que não precisava mais de transporte e que esperava ter oportunidade de se encontrarem novamente.

Pete e Webber, então, pediram a ela, com extrema cordialidade, um pouco mais do seu tempo certamente precioso. Ela aceitou o pedido, sem olhar para o relógio. E eles indicaram, então, o caminho para outra seção, cuja porta de segurança se abriu só depois de eles colocarem a palma da mão sobre uma pequena tela negra.

O corredor em que entraram era curto e parecia dar para algumas das salas grandes dos chefes, além de uma central de computação e de um arquivo. Lá dentro já não prevaleciam as cores cromo e azul-claro, nem as lâmpadas de mercúrio, mas o estilo tradicional inglês, com paredes revestidas de painéis de madeira, o chão forrado de carpetes escuros e mobiliário de couro, com mesa de teixo e incrustações de latão. Parodiando, a única coisa que faltava eram cortinados floridos.

— *Well*, general — começou por dizer Pete, ao entrarem numa dessas grandes salas dos chefes. — Por favor, queira sentar-se. Como somos *spooks** modernos, receio que não podemos mais lhe oferecer um chá. E ainda bem, para o meu gosto. De qualquer maneira, já estava cansado daqueles saquinhos de chá. Mas temos uma maquineta de fazer café expresso que, de fato, funciona. Portanto, se...

— Claro, aceito sim, com muito prazer — respondeu ela, rápido, assim que se sentou na bufante poltrona de couro cor-de-vinho designada para os visitantes. — Desde que, naturalmente, o diretor assistente do departamento, Andrew Lloyd, codinome Webber, possa trazer para mim o café.

Os dois homens trocaram uma rápida olhadela, antes de se decidirem por uma gargalhada forçada.

— Muito bem. Entendo que os nossos codinomes não são tão secretos assim para a OLP. *Well*, Mr. Andrew Lloyd, você ouviu o que deseja, não?

— Claro que sim, Sir — respondeu Andrew, o de cabelos longos, que se levantou rápido, perguntando: — Como deseja o café, madame?

— Um expresso duplo com um pouco de leite e sem açúcar — respondeu ela.

— Traga para mim o mesmo de sempre — disse o chefe para o assistente, pronto para sair. Em seguida, deu por terminada a sua atitude de cordialidade. — Talvez eu esteja sendo um pouco pedante — disse ele quando ficaram a sós. — Mas as nossas identidades aqui na Seção T são consideradas extremamente secretas. Não é nada diverti-

---

* Em inglês no original. *Spooks*, normalmente, traduz-se por "fantasmas", mas, nos Estados Unidos, também por "espiões". (N. T.)

do saber que esse, como acreditávamos, elaborado segredo não incluísse a OLP.

— Eu não acho que esse seja um motivo para haver qualquer tipo de preocupação, Mr. Charles *Peter*, daí o sutil codinome *Pete*, Hutchinson. Ninguém na OLP fazia idéia desses nomes até minutos atrás e não se trata de uma coisa que eu tencione sequer passar adiante. Estou certa de que o senhor se lembra de que estou aqui para iniciar uma cooperação e posso assegurar ao senhor que sou muito mais confiável do que pareço.

— Eu não duvido disso, madame. Mas a senhora precisa entender se eu ficar um pouco constranado ao...

— Nada de especial — interrompeu ela. — Assim que se entra nesse corredor vemos logo uma pequena placa de latão à esquerda onde estão os nomes dos funcionários por ordem hierárquica. O senhor está em primeiro lugar, chefe de departamento Hutchinson, com título e tudo. E que aquele que se chama Andrew Lloyd ter o codinome de Webber não é nada difícil de imaginar. Pelo contrário, se é que eu posso ser sincera.

— Ah, sim. É um ponto de vista. Por acaso a senhora é entusiasta do tipo de musicais de Andrew Lloyd Webber?

— Para falar a verdade, não! Nos escritórios onde trabalho se ouve rock árabe de nível altíssimo, música árabe lânguida e sentimental ou rock do Oeste africano. Detesto. Fiquei surda de tanto ouvir. Mas terminar com isso seria como tentar instaurar a proibição de fumar.

— Pode-se fumar no seu escritório?

— Claro que sim.

— Tem uma vaga lá para mim?

— Não agora. E se entrarmos para a União Européia, onde vocês já estão, não haverá problema.

— Naturalmente. Boa sorte. Como é que eu não pensei nisso. Mas, de qualquer maneira, como é que a senhora fez uma associação tão rápida chegando logo a Andrew Lloyd Webber?

— Ah, isso! Sim, no meu departamento nós somos um pouco céticos contra os códigos transmitidos por rádio, como, certamente, o senhor compreende. Temos grandes e fortes "ursos" de ambos os lados. Os israelenses são uns diabos quando se trata de interceptar mensagens e interpretar códigos. Para não falar dos seus padrinhos, os Estados Unidos e a sua NSA.* Alguns anos atrás, realizamos uma operação em que todo o sistema de códigos estava baseado em uma segunda edição da peça *O Fantasma da Ópera*. Acho que ainda consigo lembrar os nomes.

— Fascinante. Vocês se defendem da escuta das suas mensagens pelos ocidentais dando um passo tecnológico para trás?

— Totalmente correto.

— Mas, então, tudo ficará destruído ao entrarmos e apanharmos os *seus boys* quando vocês estiverem lá sentados e enviarem as suas mensagens misturadas com todas as suas partituras.

— Totalmente errado. Aí nós saberemos que essa unidade precisa ser apagada e os códigos, mudados. Mas se *vocês, boys,* nos apanharem, aí não vamos saber de nada, antes de a catástrofe cair sobre nós. E, de resto, sr. Hutchinson, o que é que quer dizer com isso de entrar e apanhar *seus boys*? Terroristas?

— *Well,* madame general, peço desculpa pela maneira falha de me expressar. Receio que, por um hábito antigo, fiz uma associação nesse sentido, sim.

Webber voltou justamente nesse momento com uma pequena bandeja e os cafés. A única coisa que ele entendeu da conversa, mas que praticamente não pôde evitar entender, era que o seu chefe parecia ter acabado de chamar a visitante de terrorista.

Mouna obteve uma bem-vinda pausa com o café. Teve um acesso de irritação e quase esteve para dizer coisas de que ela estava certa de

---

* NSA — National Security Agency (Departamento de Segurança Nacional). (N. T.)

que iria se arrepender. Em vez disso, passou a saborear o café, a elogiar a máquina que o fez, e sorriu.

— Vamos esquecer isso aí e falar um pouco de trabalho. Ou não? — comentou ela, ao baixar a xícara na mesa.

— Absolutamente! — responderam os dois homens quase em coro.

— Receio que não me tenham convidado para uma conversa um pouco extraprotocolar só porque foram atacados por um recém-descoberto e simpático interesse pela OLP. Vocês estão com uma questão fervendo na cabeça em relação aos irmãos Husseini, não é verdade?

— Acertou em cheio, resta apenas reconhecê-lo. — Suspirou Hutchinson, o diretor de departamento. — Portanto, esses irmãos não são precisamente o tipo de gente que fica enchendo tubos com explosivos e pregos. Eles são totalmente capazes de criar toda a espécie de inferno e se ambos, ao mesmo tempo, entraram em algum tipo de loucura religiosa, então haverá cenários de pesadelos pela frente. Exatamente como a senhora salientou, madame. O mais velho, Peter Feisal, foi contratado, de fato, a peso de ouro, para realizar uma pesquisa por encomenda de uma das principais corporações da Grã-Bretanha de... Bem, deixemos isso para lá. Mas ele nunca apareceu no trabalho. E o mais jovem...

— Pela Marconi — interrompeu ela. — Peter Feisal foi contratado pela Marconi por 400 mil libras por ano, próximo de um milhão de dólares, para realizar uma pesquisa que tem a ver com a técnica de armas marítimas, não é?

— Isso eu não posso confirmar ou negar, como certamente a senhora compreende, madame.

— Fique calmo, sr. Hutchinson. Eu não estou aqui para extrair informações do senhor. Ao contrário, posso descrever praticamente tudo o que vale a pena saber e que está nos seus arquivos, no que diz respeito a esses, vamos dizer de acordo com o pior cenário, irmãos Frankenstein. E os meus conhecimentos não dependem, evidentemente, do fato de a OLP ter feito o mínimo esforço para penetrar na sua organização. Existe, se é que posso falar disso, uma explicação mais simpática para o fato de eu saber tudo o que vocês sabem sobre esses dois jovens. Adivinhe se for capaz!

Charles Peter Hutchinson, 42 anos de idade e filho do que se costuma chamar de boa família e de boas escolas como base cultural — embora nenhuma do nível da Eton —, além de uma carreira rápida nos serviços britânicos de segurança, já ocupava a cadeira de chefe há quase dois anos. Nada tinha atrapalhado a sua carreira, ele não tinha sofrido nenhum revés, nem em qualquer coisa de somenos importância até então. Tudo tinha acontecido nos conformes e a sua autoconfiança jamais tinha sofrido vacilos. Até aquele momento que ele jamais iria esquecer.

Ficar observando-a não adiantava. Era como tentar penetrar na mente de um jogador de cartas talentoso. Ela era uma mulher bonita, de uma maneira um pouco singular e assustadora. Usava um anel na mão esquerda, mas não um anel simples, de ouro, como viúva que era, segundo informações. O anel era negro, com três pedras grandes em verde, vermelho e branco. As cores da bandeira palestina, pensou ele. Ela estava, tal como o velho Arafat costumava dizer, casada com a revolução.

Mas justo naquele momento ela deu a entender mais do que abertamente que o conhecimento que eles tinham sobre os irmãos Big T, como eram conhecidos no departamento, vinha da sua parte.

— Desculpe a minha longa hesitação — começou ele. — Mas eu preciso ser inteiramente sincero. Aquilo que a senhora dá a entender é de fato... Como é que poderemos dizer?

— Que os senhores receberam todas as informações relevantes por nosso intermédio, da OL — respondeu ela, quase com exagerada delicadeza.

— Com os diabos, desculpe o meu francês — explodiu o chefe de departamento Hutchinson para, pelo menos, ganhar tempo e evitar mais um longo silêncio enquanto pensava no que devia tentar dizer.

— Mas — continuou ele, mais concentrado — temos fontes próprias que nós mesmos recrutamos e que estão muito próximas dos objetivos. E eu tenho dificuldade em ver como...

— O jovem imame Yussuf ibn Sadr al Banna! — interrompeu ela, com um tom suave na voz, mas com um gesto rápido da mão. — Ele é meu menino. Foi educado na própria al-Azhar, no Cairo. É mais ou menos como o papado em Roma para os católicos, para simplificar a coisa. De qualquer forma, ele é meu menino, foi meu aluno. Eu mesma o treinei. E estou insegura a respeito do quanto ele acredita em Deus, se acredita mais do que eu. E eu não acredito em Deus.

Os dois oficiais do serviço secreto britânico trocaram um longo olhar entre si como se quisessem ler o pensamento um do outro. O silêncio terminou com um aceno muito decidido de Webber.

— Muito bem! — disse Hutchinson. — Foi muita coisa ao mesmo tempo. Mas tudo bem. Acreditávamos que tínhamos uma fonte genuína e muito valiosa. Confessamos isso. Mas, então, ele é um desinformante...

— Absolutamente, não, chefe Hutchinson — interrompeu ela. — Pense bem. A razão pela qual eu rompo com a mais sagrada de todas as regras da irmandade dos espiões, a de nunca queimar um agente do seu lado, entendam, é que tenho que ganhar a confiança dos senhores a qualquer preço. E os senhores podem estar certos de que as informações que receberam do nosso agente comum, Abu Ghassan, são matéria de primeira qualidade. São as informações que eu também recebi.

— Naturalmente, no momento, nada posso dizer contra isso, madame. Mas também não vejo de que maneira podemos verificar isso.

— Muito fácil. Vocês o prendem. Leis para fazê-lo vocês têm de sobra. Segurem-no por alguns dias e o interroguem discretamente. Depois, perguntem-lhe: "Para quem você trabalha?" E ele, literalmente, vai responder — desde que esta conversa não esteja sendo gravada, como eu suponho, portanto, queiram anotar: *Para Mouna e ninguém mais, a não ser Mouna*. Em seguida, a pergunta de controle é esta: "Por que você adotou esse nome, Al Banna?" E ele vai responder: *Porque eu, infelizmente, sou parente desse diabo*. Façam o teste e vocês verão que ele é o meu menino. Depois, maltratem-no com parcimônia e o deixem ir embora. Essa é a minha proposta.

Os dois britânicos ficaram em silêncio por momentos, sem a menor intenção de fazer quaisquer anotações.

— Desculpe, mas quem é *esse diabo*? — perguntou, de repente, o assistente do chefe de departamento, o dos cabelos compridos, que na maior parte do tempo tinha ficado com a expressão congelada, sem mover um músculo do rosto durante toda a conversa.

— Al Banna? Os senhores o conhecem sob o nome de Abu Nidal, um terrorista de fracas qualidades que Saddam Hussein comprou — explicou Mouna, rápido.

— E *são*, de fato, parentes, quero dizer, o seu menino e esse tal Abu Nidal? — insistiu o cabeludo.

— Sim, embora bem afastados. Nós somos um povo pequeno. Têm-se os parentes mais desejados e também os mais indesejados.

— A senhora é parente dos irmãos Husseini? — perguntou Hutchinson.

— De certa forma, sim. Eu tinha, originalmente, outro nome de família. Nasci em Gaza, muito longe da classe alta palestina. Mas mais tarde me casei com um médico, pacifista por natureza, e, durante algum tempo, comecei com ele uma vida nova e tranqüila. E ele era um al Husseini puro. Quando os israelenses o assassinaram, junto com o meu chefe na época, Abu al Ghul, resolvi adotar o nome al Husseini. Mais ou menos como Pete ou Webber.

— Mas por que eles mataram o seu marido em se tratando, afinal, de um pacifista? — inquiriu Webber, com um olhar oblíquo e preconceituoso que irritou Mouna e o chefe Hutchinson.

— Um erro. *Collateral damage,* os senhores sabem. A intenção era a de que eu estaria em casa de Abu al Ghul justo nessa hora para apanhar a correspondência. Mas recebi uma visita inesperada em Túnis e o meu marido me ajudou cumprindo em meu lugar essa pequena missão. Havia apenas duas pessoas que poderiam saber da hora e do lugar exatos. Por isso, não tivemos dificuldade nenhuma em calcular quem era a pessoa e nos livramos de um espião israelense. Mas talvez seja melhor a gente voltar ao assunto principal, certo?

— Essa é uma proposta muito boa, madame — disse Hutchinson, dando uma olhada de crítica para o seu subordinado. — A senhora contou tudo isso com uma finalidade, e também montou toda esta operação com uma finalidade. Ou não?

— É claro.

— Muito bem, e o que é que a senhora quer fazer a partir de agora?

— Em primeiro lugar, que os senhores permitam que uma das minhas fontes em Londres e, portanto, uma das suas melhores fontes em Londres, continue na mesa de jogo. Os senhores não imaginam como é difícil conseguir elevar um dos colaboradores à posição de imame em uma superescola como essa.

— Oh, sim, podemos imaginar. Parece racional em manter na ativa uma peça do jogo como essa. Mas qual é a finalidade do jogo? Nós, os *spooks,* os espiões, montamos a conspiração secreta? Todos os monstros vêm até nós e, assim, obtemos o controle completo deles, alguma coisa nesse estilo?

— Isso mesmo. *Maskirovka* é como os russos chamam esse jogo, tão antigo quanto os livros de códigos, mas que funciona ainda, como os senhores podem ver.

— Tudo bem, nós estamos entendendo até aqui. Mas e depois?

— Depois, eu vou querer os irmãos Husseini.

— Perdão?

— Os senhores ouviram muito bem o que eu disse. Eu vou querer os irmãos Husseini.

— Sim, ouvimos. Mas o que isso significa?

— Eu vou recrutá-los antes que qualquer outro o faça.

— E quem seria esse *qualquer outro*?

— Talvez o seu pior pesadelo. Se esses irmãos acabarem nas mãos do irmão Osama bin Laden, nenhum de nós poderá mais dormir bem durante a noite, nenhum de nós.

— Desculpe, mas *nós*?

— Justamente, *nós*. Vamos deixar uma coisa absolutamente clara. Eu não vou chorar se um novo ataque explodir o Big Ben de uma maneira infernal qualquer. Não nesse momento. Receio que, durante um curtíssimo período, eu sentiria uma espécie de alegria primitiva de vingança. Mas depois eu iria para o escritório e começaria a chorar. Como eu disse antes, o terrorismo prejudica mais a mim do que aos senhores. Vocês vão receber mais verbas orçamentárias. Eu irei ver o meu sonho de ter uma pátria livre se afastar ainda para mais longe no tempo.

— Ok, nós aceitamos esse raciocínio. Mas aí chegamos à questão de saber como é que a senhora pensa usar esses irmãos Frankenstein se os conseguir recrutar.

— Eu penso reformá-los, para a alegria de todos nós.

— Religiosamente falando?

— Deus me livre, claro que não. Mas pensem que estamos lidando com personalidades muito intelectuais e muito românticas. Eu vou mostrar para eles aquilo que jamais viram e que jamais puderam imaginar que existisse, a Jihaz ar-Razed por dentro. Vão poder ver a luta pela liberdade dentro de uma organização que, evidentemente, não renuncia ao uso da violência em determinadas ocasiões, mas que, principalmente, usa métodos de luta políticos, técnicos e secretos que são exatamente o contrário do simples terrorismo. Acredito que até os senhores ficariam impressionados diante de uma visão como essa.

Os irmãos Husseini vão ficar empolgados, posso dizer, tão bem já os conheço a esta altura da vida.

Agora que a conversa, finalmente, tinha escalado até a questão concreta apresentada por ela, não havia mais como recuar ou a possibilidade de começar a falar de outra coisa. E foi o que aconteceu. Eles ficaram revolvendo o problema por todos os lados. Os irmãos Big T eram cidadãos britânicos e ninguém podia evitar que eles saíssem do país quando quisessem, independentemente do que se pudesse suspeitar. Por motivos sociais ou, se quisermos, por motivos políticos, eles seriam intocáveis antes de cometerem qualquer crime. E se colocarem um turbante na cabeça e resolverem comprar uma passagem de avião para Islamabad, isso não é nenhum crime.

Ambos eram como frutas maduras, prontas para serem apanhadas por quem aparecesse primeiro. E o que seria pior: escola de terror no Paquistão ou uma instituição educativa na OLP?

Visto por esse lado, a questão era muito simples. E aquilo que, ao final, convenceu os dois britânicos a aceitar a lógica de Mouna foi o seu argumento constantemente repetido de que as ações terroristas, de fato, prejudicavam mais a sua causa do que poderiam prejudicar a Grã-Bretanha.

Mouna tinha uma hora ou mais até chegar ao hotel, e resolveu voltar passeando por Kensington Park — ela havia dispensado qualquer tipo de transporte mais ou menos discreto. E estava feliz. Não, essa era evidentemente a palavra errada. Era uma palavra que há muito tempo tinha sido estripada do seu consciente. Ela se sentia orgulhosa, leve, forte, como se estivesse em muito melhor forma física do que antes.

Os britânicos tinham aceitado a idéia. Deixariam que ela recrutasse os irmãos Husseini bem diante dos seus próprios narizes. Iriam até ajudar com alguma documentação falsa se fosse preciso.

Algumas das últimas e mais difíceis peças do quebra-cabeça tinham encaixado finalmente no lugar certo.

❂❂❂❂❂

Webber, que era como ele normalmente se chamava, mesmo dentro da organização, não tinha direito a carro de serviço nem motorista. Mas isso não era nada para reclamar, já que ele até gostava de algumas horas de relaxamento atrás do volante. Pensava melhor quando dirigia, não só sobre observações insignificantes, como também sobre as grandes questões, sempre ligadas ao terrorismo. Tal como naquele momento na Estrada M 1, na direção norte, constantemente engarrafada. Bastava um investimento muito pequeno em material e em pessoal para bloquear por completo o trânsito naquela estrada por horas e horas, com o caos subseqüente. Pensando bem em como qualquer comunidade ocidental estava vulnerável a uma simples sabotagem técnica, era quase um mistério que os ataques acontecessem tão raramente.

Quando chegou à base aérea, viu que o pessoal da segurança estava extremamente relutante em deixá-lo entrar. Lista de visitas e documentos de identidade, mais senhas e número de telefone para controle, tudo isso, naturalmente, era aceitável e em conformidade com a ordem geral. Presumivelmente, isso era uma combinação dos seus cabelos longos e do fato de aquela base ter um sistema de alerta para entrar em ação com armas nucleares. Para a feliz ignorância das cidades vizinhas que circundavam a base.

Até dois anos antes, ele tinha tido um serviço de chefia no interior e, na cidade inglesa onde foi parar, o uso de uma cabeleira desmazelada era uma garantia contra qualquer suspeita de que a pessoa estava a serviço da polícia secreta de Sua Majestade. De certa forma, era um bom sinal ver que o pessoal de segurança tratava os seus documentos de militar e de identificação, muito difíceis de falsificar, com a máxima desconfiança.

Ao final, dois guardas muito sisudos acompanharam-no a uma área longínqua cercada de arame farpado por todos os lados, o que parecia um pouco estranho, visto que a única coisa aparente por trás do arame farpado eram gramados por cortar e duas barracas de madeira, em mau estado e, aparentemente, sem uso.

Mas havia uma prisão no subsolo. E quando ele foi entregue a dois novos acompanhantes já dentro de uma das barracas e o esquema da apresentação dos documentos de identidade se repetiu, eles entraram em um pesado elevador industrial recém-instalado e começaram a descer. E ele pôde então imaginar sob vários prismas o que seria descer para o submundo.

A "Seção de Custódia 4" podia ser comparada a uma visão moderna do inferno. Corredores limpos, perfeitos, iluminação forte, câmeras de observação, portas de aço reluzentes, além de gritos e gemidos de dor, longínquos e abafados, e palavrões que, na realidade, provinham de uma situação clara: tortura. Ou era a fita gravada destinada a agir como "interferência mental no sentido de estimular a cooperação dos prisioneiros", uma descrição de outra forma de tortura.

Quantos prisioneiros excepcionais existiam naquele inferno ele não saberia dizer. Podia ser qualquer quantidade entre uma dúzia e uma centena. No total, a Grã-Bretanha devia ter no momento, sob custódia, mais de mil pessoas, todas presas por tempo indeterminado, sem sentença judicial ou sequer sob qualquer suspeita concreta. Aquele que durante a noite foi retirado da sua cama e em seguida levado para a Seção de Custódia 4 ou para qualquer outra seção semelhante se chamava Muhammed, ou Ahmed e, certamente, havia perdido os seus direitos de cidadania. Aquela era uma base militar, uma estrutura para funcionar na guerra e não na democracia.

Eles trouxeram o prisioneiro para uma sala maior e ele se sentou, ou melhor, desmoronou em cima de uma cadeira de plástico, diante de uma pequena mesa quadrangular de baquelite. A iluminação era fortíssima, penetrante e ligeiramente azulada, destinada a ser justamente aquilo que era: desagradável.

— Levante-se! — rugiu um dos guardas, e o prisioneiro ergueu-se para uma posição de pé que certamente não podia ser considerada correta na Seção de Custódia 4, visto que estava inclinado para a frente e com uma das mãos apoiada no tampo da mesa.

Webber evitou a notada ambição dos guardas para fazer prevalecer a ordem de ficar de pé e pediu para ficar a sós com o prisioneiro. Foi obedecido com alguma hesitação e ficou esperando até que a porta de aço se fechou, antes de se sentar do outro lado da mesa.

O prisioneiro estava em um estado deplorável. Pior do que isso, a sua aparência era de partir o coração, principalmente por ele ser quem era, um dos agentes em campo da própria corporação e, na pior das hipóteses, uma espécie de colega. Vista por esse lado, a situação era, além disso, dolorosa.

— Você está em condições de conversar? — perguntou Webber com uma voz que saiu rouca e o obrigou a clarear a garganta. O prisioneiro levantou a cabeça e tentou olhar para ele nos olhos através das pálpebras ensangüentadas, inchadas, quase fechadas. Mas não respondeu. Fez apenas um movimento com a mão que pareceu querer significar um sinal para prosseguir. — Eu sou Webber, assistente do chefe da seção T do MI 5. E você é, se entendi bem, Yussuf ibn Sadr al Banna, aliás, Abu Ghassan. Está correto?

O prisioneiro acenou afirmativamente com a cabeça, sem falar.

— Muito bem, Yussuf... Você não se importa se eu o chamar de Yussuf? De qualquer forma, tenho precisamente duas perguntas a fazer. Você acha que está em condições de responder?

O prisioneiro repetiu o movimento rotativo com a mão.

— *Well*. Primeiro, para quem você trabalha?

— Para Mouna e ninguém mais, a não ser Mouna — respondeu o prisioneiro com voz rouca.

— Eu entendo — continuou Webber, forçadamente e querendo interromper a conversa para pedir um pouco de água para ambos beberem. — Então, tenho apenas uma segunda questão. Por que você adotou o nome de al Banna?

— Porque eu sou parente desse diabo. Quer dizer, porque eu, *infelizmente*, sou parente desse diabo — sussurrou o colega.

Webber estava chocado. Mas ele se controlou e pediu que trouxessem água. E do jeito que o torturado agente bebeu, dava para perceber que há muito tempo não lhe davam água.

— Bom, Yussuf... Em nome do meu departamento, lamento realmente o jeito como você foi tratado. Receio que tenhamos sido obrigados a dar a entender, com uma demonstração clara, que você tinha sido apanhado por nós. Mas isso aí... Lamento muito. Realmente.

— Se eu fosse você, não me preocuparia tanto por causa disso — respondeu o agente Yussuf, a resposta acompanhada com uma tentativa de sorriso nos lábios rachados. Além disso, os seus dentes da frente não existiam mais. Mas as dores deviam ser difíceis de agüentar. — O seu nome é Webber? — continuou ele, passando o resto da água fria pelo rosto e dando um banho nas faces feridas e inflamadas. — *Well*, Webber, este foi o nosso primeiro encontro, entre mim e você. Um encontro muito estranho, sem dúvida.

— Naturalmente, nós vamos providenciar logo a sua saída daqui. E eu lamento mais uma vez...

— Esqueça! — interrompeu o agente Yussuf, fazendo uma nova tentativa para sorrir que, na realidade, se transformou em uma grotesca careta. — Eu já apanhei mais do que isso. Não apenas dos israelenses, mas também durante o meu período de treinamento. Portanto, fique frio. Em primeiro lugar, a culpa não é nossa. Todos aqueles que chegam aqui levam porrada antes de serem ouvidos. É o que chamam de amaciar. Dão a porrada, mijam no Alcorão, emitem opiniões nada elogiosas a respeito do Profeta, que a paz esteja com ele, e agem, sem dúvida, como dignos representantes da democracia lutadora.

— Amaciar? Que negócio é esse?

— Em segundo lugar! Cale a boca e escute. Não seria uma boa idéia se eu, por algum estranho motivo, fosse poupado desse amaciamento, ou seja, de um tratamento desigual em relação a todos que chegam aqui. Se qualquer um dos que estão lá fora tiver a mínima suspeita a respeito do trabalho que eu exerço, toda a operação estoura.

— Mas eu quero ainda assim que você saia daqui o mais rápido possível — insistiu Webber. — Do jeito que está agora ninguém poderá suspeitar, de fato, que você seja um dos nossos.

— Você não pode nem imaginar aquilo que as pessoas podem suspeitar. Eu tenho permissão de residência porque uma associação chamada Amizade Anglo-Islâmica me deu uma bolsa de estudos. No serviço, está incluída a ajuda que devo prestar na mesquita do Regent's Park, em especial as atividades com a juventude. Os meus benfeitores não sabem por que desapareci; aliás, isso sempre acontece quando os suspeitos desaparecem. Mas aponte para os meus amigos, honrados e idealistas, e eles vão viver um inferno com a imprensa e as autoridades, e logo eles vão ter, abracadabra, grande sucesso. Alguns dias depois, mais ou menos. As minhas feridas não vão curar até lá. Eu reclamo um pouco ao sair, respondo com cuidado a algumas perguntas da mídia britânica. Se é que há interesse nisso, o que eu, na realidade, duvido. Os muçulmanos maltratados e religiosamente injuriados nas prisões secretas do reino não são mais um tipo de história ideal para noticiar. Ou o que é que você acha?

— Para falar a verdade, Yussuf, eu não sei o que dizer. Isso aí é realmente repulsivo. Não sei se devo lamentar ou esquecer.

— Não, evidentemente. Isso já é reflexo de você saber que eu sou um dos meninos de Mouna, e você já deve ter se encontrado com ela, pois sabia qual era a senha dela, certo?

— Sim, nós nos encontramos.

— E então?

— Uma mulher impressionante. Quero dizer, como colega, de fato.

— Humm... Essa é a expressão exata. Mulher impressionante.

— Sem dúvida.

— E um pouco desse brilho veio a calhar para mim. E se eu não fosse um menino dela e apenas mais um dos trinta ou quarenta garotos que estão aí dentro? Será que você continuaria lamentando a situação?

— Yussuf, eu compreendo muito bem que você tenha uma posição crítica, com toda a razão, devo dizer, em relação à maneira como foi tratado aqui dentro. Espero, contudo, que isso não vá afetar muito a nossa boa cooperação futura.

— Claro que não. Eu faço apenas o meu trabalho.

Webber estava tão emocionado com a situação que não pôde esconder a sua perturbação diante do colega torturado. E muito menos para si mesmo. Talvez devesse se levantar e ir embora nessa altura da conversa, ainda que o agente palestino parecesse estar agora com muito mais energia do que momentos antes. Talvez isso fosse conseqüência de ter bebido água. Simplesmente só água.

Pelo menos, não teria sido errado ir embora. Eles tinham resolvido o que, nas circunstâncias, era possível resolver. O colega Yussuf até mesmo esquematizou uma maneira muito mais inteligente de retirá-lo da prisão do que apenas tomar uma decisão superior e rápida no MI5. Com isso, estava terminado todo o problema no que dizia respeito ao serviço em si.

Presumivelmente, ele se envergonhava diante da idéia de, apenas friamente, à maneira normal entre funcionários públicos, corrigir o vinco das calças, literalmente falando. E, depois, ir embora e abandonar um agente arrasado, coisa que ele jamais faria se o agente fosse britânico. Mas de todas as perguntas normais em qualquer conversa descontraída, de repente ele se ouviu pronunciar aquela frase absurda, pelo menos na situação em que os dois se encontravam:

— Yussuf, talvez essa seja uma pergunta estranha, mas você crê em Deus?

Ele podia ter cortado a própria língua.

Espantado, Yussuf levantou a cabeça e olhou para ele pela estreita fenda que as pálpebras inchadas permitiam, antes de responder:

— Não — disse ele, finalmente. — Não creio não. Pelo menos, não agora. Mas, em nome da paz, o que levou você a fazer essa pergunta?

— Você é imame.

— Mas essa é apenas a minha cobertura. É claro que tive uma boa educação teológica e tenho resposta para todas as questões possíveis e impossíveis a respeito de Deus. Mas, para falar a verdade, isso não é a mesma coisa. Portanto, o que é que você realmente quer saber?

Era essa a questão. Por associação de idéias, reconhecia ele agora, de Mouna al Husseini que disse não acreditar em Deus e pensava que o seu próprio imame também não. Mas, na realidade, o que ele queria saber era outra coisa. Mais precisamente como se podia falar de Deus para os jovens muçulmanos desesperados que, na pior das hipóteses, achavam que Deus era *a favor* das explosões no metrô. Isso era incompreensível, aterrador. E, ao mesmo tempo, era uma das suas funções principais entender e descobrir a razão de toda essa atitude. A segunda função mais importante consistia, pior ainda, em selecionar e transportar os muçulmanos julgados em alguma espécie de zona de risco para instituições, mais ou menos do mesmo tipo daquela em que no momento se encontravam.

Portanto, a pergunta certa estava feita. E recebeu, então, como aperitivo, quase como um jogo intelectual, uma prédica que não lhe tomou mais de meia hora.

Mas durante a viagem de duas horas de carro pela M 1, agora na direção sul, ainda mais engarrafada, no caminho de volta para Londres, ele teve tempo de classificar aquilo que o falso imame e colega oficial havia dito.

A questão original era simples: o bem contra o mal, a imagem dualística do mundo em que todas as religiões se amparavam. Neste caso, George W. Bush e Israel contra todos os muçulmanos do mundo, a Guerra Santa dos cristãos pela segunda vez, contra os povos ocupados da Palestina e do Iraque, tudo muito claro. Mas o que era religião e o que era política? Esse era o problema e, pelo menos, o ponto fraco dos piores fanáticos, visto que era tão simples fazer política com a religião. Era tão fácil agitar o Alcorão na cara das pessoas ou, no caso de George W. Bush, a Bíblia.

Foi nessa altura que o competente predicante teve que acertar o golpe. Ele não podia ser fraco demais na sua condenação das forças satânicas por trás dos Estados Unidos e de Israel; caso contrário, perderia a confiança dos ouvintes.

Nesta situação, existia um problema quase cômico: não se podia ser agressivo demais, visto que as mesquitas tinham escutas e atualmente havia leis contra diatribes inflamadas durante a prédica.

Mas, sem dúvida, essa questão do bem contra o mal estava na origem de todos os movimentos, até por ser mais fácil de apresentar com pleno convencimento.

A partir daí, porém, tudo ficava mais difícil e mais importante. Isto porque não era o amor a Deus nem qualquer outra experiência esotérica estimulante que levava os estudantes de nível médio e universitário ao extremismo.

Estava-se no dia 11 de setembro e na seqüência foi proclamada a Guerra contra o Terrorismo. Os três milhões de muçulmanos da Grã-Bretanha, ou apenas supostos muçulmanos, se transformaram em inimigos internos. Se a pessoa estivesse vestida como Yussuf, ou, no caso de uma mulher, se usasse uma burca e entrasse no metrô, a primeira coisa que enfrentava era o medo e a má vontade dos outros passageiros. Todos desejavam e esperavam que a pessoa não se sentasse ao seu lado. Andar na rua e fazer compras tornou-se outra coisa em relação ao passado recente. A discussão sobre uma estranha conta de energia elétrica passou a ser considerada como atitude inimiga. E toda a vida diária ficou dominada pelo sentimento de que todos eram inimigos uns dos outros. Os mais frustrados, arrasados, desesperados e, finalmente, mais dispostos para a vingança talvez nem fossem os muçulmanos ou, pelo menos, os muçulmanos mais pobres, mas aqueles muçulmanos que se consideravam religiosamente pouco fiéis ou até nada fiéis, mas que eram empurrados como inimigos para junto da multidão dos muçulmanos como um todo. Sob essa perspectiva, estava o pobre menino paquistanês que trabalhava na barraca de kebab do seu pai e que realmente acreditava em Deus, rezava todas as orações pertinentes e todo o resto, mas, certamente, jamais pensou em explodir o metrô. E aquele que mais pensava nisso já se sabia quem era. Por exemplo, aquele que vinha de Cambridge e, de repente, acreditava ter encontrado Deus, começando por aprender como se fazia para rezar e que, seriamente, estava disposto a nunca mais beber álcool.

A maioria dos imames como Yussuf discutiu o problema, vendo a questão, praticamente, da mesma maneira. As almas desorientadas que procuram Deus não podem ser rejeitadas. Precisam de ajuda para reencontrar o caminho certo. Contudo, as primeiras perguntas que os imames costumam fazer às almas desorientadas giram em torno da questão do *Jihad* e da vontade de elas se sacrificarem pela causa divina.

Esse era o x do problema. Diz-se que está certo sacrificar a sua vida por Deus. Mas não é bem assim. Isso serve apenas para aqueles que, realmente, atendem ao chamado de Deus. Deus proíbe o suicídio. E aquele que comete suicídio na perspectiva vaidosa de se tornar herói comete um pecado duplo. *Deus te deu a vida e só Ele tem o direito de tirá-la.*

Essa era mais ou menos a situação. Não só por parte do falso imame da OLP, mas também por parte da maioria dos seus colegas mais religiosamente comprometidos. Em toda a sua simplicidade, a questão dependia da dúvida e da reflexão. E, por ironia, de um estudo mais profundo do Alcorão.

❋❋❋❋❋

Se não estivesse caindo aos pedaços, ele seria um predicante tão carismático quanto convincente, pensou Webber, ao estacionar o carro diante do seu lar, uma casa geminada, em Kensington.

O colega Yussuf disse viver em uma bolha de irrealidades, de tal maneira que, ao predicar, ele acreditava em tudo o que dizia. E isso soava para ele como esquizofrenia, quase uma blasfêmia, quando se tratava de falar de cenários para um colega britânico.

Fora sem dúvida uma apresentação fantástica, inclusive como representação teatral. O colega Yussuf não era de jeito nenhum um idiota. Também, se fosse, não seria um dos meninos de Mouna, a general-de-brigada.

No momento em que a porta da casa se fechou atrás dele, Webber deixou de pensar em tudo o que tivesse a ver com o trabalho. Isso fazia parte da rotina. Era uma arte que ele tinha desenvolvido ao longo de muitos anos e na qual ele, quase sempre, acabava sendo bem-sucedido. Mas a sua mulher, Mary, também sempre fazia a sua inspeção particular e o ajudava quando era preciso a desligar-se das tribulações do dia.

— Pelo visto, dia duro no trabalho, querido? — Mary mais constatou do que perguntou, quando ele entrou na cozinha e a beijou primeiro no rosto e depois na boca. Mais do que isso não precisava ser dito. Os dois tinham feito um acordo. Ela sabia que ele era um espião, mas não sabia nada do que ele fazia.

Ele participou pouco na conversa durante o jantar normal da família, questionou a filha mais velha sobre a lição de história que tratava de Cromwell e do puritanismo, conferiu disfarçadamente o resultado do Man U* no noticiário esportivo na televisão, mas não demorou muito, retirou da mesa os pratos e os talheres usados na refeição,

---

* Man U — Designação breve e carinhosa do clube de futebol Manchester United. (N. T.)

controlou ainda as filhas na hora de escovarem os dentes e acabou lendo uma história para a menor, antes de ela adormecer.

Com as crianças já deitadas, ele e Mary ficaram vendo um programa de perguntas e respostas na televisão, mas ele tinha o pensamento, o tempo todo, em outro lugar, coisa que, evidentemente, a esposa logo notou, mas nada disse a respeito. Quando o programa terminou, ele só se apercebeu disso na hora em que ela desligou o aparelho, foi até ele e se sentou nos seus joelhos, enquanto passava os dedos pelos cabelos longos do marido.

— Acho que está na hora de cortar essa juba. Tem alguma coisa contra? — perguntou ele, inesperadamente, tanto para si como para a mulher.

— Quer ouvir a minha opinião absolutamente convicta e incontestável? — perguntou ela como resposta, brincando.

— O quê?

— Muito bem. Acho que foi uma das melhores e mais tardias idéias que você teve nos últimos tempos! — respondeu ela, pegando levemente um punhado de cabelos na nuca dele.

— Ok, já adivinhava isso... — murmurou ele. — Posso perguntar outra coisa totalmente diferente?

— O quê? — reagiu ela, fechando rápido o sorriso e quase ficando com ar de preocupada.

— Você é bonita, se veste de maneira decente, mas com bom gosto, é uma mãe fantástica, professora decana na faculdade de administração liberal, nem mesmo trabalhista, uma intelectual típica, líder na comunidade religiosa que freqüenta e, em resumo, é o orgulho do País de Gales, e eu te amo...

Ele parou ali, não sabia como continuar e completar a sentença. E ela, naturalmente, ficou mais preocupada diante da idéia de que ele viesse com alguma idéia ou palavra que a prejudicasse ou ferisse.

— Essa foi uma introdução, em parte muito aduladora, mas onde está a pergunta? — constatou ela. — Qual é a pergunta?

— Será que uma pessoa como você está consciente de que nós aqui na Grã-Bretanha, diariamente, torturamos gente em prisões secretas e afastadas dos grandes centros?

Ela se levantou do colo dele, ajeitou o pulôver nervosamente e cruzou os braços sobre o peito.

— Não! — disse ela. — Não estou consciente de que isso existe e também não estou certa de que quero saber, nem sequer se tenho direito de saber. *A não ser que...*

— A não ser que o quê?

— A não ser que o *meu homem* seja um dos torturadores.

— Nesse ponto, você pode ficar absolutamente tranqüila — respondeu ele. — Eu creio, sinceramente, que jamais poderia convencer a mim mesmo a fazer uma coisa dessas, nem mesmo quando a problemática fosse formulada filosoficamente. Você sabe, tem aquela frase: se você pudesse salvar o mundo, tendo que torturar a própria mãe, o que é que faria? Não, *o seu homem* jamais se rebaixaria a praticar a tortura.

— Ainda bem — disse ela. — Então, eu vou tomar um Pimm's e você, um scotch. Não, eu vou servir, já que você ou está paralisado ou sonâmbulo. Um pouco de água, como sempre. Highland Park ou Caol Ila ou ainda outro qualquer?

— Por favor, Caol Ila.

Ele se arrependeu, naturalmente. O resto da noite, para dizer o mínimo, estaria um pouco tenso. O motivo pelo qual a maioria dos colegas no trabalho tinha o mesmo princípio, que ele seguia com intocável disciplina até há pouco tempo, não era o das esposas, supostamente, representarem algum tipo de risco para a segurança. Era mais simples do que isso. Histórias contadas pela metade não conduziam a nada e contar mais do que metade das histórias era impossível.

Ele foi para a cama cedo e fingiu dormir. Ela fingiu achar que ele estava dormindo, enquanto deitada ao lado lia um romance qualquer.

✪✪✪✪✪

No dia seguinte, no escritório, o trabalho foi simples, o de relatar para o chefe o encontro com o colega palestino e providenciar para que a Associação Anglo-Islâmica recebesse informações de um tablóide a respeito da libertação imediata do imame.

Em seguida, ele retirou-se para a sua sala e pegou a reprodução por escrito da longa palestra de Mouna al Husseini que ela tinha no seu laptop e deixou que eles copiassem antes de ir embora. Ele passou por cima do raciocínio em si drástico, mas ainda assim convincente, exposto por ela a respeito de loucos como o tal Abu Hamza, de Finsbury Park, e foi direto para as últimas páginas, onde ela falou do verdadeiro perigo. Quer dizer, o de transformar todos os muçulmanos em inimigos, mesmo os que não criam em Deus, mesmo os de nível de escolaridade mais elevado e até mesmo aqueles considerados da classe alta.

Alguma coisa tinha mudado em sua visão de mundo. Ele sempre tinha considerado os palestinos mais ou menos como "objetos" complicados tanto para ações de cobertura quanto para grandes operações. Ou como imagens para o noticiário dos canais de televisão onde eles rugiam e gritavam, cobertos de faixas verdes, em Gaza. Era de estranhar que ela viesse de lá.

Mas a operação que Mouna al Husseini viera montar em Londres era uma das coisas mais sofisticadas de que ele tinha ouvido falar nos últimos tempos. Era algo que só existia entre as intervenções clássicas e se usava no treinamento dos recém-contratados. Era uma verdadeira representação teatral, uma *maskirovka*, segundo o que ela falou, uma coisa que nenhum dos cem mil autores do mundo inteiro, habituados aos problemas simples do ramo das conspirações e das diversões, tinha podido inventar.

Que recursos enormes e peculiares de sabedoria, que pessoal especialmente capacitado, que contatos políticos e intelectuais foram precisos para realizar um plano desses? E todos esses esforços para *evitar* ataques terroristas em Londres?

Na versão escrita da sua palestra existia outra conclusão, diferente daquela que ela usou verbalmente durante a visita:

"E todos esses esforços da nossa parte visam afinal uma única coisa. Nós lutamos contra a ocupação israelense da nossa pátria. Esse é o nosso objetivo principal. E nesse sentido talvez valha perguntar o que é que eu estou fazendo aqui em Londres, por que estou tão disposta a ajudar vocês, que história e possivelmente ainda hoje me consideram como inimiga.

"A resposta é simples. Cada vez que qualquer mulher ainda adolescente e desorientada pelo Hamas invade e se explode, junto com certo número de israelenses, morrendo dentro de um café na Praça Ditzengoff, em Tel Aviv ou em qualquer estação rodoviária do Negev, Ariel Sharon manda construir mais um pedaço do muro. E cada vez que alguns estudantes bombardeiam ou tentam bombardear o metrô de Londres, Ariel Sharon manda construir mais outro pedaço do muro. E desta vez com o beneplácito silencioso dos britânicos. Quando o muro ficar pronto, e não falta muito, morrerá o sonho da minha pátria libertada. Por isso eu estou aqui.

"George W. Bush internacionalizou — globalizou, se preferirem essa nova palavra — aquilo que ele chama de Guerra contra o Terrorismo. Nós precisamos seguir e acompanhar essa mesma lógica. Essa é a questão em toda a sua simplicidade. É por isso que estou aqui. Obrigada, senhores, pela atenção dispensada!"

Webber leu duas vezes a conclusão dela com a sensação estranha de que era algo que tinha visto, mas que não vira. Por que, em primeiro lugar, ela não disse aquilo que estava escrito ali no documento? Era uma conclusão bem formulada e, se Tony Blair dissesse essas frases no Parlamento, todos iriam aplaudi-lo, entusiasticamente, como loucos.

Dava para responder a essa pergunta de uma maneira. Esse texto estava destinado a ser lido por aquele que já tivesse se encontrado com Yussuf.

Mas ela, nessa altura, ainda não sabia que ia ser chamada para uma conversa particular, fora do protocolo. Ou talvez ela tivesse podido imaginar, sim, que isso ia acontecer. Ela calculou friamente que se por acaso escolhesse, como exemplo, os irmãos Big T, isso iria provocar, no mínimo, uma justificada curiosidade. E daí ela teria a chance de falar sobre Yussuf. Muitíssimo inteligente e bem pensado.

Mas, no entanto, ainda restava responder a outra questão, o porquê de todos esses esforços, de todos esses custos, de todo esse planejamento e, acima de tudo, de toda essa antecipação. Dava para crer que ela estava programando uma coisa muito maior, uma *Operação Recruta*, a que ela tinha dado seqüência como projeto bipartite, e que, na realidade, escondia algo maior e mais importante.

Mas isso era apenas uma sensação, não havia nada de concreto. Além disso, era pouco provável que ela usasse os irmãos Big T em proveito próprio. O pior deles, se é que se podia falar assim a respeito de um gênio técnico, tinha conseguido o doutorado, divagando sobre efeitos magnéticos e lasers verdes em relação ao fenômeno da refração luminosa nas grandes massas de água. Ou qualquer coisa nesse estilo. E o mais novo dos dois tinha se especializado na conversão da linguagem de computador para desenhos animados.

Duas coisas estavam absolutamente claras. Não... três, pensando bem.

Com as especialidades apontadas e atribuídas aos irmãos Big T ninguém iria explodir trens de metrô.

Que ess-de-brigada al Husseini era uma espiã de enorme potencialidade.

E finalmente. A seu tempo iria se saber no que é que esse plano danado iria dar.

E a caminho de se saber do que se tratava, restava para o MI5 apenas o direito de jogar comportadamente na Operação Recruta, com predicante de sua lavra na Mesquita Central e tudo. E até mesmo arranjar alguns documentos falsos, se fosse preciso.

"Receio que perdemos alguma coisa pelo caminho", murmurou ele para si mesmo. "O problema é que não faço a mínima idéia do que seja."

2

A eterna escuridão era o pior. Segundo lhe disseram, o sol não chegaria a subir acima do horizonte antes de algum dia em março, dali a vários meses. Severomorsk, um lugar de que nunca tinha ouvido falar antes de ser transportado para lá na condição, mais ou menos, de preso, era a coisa mais próxima do que se poderia imaginar como o inferno na Terra. No entanto, a escuridão tinha uma vantagem em Severomorsk. Ele ainda se lembrava de como o lugar era à luz do dia: uma imagem de total decadência, grades cheias de ferrugem despontando por todo lado, paredes de estuque caídas, estradas cheias de buracos com água e lama, barracas de vários andares, sem um parque, nem uma árvore sequer, fumaça industrial pesada e, certamente, tóxica, imprensada contra o solo e misturada com a neblina.

Mas apesar dessas pálidas e tristes condições, ele acabou rapidamente por amar o seu novo ambiente, e aquilo que o seduziu foi, pela ordem, três coisas. Ele encontrara dois cientistas surpreendentemente talentosos, mais ou menos da sua idade, e ambos especializados na problemática e nas possibilidades aventadas e discutidas por ele em sua tese acadêmica. Também ficou lisonjeado ao ouvir de ambos que, justamente, a sua tese tinha sido para eles nos últimos anos como uma bíblia. O docente Ivan Firsov e o doutorando Boris Starsjinov, sem dúvida, não eram muito conhecidos no mundo acadêmico e falavam um inglês enrolado que levou tempo para ele entender. Mas tudo isso foi fácil de ultrapassar ao ver, finalmente, do que se tratava o projeto.

A segunda parte da sua rápida sedução surgiu quando ele próprio pôde ver o Monstro apenas alguns dias depois de chegar. Ivan Firsov e um especialista da marinha russa para mares congelados foram os seus guias. Ele se sentiu entrando em uma espaçonave do tipo visto no filme *Star Wars*, mas nada de cenário, antes a realidade. Foi uma visita estonteante, para além do que poderia ter imaginado, entre fileiras de instrumentos, telas e uma confusão de cabos, já que se procedia à instalação de computadores da mais nova geração.

A terceira era ele ter sido atingido, irresistivelmente, pela simples conclusão a que qualquer pessoa mais ou menos bem informada e intelectualmente bem-dotada chegaria, depois de ter visto o Monstro por dentro — o projeto era perfeitamente exeqüível, ou talvez mais do que isso.

E justamente nessa tarde escura de novembro eles iriam realizar um teste para ver se as novas peças, resultado de meses de muita reflexão, discussões e experiências no seu pequeno laboratório, funcionavam também na prática. Ivan Firsov e Boris Starsjinov estavam tão otimistas quanto ele. Tudo o que tinham simulado nos computadores fora uma demonstração cabal de que haviam resolvido os problemas decisivos.

Eles foram autorizados a usar um dos diques secos de Severomorsk para a experiência. O dique tinha capacidade para receber um dos maiores submarinos da classe Tufão, a mesma classe do acidentado *Kursk*. E quando encheram com água do mar o dique, com 180 metros de comprimento por 30 de profundidade e 40 de largura, estava criada uma bacia que correspondia muito bem à zona de operações de qualquer submarino. Como os modelos usados e a localizar naquele mar não tinham mais de um metro de comprimento, bastava multiplicar todas as medidas por cem vezes. Aquele mar, portanto, tinha 18 quilômetros de comprimento e três mil metros de profundidade em relação aos modelos de submarinos.

A experiência continuou com o pessoal dos serviços secretos da marinha colocando em sigilo para os cientistas os pequenos submarinos americanos em lugares diversos e em momentos diferentes.

No entanto, aquilo que diferenciava a realidade do ambiente da experiência era a quantidade de ferro existente no dique, o que influenciava os sensores magnéticos de uma maneira que não poderia acontecer nos mares. Mas esse efeito os cientistas acharam poder compensar.

Logo perceberam que a experiência seria um sucesso. Nas suas telas, todo o dique seco emergia metro a metro, à medida que as sondas avançavam pela massa de água. Chegavam a poder ver uma pequena chave de fenda no fundo. E puderam ver até uma rachadura na parede do dique por onde a água estava saindo. Para eles, descobrir onde estavam os pequenos e silenciosos modelos dos submarinos não foi problema nenhum. Podiam ler até os números e as letras pintados nas torres dos vasos de guerra.

O laser verde tinha atingido um efeito mais de cem vezes maior do que antes era possível. Era um sucesso científico, um sonho humano ou, pelo menos, militar, de ultrapassar limites antes considerados inalcançáveis. Eles podiam ver a longas distâncias dentro água.

Nessa noite, os cientistas resolveram se embebedar com vodca até cair, independentemente de ser ou não proibido beber álcool e de ser ou não monótono ter que retirar a tampa das pequenas garrafas da aguardente, uma atrás da outra, sem qualquer possibilidade de variação, sem a mínima chance de mudar para um uísque Highland Park ou Macallan.

Mas para o inferno com o pecado e com a futura ressaca, pelo menos no momento. Eles tinham feito uma descoberta científica suficientemente grande para que ficassem malucos mesmo sem beber uma gota de vodca. Tinham conseguido tornar o projeto mais do que possível e realizável.

O próprio Monstro tinha por enquanto um nome ainda inexpressivo. Os russos chamavam à descoberta alguma coisa no estilo de

Projekt Pabjed, se ele ainda se lembrava bem. Isso significava *Projeto Vitória*. Mas Peter Feisal propôs que, pelo menos entre os que falavam inglês, o projeto fosse designado apenas por Victoria. Primeiro, Ivan e Boris protestaram, dizendo que esse nome lembrava tempos passados e figuras antigas de czarinas e rainhas. Mas mudaram de opinião quando ele, ironicamente, com sotaque bem exagerado do inglês da corte, explicou que Victoria era apenas a palavra latina que significava vitória, sucesso.

Os russos gostavam de vê-lo parodiando o sotaque dos *angliskij gaspadin*, ou seja, dos cavalheiros ingleses. O seu irmão Marwan achava menos divertido. Não era apenas fazer uma paródia sobre si mesmo. Na verdade, era muito mais fazer uma representação em que a fronteira entre a paródia e a realidade era tão tênue que às vezes nem aparecia, nem se via.

Foi possivelmente a exagerada sensibilidade de Marwan a respeito da paródia sobre os ingleses que fez com que a noite, apesar do sucesso alcançado, terminasse em desavença e discussão. Peter Feisal tinha se mostrado um pouco engraçado ao colorir as imagens que os computadores produziram. Ele disse duvidar de que os submarinos americanos e israelenses fossem pintados de rosa-claro. Marwan tentou explicar primeiro aquilo que já estava claro, que as cores eram artificiais — lá fora as cores eram reais, os desenhos animados serviam apenas para tornar de imediato as imagens mais perceptíveis para quem as via e precisava tomar decisões rápidas. E que, por outro lado, podiam-se mudar as cores a qualquer momento. Tudo estava, portanto, claro e não era nada que valesse a pena discutir. Mas naquele momento eles estavam sentados, à meia-noite, no meio da escuridão da Rússia, e já tinham bebido demais. E não era hora de se discutirem ciências nem o bom senso comum.

✪✪✪✪✪

A angústia da ressaca não era, evidentemente, nada de novo na sua vida. Ele tinha até uma experiência bem significativa dos primeiros anos em Cambridge. Mas aquela era uma manhã excepcionalmente difícil e o sucesso científico do dia anterior foi apenas um de vários motivos fortes. *Angliskij gaspadin,* era isso que ele era, não dava para mudar. Mas era também palestino, até mesmo mais palestino do que inglês, em especial depois do 11 de setembro.

Procurar por Deus estava correto. Defender-se, a si e aos seus compatriotas significativamente menos bem-dotados, também estava correto. E aquilo que ele tinha conseguido realizar, junto com Ivan e Boris, certamente não era nada do que se envergonhar. Ao contrário, o resultado final poderia se tornar uma das maiores derrotas, não, a maior derrota de todos os tempos para o mundo ocidental inimigo. Nada disso merecia que ele sentisse a angústia da ressaca.

Mas, meu Deus, como ele tinha sido ingênuo! E que idiota fácil de enganar. Ser objetivo era, evidentemente, muito bom. E era ótimo ele estar onde estava agora. Mas não fora mérito seu, nem fora essa a sua intenção. E isso ele entendeu. O que tornou a coisa ainda mais constrangedora.

Há apenas alguns meses, ele, Marwan e um companheiro de trabalho de Marwan na firma de filmagem de festas tinham participado de uma espécie de ciclo avançado de estudos para — como se poderia formular a questão? — iniciar no Islã os principiantes ansiosos e intelectualmente bem preparados a procurar a resposta para a questão do chamamento, de como ou se esse chamamento acontecesse.

Abu Ghassan era um professor fantástico, não havia dúvida a esse respeito. Ele era teologicamente instruído, sem ser dogmático. Predicava a tolerância como o núcleo central do Islã de uma maneira muito convincente, sem ceder um palmo ou duvidar um segundo quanto ao direito de, com a ajuda de Deus, vencer o ocupante israelenses e o satânico e moralmente decadente mundo ocidental que, sob

George W. Bush, continuava ajudando com armas e dinheiro a tornar permanente a superioridade de Israel.

Abu Ghassan tomou os helicópteros Apache como ponto de partida para uma discussão voltada mais contra a tecnologia e a psicologia política do que para a teologia. Ou melhor, contra a questão de saber como o bom muçulmano devia se comportar diante de certo tipo de tecnologia.

O exemplo era simples. Um adolescente, rapaz ou menina, recebe do Hamas um cinto grosso de explosivos que transforma o jovem em uma bomba viva. A massa de explosivos é reforçada com pregos que acabam por esfacelar não apenas o, ou a, jovem mártir como também matar ou ferir muitos israelenses, o maior número possível.

A operação é coroada de sucesso no momento em que nove pessoas morrem: o suicida portador da bomba, um turista brasileiro, dois ativistas pela paz no mundo vindos da Irlanda, três crianças israelenses e um soldado de licença, a caminho de casa.

Quarenta minutos mais tarde, dois helicópteros Apache levantam vôo e seguem para a região de Gaza, onde disparam três mísseis do tipo Hellfire. Vinte e seis pessoas morrem de imediato. Mais 15 morrem nas ambulâncias e no hospital no dia seguinte.

A primeira ação é considerada terrorismo e recebe grande publicidade. A segunda é considerada autodefesa, represália ou seja lá como queiram chamá-la, mas não terrorismo.

Aquilo que se faz com armas simples é sempre terrorismo. Aquilo que se faz com armamentos avançados é outra coisa completamente diferente, em especial se isso é feito com uniformes azuis. E o que é que o crente da boa fé vai dizer a Deus?

"Que o mundo é injusto? Claro que é", responde Deus.

"Que os nossos opressores nos matam, recebem aplausos da mídia e apoio de Londres e de Washington, e que só encontramos ódio e desprezo quando nos defendemos? Evidentemente, é assim mesmo", afirma Deus.

"Mas, então, não foi uma boa ação aquela realizada pelo jovem mártir que ofereceu a sua vida na luta contra o poder superior?", pergunta você.

"Foi uma ação corajosa", diz Deus.

E mais Ele não diz.

E ali estavam eles recomeçando tudo desde o início. Se o inimigo dirigir ataques mortais contra os crentes da boa fé, então nós precisamos atacar de volta. Mas a primeira questão era saber como e contra quem.

Fazer como fizeram os estudantes de Leeds, ou seja, matar passageiros do metrô em Londres, tem que ser, sob todas as circunstâncias, errado. Só impostores como aquele autonomeado imame Abu Hamza podiam afirmar o contrário. E Hamza só podia estar agora no lugar que merecia, na prisão de Belmarsh, para prejuízo da causa e infelicidade dos crentes da boa fé. E para a alegria pecadora e a autoglorificação do próprio Hamza.

Abu Ghassan mostrava como o Alcorão descrevia dois caminhos. Um deles todos entendiam. Tratava-se de mostrar confiança em Deus e rezar pedindo o Seu apoio. Como na segunda surata, versos 250-251:

E quando se defrontaram com Golias e seu exército, disseram: Ó Senhor nosso, infunde-nos constância, afirma nossos passos e concede-nos a vitória sobre esse povo incrédulo.

E com a vontade de Deus os derrotaram: Davi matou Golias e Deus lhe outorgou o poder e a sabedoria, e lhe ensinou quanto Lhe aprouve.

Essa era, portanto, a situação, em toda a sua simplicidade, segundo Abu Ghassan. Quem é que, na sua angústia, não iria pedir ajuda a Deus ao ficar diante de Golias?

Mas Deus exige de nós mais do que isso e, muito especialmente, exige mais daqueles que Ele equipou com um entendimento superior. E, justamente, Peter Feisal, Marwan e Ibrahim deviam observar a terceira surata, verso 190:

Na criação dos céus e da Terra e na alternação do dia e da noite há prodígios para os sensatos.

Deus, portanto, falava abertamente do significado das ciências naturais e na obrigação daquele que é cientista de usar o seu bom senso. Mais do que isso: aquele que foi abençoado pelas fontes das ciências naturais com conhecimentos superiores tem a responsabilidade incondicional de utilizar esses conhecimentos.

Era assim, mais ou menos, que decorriam as discussões.

É claro que isso era uma espécie de armadilha, podia-se dizer depois. Um dia, o seu imame, sempre tão descontraído e irônico, disse a todos que tinha algo tão perigoso e importante para lhes contar que eles precisavam dar uma volta no parque no caso de a mesquita estar com escuta clandestina.

Ali no Regent's Park, entre turistas, jovens mães com carrinhos de bebê e os aposentados que alimentavam os pássaros, além daquele povo comum que trouxe o almoço consigo para gozar as delícias de um verão que continuava agradável, o imame Abu Ghassan se mostrou uma pessoa completamente diferente. Ele estava visivelmente tenso e profundamente sério ao revelar que pertencia a um movimento de resistência dos mais sigilosos e poderosos do mundo. E aquilo que ele tinha a dizer para todos era muito importante. Eles, provavelmente, iam ser chamados a Deus.

Isso não significava que haviam sido escolhidos, mas que iriam ser testados. E que ele não podia então dizer mais nada a respeito do que se tratava, isto no caso de alguém querer recuar, já que seria exigida muita coragem e uma crença segura na boa causa. E ainda iriam poder atuar como verdadeiros gentlemen ingleses. Neste caso e por acaso, os três preenchiam muito bem esse quesito.

Primeiro, era como se o tempo tivesse parado. Se justamente ele, Abu Ghassan, que o tempo todo mantinha o ardor guerreiro deles sob controle e, repetidamente, dizia a eles que deviam esperar pelo sinal, a verdadeira chamada, vinha agora dizer estar convencido de que o sinal tinha chegado, não havia como duvidar. Era um momento estonteante.

Um pouco mais tarde, quando já se tinham acalmado, eles se mostraram, no entanto, um pouco céticos, não contando, claro, com o seu estado de paranóia. Mas se tivessem sido manipulados por um homem de Deus, absolutamente convincente, mas que ficou louco, isso viria logo à tona.

E foi o que aconteceu. Isto porque, inquestionavelmente, havia uma organização de muitos recursos em algum lugar por trás de tudo. Um homem que Peter Feisal nunca tinha visto antes, mas que veio fazer uma prece especial na mesquita, colocou no seu bolso, com uma amável piscadela de olho, um pedaço de papel. No papel estava escrito um horário, um endereço em Kensington e a descrição de uma caixa de correio muito gasta. Quando chegou lá e estendeu a mão para dentro da caixa de correio, efetivamente muito gasta, era como se ele estivesse enfiando a mão em uma armadilha. Mas acabou encontrando, sim, um passaporte irlandês.

A três quilômetros dali, ele se sentou num banco de jardim, olhou em volta e abriu o passaporte. Ficou congelado ao ver a sua foto no documento, que, ao que parecia, era realmente verdadeiro. O seu nome tinha passado a ser David Gerald Airey.

A mesma coisa aconteceu, com algumas variações, com Marwan e Ibrahim. Na etapa seguinte, eles receberam passagens de avião com os nomes registrados nos seus falsos passaportes, com horários diferentes de partida em diferentes aeroportos, mas todos com o mesmo destino, Frankfurt, na Alemanha.

No dia anterior ao da partida, todos se reuniram com Abu Ghassan na Mesquita Central, a fim de rezar pelo sucesso. Ele informou então, sussurrando, que, em Frankfurt, eles deviam se encaminhar para certo lugar de encontro na sala de embarque para a Ásia. Nesse lugar encontrariam uma mulher vestida como muçulmana, mas calçando tênis com três listras. Ela perguntaria a eles alguma coisa e deixaria cair no chão um pequeno pacote que um dos gentlemen, naturalmente, pegaria. Eram novos passaportes e novas passagens aéreas. Os passaportes antigos deveriam ser jogados fora em qualquer cesto de lixo no toalete mais próximo.

Mais uma coisa de grande importância. Eles deviam ter identidades falsas durante toda a viagem, mas sempre identidades britânicas. Portanto, deviam vestir-se de acordo com isso. E deviam levar roupa para clima frio, de preferência tecidos de lã, mas absolutamente nada que pudesse ser interpretado como roupa muçulmana. A bagagem deles devia combinar com as suas identidades, caso alguém — contra todas as expectativas — viesse a levantar suspeitas.

Todos os arranjos feitos foram prova de alto profissionalismo. Só o fato de serem emitidos seis passaportes, todos aparentemente verdadeiros, e três das suas identidades se transformarem em fumaça junto com as passagens, já era prova de uma organização de primeira.

Portanto, lá estavam eles no ponto indicado no aeroporto de Frankfurt, usando as suas roupas britânicas, sintomaticamente todas de tweed, e conversando esforçadamente alto sobre a caça de faisões. Todos estavam muito *british*, o que era até certo ponto divertido, visto que Marwan estava indicado como escocês e Ibrahim, galês. E o próprio Peter Feisal, na oportunidade, era irlandês, o que ele considerou como o papel claramente mais desagradável de representar.

Ela chegou com um longo véu negro que, no entanto, só cobria metade do rosto, um grande manto da mesma cor e, evidentemente, tênis com três listras. Aproximou-se e, num inglês difícil de entender, perguntou onde poderia encontrar o salão de embarque com destino a Islamabad. Fingiu deixar cair qualquer coisa e, quando Peter Feisal, num reflexo automático, se inclinou para apanhar o pacote, bateu com a cabeça contra a dela, visto que ela também se inclinou para o mesmo efeito. Ela revelou a batida com um grito, mas, ao se levantarem, aproveitou a distração para colocar rapidamente no bolso do paletó de Peter um pacote pequeno e fino. Depois, simplesmente desapareceu.

Esse foi o seu primeiro encontro com Mouna al Husseini.

Ao entrarem no toalete dos homens mais próximo e se desfazerem dos seus passaportes anteriores, distribuindo os que tinham acabado de receber, verificaram que as suas novas identidades ainda eram as mesmas, mas com a diferença de que Marwan tinha passado a ser irlandês e Peter Feisal, do País de Gales. Quer dizer, os dois tinham trocado entre si de nacionalidade britânica. Eles interpretaram isso, no entanto, como uma piada muito avançada, quase arrogante, de uma organização que possuía recursos tão enormes a ponto de fazer passaportes novos, extremamente difíceis de falsificar, em qualquer altura, conforme a sua vontade. Na verdade, era como Abu Ghassan havia dito, uma grande aventura.

O fato de as novas passagens recebidas serem só de ida para Moscou não lhes causou nenhuma suspeita. Chegaram à conclusão de que receberiam novas passagens no destino.

E receberam mesmo. Da própria Mouna. Ela tinha viajado no mesmo avião, mas eles não poderiam reconhecê-la, visto que, dessa vez, estava vestida com roupas ocidentais da última moda. O véu e o manto ela simplesmente tinha jogado fora no toalete das senhoras. Isto foi o que Peter Feisal soube mais tarde, quando eles começaram a entrar em acordo e até a fazer graça em cima de todas as falsidades da aventura.

Depois de passar pelo controle dos passaportes e pela alfândega do lado dos vôos internacionais do Aeroporto Domodjedevo II, em Moscou, eles foram apanhados por homens de trajes escuros, com casacos de couro preto, que pegaram a bagagem dos três e os levaram para um microônibus de cortinas baixadas em todas as janelas. E assim que se sentaram dentro do veículo, os homens logo foram embora e só ficou Mouna, ao lado do motorista. Em poucas palavras, ela explicou para os três aventureiros britânicos que iriam em seguida para um novo aeroporto, chamado Sjeremetjevo, de onde viajariam por cima de quase todo o território russo da Ásia. Depois, ela começou uma rápida conversa em russo com o motorista.

A maior parte da Ásia era uma verdade com modificações, sabia ele agora. O Sjeremetjevo era o aeroporto doméstico de Moscou. Mas eles não tinham a menor possibilidade de ler o nome do destino nas suas passagens, visto que estava escrito em alfabeto cirílico e, além disso, com uma máquina ruim ou com tinta fraca.

Ao entrar no avião com destino a Murmansk em seus ternos de viagem, eles verificaram logo que estavam diferentes. Todos os outros envergavam roupas de inverno, grossas, bem reforçadas, mas ainda assim não entenderam o que estava acontecendo. Seria uma viagem noturna e, portanto, não teriam a ajuda do sol para poder saber se estavam viajando para o norte ou para o sudeste, por exemplo, ou para Islamabad, como haviam pensado.

Murmansk foi um choque. O aeroporto dava a impressão de ser o fim do mundo e, quando eles saíram para o frio ártico, não tiveram mais dúvidas a respeito do lugar e em que meridiano se encontravam.

Ela os levou para Murmansk, mais uma vez dentro de um microônibus, que cheirava mal e com cortinas que, no entanto, estavam no momento recolhidas. E deixou-os diante de um hotel com o nome em uma placa de néon com letras em cirílico e em latim, onde se lia Hotel Ártico. Isso, por si só, era uma informação desanimadora.

E quando eles chegaram à enorme recepção, com o seu assoalho de pedra grosseira, tudo começou a se transformar mais num pesadelo do que numa surpresa. Num dos extremos do hall, que mais parecia um hangar, havia uma espécie de boate, com luzes relampejantes, holofotes, um barulho infernal e gente jovem muitíssimo bêbada, dançando ou, simplesmente, gingando.

Mouna conduziu-os com firmeza para o outro extremo do hangar, para o balcão da recepção, onde algumas pessoas, visivelmente irritadas, se recusavam a abandonar a televisão, na qual estava passando algum evento desportivo. Ela gritou para elas em russo e uma dessas pessoas, surpreendentemente, levantou-se e muito cortesmente veio atender e trazer as chaves dos quartos, colocando-as em cima do balcão.

Foi assim que começou o pesadelo. Ou, se tentássemos ser mais precisos, foi o início de uma longa noite sem sono. Porque o que Mouna disse para eles naquele momento era o mesmo que se os tivesse jogado, mais ou menos, todos os três, num buraco aberto no gelo. Só muito mais tarde Peter Feisal entendeu a razão de ela dizer aquilo que no momento parecia ser uma brutalidade desnecessária.

— Meus senhores — começou ela, com voz de comando. — O meu nome é Mouna, sou chefe assistente no serviço secreto da OLP, e tomamos uma série de providências fraudulentas para trazê-los até aqui. Observem bem três coisas. Vocês não foram convencidos a participar de qualquer projeto religioso. Mas nós vamos tentar convencê-los a nos ajudar. E isso começa amanhã, bem cedo, às oito horas, durante o café da manhã. E, por favor, não cheguem atrasados. O hotel poderá despertá-los. E mais uma coisa. Se todos vocês ou algum dos senhores resolverem não colaborar, nós não vamos matá-los, mas vamos conservá-los na Rússia, sob condições bem desconfortáveis, durante muito tempo. Boa-noite, senhores!

Depois disso, ela os deixou sem dizer ou ouvir mais nada e partiu em direção ao elevador, pisando forte com os seus saltos altos. Por seu lado, eles ainda ficaram junto ao balcão preenchendo as fichas de entrada no hotel com os seus nomes e endereços falsos e ficaram sem os passaportes.

Receberam três quartos, juntos, no quarto andar. Quando chegou a bagagem e os três se livraram dos carregadores que exprimiram algum desagrado diante das cédulas de cinco libras que receberam e sussurraram alguma coisa a respeito de dólares, eles se reuniram no quarto de Peter Feisal que cheirava a cigarro e a qualquer outra coisa desagradável que eles não se dispuseram a analisar na hora.

— Muito bem, garotos, foi uma viagem interessante — disse Ibrahim, tirando o paletó e se jogando numa poltrona vermelho-escura, com molas que rangiam. — Antigamente, no mundo normal, esta seria uma situação em que diríamos ser preciso tomar um gole. Não sei como vocês vêem a questão, mas eu pergunto: será que não existem exceções?

Ninguém riu da eventual problemática teológica em saber se o crente da boa fé em determinadas circunstâncias poderia ter direito a um gole. Marwan dirigiu-se logo para o frigobar e jogou um monte de garrafinhas e copos em cima de uma bandeja.

Peter Feisal, que possivelmente tinha aprendido a observar mais estritamente a proibição religiosa de beber álcool do que os outros dois companheiros, não fez restrições à proposta, mas também não quis beber uísque sem ter água ao lado. Por isso, foi até o banheiro e trouxe o copo da escova de dentes cheio de água que passou a funcionar ao lado do precioso líquido.

Os três acenaram com a cabeça uns para os outros e todos deram o primeiro gole no uísque. E logo abriram a segunda garrafinha. Mas houve alguma hesitação sobre quem deveria começar a falar. Não foi fácil.

— Ao que parece, caímos numa pequena armadilha — disse Ibrahim, com o rosto petrificado.

— Perfeitamente. Podemos dizer: uma pequena armadilha — completou Marwan.

Depois riram todos, aliviados por ainda poderem rir no meio do desespero da situação.

Quer dizer que tinham sido seqüestrados pela OLP, ou, mais precisamente, pelo serviço secreto da OLP. Antes, eles nem sequer tinham pensado que a OLP tivesse tal organização. Era uma coisa que se sabia existir e estar ligada à Grã-Bretanha, aos Estados Unidos e aos movimentos muçulmanos de resistência mais sigilosos.

Tal como a situação se apresentava, não havia possibilidade alguma de questionar o fato em si. O jeito infernalmente bem realizado pelo qual eles tinham sido enganados e trazidos para Murmansk — Murmansk, entre tantos lugares, situado bem ao norte no Mar Glacial Ártico! — não deixava, pelo menos, nenhuma hipótese de dúvida sobre a capacidade do serviço secreto palestino.

Mas por quê? Essa era a grande questão. Se a OLP precisava de ajuda com alguma coisa que, de momento, eles não conseguiam nem imaginar, por que não perguntar primeiro? Essa mulher, Mouna, disse ter certeza de poder convencê-los. Portanto, por que todo esse desperdício de tempo e dinheiro só para complicar a situação?

Era tudo incompreensível. Mas havia uma ameaça de morte subentendida. Ela havia dito alguma coisa em relação à hipótese de eles se recusarem a colaborar — quer dizer que essa hipótese existia? —, que não seriam mortos, mas obrigados a ficar na Rússia por muito tempo, em situação desagradável, ou alguma coisa desse tipo.

E, claro, havia a questão de saber o que eles poderiam fazer para colaborar. Era algo a pensar: o que é que poderiam fazer juntos que pudesse ser de alguma utilidade para a OLP?

A princípio, não seria para fabricar pequenas bombas, nem grandes. Os irmãos Marwan e Peter Feisal fizeram sucesso espetacular no ramo, mas como garotos, quando conseguiram fabricar, entre outras coisas, bombinhas de São João reforçadas, com o uso de ingredientes simples que tinham em casa e tudo terminou com algum aborrecimento, muita agitação e um celeiro destruído. Mas nessa época eles tinham apenas 11 e 12 anos de idade. E isso tinha acontecido há muito tempo. E agora?

Peter Feisal teve uma idéia. Ele tinha acabado de receber uma oferta de emprego na Marconi, quer dizer, ele fora escolhido e recrutado pela empresa, assim que a sua tese de doutorado foi publicada.

Não porque ele tivesse prazer em trabalhar em qualquer indústria, em especial, ao se tratar, principalmente, de desenvolvimento de armas, mas aceitou a oferta, de início, mais por uma questão de curiosidade. Ele já tinha imaginado haver outras conseqüências práticas das suas descobertas, mas acreditava, sobretudo, na possibilidade de revolucionar a oceanografia e criar um futuro em que se pudesse detalhar, graficamente, o fundo dos mares, assim como se faz com os territórios à superfície. Cada profundidade, cada cadeia de montanhas submersa deveria ser possível descrever graficamente, tal qual se faz com as terras acima da superfície dos mares. Era isso que ele tivera em mente ao escrever a tese e era isso que constituía a sua esperança de inovação.

Mas o departamento de pesquisas da Marconi tinha pensado em algo muito diferente, especificamente na construção de algum tipo de arma para submarinos. Assim que percebeu isso, ele perdeu todo o interesse e pediu demissão.

Havia, portanto, uma razão para acreditar que a OLP estivesse atrás da mesma idéia. Embora, pela sua situação geográfica, a curiosidade científica palestina fosse uma coisa preocupante. Pelo que Peter Feisal sabia, eles se encontravam a uma distância não muito grande da maior base de submarinos da Rússia. E ajudar a OLP, o movimento de libertação do povo palestino, para não falar das suas ramificações corruptas, internacionais e políticas, mas ainda assim um movimento palestino, era uma questão a ter em conta.

Mas a OLP não tinha submarino nenhum. E vender conhecimento para os russos de mais ou menos aquele quilate, semelhante ao que estava sendo feito pelos pesquisadores da Marconi, em Londres, seria uma coisa, sem dúvida, de mau gosto, principalmente para um homem de Cambridge.

Era a segunda vez que eles riam. A situação era, sem dúvida, cômica, mas exigia, mesmo assim, um pouco de amarga auto-ironia para aceitar a graça. *Certamente, de mau gosto para um homem de Cambridge.* Claro. Quem gostaria de se colocar na fila, atrás de

Burgess, Kim Philby, Maclean e Blunt, "a gangue de Cambridge", todos espiões, traidores da pátria.

Mas aí eles tinham — agora já com novas garrafinhas de uísque retiradas do frigobar do quarto de Marwan — uma explicação plausível para a eventual utilidade de Peter Feisal, ou seja, uma validade tão grande a ponto de motivar toda aquela caçada a cabeças, extremamente complicada, em que estavam metidos.

Mas, então, havia outra questão. Caso eles quisessem utilizar Peter Feisal por causa dos seus conhecimentos sobre as novas possibilidades oceanográficas, o que é que esperariam absorver de Marwan e de Ibra, o Bruxo, que era como ele se tornou conhecido na sua pequena e estranha firma de filmagens?

Ibrahim e Marwan ignoraram por completo a descrição condescendente de suas — aos olhos de Peter Feisal — insignificantes ou inúteis capacidades.

Eles ficaram virando e revirando o assunto, estudando algumas possibilidades de suas especialidades poderem ser utilizadas em várias áreas ou, o que seria mais desafiador como idéia e talvez também mais razoável como hipótese, na mesma área.

Marwan foi buscar papel e caneta e desenhou por alguns momentos enquanto pensava. Parecia um esquema normal de acoplamento, mas tratava-se, na realidade, de linguagem de computação. Ele partiu do princípio que o seu irmão poderia juntar e sistematizar detalhes oceanográficos, profundidade, cadeias de montanhas, barreiras, outros barcos, naturalmente, de ferro, com assinatura magnética extraforte. Nesse caso, todos esses detalhes deviam ser visualizados. Em qualquer laboratório científico, isso não constituiria problema nenhum, visto que todos poderiam ler os sinais e traduzi-los logo, antes de se transformarem em simples formas gráficas. Mais tarde, seria possível produzir mapas do relevo subaquático ou qualquer outro nome que quisessem lhe dar. Mas suponhamos que se precisasse de uma tradução dos sinais obtidos, ou seja, uma possibilidade de ver de imediato e de forma nítida aquilo que o computador registrasse?

Era isso mesmo que Marwan e Ibrahim poderiam fazer. Eles poderiam transformar a linguagem de computador em imagem visual nítida que qualquer espectador pudesse entender. De certa forma, era estranho que essa técnica ainda não existisse, na suposição de que eles tinham adivinhado certo. Era uma questão apenas de juntar conhecimentos já existentes, muito longe da ficção científica. Talvez isso fosse simples demais.

Eles tentaram recomeçar, mas não conseguiram. Tinham viajado por muito tempo e já começavam a ficar bêbados depois de terem apanhado as garrafinhas do quarto de Ibrahim e, portanto, fazerem a terceira rodada de uísque. E já eram duas horas da madrugada. Em menos de seis horas saberiam até onde suas conjecturas estavam certas. Ela tinha dito que aparecessem pontualmente na hora do café da manhã, parecendo ser uma pessoa que, sem uma boa razão, pudesse aceitar o direito de um gentleman de continuar na cama pela manhã adentro.

De banho tomado, barbeados, com camisas e roupa de baixo limpas, mas com os olhos um pouco vermelhos, os três chegaram na manhã seguinte pouco antes das oito horas na sala do café da manhã.

As toalhas eram brancas, mas bastante surradas. Eles se sentaram a uma mesa, mas tiveram depois que ir buscar a comida, que era uma espécie de mistura entre o desjejum inglês, reforçado, com muita carne de porco e bacon, e o desjejum russo, com ovos e peixe salgado e defumado, com pequenas variantes. Eles, evidentemente, ficaram tensos diante das novidades.

Ela chegou na hora, aliás, pontualmente às oito. Veio de jeans, pulôver de lã e com um casaco longo de couro no braço. Ao se sentar à mesa onde eles já estavam e dar a todos bom-dia, demonstrava estar de bom humor, e um garçom veio logo para atendê-la como sendo uma funcionária superior. Por seu lado, ela continuou sem constrangimentos, pedindo qualquer coisa em russo.

— *Well*, gentlemen — começou ela, quase alegremente. — Antes de mais nada, quero felicitar a todos pelo seu poder de dedução. Isso, aliás, já era uma coisa que eu esperava de pessoas talentosas como os senhores. Mas agora a questão é agir sob pressão. Uma coisa completamente diferente. A minha ameaça de morte, subentendida, é uma coisa a que não devem prestar muita atenção.

— Não devemos prestar muita atenção — repetiu Marwan, desconfiado. — Como podemos presumir o significado disso?

— Desculpe, quis apenas tentar representar o papel de britânica, vocês sabem, sem conseguir. De qualquer forma, estive escutando a conversa de vocês esta noite. Peço desculpas, não vai acontecer de novo. Daqui para a frente, vamos falar com toda a sinceridade. Mas esta noite era importante escutar sigilosamente a conversa de vocês, e devo dizer que estou profundamente satisfeita com o que ouvi.

— Ah, sim, está mesmo? Posso saber por quê? — reagiu Peter Feisal.

— Só porque vocês não entraram em pânico. Vocês adivinharam tudo da forma correta. Vão ter que entrar em um submarino por temporadas mais ou menos longas. E lá ninguém pode entrar em pânico. E estou satisfeita com a chance que vocês me deram de tentar convencê-los. Porque é isso que vou fazer agora.

Ela se interrompeu ao ver que chegavam dois garçons, um de cada lado, para servi-la com um desjejum totalmente russo e não inglês como se poderia esperar.

Começou então a comer com bom apetite e incitou os outros três gentlemen muito *british*, em ternos de tweed da Harris, a fazerem o mesmo.

✪✪✪✪✪

Ainda em Murmansk, eles fizeram um rápido passeio turístico na cidade, passando pelo enorme e grotesco monumento à vitória e pelo Museu de História Natural, situado na rua principal, com fins notoriamente de propaganda e que na boca do povo ainda se chama Leniniskij Prospekt. Mas, na verdade, nos últimos anos, o museu tem mudado de nome conforme as tendências políticas dos governantes. Depois, eles se sentaram de novo num microônibus que os transportou por estradas cheias de neve na direção norte, a caminho de Severomorsk.

No fim da viagem, passando por vários postos de controle militares, até chegar à Estação de Pesquisas 2, eles tiveram que compartilhar um alojamento desativado para fuzileiros navais. Isso teve um efeito desanimador, não tanto pelo fato de desejarem uma hospedagem mais elegante, mas mais por terem perdido a confiança diante de um ambiente que pareceu estar em decadência. Como é que a luta pela liberdade do povo palestino vai ter alguma coisa a ganhar neste lugar? Afinal, quase podiam ficar melhor alojados num campo de refugiados.

Mas Mouna al Husseini instou para que eles largassem a bagagem "no armário" e a acompanhassem no carrinho de andar na neve até o lugar onde poderia ter havido um conjunto de casernas para exercícios de milhares de fuzileiros. Ao ver o lugar, Marwan suspirou de alívio.

Entraram por uma pequena sala de recepção que tinha um aquecedor a lenha em um canto e encontraram pela frente dois homens em trajes civis, que à primeira vista pensaram que fossem servidores da portaria, e um homem em uniforme de oficial da marinha.

— Este aqui é o comandante Aleksander Ovjetchin — apresentou Mouna al Husseini. — Ele é o meu melhor amigo russo e, além disso, o meu oficial de ligação. Portanto, oficial de ligação entre o serviço secreto da Rússia e a OLP. Nós já estamos trabalhando juntos há mais de quatro anos em um projeto sobre o qual vocês vão agora saber o mais importante. Depois, vão chegar os nossos peritos e cientistas, Ivan Firsov e Boris Starsjinov, colegas seus, com quem vão trabalhar. Façam o favor, podem sentar-se, meus senhores!

Ela disse qualquer coisa em russo para o comandante, mas pareceu se arrepender e, voltando-se para os seus convidados involuntários, decidiu que o inglês seria a língua utilizada dali para a frente em todas as conversas, o que, aliás, era raro na Rússia, até porque todos os senhores russos eram *filologicamente* bem instruídos quando passavam a se expressar em inglês.

À primeira vista, esse pareceu ser um comentário, ou melhor, uma atitude muito estranha, mas isso acabou por se explicar, assim que o jovem comandante começou a falar. Com certeza absoluta, ele devia saber ler textos muito avançados em inglês, possivelmente até escrever. Mas a sua pronúncia e a gramática eram de outro mundo que não o dos três homens de Cambridge.

— Meus senhores e cientistas brilhantes! — começou ele. — É para mim uma grande satisfação dar aos senhores as boas-vindas aqui em Severomorsk, que é um importante centro avançado sobre o posicionamento de submarinos, numa época em que as circunstâncias tecnológicas e geopolíticas das marinhas no mundo estão sob forte pressão, em conseqüência de antagonismos políticos que nós, em nenhum momento da nossa carreira anterior, nem mesmo durante o tempo da plena Guerra Fria, com razoável exigência sobre a capacidade analítica, nos teríamos colocado.

E assim ele continuou. Levou algum tempo para os três acadêmicos ingleses, bem-educados e corteses, entrarem no linguajar do comandante e começarem a entender o que ele dizia. Mas assim que foi ultrapassada a barreira da linguagem, e não levou muito tempo para isso, pois, logo que o palestrante levantou a primeira prancha do submarino, irmão do Monstro, aí todos os três ficaram escutando, intensamente, como se fossem aqueles colegas de internato que eles, antigamente, tinham sido.

O comandante Ovjetchin talvez tenha entendido também o significado de avançar para certos pontos importantes o mais rápido possível. A imagem que ele tinha mostrado era a do submarino *Kostroma*, número K 276, da frota russa do Ártico. Era um submarino de ataque, não servindo, portanto, para combates estratégicos com armas nucleares, antes destinado para ataques a alvos táticos, ou seja, vasos da frota inimiga e bases aéreas. O submarino tinha 107 metros de comprimento, a tripulação era de 61 homens, dos quais 30 eram oficiais de vários níveis. Sobre o carregamento de armas podia-se pular o assunto por enquanto, a quantidade era considerada suficiente. Mas o mais interessante, justamente, com esse tipo de submarino era o seu casco de pressão, o seu casco interno, feito de titânio.

O titânio era mais caro do que o ouro. Mas tinha ainda duas outras qualidades que se tornavam especialmente significativas no caso de submarinos. Em primeiro lugar, uma consistência superior a todas as outras variantes de aço conhecidas até hoje. E, em segundo lugar, porque o titânio não deixa nenhuma assinatura magnética. Na prática, isso significava que o K 276 podia descer até 800 metros de profundidade. Nenhum submarino americano podia descer abaixo de 600 metros e, além disso, os torpedos da OTAN* também não funcionavam abaixo de 450 metros.

As bóias de magneto, as espirais de magneto e outros métodos baseados no magnetismo para encontrar a pista desse tipo de submarino ficavam totalmente sem efeito. A razão pela qual ainda não se construíam mais submarinos como esse é fácil de entender. As maiores minas de titânio do mundo encontram-se na ex-União Soviética, principalmente na Sibéria. Mas os custos seriam, de qualquer maneira,

---

* OTAN é a sigla da Organização do Tratado do Atlântico Norte, instituição militar criada pelos países ocidentais após a Segunda Guerra Mundial. (N. T.)

terríveis caso se quisesse construir um vaso de guerra totalmente com esse material.

Além disso, tanto a antiga marinha soviética quanto a nova marinha russa tinham que levar em consideração funções de amplitude mundial com grandes variações, desde a defesa de submarinos estratégicos até o afastamento de submarinos de caça ou de unidades maiores da marinha inimiga. E, dentro dos mais amplos critérios, não são precisos senão alguns submarinos com cascos de titânio para missões muito estranhas ou especiais.

Mas se olhássemos para a questão do ponto de vista palestino, surgia então uma lógica completamente diferente. A única missão que qualquer submarino palestino poderia ter era a de derrotar a marinha israelense e, se possível, partes da força aérea de Israel. E as perspectivas para tal missão eram extremamente boas.

Uma parte significativa do PNB de Israel era gasto com material de guerra, o que era bem conhecido. Menos conhecido, mas justamente mais interessante, era saber que apenas cinco por cento das despesas militares de Israel iam para a marinha. Isso era conseqüência do fato de a marinha israelense, na prática, não ter nenhum inimigo em potencial com que se preocupar, tanto no Mediterrâneo quanto no Mar Vermelho. A Líbia, o Egito e a Síria tiveram antes submarinos russos, ou melhor, soviéticos, da classe Kilo. Mas esses submarinos eram considerados como uma forma de ajuda fraternal para países em desenvolvimento, e já no renascimento da Rússia ficou decidido que dali em diante só se mandaria material de guerra para quem pagasse. Portanto, pelo que se sabe, os submarinos do tipo Kilo, tanto sírios quanto líbios, acabaram afundando nos portos, após longos períodos de falta de manutenção. O Egito, entretanto, deu início a negociações com a Alemanha para a construção de um novo tipo de submarino, mas nada indicava que os planos tivessem prosseguido e pudessem se transformar em realidade nos próximos cinco anos.

A marinha israelense tinha, portanto, um número muito limitado de ações a cumprir. A mais importante era a de manter o controle do território marítimo à volta de Israel e evitar que os barcos de pesca palestinos saíssem de Gaza. Tratava-se, por conseguinte, de missões rotineiras de patrulhamento contra um inimigo que não estava armado. A segunda missão mais importante cabia aos três submarinos israelenses, na sua capacidade de transportar e desembarcar unidades especiais nos mais diversos lugares do Mediterrâneo — e na possibilidade de realizar um ataque nuclear contra, por exemplo, o Irã. Cada um dos três submarinos israelenses, aliás, um presente da Alemanha para o Estado de Israel, o *Dolphin*, o *Leviathan* e o *Tekuma*, transportava mísseis de cruzeiro do tipo Popeye, com ogivas nucleares.

Os submarinos eram as armas mais avançadas da marinha israelense e, do ponto de vista prático, a única resistência com que a marinha palestina tinha de se preocupar.

Foi então, de uma maneira abrupta e surpreendente, segundo os ouvintes ingleses — ou já eram palestinos —, que terminou a palestra do comandante. Ele se dispôs então a responder de boa vontade a quaisquer perguntas.

— Desculpe, mas existe mesmo esse submarino palestino? — perguntou Marwan de imediato, ao mesmo tempo que pensava na existência, certamente, de mais de uma centena de outras perguntas a fazer.

— Sim. Está atracado num cais a dois quilômetros daqui — respondeu Mouna al Husseini, em vez do comandante. — Esse submarino nos custou até agora quase um bilhão de dólares. Já fizemos exercícios algumas vezes com ele, junto com pessoal russo. E a situação é a seguinte: nós temos soluções para todos os problemas ofensivos. Poderíamos até derrubar a marinha israelense amanhã. Mas, tal como a situação se apresenta hoje, o submarino não teria capacidade para sobreviver a tal ataque. Quer dizer, ainda não estamos prontos com o nosso sistema defensivo. E é aí que vocês três vão entrar. Escutem primeiro aquilo que os seus colegas cientistas têm a dizer a esse respeito. Depois, então, entraremos direto em uma ampla discussão sobre o assunto.

Eles ficaram sentados, de costas eretas, nas suas cadeiras meio desengonçadas, parecendo meninos bem-educados num internato. Justamente aquilo que eles não queriam ser nem parecer.

✪✪✪✪✪

Foi uma sensação extraordinária para todos três, uma coisa que jamais eles iriam poder descrever para qualquer outra pessoa, o momento em que, dois meses e meio depois, desceram pela primeira vez em um submarino com toda a tripulação. No momento, a coisa, pela primeira vez, era a sério. Iriam passar três semanas de exercícios reais no Atlântico Norte e no Mar de Barents. Cada um tinha o seu saco de marinheiro, de juta grosseira, por cima do ombro, com o mínimo de bagagem, artigos de toalete, meias, roupas de baixo e alguns livros. Lá embaixo, a circulação era difícil, mas havia momentos de conversa alegre, bem-humorada, todos procurando encontrar o lugar onde iam dormir. Os três gentlemen ingleses, que era como todos os russos a bordo os chamavam, compartilhavam uma cabine. Mais do que isso. Na realidade, iam compartilhar, de fato, a cama, visto que os três beliches da cabine tinham que ser divididos entre nove palestinos. Ou "líbios", como eram chamados pelos russos, já que nenhum dos tripulantes russos sabia ou podia saber qual o país que os convidados árabes, efetivamente, representavam. Até mesmo entre eles, os árabes, não se sabia mais do que apenas o prenome de cada um.

O fato de três homens dormirem na mesma cama estreita, na realidade, era um mal-entendido, pelo menos na medida em que eles não se encontravam ao mesmo tempo na mesma cama. A partir do momento que entravam a bordo, a sua vida diária ficava dividida em períodos de oito horas. Oito horas de trabalho, oito horas de estudo da língua russa, ou de estudos militares, ou ainda de diversões várias e, finalmente, oito horas de sono.

A estação dos três gentlemen estava situada perto das telas dos novos monitores no coração do submarino, ou melhor, no cérebro do submarino, a central de comando onde o comandante da unidade e os seus subchefes sempre se encontravam.

Eles tiraram a sorte para saber quem primeiro ficaria de serviço e Peter Feisal puxou o papel em branco, indicando que seria o primeiro a dormir, coisa que, aliás, foi difícil até de tentar.

Em vez disso, os três acabaram se juntando na central na hora em que o submarino devia desatracar e fazer-se ao mar. As suas divisas, de cor verde, tinham uma pequena listra vermelha, o que indicava que eles sempre teriam entrada livre no local. Afinal, foram eles que instalaram todas as novas telas planas encomendadas da Coréia do Sul, o que não só tinha poupado muito espaço, como também tinha resultado na melhoria expressiva da qualidade de imagem.

Evidentemente, todas as manobras de saída para o mar configuraram uma espécie de anticlímax. Saíram lentamente na escuridão do fiorde e a única coisa que aparecia nas telas do ambiente em volta eram algumas luzes de lanternas de navios navegando em sentido contrário e a iluminação do próprio porto de Severomorsk. Quando o comandante deu ordem para descer a uma profundidade de 200 metros, não havia nenhum som a assinalar, a não ser o eterno sussurro do ar-condicionado. Não se notava nenhuma inclinação indevida nem qualquer dificuldade em seguir o rumo previsto. De fato, não aconteceu nada que pudesse ser considerado como um evento especial, a caminho das profundezas do mar. De repente, ouviu-se a voz sonora de um suboficial anunciando apenas que a ordem tinha sido cumprida.

Os três gentlemen ficaram várias horas diante das telas, quer dizer, Peter Feisal e Ibra ficaram inclinados por cima dos ombros de Marwan, visto que era dele o primeiro período de vigília e era ele que estava sentado no assento. Espaço para outros assentos não havia. Tudo a bordo do submarino tinha sido planejado até o último centímetro quadrado. Eles admitiram três funções na tela. Na extrema esquerda, o sistema russo, a carta eletrônica com a qual o submarino navegava. À direita, na tela, o seu próprio sistema novo, aquele que se tornou os novos olhos do submarino na escuridão. Pouco a pouco, começaram a crescer as imagens paralelas, uma delas em preto-e-branco, meio nublada, a outra em cores. Mas as cores não significavam nada, o interessante era ver a configuração integrada das suas imagens. Aquilo que os russos tinham conseguido ao longo de muitos anos de pesquisas com sonar aparecia, agora, instantaneamente, pelo novo sistema. De vez em quando, chegavam oficiais curiosos, perguntando uma coisa ou outra ao jovem oficial ou suboficial — eles, tolamente, ainda não tinham aprendido a hierarquia militar no local — que estava sentado ao lado de Marwan para lhe prestar assistência na procura de eventuais dados ou em mudanças de freqüência. Os visitantes, ainda que contrariados, pareciam gostar do que viam, grunhiam qualquer coisa e iam embora.

Na parte central da tela, havia um espaço negro e vazio. Era nesse lugar que ficava registrado o que eles viam em frente. Durante as duas primeiras horas, apenas cardumes de peixes. Mas assim que Ibra começou a se sentir cansado, olhando o relógio e se preparando para a sua aula de russo, veio uma coisa enorme na direção deles, a uma distância de duas milhas marítimas e a uma profundidade de 50 metros mais abaixo. Era um submarino.

Quando o russo ao lado de Marwan deu o alarme, o próprio comandante desceu e pediu informações sobre a situação. Houve uma discussão acalorada, em que Marwan apenas supôs entender que se tratava de um encontro inesperado.

Eles diminuíram a velocidade, mudando para uma navegação ultra-silenciosa. O outro submarino foi se aproximando, constantemente. E quando se pôde registrar o som emitido por ele, a resposta do computador para a pergunta se era conhecido foi negativa. Um submarino desconhecido muito aquém, nas águas territoriais russas, estava a ponto de provocar pânico a bordo, se Marwan estivesse interpretando corretamente a situação. Ele ordenou ao seu assistente russo para dirigir os sensores a laser contra o vaso de guerra, e na tela, quase de imediato, apareceu a numeração do submarino invasor, K 329. Ele apontou e pressionou a tecla, e o computador respondeu, instantaneamente, que se tratava do *Severodvinsk*, o submarino experimental da marinha russa.

O comandante russo respirou aliviado e deu uma ordem que Marwan não entendeu, mas viu que se tratava de mandar um sinal sonoro dirigido contra o casco do submarino colega, um "pingue" que foi e voltou assim que bateu no destino. Todos na central de comando exultaram e bateram palmas.

Muito mais tarde, Marwan ficou sabendo, à custa de paciente procura no dicionário e contra a vontade do seu professor de russo, que tinha se tratado de uma brincadeira entre submarinos russos. Era terrível sentir-se acertado, de repente, por um "ataque" de sonar ativo, um pingue, disparado a curta distância. E, correspondentemente, era motivo de júbilo para o vencedor da brincadeira. E daquela vez eles não tinham "pingado" um submarino qualquer, mas, sim, um submarino experimental ultra-silencioso. Aliás, esse som tinha acabado de ser gravado e arquivado na biblioteca de sons.

Peter Feisal perdeu esse único evento especial do primeiro dia a bordo, visto ter voltado para a sua cabine, a fim de dormir. Acabou deitado entre dois palestinos, que também tinham tido dificuldade em adormecer, mas que, mesmo assim, precisavam tentar.

Ainda que ele estivesse cansado, não fora muito fácil adormecer naquela primeira noite a caminho das grandes profundezas dos mares. Junto do beliche, ele viu que a parede metálica era ligeiramente arredondada. Isso significava que ele estava deitado, diretamente, contra o casco pressurizado, a cinco centímetros da parede de titânio. Bateu levemente na parede, mas a sensação recebida no dedo lhe disse apenas que a parede era dura e metálica.

De novo, ele foi assaltado por uma sensação estonteante de irrealismo. No entanto, após meses de trabalho duro no laboratório e na bacia de testes, tudo parecia altamente realista. Não havia muita coisa de que duvidar. Eles estavam a ponto de tentar realizar o que nunca havia sido experimentado. E, no momento seguinte, na hora de imaginar, inevitavelmente, como o mundo iria reagir, a sua fantasia não tinha limites.

De vez em quando ele se perguntava, quase envergonhado, se Deus ainda continuava do seu lado, tal qual, por vezes, ele havia sentido nos primeiros tempos, confessadamente mais sonhadores, na Mesquita Central. Mas ali, nas profundezas dos mares, Deus parecia não dar o mínimo sinal nem nenhuma sensação de proximidade, e ele ficava com saudades daqueles momentos de paixão divina diante do imame Abu Ghassan, recebendo consolo e apoio.

Ele notou que os outros na cabine também não conseguiam dormir, mas na hora não encontrou nenhum motivo para travar conhecimento com os seus companheiros. Havia muito tempo pela frente para fazer isso. Provavelmente, eles também pensavam do mesmo jeito, visto que nenhum deles fez qualquer tentativa para iniciar conversa.

Existia uma questão moral que às vezes se fazia presente como consciência pesada. E naquele momento, justamente, enquanto ele não conseguia dormir, algumas palavras voltavam como uma idéia fixa sobre a qual se podia refletir até enlouquecer.

Após apenas pouco mais de uma semana, todos os três ficaram tão ligados no projeto, que podiam permanecer trabalhando a noite inteira com os seus colegas russos. Estes que, evidentemente, tinham as suas famílias esperando por eles, em algum lugar, em conjuntos residenciais tristes, de qualquer forma, se submetiam ao mesmo esquema de trabalho, quase chegando ao limite da capacidade física. Ou então escreviam listas imensas de novos materiais técnicos da Samsung (considerada mais discreta), que compreendia desde componentes para computadores — Ibra, o Bruxo, fazia realmente mágica no que dizia respeito às funções dos discos rígidos. Eles foram como que engolidos.

Mas no meio de toda essa situação febril ele conseguiu atrair Mouna al Husseini para um chá. À mesa ele foi direto ao assunto e lhe fez uma pergunta pessoal. Ela vinha de vez em quando para saber como eles estavam e no momento tinha acabado de fazer uma viagem de uma semana Deus sabe para onde. Ela estava alegre, encorajadora, entusiástica e disse estar disposta naquele momento a responder a qualquer pergunta. O sorriso dela quando disse isso podia ser considerado quase ambíguo.

A pergunta dele era na verdade muito simples. Isto porque ela tinha razão. Agora que ela tinha visto os três trabalhando como se fossem os sete anões cantando a caminho da mina, agora que ela vira os três dispostos a fazer tudo para melhorar o projeto — ela não se arrependia nem por um momento da sua — podia-se dizer um pouco horrorosa — maneira de conseguir a cooperação deles, certo?

Ela pensou por um momento, acenou afirmativamente com a cabeça e sorriu, antes de responder.

É, talvez. Talvez agora, quando todos sabiam como as coisas tinham corrido. Mas, segundo a sua experiência, a vida jamais se apresentava com lógica e sapiência. Se recorresse a um ricaço que apoiasse o movimento de libertação e lhe perguntasse se ele podia doar 10 mil libras pela causa, certamente uma parte pequeníssima da sua fortuna, ele reagiria negativamente.

Ele apresentaria dificuldades de ordem prática, falaria de problemas puramente técnicos, diria que qualquer transferência bancária iria colocá-lo em situação suspeita, em especial agora, em que tudo era controlado e o sigilo bancário não existia mais. Por outro lado, justamente por causa disso, seria suspeito fazer uma retirada desse montante em dinheiro, saindo do banco com ele numa pasta como se fosse alguma coisa ilegal. E no caso de ela propor soluções para esses pequenos problemas práticos, o que ela poderia ter feito muito bem, ele com certeza iria encontrar novas restrições.

Mas se ela voltasse ao mesmo homem e lhe perguntasse se ele arriscaria a sua vida pela libertação da Palestina por meio de uma ajuda que só ele poderia realizar, conforme a experiência e depois de um curto período de reflexão, a resposta seria sim. E ele cumpriria a sua palavra.

Por que os seres humanos agiam assim, inclusive as pessoas boas, como era o seu caso, ela não sabia. Mas, de qualquer maneira, tivesse ela preferido, mais uma vez, depois de várias ações complicadas, mas justamente por isso, perguntar a Peter Feisal e ao seu irmão, Marwan, e a Ibrahim, se estavam dispostos a arriscar as suas vidas por uma grande missão. E foi essa, sem dúvida, a impressão que eles recolheram. Eles teriam respondido afirmativamente, sem muita hesitação. Assim eram os seres humanos. Não era nada racional, inteligente, previdente, calculista, nem mesmo esperteza, era apenas emoção. Mas havia funcionado, certo?

Ele acabou pensando na primeira noite na Universidade de Eton, num dormitório frio, junto com outros 11 rapazes, todos mais velhos do que ele e que já tinham deixado claro que, sendo o mais novo, ele tinha uma série de obrigações ainda não completamente especificadas. E ele se sentiu muito pequeno e sozinho.

Claro que não se sentia mais assim. Mas, de qualquer maneira, ainda que longinquamente, aquela noite se parecia muito com esta outra que ele vivia agora, em mais de um aspecto, que não apenas o da falta de sono. Em Eton, havia uma governanta que agia com frieza e que, rotineiramente, já conhecia as dificuldades específicas dos mais novos e recém-chegados. E a recomendação dela, em situações como essa, era apenas a de que se contassem ovelhas até adormecer.

Com isso ele não precisava se preocupar mais, e desde o segundo ano em Eton nunca mais tinha tido dificuldades em adormecer. Mas em vez de contar ovelhas ele tinha agora uma pergunta que parecia nunca mais parar de lhe chegar à mente. O que aconteceria se ela viesse até ele, como no caso do homem rico, e lhe pedisse 10 mil libras para a causa palestina? E se ela viesse direto, abrindo o jogo, e o pegasse em algum lugar e o levasse para um banco de jardim ou para uma mesa de restaurante, ou ainda para qualquer outro ponto que fizesse parte da sua técnica, e lhe perguntasse sobre o assunto?

Ele teria visto uma mulher de meia-idade, bonita e bem-vestida, que teria descrito um projeto tecnologicamente avançado, de uma forma tão convincente que ele certamente acreditaria nela. Ela teria conseguido ainda convencê-lo de que a sua especialidade científica seria da maior importância para o projeto. Tudo isso e muito mais ela certamente teria conseguido, visto ser uma pessoa tão convincente quanto persuasiva.

Mas, céus, o que é que ele teria respondido? Estaria ele deitado naquele mesmo beliche estreito, junto com dois outros compatriotas, a 200 metros abaixo da superfície e a caminho do Mar de Barents, naquele momento, se ela tivesse se aproximado dele daquela maneira mais aberta e honrosa?

Havia um risco considerável de ele continuar se pavoneando em Londres, vestido com uma túnica muçulmana feita em casa e aguardando o chamado de Deus. Ele sorriu da sua própria imaginação. Um risco considerável significava o contrário. Ela o tinha enganado com a ajuda de Deus, a maior de todas as fraudes imorais, e, ao final, ele teria aceitado e agradecido. O que é que ele estaria procurando? Teria ele, na realidade, através da grande clemência de Deus, encontrado o que procurava, só porque Mouna al Husseini o convencera a usar o cafetã? E se Deus visse isso, não teria Ele se divertido e olhado com clemência para o caso? De qualquer forma, Abu Ghassan tinha assegurado muitas vezes que Deus tinha bom humor.

Havia ali, portanto, algumas ovelhas, pelo menos, saltando para a frente e para trás, durante a noite sem sono.

Enquanto Peter Feisal jazia na cama, remoendo os pensamentos, naquela primeira noite a bordo ou, melhor dizendo, naquele primeiro passe de recolher, já que a bordo de submarino não existe dia e noite, Ibrahim estava tendo uma aula de russo, dada por um capitão que, pelo menos no aspecto, correspondia a todas as expectativas que se tivessem a respeito de como um capitão russo devia se parecer. Nomeadamente, um urso meio ruivo, bem barbeado, rugindo que nem uma fera. Ele se apresentou como Jevgenich Kasatonov e deu início à aula dizendo que não entendia patavina de árabe, mas se dava bem no inglês. Ibra já tinha aprendido muita coisa de russo durante os quase quatro meses na escuridão polar, a ponto de entender aquela informação positiva. Aliviado, respondeu dizendo que, naturalmente, facilitaria imensamente se os dois passassem a ter o inglês como uma língua em comum. E ele disse isso tudo com um sotaque e um tom de voz que, sem dúvida, se poderia considerar como *Queen's English*, o inglês da rainha, o que, aliás, não teve nenhum efeito positivo. O camarada capitão Kasatonov gostava mesmo de um pouco de exagero. O inglês dele parecia reduzido aos mais irritantes palavrões americanos, com expressões muito simples para relação sexual, para sim e para não.

Acabou sendo uma aula de russo em russo.

O urso marinho começou a aula, pedagogicamente, apontando para a alça verde no ombro de Ibra e pronunciando a palavra *seljonnij*. Depois, apontou para um papel branco e disse *bjelij*. A seguir, a lição sobre cores pareceu terminar, pelo menos no momento, e ele apontou de novo para a alça verde e perguntou: *Musulman?*

Ibra acenou afirmativamente com a cabeça, ao mesmo tempo que passou a questionar fortemente a programação da aula. O que essas duas cores tinham de tão importante?

Com *svinina*, se demonstrou. Eles estavam sentados, de fato, no maior compartimento do submarino, que servia como refeitório, biblioteca, sala de estar, câmara de estudos, refeitório dos oficiais, num extremo delimitado do ambiente e lugar de encontro de jogadores de xadrez. Por cima da cabeça do russo estava pendurado um retrato de Vladimir V. Putin, que pareceu muito resoluto e olhando um pouco para cima, para o futuro, e com o gorro de inverno da marinha russa na cabeça.

De qualquer forma, havia algo de especialmente importante ou, melhor dizendo, divertido, como se demonstrou com o termo *svinina*. O camarada capitão Kasatonov pegou um papel branco e desenhou um porco ao mesmo tempo que grunhia, para enfatizar a sua ilustração. E depois apontou para o balcão da comida de onde dois marinheiros, especificamente torpedeiros, tinham acabado de retirar o almoço. E o professor entrou em uma explicação que pareceu indicar que o povo russo gostava muito de comer carne de porco. No que ele grunhiu mais uma vez, com uma imitação quase perfeita, riu bastante e acrescentou qualquer coisa que significava "muito porco" e apontou de novo na direção da cozinha.

Isto aqui não é Cambridge, e que porra estou eu fazendo aqui, pensou Ibra, enquanto tentava sorrir. Mas também não era lugar para discutir a 200 metros abaixo do nível do mar. Era melhor tomar a iniciativa da aula.

Desenhou um esquema de acoplamento entre a rede de computação e o compartimento do comando, e apontou para um ponto no meio.

— *Kampjoter?* — perguntou ele e recebeu de volta um alegre sim, *da*, como resposta. E a partir daí começou a trabalhar em cima de palavras, como cabos, tangentes, telas, monitores, freqüências, sistema sonar, som, som de movimentação, luz, iluminação a laser e o que ele mais podia se lembrar, antes de começar a desenhar os contornos de um submarino e a perguntar como se dizia em russo casco, casco pressurizado, estabilizadores, hélices, escotilhas de saída de torpedos, tampa de torpedos, balsas de salvamento, energia elétrica, células de combustível e assim por diante. Foi dessa maneira que a coisa começou a funcionar, mas ele começou também a pressentir sarilhos. Havia qualquer coisa claramente negativa na maneira como esse urso marinho pronunciava a palavra *musulman*.

✪✪✪✪✪

Espantosamente rápido, os seus corpos aceitaram o ritmo em 24 horas, com três turnos de oito horas. Aprenderam a adormecer no momento em que se deitavam e se consideravam bem descansados quando eram acordados pelo camarada seguinte a usar a mesma cama. O russo mais necessário eles aprenderam nos computadores e nas telas dos técnicos que estavam ao seu lado. Pouco a pouco foram conhecendo também os outros palestinos a bordo, todos muito experientes em diferentes áreas técnicas, e aqueles que não eram serviam na prevenção contra incêndios e podiam ser descritos como durões da OLP, mas decerto não pertenciam ao serviço secreto da organização. Havia 16 palestinos a bordo, mais quatro que ficavam em terra e treinavam com um minibarco a colocar no casco do submarino onde tinha sobrado um grande espaço depois de substituídos os reatores nucleares por motores a diesel.

Mas justamente a existência de 16 palestinos a bordo numa tripulação de 52 homens tinha produzido alguns problemas. Se fossem 18 "seres arábicos" como eram chamados pela tripulação russa quando estavam por perto ou por "chechenos" ou "terroristas" quando estavam longe e não podiam ouvir, não teria havido qualquer problema. Os 18 "seres arábicos" poderiam ficar em duas cabines de três beliches cada. Mas como ninguém da tripulação russa queria dormir na mesma cama que tivesse acolhido tal pessoa e como não se podia deixar de utilizar nenhuma cama, dois russos tiveram que cumprir a matemática étnica e compartilhar uma cama improvisada num espaço junto da casa das máquinas. Lá não era fácil dormir.

Os três gentlemen observaram o problema, claro, mas como estava se aproximando a hora da grande manobra, eles se preocupavam cada vez mais com os testes técnicos que estavam por vir.

Havia três coisas a treinar, duas já tinham sido introduzidas na rotina da frota russa de submarinos. Eles iriam se infiltrar junto de um suposto inimigo e disparar um torpedo Schkval, considerado capaz de afundar um porta-aviões. E depois iriam simular a fuga, sendo perseguidos, virar e disparar um míssil de cruzeiro contra o navio comandante inimigo onde estariam os chefes e o pessoal superior.

Até ali, tudo já estava bem treinado e era comparativamente simples. Mas depois disso eles iriam simular serem descobertos por um submarino inimigo, e após uma série de testes de navegabilidade, esse submarino inimigo ficaria em posição e a uma distância em que o disparo de torpedos seria possível.

Isso era o mais importante, visto que se tratava de testar um novo sistema de navegação para a marinha russa, o mais avançado sistema para escapar dos torpedos inimigos: Schstjuka — "O Robalo".

O Robalo era nos mares o correspondente ao *Patriot* ou a outros tipos de mísseis que, disparados para o ar, destroem outros mísseis contrários. Era um pequeno torpedo, extremamente rápido, teleguiado, que tinha como única missão explodir os torpedos inimigos. Portanto, nada de ser disparado para provocar desorientação e perturbar o inimigo. Todos já tinham esse tipo de sistema. Mas uma arma para explodir os torpedos disparados pelo inimigo.

O sistema russo era construído, como em todo o mundo ocidental, para localizar o alvo com o auxílio do som, tentar calcular a velocidade e o curso do alvo e, depois, com a ajuda de Deus, ou pelo menos da sorte, acertar em cheio. Era como disparar em uma sala escura contra um alvo móvel.

Nesse momento, era como se a técnica dos três gentlemen ingleses estivesse para ser posta à sua prova real. A questão que fez com que os russos, velhos ursos do mar, em dúvida balançassem a cabeça era saber se eles, de fato, podiam ver o alvo chegando e fechar o curso do Robalo na direção certa.

As duas primeiras manobras correram conforme previsto. As dificuldades enfrentadas antes para dirigir o supertorpedo Schkval pareciam ter desaparecido. Eles não tiveram o menor problema em pôr fora de combate o fictício porta-aviões inimigo.

Mais tarde, dispararam também sem problemas dois mísseis de cruzeiro que atingiram os seus alvos.

No terceiro dia de manobras, muito pressionados com os exercícios contra incêndios e as violentas descidas para profundidades tão grandes que o casco do titã rangia e estalava, finalmente chegou a hora do teste decisivo, que provocou um silêncio total de grande expectativa no centro de comando. Deram a sua posição exata para o submarino que dispararia os torpedos contra eles, deram-se ordens para acionar todos os preparativos e todas as seis escotilhas individuais do submarino, à prova de pressão, foram lacradas.

E então vieram os dois torpedos, cuja movimentação se escutava nitidamente pelo sonar já desde o disparo. Era um som terrível. E quando a bordo de um submarino se ouve esse som, não resta muito mais a fazer senão disparar também os seus torpedos e ficar rezando para Deus, caso se tenha alguma fé.

Foram disparados quatro Robalos, dois seriam manobrados pela tripulação russa normal e os outros, dirigidos com a ajuda do sistema a laser dos gentlemen ingleses.

O que iria suceder com os torpedos russos, que dispararíam primeiro? Peter Feisal nem pensou nisso, nem por um momento. Seus pensamentos estavam concentrados totalmente na telinha do seu monitor, com Marwan e Ibra debruçados sobre ele. O que estava em jogo era muito mais, mas muito mesmo. E eles, até então, apenas tinham conseguido simular e realizar testes de laboratório.

Mas eles tinham visto o submarino atacante, viram até quando os tubos dos torpedos se abriram e puderam dar o alarme antes de o som ter chegado ao sistema de sonar da própria nave.

E, então, viram os torpedos chegando e o borbulhar da propulsão no seu rastro. Até ali, estava tudo funcionando bem.

— *Well*, gentlemen — disse Peter Feisal, apontando para os dois torpedos na tela —, vamos dividir o prazer?

— Pára de falar, querido irmão, e parta para a ação! — sussurrou Marwan.

— Assim, sem mais nem menos? — perguntou Peter Feisal, enquanto mexia no mouse do computador, conseguindo fazer aparecer duas janelas vermelhas, correspondendo à parte da frente dos dois torpedos.

— Sem mais nem menos, que coisa — sussurrou Ibra. — Com os diabos, não é hora de brincar. Imagina se fosse de verdade.

Eles deixaram a equipe russa mandar os seus Robalos primeiro e puderam seguir todos os procedimentos na tela à sua frente. O primeiro Robalo deles passou do alvo, mas quase que acertou. E explodiu atrás, de modo que os dois torpedos de ataque saíram do curso por alguns segundos, antes que fossem manobrados, voltassem à estabilidade e ao curso original.

Peter Feisal teve que procurar os seus alvos de novo e colocou duas novas janelas vermelhas, retangulares, na tela, representando esses alvos.

— Fechado no alvo — afirmou ele. — Quem quer ter a honra?

— Eu! — disse Marwan, jogando-se por cima do irmão e pressionando o sinal de disparar.

— E depois eu! — repetiu Ibra, fazendo o mesmo.

Várias pessoas se agrupavam agora atrás deles. O som dos torpedos de ataque tinha aumentado muito em força, de modo que todos podiam ouvi-lo sem precisar de auscultadores. Em seguida, ouviram também duas detonações ainda mais fortes, quase no limite da dor, e na tela viram os dois mísseis acertarem nos alvos, um segundo antes.

No centro do comando, de início, o silêncio chegou a ser quase fantasmagórico, como se nenhum dos 12 oficiais presentes estivesse acreditando no que viram e escutaram. Depois, explodiu uma alegria geral, do mesmo tipo que acontece em certos acontecimentos esportivos. O pessoal pulava e gritava. E todos se abraçavam e até se beijavam.

Quando o júbilo amainou, o comandante ordenou um novo curso, que indicou dando as coordenadas, uma a uma, em alto e bom som, o que provocou mais alegria geral. Todos sabiam que aquele novo curso significava voltar para casa.

Podia ter se tornado uma volta para casa fantástica, talvez com alguns exercícios de manobras mais simples. Poderia ter sido um retorno cheio de triunfo e de confraternização. O K 601 Pobjeda tinha realizado progressos extraordinários durante as manobras, vários dos oficiais poderiam esperar novas promoções. Quanto ao supertorpedo Schkval, não foram vistas quaisquer tendências para dificuldades, antes tão freqüentes, tanto no direcionamento quanto no disparo da arma, e os dois mísseis de cruzeiro disparados tinham acertado no alvo com precisão perfeita a uma distância de 130 quilômetros. Isso significava que os russos haviam alcançado os americanos na única área dentro do combate com submarinos em que se sabia estarem à frente.

E o novo sistema de direcionamento com o Robalo, podendo destruir torpedos de ataque, era de certa maneira um avanço tecnológico tão grande quanto o Schkval tinha sido. Em resumo, a conclusão final sobre as manobras só poderia ser uma, a de que o K 601 tinha qualidades ofensivas e defensivas que se sobrepunham até mesmo às do Seawolf dos americanos, um projeto de submarino que havia custado inacreditáveis dois bilhões e meio de dólares. Para construir e equipar uma única nave.

O K 601 era de certa forma um projeto de vaso de guerra de origem estrangeira. Mas o triunfo pertencia à marinha russa. Os estrangeiros tinham gasto apenas um monte de petrodólares, mas a tecnologia era russa. Ninguém na tripulação russa entendia isso de outra maneira.

Para começo de conversa, portanto, ninguém estranhou que o comandante autorizasse o complemento de vodca às refeições para três turnos seguidos. Tal como Marwan salientou ao acordar Peter Feisal com a extraordinária notícia. Assim também acontecia, mais ou menos, na marinha inglesa, que por tradição oferecia uma dose de rum em ocasiões especiais.

Mas quando Peter Feisal, oito horas mais tarde, entrou no refeitório para comer o seu desjejum, viu imediatamente que se estava bem longe das tradições do almirante Nelson.* Os tripulantes que viu no refeitório estavam praticamente bêbados, mal se agüentando nas pernas, brigando, gritando e discutindo, todos muito agressivos.

A bebedeira serviu apenas para piorar tudo aquilo que até então poderia se imaginar. Tudo o que antes era sussurrado transformou-se em manifestação fortemente insultuosa. Nenhum marinheiro ou oficial russo não só não se sentava à mesma mesa com qualquer dos tripulantes palestinos, como, no caso, atiravam com pejorativos altissonantes e provocavam discussões políticas sobre o terrorismo de Osama bin Laden e, naturalmente, sobre o chamado *perigo verde*. Justamente a escolha do verde como a cor das divisas usadas para distinguir o pessoal palestino basicamente técnico foi, sob determinado ponto de vista, de uma infelicidade patente. O verde não se traduzia por cor da ciência, mas como símbolo do islamismo e do terrorismo.

Se em Cambridge se poderia brincar sobre o tema clássico de que o vinho solta as línguas, a bordo do K 601 Pobjeda se diria que a vodca soltava todas as correntes e focinheiras que continham o ódio.

Quando alguns maquinistas palestinos saíram do seu turno e vieram buscar a sua comida, cada um acabou recebendo uma gigantesca

---

* Almirante Horatio Nelson, oficial da marinha britânica que viveu no final do século dezoito e início do século dezenove, também conhecido como Lorde Nelson. Comandou a vitória na batalha naval contra os franceses do imperador Napoleão Bonaparte em Trafalgar, embora tenha sido ferido mortalmente em combate. (N.T.)

costeleta de porco com molho de repolho, nada mais. Evidentemente, eles recusaram-se a aceitar a comida e, segundos mais tarde, havia uma pancadaria infernal, que terminou com um deles pressionado contra o chão por quatro russos, com um quinto tentando enfiar a costeleta pela sua boca.

A força da guarda que acorreu de roldão era composta unicamente por russos, que com os seus bastões continuaram a maltratar os "rufiões chechenos", arrastando-os para a prisão.

Peter Feisal viu tudo de longe, de uma divisória usada como praça-de-armas de oficiais, e conseguiu com dificuldade abafar o impulso, certamente irrefletido, de se meter na briga. Em vez disso, resolveu ir até o centro de comando, onde, no momento, agia como comandante substituto da nave o capitão Almetov. Este era o único dos três sub-comandantes que entendia inglês, o que, no entanto, não tornava o assunto muito mais fácil de ser resolvido. Quando Peter Feisal exigiu a interferência do comando do navio, punindo os culpados e acabando de imediato com a distribuição de vodca, ele se defrontou apenas com uma parede de incompreensão. Recebeu o conselho de não se meter no caso e a informação de que o corte da ração de vodca a essa altura seria entendido como uma interferência inimiga de tal porte que até a segurança a bordo ficaria ameaçada. Quando Peter Feisal exigiu que o comandante fosse acordado, recebeu apenas um sorriso como resposta. Insistindo num esclarecimento, ficou sabendo que o camarada Vladimir Sergejevich só poderia ser acordado em caso de guerra ou de avaria no motor.

Não havia socorro possível e até mesmo admitindo que as 24 horas de vodca foram as piores, a atmosfera a bordo continuou na mesma nos dias seguintes da viagem para casa. Também não ficou melhor quando o submarino teve que subir à superfície para poder arejar os dutos e fornecer ar fresco aos motores a diesel e ao sistema de ar-condicionado. Na superfície, o mar estava violentamente agitado, debaixo de uma tempestade de inverno, e o submarino que se movimentava tranqüilo nas grandes profundidades passou a balançar fortemente para todos os lados. Isso provocou conseqüências previsíveis na tripulação que, na sua maioria, estava completamente bêbada. Houve mais pancadaria e uma enxurrada de terríveis ofensas e provocações recíprocas. Quando o K 601 acostou no cais de Severomorsk, a tripulação se dispersou sem apertos de mãos, antes como inimigos incondicionais. Uma situação sem precedentes dentro de qualquer submarino.

✪✪✪✪✪

Ainda dentro do ônibus no caminho do cais de Severomorsk para as barracas da Estação de Pesquisas 2, os 16 palestinos da tripulação criaram uma espécie de sindicato e formularam seis exigências incondicionais que, se não fossem atendidas, provocariam greve. Ninguém voltaria para bordo se não houvesse resposta positiva.

As exigências eram um espaço para preces e dois curadores de almas, um islâmico e outro grego-ortodoxo; uma força de guardas composta de palestinos e russos; duas espécies de comida, uma árabe, além da costeleta de porco à moda. Aulas melhoradas de línguas por professores competentes e, além disso, aulas de inglês para a tripulação russa. E, finalmente, proibição completa de álcool a bordo.

Peter Feisal foi eleito por unanimidade o porta-voz do grupo palestino. Todavia, demorou dois dias antes de ele ter a possibilidade de apresentar a lista de exigências a Mouna al Husseini, visto que ela andara viajando durante a maior parte do tempo em que o K 601 esteve em manobras no mar. Mas quando Peter Feisal a encontrou, ela estava de muito bom humor e disse trazer cumprimentos de Abu Mazen para todos e também do presidente palestino, Mahmoud Abbas, salientou.

O seu bom humor desapareceu rápido quando Peter Feisal declarou, delicada, mas também decisivamente, que a viagem de testes podia ser descrita de duas maneiras. Principiando com as boas notícias, toda a tecnologia armamentista, incluindo a nova e ainda por testar, funcionara extraordinariamente bem. A má notícia era que o projeto fora por água abaixo por conta de problemas humanos. E, então, ele apresentou a lista de exigências. Ela o escutou sem mudar de expressão.

— Qual é o seu ponto de vista sobre essas exigências? — perguntou ela, ainda sem demonstrar o que pensava e sentia, assim que Peter Feisal terminou a sua explanação.

— Que é uma lista praticamente tímida, madame. Eu poderia até juntar uma boa dose a mais. Isto aqui é apenas o que os outros me pediram para apresentar.

— Não acrescente nada por enquanto. Justifique apenas o que apresentou! — ordenou ela.

Para ele, não seria nada difícil, do ponto de vista puramente realista, apresentar os motivos, mas ela estava com um olhar que ele nunca tinha visto antes. Por isso, o seu raciocínio foi cuidadoso.

No que dizia respeito à sala para rezar, ao padre ortodoxo e ao imame, isso não correspondia a uma exigência religiosizada a bordo. Ele calculou que um terço dos palestinos era composto de religiosos sob algum aspecto, e que uma parte dos russos fazia o sinal-da-cruz em alguns momentos tensos e usava a cruz cristã pendente no peito, mas a quantidade de crentes se limitava, mais ou menos, também a um terço. No entanto, era mais uma questão psicológica do que uma disposição de tratar da alma. Era uma disposição de equiparar cristãos e muçulmanos.

Podia-se ver a exigência de comida sem carne de porco, mais ou menos, da mesma maneira. A maioria dos palestinos a bordo, assim como ele próprio, podia comer carne de porco em uma ou outra ocasião. Mas era uma questão diferente ter de comer costeletas de porco, praticamente, todos os dias. Era mais uma questão de ordem, ou talvez uma questão democrática, do que um problema de fé.

Uma força de guarda a bordo para garantir a ordem ele considerava como necessidade. Mas também estava claro que não poderia ser uma força racista. Portanto, uma força mista era uma exigência mínima. Além do mais, seria fácil criá-la, pois havia palestinos fortes com cicatrizes no rosto na tripulação.

Um curso de línguas era, evidentemente, uma questão mais difícil de resolver na prática. Mas em situações limites como as criadas, inclusive, nas manobras, era importantíssimo que não houvesse mal-entendidos na hora de se comunicar. Que todos os tripulantes fossem bilíngües era, portanto, uma boa reforma a inserir. Quanto à proibição de álcool, a motivação não era religiosa. Aquilo que tinha acontecido na viagem de volta para casa, com bêbados e pancadaria, que se transformou em racismo aberto, falava por si. Em resumo, o projeto parecia estar condenado, caso não se fizessem as necessárias reformas.

— Faça o seguinte — disse ela, quando ele pôs um ponto final na explanação. — Ponha tudo no papel, faça um relatório detalhado, até amanhã, às oito horas. Aí voltaremos a nos ver numa reunião para enfrentar a sério essas questões. De resto, como correu tudo a bordo?

Pela primeira vez, ela se permitiu pelo menos um sorriso.

— Bem, foi uma experiência fantástica, de fato. Sob muitos aspectos, uma grande e extraordinária vivência para lembrar para sempre. Resultados técnicos brilhantes.

— Muito bem. Mas agora precisamos pôr de lado, lamentavelmente, esses resultados técnicos brilhantes até solucionar isto aqui. Portanto, até às oito horas de amanhã.

Ela levantou-se e lhe estendeu a mão.

Ao se ver sozinha depois de Peter Feisal ter ido embora para cumprir a sua missão por escrito, de repente ela se sentiu profundamente pessimista. Todos esses anos de esforço, todas essas enormes somas de dinheiro, milhares de horas de reuniões com peritos técnicos e com políticos russos, todas essas esperanças decorrentes aumentando, tudo parecia ter sido em vão ou inútil. Aquilo que Peter Feisal contara era a pior, ou quase a pior, de todas as catástrofes que se poderiam imaginar, a única ameaça que restava contra a grande operação, mas, ao mesmo tempo, completamente decisiva.

Para maior ironia, isso acontecia no momento em que ela estava voltando de um primeiro encontro, depois de muitos anos, com o presidente. Pelo que este sabia, de maneira geral, ela tinha conseguido arrancar dinheiro dele e desaparecer. Não tinha ouvido sequer uma palavra dela nos últimos dois anos.

E isso foi, justamente, o que ele lhe salientou. Mas essa objeção ou crítica não foi muito difícil de contornar. Quando, finalmente, ficou andando ao seu lado, indo e vindo pelo mesmo caminho, no jardim dos fundos da residência bombardeada em Ramalla, ela estava arriscando a sua vida a cada segundo. Os israelenses já achavam que a tinham matado duas vezes e, se chegassem à conclusão de terem sido malsucedidos pela segunda vez, eles, com a sua conhecida persistência ao se tratar de execuções, não hesitariam diante de uma terceira tentativa. No entanto, essa era apenas uma de muitas das maiores questões de segurança. Se o projeto chegasse ao conhecimento deles, bastando o mínimo rumor, toda a operação iria por água abaixo. Não se trataria apenas de perder o ritmo, mas, sim, de perder completamente o decisivo momento da surpresa. Por isso, não dava para telefonar ou mandar mensagens, nem mesmo usar a comunicação por rádio. Só o contato direto, cara a cara, era admissível como meio de comunicação.

Abu Mazen tinha sido o banqueiro de Yasser Arafat, e como tal ela sempre ia visitá-lo, a eminência disfarçada e um pouco burocrática que ficava por trás de todos os estridentes veteranos revolucionários, mortos um a um pelos israelenses. Quando Arafat morreu, não havia muito mais dos antigos companheiros do círculo mais fechado, e Abu Mazen tornou-se um candidato de compromisso, entre outras razões, porque ele não era considerado perigoso pelos israelenses e, principalmente, pelos americanos.

Como banqueiro da OLP, ele aprendera a conviver com uma série de soluções não convencionais para lidar com dinheiro que, portanto, nada tinham a ver com a contabilidade tradicional. O próprio Yasser Arafat tratou sozinho de obter para si controle absoluto sobre todas as contas bancárias no exterior. Isso levou a uma boa parte de mal-entendidos quase tragicômicos ao morrer, entre eles a convicção por parte da viúva de que havia uma "herança" de vários bilhões de dólares a receber. Isso decorria mais de conhecimentos adquiridos através da imprensa estrangeira, na qual ele era sempre apresentado como corrupto. E, de fato, detinha uma série de fraquezas pessoais. Mouna fez muitas objeções ao seu estilo de liderança, como se costuma dizer no jargão político e de negócios no Ocidente. Segundo sabia, ela era a única mulher dentro da OLP que Arafat jamais deixara de levar a sério.

Quando ele se encontrava à morte, em Paris, ela se apressou a voar de Moscou para chegar a tempo. E foi graças ao banqueiro Abu Mazen que conseguiu ser infiltrada por uma porta dos fundos do hospital que se dizia ser bem guardado pelo serviço secreto francês.

Ele estava fraco, mas consciente quando se encontraram. Nessa altura, o projeto já tinha quatro anos de existência e o submarino estava praticamente pronto. Mas então faltavam ainda 500 milhões de dólares para o projeto avançar.

Ela falou sussurrando no ouvido dele. Ele cheirava mal devido aos medicamentos e a uma determinada espécie de sujidade, mas estava plenamente consciente e sussurrou de volta uma série de senhas de que ele se lembrava, o que, aliás, era de estranhar, dado o estado em que se encontrava. Só muito mais tarde, quando esvaziou as contas e transferiu tudo para um banco russo, ela percebeu que as senhas que ele usava seguiam regras de memória muito simples. Era patético e, ao mesmo tempo, assustador. Qualquer hacker poderia ter matado a charada.

Abu Mazen foi testemunha de tudo. Tinha visto um homem moribundo ditar a sua última vontade e jamais faria quaisquer objeções, nem mesmo quando, mais tarde, foi eleito presidente e poderia ter invocado isto e aquilo. Segundo a sua perspectiva, a questão era clara. Arafat Abu Ammar tinha deixado uma fortuna gigantesca, mas não para os parentes e a viúva, mas para a resistência palestina. E Mouna foi quem ele escolheu para administrar a herança. Simples e claro.

E lá no jardim de Ramalla, o novo presidente tomou conhecimento da data e da hora exatas de um ataque tão grande que iria ultrapassar tudo o que aconteceu antes na história da resistência palestina. E ele, Abu Mazen, assumiria a responsabilidade máxima. A operação seria realizada só após a sua ordem final.

A única preocupação nessa altura era a de saber que aqueles loucos religiosos do Hamas tinham uma chance de avançar tanto na eleição seguinte que, eventualmente, acabariam tendo que ser aceitos no governo. Era uma situação quase impossível de imaginar, quase cômica. O presidente iria ter que chamar dois líderes do Hamas e dizer a eles, com a maior seriedade, que o que iam ouvir era sigilo absoluto. Claro que eles iriam jurar pelo Profeta, que a paz esteja com ele, ou por qualquer outra coisa. No dia seguinte, seria possível ler a respeito do planejado ataque no *New York Times*. Às vezes, a democracia era um aborrecimento.

Portanto, arriscando a vida e a liberdade, ela tinha passado pelos postos de controle israelenses nas estradas e pelo controle do passaporte na Ponte Allenby de volta a Amã, e dali voado direto para Moscou e Murmansk. Durante o vôo e o caminho todo, até se encontrar com Peter Feisal, Mouna se sentia leve como uma pomba, cheia de alegria e otimismo. A má consciência por ter mantido Abu Mazen na ignorância tinha terminado e nada do que ouvira antes da partida indicava que as manobras no Mar de Barents não iriam dar senão em resultado positivo.

E, então, chegou Peter Feisal e contou, à sua maneira fria, com voz grave, *à la Cambridge,* que a operação jamais poderia ser realizada. Em termos práticos, foi isso mesmo o que ele disse. O que iria ser tentado era o ataque mais ousado e mortal da história moderna da marinha de guerra — foram as palavras do comandante Ovjetchin —, ainda que com um submarino no qual os homens da tripulação se tratavam como cão e gato. Era impossível. E não era o caso de serem necessárias pequenas operações de salvamento, como requisitar um imame e um pouco de comida que não contivesse costeleta de porco. O caso era infinitamente pior.

✪✪✪✪✪

Mouna chamou também para a reunião os outros dois gentlemen, Marwan e Ibrahim, assim como os conselheiros científicos Ivan Firsov e Boris Starsjinov, e, naturalmente, o comandante Ovjetchin, seu amigo e confidente há muitos anos.

Ela iniciou a reunião como se se tratasse de um encontro de qualquer comitê. Todos leram o relatório de Peter Feisal e sua análise das exigências apresentadas pela tripulação palestina.

Todos ficaram logo de acordo sobre duas questões. Em primeiro lugar, as exigências da tripulação palestina deveriam ser postas em execução. Sem restrições e sem discussão.

Em segundo lugar, o problema era muito maior do que isso. Por exemplo, o que é que se poderia fazer da fobia contra o islamismo na marinha russa? Caso os marinheiros russos do K 601 fossem mandados embora e contratados outros, isso não iria mudar nada.

O comandante Ovjetchin se afundava na cadeira, gaguejava e usava de outras artes próprias, tudo demonstrando o quanto ele estava sofrendo por ser obrigado a iniciar essa discussão. Todos os outros dirigiram o olhar para ele.

A ampla desconfiança contra tudo o que tinha a ver com o Islã dependia em primeira mão do que aconteceu na história moderna da Rússia, começou ele. Os outros acenaram, manifestando concordância.

O Afeganistão foi a primeira pedra de virada. Foi onde tudo começou. Primeiro, os russos se apresentaram para dar apoio fraternal e amigo a um regime progressivo ou a amigos em estado de precisão, como se dizia na época. Esse tipo de conversa fiada já tinha sido visto antes, mais ou menos, em outras situações, como, por exemplo, na Hungria, em 1956 e na Tchecoslováquia, em 1968.

Mas no caso do Afeganistão interferiu logo uma dimensão religiosa que nunca tinha sido notada antes. Isso aconteceu quando os americanos ajudaram na formação de uma organização ilegal de fanáticos religiosos com Osama bin Laden na cabeça. Essa organização não só transformou o Afeganistão num inferno. As suas ações apontaram a pista para o 11 de setembro de 2001 e, antes disso, incendiaram a Chechênia. Essas ações, na pior das hipóteses, vieram dar origem a uma série de guerras absurdas no Cáucaso e na Ásia Central.

A Guerra na Chechênia, com todas aquelas mães russas que perderam os filhos numa guerra incompreensível, e que apenas deram origem a novas guerras e a grandes atos de terrorismo, até mesmo em Moscou, ensinou os russos a odiar todos aqueles a que chamavam de "chechenos".

Poderia se achar, talvez, que a frota russa dos mares do Ártico não devia ser influenciada por todos esses acontecimentos. Nenhum marinheiro russo morreu na Chechênia. Mas, por um lado, o pessoal da marinha se solidarizou com os amigos e conhecidos que tinham filhos no exército e, por outro, o pessoal se sentia obrigado, automaticamente, a ficar do mesmo lado das tropas russas em guerra. Por motivos fáceis de imaginar, não havia nenhum muçulmano na frota russa do Ártico onde os "líbios" ou outros árabes eram considerados como "chechenos". Esse era o fundamento psicológico e político dos incidentes que ocorreram a bordo do K 601.

Mouna não demonstrou qualquer sinal de impaciência durante aquela exposição um pouco redundante e claramente previsível. Após um momento de reflexão, ela perguntou ao comandante se efetivamente ele pensava em alguns métodos para melhorar a atmosfera russa a bordo.

Claro que isso era possível, segundo o comandante. Mas, então, surgiria um conflito com a exigência de absoluto sigilo. Ele próprio pertencia a um grupo de, no máximo, dez pessoas em toda a Rússia, incluindo o presidente Putin, que tinha conhecimento do que se pretendia fazer com o projeto. Quebrado o sigilo, os rumores começariam a espalhar-se e tudo, então, poderia considerar-se perdido. Por isso, o pessoal russo trabalhava por aquilo que seria — segundo as condições russas — a soma fantástica de 500 dólares por mês para cada marinheiro e 2.500 dólares para cada oficial. Mas em parte eles não podiam sequer imaginar que, pelo menos alguns deles, iriam participar de um ataque para ficar na história da guerra naval. E em parte eles viam apenas diante de si um trabalho de treinamento de "líbios". De qualquer maneira, pensando bem, a total proibição de consumo de vodca seria impossível de introduzir entre os marinheiros russos do submarino.

Este último fundamento provocou, entre todos, uma discussão animada e desestruturada sobre álcool, moral e acuidade de desempenho. Acabaram não chegando a nenhum consenso.

Finalmente, Peter Feisal mudou de assunto, levantando a questão de saber se numa organização estritamente hierárquica como era o comando a bordo de um navio de guerra as ordens não vinham de cima. O chefe era o comandante. Mas Mouna estava um estágio ou dois acima na classificação ordenada de quem mandava mais. E se a operação fosse levada a bom termo, não seria o caso de Mouna ir a bordo?

Os três russos na sala ficaram surpresos diante dessa reflexão apresentada por Peter Feisal como natural, e todos olharam quase implorando para ela, na esperança de que negasse esse absurdo.

— Naturalmente — respondeu ela, breve. — Eu vou estar, evidentemente, de uniforme, exercendo o comando geral da operação. Serei eu a dar a última ordem de ataque.

Fez-se silêncio total na sala. Marwan tentou entender a razão de os três russos considerarem isso uma total impossibilidade. Ela era, sem dúvida, a voz mais alta no comando. Fora ela quem organizara o projeto e, ainda por cima, pagara por ele. Ela era, em poucas palavras, a dona do projeto. E o que é que havia de mau nisso?

Ele sentiu frio e olhou para o lado, vendo uma janela de duas folhas entreaberta. Era de lá que vinha a corrente de ar e a temperatura era de quase trinta graus abaixo de zero.

— Como seu amigo de verdade, Mouna... — começou o comandante, sofridamente — devo salientar bem uma coisa e explicar outra. As mulheres, até agora, nunca entraram a bordo da frota russa de submarinos, visto que para os marinheiros, além de tudo o mais, isso significa azar. E o que eu preciso explicar é que... ainda que o seu russo seja muitíssimo bom, você não é oficial da marinha.

— O que é pior? — perguntou Mouna, com clara ironia. — Que eu seja mulher ou que eu seja carangueja da terra?

— Evidentemente, é uma enorme desvantagem você ser uma carangueja — respondeu o comandante, no mesmo tom de voz —, mas é pior você ser mulher.

— Existem algumas mulheres como oficiais na marinha palestina? — perguntou Marwan.

— Existem sim, certamente — respondeu Mouna. — Nós operamos com unidades menores sob as águas, com mergulhadores de ataque e com navios de superfície ultra-rápidos. Mas não temos nada que se pareça com um comandante russo em serviço num submarino. Já sabíamos disso o tempo todo. Podemos complementar a tripulação com alguns técnicos como vocês três aqui na sala, ou com bombeiros, guardas, maquinistas e até responsáveis pelo disparo de torpedos, em pelo menos parte das equipes. Mas o comandante e seus dois adjuntos num submarino atômico estão numa classe à parte. Você pode explicar, Aleksander?

— Claro — disse o comandante Ovjetchin. — Para ser comandante a bordo de um submarino russo da capacidade de que estamos falando, exige-se inicialmente que ele tenha folha limpa, mais do que isso, que ele tenha feito uma carreira admirável, durante pelo menos vinte anos na marinha. Antes, na era soviética, nós tínhamos uma frota de submarinos muitíssimo grande, como talvez saibam, mas ainda é grande. O comandante Aleksander a bordo do K 601 e seus dois oficiais adjuntos, Loktjev e Almetov, mostraram-se os melhores em concorrência entre, talvez, outros duzentos. Acho completamente impossível que alguém possa chegar ao mesmo nível em termos de treinamento, instrução e, acima de tudo, em possibilidades de escolha.

— A conclusão é a de que não podemos substituir os três chefes russos a bordo — constatou Marwan.

— Mas se o erro com al Husseini é o de ser ela uma caranguzeja de terra e mulher... — filosofou Ibra. — Então, os senhores, camaradas russos, querem dizer, conseqüentemente, que, se madame fosse homem e contra-almirante, a situação seria outra, certo?

Os três russos concordaram, embora constrangidos.

— Então, passamos para a próxima pergunta — continuou Ibra. — E se existisse algum almirante árabe que pudéssemos contratar e que, por sua vez, fosse subordinado, naturalmente, à madame?

— Eu vejo certa lógica nesse raciocínio — assentiu Mouna. — Mas se olharmos em volta, receio que não vamos encontrar nenhuma alternativa brilhante. O Iraque tem, decerto, alguma espécie de almirante, chefe de dois barcos-patrulhas que estão encalhados em terra. Mas mesmo que ele fosse mais imponente do que é, existem certas desvantagens políticas com uma alternativa iraquiana que talvez eu nem precise explicar. Sob o ponto de vista técnico, o Irã tem uma marinha melhor, incluindo três submarinos do tipo Kilo, comprados dos russos.

Mas se já temos certos problemas de comunicação lingüística... A Síria, o Egito e a Líbia já tiveram submarinos, mas não funcionam mais. E um comandante americano, se a gente direcionar a nossa atenção para fora do mundo árabe, daria a sua mão direita para tomar conhecimento da tecnologia a bordo do K 601, mas eu duvido que possamos arregimentar qualquer um deles. Portanto, onde ficamos?

— Quase próximos daquele ponto que parece ser o de termos que desistir — disse Peter Feisal. — O comandante e os dois oficiais adjuntos têm que ser russos. Não temos outra alternativa. Ou temos?

Ele não recebeu nenhuma resposta, apenas alguns acenos de concordância, feitos de cabeça baixa, em volta da mesa.

— Então, receio que a gente se encontre numa confusão danada — continuou ele, ligeiramente sarcástico. — Acabamos de fornecer uma tecnologia avançada para a Rússia que não vamos poder usar a favor do nosso próprio projeto. Mas pela alegria, antes de a vodca ser servida a bordo, devo resumir tudo da seguinte maneira: a única coisa que realmente conseguimos foi aumentar a vantagem da Rússia na guerra submarina. Não é verdade?

Mais uma vez ninguém se dispôs a contrariá-lo.

— *Well* — continuou ele. — Vocês sabem de que maneira isso me afeta agora? A mim, ao meu irmão Marwan e ao meu amigo Ibra? Nós somos agora traidores da pátria, somos espiões, e isso me deixa danado. Chegamos mesmo a brincar ser impróprio para homens educados em Cambridge seguir por esse caminho. Se há alguma coisa em que eu jamais acreditei é me ver transformado em espião russo!

Houve uma grande discussão. E agora até os dois cientistas russos, Ivan Firsov e Boris Starsjinov, entraram nela. Segundo estes, aquilo que tinham conseguido juntos representava um avanço científico e que essa vantagem científica jamais poderia ser considerada como espionagem. Ter acesso aos segredos dos outros e vendê-los, isso era ilegal e espionagem, mas não pesquisar e realizar experiências em conjunto com pessoas de outros países. Além disso, todos os participantes no projeto científico detinham conhecimentos comuns. Se os três camaradas ingleses voltassem para a pátria, nessa altura, o regime inglês iria dar preferência a tomar conhecimento das suas novas capacidades, em vez de metê-los na cadeia. Além disso, as novas técnicas trariam novas possibilidades na área civil, a oceanografia entraria numa era completamente nova. Pelo menos, para Boris e Ivan tinha sido uma honra poder colaborar com cientistas formidáveis, competentíssimos, como eram os seus colegas ingleses, contribuir para um novo salto tecnológico. E, finalmente, era de salientar que o projeto fora apenas uma oportunidade única, considerado como segredo militar enquanto estivesse em andamento. No futuro, aquilo que era segredo militar se transformaria, também, em segredo civil.

— Vamos começar de novo! — ordenou Mouna al Husseini. — Eu concordo que vocês não podem ser considerados espiões. Se a gente for malsucedida, vocês vão poder voltar para casa e estarão livres e em condições de ganhar o Prêmio Nobel. Mas vamos recomeçar, ainda não desistimos, temos que salvar o projeto. Um novo comandante supremo a bordo, é o que vocês dizem, alguém que possa estar acima dos capitães russos do submarino. Estamos começando sem referências, digam-me quais são os requisitos!

— Tem que ser um homem — constatou Ivan Firsov.

— Que não seja russo — continuou Ibra.

— Mas também não árabe — afirmou Boris Starsjinov.

— Um oficial da marinha, de verdade. Não um almirante fajuto ou qualquer um do mesmo estilo — disse o comandante Ovjetchin.

— Ele deve falar inglês e russo, de preferência com perfeição — continuou Peter Feisal. — Ou, melhor, esqueçam esse tal de inglês perfeito, peço desculpa, basta ser do nosso nível, aqui, na sala.

— Ele não deve, de preferência, colaborar por dinheiro. Talvez isso não seja uma qualidade necessariamente absoluta, mas eu preferiria um homem que acreditasse e concordasse com a nossa causa — disse Mouna al Husseini.

— Conseqüentemente, ele pode ser americano, inglês, francês, alemão ou escandinavo. É nesses países que existem oficiais com a competência necessária — adiantou o comandante Ovjetchin.

Todos escreveram automaticamente uma lista das características do novo comandante supremo nos seus blocos de anotações. Ficaram todos em silêncio, olhando para o que haviam escrito, abanando a cabeça e suspirando. Era claro que essa saída estava fechada. Ninguém tinha mais nada a acrescentar e cada um começou, desesperadamente, a procurar uma nova saída para voltar ao projeto que há momentos parecia estar pronto ou, como se costuma dizer, ter chegado a bom porto, ou, melhor ainda, na hora de ser lançado ao mar.

— Eu gostaria de completar essa lista de características com algo mais — disse Mouna al Husseini, com uma expressão que todos entenderam como quase bem-humorada. — Esse homem que nós procuramos com bem anotadas qualificações deve ter mais alguns méritos. Gostaria de propor que ele seja, por exemplo, vice-almirante, um posto suficientemente alto para dar ordens a qualquer capitão. E, na sua carreira militar, deve ter tido uma colaboração com a Rússia a ponto de merecer de vários presidentes as melhores ordens russas, por exemplo, ser Herói da Rússia, ter aquela estrela de cinco pontas em ouro, vocês sabem, aquela estrela de que o camarada Brejnev tinha três ou quatro peças. Mas como o exemplo de Brejnev, infelizmente, mostra, pode o agraciado Herói da Rússia ficar sentado, eternamente, no seu traseiro. Portanto, vamos providenciar essa Estrela Vermelha para o nosso homem. Ela só pode ser agraciada por feitos em combate. E, por isso, para maior segurança, vamos dar a ele a Legião de Honra da França, a Cruz de Honra, a Bundesverdienstkreuz, da Alemanha, e algo mais. Agora, o homem começa a parecer-se com alguém de verdade.

— Excelente — constatou Peter Feisal, que, conforme todos os outros na sala, partiu do princípio de que a madame estava brincando. — Absolutamente fantástico, gostaria de sugerir também que puséssemos um anúncio ou, pensando bem, colocássemos em ação um *headhunter*, direta e discretamente.

— Eu vou procurá-lo discretamente — disse Mouna al Husseini, pensativa.

Os outros olharam em volta, uns para os outros, inseguros. Não sabiam se deviam rir disfarçadamente ou insistir em mais explicações.

— Ele não deve ter mais de cinqüenta anos — continuou ela, de repente. — Deve ser a idade normal para um vice-almirante. Ou não? O que me diz, camarada Aleksander Ilich?

— Atingir o nível de vice-almirante antes dos cinqüenta anos significa ter feito uma ótima carreira na maioria das marinhas do mundo inteiro — respondeu o capitão, com alguma insegurança, mas delicadamente.

Ela bateu com a caneta esferográfica nas anotações feitas à sua frente. Como todos os outros, também havia anotado as características do homem pretendido, ponto por ponto. Após um momento, respirou fundo e levantou a cabeça.

— *Gentlemen* — disse ela, deixando o olhar passear, lentamente, por cada um dos presentes à volta da mesa de reuniões, antes de continuar. — A situação é a seguinte. O homem que acabamos de descrever existe. Melhor do que isso. Ele é um velho amigo meu. Realizamos muitas operações juntos em outros tempos e ficamos bastante íntimos. Há dez anos, ele se cansou e desapareceu de uma maneira que só um oficial do serviço secreto muito competente pode fazer. Vou ter que encontrá-lo. E quando o encontrar vou lhe fazer uma proposta que ele não poderá recusar. E quando esse homem subir a bordo do K 601 posso garantir que a ordem será restabelecida. Outras perguntas?

O adendo final era, evidentemente, uma ironia. Ninguém tinha nada mais a perguntar.

— Agora, vamos fazer o seguinte — continuou ela, com energia e boa disposição como se estivesse de posse de uma boa idéia —, vocês vão cumprir o programa que temos diante de nós. Com algumas correções. Contratem professoras, *mulheres*, para ensinar inglês para os russos e russo para os palestinos. Continuem trabalhando no ensino teórico e construam o que tiverem que construir nos seus laboratórios. Eu vou ter que viajar para o meu escritório principal em... Não tem importância, mas é bem longe daqui. E a partir de lá vou procurar o nosso Herói da Rússia e vice-almirante. Gentlemen, isso é tudo por hoje!

Ela se levantou, decidida, obrigando os outros a se levantarem e a marchar, esquerdo-direito, quase como se estivessem numa parada.

Mas ela pegou no braço do capitão e indicou que queria que ele ficasse e que se sentasse de novo. Ela foi até a porta e fechou-a assim que todos os outros saíram. Voltou depois esfregando as mãos como se estivesse com frio e puxou uma cadeira, sentando-se na frente dele.

— Eu já ouvi falar desse homem — disse ele, quase sussurrando.

— Verdade? A atividade principal dele sempre foi o serviço secreto. Como pode?

— A minha também é. Não se esqueça de que eu sou GRU* e por isso mesmo nós nos encontramos.

— Muito bem. Então, não tenho muito mais para explicar. Quero apenas me assegurar de que pelo menos você não pensa que estou doida. Você é o responsável principal enquanto eu estiver fora. E, por isso mesmo, preciso saber se realmente acredita em mim.

— Sem problema. Eu sei que ele existe. Boa caçada!

✿✿✿✿✿

Um dia mais tarde, quando ela invadiu o seu escritório particular em Túnis, estava com os cabelos em desalinho e os olhos vermelhos por falta de dormir, mas cheia de energia nas primeiras horas, até adorme-

---

* Glavnoye Razvedovatel'noye Upravlenie (GRU) — Administração Central de Inteligência na Rússia. (N.T.)

cer, pensando no homem que no momento parecia ser a única solução para a série de problemas, tão inesperados quanto difíceis de resolver, que tinham vindo parar no seu colo. Os seus colaboradores que já a tinham visto nas mesmas condições prepararam o grande sofá de visitas na sala dela e se retiraram discretamente.

Na manhã seguinte, estava mais calma, tomou uma ducha, lavou os cabelos e secou-os, trocou de roupa e saiu para tomar um café da manhã tunisiano, de preferência com bastante da forte pimenta vermelha. Teve até tempo para discutir negócios com um dos clientes habituais, deixando que tudo ficasse dependente do preço. Talvez ele voltasse com uma nova oferta, talvez não. No momento, ela não se importava nem um pouco com o que viesse a acontecer. Oficialmente, tinha uma firma de importações e exportações, e assim podia representar o papel de mulher de negócios tão bem diante dos árabes quanto dos franceses.

De volta à sua sala de chefia — que rapidamente ficou vazia de quem quer que a substituísse na sua ausência —, Mouna se aprofundou de novo na situação dele, no arquivo.

A carreira dele era extraordinária na história dos serviços secretos. Era isso que vinha à tona, imediatamente, quando se abria o relatório e se viam as rubricas na primeira página. Além do mais, ele tinha sido um assassino muitíssimo competente, o que era inusitado entre oficiais treinados intelectualmente. Foi aí, em algum momento, que a coisa começou a dar errado e o risco mais provável era que ele tivesse se tornado delirantemente louco. Na pior das hipóteses, seria possível encontrá-lo como um bêbado malcheiroso entre iguais em qualquer grande cidade.

Mas ela o conhecera bem, antes de ele, eventualmente, ficar louco. A primeira vez que os dois se encontraram eram ainda jovens, ele já capitão, e ela, subtenente, se é que a memória não lhe falhava. Mas podia ser o contrário. Foi então que ela o ameaçou com uma pistola. Da segunda vez que eles se encontraram ela atirou mesmo nele e torturou-o o suficiente para que ele se salvasse das suspeitas dos sírios, e daí em diante ficaram amigos para toda a vida e todas as suas operações em conjunto sempre deram certo.

A última vez que se viram foi na Líbia, numa operação destinada a localizar e desarmar uma ogiva nuclear usada em mísseis SS-20 que o impulsivo Kadaffi tinha comprado da União Soviética em dissolução. Também essa operação deu certo.

Mas depois disso os israelenses tentaram matá-la pela segunda vez. Conseqüentemente, ela submergiu no mundo durante vários anos e ficou trabalhando a partir de um escritório em Damasco, sempre vestida de burca preta quando saía para a rua. Não era uma situação em que ela pudesse contatá-lo, nem os velhos amigos durante esses anos. Afinal, ela fora dada como morta.

Por isso, ainda estava por ser vivido o último capítulo do arquivo dele. Era apenas linguagem de relatórios, misturada com recortes de jornais a respeito do que tinha acontecido. E isso não dizia a ela muita coisa, ainda que, de fato, o que era contado coincidisse com o julgamento final, as derradeiras palavras que foram escritas sobre ele no arquivo: *Ficou louco e fugiu, desapareceu desde então.*

Talvez sim, talvez não. Era, a princípio, absolutamente lógico e, ainda por cima, psicologicamente digno de crédito.

Ele tinha sido elevado à posição de chefe supremo dos serviços secretos do seu país, conseqüentemente com livre acesso a todos os informantes, aqueles que mediante pagamento denunciavam os seus compatriotas, os refugiados políticos.

Ele procurou cada um dos informantes e matou todos, com todos os tipos de métodos, os mesmos que antes o tinham tornado um herói, mas que agora faziam com que o chamassem de criminoso.

Recusou ajuda psiquiátrica no tribunal. Além disso, ele próprio se entregou. Era como se quisesse fazer uma espécie de penitência. Na realidade, teria escapado se quisesse. Foi condenado à prisão perpétua na seqüência de um julgamento que chamou atenção internacional. E depois, misteriosamente, fugiu da sua cela.

Isso tinha acontecido dez anos antes. Tinha ele, então, 42 anos. Agora, 52. Não era idade para ser vice-almirante, na verdade.

Mas se ele fora dado como louco antes, será que continuaria louco agora?

Era preciso muita capacidade para continuar escondido dessa maneira, portanto, nada estava errado com as suas habilidades. E saber representar era uma coisa que competia a todos os espiões.

O mais provável é que ele não tivesse ficado louco, de jeito nenhum, e nem sequer bêbado e debaixo de uma ponte em algum lugar na Europa. A menor de todas as atividades de controle de identidade teria feito com que voltasse à tona. Ele não estava na Europa. Mas também não estava na Rússia. Eles teriam dado a ele, em função das suas qualidades, a oportunidade de um exílio em algum lugar, mas, do jeito que ela o conhecia, ele não teria agüentado uma situação dessas. A não ser que ele tivesse sido assaltado por alguma inspiração religiosa e vivesse agora num mosteiro em algum lugar na Sibéria.

Não, não era de acreditar. Ele tinha sido educado em San Diego, na Califórnia, tanto na universidade em San Diego como na marinha, os Navy Seals, além de mais outras instituições militares. Era lá que ele se encontrava.

Ele falava perfeitamente inglês americano e seria sempre considerado americano. Era lá que ele se encontrava.

De repente, ela começou a procurar por alguma coisa que não estava no arquivo dele. No caso, a falha era sua. Era ela que devia ter feito a devida anotação. Durante a última missão que eles fizeram juntos, a caçada à ogiva nuclear russa na Líbia, ele tinha recebido da CIA uma identidade falsa. Ela tinha o nome na ponta da língua e ficou virando e revirando o seu nome verdadeiro até que, de repente, se lembrou desse nome falso.

Isso pode ser resolvido rapidamente, pensou ela. Dessa vez, teria que se trabalhar numa área em que dois dos serviços secretos do mundo eram nitidamente superiores a todos os outros, o israelense e o palestino.

Não existe no mundo nenhuma universidade de bom nível que não tenha estudantes, doutorandos, professores assistentes, docentes e professores judeus.

Mas também não existe uma única universidade de nível no mundo inteiro que não tenha estudantes, doutorandos, professores assistentes, docentes e professores palestinos. Isso é conseqüência de os dois povos terem uma história parecida, de viverem mais em diáspora do que na região em que, por motivos um pouco diferentes, eles chamam de pátria.

Todas essas pessoas nas universidades têm uma coisa em comum, para alguns um pesadelo, para outros, talvez, uma forma, mais ou menos, de esperança. Um dia chega um estranho e lhes diz com toda a franqueza que ele, ou ela, representa o Mossad, no caso dos judeus, ou a Jihaz ar-Razed, no caso palestino. E, no momento, os seus respectivos serviços secretos precisavam de ajuda numa pequena coisa.

Era de esperar que todos reagissem da mesma maneira. Se aquilo que o espião pede está dentro de limites razoáveis, então ninguém pensa sequer em recusar essa ajuda.

E no caso dela, no momento, a questão delicada era muito simples. Ela já tinha começado a escrever a mensagem no computador para mandá-la para cerca de quarenta agentes mais ou menos ativos e à sua disposição na Califórnia: *Encontrem Hamlon!*

3

Durante certos feriados, quando tinha vários dias livres seguidos, Mouna costumava pegar o carro e ir até San Diego para visitar suas duas irmãs mais novas, com as quais se preocupava muito naquela época. Apesar de nascidas americanas, isto é, em território americano, elas mal tiveram a oportunidade de crescer como americanas. Não tinha sido fácil para ninguém na família e Linda era a única das irmãs Martinez que chegara mais longe, completando o curso secundário. Mas ao prosseguir, fazendo medicina, ela teve que interromper os estudos no meio do caminho por causa da grande necessidade de dinheiro para recolocar as duas irmãs em equilíbrio financeiro. Por isso todos esses turnos da noite nos diversos centros cirúrgicos de emergência em Los Angeles. No entanto, se ela não tivesse trabalhado tanto com cirurgia, se ela não tivesse visto durante tantos anos os milhares de jovens negros e outros tantos de língua espanhola, com os seus membros esfaqueados e perfurados por balas, talvez a sua história de amor fracassado não teria nunca acontecido. Então, não teria interpretado aquilo que ela, de fato, viu na praia de San Diego, oito anos atrás, pelo menos, não durante aqueles dois ou três segundos. E, em conseqüência, a sua curiosidade não teria sido estimulada da mesma maneira. Mas assim é a vida. A gente perde um ônibus e, por isso, tem a chance de encontrar alguém que muda tudo. Ou a gente alcança o ônibus precisamente na hora prevista e jamais vai saber o que perdeu.

A mais velha das irmãs, Corazón, obteve liberdade condicional por porte de narcóticos e corria o risco de ser condenada de dois a cinco anos se voltasse a ser apanhada ou a prisão perpétua, se fosse pela terceira e última vez. A mais jovem, Teresa, tinha sido presa por prostituição. Linda Martinez nada sabia ao certo sobre o caso e também não estava interessada.

Através de alguns contatos pessoais, Mouna conseguiu que as duas irmãs fossem recolhidas pelo Lar de Reabilitação de Santa Teresa, em San Diego, uma fundação particular que se dedicava a ajudar a juventude de etnia mexicana em dificuldades. No momento, graças a Deus, parecia que as duas estavam se salvando. Mantinham bom comportamento e conseguiram até trabalhar em meio expediente.

Na verdade, era um trabalho com nítido cheiro a caridade, realizado na casa de um dos principais homens da fundação, visto que o trabalho era tão fácil quanto bem pago. Era serviço de limpeza e de jardinagem, além de outras pequenas tarefas, em casa de um milionário eremita e um pouco estranho, chamado Hamlon. Ele ficou rico por meio de operações na bolsa em alta com ações de empresas do ramo de computação, sem dúvida um acontecimento pouco original na Califórnia. Ele tinha se retirado aos 40 anos de idade, dedicando-se notoriamente à música e, fanaticamente, ao cuidado do seu corpo, coisas que também não são especialmente originais na Califórnia.

Já então ele tinha uma casa fantástica em La Jolla, na área mais *in* dos ricos da região de San Diego. Mas nunca fazia grandes festas nem imundices como os outros ricos, do modo que a limpeza era quase um trabalho simbólico. As duas irmãs, de qualquer forma, conseguiam realizar um trabalho que podia mantê-las sem problemas.

Quando começaram, uma vez, as três estavam sentadas na praia e viram-no a longa distância chegar correndo. Corazón e Teresa ficaram falando entre si a respeito do corpo fantástico que ele tinha, embora sempre se portasse como um cavalheiro. Ou seria gay ou tímido ou coisa parecida. Por suposição, devia ser gay, ou não, já que na casa havia uns quadros pornográficos de mulheres nuas que se banhavam nas rochas no que afirmava ser à "luz nórdica", não se sabendo exatamente o que isso significava. Além do mais, tinha alguns outros quadros com cachorros brancos e selvagens na neve, imagens reveladas de algum lugar no Canadá ou no Alasca, embora as obras fossem representativas da arte revolucionária mexicana. De qualquer forma, ele sabia muito mais a respeito de revolução do que elas, chegando mesmo a mencionar-lhes Emiliano Zapata e Pancho Villa.

Ficaram conversando entusiasticamente uma com a outra, enquanto a irmã mais velha observava com curiosidade cada vez maior o atleta que se aproximava ao longo da praia.

Ele tinha uma enorme adega de cheiro almiscarado com vinhos que não eram californianos. E muitos livros estranhos cujas letras não davam para ler. E treinava como um louco todos os dias, duas horas de corrida, uma de manhã e outra à noite, e, além disso, ainda fazia uma hora de exercícios por dia na sua própria sala de ginástica. Treinava pontaria com pistola numa pista especial no porão e, de vez em quando, ainda nadava até uma hora na piscina. Era, de fato, a única coisa que ele fazia. Aliás, não. Tinha também uma porção de músicas sincopadas. Ficava sentado no terraço, à noite, olhando para o mar e ouvindo aquela velharia. Mas era um cara decente mesmo. Nada contra. Pena que fosse realmente gay.

Linda Martinez escutava agora pela metade o que as irmãs descreviam, enquanto continuava observando com toda a atenção o homem usando rabo-de-cavalo e fita na testa que se aproximava a passadas ligeiras. Ele parecia ter uma idade indefinida, entre 35 e 45 anos. Era difícil dizer em função do treinamento especial que seguia. Corria sem esforço aparente e ouvia música ao mesmo tempo. Via-se que usava minúsculos fones nos ouvidos.

Nesse dia, a água do mar estava gelada, ventava muito e havia correntes fortes. A bandeira vermelha na torre dos salva-vidas anunciava que o mar estava impróprio para banho.

Justamente abaixo das três irmãs Martinez estava um casal de idosos brincando com o seu poodle, que usava uma espécie de chapeuzinho rosa e uma bóia salva-vidas que lhe tolhia os movimentos, ficando difícil para ele nadar.

De repente, uma onda levou o cachorrinho para fora, alguns metros apenas, mas o suficiente para o vento dar força na bóia e levá-lo ainda mais para longe. A situação parecia insuperável. E os idosos, em pânico, começaram a gritar.

Nesse momento, chegou Hamlon. Ele olhou para o cachorro que se afastava cada vez mais, levado pela forte corrente. Parou e baixou a cabeça num gesto como se estivesse respirando fundo. Depois, sem a menor pressa, tirou o walkman, chutou para o lado os tênis de corrida, retirou a camiseta suada, da Universidade de San Diego, e andou alguns metros, entrando pela água gelada adentro, que parecia não lhe causar o menor desconforto. A seguir, mergulhou na rebentação, reapareceu uns vinte metros à frente e ficou nadando com braçadas firmes na direção do cachorro, que apanhou pela bóia. Ainda fez um sinal para os desesperados idosos em terra se acalmarem, enquanto ele e o cachorro se afastavam cada vez mais como se fossem levados por uma mão gigantesca.

Mas ele recomeçou a nadar na direção da praia, ainda continuando sem pressa, com o cachorro seguro com firmeza. Levou um bom tempo para chegar à praia por causa da forte corrente. Os salva-vidas vieram correndo da sua torre, hesitaram, mas decidiram nem entrar na água. Acharam que o homem sabia o que estava fazendo e já devia estar habituado a nadar na água fria.

Quando Hamlon saiu do mar, colocou o pequeno poodle nos braços da dona, com um ar divertido. Ela, aliás, teve uma atitude que, a princípio, parecia ser a de querer tentar beijar o cachorro. Foi o que acabou fazendo, mas o seu esforço era mesmo o de praticar o método de reabilitação boca a boca num ser que a essa altura estava completamente salvo e que, desesperado, esperneava e tentava evitar todos os cuidados sufocantes da sua dona.

Hamlon apertou rápido a mão estendida do homem e correu para se vestir. O dono ficou desorientado e hesitante, olhando para ele, como se quisesse expressar melhor os seus agradecimentos, antes de voltar-se e se jogar nos trabalhos de reabilitação do náufrago.

Foi quando Hamlon levantou os braços para cima da cabeça para vestir o agasalho que Linda Martinez viu tudo.

Aconteceu durante apenas alguns segundos, quando ele ficou de braços esticados no ar e deixou à vista toda a parte superior do corpo. Era como se ela tivesse lido tudo instantaneamente, um raio X perfeito antes da operação. Havia dois ferimentos de bala, relativamente recentes e bem suturados. Outros, mais antigos e descuidadamente curados. O seu antebraço direito tinha cicatrizes que deviam ter sido causadas por um ataque de animal. E no peito outras menores, de faca, de alto a baixo. Portanto, era sinal de tortura.

A observação era tão nítida quanto em um prontuário médico. O homem tinha sido atingido pelo menos em três ocasiões diferentes. E, além disso, fora torturado. Era jovem demais para ter estado no Vietnã. Uma parte das feridas, aliás, era bem recente. No Iraque, não teria sido retalhado tantas vezes, mas militar ele era, sem dúvida. Linda Martinez estava certa disso. Em Los Angeles, os jovens são feridos a tiro uma vez, no máximo duas, e a mais do que isso ninguém sobrevive. Em contrapartida, os militares podem ser atingidos mais vezes, visto que, normalmente, não precisam ficar deitados e sangrar muito antes da operação ou ficar esperando que termine a discussão entre o pessoal da ambulância e o do hospital acerca de qual o distrito que deve tomar conta do ferido.

Linda ficou olhando para Hamlon, já de agasalho vestido, quando ele pegou o walkman e os fones e se dirigia agora para casa, andando na areia descalço e com os tênis na mão. Ela chegou a dizer alguma coisa de brincadeira para as duas irmãs mais novas, que elas deviam trabalhar no sentido de apresentá-la de uma vez a esse "especialista em computação". Elas responderam com risos meio contidos que incluíam uma porção de rudes insinuações. Gostavam por vezes de gozar a talentosa irmã mais velha com palavras que a constrangiam.

Um pouco mais tarde, ao se encontrar com ele, a sua primeira impressão foi de que ele podia muito bem ser gay. Havia certa elegância na sua maneira de ser que sintonizava muitíssimo bem com a dos homossexuais mais finos. As suas roupas eram caras, mas sem ser esnobes. A sua maneira natural, quase feminina, de preparar a comida, quando mexia um molho para um grande pedaço de salmão que ele grelhava no terraço ao lado da mesa, o movimento das suas mãos quando servia o vinho.

Mas, por outro lado, refletiu mais tarde, talvez ela estivesse tão constrangida de início que, certamente, não viu ou nem pensou com clareza. Teresa, logo uma semana mais tarde, antes do feriado, telefonou para ela e disse que elas três tinham sido convidadas para jantar. E confessou ter dito, sem vergonha nenhuma, que as duas tinham uma irmã mais velha, bonita para caramba, que gostaria imensamente de ir também. Funcionou direto.

Ele serviu um vinho maravilhoso, dos deuses, europeu, e ele próprio quase chegou a chorar de emoção ao beber os primeiros goles. Ele viu que elas notaram e explicou tudo, dizendo que eram lembranças e sentimentalismo. E que o vinho era uma bebida que de preferência não devia ser consumida a sós e que, por isso, ele estava um pouco desacostumado. Depois, começou a falar do apoio educacional de Teresa e Corazón no centro. A idéia era que ambas terminassem o ensino médio e seguissem logo para estudar na universidade.

Teresa conseguiu, finalmente, se livrar com uma insistência sutil do questionário sobre o apoio educacional ao lhe perguntar duas vezes por que ele tinha se aposentado tão jovem. Da primeira vez, ele fingiu não ter ouvido a pergunta. Da segunda vez, pareceu hesitar, mas deixou que a delicadeza vencesse. Ele era realmente um gentleman.

Hamlon disse qualquer coisa, um pouco desarticulado, sobre estar cansado do seu trabalho com cifras, bem pago, mas enfadonho, e que as pessoas com quem trabalhava eram todas dominadas pelas cifras, pela lógica, sem sentimentos. Depois, aproveitou para pôr a mesa, insistindo em fazer isso ele mesmo porque as três, inclusive Teresa e Corazón, eram suas convidadas. Enquanto ele procurava os talheres de sobremesa na cozinha, as irmãs ficaram tendo uma conversa rápida e sussurrada. A grande questão continuava sendo se ele era homossexual. Não conseguiam chegar a um consenso. Linda estava quase certa de que não era. Corazón achava que era apenas um desejo que fosse assim por parte da irmã mais velha. E Teresa deu a entender que, apoiada na sua grande experiência com os homens, havia razões mais do que suficientes para proclamar risco de homossexualismo.

Quando ele voltou da cozinha com uma salada de frutas, outros copos e outra garrafa de vinho almiscarado da França, mal teve tempo de servir e já a irmã mais nova, Teresa, sem constrangimentos, foi direto ao assunto.

Linda sentiu-se como se quisesse ficar invisível, desfeita em átomos, em qualquer coisa desde que pudesse desaparecer.

Primeiro, ele apenas olhou para as três irmãs, uma a uma, espantado. Estava realmente muito surpreso.

Respondeu que não era gay, mas que estava espantado com a pergunta e pediu a elas para lhe explicar o que tinham observado e levado a crer que ele era gay. E elas ficaram por um momento longo e constrangedor tentando descrever a maneira como ele servia a comida, como puxava a cadeira para elas se sentarem, como trazia os vinhos, bons, mas estranhos, a fixação pelos exercícios físicos e o corpo. E o mais que elas puderam inventar.

Ele parecia divertir-se bastante com as observações, pensando que tudo era conseqüência de ter trabalhado *no outro lado do mar* durante dez anos. E disse isso mesmo, usando aquela expressão bem britânica, confessando que talvez tudo isso tivesse deixado as suas marcas, que lhe faziam parecer, de vez em quando, um não-americano.

Era verdade que havia algo de não-americano nele. Quando se encontraram novamente, ela passou a escutar atentamente o linguajar dele, que era indefinido, com fundamentos acadêmicos, sem dúvida, mas com um sotaque que devia ser de algum lugar na costa leste e não de San Diego. Ao ouvi-lo falar, podia-se imaginar um homem bem mais velho e muito mais conservador e, diga-se de passagem, também mais triste, nas roupas do tipo que usa colete e paletó. E nada de rabo-de-cavalo.

Talvez ela tivesse sido exageradamente pretensiosa nos primeiros tempos em que tentou arrancar segredos dele, segredos que diziam respeito a uma tragédia que qualquer um se sentiria indisposto em ventilar. Ele tivera mulher e dois filhos, que morreram num acidente de automóvel. Portanto, vivia retirado por outros motivos que não aquele de estar farto de cifras e das pessoas no trabalho como havia dito antes.

Como amante, de início, ele era muito atencioso e tímido, de uma maneira que poderia parecer ou muito fria ou angustiada, como se fizesse tudo de consciência pesada e se sentisse infiel em relação à esposa falecida. Mas o seu lado místico e secreto a atraía cada vez mais e fez com que ela lhe fizesse mais e mais perguntas, a que ele, obviamente, preferia não responder.

Como no caso de uma manhã, quando os dois acordaram na cama de casal, no segundo andar, banhados por um sol esplêndido. De repente, ela lhe perguntou que espécie de militar ele realmente tinha sido e por que motivo ele fingia ter a computação como profissão básica.

Primeiro, ele se mostrou ofendido e confirmou ter trabalhado com computação, tendo obtido o grau de Master of Science nessa disciplina na Universidade de San Diego. Ela, então, não disse mais nada, mas ficou passando o indicador pelas cicatrizes de balas e por todas as outras marcas no seu corpo.

Ela não precisava esclarecer mais o motivo da sua pergunta. E ele sabia muito bem que ela se sustentava trabalhando numa das emergências de Los Angeles.

Muito bem, disse ele. É claro que ele também tinha seguido a carreira de militar, mas, infelizmente, tudo relacionado com essa carreira era segredo. Ele não queria voltar a falar do assunto e nada mais havia para falar.

Ela tinha certeza de que ele representava um determinado papel e que o rabo-de-cavalo tinha a ver com isso. E que o papel servia para ele encobrir alguma coisa no seu passado.

Mas ela também tinha certeza de que era a violência no seu passado de militar que o fazia sofrer, e não qualquer tipo de carreira no mundo do banditismo. Confirmando isso, ele confessou que visitava com regularidade um psicanalista para falar daquilo que não queria falar com mais ninguém, nem mesmo com ela.

Os dois foram se envolvendo lentamente em um relacionamento que durou dois anos e que, depois, também lentamente, acabou terminando. Se ela tivesse que apontar para alguma razão em especial, seria a de ele parecer entrar em pânico, com medo de ter filhos de novo. Isso a feria, não apenas porque ela própria queria ter filhos, mas mais porque sentia ter ele a sensação de que mais um filho seria uma traição contra a sua família morta. Nesse caso, isso era uma idéia extremamente egoísta. Mas ele nunca disse qualquer outra coisa, a não ser uma vez, quando deu a entender que o seu medo era o de ver de novo um familiar morrer violentamente.

No entanto, os dois continuaram sendo amigos, uma amizade tanto mais profunda quanto espiritual. Ele providenciou para ela uma generosa bolsa da Fundação Santa Teresa, de modo que ela pôde terminar os seus estudos de medicina. Além disso, ele assistia suas duas irmãs como se fosse um verdadeiro padrinho. Em relação à sua generosidade não havia limites. Mais tarde, ficou sabendo que ele era o principal doador para a fundação. Ela acreditava também ter entendido que a sua falecida esposa era mexicana.

Quando ela se casou, quatro anos depois de o seu curto relacionamento ter terminado, ele foi ao casamento e fez um discurso brilhante, de tal maneira que era de acreditar ter sido ele mais político do que militar, no seu sigiloso passado, um passado a que ela nunca teve, realmente, acesso. Embora ela fosse a única pessoa no seu reduzido círculo de amigos a ter entendido que ele escondia alguma coisa e que o rabo-de-cavalo fazia parte de seu disfarce.

Assim que conseguiu o seu diploma em medicina, Linda foi eleita para o conselho da Fundação Santa Teresa. E não foi difícil imaginar quem a recomendou. Como habitualmente, Hamlon estava presente e cumprimentou a família dela, perguntando pelo filho pequeno, pelas irmãs e os pais. Ela sabia que se desse a entender ter o mínimo problema com o pagamento do aluguel ou qualquer outro o seu discreto anjo da guarda faria, imediatamente, uma nova e misteriosa intervenção. Ele era, sem dúvida, o mais querido e o mais atencioso entre todos os homens que ela tinha encontrado na vida.

Na reunião do conselho da fundação, Hamlon pareceu estar melancólico, talvez um pouquinho mais do que habitualmente. E ela jamais poderia imaginar que era a última vez que o via. Tendências suicidas, definitivamente, ele não tinha. E foi assim que ele simplesmente desapareceu, o que foi totalmente inesperado. Na verdade, ele já fazia parte do ambiente em La Jolla, com as suas corridas cronometricamente exatas e com a sua participação permanente e cada vez mais esforçada em tudo, desde a associação dos proprietários contra assaltos nas suas casas até os comitês para combate à violência juvenil.

E um dia ele simplesmente desapareceu. Esse desaparecimento pareceu-lhe incompreensível, mas ela sentia que nunca mais ia vê-lo, nunca mais ia ouvir falar dele. Aquilo que ela menos podia imaginar era que ele voltasse a usar qualquer uniforme militar, porque era o homem mais civil que ela tinha conhecido.

✥✥✥✥✥

Com Hamlon podia-se acertar o relógio. Era o que se dizia no bar do Harry, na praia, não muito longe do monte onde ele tinha a sua casa que mais parecia um forte. Ele costumava aparecer pela manhã, entre as 10h35 e as 10h37, e beber um chá gelado tamanho gigante, enquanto se informava a respeito das últimas novidades. De política ele evitava falar, mas no momento eram tantos os que tinham algo a dizer, a favor e contra a guerra suja de George W. Bush no Iraque, que o assunto não podia ser evitado. Mas ele, na maioria dos casos, acabava sempre por se sair com alguma brincadeira, especialmente chamando a atenção para o fato de não entender os militares, nem a sua maneira de pensar.

Entre novembro e fevereiro, o bar do Harry permanecia fechado, mas a partir das primeiras semanas de fevereiro os freqüentadores habituais começavam a aparecer. Pouco antes de desaparecer, Hamlon também chegou como qualquer outra ave de arribação. Ele se recuperou rapidamente da sua grande corrida, enxugou o suor do rosto com uma toalha e recebeu o seu grande copo de chá gelado sem precisar pedir.

Nada disso era de estranhar, antes tudo estava como devia estar. Mas o proprietário do bar, Harry, observou algo diferente na segunda semana, após a reabertura. Hamlon saiu dali na companhia de uma mulher. Isso nunca tinha acontecido antes e Harry nem sequer percebeu como tudo aconteceu. Embora, de certa forma, o fato fosse positivo. Na verdade, Harry achava que Hamlon não se interessava por mulheres. Mas não viu, de fato, como aconteceu, visto que tudo ocorreu muito depressa.

Carl entrou no bar, lentamente, como de hábito, com a cabeça cheia, pensando nas conversas de negócios e no trabalho de computação que financiavam as suas obras de caridade. Ele nunca na sua vida esteve tão despreparado. Nem sequer reparou na mulher de meia-idade, usando legging, óculos escuros e faixa na testa, antes de ela, de repente, se apresentar diante dele e, lentamente, retirar os óculos de sol.

— Olá, Carl — disse Mouna al Husseini —, há quanto tempo que a gente não se vê.

O tempo parou para ele. Ficou mudo. Não havia dúvida de que era ela mesma, mas também podia ser uma alucinação ou talvez alguma bolha no sangue tivesse entrado no seu cérebro, de tal maneira que ele passasse a ver uma pessoa que não existia.

Ela olhou para ele sorrindo atentamente, enquanto ele se esforçava para entender. Levou talvez uns dez segundos e, então, pareceu que Carl ia começar a chorar.

— Mouna, minha amada e respeitada camarada, fiquei sofrendo por sua causa durante oito anos — sussurrou ele.

— Na segunda vez, foi a minha irmã que eles mataram. A família tinha boas razões para manter o acontecido em segredo, assim como nós no departamento. Nem mesmo para você eu podia aparecer — sussurrou ela, de volta.

Ele levantou-se de repente, exultante, com um grande sorriso, deu a volta na mesa, abraçou-a, beijou-a e levou-a dali sem mais demora.

— Eu moro aqui perto, vamos para minha casa — disse ele, quando já estavam distantes, para não serem ouvidos pelos outros.

— Eu sei onde você mora.

— Ah, sim, posso entender, mas agora você está sendo convidada e não precisa mais olhar para a casa furtivamente.

— Na verdade, é maravilhoso vê-lo de novo e com boa saúde — disse ela.

— Acredito nisso. Mas você não me procurou para se assegurar de que eu estava bem e com boa saúde. Aliás, foi difícil? Você pode entrar legalmente nos Estados Unidos?

— Não foi tão difícil assim, e eu posso, de fato, entrar nos Estados Unidos a hora que quiser. Tenho passaporte britânico, emitido pelo MI6, e nós não precisamos nos preocupar com coisas desse tipo. Você tem escuta aqui em casa?

— Não.

— Ótimo.

Eles caminhavam abraçados, a cena não podia representar outra coisa senão aquilo que, de certa forma, era a verdade: dois velhos amigos tinham se encontrado de novo. E que os dois tinham pressa para chegar a casa, o que também era verdade. Iriam ter uma longa conversa, caso contrário ela não o teria procurado. E ele, evidentemente, não fazia a menor idéia do que poderia ser tão importante, mas era a *ele* que ela tinha procurado, não ao Hamlon com rabo-de-cavalo. Ele tinha representado o papel de Hamlon há tanto tempo que, às vezes, até se esquecia de quem era. Mas com os ombros de Mouna sob o seu braço direito, a realidade tinha voltado de novo. Isso fazia com que ficasse quase eufórico. Era uma sensação irresistível de repentina liberdade.

Quando chegaram à casa murada, pintada de branco, ele perguntou primeiro se ela estava com tempo e ela respondeu que tinha todo o tempo que fosse necessário, e, então, ele propôs que fossem buscar a bagagem dela e que ela, simplesmente, se acomodasse como se fosse uma antiga relação amorosa, o que, realmente, não era uma mentira deslavada. Ele instalou-a numa cadeira do tipo cesto suspenso, no terraço, com vista para o mar, e desapareceu por alguns minutos para tomar uma ducha e trocar de roupa. Depois, ao voltar, trouxe dois copos com uma mistura perfeita de limão com lima-da-pérsia.

— Você não conseguiria nada melhor em Beirute — assegurou ele, sentando-se na frente dela. — E agora que voltou dentre os mortos e que eu me acostumei com essa idéia e, além disso, fiquei felicíssimo com isso, o estranho é que, primeiro, foi um choque, mas... *Le chaim,* como os nossos inimigos costumam dizer, à vida!

— *Le chaim* — disse ela, rindo e correspondendo ao brinde.

— Entre todas as mulheres do mundo, você é aquela que eu mais respeito e admiro, minha querida Mouna — disse ele, falando sério.
— Mas você não me procurou por motivos sentimentais, embora isso fosse um pensamento encantador. Você quer me pedir alguma coisa, não é verdade?

— É verdade.

— Muito bem. Por você eu faço quase tudo o que estiver ao meu alcance. *Quase* tudo. Portanto, do que se trata?

— Isso eu não vou dizer no momento. Primeiro quero que você me conte tudo a seu respeito.

Ela, simplesmente, começava a investigá-lo, e isso ele logo reconheceu e sentiu que a questão principal era saber, brutal e simplesmente, se ele tinha ficado louco ou ainda continuava a sê-lo. E não era uma coisa a que se pudesse responder com pressa. A situação não era para réplicas. No fundo, havia muitas mortes, mortes demais, e muitas situações caóticas.

Por isso, ele resolveu não se apressar e se esforçar para contar tudo, real e concretamente, embora logo sentisse que se tratava de uma repetição da enorme quantidade de caríssimas sessões com o psicanalista que ele contratou durante alguns anos.

Mas é claro que se podia dizer que ele ficou louco, que a coisa transbordou. Falando friamente, tratava-se de início de uma simples *vendetta,* a palavra correspondia, de fato, à verdade. Ele e um dos seus colaboradores mais íntimos tinham estado na Sicília para trocar os reféns, alguns diretores suecos, por dinheiro, na realidade nada de especial. Mas, então, aqueles loucos e diabólicos *mafiosi* resolveram fortalecer a sua posição nas negociações assassinando o seu colaborador e amigo, bem na frente dos seus olhos. Apenas como uma espécie de gesto teatral, a que chamam de *vendetta transversale.*

Se se quisesse falar de loucura, poderia dizer-se que foi ali que tudo começou. Isto porque ele tinha mobilizado todos os recursos que um serviço secreto militar podia reunir em uma comunidade ocidental e, além disso, conseguira a colaboração do serviço secreto militar italiano. Eles tinham realizado um verdadeiro massacre na gangue de mafiosos.

Foi uma vitória brilhante, com direito a medalhas e a uma viagem de volta para a Suécia com os reféns salvos e a escolta de caças suecos na parte final, antes de aterrissar no aeroporto de Arlanda, em Estocolmo. Até aí, tudo bem.

Aconteceu apenas que alguns dos sobreviventes da Máfia siciliana, depois disso, com fenomenal paciência e uma astúcia nada insignificante, dedicaram-se a assassinar os membros da sua família, um depois do outro. Eles tentaram matá-lo também, em várias oportunidades, mas isso não era tão fácil quanto matar mulheres e crianças. Mataram a sua primeira mulher, e a segunda também, além das crianças. E ainda não ficaram satisfeitos com isso. Por último, mataram a sua mãe, já velha, durante uma festa num castelo no Sul da Suécia.

Nessa altura, exatamente nessa altura, o Estado sueco decidiu que ele se tornaria um chefe perfeito para os serviços secretos civis. O seu psiquiatra californiano não quis acreditar que isso fosse verdade quando ele lhe contou o caso. Se se saltasse por cima de todos os diagnósticos médicos, seria possível concordar, com toda a facilidade, que ele era, indiscutivelmente, o homem errado no lugar errado. Entre outras coisas, ele recebeu os nomes e os endereços de todos os informantes palestinos e curdos que operavam entre os refugiados políticos e os que pediram asilo.

E, então, ele se fixou na brilhante idéia de matar cada um, para terminar com o seu sofrimento. Veio a calhar que o seu antecessor tivesse deixado matar dois dos seus informantes entre os curdos, traindo para a organização terrorista PKK esses informantes que se recusaram a continuar colaborando. Mas matar por delegação não era o seu estilo. Ele mesmo fez isso. E o plano funcionou na prática.

Mais tarde, quando se refez da dor, ou como quiserem chamar o que sentia, ele ficou com a consciência pesada, entregou-se, recusou ajuda psiquiátrica e aceitou heroicamente a sua punição que, evidentemente, só poderia ser a de prisão perpétua por assassinatos em série. O seu psicanalista em San Diego argumentou, convincentemente, que nessa situação ele devia ter recebido tratamento, em vez de prisão. E ele agora concordava inteiramente com essa análise.

De qualquer forma, a sua decisão inicial e inquebrantável de se dispor a pagar o preço pela sua insanidade começou a diluir-se após algum tempo na cela. Tinha então 41 anos de idade quando foi recolhido à prisão perpétua.

Fugiu, então, para a Califórnia, reclamou a sua cidadania americana, a sua Navy Cross e mais alguma coisa que ele já esquecera. E entrou para o programa de defesa de testemunhas do FBI. O acordo com o FBI foi simples. Ele se comprometeu a não sair da Califórnia. E eles se comprometeram a não extraditá-lo nem revelar a sua identidade.

E assim ele ficou vivendo o papel de Hamlon, com seu rabo-de-cavalo, durante dez anos. Essa era a história toda. E se fosse conveniente poderia dizer também que, no momento, já não era mais tão louco. E que as contas pagas aos médicos da alma tinham sido enormes, mas que considerava isso como dinheiro bem investido.

E se existia mais alguma coisa a acrescentar, possivelmente, era a sensação indescritível de voltar a falar em seu próprio nome, pela primeira vez em dez anos, fora do consultório médico. Agora, ele era o amigo de Mouna, Carl Gustaf Gilbert Hamilton, e, entre outras coisas, comendador da Legião de Honra da Palestina. Foi uma experiência extraordinária, depois de tanto tempo, sair da sua cobertura e falar por si mesmo. Para que a sensação fosse completa, só faltava ter contado a história em sueco.

— Espero que um dia você tenha a oportunidade de recontar essa história em sueco — disse ela. — Mas no momento talvez não seja muito prático. Mas eu sei como você se sente. Sei do que está falando. Passei por síria durante três anos na nossa estação em Damasco, com burca e tudo. E ao final quase que fiquei louca. Passado algum tempo, você já nem sabe quem é. Se é quem diz que é ou se é quem foi. E se, neste caso, quem foi não é pura imaginação. Muito bem, Carl, gostei da sua história. Quero dizer, gostei do que ouvi e devo dizer que vim te encontrar em melhor forma do que esperava.

— Obrigado, Mouna. E agora é a sua vez.

— Não, ainda não. Estou longe ainda de saber tudo sobre você. Qual é, para você, o sentido da vida?

— Perdão, o que é que você disse?

— Você ouviu. Qual é para você o sentido da vida?

Os dois ficaram olhando um para o outro em silêncio. Ele tentou ver se ela estava brincando. Ela tentou ver se ele, ao contrário do que até então tinha razões para imaginar, ainda possuía alguma tendência para a loucura.

Como ela não dava sinais de querer reformular a pergunta ou desistir dela, ele fez uma tentativa honesta de montar uma resposta.

Em primeiro lugar, ele, naturalmente, não podia ver qualquer sentido especial na vida. E, definitivamente, não no caso de alguém esperar a Grande Resposta. O universo era incompreensível. Era incompreensível que tivesse podido criar a si mesmo e, da mesma forma, era incompreensível que tivesse sido criado por uma entidade divina. Mas agora que já estávamos aqui, a única regra válida era a de deixar o lugar em melhores condições do que era, quando chegamos. E ele não tinha mais nada a dizer sobre o assunto. Por sua parte, a questão estava liquidada com o que tinha dito.

Mas ela não desistiu ainda. No passo seguinte, quis saber o que ele tinha feito para "deixar o lugar em melhores condições".

Ele riu bem à vontade e descontraído. Esse era o Carl que ela conhecia. Depois, fez um relato drástico sobre caridade, ironizando a sua própria concepção. No tempo em que era sueco, ele desprezava a caridade como sendo uma invenção burguesa para que as senhoras ricas se sentissem bem consigo mesmas. Era, mais ou menos, como fazer doações para a Igreja a fim de comprar um lugar na primeira fila para alcançar o reino dos céus. Nessa época, como sueco, ele preferia o imposto alto à caridade.

Mas ali na Califórnia, como Hamlon, pôde verificar direto que o imposto alto não era para nenhuma caridade, sob qualquer aspecto. Acima de tudo, o imposto federal era usado para conquistar militarmente os campos de petróleo no Oriente Médio, apontando, por exemplo, o perigo extremo dos iraquianos.

Por isso, ele se dedicava muito a uma coisa que poderia ser descrita pela pequena e envergonhada palavra, caridade. Por exemplo, tinha montado um centro de reabilitação para jovens de origem mexicana. Dedicava uma hora por dia a doar dinheiro e duas horas para ganhá-lo.

Como ela insistia em prolongar a conversa por assuntos altamente periféricos, ele acabou adotando uma posição de defesa e tentou explicar que, entretanto, tinha se colocado numa situação em que ficaria amarrado na Califórnia para todo o sempre e que não havia outra escolha possível. Então, ela achou, de repente e surpreendentemente, que o assunto estava esgotado e sugeriu que dessem um longo passeio pela praia. Acrescentou que não faria diferença se eles fossem vistos por qualquer dos serviços secretos, nem mesmo se fossem filmados juntos. Ele apresentou, quase um pouco constrangido, várias objeções. Que a parte da frente da casa que dava para o mar era inacessível, mesmo por qualquer tipo de escuta, por muito bem equipada que fosse. Havia uma encosta íngreme entre a casa e o mar, e de onde estavam a vista era perfeita. No que dizia respeito ao risco de microfones escondidos, ele já morava no lugar há quase dez anos, e por questão de custos, se não fosse por outro motivo qualquer, qualquer homem no posto de escuta, no caso alguém do FBI, seu protetor mais qualificado, já há muito tempo teria se cansado. Na realidade, sempre tinha revistado a casa, regularmente, à procura de microfones, e nunca encontrou nada.

Ela aceitou a explicação, mas, de qualquer maneira, gostaria de fazer um passeio ao longo da praia, ouvindo o rumor das águas do Oceano Pacífico.

Primeiro, foram buscar a bagagem dela, que estava no hotel em San Diego, e ele aproveitou a ida à cidade para encomendar o jantar, em um restaurante libanês. A sugestão foi dela, quando ele lhe perguntou de que espécie de comida tinha mais saudades.

Depois, fizeram o seu passeio pela praia, gastando horas andando pelas muitas enseadas da região e parecendo ser aquilo que quase eram, duas pessoas com um passado amoroso vivido há muito tempo e que agora, depois de tantos anos, tinham se reunido de novo e, conseqüentemente, tinham muita coisa para falar.

Ao longo da praia, perto de La Jolla, ela contou tudo, realmente tudo, a respeito, desde a origem política do projeto até o mínimo detalhe das armas, em relação ao K 601 e ao problema da tripulação russa que estava prestes a extinguir todas as possibilidades de êxito. Carl a escutou atentamente e apenas a interrompeu, de vez em quando, com pequenas perguntas de ordem técnica.

Ao voltar para casa, ele lhe mostrou a sua coleção de quadros representativos da arte mexicana sobre temas políticos, instalou-a no quarto de hóspedes e explicou que queria ir para a sua sala de ginástica durante uma hora para refletir. Depois, iria servir o jantar. Mouna achou que Carl estava agindo como se ela tivesse todos os motivos para esperar pela reunião à noite. Havia qualquer coisa na disposição descontraída dele, um espírito de decisão, que ela conhecia de outras épocas.

Foi ele que pôs a mesa na varanda envidraçada com janelas abertas que deixavam entrar a brisa do mar. Além disso — o que ela achou ser idéia dele —, a brisa provocava vibrações nas vidraças, o que tornava impossível usá-las como refletoras para fins de escuta. Foi também atencioso da sua parte ter trazido dois cobertores para a varanda. Em fevereiro, ainda eram muito frias as noites na Califórnia. E providenciar toda a refeição, à luz de velas, além de servir, o que foi uma verdadeira surpresa, duas garrafas do melhor vinho de Ksara, o Comte d'M. Parecia impossível obter esse vinho na Califórnia.

Carl levou-a até a mesa com jocosa solenidade, serviu pão pita quente e brindou com vinho, *skol!* Depois, ambos serviram-se de uma porção de pequenas iguarias libanesas.

— A primeira coisa que você tem que fazer é mandar os russos tirarem seus uniformes — começou ele, indo direto ao assunto. — Eu escrevi todas as indicações do que você deve fazer, tudo muito prático, e onde poderá comprar as coisas necessárias. Podemos deixar isso de lado. Há duas únicas coisas que os marinheiros russos do submarino podem reter. E sem elas os russos não poderiam viver. A primeira é absolutamente compreensível. É o emblema do submarino, uma faixa de cinco centímetros, prateada, com uma estrela vermelha no meio. Bom, esse detalhe talvez eles tenham mudado. Mas eles suaram muito e tiveram que aceitar muita merda para conseguir ter esse emblema. A segunda é menos compreensível, mas quase tão importante quanto a primeira. A tropa russa de elite usa uma camiseta sob o uniforme, listrada de azul e branco, a que dão o nome de *teljnaschka*. O pessoal dos submarinos usa essa camiseta. Os batalhões especiais também. Portanto, vista-os com uniformes diferentes, mas deixe-os usar a camiseta com o emblema. Espero que você entenda que isso é muito mais importante do que se possa crer. Estou falando sério.

— Eu acredito em você, pode confiar, Carl. E o que é que os oficiais podem reter, além da camiseta, que, de qualquer maneira, não se vê por baixo do uniforme?

— Os seus pequenos mapas com os símbolos coloridos que se referem aos serviços por eles prestados e as eventuais medalhas, além do emblema do submarino, claro.

Carl riu para ela, que sorriu e levantou o copo, quando ele fez esta última afirmação. Ele parecia estar de muito bom humor. Mouna partiu do princípio de que ele tinha uma longa pauta de novas idéias e havia querido começar com as mais surpreendentes.

Mas Carl não forçou nada. Mais parecia divertido em ter que falar das suas sugestões, todas quase sem exceção muito simples de executar e, além disso, baratas. Por exemplo, tirou do bolso um pequeno iPod e descreveu como seria possível fornecer para a biblioteca do submarino uma coleção completa de toda a literatura clássica russa. Ele tinha toda a série gravada em casa, além de alguns cursos de línguas que também podia ser úteis a bordo. Ela aproveitou o momento para lhe perguntar como estava o seu estudo de russo. E ele riu muito, dizendo que ainda não teria qualquer dificuldade lingüística em assumir o posto de presidente russo, mas que o seu linguajar iria parecer talvez um pouco antiquado, preso, quando falasse.

Carl continuou comendo, visivelmente muito satisfeito. Avançou um prato para mais próximo dela, a fim de que ela se servisse. E colocou mais vinho no copo dela, antes de continuar com as suas sugestões.

A colocação de professoras de línguas a bordo era uma ótima idéia por vários motivos. Mouna não precisava ser a única mulher a bordo. Isso iria minar, totalmente, a sua posição. Os marinheiros de submarinos no mundo inteiro são supersticiosos de uma maneira que é difícil de entender. Tinha mais a ver com tradições e atitudes machistas do que com crenças a respeito de duendes amigos, elfos e sereias. Era mais uma questão de estilo, mais ou menos como os aviadores, que costumam usar o quepe do uniforme de determinada maneira. Até mesmo na sua pátria, a Suécia, houve muita polêmica e contestação quando as primeiras mulheres foram admitidas a bordo dos submarinos.

Mas a bordo do K 601 era importante ter a maior quantidade de mulheres possível. Não era questão de feminismo, de igualdade entre os sexos ou qualquer outra politicagem. Era psicológico. Trata-se de marcar uma nova ordem, uma coisa que não seja russa para fazer sentirem aos marinheiros russos que não são superiores aos não-russos. As professoras já seria um começo, o cirurgião a bordo também pode ser mulher. Na Rússia, a cirurgia era, normalmente, desempenhada por mulheres e, portanto, não seria difícil encontrar uma cirurgiã bem qualificada. Em todas as funções onde você puder colocar uma mulher, faça uma tentativa. Não, nem em todas. A limpeza deve continuar a ser feita por homens. Mas mulheres na cozinha, tudo bem. Os cozinheiros a bordo de qualquer submarino são sempre apreciados e respeitados.

Tratava-se, portanto, de criar uma porção de novidades simples desse tipo, de modo que todos a bordo se sentissem estrangeiros e, assim, ninguém se sentisse em maioria. Em termos da vodca, esta não devia ser proibida totalmente, mas devia-se tomar algumas medidas restritivas na hora de servi-la, para que não se repetissem os acidentes na volta para casa do K 601, ao término das manobras no Mar de Barents.

E, depois, uma questão ainda mais importante para a desrussificação do projeto. O submarino precisa ter o seu próprio serviço de imprensa a bordo. Isso significa que o barco deve convidar algum correspondente do canal de televisão Al Jazeera, aliás, de preferência uma mulher, mas não necessariamente, para dar o grande furo da sua vida como repórter "embalado" que é como os americanos chamam ao sistema.

O repórter de televisão devia trazer o seu próprio equipamento para poder realizar as reportagens, entrevistas e transmitir tudo direto via satélite.

Aqui, neste caso, veio a primeira objeção por parte de Mouna. Seria um pesadelo viajar para o Catar ou Londres e tentar caçar um repórter de televisão sem poder dizer para ele do que se tratava o projeto. Além disso, esse equipamento exigia espaço e pessoas a quem seria impossível controlar sob o ponto de vista de segurança antes de embarcarem. Mais ainda, nos arriscaríamos a atrair gente para a morte, sem dar a elas a chance de saber onde estavam se metendo, antes que fosse tarde demais e houvesse a possibilidade de evitar o desenlace.

Carl concordou com tudo isso. Mas achava também que a possibilidade de sobreviver era maior com os tais jornalistas convidados a bordo, e ele conseguiu, pacientemente, descrever para ela o que aconteceria na mídia internacional depois do primeiro ataque. O acontecimento seria digno do 11 de setembro. Na situação, não haveria nenhuma possibilidade de antever tudo o que Rumsfeld, Cheney e os outros começariam a falar, como, por exemplo, do perigo de guerra nuclear. Por isso, finalmente, não haveria quaisquer barreiras para os Estados Unidos usarem por completo as suas forças militares e até empregar armas nucleares táticas, se os outros meios não dessem resultado.

Mouna objetou que o presidente palestino iria ter acesso a todo o espaço na mídia mundial depois do ataque. Então, Carl suspirou e disse que não queria ser indelicado, mas o espaço na mídia para Abu Mazen seria como uma gota no oceano, literalmente, em comparação com aquilo que os líderes políticos americanos iriam ter.

A guerra moderna não era feita apenas com armas. Aliás, nenhuma guerra foi feita exclusivamente com elas. Mas hoje, em relação a conflitos anteriores, uma parte muito maior da guerra é realizada através da mídia. E haveria apenas um meio eficiente para superar os jornalistas ocidentais. Era dar o furo, a grande notícia, por antecipação. E, nesse aspecto decisivo, nada poderia suplantar as notícias sobre o submarino mais caçado de todos os tempos, depois do maior ataque terrorista bem-sucedido de todos os tempos. Ter um correspondente da Al Jazeera a bordo não seria, portanto, uma questão tática de pouca importância. Era antes uma questão de vida ou morte.

E já que se estava falando de notícias, era preciso ter a bordo um sistema de recepção via satélite funcionando com perfeição e recebendo a programação dos canais mundiais de televisão. Seria difícil se comunicar diretamente com qualquer base assim que o inferno deslanchasse, nem mesmo as emissões rápidas via ondas curtas ou em código deviam ser recomendadas. O risco de ser interceptado seria grande demais, caso se usasse o rádio. O único meio de comunicação indireta sem revelar a sua posição seria a televisão. Quando Abu Mazen desse uma entrevista e dissesse: "Acabei de dar ordens para o submarino que...", esse seria o momento em que ele estaria dando, realmente essas ordens. E, então, os americanos e os israelenses iriam refletir até o cansaço como as comunicações estariam sendo realizadas.

O problema não era novo para Mouna. Ela já tinha chegado à conclusão de que não se podiam enviar mensagens por rádio a partir do submarino sem haver o risco iminente de ser detectado pelo NSA* ou por outro sistema qualquer e, naturalmente, decifrá-las. A questão de decifrar mensagens em código, na atualidade, era um problema de recursos, e era impossível se comparar nesse aspecto com os Estados Unidos ou com Israel. Mas a idéia de realizar as comunicações, indiretamente, por meio dos noticiários, era um avanço. E ainda que o método fosse facilmente visto por todos, era difícil de descortinar o que estava sendo transmitido.

Da refeição dos dois restavam as sobras, exatamente como devia acontecer, depois de duas horas de *mezza* libanesa. Mouna tinha uma boa dose de coisas novas em que pensar, embora nada que estivesse longe do possível em termos econômicos e práticos. E isso também era o pensamento dele. Mas enquanto ela se debatia em suas reflexões, ele aproveitou o momento para retirar a mesa, aconchegá-la no cobertor e trazer mais vinho.

— Vamos realizar agora uma reflexão experimental — disse ela, olhando os vinhos para fazer uma escolha e acabando por se decidir por aquele que ele havia sugerido. — Eu tenho plenos poderes da

---

* NSA — National Security Agency — Departamento de Segurança Nacional dos Estados Unidos. (N.T.)

parte de Abu Mazen para fazer de você vice-almirante e chefe da marinha palestina. Não apenas comandante de um navio, mas chefe de toda a marinha. Quando você chegar a Severomorsk, de preferência com a medalha de Herói da Rússia e a Estrela Vermelha bem à vista sobre o seu uniforme, qual seria a sua primeira medida?

Carl sorriu diante da pergunta, olhando para ela diretamente nos olhos, por alguns momentos, antes de responder:

— Infelizmente já vendi essas medalhas. Não podia imaginar nenhuma utilidade para elas no futuro. Mas, fora isso, a minha primeira medida seria despedir todos os homens que estiveram a bordo do K 601 e depois constituir uma nova tripulação, a partir do zero.

— Todos? Por quê?

— Talvez nem todos, caso esses gentlemen britânicos tenham tido quaisquer suboficiais ao seu lado, e que estes suboficiais não tenham tido o desplante de esfregar costeletas de porco na cara dos outros e, ao contrário, tenham aprendido essa nova tecnologia dos cavalheiros britânicos. Talvez se possam fazer algumas exceções. Mas, a princípio, todos seriam mandados embora.

— Por quê?

— Porque existe algo de especial nos submarinos. Cada comandante tem que escolher a sua tripulação. E ao encontrar o comandante certo, o chefe certo para o submarino, você tem que colocar as cartas na mesa e dizer do que se trata.

— E se ele disser que não quer, aí teremos um pesadelo em termos de segurança.

— Está correto. Mas se não tiver o chefe do navio ao seu lado, você também não terá a tripulação dele, mesmo que duplique várias vezes os seus salários, que pague direito as antecipações antes do embarque e todo o resto que você já sabe.

— Isso é inexeqüível — disse ela, após alguns momentos de forte reflexão.

— Por quê?

— Sem dúvida, eu sou a chefe do projeto, a mais alta *politruk*, para falar em russo. Mas eu sou duas coisas, não, três coisas inadequadas, diante do comandante. Sou uma espécie de oficial do exército, ainda que se considere isso uma mesquinharia. Sou árabe, quer dizer, chechena, e *muçulmana*. E sou mulher.

— Você aprendeu uma boa porção de coisas novas sobre a Rússia, acho.

— É verdade. Por bem e por mal. E você sabe o que será preciso fazer para recrutar esse comandante?

— Talvez, mas, de qualquer maneira, diga você o que é preciso.

— O novo chefe da marinha palestina tem que ser branco, vice-almirante e falar perfeitamente russo, além de ter sido condecorado com a Estrela Vermelha e a medalha de Herói da Rússia. Só então podemos conversar sério.

— Esse é um convite direto?

— A resposta é sim.

— Foi para isso que você veio aqui?

— Sim, desde que você estivesse de posse de todos os seus sentidos e todos funcionando bem. E, pondo de lado essa cabeleira que não lhe fica bem, eu vim encontrar aquele velho amigo como ele era. Mesmo que você agora me mande embora, Carl, eu fiquei feliz de verdade em tê-lo encontrado de novo como você era, em tê-lo abraçado e beijado.

— Em casos normais, eu jamais poderia dizer não para você. Você sabe disso, Mouna.

— Sim, eu sei. Foi assim que nós começamos. Mas, então, você ainda não sabia o quão sério este caso era.

— Não. Você está me pedindo para que eu morra pela causa da Palestina. Isso é extremamente anormal aqui, na Califórnia.

— Você pensava que eu vim aqui para lhe pedir um milhão de dólares?

— Sim. De qualquer maneira, eu jamais poderia imaginar o que seria o K 601. Também haveria uma boa porção de dificuldades para transferir uma grande soma como essa para você, sem terminar preso na rede de caçadores antiterroristas.

— E agora?

— Agora a coisa é outra. Eu estou um pouco bêbado. Deixe-me pensar no assunto durante a noite.

Mouna apenas acenou com a cabeça, concordando.

Carl subiu com ela e lhe mostrou o caminho para o banheiro mais perto do quarto de hóspedes, beijou-a nas faces e abraçou-a com um ardor que ele não podia nem tinha qualquer intenção de esconder. Depois, desceu e saiu para a varanda, onde soprava um vento fresco.

Era difícil colocar em ordem os pensamentos. Aquilo que ele dissera a respeito do efeito do vinho não tinha sido apenas uma desculpa para ficar sozinho. A cabeça girava um pouco, tinha bebido um pouco demais de uma vez. Ela lhe tinha oferecido, de fato, uma nova vida. Ainda que, provavelmente, curta.

Ele pôde recomeçar uma nova vida ali também, em La Jolla, uma vida que ia além de passear e representar o papel de Hamlon. Todas as razões do mundo lhe tinham apontado um caminho, o de se jogar com mala e cuia e com todo o amor nos braços de Linda Martinez. Mas não se atreveu.

A essa altura, já teriam filhos e, se Mouna aparecesse, então, ela nem sequer se encontraria com ele. Teria interrompido a procura e voltado para o seu quase insolúvel problema em Severomorsk. Sem que ele soubesse que os dois tinham estado tão próximos um do outro. Aliás, podia-se inquirir até como ela o tinha encontrado tão facilmente. Não fazia diferença, ela tinha conseguido.

Linda Martinez era uma mulher fantástica. Tinha salvo, praticamente sozinha, as suas duas irmãs dos descaminhos da vida — "*på glid*", que expressão tão estranha, pensou ele, "*på svenska*", em sueco, o que não fazia havia mais de dez anos.

Na base naval de San Diego, estava ancorado o submarino sueco *Gotland*. Ele tinha lido isso no jornal local e mal acreditara que fosse verdade. Mas acontecia que o HMU *Gotland*, o submarino de Sua Majestade, tinha sido alugado pela frota americana para os americanos poderem treinar uma coisa que desconheciam, uma caçada a um submarino convencional, não propulsionado por energia nuclear, mas por energia elétrica, produzida a diesel. Ficaram fazendo manobras durante um ano e, se ele tivesse interpretado corretamente as informações da marinha de guerra americana, os resultados tinham sido de 6-1, 6-1, 6-1, a favor dos suecos, na caçada a submarinos. Por isso, os americanos pediram que o contrato, em si muito estranho — por que a Suécia estaria dando instruções à frota americana? —, fosse prorrogado por mais um ano.

Ele tinha ido até o cais e, entre tantos espectadores anônimos, ficou olhando para o pequeno submarino e vendo a bandeira de três coroas da marinha sueca ser içada. Ao fundo, havia um gigantesco porta-aviões e dois cruzadores robotizados. Carl ficou nitidamente emocionado. Chegou mesmo a ter dificuldade em conter as lágrimas. Teve a sensação, da qual só tinha ouvido falar, mas nunca chegou a entender, essa de os homens, em altitudes elevadas, terem o impulso de querer se jogar no abismo, de encontro à morte e, de certa forma, à liberdade. O seu impulso foi de ir ao encontro dos garotos, e das garotas, também, que ele viu sair do submarino, do convés para o cais, abraçá-los todos e dizer qualquer coisa sobre... Sim, o quê? Olá, suecos, eu sou Hamilton, um velho vice-almirante, procurado por assassinato?

Mouna tinha pensado corretamente ao abandonar a idéia de um submarino com reator nuclear. Os resultados entre o HMU *Gotland* e a marinha americana falavam a sua nítida linguagem. Os americanos não conseguiram achar o *Gotland* e teriam dificuldades ainda maiores em encontrar o K 601, que, ainda por cima, poderia atingi-los com pontaria certeira.

Carl foi atingido momentaneamente pela suspeita de que Mouna tinha embelezado a fantástica capacidade defensiva do K 601, mas resolveu esquecer o assunto.

De volta a Linda, ela tinha sido a possibilidade de uma nova vida para ele. Hamlon era apenas um personagem que, ainda por cima, foi se tornando mais triste a cada ano que passava. Segundo os médicos afirmaram, ele teria boas possibilidades de viver outros quarenta anos. Mas mais quarenta anos como Hamlon?

Um ano mais como aquele que eu era, Carl Gustaf Gilbert Hamilton, pensou ele. Certamente, a morte deles no submarino iria provocar muita coisa. O fato de Gaza passar a ter o seu próprio porto e as suas águas territoriais, antes de tudo terminar, poderia ser considerado um cálculo realista. E isso seria o mínimo que se poderia esperar. Valeria a pena morrer por isso? Sim. Pelo menos, como alternativa para mais quarenta anos usando rabo-de-cavalo.

4

Deixar que o subordinado esperasse muito, de propósito, era decerto uma atitude muito russa. Não que ele fosse especialmente culpado nesse ponto. Um comandante tinha que manter sob controle uma quantidade de homens suficientemente grande para, pelo menos de vez em quando, usar esse e outros truques, a fim de mostrar o seu poder.

Mas deixar alguém esperar por três horas era um pouco além da medida! *Czar Vladimir*, palavras que poucos ousavam pronunciar, mas que muitos mais pensavam do presidente, tinha tido a graça de mandar informar ao capitão Aleksander Ilitch Ovjetchin que estava sendo chamado a comparecer à sala de trabalho do presidente, na ala esquerda do Kremlin, no dia seguinte, às seis horas da manhã. Nessa altura, o comandante já tinha estado ao lado do telefone, no seu quarto de hotel, há 48 horas.

Primeiro, ele se sentiu aliviado e satisfeito na crença de que seis horas da manhã significavam seis horas da manhã e que o presidente tinha por intenção esclarecer a situação do K 601 antes dos muitos compromissos que certamente teria durante o dia. Mas, no momento, o relógio já marcava precisamente nove horas, visto que os dois guardas de honra, em uniforme de parada do exército — mas com a antiga cor da KGB no gorro —, já tinham sido substituídos pela terceira vez, com a gesticulação espalhafatosa de sempre, calcanhares batendo no chão e movimentos marciais. Dois novos soldados de chumbo, ainda que humanos, vigiavam agora as portas duplas, fechadas, do presidente, portas que tinham pelo menos seis metros de altura e eram ornamentadas com ouro e veludo vermelho. Por cima da moldura da porta, as antigas águias russas em duplicata. Em matéria de aparência, nada tinha mudado. Do jeito que ele estava ali sentado e à espera, podia muito bem estar sentado e à espera na ante-sala de algum dos antigos czares.

Na primeira meia hora, sentado nos incômodos móveis dourados, ele ensaiou as suas respostas às mais imagináveis e inimagináveis perguntas do presidente. Depois, tentou refletir sobre as conseqüências políticas do projeto, o que, certamente, iria interessar mais ao presidente. Mas esse tipo de julgamento era o seu lado mais fraco. A esse respeito podiam falar tanto Mouna al Husseini quanto o novo vice-almirante sueco, muito melhor do que ele. Ambos viviam fora da Rússia e sabiam, é claro, muito mais sobre o assunto. Ele próprio devia manter-se atualizado quanto à tecnologia naval, que era, efetivamente, do que entendia.

Agora, já depois da terceira hora de espera, ele desistiu de todas as análises sobre respostas inteligentes e pertinentes às perguntas do presidente e passou a tentar reconstruir como tudo começou.

Mouna e ele, de fato, haviam sido postos em contato como oficiais de ligação da Rússia e da OLP em questões ligadas ao terrorismo internacional. Aliás, essa era a função que ela já desempenhava *vis-à-vis* os serviços secretos ocidentais, pelos quais, de resto, não tinha grande respeito. Ela chegou a contar uma porção de histórias divertidas tanto de americanos quanto de ingleses.

Se Mouna e ele tivessem ficado apenas no cumprimento dessa missão, nunca teria havido qualquer projeto. Mas o que os dois tinham a dizer um ao outro sobre terrorismo poderia ser resolvido em pouco tempo. Não havia nenhum movimento fundamentalista palestino na Ásia Central e, tirando uma palavra ou outra de algum extremista do Hamas, sem qualquer valor implicativo, não havia nenhum interesse palestino em apoiar qualquer movimento revolucionário muçulmano na Rússia. E pelo lado dos serviços secretos russos raramente havia alguma coisa de interessante a dizer sobre os recontros no Oriente Médio. Era uma região da qual a Rússia tinha ficado muito longe. Mas, como os dois sempre se divertiam bastante quando se encontravam, acabaram conversando sobre assuntos limítrofes à sua declarada missão. Um desses assuntos era considerar os novos cenários estratégico-militares no Oriente Médio.

Foi assim que eles começaram a falar da única falha relativa, em termos do poder militar de Israel. Por parte dele, de uma forma prolixa e didática, que era nitidamente a sua maior fraqueza. E ela, chamando a atenção para esse tema que ele havia esquecido. Pensando bem, a questão parecia até simplista demais. Quando ele passou a analisar a marinha israelense, ela lhe fez uma pergunta implacável: "Do que é que nós precisaríamos para derrotá-la?"

Ele não precisou pensar muito para responder. E da resposta eles ainda agora, cinco anos depois, se lembravam nos mínimos detalhes. Já então era óbvio que o fator surpresa seria fundamental e o primeiro item a considerar. Segundo, a utilização de um supersubmarino russo. E isso seria suficiente.

A segunda pergunta dela foi se havia esse tipo de submarino russo à venda, e, caso positivo, quanto custaria. Claro que a isso ele não poderia responder de pronto. E, então, ela abandonou o tema. E ele nem podia imaginar, nem então, nem nos meses seguintes, que tipo de atividade indagativa e política havia, de fato, começado. Presumivelmente, ela deve ter promovido de imediato uma consulta discreta, mas do mais alto nível oficial, ao seu presidente, que, na época, era Yasser Arafat.

De repente, Ovjetchin foi chamado a Moscou para se encontrar com o novo ministro da Defesa. O anterior tinha sido demitido em função do caso *Kursk*.

O Ministério da Defesa estava instalado no centro de Moscou, num grande edifício de mármore branco, completamente ornamentado com as habituais cenas heróicas e relevos em ferro negro, mas a sala de trabalho do ministro da Defesa não tinha nem um décimo do tamanho daquela sala de espera do presidente Putin.

O novo ministro da Defesa fez-lhe uma preleção sobre política externa que ele não entendeu muito bem, talvez por não ser *orientado* — como dizia Mouna, lembrou-se ele da palavra — sobre o assunto. Ou, possivelmente, porque o velho general do exército também não tinha na política externa o seu lado mais forte.

Em todo caso, seguindo a velha tradição no exército soviético, a análise foi feita ponto por ponto. Em primeiro lugar, a Rússia não dava mais qualquer espécie de assistência militar a países explorados ou pobres. Segundo, atualmente a Rússia vendia material de guerra quando isso favorecia os seus interesses políticos. De preferência, uma combinação dos dois casos. E aqui se apresentava tal combinação.

Acontecia que o movimento *partisan* palestino queria comprar um submarino e tinha dinheiro para isso. Esse era um ponto. Mas se o projeto deles tivesse sucesso, isso iria favorecer sob vários aspectos os esforços da Rússia no plano de política externa. Um êxito militar palestino com material russo não só iria influenciar positivamente as futuras vendas de materiais semelhantes, um tipo de preocupação que imperava nos novos tempos, mas isso não agradava muito ao velho ministro da Defesa. Entretanto, como segundo ponto, e o mais importante, esse sucesso daria à nova Rússia uma influência nova e mais forte no desenvolvimento político do Oriente Médio. Era uma questão geopolítica, econômica e estratégica da maior importância.

Foi mais ou menos nessa altura que Aleksander Ovjetchin se perdeu nesse raciocínio político, embora pelo menos tenha entendido que uma vitória palestina com armamento russo iria favorecer os interesses políticos externos da Rússia e do presidente Putin.

E em se tratando de política, o caso andava rápido. O ministro da Defesa olhou para o relógio e avançou com um documento cujo conteúdo descreveu resumidamente. Segundo esse documento, o comandante Ovjetchin estava nomeado oficial de ligação, de especialidade técnica, no projeto conjunto russo-palestino, denominado *Projekt Pobjeda*. O oficial de ligação da parte palestina ele, sabidamente, já conhecia, era A general Husseini. E também ele tinha sido liberado das suas funções nos serviços secretos para se dedicar em tempo integral à realização do plano secreto, concluiu o ministro da Defesa. De repente, restava apenas assumir a posição de sentido e ir embora.

Em Moscou, ao se encontrar uma semana mais tarde com Mouna, os dois tiveram que recomeçar tudo. Aleksander descreveu os tipos de submarinos a considerar e ela achou mais uma vez que ele foi prolixo demais, o que, certamente, era verdade.

O primeiro grande problema que eles tinham que resolver era mais importante do que todas as outras considerações táticas. Era a questão de saber se o submarino devia ser movido a energia nuclear.

Aquilo que falava pela adoção de um reator nuclear como fonte de energia era previsível. A enorme força motriz dava uma velocidade maior e a possibilidade de, acuado, simplesmente fugir de eventuais perseguidores. O reator nuclear, além do mais, tinha combustível para vinte anos e com isso dispensava ter de atracar para recebê-lo. Podia-se sair de Severomorsk, contornar a África e a Ásia, até Vladivostok, e voltar pelo mesmo caminho sem problema de combustível.

Aquilo que falava contra a adoção de reator nuclear era mais complicado. Um submarino nuclear não podia entrar em qualquer porto em função de todas as regulamentações de segurança e acordos internacionais. Além disso, havia acordos internacionais contra a circulação de restos nucleares por certas áreas, um preceito que poderia gerar problemas constrangedores para a Rússia. E, finalmente, um reator nuclear exige uma pequena tripulação própria e emite um registro sonoro que facilita para os outros submarinos que o caçam encontrá-lo. O mesmo acontece a partir de aviões de reconhecimento, helicópteros e navios. E o submarino que, finalmente, acabasse sendo escolhido, com toda a certeza seria implacavelmente caçado depois do seu primeiro ataque.

A força motriz elétrica a diesel, com o novo e melhorado sistema Cristal 28, conseqüentemente apresentava uma série de vantagens para ambas as partes, tanto para os palestinos a bordo como para a Rússia, que não precisaria romper nenhum acordo internacional através da exportação de tecnologia nuclear.

E assim eles começaram. Anos depois, era estranho pensar em como tudo tinha começado e em como o projeto era primitivo na fase inicial. Só na segunda fase surgiu a idéia de montar um tipo modificado de submarino, com força motriz elétrica a diesel, mas com casco de titânio. Caro, mas, sob certos aspectos, muitíssimo superior. Em especial para um submarino caçado. Já de início, eles tinham entendido que era preciso se concentrar em todas as possibilidades de prolongar a vida útil do submarino.

Ele estava absorvido na seqüência de todos os problemas solucionados com a construção do submarino em titânio quando as portas duplas para a sala do presidente de repente se abriram com estrondo por um coronel, o que fez com que os dois cadetes da KGB, ou do quer que seja que hoje em dia se chama FSB, a bater os calcanhares e a realizar uma série de movimentos relâmpagos com as carabinas armadas com baionetas. Aleksander Ovjetchin também bateu os calcanhares e ficou em sentido diante do coronel.

— Comandante Aleksander Ovjetchin! — rugiu o coronel.

— Sim, coronel, presente! — rugiu ele de volta.

— O presidente da Rússia acabou de resolver importantes problemas do Estado e pode recebê-lo agora, comandante!

O coronel apontou, como se fosse uma ordem, na direção do tapete vermelho que começava logo depois da porta e que conduzia direto para uma escrivaninha de estilo barroco com uma espécie de cadeira-trono, do outro lado da imensa sala. A figura do presidente aparecia diminuta, curvada sobre alguma coisa que estava à sua frente em cima da mesa.

Não havia espaço para hesitações. Aleksander Ovjetchin marchou direto, passou a porta, pisou no tapete vermelho e seguiu até a escrivaninha, uns 15 metros adiante. Notou que as portas tinham sido fechadas com estrondo atrás de si e assumiu uma posição de sentido na frente do presidente da Rússia, que parecia não ter percebido a sua entrada na sala.

E ali ficou, tenso, com os braços esticados ao lado do corpo e olhando de lado para os candelabros de cristal que deviam pesar uma tonelada cada, para os quadros a óleo, de uns cinco ou seis metros de altura, que representavam heróis do século dezenove a cavalo, para o chão de tacos de madeira e para as duas águias acima da cabeça do presidente.

O presidente parecia não ter ainda notado a presença do visitante, continuando profundamente concentrado nos documentos à sua frente.

— Li os seus relatórios, comandante Aleksander Ilitch, onde o senhor descreve uma série de problemas difíceis, complicados, não é verdade? — disse o presidente, finalmente, em voz baixa e parecendo pensativo.

— Sim! É verdade, senhor presidente! — respondeu Aleksander Ovjetchin, rapidamente.

— O senhor está consciente, comandante Aleksander Ilitch, de que nós, aqui nesta sala, estamos tratando de um assunto secreto, de que poucos conhecem na Mãe Rússia, certo?

— Sim, senhor presidente! Eu sou *razvedtjik*, senhor presidente!

Quando o presidente olhou para cima, espantado, Aleksander Ovjetchin achou que, possivelmente, tinha cometido alguma gafe. Mas, se fosse, tinha vindo na seqüência natural das suas raízes.

Ele tinha usado a palavra militar para oficial dos serviços secretos, *razvedtjik*. Isso podia ser interpretado como uma afronta subentendida, o que, no caso, seria uma infelicidade, visto que não tinha sido essa a intenção. O *Razvedkan*, através dos tempos, sempre se encontrava em concorrência, às vezes até em hostilidade aberta, com o *Tjekan*, a antiga palavra para a KGB e todos os seus antecessores e sucessores.

O presidente observou-o com uma expressão séria no rosto petrificado. Mas foi apenas uma mímica cruel. Não passou disso.

— Muito bem, eu entendo — disse o presidente, agora com uma expressão iluminada, como se, realmente, tivesse compreendido. — É uma sorte os segredos da Rússia estarem nas mãos de um *razvedtjik* e não nas mãos de um antigo *tjekist* como eu. Pois deve ter sido isso que o senhor quis dizer, camarada comandante?

— É claro, senhor presidente! Quero dizer, é claro que *não*, senhor presidente!

Se, naquele momento, tivesse tido um modo prático de se matar, ele teria feito isso, certamente. Mas, em vez disso, tentou manter a calma e a coragem.

O presidente irrompeu numa gargalhada inesperada, jogou os óculos de leitura, que ninguém devia vê-lo usando, para cima da mesa e corrigiu o caimento do paletó impecável e da gravata azul-escura.

— Foi, de fato, muito engraçado o que disse, Aleksander Ilitch, devo reconhecer — falou o presidente, que continuava às gargalhadas. — Um antigo *tjekist* como eu pode ir bastante longe, como sabemos, mas um *razvedtjik* como o senhor, Aleksander Ilitch, também pode. Desde que nós não sejamos malsucedidos, certo?

— Correto, senhor presidente!

— À vontade! Desculpe eu não ter observado que o senhor ficou aí em pé como uma estátua. As pessoas têm um comportamento tão estranho diante do presidente. Mas eu tenho algumas perguntas a fazer.

— Vou fazer o meu melhor para responder às suas perguntas, senhor presidente! — reagiu Aleksander Ovjetchin que, rapidamente, obedeceu à ordem e abandonou a posição de sentido, ficando à vontade.

— Ótimo. Primeira pergunta. A nova tecnologia para descobrir submarinos inimigos, quando se está em dificuldades, assim como para descobrir torpedos disparados pelo inimigo, isso é uma tecnologia atualmente sob controle russo?

— Sim, senhor presidente! E também sob controle palestino!

— Portanto, dentro de pouco tempo, também os nossos próprios submarinos poderão ser equipados com essa nova técnica?

— Sim, senhor presidente!

— O que, pelo menos no momento, nos dá uma enorme vantagem no recontro de submarino contra submarino?

— Correto, senhor presidente.

— Sem dúvida?

— Sem dúvida, senhor presidente!

— Mas essas são notícias muito boas, Aleksander Ilitch, devo dizer, realmente. Eu fiquei aqui imaginando se devia ficar irritado ou não. Algumas de suas propostas me parecem um pouco, vamos dizer, especiais demais, certo? Mas, de qualquer maneira, eu gostaria de continuarmos a nossa conversa mais informalmente. Aceita um bom uísque de malte escocês, Aleksander Ilitch?

— Não, senhor presidente! Obrigado! Ainda são apenas 9h37 da manhã.

— Eu sei. Estava brincando. O meu antecessor, tio Boris, você sabe, talvez visse a coisa de outra maneira, mas agora vamos ali para o sofá, para continuar a nossa conversa. Aliás, temos também aqui no Kremlin um excelente chá da Geórgia. Talvez um chá lhe satisfaça melhor?

— Aceito, sim, senhor presidente!

Ao caminhar em direção ao grupo de poltronas vermelhas com pernas e encosto dourados, o presidente mudou completamente de postura. Era como se tivesse encenado um papel com as suas brincadeiras anteriores. Para começo de conversa, propôs que, a partir daquele momento, e já que ninguém os podia ouvir, eles se tratassem pelo prenome e nome do pai. E salientou que tinha exatamente 21 minutos à disposição do amigo Aleksander Ilitch. Aproveitou também para pedir o chá, pressionando um botão escondido por baixo da mesinha de centro de mármore de várias nuances.

Segundo Vladimir Vladimirovitch, ia ficar muito estranho e desnecessariamente complicado mudar toda a tripulação, quer dizer, toda a tripulação russa a bordo do K 601. O comandante Aleksandrov e os seus dois homens mais próximos, os comandantes Almetov e Loktjev, pelo que se sabia, tinham méritos expressivos na frota do Ártico.

O comandante Aleksander Ovjetchin tentou explicar a questão, dizendo que a tripulação do comandante Aleksandrov já estava tão contaminada de preconceitos contra o contingente árabe que só poderia gerar problemas sérios caso não se tomasse uma atitude mais radical e se recomeçasse tudo de novo. Talvez também não fosse possível, se o presidente... se Vladimir Vladimirovitch, deixasse de atender aos palestinos. Eram eles que estavam pagando.

— Correto. Mas, então, eis a segunda pergunta: por que o comandante Petrov é de interesse especial como chefe da nave?

— Por duas razões — informou Aleksander Ovjetchin, animado e talvez até um pouco ingênuo. — O comandante Petrov, de fato, foi responsável pela ação autônoma mais ousada na história moderna da marinha russa, quando estava no comando do *Kursk* no Mediterrâneo, em 1999. Ele conseguiu enganar por várias vezes a frota americana. E como foi um dos comandantes do *Kursk*, está interessado em se encontrar com um submarino americano numa situação difícil, mas com as melhorias técnicas que agora estão disponíveis.

De repente, Aleksander Ovjetchin reconheceu que tinha sido levado a falar demais. Tinha aludido à mentira oficial de o *Kursk* ter explodido e não afundado por um submarino americano. O presidente ficou profundamente sério e levantou a mão, pedindo silêncio.

— Calma, Aleksander Ilitch — disse ele. — Esta é, de fato, uma conversa muito sigilosa entre um *tjekist* e um *razvedtjik*. Ninguém nos ouve e ninguém vai ouvir falar desta nossa conversa. Ela nunca aconteceu e jamais será mencionada, desde que nós não acabemos por obter uma vitória estrondosa e ela venha a ser mencionada nas minhas memórias, claro. Estamos entendidos?

— Perfeitamente, senhor presidente! Quero dizer, Vladimir Vladimirovitch, totalmente.

— Muito bem. Então, vamos em frente. Tenho mais algumas perguntas a fazer. No seu entendimento, Aleksander Ilitch, o *Kursk* foi afundado, portanto, por um submarino americano da classe Los Angeles. Que isso, por motivos infundados, se tornou um segredo de Estado. Que o comandante Petrov e os seus subordinados, o comandante Larionov e o subcomandante Charlamov, também adotam a mesma posição. E que, mais do que qualquer outro submarino, eles gostariam de se encontrar com o USS *Memphis* no mar. Estou certo?

— Correto, senhor... Vladimir Vladimirovitch, totalmente correto.

— Muito bem. Eu gosto dessa sua coragem. Você tem a minha autorização para exercer plenos poderes, tal como pediu. Por último, uma pergunta menos importante. Esse tal sueco, ele é assim tão importante, e por que temos que nos preparar para renovar as medalhas dele?

— Ele fala russo, com perfeição, e inglês. Ele é um herói, vice-almirante de verdade, e vai ser de grande importância como ponte nas nossas relações internas.

— Eu entendo. Confio, além disso, no seu julgamento, Aleksander Ilitch. A data indicada por você para início das operações ainda se mantém?

— Correto. Ainda se mantém, sim, senhor.

— Mais uma última pergunta. O K 601 vai vencer, garantidamente, num confronto direto, por exemplo, repito, apenas por exemplo, e, portanto, não confirmo nada, o USS *Memphis*?

— Nós podemos garantir que temos vantagens decisivas num eventual confronto, Vladimir Vladimirovitch.

— Ótimo. Nesse caso, você pode ter certeza de que não sairá dessa sem ser premiado. Assim como não sairá sem ser punido se perdermos. Está claro?

— É claro, senhor presidente!

O presidente Putin sorriu para Aleksander Ovjetchin por seu retorno ao chamamento mais formal e mencionou, ao levantar-se para finalizar o encontro, assim como que de passagem, que não era qualquer um que podia se encontrar com o presidente. Isso tinha a ver com a política. No momento, por exemplo, havia uma delegação do novo governo palestino do Hamas em Moscou. Eles conseguiram se encontrar com gente do Ministério das Relações Exteriores, mas não, absolutamente, com o presidente. Aliás, era uma idéia divertida saber que os recém-eleitos delegados do Hamas nem sequer podiam imaginar que o seu governo, em breve, passaria a ser responsável pelo K 601. Mas isso era problema deles e do presidente palestino. Por isso, também, havia certas vantagens nesse encontro que não podia haver e que nunca houve, certo?

✪✪✪✪✪

Carl orientou-se pela memória. Era bastante simples a partir da Estação Central, seguindo depois pela Rua Karl Marx, como ela se chamava da primeira e, como ele pensava que seria, última vez que estivera ali. Agora, o nome da rua estava coberto com tinta em todas as esquinas. E ele gostaria de saber qual era o novo nome, aparentemente impopular, que estaria por baixo. Seria a Rua Vladimir Putin?

Pouco antes de chegar a uma pequena travessa da qual se lembrava tão facilmente, Rybnij Prajezd — a Travessa do Peixe —, havia antigamente uma pequena pista de patinação onde ele costumava ver as crianças jogarem hóquei a uma ponta e um par de idosos, dançando lentamente, de braços dados, em curvas sinuosas, na outra ponta. A Rússia sempre tinha sido sua inimiga, profissionalmente falando, mas, ao mesmo tempo, o lugar que ele aprendera a amar tanto. Um dos seus melhores amigos era um oficial russo dos serviços secretos, certamente aposentado a essa altura e longe, com certeza, caçando e pescando, na sua amada Sibéria.

A Mãe Rússia atraía sempre pelo sentimentalismo. Era inescapável e, ao mesmo tempo, um pouco embaraçoso. Mais ou menos como gostar da música de Tchaikovsky.

Lá em cima, portanto, era o lugar onde ela continuava vivendo e havia luz nas duas janelas, no quarto andar, da Rybnij Prajezd, na esquina que dava para aquela que antes era a Rua Karl Marx. Ela estava esperando por ele, mas era impossível saber em que estado de espírito. Nenhuma russa na idade de cinqüenta anos diria não a uma delicada proposta formulada pelos serviços da segurança militar. E ele próprio tinha influenciado tanto a vida dela que se sentia no direito inexplícito de pressionar a sua entrada a qualquer hora, pelo menos segundo as antigas regras em vigor nos dias da Guerra Fria.

Mas Murmansk não era mais a mesma como há dez anos, quando ele estivera ali pela última vez. Aliás, não, há um pouco mais do que isso. Doze anos antes? E ele próprio talvez também não fosse exatamente o mesmo de antes.

Possivelmente, também ele era apenas um russo sentimental, ao procurá-la. Se ela dissesse não, não seria uma catástrofe. Viraria uma visita de cortesia e nada mais do que isso. Mas ela tinha deixado uma impressão tão forte nele que era impossível esquecê-la. A docente Jelena Mordavina, cirurgiã-geral no Hospital Central de Murmansk, era casada com o comandante Aleksey Mordavin, que morreu famoso, mas por motivos que ela certamente nunca entendeu.

A luz na escada continuava sem funcionar. Talvez fosse por acaso, mas era, de qualquer maneira, como um sinal secreto de que certas coisas nunca mudam.

Ele bateu à porta três segundos a mais ou a menos da hora combinada. Isso era um hábito que lhe vinha da vida profissional. A primeira coisa em que pensou quando ela abriu a porta foi no fato de ela não ter mudado da maneira normal para qualquer mulher da Rússia como ele havia esperado. Tinha errado em, pelo menos, vinte quilos. Ela podia ser considerada elegantemente esbelta. Também tinha pensado na possibilidade de os cabelos louros dela terem perdido um pouco de luminosidade, mas continuavam descendo com uma trança grossa e sedosa pelas suas costas. Quanto ao viço, tudo bem, não era o mesmo. Também tinha imaginado que ela tivesse se preparado especialmente para a ocasião e com uma maquiagem mais carregada. Nada disso. Tudo errado.

— Sra. Mordavina, que alegria vê-la de novo — saudou-a ele, com toda a sinceridade.

— É uma honra voltar a vê-lo, senhor almirante — respondeu ela, notadamente mais reservada.

Carl tirou o sobretudo e pendurou-o ele mesmo no cabide da entrada. Depois, seguiu-a pela cozinha, até chegar à sala de estar. Não havia mudado muita coisa. O apartamento tinha sido repintado e recebido novos aquecedores. O sofá e as poltronas de couro dos tempos da Kolja estavam agora, como era de esperar, um pouco desbotados. Mas havia chá na mesa de centro.

— Por que, em nome da paz celestial, veio me procurar depois de todos esses anos, senhor almirante? — perguntou ela, quando eles se sentaram e ela lhe estendeu o açucareiro. — Se é por causa do dinheiro...

Ele a interrompeu erguendo as mãos. Ela pareceu entender que havia escuta e logo parou de falar.

— Não, sra. Mordavina — disse ele —, nós não estamos sendo ouvidos, com certeza. Mas já que entrou no assunto, a senhora ainda tem algum dinheiro?

— Sim — respondeu ela, contidamente. — Ainda tenho 4.300 dólares. Quanto é que tem dos 50 mil dólares que levou, senhor almirante?

— Nem um *kopec* — disse ele, com um suspiro. — Eu entreguei essa quantia toda para o meu amigo, Iúri Tchivartchev, tenente no *razvedkan*. E eu lhe disse, evidentemente, que era tudo o que existia aqui em casa. O que ele fez com o dinheiro não faço a menor idéia, mas posso lhe garantir, sra. Mordavina, que eu não vim aqui, realmente, para tocar nesse assunto.

— Foi bom ouvir isso — disse ela. — Um dólar não é mais o que era, nem mesmo na Rússia.

— É verdade. Mas agora receio que tenhamos entrado num desvio na nossa conversa. Como estão Sacha e Piotr?

— O senhor ainda se lembra do nome dos garotos?

— É claro. Como é que eles estão? E o que é que eles fazem?

— Piotr fez o doutorado em química orgânica e aceitou uma docência em São Petersburgo, e Sacha é capitão-de-mar-e-guerra na frota do Ártico, seguindo as pegadas do pai.

— Será que ele não é um pouco jovem demais para ser capitão-de-mar-e-guerra? Desculpe, claro que eu devo cumprimentá-la pelo sucesso dos seus dois filhos. Aliás, não seria melhor se nós dois nos tratássemos por você, Jelena? Eu me chamo Carl.

— Karl? Como Karl Marx?

— Sim, mas duvido que tenha sido chamado de Carl por inspiração em Karl Marx. Aliás, como é que se chama a Rua Karl Marx hoje em dia?

— Não faço nem idéia. A última vez que mudaram o nome, passou a chamar-se Rua do Novo Business. E agora que você acaba de aumentar tremendamente os seus conhecimentos, posso lhe perguntar se veio aqui para saber mais alguma coisa?

— Eu vi em alguns documentos que você, atualmente, é professora — continuou ele, fingindo não ter entendido a ironia dela. — Você continua operando ou apenas ensina?

— Eu opero todos os dias. O meu professorado é uma coisa que se chama cirurgia prática, e isso significa que a gente ensina enquanto trabalha. A nossa profissão é muito concreta, mais ou menos, como a de um bombeiro e encanador.

— Você acabou não indo para Boston como professora convidada. Por quê?

Ela hesitou antes de balançar a cabeça. Finalmente, ele tinha conseguido enfraquecer um pouco a confiança dela. E não foi difícil saber por quê. Ela tinha sido convidada para um trabalho fantástico, que, ainda por cima, incluía dois anos de altos salários para quem acabava de ficar viúva. Mas justamente nessa época a responsabilidade pelo filho mais jovem pesou mais. Se o filho fosse deixado sozinho, haveria a possibilidade de ele amolecer com os estudos e não conseguir as notas suficientes para entrar em qualquer escola de ensino médio em Murmansk.

— Eu esqueci por que, Jelena, mas você, certamente, poderá me esclarecer: por que os cirurgiões russos são tão populares nos Estados Unidos?

Então, ela contou o que se passava e ele, no momento, começou a relembrar-se. Nos Estados Unidos, todos os cirurgiões se especializam muito cedo, visto que os rendimentos de qualquer médico americano estão ligados, justamente, às especialidades escolhidas. A ordem natural subentendida entre os cirurgiões não fica influenciada por isso. Um cirurgião de tórax ficará sempre um grau acima de qualquer urologista. Mas para o paciente americano que tem dinheiro e quer operar a sua bexiga a qualquer custo, mas tão bem quanto possível, a hierarquia médica não tem qualquer importância. Ele quer apenas ter um especialista recomendado.

Mas no antigo sistema soviético o dinheiro jamais foi motivo para procurar uma especialização. Subia-se na escala salarial, independentemente de ser ou não especializado. Além disso, o atendimento médico era gratuito.

A diferença prática entre os cirurgiões americanos e russos, por isso mesmo, tornou-se quase tragicômica em certas situações. Se a pessoa entrasse como vítima de um acidente de automóvel em qualquer dos hospitais de Moscou e tivesse sangramentos internos em conseqüência do peito machucado, ela não corria o risco de ser recebida por um cirurgião de plantão especializado em operações de ânus ou especializado em aumentar a espessura dos lábios superiores ou dos lábios inferiores. Principalmente, nos ambulatórios de emergência nas grandes cidades, era uma vantagem, naturalmente, ter um cirurgião de plantão do tipo russo, que, sem mais demora, podia ver o que era preciso e logo fazia. O grande orgulho profissional do cirurgião russo consistia em grande parte poder dizer que nada para ele — ou para ela, sendo mais uma profissão para mulheres — era humanamente estranho.

Mais ou menos, essa era uma grande vantagem a bordo de um submarino, pensou Carl, ao se levantar para apanhar um documento que estava no bolso de dentro do sobretudo no hall.

Quando ele voltou para a sala de estar, ela já tinha perdido um pouco daquele entusiasmo de falar sobre a diferença entre os cirurgiões americanos e russos. Ela olhou desconfiada para o pomposo envelope branco que ele trazia na mão.

Na volta, ele parou diante de uma estante e pegou a fotografia emoldurada do marido dela. Colega interessante, pensou ele. Usava o gorro do uniforme puxado para a nuca, como era hábito entre os jovens marinheiros e suboficiais, mas incomum nos oficiais de alta patente da marinha russa. Sardento e de nariz arrebitado, devia ser um sujeito alegre. E, naturalmente, um oficial competente. Ninguém colocava qualquer um com a responsabilidade pelos mísseis estratégicos a bordo de um submarino da classe Tufão.

— Você continua não sabendo por que ele foi assassinado? — perguntou ela, inquieta. — Posso servir mais um pouco de chá?

— Sim, obrigado — respondeu ele, voltando a sentar-se no sofá, na frente dela. — Mas, não, não tenho nenhum conhecimento novo sobre esse trágico acontecimento.

Ele não só sabia por que o comandante Aleksey Mordavin fora assassinado, como também sabia quem fora o culpado e executado pelo assassinato. Mas tudo o que tinha a ver com a questão pertencia ao tipo mais sensível de segredos militares da Rússia. E, por isso e além disso, o conhecimento dos detalhes não iria servir para alegrar Jelena Mordavina. Nem iria melhorar as possibilidades dele em recrutá-la.

Os dois ficaram concentrados no seu chá durante um curto silêncio.

— Eu vou ficar doida com isso, Carl — disse ela, finalmente. — Uma vez, há muito tempo, você chegou aqui em uniforme de gala e não como agora, com farda de bordo, na qual nem se vê que é vice-almirante. E chegou com aquela horrível notícia. Assim foi, não é verdade?

— É verdade, Jelena. E me lembro de como admirei a sua coragem e a sua capacidade em se controlar. Foi por isso que voltei. Mas hoje não venho com más notícias. Pode ficar descansada.

— Descansada?

— Correto.

— Mas pense na minha situação na época. Viúva, dois filhos para educar, um salário ridículo, uma pensão ridícula deixada por Aleksey e 49 mil dólares num vaso de cerâmica!

— Sim, mas você fez como eu disse. Foi cuidadosa com o dinheiro, conseguiu educar os seus filhos e providenciar a sua formação escolar. O contrário iria me surpreender. E é por isso que estou aqui.

— Agora é que eu não estou entendendo nada. Você disse que não era por causa do dinheiro!

— Não, nada disso. Não desse jeito. Mas a impressão forte que você deixou em mim fez com que eu voltasse porque quero oferecer-lhe um trabalho.

— Como cirurgiã?

— Sim, correto. Mas não como uma cirurgiã qualquer. Antes melhor do que em Boston.

— É coisa legal?

— Sim. Pelo menos na Rússia. Leia aqui!

Carl estendeu para ela o envelope branco de linho com o emblema do Estado da República da Rússia, que tinha ficado ao lado da sua xícara. Ela recebeu o envelope e pegou os seus óculos de leitura.

O documento era uma carta do presidente Putin na qual ele lhe assegurava, detalhada e gongoricamente, que todo e qualquer cidadão russo, trabalhando nas forças armadas ou em qualquer outro lugar, e que recebesse um convite para dar assistência num projeto importante do vice-almirante Carl Hamilton, da general-de-brigada Mouna al Husseini ou do comandante Aleksander Ovjetchin, ou ainda para trabalhar no *Projekt Pobjeda*, tinha autorização do presidente e seus votos de felicidades.

Ela enrugou a testa, pensou em dizer qualquer coisa, mas acabou lendo novamente o texto complicado.

— Você sabe o que o meu marido diria se visse esta carta? — perguntou ela.

— Não.

— Com os diabos, o que é que significa isto?

— Significa, traduzido para o russo normal, que eu tenho autorização do presidente para contratá-la como cirurgiã, e você tem, inclusive, os votos de felicidades dele.

— O quê?

— A bordo de um submarino.

— Como? A bordo de um submarino? — repetiu ela, duvidando e parecendo acreditar que se tratava de uma brincadeira.

— Correto, Jelena. Sob certos aspectos, esse submarino é o mais moderno do mundo. Vamos ser uns quarenta homens a bordo.

— E uma mulher! Você tem consciência disso, Carl... Desculpe-me, mas devo salientar que sou de fato uma mulher.

— Estou muito consciente disso.

— A bordo de um submarino?

— Vai haver de cinco a dez mulheres a bordo.

— E como é que você pensou como nós vamos estar vestidas?

No momento, ele quase caiu na gargalhada, aliviado por ela ter reagido espontaneamente com uma objeção marginal em vez de se levantar e conduzi-lo para fora de casa. Ele explicou, divertido, que os oficiais femininos e masculinos usavam o mesmo uniforme a bordo. Ela ficaria vestida da mesma maneira que ele, naquele momento, com um pulôver de malha azul-escuro com as divisas e a patente nos ombros, calças de uniforme na mesma cor e sapatos pretos, mas com a sola mais forte e mais macia. Primeiro, ele tinha pensado mesmo em nomeá-la para capitão, mas isso foi antes de ficar sabendo que ela tinha chegado ao professorado. Agora, ela seria nomeada capitão-de-mar-e-guerra, a mesma patente do filho Sacha, por coincidência.

Por um momento, ela pareceu bem entusiasmada e, então, ele acrescentou que o salário dos oficiais seria de 10 mil dólares por mês e que haveria uma antecipação de um ano de salários para cada um, antes da viagem inaugural. Ao ver que ainda hesitava, Carl garantiu que ela, evidentemente, teria direito ao uniforme e que ele, pensando bem, poderia nomeá-la para um cargo mais elevado, fazendo-a comandante. Assim, ela teria o seu filho como subordinado.

Mas o entusiasmo dela tinha amainado rápido, de uma maneira preocupante. E Carl podia ver como as objeções se amontoavam em fila por trás da sua testa franzida.

Afinal, de que se tratava? Como era possível aceitar participar de um projeto que não se podia conhecer? Um documento como esse qualquer um poderia falsificar. Ela não poderia telefonar para o presidente Putin e perguntar sobre o assunto. E um submarino de guerra como esse não poderia ter sido construído só para demonstração.

Qual seria, portanto, a sua missão? E se não era a Rússia que estava por trás dessa missão, quem era então? E se não soubesse para quem estaria trabalhando, então, o mesmo significaria entrar numa situação muito difícil e complicada.

Carl confessou, gravemente, que as suas objeções eram inteligentes e justificadas, mas que, pelo menos para algumas delas, a resposta seria possível. No que dizia respeito à aprovação por parte do presidente Putin e à validade do documento que ele assinou, a confirmação simples e prática estava no fato de o submarino, quando estivesse pronto para desempenhar a sua missão, sair do porto de Severomorsk onde estava atracado. Portanto, não se tratava de acenar com documentos falsos.

Esse raciocínio ela aceitou imediatamente. Como viúva de um comandante a serviço num submarino, ela entendia bastante sobre os procedimentos de segurança que envolviam os submarinos nucleares. Como fora dito, não dava para acenar com documentos falsos.

A Rússia, portanto, tinha participação parcial no projeto. O país tinha algo a ganhar, pelo menos essa só poderia ser a expectativa de Putin.

Mas havia ainda muitas questões a esclarecer. Carl concordou nebulosamente que se tratava de um dilema. Tudo era secreto e assim tinha que permanecer até que o submarino se fizesse ao mar para cumprir a sua missão. No momento em que todos, finalmente, estivessem a bordo, só então o comando faria a apresentação dos planos da operação. Mas só então e não antes.

— Há mais alguma coisa que eu possa perguntar? — indagou ela, depois de um longo período de concentrado silêncio.

— Tente! — disse ele, resignado, visto entender que ela apenas poderia vir com perguntas, certa e humanamente consistentes, mas às quais ele não poderia responder.

— Você pode dizer, com toda a sinceridade, que não haverá armas nucleares a bordo?

— Sim — respondeu ele, aliviado. — Essa é, de fato, uma pergunta à qual posso responder. Seguramente, não haverá armas nucleares a bordo.

— Você estará a bordo?

— Correto.

— Haverá a bordo alguém com mais poderes do que você?

— Não. Eu serei o oficial supremo a bordo, mas não o comandante, que virá a ser um comandante da frota russa do Ártico, um antigo colega do seu marido, que você deve conhecer. As suas perguntas são boas, Jelena.

— É claro. Eu conheço em parte a ordenação do comando a bordo dos grandes submarinos. Mas o que você me pede, afinal de contas, é pura e simplesmente para confiar em você e no presidente Putin, certo?

— Receio que essa seja uma maneira bastante correta para descrever a situação, Jelena. Mas me deixe dizer mais uma coisa, antes de você se decidir. Eu estou sinceramente satisfeito em tê-la encontrado de novo, em ter visto que tudo correu bem para você e para os seus dois filhos, apesar da catástrofe que se abateu sobre vocês. Além disso, você é a melhor cirurgiã que conheci. Por isso eu a procurei em primeiro lugar. Assim, qual é a sua resposta, camarada comandante?

— Devagar com o andor. Eu ainda não sou comandante de nada! — disse ela, rindo.

— Ah, bom! — reagiu ele, à maneira russa, com um ar de zangado. — Eu a promovi ainda há pouco, mas isso ainda é segredo. Na pior das hipóteses, posso também degredá-la em segredo. E então? Como faremos?

— Você pode me dar uma semana para pensar?

— Sim, mas então a situação fica como aquela do dinheiro guardado no vaso de barro. Vou ter que pedir a você que não conte nada para ninguém.

— É claro. Mas é que, na minha solidão, ainda existe alguma coisa a considerar, tanto no lado positivo quanto no negativo.

— É verdade, Jelena. Espero que você possa me dar uma resposta positiva dentro de uma semana.

Ele não fez nenhuma nova tentativa para convencê-la ao sentir que isso poderia mais contrariar do que favorecer as suas intenções. Ao descer as escadas na escuridão, apoiando a mão direita na parede, ele imaginou que a situação estava na base de 70 para 30 por cento a favor da sua adesão ao projeto. Não seria nenhuma catástrofe se ela não aderisse. Havia cirurgiões de sobra na Rússia, em especial querendo trabalhar por 10 mil dólares por mês. Era mais por motivos pessoais que ele queria ter Jelena Mordavina a bordo, não apenas pelo grande respeito que tinha por ela, mas também talvez por conta da dívida. Ele tinha assassinado o filho do irmão dela e decidido nunca lhe contar o que motivou a morte do marido, morte essa que ele merecera. O marido dela tinha tentado contrabandear armas nucleares pertencentes à então União Soviética em dissolução.

✬✬✬✬✬

Vidjajevo não era mais do que um pequeno buraco no cu da Rússia, costumava ele dizer. No entanto, há mais de vinte anos que ele agüentava viver naquele pequeno buraco no Ártico e, no todo, sem nenhuma satisfação. E também sem nenhuma utilidade, no sentido de que ele próprio nada podia fazer de útil. Tinha sido uma permanente convicção sua, que repetia sempre para si mesmo, quando jovem, que ele iria realizar uma importante missão, no tempo em que freqüentava a Escola da Marinha em Leningrado, ou, claro, São Petersburgo, como os turistas a chamavam atualmente, de novo.

No momento, porém, tudo tinha terminado, a alegria da vida havia desaparecido quando a sua esposa, Jekaterina, falecera, depois do afundamento do *Kursk*. E lá, nas profundezas, junto com o *Kursk*, desapareceu também o seu melhor amigo, e foi à última hora, que eles resolveram trocar, ele e Vasilij. Na realidade, era ele próprio, Anatolich Petrov, que devia assumir o comando superior a bordo do *Kursk* na sua última viagem, e não o seu melhor amigo, Vasilij Orlov.

Jekaterina expressou a idéia, quase chorando, de que tudo isso era a vontade de Deus e que essa vontade era inescrutável e o mais que ela podia dizer de disparates. Era justamente isso a única coisa que ele não conseguia aceitar da parte dela. Normalmente, não havia motivos para muita discussão. E também era verdade que muitas mulheres casadas com homens da frota submarina tinham a mesma atitude. Mas ele achava que era um inferno, uma danada de atitude meter qualquer deus na história, quando se sabia que foram os americanos que afundaram o *Kursk*.

O USS *Memphis*, pensou ele. Se Deus realmente existisse e, além disso, fosse bom, Ele devia providenciar para que um pequeno comandante russo aqui na Terra assumisse o comando a bordo de outro submarino do tipo *Kursk* para um novo recontro com o USS *Memphis*.

Mas Deus não era tão bom assim, porra. E, além do mais, não é que Ele preferiu chamar a Si a Sua servidora mais fiel, Jekaterina, providenciando para ela um ataque de coração no ano seguinte. De qualquer maneira, foi isso que os médicos da marinha falaram, um ataque de coração fulminante em decorrência de uma série de abusos, como consumo de comida gordurosa, tabagismo, estresse e a angústia, de que todas as mulheres de marinheiros de submarinos sofriam, além de fatores hereditários e o mais que eles puderam inventar.

Toda a vida na Terra tinha perdido o sentido sem Jekaterina. Os filhos, que não serviam para nada, tinham mudado para Moscou e, segundo constava, trabalhavam com algum tipo de "bizznizz" que lhes assegurava o uso de carros da Mercedes Benz e de apartamentos incompreensivelmente enormes, até com torneiras banhadas a ouro nos banheiros. A sua filha, patinha feia, tinha debandado para

Leningrado, ou São Petersburgo, com os diabos, se é que isso tinha alguma importância. De qualquer maneira, acabou casando com uma espécie de poeta, de cabelos compridos e desempregado.

Jekaterina era a única que permanecia em terra. Teria sido melhor e mais justo se tivesse sido ele a estar na sala de comando do *Kursk* quando um Mark 48 do USS *Memphis* o atingiu no casco. A mulher de Vasilij, Maria, ainda vivia e gozava de boa saúde. Teria sido muito melhor se ela e o seu marido tivessem ficado e ele próprio deixasse essa vida na Terra pouco antes de Jekaterina. Talvez os dois voltassem a se encontrar lá no céu, o céu dela ou fosse lá o que fosse. Afinal, porra, ninguém sabe nada a respeito.

Mas se fosse ele e não Vasilij a estar lá, em agosto de 2000...

E, então, voltaram todos os pensamentos obrigatórios de novo. Nunca conseguia livrar-se deles. O que ele não conseguia entender, por muito que virasse e revirasse a coisa, ainda agora, mais de cinco anos depois do acontecido, era o motivo pelo qual Vasilij não mandou esvaziar todos os tanques de água e subir à superfície, quando o torpedo atingiu o alvo. Sabia-se, *a posteriori*, que ele poderia ter salvo uma grande parte da sua tripulação. Afinal, houve quase dois minutos para pensar nisso, desde o momento em que o torpedo atingiu o submarino até a grande explosão.

Todos os que estavam na ponte de comando deviam ter morrido em segundos, quando a câmara de torpedos explodiu. Mas dois minutos de intervalo para pensar é muito tempo numa situação crítica como essa. Caso Vasilij tivesse mandado esvaziar os tanques, injetando ar, e feito uma subida rápida, necessária nessa emergência, ele teria chegado à superfície em trinta segundos. No caso, morreram primeiro 118 homens, rapidamente, por causa do fogo e da água que entrou no submarino, e 23 homens, lentamente, por causa da política.

Sem hesitação, era isso que ele teria feito. Levaria logo o submarino para a superfície, depois de o torpedo ter atingido o casco. Não era uma coisa que ele falava porque, depois, qualquer um sabe melhor, mas dava para entender que não se tratava de um ato de guerra no meio de manobras da frota russa. Aliás, daria até para tentar salvar a tripulação, mesmo em tempos de guerra. Não, não dava para entender essa situação, e o pior era sentir aquele sofrimento, vindo constantemente à sua mente, diante da incompreensível equação.

A sua vida esteve para acabar. Era apenas uma questão de confessar a verdade. Mas tudo tinha sido diferente. No ano anterior ao afundamento do *Kursk*, ele tinha levado Jekaterina para a mais bem-sucedida viagem inaugural dos tempos modernos. Tinham navegado para o Mediterrâneo. Atravessaram o Estreito de Gibraltar sem a menor dificuldade, sem serem notados, e acompanharam de perto as manobras da sexta frota americana durante vários dias antes de subir à superfície e mostrar a bandeira. Os americanos deveriam ter cagado nas cuecas. E, então, ele submergiu de novo, escapou dos perseguidores e, dois dias depois, voltou a fazer nova aparição. Assim aconteceu durante 15 dias, até que os americanos resolveram interromper as manobras e voltar para casa. O *Kursk* recebeu um emblema de honra, aparafusado na torre, e toda a tripulação foi agraciada com as novas ordens e medalhas da frota russa, cada um segundo a sua patente. Ele e os seus subordinados receberam a Estrela da Marinha. Bons tempos esses.

Mas agora os tempos eram outros, muito piores. Ele estava sozinho em Vidjajevo e já ia pela segunda vez para a geladeira e, além disso, pela mesma razão que da primeira. De início, todos os almirantes que se manifestaram contra a justificativa ingênua do presidente a respeito do *Kursk*, aquela da explosão de um torpedo antigo, foram demitidos. Até mesmo o ministro da Defesa da época foi mandado para casa.

O fato de ele, na oportunidade, como um dos dois comandantes do *Kursk*, ter escapado com uma repreensão, se devia certamente aos seus méritos anteriores, à sua ligação com o *Kursk* e por ser praticamente impossível demitir os oficiais da marinha que duvidavam da teoria da auto-explosão do torpedo, porque, nesse caso, *todos* teriam que ser demitidos.

Mas em se tratando de diatribes dessa espécie, nada tinha mudado desde os tempos da União Soviética. De repente, todos sabiam que alguém caíra em desgraça e, então, o silêncio e a frieza se espalharam à sua volta e nada precisava ser explicado.

A ida dele para a *geladeira* de novo dependia, como habitualmente, do fato de algum diabinho tinhoso o ter enfeitiçado por ele ter se expressado incorretamente, e até mesmo provocadoramente, sobre o acidente do *Kursk*. Ou era como ele dizia ou como eles tinham formulado a coisa lá em cima, no alto-comando da marinha. Isso nenhum marinheiro de verdade, afeito ao mar, viria a saber.

Vidjajevo era, de fato, o buraco mais feio em toda a União Soviética. Ele tinha visto muitos lugares assim e vinha de um deles. Nem mesmo para novos namorados e nem mesmo nessa época, em maio, em que o inferno do inverno estava para trás e o sol da meia-noite estava de volta, Vidjajevo valia a pena de uma viagem. Havia prédios de cinco andares de concreto aparente, colocados como se fossem parte de um cemitério militar. E todos se conheciam. Não havia hotéis, muito menos restaurantes. Apenas a Casa do Povo e o porto para navios de guerra. Grades enferrujadas por todo lado. Nem uma árvore, nem mato, apenas pequenas tentativas envergonhadas de tapetes de grama aqui e ali, à volta das casas. Já era ruim morar ali quando se tinha uma família. Como homem sozinho, com apenas a vodca como motivo de alegria, era infernal.

Ele nunca tinha entendido o quanto significava ter comida pronta na mesa. Com Jekaterina, sempre havia comida na mesa, como se isso fizesse parte da vida. A primeira refeição do dia era suntuosa, com bacon, que grudava na frigideira, pão fresco com muita manteiga e chá. Ou o *borsjtj* feito por ela, bifes de carne moída ou ainda cogumelos apanhados no campo, com molho e purê de batata.

Ele tentou fazer o *borsjtj* dela, quando se cansou da carne de porco salgada e assada, e de salsichas. Não funcionava, ainda que, teoricamente, conhecesse as manobras. Era só cozinhar carne barata e costeletas durante quatro horas e tinha-se um caldo grosso. Depois, era só picar cebola e cortar cenoura e beterraba em tiras. Até aí, tudo muito simples. Mas aconteciam sempre coisas do diabo. Às vezes, ele se esquecia de acrescentar um pouco de vinagre à sopa, como costumava fazer, e ela ficava doce demais ou as batatas cozidas tingidas de um tom intenso de vermelho.

Beber vodca, comer carne de porco e salsichas, assistir aos jogos na televisão, essa era a sua vida em Vidjajevo, caso não se mencionassem as dolorosas tentativas para se encontrar com Maria, viúva do seu melhor amigo, e sugerir a ela que, pelo menos, pudessem transar de vez em quando. Era horrível só de pensar nisso. Ele tinha se expressado mais ou menos de uma maneira vulgar e, ainda por cima, estava bêbado. Foi uma experiência muito dolorosa para que pudesse se manter no futuro.

E ali estava ele, uma tarde, sentindo pena de si mesmo, como sendo um dos melhores comandantes de submarinos da Rússia e um dos mais injustamente perseguidos. Estava usando as calças pretas da frota, uma simples *teljnaschkan* no corpo, a barba por fazer e, certamente, com um odor nada marinho e especialmente agradável, quando um carro preto do serviço público parou na sua porta.

Ele tinha ouvido o barulho do motor e foi até a janela para ver quem era. Raramente havia carros parando em frente do número 7 da Rua 16. Ao ver um jovem comandante uniformizado sair do carro, ajeitar a farda e o quepe, ele pensou primeiro em uma coisa totalmente insignificante: Será que já está na hora de usar gorro branco com o uniforme? Ah, sim, com os diabos, já estamos em meados de maio. Mas depois ele se sentiu atingido por aquilo que devia ter sido a sua primeira reação instintiva. É agora que a águia vem comer o pintassilgo! Agora é o fim.

É verdade que a vida das pessoas pode mudar de um dia para outro. A língua russa está até cheia de expressões que são fruto dessa esperança: antes do sol, sempre vem a chuva; quando a necessidade é maior, a salvação está mais próxima, e assim por diante. A hora era essa.

Diante das circunstâncias, o jovem comandante Ovjetchin mostrou-se surpreendentemente gentil ao sentar-se no apartamento dele, um pequeno *svinstia*, e chegou a gaguejar ao informar sobre a sua missão para o senhor camarada comandante. Era uma situação totalmente irreal.

Na ducha, ele ainda continuava feliz. Ao se barbear, ficou pensando no jeito como estava se preparando, jeito esse que pertencia talvez ao estilo dos velhos tempos. Talvez ele estivesse dando uma melhorada no seu aspecto e vestindo o uniforme para assistir à sua própria execução sob condições honrosas, dados os seus méritos e patente.

Enfim, já estava bêbado e de olhos vermelhos quando, seis horas mais tarde, se encontrou com o vice-almirante letão em Severomorsk, — de início ele achou que Carl era letão, da antiga frota soviética do Báltico —, mas não precisou ouvir muito para concordar com tudo.

O dinheiro, evidentemente, era um bônus, como se diz na linguagem atual. Mas ele aceitaria comparecer pelo seu salário normal com descontos se apenas metade do que ouvira fosse verdade. E no que dizia respeito ao percentual de verdade na apresentação curta e exemplarmente precisa de Carl, tudo ficaria claro dentro em pouco, confirmando ou não se, pelo menos, na parte puramente técnica, tudo era verdade ou, possivelmente, exagerado. Mas o mais importante era aquilo que se tornou a sua secreta obsessão, que ele nem mais tarde ousou levantar como questão para Carl quando os dois ficaram amigos e resolveram se tratar por você. Ele se contentaria em navegar por toda a eternidade até encontrar o USS *Memphis*, que havia tirado dele o seu barco, o seu melhor amigo e a sua mulher.

Todo aquele teatro era não só aceitável como fácil de entender. Eles constituíram uma força internacional que se diferenciava de qualquer equivalente russa em muitos aspectos; entre eles, para mencionar apenas um, a existência de mulheres a bordo.

No caso de graduações a bordo, ele teria acima da sua posição uma *politruk* que era general e o vice-almirante. Ainda assim ele continuaria a ser o comandante do submarino. Isso para que não houvesse nunca qualquer dúvida. O teatro era facilitado, ainda, pelo fato de haver duas línguas oficiais a bordo. Primeiro, ele daria as ordens em russo. Depois, Carl as repetiria em inglês. De acordo com essa ordenação, de certa maneira, o vice-almirante estaria subordinado a um comandante, o que seria impensável para qualquer um.

O teatro era importante. E muito mais fácil de aceitar se esse submarino modificado da classe Alfa tivesse apenas cumprido metade das promessas que Carl fizera durante a explanação muito curta para convencê-lo.

✪✪✪✪✪

Era um anoitecer tardio e maravilhoso do início de junho, antes da chegada do verão, inusitadamente quente para a latitude de Severomorsk. O K 601 estava atracado numa das pontas do cais, coberto por um telhado, a fim de evitar ser detectado por satélites inimigos.

A tripulação, por enquanto chamada, justamente, provisória do K 601 estava em formação no convés, aguardando. Eles tinham uma boa visão sobre o longo píer onde um homem se aproximava sozinho. Nem mesmo Putin podia ter dirigido melhor essa peça de teatro, pensou o comandante Anatolich Petrov que estava em sentido como número dois na fileira dos oficiais, acima das fileiras dos tripulantes.

Quando o vice-almirante chegou perto do passadiço, já dava para ver os últimos reflexos da luz do sol na estrela dourada de cinco pontas e outros detalhes do seu uniforme. O Herói da Rússia e ainda com outros méritos parou no meio do passadiço, fez continência primeiro na direção da bandeira azul e branca da frota russa e, depois, em direção ao tenente da guarda, pedindo licença para entrar a bordo. O que foi concedido pelo tenente. Teatro é teatro, pensou Anatolich Petrov.

O tenente escoltou, depois, o vice-almirante até um ponto no meio da tripulação em formação e em posição de sentido. E diante da tripulação, o vice-almirante fez uma série de reverências, respirou fundo e começou a falar.

— Camaradas, oficiais e marinheiros! — começou por dizer. — Esta é a última manobra de treinamento antes de um esforço muito grande, uma viagem inaugural que vai entrar para a história. Estou orgulhoso em ser o chefe de vocês e vou fazer todo o possível para que venham sentir orgulho da minha chefia.

Depois, ele repetiu, certamente, a mesma coisa em inglês, antes de chegar ao seu curto final.

— Camaradas! Agora, nós vamos sair para manobras de um mês, talvez mais. Vai ser duro. Temos muita coisa para testar. O mais importante a testar é o comportamento de vocês, os melhores marinheiros da Rússia. Mas nós temos duras exigências. Neste momento, temos dez homens a mais na tripulação, e serão dez os que vão ficar em terra antes de sairmos para a próxima viagem, que não será mais uma viagem de treinamento. Aquele que romper com a boa ordem, por exemplo, por falta de respeito para com as mulheres oficiais, que eu sei ser uma presença anormal a bordo para vocês, marinheiros russos, terá que ser dispensado. Não me decepcionem. Não decepcionem a si mesmos!

Depois, ele disse qualquer coisa semelhante em inglês, embora sem a menção, claro, aos melhores marinheiros da Rússia. E em seguida mandou descansar e passou a cumprimentá-los, um a um, começando pela general-de-brigada e os outros na fileira de oficiais, inclusive a médica de bordo, que tinha recebido uma graduação superior.

Mas ele não se contentou com isso. Continuou os cumprimentos pelas fileiras de marinheiros, fazendo continência e apertando a mão de cada um. Levou o seu tempo. Mas, finalmente, voltou-se para a fileira dos oficiais onde estava o comandante do navio e ordenou-lhe que assumisse o comando e preparasse o submarino para se fazer ao mar. Foi uma representação teatral e tanto.

Quando todas as rotinas da largada foram cumpridas e o submarino já estava a 200 metros de profundidade, o comandante Anatolich Petrov retirou-se para a sua cabine, que era mais ampla do que ele esperava, e, além disso, tinha dois beliches. Ele deitou-se com as mãos atrás da nuca, olhando o teto e tentando "avaliar a situação" como se diz, usando uma frase já antiga e desgastada.

A situação era boa. Para ser mais preciso, ele não se sentia tão perto da condição de felicidade plena desde a morte de Jekaterina. O K 601, tendo em vista as suas missões a cumprir, era um submarino muito bem construído. Nada mais a acrescentar. Há cerca de um mês, a sua vida não valia nem um pedaço de merda. E agora ele estava de novo numa cabine de comando. A vida era muito estranha.

✪✪✪✪✪

Férias em um navio, pensava Mouna. Eu sempre fantasiava passar umas férias dentro de um navio, em especial, no Ártico, vendo o sol da meia-noite. Foi uma imagem curta.

Ela estava na torre do submarino, com o grupo de comando, quando o K 601 deslizava pela superfície do fiorde. O relógio já marcava mais de 11 horas "da noite", mas a luz do sol continuava brilhando por sobre as ondas do mar azul, com as gaivotas gritando como de hábito. Vinte minutos depois, porém, Anatolich perdeu nitidamente a paciência e, virando-se para Carl, perguntou sutilmente se não estava na hora.

— *You are the boss, captain* — respondeu Carl, sem perceber qualquer reação da parte dele, e, então, repetiu em russo: — Anatolich Valerivich, você precisa trabalhar mais duro nas suas aulas de inglês. Eu acabei de dizer que você é que é o chefe.

Anatolich acenou com a cabeça, mostrando que tinha entendido, ainda que contrariado pela observação de Carl. Em seguida, gritou as suas ordens e, dez minutos depois, já o K 601 navegava de forma estável e silenciosa a 200 metros de profundidade. Na sua cabine, a general não escutava mais nada, a não ser o ruído leve do ar-condicionado. E assim se passavam as férias de navio ao sol da meia-noite.

Mas de férias ela precisava, sim, e era um alívio, quase uma sensação de paz, ficar deitada por momentos e apenas descansar na sua ampla cabine, com ducha e televisão. Esse era o penúltimo passo para a grande viagem. Eles tinham avançado muito em relação àquilo que uma vez parecia ser, apenas, uma fantasia desesperada. Mais três semanas e, se tudo corresse bem durante as manobras e os testes e se nada de especial apontasse o contrário, bastaria apenas voltar à superfície de novo, carregar o submarino com as armas que faltavam e avançar contra Israel. Não era de ficar doida mesmo, quando, enfim, o grande acontecimento estava tão próximo?

Era uma bênção ser apenas passageira, ainda que por pouco tempo. Ela estava realmente cansada de tudo, esgotada do seu papel de caixeira-viajante, de roupas, filmes em DVD e medalhas e tudo o mais que tinha feito. Muitas coisas tinham parecido investimentos sem significado, tanto em dinheiro quanto em tempo, sobretudo tempo.

Mas Carl tinha razão. As roupas fazem o homem. Os primeiros a concordar com isso foram os tenentes Peter Feisal, Marwan e Ibrahim. Eles tinham ficado outros, com uma apresentação mais respeitável, nos seus uniformes de oficiais. Era difícil de imaginar que qualquer dos marinheiros russos voltasse a usar as costeletas de porco para atacá-los.

Posteriormente, ela teve de reconhecer que, por longos momentos, achou tudo sem sentido, em especial certas indicações da parte de Carl, em que ele se engajava fortemente e que pareciam menores e sem significado, para não dizer ridículas. Como no caso em que ele veio com aquela idéia espantosa de que ela devia usar um suéter *verde* com as divisas do oficialato, além do mesmo uniforme como todos os outros oficiais a bordo. Ele tinha lhe assegurado que isso era normal quando se tratava de especialistas de outras armas, no caso do exército, a bordo dos submarinos. Que isso reforçava a idéia de que eram realmente especialistas e que, além do mais, as estrelas de general causavam efeito positivo. Por momentos, parecia que a mesa de trabalho dele em Severomorsk era a de um estilista. Ele fez questão até de criar novos uniformes para a tripulação masculina, mas sempre com a camiseta aparente, a tal camiseta listrada de azul e branco. Ela chegou a pensar, por vezes, se não tinha deixado de notar algum detalhe quando tentou saber se ele estava louco ou não.

Mais ainda assim, esse pensamento lhe aflorou durante o tempo que gastou fazendo compras em Estocolmo e em Roma, ao tentar reunir aquelas odientas tralhas encomendadas por ele.

Mas tudo funcionou direito. A cena final, quando Carl chegou com as suas medalhas, rebrilhando à luz ainda forte do sol baixo. Essas medalhas tinham dado um trabalhão para achar! Mas o efeito foi incalculável. Era realmente o início de uma nova época na história das guerras marítimas. Ali estava reunida uma força internacional, uma irmandade completamente nova, os melhores entre os melhores de várias nações. No momento em que ele atravessou o passadiço, tudo mudou. O K 601 tinha mudado e isso foi um milagre não de economia ou de tecnologia, mas apenas de teatralidade e psicologia. E tudo funcionou. E como! Ele tinha toda a razão, estava certo. E ela, errada. E foi isso que ela lhe disse depois, nada contrariada.

Ele apenas encolheu os ombros, dizendo que as maravilhas tecnológicas disponíveis não iriam funcionar se não se conseguisse reunir uma tripulação que trabalhasse como um time, tendo sempre como meta a ajuda mútua. Era muito simples. E essa foi uma experiência extraordinária, depois da primeira e catastrófica grande manobra do K 601.

A partir daí a sua atitude passou a ter por base a autoridade. As estrelas de vice-almirante interrompiam qualquer atividade em qualquer lugar em que ele entrasse. Logo alguém dava em voz alta uma ordem: "ALMIRANTE PRESENTE!", e todos se levantavam e ficavam em posição de sentido. Ele assumia, então, uma atitude grave, dava uma olhada em volta, apontava, perguntava, acenava, elogiava, falava em russo, depois em inglês e, finalmente, dava a ordem para continuarem os trabalhos.

Segundo descreveu, a sua função real era ser a sua ordenança, intendente e chefe de pessoal. Ele rodava e interferia em pequenos casos de disciplina, mandando sair do refeitório algum maquinista que não tivesse passado antes pela ducha, corrigia pequenos detalhes, até a ponto de uma estopa esquecida na casa de máquinas. Na realidade, ele era uma espécie de imediato a bordo, mais do que o chefe superior. Mas também isso funcionou a contento. Todos sabiam, ou acreditavam, que a última palavra era dele, em se tratando de ver quem iria ficar em terra depois da última manobra. E havia dois motivos fortíssimos para que a tripulação evitasse problemas com o supremo comando: o dinheiro e a aventura. Isso porque, nesse estágio, já não havia dúvidas a respeito da finalidade a atingir, uma viagem inaugural que iria ser tão fantástica que valia a pena arriscar a vida por ela. O que, aliás, qualquer homem no submarino sempre fazia.

Mas com toda a certeza sua realização mais importante era como chefe de pessoal. Ele tinha um complicado esquema na sua cabine que representava os diversos turnos de todos os homens. E como todos os oficiais de nível mais elevado tinham a sua própria cabine, ele podia dispor do dia como quisesse. O plano era o de participar do café da manhã, do almoço ou do jantar com todos os homens da tripulação até o final dessa viagem de manobras. Isso correspondia a uma longa série de entrevistas pessoais com cada candidato a ficar, mas era também uma maneira de fortalecer o ambiente de camaradagem a bordo e de diminuir a distância entre oficiais e marinheiros, uma maneira nada russa de agir.

Carl sabia o que estava fazendo. Desempenhava o seu papel com perfeição e a sua encenação tinha um efeito maravilhoso. Isso ela já tinha visto em Severomorsk, quando os primeiros novos recrutas da antiga tripulação de Anatolich no *Kursk* começaram a chegar. Ela desejava ter entendido tudo isso já quando estava viajando na Europa e no Oriente Médio, sentindo-se como uma viajante dele, de bijuterias de segunda mão e de imitações de pedras preciosas. De fato, tinha sido uma atividade muito melancólica. Mas um mês antes, como num passe de mágica, ela conseguiu imaginar uma saída, tão especial e requintada quanto a idéia de recrutar o próprio Carl.

Sob certos aspectos, a "Operação Zaiton" tinha tido muitas semelhanças com aquela que ela desenvolveu quando procurava por Carl. Era uma operação improvisada e conduzida em alto grau com base em antigas reminiscências e, talvez, até certo ponto, por sentimentalismo. Possivelmente, ela teve essa idéia quando se encontrava na casa dele, em La Jolla, perto de San Diego, e conseguiu o que queria — levar para casa um jantar libanês — e eles falavam de quais as mulheres que poderiam ser chamadas para bordo, para cozinhar, por exemplo. E, então, ela colocou uma *zaiton*, uma azeitona, na boca.

Quando a vida começou a voltar à normalidade em Beirute, depois da guerra civil e da ocupação por Israel, a rede de agentes da

OLP estava em ruínas. Ela própria podia chegar lá apenas de avião, vindo de Túnis, para uma visita rápida, que quase sempre terminava em decepção, em relação aos serviços secretos. Só voltava de lá com especulações mal fundamentadas. E, além disso, começava-se a olhar com desconfiança para os "tunisianos", até mesmo para os mais dedicados, que ficaram sob cobertura, depois do segundo êxodo da OLP. No final da década de 1960, durante o Setembro Negro, o rei Hussein os mandara sair da Jordânia. Durante a década de 1980, a guerra civil libanesa e Israel obrigaram-nos a sair do Líbano e eles tiveram que fugir para Túnis.

Para dar nova vida às atividades dos serviços secretos em Beirute, estava claro que ela precisava de um novo disfarce. De preferência, devia ser uma empresa que fizesse algum tipo de negócios, até com lucro, ainda que nem sempre isso pudesse ser conseguido. Uma empresa à qual as pessoas pudessem entrar e sair, sem que despertasse qualquer atenção desnecessária.

Em Bouri al Barajne, o maior campo de refugiados palestinos do Líbano, ela foi encontrar Khadija e Leila, que pareciam as personagens perfeitas para a missão. Elas eram duas garotas arrojadas, ambas membros do PFLP (Partido da Frente para a Libertação da Palestina), marxistas-leninistas, evidentemente. Mas elas eram úteis nos campos de refugiados da mesma maneira, mais ou menos, como o Hamas hoje em dia. Eram enfermeiras formadas e Khadija, inclusive, tinha crescido dentro do restaurante do seu pai e sabia muito bem, se necessário, como preparar refeições e controlar uma cozinha.

Ela forneceu-lhes um local na própria Rua Hamra onde elas abriram uma cafeteria para intelectuais com o nome discreto de Zaiton. O fato de as duas serem mulheres atraentes, rápidas no falar, liberadas de todas as correntes divinas e da tradicional timidez, não tornava pior em nada a situação. Pelo contrário. Além disso, houve um adendo perfeito na aquisição na figura do marido de Khadija, Muhammed. Ele era um homem durão, já conhecido de Mouna da Força 16, no tempo em que ela estava no comando da companhia na área.

O Zaiton tornou-se um sucesso. Em breve, ficou sendo o novo lugar *in* de Beirute para os intelectuais, para o que as duas anfitriãs duronas contribuíram em alto grau, visto que podiam competir à vontade com qualquer um, no linguajar marxista. Durante vários anos, o Zaiton foi a central perfeita para reunir informações e proporcionar encontros, mais uma operação no velho estilo russo que se mostrou funcional. Mas então o sucesso comercial, de alguma maneira, influenciou a decisão de abrir um novo restaurante para clientes de bom gosto, que, segundo rumores, esteve prestes a receber uma estrela no *Guia Michelin*. Foi o começo do declínio da operação e, no final, ela teve que liberá-las do compromisso assumido, deixá-las pagar as dívidas à OLP e seguir o seu caminho, viver uma vida desenfreada e rica. Pior foi o caso de Muhammed, que acabou morto pelos israelenses sem que se soubesse o motivo. Provavelmente, mais uma troca de pessoas. Os israelenses, de vez em quando, eram negligentes em relação a esses assassinatos, a que chamavam de execuções de correção.

Nessa mesma época, Leila separou-se do seu marido alcoólatra por motivos que não se conheciam a fundo e que também não mereciam que se perdesse tempo com indagações mais pormenorizadas.

Depois de terem sido enfermeiras ao serviço do PFLP num campo de refugiados, Khadija e Leila transformaram-se em *restauranteuses* de sucesso em Beirute. Isso podia acontecer. As duas não foram as únicas revolucionárias na história mundial que terminaram a carreira em desvios prosaicos. A ironia no acontecido é que, possivelmente, o motivo mais profundo para a sua queda política veio dos serviços secretos da OLP e na figura da própria Mouna.

Isso pertencia à história dela e das duas. E agora, cerca de um mês antes, estavam as três novamente reunidas no terraço da casa de Leila na Zona Oeste de Beirute, olhando o pôr-do-sol, quando a atmosfera ficou fria demais para ficarem ao relento. Tinham bebido vinho rosé da região de Ksara, na França, e a situação acabou ficando quase uma loucura, tendo em conta as razões que a levaram a procurá-las. O ponto de partida foi, evidentemente, que a reunião se realizava em função da antiga amizade entre as três e também para relembrar o passado, tudo em relação à história do Zaiton.

Tanto Leila como Khadija estavam produzidas, maquiadas e usando uma série de braceletes de ouro, comprados num bazar que tilintavam sempre que erguiam um copo de vinho e o levavam à boca. Elas apresentavam todos os sinais de uma classe média bem-sucedida, muito longe de uma infância passada em campos de refugiados.

Com isso, seguiu-se, como habitualmente, uma consciência do pesadelo e a vontade, combinada com o álcool, de assegurar que no fundo do coração continuavam apoiando a luta palestina pela libertação, tal como na sua juventude. Era sempre uma coisa trágica de se ver e, ao mesmo tempo, sempre fácil de entender, sob o ponto de vista humano. Mas o êxodo era também uma espécie de vida que tinha de ser vivida.

Se Mouna lhes pedisse 100 mil libras libanesas de apoio a essa luta, elas teriam recusado. Mas se ela lhes dissesse qual era a grande questão, seria obrigada a falar demais. Do ponto de vista de segurança, seria uma loucura. E ela, mais do que ninguém, devia ter consciência disso. Seria doloroso demais continuar rotineiramente essa conversa sobre o que se passou e não voltaria mais, por muito que todos assegurassem que ia melhorar. E, entretanto, continuaram a beber um vinho que teria custado a ração de um dia de arroz egípcio para uma família de refugiados.

Era demais, doloroso demais.

— Eu procurei vocês por uma razão especial — disse Mouna, de repente, no meio de uma discussão complementar sobre vinhos e um novo hotel de luxo em Beirute, apenas para hóspedes sauditas. — Escutem. Eu preciso de duas cozinheiras para trabalhar durante um ano numa operação que vai abater os sionistas mais duramente do que em qualquer outra situação de que tenham ouvido falar. É extremamente importante que a cozinha funcione bem. Eu quero que vocês participem.

É claro que se estabeleceu imediatamente o silêncio total. E quando se poderia esperar que Khadija ou Leila tivessem se recomposto e perguntado se isso era uma piada de mau gosto, um Boeing 747 estava baixando sobre suas cabeças na rota de aterrissagem para o aeroporto. Elas tiveram que aguardar a passagem do ruído enorme das turbinas do avião, o que talvez tivesse vindo a calhar.

— É sério o que você está falando? — perguntou Khadija.

— Totalmente sério. Mas é perigoso. Nós vamos arriscar as nossas vidas — respondeu Mouna, secamente.

— Nós vamos — disse Leila.

Como se nada mais precisasse ser dito. Ou como se fosse uma pergunta pela qual há muito ela esperava, a fim de responder, assim, com toda a certeza e com toda a determinação.

Posteriormente, foi tudo muito lógico. Mas é assim, em geral, que as coisas se resolvem, quando se toma conhecimento do que aconteceu. Caso se tivesse registrado um inesperado problema gastronômico a bordo do K 601, a solução seria, comparativamente, mais agradável do que complicada.

Aleksander tinha requisitado duas cozinheiras russas, Irina Voronskaia e Luba Politovskaia, para se responsabilizarem pela comida russa, a constante carne de porco. Calculava-se gastar um pouco mais de três quartas partes dos recursos com a cozinha russa e quase uma quarta parte com a comida denominada "*halal*", o que, no sentido estrito, era uma segurança altamente exagerada. Mas logo se mostrou que o consumo real entre a tripulação não correspondia ao previsto. A idéia inicial era de que Khadija e Leila dedicariam um tempo enorme a ajudar Irina e Luba a preparar a carne de porco. Não haveria qualquer problema nisso, visto que nenhuma delas acreditava ser pecado comer porco. Deus ou Satã. Elas duas vinham do PFLP, como sempre acentuavam cada vez com maior freqüência.

Mas aconteceu o contrário. A "tripulação internacional", segundo o termo oficial no K 601, na sua grande maioria, preferia as cozinhas francesa e oriental. Principalmente depois que, contra as objeções do bombeiro responsável, o oficial Charlamov, se introduziu a bordo a moda de grelhar a carne com carvão de madeira, o famoso churrasco.

Todas as cozinheiras passaram a receber o equivalente à patente de imediato a bordo, segundo a inescrutável ordenação de Carl sobre o assunto.

5

No sétimo dia, no meio da pausa para o almoço do terceiro turno, ouviu-se o sinal de alarme para colocar o submarino em alerta e, ao mesmo tempo, pelos alto-falantes, veio a informação em russo e em inglês macarrônico: "ESTA NÃO É UMA MANOBRA DE TREINAMENTO! REPETIMOS, ESTA NÃO É UMA MANOBRA DE TREINAMENTO!"

Isso deslanchou uma correria a bordo que mais parecia uma situação de pânico geral. Todas as estações de combate receberiam os seus homens, além do sistema de controle. Metade da tripulação ocuparia as estações de combate, todas as ligações entre os cinco compartimentos à prova d'água do submarino tiveram as pesadas contraportas redondas fechadas, todos os elementos soltos foram fixados, a cozinha ficou limpa num relâmpago e a preparação da comida foi suspensa. Todo o pessoal que não estava de serviço desapareceu de cena, recolhido nas suas cabines ou em locais especiais de reserva. Todas essas manobras levaram menos de dois minutos, até que, no painel da central de comando, todas as lâmpadas se acenderam com o sinal verde. O K 601 estava de prontidão.

Mouna estivera conversando com Abu Ghassan na praça-de-armas mas logo eles se separaram. Ele foi para a capela, lugar que lhe havia sido indicado para se recolher em caso de guerra, e Mouna correu para a sala do comando central, rapidamente, antes que alguma das portas dos vários compartimentos do submarino se fechasse. No caminho, ainda deu uma olhada para o monitor que mostrava, graficamente, a posição do K 601, tal como, mais ou menos, nos vôos transatlânticos. O navio estava a 69 graus norte e três graus leste, isto é, a nordeste da Islândia, no meio da rota dos comboios de navios da Segunda Guerra Mundial de acesso a Murmansk — e no lugar de enfrentamento na época da guerra submarina.

Dentro da sala do comando central reinava um silêncio quase fantasmagórico, apesar de todos os sistemas estarem ativados e todas as posições ocupadas. O comandante Petrov e Carl ocupavam uma posição um pouco mais elevada, na parte de trás da sala. E ela enfiou-se entre os dois para perguntar, sussurrando, sobre o que estava acontecendo.

— Esses dois barcos aí da frente deram pela presença de um colosso — respondeu Anatolich Petrov. — Olhe para este monitor da esquerda para acompanhar a seqüência dos acontecimentos.

A uns dois minutos de distância na frente do K 601 navegavam dois pequenos barcos como se fossem dois peixinhos diante de um tubarão. A tripulação já os tinha batizado como os "olhos de caranguejo", pois faziam lembrar, de fato, dois olhos acima dos ombros. Esses olhos-ouvidos magneto-sensoriais já tinham registrado um enorme colosso que navegava na direção do K 601, chegando de viés, mas a uns cem metros acima.

— Passar para energia de propulsão elétrica, velocidade de três nós — comandou Anatolich, ordem que Carl logo repetiu em inglês.

— Retirar o "olho de caranguejo" que está do lado sul e mandar subir o "olho" do lado norte até o nível do bandido. — Foi a ordem seguinte.

A imagem na tela estremeceu um pouco quando um dos barcos de vigilância foi desligado e mudou de curso para ser recolhido.

— Análise de sonar! — ordenou Anatolich.

— Submarino americano, possivelmente da classe Ohio, capitão! — respondeu alguém bem lá na frente, sentado ao lado de Peter Feisal.

— É, é um desses ursos americanos — comentou Anatolich,

voltando-se satisfeito para Carl e Mouna. — O que acham que devemos fazer? Ou, mais precisamente, de que forma vamos fazer para que eles se caguem nas calças?

— Será que eles ainda não sabem que estamos aqui? — perguntou Mouna, incrédula.

— Provavelmente não. Em todo caso, não a partir de agora, mas logo vamos saber. O outro "olho de caranguejo" já está na posição? — gritou ele, no momento seguinte, com Carl servindo de eco em inglês.

— *Yes*, sir! — Ouviu-se a voz de Peter Feisal. — Estamos quase chegando a uma análise muito próxima, dentro de segundos, 5, 4, 3, 2, 1. AGORA!

Mouna olhou para a tela na sua frente. O monstro enorme, negro, passava deslizando em silêncio. O sistema de detecção procurou logo na torre qual era o número de identificação do submarino. Era 731. Em pouco mais de um segundo, o computador logo indicaria quem era.

— Já temos a identificação, sir — informou Peter Feisal. — USS *Alabama*.

Perante essa informação, ouviu-se uma série de risos, aparentemente sem motivo, alguns aplausos e assobios.

— Silêncio! Temos esse brinquedo no nosso arquivo de som? — gritou primeiro Anatolich e, depois, Carl.

— Negativo, senhor! — respondeu o oficial russo do sonar, em inglês.

— Muito bem. Mantenham o "olho de caranguejo" parado e captem uma amostra de som assim que o submarino passar! — Foi a ordem seguinte. — Informem assim que tiverem o registro sonoro pronto!

Quando se encontrava a uma distância de duas milhas marítimas, recolheu-se então com perfeita qualidade a "assinatura" sonora do submarino americano. E, entretanto, o comandante Anatolich já tinha pensado em algumas maneiras de brincar com ele. O USS *Alabama* era um dos 14 submarinos estratégicos dos Estados Unidos, no momento, a caminho da Rússia. A bordo, levava 24 mísseis do tipo Trident, cada um com oito MIRV* de 100 quilotons. Não precisavam fazer as contas, disse ele. Ele já as tinha feito muitas vezes. No total, tratava-se de 192 bombas como as utilizadas sobre Hiroshima e, daquela sua posição, o USS *Alabama* poderia arrasar todas as grandes cidades russas, desde os Urais, incluindo Moscou, São Petersburgo, e as bases da marinha russa no norte. E ainda existiam mais 13 submarinos parecidos, com o mesmo tipo de armamento.

— E qual é o tipo de defesa contra isso? — perguntou Mouna, desfalecendo.

— Na prática, nenhuma — respondeu Anatolich, acompanhando as palavras com um encolher de ombros. — A não ser que tenhamos sorte e possamos estar onde estamos agora. Neste momento, o USS *Alabama* está em nossas mãos. E, desde dois minutos atrás, nós já poderíamos ter rebentado com esse submarino.

— E, em vez disso, o que é que você acha que devemos fazer? — reagiu Carl, secamente.

— Brincar um pouco — respondeu Anatolich, com um sorriso aberto e repentino, ao mesmo tempo que pressionava o botão do alto-falante, de modo que toda a tripulação o ouvisse. — Escutem, camaradas! Nós vamos agora assustar os americanos. Mandem uma assinatura sonora a partir do "olho de caranguejo" norte e do tipo Akula! — Assim que Carl repetiu a ordem em inglês, as suas palavras se misturaram com os risos da tripulação na central de comando.

Mouna não achou graça nenhuma. Mais tarde, ela entendeu aquilo que, na realidade, tinha sido conseqüência de uma medida por ela tomada. Entre os 400 filmes em DVD que ela havia trazido para bordo, pelo menos 50 representavam várias aventuras de submarinos, da Segunda Guerra em diante. E justamente o filme com o

---

* MIRV — Carga nuclear múltipla transportada por um míssil, podendo cada elemento dela ser dirigido para um objetivo particular. (N. T.)

USS *Alabama*, comandado por um capitão meio doido, personagem representado pelo ator Gene Hackman, tornou-se um dos favoritos da tripulação, o terceiro na lista dos melhores no K 601. E, de repente, eles estavam com as bolas de Gene Hackman nas mãos, bem seguras e apertadas.

— A assinatura sonora do tipo Akula vai sair em cinco segundos; 4, 3, 2, 1, AGORA! — informou o oficial do sonar.

A distância, ouviu-se o som de um motor de submarino e a aceleração do motor de outro submarino, naquilo que poderia ser considerada uma manobra de fuga.

Todos olharam para os seus monitores para acompanhar a evolução da situação. Seguiram-se cinco segundos de silêncio. Depois, de repente, o USS *Alabama* disparou em frente e para o lado, numa manobra violenta de fuga, planou um pouco, diminuiu a velocidade e permaneceu em silêncio. O "olho de caranguejo" seguiu-o com todo o cuidado.

— Imaginem se isso não está botando minhocas na cabeça deles — disse Anatolich, sorrindo.

— Em que é que eles estão pensando agora? — perguntou Mouna.

— É simples. Com os diabos, como é que um submarino russo de ataque da classe Akula pôde aproximar-se de nós, sem que notássemos! E agora eles estão na escuta como se fossem ratos atentos ao gato e já perderam o Akula, visto que ele não existe.

O USS *Alabama* ficou praticamente parado, mas empurrado pela corrente para cada vez mais próximo do K 601. Atrás, seguia ainda o barco-robô, o "olho de caranguejo", que também podia reproduzir os sons de toda a biblioteca sonora a bordo do K 601.

— Bom, está na hora de fazer mais uma brincadeira! — ordenou Anatolich. — Façam o "olho de caranguejo" subir e ficar ao lado do *Alabama*. E nessa posição façam com que ele emita um *pingue*, e retirem-no e metam-no para dentro!

Carl repetiu a ordem, mas não conseguiu manter o tom sério e acabou se desfazendo em gargalhadas. Não era pouco aquilo a que eles iriam expor os americanos.

Alguns minutos mais tarde, o "olho" já estava na posição, a menos de meio minuto de distância do USS *Alabama,* altura em que lançou um disparo sonoro ativo, um *pingue,* contra o casco do submarino americano. Isso significava duas coisas. De um lado, o pessoal a bordo do USS *Alabama* teria de reconhecer que o Akula ainda estava por perto, que tinha subido e estava emparelhado. Por outro lado, eles sabiam exatamente qual era a posição do Akula, visto que o disparo sonoro seria automaticamente rastreado. E então o USS *Alabama* mudou de curso e dirigiu-se, direto, para a posição em que, segundo acreditavam, devia estar o Akula. Era uma manobra extremamente agressiva.

Nessa altura, o "olho de caranguejo" do norte voltava em silêncio para a sua doca-refúgio no K 601, que, no momento, estava tão próximo do submarino americano, a ponto de ser possível vê-lo e segui-lo nas telas pelo sistema de bordo, sem a ajuda dos vigias. O USS *Alabama* apresentava-se grande e nítido em pelo menos dez dos monitores da central de comando.

Os americanos avançavam às apalpadelas, com todo o cuidado e com toda a atenção dirigida para o lugar onde pensavam estar o inimigo que tão nitidamente se mostrara. Era um espetáculo realmente fantástico. Todos na central estavam de olhos pregados nos monitores.

— O que é que se passa na cabeça do comandante nesse momento? — perguntou Carl. — No que é que você acreditaria e, acima de tudo, o que teria feito?

— Só Deus sabe — sussurrou Anatolich, passando a mão pelo pescoço. — Só mesmo Deus e o diabo. Acho que iria imaginar haver algo de errado no sistema técnico em algum lugar, pela simples razão de aquilo que aconteceu não poder ter acontecido. Por isso, iria preferir deixar a área. E se fosse responsável voltaria para o porto de origem para uma vistoria técnica e apresentaria um relatório que não me faria nenhuma honra, nem me granjearia respeito. Essa é uma situação que todos os comandantes de submarinos odeiam. Acho que esse comandante americano, pelo menos nesse aspecto, está tendo uma reação muito parecida com a minha. Mas, ao certo, ninguém sabe nada.

— Se houvesse guerra entre nós, ele agora seria um homem morto, certo? — perguntou Mouna, fria e calculadamente. Dava quase para entender que ela gostaria que esse fosse o caso.

— Oh, sim, claro — afirmou Anatolich, satisfeito e de sorriso aberto, que logo teve uma nova idéia. — Atenção, rapazes! Vamos fazer um exercício. Reparem que se trata apenas de um exercício! Ativar o simulador de vídeo!

Assim que Carl repetiu a ordem em inglês, irrompeu uma atividade alegre e febril durante dez ou 15 segundos, antes que começassem a ouvir-se as palavras de prontidão das várias estações da sala de comando.

Eles continuavam a ver nos monitores à sua frente o USS *Alabama* passando lateralmente em relação ao K 601, tão próximo que era possível ver o seu número de identificação na torre em todas as telas.

Anatolich deu uma série de ordens, todas destinadas a ativar os torpedos nas duas primeiras câmaras. E, em seguida, deu ordem de fogo. Nos monitores, era possível ouvir o som dos torpedos sendo lançados e os relatos de que o curso estava certo e de que em trinta segundos o alvo seria atingido.

— Nesta situação — explicou Anatolich, batendo com os nós de dois dedos no monitor à sua frente —, os homens naquele submarino já teriam ouvido o barulho dos torpedos chegando, pela lateral e dois ao mesmo tempo. Os oficiais do sonar já teriam calculado a velocidade e a distância e informado que faltavam vinte segundos para o embate. E, então, acontece o seguinte... veja aqui!

No monitor, eles viram quatro objetos brancos serem disparados do USS *Alabama*.

— São as defesas que eles podem ativar. Mas os nossos torpedos são ativados e dirigidos por rádio e, além disso, estamos vendo o alvo.

Por isso, nós não vamos cair na armadilha deles. Isso aí, posso garantir para vocês, é o pesadelo de todos os tripulantes de submarinos, desde o mais jovem dos maquinistas até o comandante. Neste momento, todos a bordo do USS *Alabama* já estariam ouvindo a chegada dos dois torpedos. E saberiam que o fim estaria perto.

— Cinco segundos para atingirem o alvo — relatou lá na frente o oficial dos torpedos.

Mouna olhava como que hipnotizada para o monitor onde o jogo parecia, realmente, de verdade. E, quando os torpedos atingiram o casco negro do submarino, nada se ouviu, nem surgiram as chamas e o brilho das explosões. Mas alguns segundos mais tarde ouviu-se o estrondo do corpo de um submarino partindo-se, explodindo e afundando lentamente, enquanto as palavras GAME OVER ficavam piscando no centro do monitor. E os aplausos surgiram, espontâneos, de todos os lados. No momento seguinte, tudo tinha voltado à realidade. O USS *Alabama* continuava parado e na escuta, sem se mexer.

— Muito bem, meus camaradas, a pequena diversão do dia acabou! Resta apenas sairmos cautelosamente deste lugar. Para isso, vamos descer lentamente, até 400 metros de profundidade, e passar por baixo do outro!

Assim que Carl repetiu as ordens em inglês, Anatolich explicou que aquele colosso americano de 170 metros de comprimento tinha uma fraqueza: não podiam descer abaixo de 250 metros de profundidade. O casco era grande demais, havia a bordo muitos pontos mortos e muito desperdício.

— Mudança de ordens! Vamos levar o nosso submarino até 600 metros de profundidade — gritou ele, no momento seguinte. E Carl repetiu logo a ordem, mas sem gritar.

— É interessante essa questão de cascos de titânio — comentou, satisfeito, Anatolich, momentos depois, quando começaram a escutar os estalos e estrondos do K 601, reagindo a uma pressão que há muito tempo teria esmagado o USS *Alabama* ou qualquer dos seus 13 irmãos como se fossem feitos de casca de ovo.

No caminho para chegar à profundidade desejada, eles passaram por uma corrente de água fria que se dirigia no sentido contrário à grande corrente quente do golfo, onde lá em cima o comando do USS *Alabama*, certamente, ainda estava pesquisando e testando, desesperadamente, todo o sistema, a fim de encontrar explicações. O K 601 achava-se justamente nessa altura por baixo do USS *Alabama*, mas com a alteração da salinidade e da temperatura da água havia uma espécie de espelho por cima que neutralizava o sistema de sonar, reconhecidamente melhor, dos americanos. Eles jamais iriam solucionar o mistério do Akula desaparecido.

Anatolich Petrov ordenou a volta para a energia a diesel e o aumento da velocidade para dez nós, com subida lenta para 400 metros, nível no qual seria possível relaxar as medidas de segurança exigidas pela profundidade máxima e voltar para o nível de segurança 4, nível a que todas as atividades normais interrompidas a bordo poderiam ser retomadas.

Carl deixou a central e mandou chamar pelo alto-falante de bordo o marinheiro de primeira classe Sergei Kovalin para o almoço no refeitório dos oficiais, interrompido pelo sinal de submarino de prontidão.

— Muito bem, onde é que nós estávamos, Sergei Petrovitch? — perguntou ele, atenciosamente, quando os dois se sentaram, um em frente ao outro, diante das suas bandejas, nos mesmos lugares de antes.

— Foram manobras fantásticas as que nós realizamos, almirante! — respondeu o jovem marinheiro, nitidamente impressionado com o que aconteceu.

— Onde é que você estava durante as manobras, Sergei Petrovitch? — perguntou Carl, surpreso.

— No compartimento dos torpedos, na minha posição, almirante!

— Vocês também têm um monitor de plasma lá embaixo? — perguntou Carl, reconhecendo tarde demais o quão idiota tinha sido a pergunta que ele muito bem poderia ter evitado.

— Sim, almirante! E com som estereofônico perfeito. Ouvimos o comandante no alto-falante da esquerda e o almirante no da direita. E as imagens são tremendamente nítidas!

— É, é isso mesmo, os nossos cavalheiros ingleses introduziram um bocado de técnica impressionante. Mas, como disse, onde é que nós estávamos?

Tinham sido interrompidos quando o marinheiro de primeira classe estava contando o que aconteceu com a outra tripulação do *Kursk*, de que ele fazia parte, assim como o comandante Petrov e a maioria dos russos que agora estavam a bordo do K 601. Um ou outro dos camaradas tinha caído numa situação difícil. Era uma espécie de loteria. Podiam ter sido eles a tripular o *Kursk* naquela viagem em que o submarino foi afundado. Se o *Kursk* tivesse voltado ao porto de origem, eles já estariam no cais à sua espera, os comandantes teriam feito continência um diante do outro, Petrov teria assumido o comando e na saída seguinte seriam eles a embarcar.

Todos eles escaparam da morte por mero acaso. Uma parte não levou a coisa muito a sério. Mas outros se tornaram introvertidos, deprimidos, contemplativos. De início, foram remanejados em outros submarinos. Ele próprio foi parar num submarino do mesmo tipo do *Kursk*, tendo como porto de embarque Severomorsk, o K 119 *Voronet*, com a mesma função no compartimento de torpedos. Portanto, durante uma época, tudo ocorreu como antigamente. Mas após algum tempo era como se pairasse uma espécie de maldição sobre todos aqueles que tinham estado ligados ao *Kursk*. Todos se separaram e se espalharam pela frota do Ártico e pela do leste no Pacífico. E ele próprio foi mandado para Vladivostok, a fim de seguir para o Golfo de Tarja, e se apresentar ao comando do K 186 *Omsk*. Do ponto de vista técnico foi a mesma coisa, uma sala de torpedos é uma sala de torpedos. E, ao fim de certo tempo, o homem se habitua e não consegue ver diferença alguma entre o *Kursk*, o *Voronet* ou o *Omsk*, onde o trabalho é o mesmo. Aconteceu que alguns dos nossos novos camaradas falavam pelas costas que os homens do *Kursk* traziam consigo o azar. E em parte até os comandantes pareciam compartilhar dessa opinião. Quem tivesse estado como tripulante do *Kursk* era visto com desconfiança. E o que era absolutamente proibido entre todas as proibições absolutas em qualquer submarino atômico era mencionar, mesmo sussurrando, aquilo que todos sabiam a respeito desse tal USS *Memphis*. Era uma verdade proibida, de que até mesmo os mais jovens dos marinheiros lá embaixo na sala dos torpedos conheciam os detalhes.

Com esses antecedentes, era de entender facilmente que o jovem Sergei Petrovitch ficasse entusiasmado quando Carl lhe pediu a opinião sobre o ambiente na sala dos torpedos do K 601. As camas eram melhores, as roupas de cama mais limpas, ordem perfeita e, sobretudo, o ar-condicionado funcionava. Onde ele tinha estado por último, no K 186 *Omsk*, o médico de bordo achava que os resfriados e outros tipos de infecções se espalhavam por meio do sistema de ar-condicionado. Por isso, este ficava normalmente desligado. E assim, na sala dos torpedos, onde o espaço era reduzido, a atmosfera era gelada ou um forno, dependendo da profundidade e da latitude a que se navegava. Comparativamente, a situação no K 601 era a de um hotel de luxo.

Era a décima nona conversa de Carl com o pessoal de bordo e ele já começava a conhecer o refrão. Apenas uma coisa tão simples como o acesso a todos os monitores de plasma, com informações do lugar onde se encontravam e do que era possível fazer nos horários de folga, desde mergulhar no mar até ver filmes em DVD, era uma felicidade enorme em comparação com o uso de fitas VHS de que havia uns dez exemplares apenas que todos já conheciam de cor. Todos os filmes eram em inglês, sem legendas, o que tornava o entendimento difícil, mas pelo menos aqueles filmes que apresentavam cenas de submarinos todos entendiam com facilidade.

Portanto, em termos de agrado geral, não havia nada de errado. Até mesmo a comida estava muito melhor. A questão dos novos uniformes e das novas divisas, porém, ainda parecia bastante estranha.

Um marinheiro de primeira classe, por exemplo, aparecia como cabo. Mas isso fazia parte do estilo internacional a bordo, o que provocava mais movimentação do que inquietação. O melhor do estilo internacional estava no fato de os mais jovens não serem mais, o tempo todo, objeto de maus-tratos por parte dos mais velhos. Uma parte dos rapazes sempre teve muita dificuldade em aceitar essa situação. Em qualquer submarino nuclear russo, era necessário estar muito atento para não se transformar numa vítima permanente das piadas dos outros.

Até então a situação era igual entre os russos, anotou Carl, começando a pesquisar quais eram os antecedentes familiares do cabo. A maioria dos tripulantes de submarinos na Rússia vinha de cidades com uma ou outra ligação com a marinha soviética ou com a nova marinha russa, mas, no caso, aquele rapaz vinha de muito longe na Sibéria, de Barnaul, para onde um capitão de submarino aposentado se recolheu ou foi exilado, depois de longos serviços prestados na marinha soviética. E o velho urso do mar tinha uma neta na idade de Sergei Petrovitch que, através do conhecimento da família dela e de um caso de amor tido com ela, acabou ouvindo longas histórias de submarinos, cada uma mais fantástica do que a outra. E assim nasceu um sonho. Ele não tinha grandes expectativas de sucesso ao procurar a frota de submarinos, tratando-se, como ele era, de um mero camponês de Barnaul. Mas acabou suspeitando que o seu velho amigo tinha enviado alguma palavra para alguém a seu favor, de modo que acabou passando em todos os testes. E então mandaram-no fazer aquela viagem toda até Severodvinsk, junto ao Mar Branco, para fazer o serviço militar básico. E daí devem ter achado antieconômico mandá-lo de volta para a Sibéria, de modo que, após um curso de especialização, acabou como tripulante do *Kursk*, sob o comando de Petrov. Foi então um sonho que se transformou em realidade. Bem mais tarde, um pesadelo do qual a única consolação foi saber que os seus camaradas que estavam na sala dos torpedos, onde ele também poderia ter estado, morreram todos tão rápido que, certamente, nem se deram conta.

Pior foi para os outros 23 que morreram lentamente, de frio, afogados e asfixiados pela crescente pressão no compartimento de popa.

E como o cabo Sergei Petrovitch Kovalin, até então, só tinha recebido boas notas no livro secreto de anotações do almirante Carl, notas que, aliás, só eram feitas quando voltava a ficar sozinho, a sua questão estava resolvida. Além disso, o cabo era sardento, de nariz arrebitado e com uma aparência de atrevido que lhe fazia lembrar certo comandante Mordavin.

Restava apenas uma questão, mas uma questão que podia estimular os rodeios mais notáveis e as afirmações mais mentirosas. Uma questão que, de certa forma, era a mais decisiva para quem acabaria ou não a bordo.

— Diga-me uma coisa, cabo — começou Carl, pensativo. — Você sabe que esta será a última e decisiva manobra. Mas não sabe ainda do que se trata, do que virá depois, quando nós sairmos de novo para o mar, e dessa vez para valer. O que é que você acha disso?

— Nada, almirante. Isso é segredo!

— É verdade. É o que se pode dizer — respondeu Carl que, por mais que tentasse, não pôde deixar de escapar um sorriso. — Mas você sabe que esse segredo, para mim, não existe. E, por isso, eu lhe ordeno que diga o que você pensa a respeito disso.

— Sim, almirante!

— Muito bem, pode baixar um pouco o tom da sua voz. Eu sou todo ouvidos.

Claro que era um teste difícil aquele que ele fazia com o rapaz. Ou o tripulante mentia para o seu chefe supremo ou se arriscava a falar de alguma coisa que daria a entender ter ele metido o nariz em alguma coisa onde não devia, visto ser segredo. De certa forma, era um exercício de equilíbrio impossível, uma provação quase satânica.

— Acontece que eu estou lotado no compartimento dos torpedos. Todos os armamentos passam por nós, lá embaixo... — começou por dizer o cabo, muito nervoso.

— É claro. E daí?

— Vamos disparar nos alvos, tanto em terra como no mar, mas os mísseis de cruzeiro não vão ter cabeças nucleares...

— Desculpe, como é que você sabe disso, cabo?

— É que, nesse caso, as ordens teriam sido um pouco diferentes, camarada almirante!

— Muito bem. Eu entendo. Quer dizer que haverá alvos em terra e no mar, na sua opinião. Não se trata de um caso único para um submarino de ataque. É para isso que nós estamos aqui. Mas, então, e o que mais?

— Os camaradas árabes a bordo são palestinos...

— Correto. E daí?

— Isso me leva a crer que vamos para o Mediterrâneo e que os nossos alvos vão ser as bases da marinha israelense, almirante!

— Isso é o que você pensa. E o que é que pensam os outros no compartimento dos torpedos?

— Um pouco de tudo, almirante. Eles, na sua maioria, acham que vamos lutar contra os americanos, embora não com a bandeira russa, porque, então, seria caso de guerra mundial. Mas, enfim, que nós, na luta a sério... Como no caso hoje do USS *Alabama*.

— Você tem um raciocínio lógico, Sergei Petrovitch. Isso é sempre uma boa vantagem para qualquer homem embarcado num submarino — disse Carl, num tom de voz solene, como se tivesse acabado de manifestar uma grande expressão de sabedoria. — Se está certo ou errado nas suas considerações, só mais tarde você vai saber. Caso se comporte bem. Não quero ver o seu nome nem num único relatório sobre faltas, nem que sejam da menor importância. Está claro, cabo?

— Perfeitamente claro, camarada almirante!

— Ótimo! Foi muito bom conhecê-lo e quero que você fique conosco a bordo quando as coisas se tornarem mais sérias. Pode ir!

O marinheiro de primeira classe ou cabo de submarinos Sergei Petrovitch Kovalin levantou-se rapidamente para a posição de sentido, deu meia-volta e avançou em ritmo marcial para fora da praça-de-armas, enquanto Carl anotava que ele era mais um dos homens que queria ter na tripulação. O problema era que ele ainda não tinha entrevistado nenhum dos russos que não queria. O que talvez dependesse do fato de Anatolich ter assumido uma atitude drástica, tal como se exprimiu, indiscretamente, sobre o assunto, dizendo que essa era a grande chance da sua vida para bater *naqueles diabos*. E quando Anatolich encontrasse o seu primeiro submarino americano lá no sul e a situação fosse real, tal como havia previsto que seria pela concepção do projeto em curso, ele queria ter os seus melhores homens a bordo. Notável foi o fato de um capitão de submarino ter um conhecimento tão detalhado da sua tripulação, até o mais insignificante dos maquinistas. Mas talvez fosse isso mesmo o segredo da própria profissão. O cabo Kovalin, de qualquer forma, já estava no topo da lista dos tripulantes escolhidos.

✪✪✪✪✪

O seu pulso batia forte, de uma forma que quase o deixava envergonhado. Hassan Abu Bakr era um homem bem convencido da sua própria coragem e pertencia comprovadamente àqueles poucos que podiam agüentar a tortura caso isso fosse suficientemente importante.

Mas, no momento, ele e os outros estavam no barco de salvamento do K 601, onde a água começara a faltar e a luz a diminuir, e os seus nervos estavam à flor da pele. No momento, a situação era diferente. Não era mais um exercício numa doca seca, sem correntes. Agora, a situação se desenvolvia no Atlântico Norte e havia uma corrente puxando-os a três nós de velocidade.

As escotilhas no casco do K 601 abriram-se lentamente e as amarras automaticamente ligadas ao teto do barco de salvamento foram soltas. E assim eles deslizaram e ficaram sozinhos na escuridão.

— Aqui é da central para o Salvador. Por enquanto está tudo bem a bordo? Câmbio. — Era a voz do almirante no rádio, tão nítida como se ele estivesse ali entalado entre eles.

— *Yes*, sir! Estamos largados e em movimento por nossa conta, com todos os sistemas funcionando bem. Continuamos seguindo as instruções recebidas. Tudo bem. Câmbio final.

O exercício consistia em três momentos. Primeiro, eles deviam afastar-se duas milhas marítimas contra a corrente e depois voltar e localizar o K 601, que estaria impotente, à deriva. Ao chegar a esse ponto, fariam a manobra mais difícil. A de prender o barco salva-vidas por cima da popa do K 601 e receber cinco homens. Depois avançariam o barco salva-vidas, para a proa, por cima da sala dos torpedos, e devolveriam os cinco homens salvos pelo acesso previsto.

Podia parecer fácil, era uma manobra clara e a missão mais treinada para qualquer barco de salvamento. Mas uma coisa era realizar a manobra na teoria ou na água rasa e à luz do dia. Outra coisa era fazer tudo isso a 150 metros de profundidade, enfrentando as correntes submarinas e em ligação com um submarino à deriva. Além disso, foram dadas instruções para estarem preparados para quaisquer dificuldades, decorrentes de situações imprevistas. Era, portanto, o grande dia do exame final. Ou, na pior das hipóteses, o último dia deles.

O primeiro movimento, evidentemente, foi o mais simples. Eles avançaram contra a corrente durante vinte minutos, viraram e fizeram o caminho de volta em dez minutos, antes de ligar os seus holofotes. Descobriram a grande sombra negra do submarino, sem qualquer perda de tempo desnecessária. Na realidade, eles até estavam naquele momento um pouco antes do esquema ideal.

Mas logo em seguida a manobra passou a ser mais problemática. O K 601 movia-se, sem dúvida, muito pouco em profundidade, mas não estava totalmente estável no plano horizontal, em conseqüência ou dos impulsos dados no leme, para um lado e para outro, pelo pessoal na sala de comando ou da corrente forte que batia no casco. Foi diabolicamente difícil assestar a boca de entrada para o barco de salvamento, precisamente, em cima da escotilha. Tiveram que realizar de dez a 15 tentativas, ficando, por isso, bem longe do tempo estipulado. Qualquer pequena falha de precisão e a escotilha não poderia ser aberta. Ao colocar a boca de salvamento por cima da escotilha, se o encaixe não se fizesse com precisão, a pressão da água agiria como uma montanha em cima do local. Uma pressão de 150 metros de coluna de água.

Finalmente, conseguiram colocar tudo no lugar certo e um dos homens, Abdelkarim, pôde descer e bater com uma chave de porca na escotilha. Aqueles que deviam ser evacuados abriram a escotilha de imediato, mas então surgiu uma fumaça escura, e eles ficaram gritando, histéricos, uns para os outros, e apenas em russo, recusando-se, de repente, a entender qualquer palavra em inglês.

Deu para salvar a situação. Aquilo que a tripulação em situação supostamente precária tentava explicar era que havia dois homens muito feridos que precisavam ser içados em macas especiais através da escotilha até entrarem no barco salva-vidas.

E então o inferno recomeçou na hora de ligar o barco de salvamento de novo à escotilha da proa do submarino e, em seguida, fazer descer os feridos. Depois, os homens transferidos desceram sob pressão até que o último resolveu ficar histérico e começou a resistir, de modo que foi necessário dar-lhe um murro na cara, e ele, então, ficou furioso de verdade, falando num inglês até de muito bom nível.

Acima de tudo, demonstrou-se que foi espantosamente fácil colocar o barco salva-vidas de volta no espaço que lhe era destinado no casco do K 601. No total, a manobra demorou quatro horas, embora se tenha combinado a atracação com exercícios de incêndio, tratamento médico de emergência, operações de braço e perna partidos, tratamento de queimaduras de incêndio e mais uma e outra coisa a bordo do K 601. Foi uma provação.

Quando estava debaixo de uma ducha morna, Hassan Abu Bakr descobriu o quanto estava cansado e, além disso, machucado, com várias manchas roxas espalhadas pelo corpo. Foram todas as inesperadas oscilações causadas pela corrente as principais culpadas por jogar os homens do salva-vidas uns contra os outros e contra as paredes no reduzido espaço do barco. Pensava sugerir uma série de melhorias no que dizia respeito ao acolchoamento do interior, mas quase que acabou dormindo em pé. Foi então que alguém bateu com a palma da mão na porta do banheiro, gritando para ele que, segundo ordens, devia apresentar-se para jantar com o almirante no refeitório dos oficiais dentro de dez minutos. Por estranho que pareça, ele não entendeu se a ordem chegou em russo ou em inglês, ainda que a tenha compreendido perfeitamente.

— O senhor se portou muito bem hoje, suboficial Hassan Abu Bakr — saudou o almirante, em tom reservado, diante do exausto chefe de uma força de salvamento, nove minutos e meio depois de ter sido convocado. Tinha trocado de uniforme e o cabelo ainda estava molhado.

— Obrigado, almirante!

— Faça o favor de se sentar, suboficial. Para escolher, nós temos filé de porco, com queijo Roquefort e molho de conhaque, *à la française*... Ou costeleta de cordeiro grelhada, com tomilho e batatas coradas. O que é que você prefere?

— De preferência a costeleta, almirante!

— Estava certo de que era isso mesmo que você ia preferir, Hassan. Espero que já não tenha terminado. Vai um copo de vinho tinto?

— Aceito, sim, mas será que podemos...

— Nós nos encontramos agora em estágio de descanso, a 400 metros de profundidade e a uma velocidade lenta na direção sul e com uns 5 mil metros por baixo do casco. Não há suspeitas de poder bater de frente com alguém. Nós também ficamos trabalhando duro enquanto vocês estavam lá fora. O que é que achou da manobra?

— Foi muito mais difícil do que esperávamos, almirante.

— Naturalmente, foi essa a nossa intenção. Mas como eu disse, vocês cumpriram muito bem a sua missão. O comandante me deve uma garrafa de vodca. Ele não acreditava que vocês conseguissem. E na hora em que viu que ia perder a aposta, ele adicionou um pouco mais de balanço lateral. Resultado: temos um bocado de gente enjoada a bordo. Você é mergulhador?

— Sim, almirante. Aliás, o senhor também é, acho eu.

— Como é que você sabe disso?

— Foi quando o senhor entrou a bordo e assumiu o comando em Severomorsk, almirante, com uniforme de gala. Eu vi o emblema dos Navy Seals quando apertamos as mãos. Todos os mergulhadores do mundo conhecem esse símbolo. O senhor é americano, almirante?

Justo no momento em que Carl ia responder, chegou a comida que pediram. E Hassan Abu Bakr, que também tinha apostado com outros mergulhadores palestinos que havia um americano a bordo, achou que já tinha 400 dólares no bolso. Mas, no momento, não pôde restabelecer a conversa, seria uma insistência estranha voltar a um assunto que já estava diluído na comida e no vinho. Já tinham recebido na mesa de garrafa inteira de vinho, e isso, aparentemente, na oportunidade, já tinha atraído o interesse do almirante, que lia atentamente o rótulo na garrafa e se preparava para saborear o vinho com o rosto impassível.

— Um vinho novo da Geórgia. Cabernet Sauvignon, ou algum outro tipo do qual não tenho conhecimento, um gosto bastante superior — disse o almirante, começando a comer. Momentos depois, fez o primeiro brinde.

Hassan Abu Bakr começou a sentir-se mal. Havia alguma coisa de ligeiramente desagradável em toda a situação, alguma coisa de artificial ou uma forma de análise psíquica que não conseguia visualizar. Os russos falavam muito entre si a respeito dessas reuniões com o almirante, mas para eles havia muito mais coisas em jogo. Achavam que o problema deles era vencer ou desaparecer. Mas essa não era a situação da minoria palestina a bordo, que continuava sob o comando de Mouna al Husseini.

— Nós temos que fazer alguma coisa na questão dos vinhos — disse o almirante, de repente. — Mas, ao contrário do que você acredita, eu não sou americano. Na verdade, faço parte dos Navy Seals e, quando partirmos para a primeira missão de verdade, você irá saber de tudo. Mas, no momento, vamos falar de você.

Hassan Abu Bakr nascera no campo de refugiados de Nabatieh, perto de Saida, no Líbano, em 1972, num tempo em que ainda existiam muitas esperanças. A guerra em 1973 entre Israel e o Egito, de qualquer maneira, demonstrou que os israelenses não eram invencíveis. A sua infância, para falar honestamente, até que foi bastante harmoniosa. Quando se é criança, não se pensa em bens materiais do mesmo jeito. Um campo de refugiados é como se fosse uma cidade grande e pobre, com grandes classes escolares em que poucos são os alunos verdadeiramente aplicados — ele, pelo menos, tinha sido um deles — entre os outros menos aplicados. A escola correspondeu a uma época feliz em que eles começavam o dia cantando o Biladi, o Hino Nacional dos palestinos, mais ou menos como em outras partes do mundo as pessoas cantam os seus salmos. Quando começava a chover, em meados de novembro, pairava um cheiro forte de lã molhada e de lama por todo o campo de refugiados, mas já em fevereiro chegava a primavera. E quando se é criança o entendimento não vai muito além do cotidiano, não se sabe que devemos estar infelizes, não se pensa que somos refugiados ou que são mais de sessenta crianças a freqüentar a mesma aula, ou que, por vezes, há apenas sardinhas e arroz egípcio para se comer no almoço e que o arroz é cozido sobre um fogão de álcool numa grande lata que antes guardava cinco litros de azeite de oliva.

Mas, quando ele tinha 13 anos de idade, já se estava em 1985, com a ocupação e os permanentes ataques de bombas israelenses. Por que os israelenses atacavam Nabatieh ele não conseguia entender. Mais tarde, pensou que devia ser por vingança, em função da vingança de outros, como costumava acontecer.

De duas mil pequenas casas de barro na sua parte do campo, os aviões israelenses acertaram três, com as suas bombas de fragmentação. Eles ainda não tinham na época os seus mísseis Hellfire, de modo que atacavam com bombas lançadas de um avião. Evidentemente, a precisão era precária, se é que isso tinha algum significado para quem atacava por vingança. A casa onde a sua família vivia foi uma das atingidas, intencionalmente ou por acaso. Não restou muita coisa da casa, a não ser ele, que chegou correndo, ofegante, já que tinha se demorado demais na casa de um companheiro de brincadeiras e sabia que ia apanhar pela segunda vez naquela semana por chegar tarde. A hora do jantar era sagrada. Ninguém conseguia alimentar uma família de nove pessoas oferecendo comida uma a uma. Portanto, na hora do jantar todos costumavam se reunir à mesa.

A sua mãe era uma das pessoas que ainda vivia e foi levada na primeira ambulância que chegou, já que era fácil de verificar que estava em adiantado estado de gravidez. A sua recordação mais viva foi a de ver que o sangue dela aparecia muito pouco por cima do seu vestido longo todo bordado. Ela se sentia orgulhosa desses bordados que tinham vindo da sua pequena cidade na Galiléia.

As bombas israelenses na época continham uma espécie de balas metálicas que pareciam de latão. A parte externa da bomba fragmentava-se em dezenas de milhares de pequenas agulhas, impossíveis de retirar do corpo humano pelo simples fato de que se partiam sempre que alguém tentava puxá-las com algum instrumento cirúrgico. A intenção, pelo que se poderia entender, era a de matar lentamente para ocupar os recursos hospitalares do inimigo. Demorou dez horas para a sua mãe morrer. A criança que ela esperava, seu último filho, também não deu para salvar. Alguém disse para ele que teria sido uma menina, uma irmãzinha. Outros quatro na família, que também ainda estavam com vida quando a ambulância chegou, morreram em seguida. O pai e um irmão algumas horas antes, duas irmãs algumas horas depois da mãe.

O Al Fatah, que na época era sem contestação o maior dos movimentos de libertação da Palestina, tomou conta dele e ele cresceu numa das creches do movimento, onde aprendeu, verdade seja dita, uma coisa ou outra que não fazia parte da educação escolar patrocinada pelas Nações Unidas no campo. *Klaschinkov* era o nome que as crianças davam à metralhadora AK 47 Kalachnicov, que era, por sua vez, a imagem universal da liberdade naquele tempo, de preferência apontada para o céu por um braço forte, musculoso e queimado pelo sol. Nos cartazes, mas também em versões um pouco mais pálidas nas carreiras de tiro do campo de refugiados.

Ele sempre se destacou nas atividades de mergulho e natação, mais do que quase todos os outros. E com isso ficou aberto o caminho para a prisão de Ramleh.

O Al Fatah tentou abrir uma pequena frota de minissubmarinos. Não era possível nadar dentro d'água desde a fronteira israelense-libanesa até os alvos em Israel. Muito menos quando Israel resolveu ocupar todo o sul do Líbano. Era preciso ter uma espécie de mini-transportadores com os quais os mergulhadores pudessem navegar ou pelo menos ser rebocados.

Mais tarde, ele ainda continuou achando que a idéia era boa, mas o preparo era pouco, era preciso mais tempo para procurar os objetivos e, sobretudo, havia relaxamento com a segurança. Era aquela espécie de mistura de indiferença, de auto-sacrifício e de fatalismo que podia ser encontrada por toda parte no movimento de resistência; portanto, por que não na marinha palestina?

Até ali ele vinha contando a sua história sem interrupções, mas então o almirante perguntou, de sobrancelhas levantadas, se efetivamente havia um conjunto de unidades a que se pudesse chamar de "marinha palestina". A pergunta feita tão informalmente, quase de maneira irrelevante, perturbou Hassan Abu Bakr, que parou totalmente o que estava dizendo e teve dificuldade em retomar a palavra.

De qualquer forma, ao pensar na situação posteriormente, o caso só poderia terminar de uma maneira, com a derrota. A questão era apenas saber quantos deles seriam mortos e quantos seriam aprisionados.

O alvo para essa operação era o porto militar israelense em Haifa. A missão consistia em chegar o mais perto possível do porto com os minissubmarinos, seguindo depois a nado e em pequenos grupos para junto dos barcos de guerra estacionados no porto, assestar as minas magnéticas aos navios, disparar os reguladores de tempo e voltar aos minissubmarinos, na expectativa de levar uma hora para chegar à costa livre do Líbano.

Nada de errado com o plano. Aconteceu apenas que o instrutor deles, um mergulhador sueco de ataque que o PFLP mandou para lá, teve um problema de última hora. Uma apendicite aguda, segundo as informações recebidas. Já isso devia ter nos levado a entender, ou, pelo menos, despertado a nossa atenção. Mas todo mundo estava cheio de adrenalina, o preparo para a missão tinha sido longo, muitos treinamentos, era preciso, enfim, uma vitória.

Assim que entraram no porto a nado, eles eram esperados e foram bombardeados com granadas de mão, capturados e presos. Do sueco nunca mais se ouviu falar. Deus foi condescendente com o mergulhador sueco que Hassan Abu Bakr encontrou na vez seguinte.

Nos primeiros tempos na prisão eles nem sequer foram torturados. Estavam com problemas suficientes com os seus tímpanos arrebentados e muita dor de cabeça. O som da explosão de uma granada de mão dentro da água aumenta extraordinariamente. É como se a cabeça fosse rebentar e a pessoa flutua para a superfície, desmaiada, como se fosse um peixe. Por que a pessoa flutua até a superfície é difícil de explicar. Possivelmente, ela age instintivamente e puxa o cordão que dispara o colete salva-vidas antes de desmaiar.

Ele ficou oito anos na prisão de Ramleh, antes de ser trocado por algum acordo negociado, ou solto, simplesmente, porque todas as prisões israelenses estavam cheias de palestinos. Havia apenas um único lugar no mundo em que os palestinos tinham maioria garantida, e 25 mil foi a última cifra de que ele ouviu falar.

A tortura, mais tarde, servia para indicar pessoas, mais pessoas do que o agente sueco tinha conhecido. Tudo o que tinha a ver com bases, pontes, instalações de treinamento e estivesse relacionado com isso seria depois bombardeado e arrasado, logo na seqüência do aprisionamento.

O que os seus companheiros disseram sob tortura, ele nunca chegou a saber. Demorou muitos anos antes que eles, enfim, se encontrassem de novo na prisão. Na maior parte do tempo, ficavam em celas de isolamento ou "buracos", como eram designados. Era uma gaiola fria e escura de concreto de, aproximadamente, um metro cúbico, onde ficavam, nus, sem acesso a toalete, durante um mês corrido. Depois, vinham homens vestidos com macacões amarelos, emborrachados, e máscaras de plástico transparente cobrindo o rosto, soltavam o prisioneiro e o limpavam com jatos fortes de água gelada.

Quando o soltaram, ele foi expulso para o Líbano, que se recusou a recebê-lo, mas foi lá que encontrou então Mouna al Husseini. Depois disso, ele foi para a Tunísia, onde voltaram a treinar como mergulhadores de ataque em minissubmarinos. Essa é a história completa. Os outros companheiros palestinos do grupo de mergulhadores vieram do mesmo lugar. Eram todos "tunisianos" disfarçados.

O almirante tinha escutado toda a longa história com atenção, mas sem deixar que a sua expressão demonstrasse o que sentia ou o que pensava. E tinha aproveitado o tempo para beber metade da garrafa de vinho tinto sozinho, enquanto Hassan Abu Bakr se contentou com apenas um copo.

— Há muita coisa a dizer a respeito do que contou, suboficial— disse o almirante, ao ver que Hassan Abu Bakr tinha terminado. — Mas deixe que eu lhe manifeste a minha profunda admiração. Aquilo que você fez hoje foi, efetivamente, com a maior honestidade, um trabalho de cão. Para um mergulhador que ficou oito longos anos sem treinar, era de esperar que a sua volta fosse difícil. Diga-me uma coisa, o Alcorão foi o único livro que vocês puderam ler em Ramleh?

— Isso é verdade, almirante. Os prisioneiros podiam ler o que quisessem, inclusive ver televisão, mas para nós, prisioneiros políticos, a situação era diferente.

— É uma situação conhecida. Você se tornou um crente fiel?

— Sim e não, almirante. Eu acredito em Deus, mas bebo vinho e posso comer carne de porco, caso necessário.

— Você já se encontrou antes com Abu Ghassan?

— Naturalmente, almirante. Ele também esteve em Ramleh, embora dois anos mais do que eu. O Alcorão causou nele uma impressão mais profunda do que em mim, visto que, depois, ele foi para al-Azhar e ficou lá durante vários anos, depois da sua libertação. Mas ele é bom, bom para os bons crentes, pelo menos. Há uma boa quantidade deles a bordo.

— Muito bem, suboficial. Agora é a sua vez. O que é que deseja me perguntar?

— Posso ser totalmente sincero, almirante?

— Qualquer outra coisa me desapontaria.

— Nesse caso, existe uma coisa sobre a qual eu realmente me pergunto: qual é a finalidade da utilização do barco de salvamento sobre o qual detenho o comando?

— Para salvar vidas, claro.

— Perdão, almirante, mas... Eu tenho certa dificuldade diante do estilo e dos modos estritos dos militares ocidentais. Entendo que deve ser difícil comandar um danado de um navio, desculpe a expressão, como este e manter a ordem num submarino desta classe. Não se trata, nem de longe, de um minitransporte de mergulhadores de ataque. Mas...

— Mas?

— Posso ser *totalmente* sincero, almirante?

— Você só não vai poder me dar um murro na cara, suboficial. Aí você vai preso. Mas até esse limite tem liberdade absoluta. Siga em frente!

— Muito bem, almirante. Se formos para o fundo, o nosso barco de salvamento não poderá sair do bojo do casco. E o espaço que deveria existir para as câmaras de salvamento em que poderíamos entrar para subir à superfície foi retirado e usado para outras coisas. Sendo assim, o que é que significa tudo isso? Quem é que eu vou salvar?

— Se estivermos no fundo, suboficial, isso não depende de avaria. Isso dependerá de os americanos ou israelenses terem nos bombardeado na superfície ou de terem nos torpedeado, quebrado e arrasado. Nessa altura, não precisaremos mais de salvação.

— E, no entanto, nós temos um barco de salvamento, almirante? Além disso, fizemos um esforço muito grande no treinamento com o barco. Só de minha parte, foram dois anos e meio de treinamento. Eu não entendo essa situação.

— A situação é a seguinte, suboficial. Você e o barco de salvamento, certamente, podem salvar as nossas vidas e, mais do que isso, poderão salvar todo o K 601. Até ver, você vai ter que acreditar na minha palavra. Quando sairmos para a nossa missão, você irá compreender melhor. E o motivo de eu não dizer mais nada para você... ainda que você, tanto quanto eu, seja um dos que seguramente vão permanecer até o fim da operação... está no fato de eu querer tratar os russos e os palestinos a bordo do mesmo jeito. E, por isso, quero manter todo o sigilo possível em torno do nosso alvo. Você mesmo disse que uma vez esteve empenhado numa missão onde reinava a maior insegurança. Imagine se nós tivermos desta vez, também, outro mergulhador sueco a bordo.

— Eu entendo. Peço desculpa.

— Não, não faça isso. Agora, vou querer, sim, que você me dê uma resposta sincera. O que é que você e os seus amigos mergulhadores pensam da missão que estamos para realizar?

— Mas isso é extremamente secreto, almirante. Justamente, pelas razões que o senhor mesmo mencionou.

— Mas responda. Este é certamente o segredo militar mais interessante da atualidade no mundo. Mas não para mim. Portanto, o que você acha?

— Não sei se quero responder a essa pergunta, almirante.

— Responda, sim. Essa é uma ordem direta.

— Puxa, almirante. O senhor está me colocando numa situação difícil.

— Sei que estou. E?

Hassan Abu Bakr nunca teve quaisquer dúvidas a respeito do conteúdo da missão. Antes, achava que tudo estava bem claro. Os aviões de Israel eram imbatíveis, os helicópteros e o exército também. As operações pontuais eram sempre possíveis, pelo menos em teoria. Com minas terrestres, podia-se explodir um ou outro tanque Merkava, os camaradas de Gaza já tinham feito isso muitas vezes. Com pequenos mísseis terra-ar podia-se também derrubar um ou outro helicóptero. Mas a imagem total do conjunto, tanto em terra quanto no ar, era completamente clara e nítida. Uma coluna de tanques a caminho de Ramallah ou Hebron era, simplesmente, irresistível. Era uma luta de Davi contra dez Golias.

Mas isso não acontecia com o porto em Haifa, o mesmo que uma vez ele tinha tentado atacar. E o K 601 possuía uma força de ataque dez mil vezes maior do que as pequenas embarcações, construídas com fibra de vidro e plástico, poderiam alguma vez mobilizar. O K 601, sozinho, era certamente mais forte do que toda a marinha israelense.

— Desculpe, almirante, pelo que vou dizer. Mas eu acho que nós estamos de volta para Haifa.

— Bem pensado, suboficial. Mas você se esqueceu de uma coisa. Os nossos mísseis de cruzeiro a bordo podem atacar as bases aéreas de Israel. *Well,* nós voltaremos a falar dessas coisas. Foi uma conversa muito interessante. Obrigado por hoje. Pode ir.

Ao entrar na sua cabine, Carl fez algumas anotações em relação a Hassan Abu Bakr. A respeito da sua competência não havia muito o que pensar. Fez uma boa demonstração durante a manobra que Anatolich considerou como muitíssimo difícil. Os mergulhadores palestinos só podiam desqualificar a si próprios caso tomassem uma atitude qualquer extremamente imprópria.

Havia, porém, outra coisa diferente em que pensar. Toda a família de Hassan Abu Bakr tinha sido morta pelo inimigo. Era isso que ambos tinham em comum. A família de Carl, evidentemente, não fora tão grande quanto a família palestina no campo de refugiados, mas os sicilianos tinham assassinado Eva-Britt e Tessie, tanto a primeira quanto a segunda mulher dele, e as suas crianças, e até mesmo a sua mãe já idosa. E só ele havia sobrevivido, tal como Hassan Abu Bakr.

Mas, neste caso, havia também uma diferença, difícil de entender, mas totalmente concreta. Ele próprio não cultivava qualquer sentimento de vingança, no sentido de querer procurar e matar alguns sicilianos *mafiosi*. Na prática, ele poderia fazer isso.

Havia ainda outras diferenças bastante maiores. Ele não tinha passado oito anos em qualquer prisão siciliana, sendo agredido com pontapés, insultos, maus-tratos e com jatos de água gelada para limpar do seu corpo os excrementos, uma vez por mês. E a sua pátria não estava ocupada por um exército que agia dessa maneira. Essa era uma diferença decisiva.

Por outro lado, ele não tinha mais nenhuma pátria. Os laços que o ligavam ao seu porto seguro de La Jolla, perto de San Diego, estavam cortados. Ele nunca mais voltaria a ver a Califórnia. O K 601 era a sua única pátria.

✪✪✪✪✪

Houve uma ironia especial no fato de se verificar que nesse lugar, talvez o mais machista de todos os locais de trabalho que se possa imaginar, pelo menos na Rússia, trabalhavam quatro mulheres e todas elas estavam entre quem mais duramente produziam. As quatro professoras de línguas, Nadia Rodinskaia, Olga Shadrina, Irina Issaeva e Lena Kutsnetsova, tinham reduzido, por sua própria iniciativa, o seu tempo livre para quatro horas e trabalhavam em dois turnos de seis horas por dia. Em determinado horário, uma delas ficava sentada, metendo vocabulário inglês na cabeça dos russos ou russo na cabeça dos palestinos.

Fizeram um esforço especial ensinando os termos técnicos e a ordem natural das palavras, deixando para depois os exercícios mais simples de conversação geral até que o aluno começasse a ter um domínio maior sobre as cerca de mil palavras que existiam na lista bilíngüe preparada por Carl. Todos a bordo, com exceção de Carl e de Mouna, que já entendiam e falavam as duas línguas, estavam obrigados a comparecer às aulas.

Isso valia até mesmo para o comandante Anatolich Petrov e os seus dois subcomandantes. Eles tinham resmungado e grunhido um pouco sobre o assunto. Entre outras coisas, Anatolich afirmou que estava velho demais para ficar diante de uma professora escolar, o que, evidentemente, era apenas uma desculpa. Ele sabia muito bem onde devia estar em todas as situações graves, ainda que a língua usada por ele fosse o russo. Entretanto, Carl estaria sempre ao seu lado, tal qual um papagaio, traduzindo e repetindo tudo o que ele dissesse.

Mouna e Carl resolveram convidá-lo para um almoço na cabine do almirante para lisonjeá-lo e seduzi-lo.

No momento, eles continuavam a realizar exercícios no Atlântico Norte. Tudo corria bem, na maior calma, e, caso encontrassem algum submarino americano pela frente, isso seria uma oportunidade para brincadeira, às vezes perigosa que ao longo de décadas tinha custado muitas vidas de ambos os lados, sempre que ia um pouco longe demais. Ainda que fosse apenas uma brincadeira.

Mas se eles, no momento, *Inshallah*,* fossem bem-sucedidos no seu ataque, exatamente como planejado, seria muito difícil imaginar o que viria a acontecer em seguida. A previsão mais plausível era a de ter de início toda a frota dos Estados Unidos no Mediterrâneo no seu encalço. Além disso, era muito possível que Tony Blair, mais uma vez, viesse a fazer um dos seus discursos, de lábios tremendo, falando da

---

* *Inshallah* — É a palavra árabe que deu origem à palavra em português "Oxalá": "Se Deus quiser!" Datação: 1590. (N. T.)

sua convicção interior sobre a verdade e o direito, e em seguida mandasse a frota britânica persegui-los. E depois do seu primeiro ataque, eles teriam que realizar uma série de difíceis mudanças, não apenas para chegar à posição de ataque número dois, mas, sobretudo, para preparar o terceiro embate. Não é verdade?

— Oh, sim, claro — concordou Anatolich, de mau humor. — Vai ser, certamente, uma confusão geral.

Nesse caso, que seja assim. Quando os americanos *Mark 48* ou os britânicos *Spearfish* vierem em cima, de verdade, então, ninguém no K 601 poderá cometer o mínimo erro. Absolutamente ninguém. Todos devem ficar com os nervos à flor da pele, tensos até o limite. E não será impensável se alguém perder o controle e ficar histérico. A questão era clara. Se a coisa desse errado para todos eles, não iria ser conseqüência de qualquer falha lingüística ou por falta de aplicação aos estudos durante as folgas. Não é verdade?

— *Mjaeä*, seria uma tolice — sussurrou Anatolich.

E era, nesse caso, tudo o que precisava ser demonstrado. Se os jovens tripulantes que não conseguiam imaginar a gravidade da situação vissem naquele momento os seus três oficiais mais graduados trocando figurinhas, como eles próprios costumavam fazer, certamente, mal se poderia subestimar o... efeito pedagógico, certo?

Portanto, agora, dia sim, dia não, também o comandante Petrov, o capitão-de-mar-e-guerra Charlamov e o tenente Larionov ficavam sentados a um canto da sala de estudos, à vista de todos. Cada um deles requisitou, inclusive, um CD especialmente preparado por Carl, a fim de poderem adormecer ao som de lições gravadas de inglês para marinheiros.

Mas foi com sentimentos confusos que Mouna considerou a presença no navio das quatro professoras russas de línguas. Evidentemente, era agradável verificar que as quatro mulheres, de modo algum comprometidas na bela arte da tecnologia da morte, contribuíam para o esforço de guerra com uma coisa tão civilizada e humanística quanto o ensino de línguas. Mas o trabalho duro delas lhe dava uma sensação de consciência pesada com a qual ela não sabia exatamente como lidar. Nenhuma delas fazia a menor idéia do que se tratava o Projeto Pobjeda e, possivelmente, todas as quatro estavam despreocupadas e nem um pouco perturbadas com a questão. Para elas, tudo se resumia, por um lado, a uma aventura exótica — todas vinham da região de Murmansk e estavam inoculadas com o romantismo do mar —, e, por outro lado, havia uma recompensa extra de um valor formidável. Cada uma recebeu cinco mil dólares por aquela expedição de treinamento.

Mas Mouna teria que contratar duas delas por um ano, para o período de guerra. Isso significava o pagamento de 60 mil dólares para cada uma. Nem mesmo Olga Shadrina e Nadia Rodinskaia, que eram casadas e tinham crianças, podiam recusar uma oferta dessas, por muito que Mouna tentasse avisá-las, por indiretas, de que a expedição real podia se tornar muito perigosa.

Duas delas tinham que ficar em terra, sobre este assunto já se tinha chegado a um acordo no grupo de líderes. Era necessário realizar toda e qualquer redução de pessoal que não ameaçasse a segurança ou o funcionamento a bordo. Qualquer elemento da tripulação que pudesse ficar de fora só iria fortalecer a resistência do K 601 por meio da redução do consumo de oxigênio e de alimentos. Era preciso agüentar pelo menos três semanas sem ir à superfície, para abastecer ou sequer elevar o tubo de respiração, a fim de aspirar o ar fresco.

Quer dizer, tinham que manter a bordo as duas solteiras e sem filhos, Irina Issajeva e Lena Kutsnetsova. Seria possível raciocinar dessa maneira tão simples? É claro. Desde que fosse preciso escolher. E era preciso mesmo.

Um milhão de dólares em pacotes de notas de cem pesa 19 quilos, lembrou-se Mouna, no meio do raciocínio sobre o dilema moral. Isso representava uma maleta bem cheia. Mas no momento ela precisava de um ônibus para transportar o pagamento dos adiantamentos de todos do aeroporto de Murmansk para Severomorsk, antes da próxima e última saída. Todos necessitavam de tempo para ir a casa e deixar o dinheiro com a família. Não fazia sentido para os tripulantes ficar com mais de 200 dólares a bordo, visto que o risco de perdê-lo era enorme a bordo do K 601. Além disso, esse dinheiro teria que ficar depositado em um cofre e ser liberado mediante recibo no caso pouco provável de uma eventual permissão para ir a terra. Toda espécie de jogo era completamente proibida a bordo, assim como ter relações sexuais.

Este último problema aumentava substancialmente, ao convidar Irina e Lena, as duas professoras jovens e solteiras, para permanecer a bordo. Se iam ficar pelo menos seis meses viajando, ou talvez até cerca de um ano, nem mesmo Mouna podia imaginar quanto tempo seria, então, era de esperar haver problemas com as duas professoras, bastante atraentes, no meio de uns trinta tripulantes russos, destemidos. E como é que se enfrenta uma situação dessas a 400 metros de profundidade e no meio do Atlântico?

Em relação a Leila e Kadija, ela achava que não haveria problema nenhum. Ambas eram freqüentadoras habituais dos bares de Beirute e conseguiam até lidar com bêbados, um problema que a bordo, no momento, parecia difícil de acontecer. Além disso, ambas estariam totalmente concentradas em contribuir para o sucesso da operação, que seria praticamente impossível que qualquer marinheiro, mesmo da melhor estirpe de sedutores, pudesse incomodá-las.

Uma das cozinheiras russas poderia ser dispensada. A cozinha poderia requisitar mão-de-obra masculina, havendo, inclusive, cinco palestinos, mergulhadores, com os quais seria possível contar, visto estarem disponíveis na maior parte do tempo.

Isso seria trabalho para ela, o de arranjar ajuda para a cozinha entre os mergulhadores palestinos. Ou de Carl? O que teria mais condições de se fazer respeitar diante dos fortes mergulhadores, as três estrelas do almirante ou o passado dela que todos conheciam? Além disso, seria de contar como uma facilidade extra o fato de poder discutir a coisa, discretamente, sussurrando em árabe? Era difícil de dizer.

Carl e ela tinham chegado a um acordo, finalmente, de que seria ela a realizar todas as conversas pessoais com as quatro professoras russas. Mas a questão não ficou tão clara assim. Ela tinha posto em questão o fato de ser mulher não representar, automaticamente, uma vantagem. Em toda a sua carreira dentro do Jihaz ar-Razed, ela teve que lidar, quase exclusivamente, com homens, acima e abaixo do seu nível de poder, discutindo todos os assuntos, desde assassinatos de pouca importância a cursos de espionagem e a indicações para atribuição de patentes oficiais. Ela achava que era a melhor opção, em especial, ao lidar com os homens árabes. E, em contrapartida, as quatro russas se sentiriam muito mais bem apreciadas, se fossem convidadas para almoçar ou jantar, ou fosse lá o que fosse, com o próprio almirante. Mas foi justamente esse argumento que ele usou contra ela. Uma mulher, mesmo com uma grande estrela no ombro, continuava a ser uma mulher, em especial ao se tratar de ouvir outras mulheres sobre eventuais problemas de assédios sexuais.

Nessa altura, ela se resignou. E, por conseqüência, estava no momento aguardando a chegada de Irina Issajeva, no que seria a última conversa pessoal com as quatro professoras russas.

Irina tinha deixado de se maquiar, isso foi a primeira coisa que Mouna notou. No início, todas as quatro vinham para as lições com sombra verde ou lilás nos olhos como se estivessem a caminho de alguma boate. Mas, diante do espaço limitado de um submarino — e, sobretudo, da falta de espelhos com boa iluminação! —, logo após, mais ou menos, uma semana, elas reduziram as suas ambições de ter uma aparência perfeita. Irina, no caso, era esbelta, loura e tinha cabelos compridos que ela prendia em um rabo-de-cavalo, o que lhe ficava muito bem, mesmo com o uniforme da marinha. Carl tinha dado às professoras a graduação de suboficiais. E Mouna já tinha esquecido qual a explicação que ele deu, mas era qualquer coisa a respeito de estarem acima do pessoal de baixo e abaixo dos oficiais enfadonhos.

Primeiro, é claro que elas ficaram apenas conversando sobre as amenidades dos problemas puramente pedagógicos. Por exemplo, um vocabulário que até mesmo para os russos de nascimento não fosse tão simples. Depois, com certo alívio, constataram que estavam as duas no mesmo ritmo diário e que, portanto, estavam na hora do jantar. Pediram costeletas de cordeiro *à la provençale* com água do mar dessalinizada e filtrada, a que os cozinheiros palestinos batizaram de Château d'Atlantique, e Mouna, desajeitadamente, foi direto para a pior pergunta:

— Pelos seus papéis, Irina, vejo que você é solteira e está com 31 anos. Eu achava que as pessoas casavam muito cedo na Rússia. E você é uma mulher talentosa e bonita, mas está solteira por quê?

Irina sentiu-se como se tivesse levado uma bofetada e demorou a responder.

— Eu estava noiva — respondeu, em voz baixa. — O meu noivo era tenente a bordo do *Kursk*.

Nesse momento, foi a vez de Mouna parecer ter levado uma bofetada.

— Eu peço, de verdade, desculpa pela... Eu sinceramente peço desculpa, Irina. Não era assim, precisamente, que eu queria ter começado a nossa conversa.

— Não tem problema, general! Estou começando a me acostumar à idéia, embora não seja assim tão fácil.

— É claro. Mas vamos deixar os nossos títulos de lado e nos tratar por você. Eu sou Mouna e você é Irina. Embora tenha sido lamentável... Vocês estavam para se casar?

— Sim, mas eles trocaram de tripulação na última hora. O comandante Petrov tinha o aniversário de trinta anos de casamento para festejar com a sua mulher, ou alguma coisa assim, e eles trocaram a tripulação em apenas dois dias. O meu Jevgenich teve que se apresentar e nós tivemos que adiar o casamento para quando ele regressasse. Não era nada de especial, apenas mais um exercício, com um pouco de treinamento com os torpedos. Mas o *Kursk* não voltou nunca mais...

A comida não caiu tão bem como costumava acontecer e ainda por cima tinha esfriado. E Mouna estava bem consciente de que tinha pisado na bola no início da conversa, de um jeito que só daria para reparar muito mais tarde. No entanto, ela precisava ainda fazer algumas perguntas. De repente, tinha surgido um inesperado problema de segurança.

Mais atenta e com uma expressão teatralmente melhorada, pelo menos assim ela esperava, perguntou a Irina se ela tinha algum ressentimento em relação ao comandante Petrov, fulcro daquela mudança de tripulação na última hora. Uma única atitude nesse sentido e Irina teria que ver a sua liberdade restringida durante o resto da viagem.

Mas Irina acreditava em Deus, como se demonstrou. Aquilo que aconteceu com o *Kursk* foi um lamentável acidente para todos os familiares da tripulação a bordo. Mas foi também um alívio e um peso na consciência — e isso ela reconheceu em muitas das amigas em Severomorsk — para aqueles que se salvaram apenas em função de um casamento, aparentemente sem importância, por parte do comandante. Ninguém, a não ser Deus, poderia ter sabido por antecipação. E os Seus caminhos são sempre inescrutáveis.

Sempre presente esse danado de Deus, pensou Mouna. Os judeus são loucos, os cristãos são loucos, para não falar de alguns dos meus próprios companheiros que, inclusive, acabaram de ganhar a eleição. Portanto, Deus queria que o *Kursk* fosse ao fundo na viagem em que o noivo de Irina, o tenente Jevgenich, estivesse a bordo. E à noiva restava apenas baixar a cabeça e rezar? Loucura. E, além disso, uma loucura que corrói a Palestina, a cada dia que passa, enquanto o muro cada vez fica mais alto. Se ao menos fosse petróleo!

O resto da conversa das duas tornou-se lento e melancólico, mas não tão ruim que Mouna não pudesse ficar sabendo como Irina foi parar a bordo. Foi Ovjetchin quem a recrutou, e ele falou com Petrov que conhecia o passado de Irina. Portanto, assim deve ter acontecido. Foi Anatolich Petrov quem desempenhou o papel de Deus. Talvez a idéia Dele fosse a de proporcionar a morte do noivo no fundo do mar, a fim de que a noiva pudesse lhe fazer companhia na viagem seguinte? Nada era impossível. Eram todos malucos.

Embora também fosse possível um outro raciocínio. Talvez nem tudo fosse loucura. Se Irina viesse a morrer junto com todos os outros a bordo do K 601, o que em alto grau era um risco calculado, isso seria morrer perto do noivo muito chorado. E se ela, contra o pressuposto, viesse a sobreviver, então o seu salário de 72 mil dólares representaria um excelente consolo na Rússia. Paralelamente ao que Deus pudesse ter feito, esse seria o melhor começo que se poderia dar a ela. A alternativa seria uma morte rápida. Irina era, definitivamente, uma das duas professoras de línguas que ficariam a bordo, a caminho da grande verdade.

✪✪✪✪✪

A Casa de Deus a bordo do K 601 era muito modesta. De fato, tratava-se do espaço de uma despensa de dois metros por três, como uma cela de qualquer cadeia, mas com a mesma cor azul-clara nos anteparos do resto da nave. A Casa de Deus estava sob duplo comando, visto estar dividida entre o padre ortodoxo grego Josef Andjaparidze e o imame Abu Ghassan. Dependendo de quem realizasse o serviço religioso, a cruz era substituída por alguns quadros negros com passagens douradas do Alcorão. Admitindo que houvesse algumas brechas entre os serviços religiosos, o lugar funcionava também como local extra para ginástica, com duas bicicletas ergométricas tipo *spin*, e um aparelho de musculação.

Por fora, os dois curadores de almas eram totalmente diferentes. O padre Josef era um homem muito temperamental, de barba preta, que balançava quando ele reclamava de algum arranjo prático e citava o fato de ter sido muito melhor a bordo do cruzador robotizado *Pjotr Velikich*, ou quando ele ralhava com algum pecador, o que ele fazia com bastante freqüência, dado que se ouvia tudo do lado de fora do oratório. Em contrapartida, Abu Ghassan era uma pessoa calma, que jamais levantava a voz e que preferia a ironia tranqüila à brusquidão do padre Josef e, por vezes, às suas piadas equivocadas.

Mas eles se davam bem. O padre Josef dizia ter certeza de que, em relação ao esforço ecumênico entre a cristandade e o islamismo, os dois estavam muito à frente do que se fazia na Rússia.

Na maioria das vezes, ambos se apresentavam uniformizados, como todos os outros, mas outras vezes, em vez do gorro com o nome do navio, o padre Josef usava um pequeno chapéu redondo preto, que fazia lembrar uma caixa de remédios, e Abu Ghassan, um turbante branco. E abaixo dos ombros, nos antebraços, em vez das divisas indicando a patente, eles usavam, um, a cruz ortodoxa grega, e o outro, uma meia-lua de prata.

Os problemas práticos, na sua maioria, eram resolvidos por eles da forma mais agradável possível, como, por exemplo, no caso dos horários. Os dois resolveram utilizar a hora de Greenwich a bordo, em vez da hora de Moscou ou a de Meca. Assim, foi possível ter uma hora de intervalo entre a oração muçulmana da manhã e a missa matinal cristã e entre a oração da noite e a vespertina cristã. E depois de muitas colisões na hora de entrar e sair do oratório, passou a funcionar sem atritos o combinado e sacramentado horário estabelecido pelos dois líderes religiosos.

De vez em quando até faziam as suas refeições juntos, logo depois da oração muçulmana da tarde. Naturalmente, os dois faziam comparações entre as suas experiências e nenhum deles ficou muito surpreso ao verificar que a morte era para o colega o problema maior e mais normal na cura das almas. Segundo o padre Josef, isso tinha a ver com a média de idade a bordo ser baixa. Os homens, na sua maioria, eram jovens. E, curiosamente, os seres humanos pensam muito mais na morte quando a morte ainda está muito longe do que quando começa a se aproximar. Abu Ghassan, por seu lado, achava que a questão da morte era muito mais presente a bordo de uma máquina de guerra quase fantástica como era o caso do submarino K 601. Mas, de qualquer forma, ambos puderam constatar que a questão da vida depois da morte era o problema que mais motivava todas as considerações teológicas a bordo.

Do ponto de vista cristão, todos tinham direito ao Reino dos Céus quando morriam jovens e com uma quota de pecados que, por falta de tempo hábil, ainda era pequena. Do ponto de vista muçulmano, todos tinham direito ao Paraíso, desde que morressem pela Ordem Sagrada, o que para o padre Josef era uma questão já ultrapassada e antiquada, para não dizer ridícula.

Essa discussão não ia dar em lugar nenhum. Portanto, era melhor comparar as experiências de como tentar formular uma palavra de conforto diante da angústia da morte.

As regras amplas e complicadas, criadas em função do Jihad, vieram a ser bem-vindas para Abu Ghassan. No K 601, era impossível pensar-se em qualquer pessoa gritando e chamando para a oração no meio de uma manobra avançada ou de um ataque imaginado contra um submarino estranho. Do ponto de vista histórico, por exemplo, no tempo do Profeta, que a paz esteja com ele, os fiéis também se defrontavam com situações semelhantes, havendo centenas de exceções que os isentavam das orações em tempo de guerra. Aquele que estivesse diante de um monitor de sonar, perseguindo um submarino americano propulsionado a energia atômica, teria, portanto, de acordo com o Alcorão, uma desculpa para não cair de joelhos e assentar a testa no chão.

Abu Ghassan, como confortador, começou a achar-se cada vez mais supérfluo. Era verdade que os cristãos a bordo tinham mais medo da morte. E por que não? Ao contrário dos palestinos, eles trabalhavam mais pelo dinheiro e um pouco pela aventura, e, além disso, tinham uma idéia muito vaga do que poderia acontecer. E do salário bem-remunerado eles só poderiam ter alegrias caso sobrevivessem.

Com os palestinos a bordo, conseqüentemente, a situação era completamente diferente. Eles, na sua maioria, pareciam estar tranqüilamente convencidos de que a morte seria um preço que valeria a pena pagar. Nesse sentido, eram todos homens-bomba suicidas. Mas em vez de um cinturão de explosivos, estavam todos dentro do maior carregamento de explosivos de todos os tempos. Além disso, com pelo menos uma chance teórica de sobrevivência, ao contrário de Muhammed Atta e dos outros loucos que dirigiram os seus aviões seqüestrados contra as Torres Gêmeas.

A maioria dos jovens palestinos que realizaram missões suicidas teve razões mais pessoais do que religiosas para fazer o que fizeram. Estavam todos na mesma situação do mergulhador Hassan Abu Bakr. Se a moda dos ataques suicidas já existisse na sua adolescência, ele teria realizado, com certeza, um desses ataques, depois de toda a sua família ter sido dizimada pelas bombas israelenses de fragmentação.

Entretanto, era muito melhor estar a bordo do K 601. Ele próprio e o mergulhador Hassan Abu Bakr tinham muito a contar a respeito dessa graça divina. Como guerrilheiros, ambos tinham atacado Israel, um por terra e o outro por mar. E, na seqüência, ambos ficaram, durante mais ou menos uma década, na prisão de Ramleh, o que representava estar o mais próximo possível do que seria o inferno na Terra. Embora não fosse esse o problema. Caso se ficasse preso, havia sempre um preço a pagar. E sempre um preço muito alto. Esse era o princípio básico de tudo aquilo que eles tinham feito durante o seu tempo como *fedayeen*, aqueles que arriscam a vida.

Com o K 601, a situação era diferente de tudo o que tinha sido feito antes. O K 601 era a técnica e a estratégia do inimigo, lentamente estudadas e bem planejadas para se realizar um ataque, com uma força extraordinária, um ataque decisivo e não mais um ato de coragem ou uma oferenda a Deus. Apenas os americanos e os israelenses utilizavam essas estratégias, força decisiva em combinação com a certeza de que isso era a vontade de Deus, o *Deus vult*, que era o grito dos cruzados ao atacar.

Diante dessa grande e indescritível realidade, diante dessa enorme luta de titãs, a presença de Deus passou a ser menos importante. Isso se notava mais na presença dos três gentlemen, a que todos chamavam de tenentes, Peter Feisal, Marwan e Ibrahim. A metamorfose deles era espantosa. Elegantes, um pouco descontraídos, cavalheiros tipicamente ingleses, eles encarnaram um papel do qual haviam fugido em puro pânico. Sem dúvida, pareciam gostar de usar os seus uniformes. E, tanto quanto isso, gostavam de ter contribuído com melhorias técnicas decisivas, que todos reconheciam que eram produto da sua competência. Não era Deus que eles tinham procurado. Era o K 601.

Abu Ghassan e Mouna haviam conversado bastante sobre o assunto. Evidentemente, era mais uma questão acadêmica, mas valia perguntar se realmente teria sido necessário utilizar aquele caminho via Deus para conseguir tê-los a bordo. Mouna era de opinião que não e argumentava em favor do seu ponto de vista. Dentro de toda a diáspora palestina, corria como que uma onda de necessidade de vingança e de vontade de recuperar a sua dignidade humana, assim que George W. Bush deu início à sua Guerra Santa, depois do 11 de setembro. Como ninguém conseguia imaginar um K 601, as pessoas, em desespero, agarravam-se a Deus. Peter Feisal chegou a falar algo cômico em relação à sua nova fase como crente. Ele fora feito para ser tenente na marinha palestina. Aliás, teria até se encaixado tal qual a mão numa luva, também na marinha inglesa, a Royal Navy, pelo menos em termos de estilo, de língua e de comportamento. Embora isso fosse uma observação injusta. A Royal Navy jamais poderia ter recrutado os três tenentes, com ou sem falso imame.

E no que dizia respeito ao imame, à medida que o tempo corria, cada vez ele começava a se questionar mais em relação à utilidade da sua ação de conforto espiritual a bordo. Já tinha conhecimento prévio de tudo o que acontecera de errado na primeira grande viagem de treinamento do K 601. Não era difícil de entender como pessoas inteligentes como Peter Feisal e Mouna haviam chegado à conclusão de que era necessário estabelecer a bordo, demonstrativamente, alguma espécie de igualdade religiosa. E, de repente, também um pouco misteriosamente, ele próprio foi expulso da Grã-Bretanha, com uma explicação rebuscada, dizendo que teria de voltar ao Cairo e pedir visto de novo.

Tinha certeza de que Mouna, de alguma maneira, estava por trás dessa decisão. Tinha conseguido, sob muitos aspectos, envolver o MI5 nas suas manobras. No Cairo, por acaso, mas na hora certa, ela apareceu para dar a ele uma nova missão religiosa nos serviços secretos a que ele não poderia negar-se. Ela era uma manipuladora muitíssimo competente que, por isso mesmo, ele tanto admirava.

No entanto, ele duvidava de que a sua presença fosse necessária quando a guerra realmente começasse. Nessa altura, nenhum palestino a bordo iria precisar mais de conforto espiritual, muito mais necessário para aqueles que, eventualmente, à última hora, fossem preteridos por este ou aquele motivo. Ele próprio tentou ser de mais utilidade, respondendo pela limpeza de uma seção e trabalhando como extra na lavanderia, coisas que um imame tinha mais facilidade em fazer do que qualquer mergulhador, conservando o respeito a si próprio e aos que estavam à sua volta. Mas, no entanto, iria sugerir a Mouna que lhe arranjasse outra função que não aquela de falso, ainda que correto, imame, ou fosse lá o que fosse mais conveniente para descrever o seu trabalho a bordo. Por exemplo, ela precisava de um guarda-costas e assistente sempre que fosse ao navio de manutenção. Realmente, devia falar com ela a respeito disso.

A cadeia de acontecimentos do dia descreveu em toda a sua simplicidade o seu novo problema. No meio da oração do meio-dia, quando estava recitando o Alcorão diante dos quatro muçulmanos que puderam vir e estavam agora de joelhos e virados para Meca — o que não era problema, visto que por toda parte existiam monitores que descreviam a posição exata do K 601 —, soou o alarme de prontidão.

Com a velocidade de um relâmpago, os quatro homens em oração diante dele logo se levantaram e foram embora sem dizer palavra. E ele ficou sozinho na Casa de Deus, que por mais engraçado que parecesse era também a sua posição de combate. Era a imagem nítida e completa de todo o seu raciocínio: o K 601 era maior do que Deus.

E lá dentro estava ele, sem monitor nenhum e sentindo como o submarino começava a balançar, o que significava, pelo que sabia, uma manobra violenta de fuga, ao mesmo tempo que os motores paravam. Estavam descendo, nitidamente, num ângulo muito pronunciado. Um Alcorão caiu no chão e veio descendo até parar aos seus pés.

Rezar ele não fazia sem ter público. Restava apenas esperar lá dentro, na obscuridade, até que soasse o sinal de que o perigo tinha passado. Nessa altura, ele poderia sair e procurar saber o que tinha acontecido. Por enquanto, sabia que haviam passado pelas Ilhas Shetland e se achavam ao largo da costa ocidental da Irlanda, mas não muito mais. Talvez tivessem entrado num campo de manobra da frota britânica e talvez isso tivesse sido feito intencionalmente.

Na hora do jantar, quatro horas mais tarde, ao entrar em situação de vigilância normal, ele se encontrou com Ibrahim, que estava de plantão na central de comando durante todo o tempo do imprevisto. Tinha havido uma possibilidade de colisão com o submarino de ataque britânico, o HMS *Trenchant*, da classe Trafalgar, um navio significativamente maior do que o K 601. A manobra foi orientada de modo a manter o curso de colisão, a fim de ver quanto demorava para que os britânicos descobrissem o que estava para acontecer. Mas chegaram a ficar tão próximos que os indicadores de colisão em ambos os navios soaram antes de as manobras de desvio terem sido iniciadas. Os britânicos a bordo do HMS *Trenchant* deviam ter ficado enlouquecidos, achando que os líderes da manobra não os tinham avisado e assim os colocaram perante uma experiência bem arriscada.

Em seguida, houve uma disputa de gato e rato. Os britânicos logo perceberam que um submarino estrangeiro tinha entrado nas suas manobras. E o comandante Petrov não fez nada para evitar essa suspeita. Antes pelo contrário.

Depois de terem feito contato com dois cruzadores mandados para o lugar para achar o K 601, este subiu à profundidade de periscópio, fez questão de mostrar o periscópio com nitidez, gravou em vídeo os dois cruzadores — o D 89 *Exeter* e o D 97 *Edinburgh* —, mergulhou e desapareceu na direção dos inimigos que chegavam, supostamente no sentido contrário àquele que eles tinham pensado, e assim se livraram deles.

Chegando à periferia da esquadra britânica, eles refizeram o truque, subiram o periscópio de novo, identificaram duas fragatas da classe Duke, o HMS *Montrose* e o HMS *Kent*, e fugiram de novo. Mas desta vez descendo para grande profundidade e girando para bombordo. Segundo Petrov, os britânicos não deviam ter entendido nada, a não ser que um submarino russo tinha ido brincar com eles, mas eles jamais iriam conseguir saber que tipo de submarino tinham encontrado pela frente. Tentaram de todas as maneiras. Com helicópteros, fizeram descer bóias de sonar e detectores magnéticos. Mandaram cruzadores e fragatas atrás deles, cruzando os mares em todas as direções. E, enquanto isso, o K 601 descia para uma profundidade segura, à velocidade de três nós e à energia elétrica, direto rumo ao sul, a fim de realizar um ataque de mentirinha contra Cork, a base da esquadra irlandesa.

O ataque contra Cork devia ser realizado dentro de 36 horas. E se a manobra desse certo, eles continuariam contra o alvo mais importante possível, Devonport, na Inglaterra, a base britânica de submarinos nucleares. Ibrahim contou, depois, como tudo aconteceu, tão entusiasmado que parecia um aluno do ginásio depois da primeira vitória no jogo de críquete.

— Que Deus esteja conosco — murmurou Abu Ghassan.

— Não fique preocupado, velhote, disso nós vamos cuidar! — reagiu o tenente Ibrahim, com total e completa irresponsabilidade. Nesse momento, ele parecia mesmo um garoto de internato escolar.

Velhote?, pensou Abu Ghassan. É assim que se fala na Royal Navy quando se trata de um oficial e de um gentleman? Vai ver que é. O K 601 é maior do que Deus. Aqui e em breve não serei mais necessário para nada, a não ser que eu assuma sozinho a responsabilidade por toda a lavanderia e toda a limpeza.

✪✪✪✪✪

Duas semanas depois, o subcomandante Ovjetchin encontrou-se diante de um problema moral do qual não sabia ao certo como sair. Ele devia sintetizar os relatórios a mandar para os chefes da marinha russa, em relação às manobras do K 601. Do ponto de vista russo, o K 601 ainda continuava a ser parte da força da sua marinha, embora talvez não se falasse tão alto a respeito desse fato, caso o verdadeiro dono estivesse por perto.

Por conseqüência, a última viagem do K 601 antes da entrega da nave devia ser avaliada. Havia claramente dois pontos de partida a considerar, mas extremamente diferenciados. O comandante Petrov, mais uma vez, tinha se excedido. Em 1999, ao se dirigir para o Mediterrâneo com o *Kursk*, ele conseguiu envolver a sexta frota americana e jogá-la para escanteio. E por isso acabou ganhando a maior condecoração do ano pela atuação mais distinta na frota de submarinos. E, por isso, também, o *Kursk* ganhou um emblema em vermelho e prata, com a águia bicéfala da Rússia, para colocar na frente da torre.

Acontecia apenas que aquela última manobra tinha ultrapassado tudo o que se fizera antes. A sua brincadeira com o USS *Alabama*, apenas ela, já lhe dava direito a qualquer bonita medalha. Na realidade, os americanos há muito tempo que demonstravam superioridade técnica no eterno jogo de brincadeiras no Atlântico Norte. O seu sistema de sonar sempre tinha estado um pouco à frente. Mas dessa vez os americanos não tiveram chance.

No entanto, esse triunfo não amainou nem um pouco o apetite de Petrov. Ou seria ambição? Isto porque, depois do caso com o USS *Alabama*, ele decidiu entrar diretamente no vespeiro, ou seja, no meio das manobras dos britânicos, em vez de apenas dar a volta e ficar longe deles. E ele, sem dúvida, conseguiu ludibriá-los. Não havia razão nenhuma para duvidar do diário de bordo, eram muitos os que tratavam do assunto.

Houve o falso ataque contra a base Cork, a principal da marinha irlandesa que, diga-se de passagem, não é assim tão assustadora, e o *eventual* falso ataque contra uma das maiores e mais bem guardadas bases britânicas, a Devonport, que, entre outras coisas, era o porto dos quatro submarinos estratégicos nucleares ingleses. Os dois falsos ataques, forçosamente, tinham feito parte dos planos.

Mas, então, não se tinha pensado que o K 601 fosse esbarrar com os britânicos ao largo da Irlanda, levantando suspeitas e deixando as frotas do mundo inteiro de prontidão. No entanto, ele realizou os dois falsos ataques, manteve o distanciamento certo e a profundidade certos. Esperou cinco minutos, mostrou o periscópio e simulou o ataque — deve ter sido, certamente, um espetáculo fantástico nos simuladores —, e, depois, tranqüilamente, abandonou o local. Até aí, pelo menos, era tudo compreensível.

Mas foi então que ele fez o incompreensível, provavelmente sem que ninguém soubesse, a não ser os seus imediatos, o que de fato estava acontecendo. Em vez de dar a volta pela Irlanda, entrando novamente no Atlântico, onde o K 601 poderia navegar em segurança por força da sua capacidade de descer a grandes profundidades, ele resolveu voltar através do espaço estreito e pouco profundo entre a Irlanda e a Grã-Bretanha. Isso significou quatro dias de navegação no mais alto estágio de prontidão e na velocidade mais baixa. Isso significou também que raramente puderam navegar e manobrar a uma profundidade superior a 100 metros e, muitas vezes, a menos do que isso.

Quando, finalmente, atravessaram a passagem mais estreita, o Canal do Norte, ao largo de Belfast, eles, para passar, invadiram uma área proibida da Inglaterra. Se fossem descobertos, poderiam ter sido atacados com fogo de verdade, na intenção de obrigá-los a subir à superfície.

Mas não é que o danado fez isso! Além de tudo, ainda trouxe consigo um mapa eletrônico perfeito do fundo do mar, com todas as mudanças de nível da passagem estreita.

Se tivesse que resumir para si mesmo, honestamente, tudo o que Petrov havia feito, ele diria que o comandante do K 601 fez aquilo que ninguém mais sequer sonhou tentar realizar. Para não falar do fato de ele ter voltado com um único e insubstituível mapa eletrônico. Foi uma realização de tal magnitude que, pelo menos, Ovjetchin não teria nada contra, se o K 601 tivesse mais outro Herói da Rússia a bordo.

Por outro lado, tinha arriscado o seu navio, tinha agido contra as ordens dadas, tinha colocado em risco um projeto no qual o presidente depositava grandes esperanças. Ele tinha arriscado a vida da sua tripulação, muito além do que era normal para um comandante de submarino, mesmo considerando as mais exigentes condições. Além de tudo, poderia ter sido afundado em território inimigo, com todas as conseqüências políticas que uma história dessas poderia acarretar. Em poucas palavras, havia sofrido de uma coisa chamada estado de loucura, uma espécie de desejo de morte.

Que o resto do longo treinamento de manobras tivesse decorrido de maneira fantástica já era de esperar e nada de admirar. Treinaram a entrada de combustível a partir de um pequeno petroleiro à superfície em mar agitado. Seguiram depois para uma manobra com a marinha russa no Mar de Barents, enganaram os seus próprios companheiros tal como haviam feito com os americanos e os britânicos e, para total surpresa, dispararam os seus mísseis de cruzeiro — e voltaram a escapar dos seus perseguidores!

Os vencedores é que escrevem a história. Anatolich Petrov passava no momento a ser o melhor comandante de submarino em atividade na marinha russa. Fora uma atitude instintiva e genial ter sugerido Petrov para comandante do K 601! Aquele almirante sueco não era certamente nenhum idiota.

O maior problema, entretanto, era saber que o comandante Petrov não era apenas — e comprovadamente — o maior. Ele era também um comandante que queria morrer.

Como seria possível ter um comportamento frio e analítico diante dessa conclusão? O comandante Petrov, contra todas as recomendações e responsabilidades, tinha realizado uma série de manobras impossíveis. Mas, da próxima vez que saísse para o mar, ele teria somente armas carregadas com explosivos de verdade a bordo e, nessa altura, não se trataria mais de ganhar pontos, mas apenas de sobreviver, de jogar simples, como costumam dizer os jogadores de todos os esportes. Para vencer, claro. É de esperar que a vontade de vencer seja maior do que a vontade de morrer, em especial ao se defrontar com um submarino da classe Los Angeles, qualquer dos irmãos do USS *Memphis*. Era isso mesmo.

Conseqüentemente, não havia nenhuma razão para salientar de maneira especial a sua clara demonstração de loucura no relatório a apresentar ao comando da marinha. Muito melhor dar relevo ao heróico e fenomenal.

Mas era preciso ter uma conversa séria com Mouna, Carl e o próprio Anatolich. Isto, quando o K 601 mudasse de nome para algo muito diferente e saísse para o mar com a bandeira palestina. Nessa altura, Anatolich Petrov já não seria o chefe mais elevado a bordo. A questão era saber se ele iria entender isso.

6

Não ajudou em nada ser como a repórter a estrela do maior canal de televisão do Oriente Médio, Al Jazeera. Qualquer um podia ser enganado, até mesmo pelos palestinos. Foi uma experiência mais irritante do que especialmente dolorosa para Rashida Asafina. Mas ali estava ela, na prática prisioneira, com a sua fotógrafa e editora de imagens, a bordo de um pesqueiro tunisiano, velho e enferrujado, sem banheiro e sem nenhuma comodidade. Além disso, já no seu quinto dia, com uma única boa notícia: a de que o tempo tinha ficado bom, muito calmo, e que o seu maldito enjôo tinha passado.

Em primeiro lugar, eles a enganaram ao chamá-la até Túnis para uma entrevista exclusiva com o presidente palestino, Mahmoud Abbas, o que não parecia, mas se revelou rapidamente, ser mesmo papo furado. Mas tinham assegurado que ele iria fazer uma grande declaração e que ela seria a única jornalista a receber a notícia em primeira mão. Parecia valer a pena gastar quatro ou cinco horas de avião, partindo do escritório central no Catar.

A entrevista tornou-se patética, quase ridícula, visto apresentar fatos já bem conhecidos, lamentáveis e comovedores, mas mesmo assim do conhecimento geral, não sendo, por conseqüência, nenhuma novidade. E, acima de tudo, os fatos vieram acompanhados das normais e risíveis ameaças.

O que Mahmoud Abbas tinha a dizer era, em resumo, que o povo palestino não podia aceitar viver em Gaza, região transformada em uma prisão de proporções grandiosas, sem portos e aeroportos, asfixiada pela frota e a força aérea de Israel. O confisco feito pelos israelenses de todas as taxas aduaneiras e impostos fazia com que toda a infra-estrutura de Gaza entrasse em colapso. Mais de dois milhões de palestinos ficaram retidos como reféns, só porque Israel ficou descontente com o resultado das últimas eleições democráticas. Mas punir o povo palestino por ter votado errado era uma ação nada democrática. E como não era possível aceitar uma situação insuportável como essa, a intenção era usar o direito legal de tomar medidas militares para romper o bloqueio. Em termos de direito popular, o respaldo legal era claro.

O presidente palestino não quis responder às consistentes perguntas que lhe foram feitas em seguida, repetindo apenas o ponto central da sua declaração. Tencionava-se romper o isolamento de Gaza com medidas militares. E todas as medidas estariam em acordo com as leis internacionais.

Na questão que lhe pôs em seguida, quase uma pergunta irônica, ela quis saber quais eram os meios militares que se pensava mostrar contra Israel, além da volta ao terrorismo executado por homens-bomba, suicidas, o presidente respondeu dizendo que os ataques suicidas estavam descartados, mas quanto ao resto, "nada de comentários" a fazer. Quase chegou ao ponto de se sentir envergonhada em mandar a entrevista para transmitir.

Mais tarde, ela chegou à conclusão de que tudo tinha sido uma manobra para desviar a atenção. A entrevista fora convocada com segundas intenções, não era para ser levada a sério, embora, infelizmente, tivesse acabado por ser transmitida e retransmitida várias vezes. Alguma outra coisa teria sido o principal motivo da entrevista, algo tão surpreendente quanto a oferta de um doce em um funeral.

E a surpresa não veio de qualquer um. Mouna al Husseini era uma lenda no Oriente Médio, uma mulher entre os mais brilhantes e apreciados militares palestinos. Duas vezes dada oficialmente como morta pelos israelenses, e com uma história que suplantava toda a fantasia e talvez até a poesia árabe, onde ela é da pior qualidade.

Ninguém sabia ao certo como era a aparência atual dessa mulher e, quando ela apareceu, usando um vestido de noite esplendoroso, entrando sem bater na sua suíte no Tunis Hilton, tanto Rashida Asafina quanto a fotógrafa logo concluíram que se tratava de alguma amante local do presidente que, por acaso, entrava no lugar errado.

As duas chegaram à conclusão nítida de que Mouna al Husseini era um nome que, imediatamente, levantaria desconfiança caso se apresentasse desse jeito, e que, se fosse ela, levaria todos a considerá-la, constrangedoramente, como um passatempo prazeroso do mais alto chefe político da Palestina. Mas, quando ela chegou à frente, o presidente Abbas levantou-se e, quase solenemente, pegou na mão dela, fez sinal para a equipe de televisão e disse que os deixaria a sós com a sua colaboradora próxima e muito respeitada... Mouna al Husseini. E, em seguida, fez uma pequena reverência e foi embora.

— Quer dizer que você é mesmo... *É ela?* Uau! — Foi a única coisa que Rashida Asafina, a maior e mundialmente famosa repórter da Al Jazeera, conseguiu dizer. Claramente constrangida.

O convite veio direto e sem rodeios. A questão valia um furo internacional de tal ordem que a repórter entraria para a história do jornalismo. Se estivesse de acordo, era só segui-la, tudo estava preparado. A única coisa que era preciso trazer era a câmera, o equipamento de transmissão via satélite e aparelhos de edição. Roupas apropriadas e o resto já havia no lugar para onde iam. E nada mais precisava ser dito antes de chegar lá.

Era uma proposta surpreendente. E fácil de aceitar, tal como ficaria demonstrado. A repórter ainda perguntou, um pouco desconfiada — aliás, muito pouco —, se o acordo incluía uma longa entrevista exclusiva com a própria Mouna al Husseini. Como resposta bem-humorada, Mouna afirmou que isso ela podia garantir desde já, mas que, comparativamente, a entrevista seria o de menos, considerando a reportagem no seu todo.

Duas horas mais tarde, ao colocar o seu equipamento a bordo de um pesqueiro velho e enferrujado no porto de Túnis, tanto Rashida quanto a sua fotógrafa e editora de matérias, Hannah Ruwaida, achavam que devia tratar-se de uma entrevista ao largo, no mar, com alguma pessoa muitíssimo procurada, na melhor das hipóteses Osama bin Laden. Era, pelo menos, na atual situação, a única entrevista que poderia ser classificada como furo internacional.

De qualquer forma, a equipe podia ser considerada, essa sim, como prisioneira e ainda não tinha recebido informações suficientes a respeito da veracidade da proposta. E de que o prometido seria cumprido. E logo chegaram os ventos fortes, quando eles saíram pelo Estreito de Gibraltar, entrando no Atlântico e ao longo de costa de Portugal. Além disso, o enjôo fortaleceu a sensação de impotência até o limite do insustentável.

A seguir, porém, os motores do pesqueiro quase pararam, com a embarcação deslizando sobre as águas escuras do oceano, de holofotes acesos. Parecia, enfim, que alguma coisa ia acontecer. A repórter e a fotógrafa Hannah subiram para o convés, na expectativa.

A primeira coisa que notaram foi a tensão de todos e que Mouna al Husseini havia trocado de roupa, vestindo agora um tipo de uniforme militar. O nervosismo reinante fez com que Rashida Asafina começasse a ter esperança. *Alguma coisa* estava para acontecer, afinal. Os palestinos falavam em segredo, vivamente, uns com os outros, e controlavam o tempo todo o seu GPS. E, então, descobriram qualquer coisa no meio da escuridão que os deixou a um tempo animados e aliviados.

Ao se aproximarem, porém, os holofotes do pesqueiro focalizaram um pequeno petroleiro com bandeira russa. Reconhecidamente, houve um anticlímax.

Os dois cascos ficaram emparelhados mas não houve abordagem, ficando a uma distância de 25 metros um do outro. Era incompreensível o que estava acontecendo, mas, sem dúvida, isso aumentava bastante a tensão de Mouna al Husseini e do seu assessor, que olhavam, permanentemente, para os respectivos relógios. Ele sussurrou para ela qualquer coisa do tipo "dentro de dez segundos para T," segundo o GMT, e depois lambeu os lábios que pareciam secos. Mouna não disse nada, mas manteve-se apoiada e segura num corrimão de latão junto do monitor de radar, com tanta firmeza que os nós dos dedos chegaram a ficar brancos.

De repente, surgiu uma luz forte das profundezas do mar entre os dois velhos navios e, logo em seguida, um monstro negro com o dobro do comprimento deles surgiu à superfície. Mouna e a sua tripulação festejaram esse surgimento com gritos de júbilo e grandes abraços entre si.

Foi sem dúvida a imagem mais surpreendente jamais vista por Rashida Asafina. E, no entanto, fazia parte do seu trabalho procurar as situações extremas, as mais secretas e as mais inusitadas. Que era um submarino, todos podiam entender, mas, afinal, o que é que os palestinos tinham a ver com isso?

Os dois pequenos navios velhos e enferrujados manobraram no sentido de se aproximarem do submarino, amarraram as embarcações, soltaram as defensas e colocaram as pranchas. As escotilhas no corpo negro do submarino se abriram na proa e na popa e o convés ficou cheio de tripulantes uniformizados que começaram a carregar víveres do pesqueiro para a sua nave. Na maioria, eram víveres empacotados, de modo que não dava para ver do que se tratava, a não ser no caso do corpo de animais, do equipamento da televisão e de uma coisa que, estranhamente, se parecia com caixotes de vinho. Tudo foi passado através das escotilhas e desapareceu lá dentro como se fossem formigas entrando num formigueiro. Do petroleiro russo saiu uma mangueira grossa, ligada a um dispositivo de entrada que parecia ser combustível na popa do submarino. Em alguns momentos, o convés do submarino pareceu ficar abarrotado de gente andando apressadamente de um lado para outro, mas após meia hora, de repente, ficou vazio.

Logo a seguir, subiu para o convés um grupo de oficiais que, ao som de um apito, adotaram uma formação militar.

— Minhas senhoras, agora eles estão esperando por nós! — comandou Mouna para as suas jornalistas prisioneiras, apontando o caminho que deviam seguir na frente, descendo até a prancha entre o pesqueiro e o submarino. À entrada do passadiço estava um homem que devia ser o oficial mais próximo de Mouna e que disse chamar-se Abu Ghassan. Os dois se despediram um do outro com surpreendente sobriedade, com um abraço rápido e formal.

— Vocês duas, agora, vão me seguir! — ordenou ela, novamente, para as duas jornalistas, que logo se dispuseram a segui-la.

Mouna al Husseini avançou, caminhou pela prancha e parou a meio do caminho. Nesse lugar, ela endireitou o corpo e fez continência, saudação que, imediatamente, foi correspondida pelo grupo de oficiais, em formação no convés do submarino. Mais uma nova apitada e ela correu rápido em direção aos oficiais, a quem abraçou calorosamente, um a um, e a quem apresentou "as suas duas amigas jornalistas" que escorregavam e se desequilibravam ao andar de saias apertadas e saltos altos sobre a superfície estranhamente macia e emborrachada do convés.

Em seguida, houve mais uma cerimônia rápida. Dois marinheiros chegaram correndo com letras brancas de borracha ou plástico nas mãos, letras colantes que rapidamente foram colocadas na torre do submarino com alguma espécie de aparelhagem elétrica.

Meu Deus do céu!, pensou Rashida Asafina, ao ler o texto:

U-1 JERUSALÉM com letras latinas em um dos lados da torre e U-1 AL QUDS em escrita árabe, do outro.

Vão atacar Israel para valer, reconheceu ela. Aquilo que Mahmoud Abbas havia dito era verdade e ele já sabia disso! Ele sabia também, o malandro, que eu não iria poder acreditar nele. Também, como acreditar estar diante de um furo mundial, antes de entender do que se trata?

Houve ainda mais uma rápida cerimônia. Alguns homens desaparafusaram o vistoso cartaz vermelho e prateado com algo parecido com as águias russas, substituindo isso, com a mesma rapidez, por uma bandeira palestina, exatamente do mesmo tamanho, feita de plástico maleável. Em seguida, começaram a soltar as amarras que prendiam o submarino ao pesqueiro, não sem antes passar para o pequeno navio uma pessoa que resistia, de mãos amarradas atrás das costas. E daí as duas embarcações se afastaram, deslizando na escuridão da noite, até que o pesqueiro desapareceu. Aqueles que ficaram no convés do submarino passaram a enfiar-se pela estreita escotilha ao lado da torre, um a um. Mouna pressionou, divertida, as duas oscilantes jornalistas, comentando que dentro da nave haveria sapatos mais apropriados para andar a bordo. Pelo canto dos olhos, Rashida Asafina viu uma pessoa em uniforme de almirante se despedir calorosamente de outro homem de uniforme russo que lhe entregara uma pequena caixa vermelha, e que, depois, fez continência e desapareceu pela escada que levava ao convés do petroleiro.

Soltando imprecações e aos tropeços, com as saias puxadas para a cintura, Rashida Asafina e Hannah Ruwaida conseguiram descer pela pequena escotilha e entrar no bojo do submarino, o que já poderia ter sido motivo para claustrofobia, caso aqueles malditos saltos altos não tivessem absorvido toda a concentração.

Era indescritível a movimentação lá embaixo, nos corredores estreitos por onde continuavam a ser arrastadas mercadorias para os mais diversos lugares. Entretanto, com a ajuda de Mouna, as duas jornalistas foram levadas para um espaço maior no refeitório. Ali elas foram se deparar com mais uma surpresa, a de receberem um assistente pessoal.

Mouna deixou-as com um jovem oficial que fez uma impecável continência para elas e depois desapareceu, voltando-se apenas para fazer um aceno quase irônico.

— Boa-tarde, minhas senhoras, sou o tenente Peter Feisal Husseini, da marinha palestina, e a minha missão é acomodá-las o melhor possível. Suponho que já tenham recebido as boas-vindas a bordo — disse ele, de uma vez no mais perfeito inglês.

— Boa-tarde para você, também, tenente. É verdade que temos ingleses a bordo? — perguntou Rashida Asafina em árabe para ver o que acontecia.

— De jeito nenhum, madame. Como eu disse, sou oficial da marinha palestina — respondeu ele, rapidamente, em árabe, com uma mistura curiosa de inequívoco sotaque palestino com sotaque inglês.

— Um palestino com uma longa permanência em Oxford, eu suponho, tenente? — perguntou ela, de maneira um pouco provocante, em inglês.

— De jeito nenhum, madame! Em Cambridge, sem querer ofender. Agora, deixe que eu as leve para o lugar que lhes foi destinado a bordo.

Uma hora mais tarde, o U-1 *Jerusalém* fazia uma longa curva no Atlântico à profundidade de 500 metros, um nível a que a tripulação começava a chamar profundidade de férias, na qual, na melhor das hipóteses, havia vários milhares de metros por baixo da quilha até o fundo e nada mais a não ser cachalotes e baleias caçando no mesmo nível. Costumava ser o início da folga ou de recreação de alguma espécie e, como era de esperar, logo chegou uma ordem para todos comparecerem no refeitório em uniforme de gala.

As treliças de madeira que separavam o refeitório dos oficiais do resto do maior espaço existente no submarino foram afastadas e colocada uma pequena mesa a uma das pontas da sala onde o anteparo era mais curto e onde se viam agora dois retratos, um ao lado do outro, onde antes, assim como em todos os submarinos russos, estava o retrato de Vladimir V. Putin, com o gorro de peles habitual durante o inverno russo, e com o olhar dirigido para o céu. Nem todos os russos da tripulação conheciam os dois presidentes palestinos, mas todos entendiam muito bem de quem poderia se tratar. Sob os retratos de Yasser Arafat e de Mahmoud Abbas e em cima da mesa havia um montinho de pacotes prateados e um, maior, de cor vermelha.

Peter Feisal já tinha escoltado as duas *correspondentes do navio*, tal como a famosa repórter e a fotógrafa da Al Jazeera passaram a ser conhecidas a bordo, colocando-as numa posição conveniente onde havia lugar para a câmera e o respectivo tripé. E quando a tripulação começou a chegar, todos em uniforme de gala bem engomado e sapatos bem lustrosos, ele declarou que, pela ordem, todos deviam entrar segundo a graduação mais baixa para a graduação superior, já que não podiam entrar ao mesmo tempo. Por isso, cinco minutos antes da hora marcada, começara a entrada dos homens. E por último chegou o almirante, na hora exata.

Assim que a sala ficou cheia, quase no limite, havia apenas um pequeno espaço na frente das treliças fechadas que davam para o refeitório e perto da mesa sob o retrato dos presidentes. E então, quando o almirante entrou, todos assumiram a posição de sentido. Depois, veio a ordem de descansar.

O almirante olhou em volta, com um pequeno sorriso nos lábios, parecendo ter a intenção de alongar a expectativa geral, o que as recém-chegadas damas da Al Jazeera não deixaram de notar.

— Vamos em frente, liga a máquina, pô! — soltou em voz baixa Rashida Asafina para a fotógrafa, mas recebeu como resposta apenas um rolar de olhos de quem considerava a ordem mais como um insulto. A filmagem já estava em andamento.

— Camaradas, oficiais e marinheiros! — começou o almirante, falando em inglês, mas, notoriamente, com sotaque americano. — Devem estar esperando grandes notícias e, de fato, elas são grandes. Mas primeiro uma pequena e má notícia, para que a questão fique logo esclarecida. O furriel Abdelkarim Qassam, da seção técnica de torpedos, e o imediato Sergei Nikolaievich Stepanchenka, da seção de mecânica, deixaram-nos hoje e seguiram nos dois navios de manutenção. Eles romperam flagrantemente uma das regras mais importantes a bordo, no que diz respeito ao comportamento diante das nossas camaradas que aqui também servem. Podemos dizer, possivelmente, que eles tiveram sorte no azar, visto que, assim, estão sendo levados de barco para casa. Daqui para a frente, quem quiser sair deste submarino vai ter que usar a porta de saída de qualquer um dos tubos de torpedos, em águas profundas.

Um murmúrio geral se ouviu, no momento em que ele passou a dizer, certamente, a mesma coisa em russo. Rashida Asafina mal podia acreditar no que via e não sabia dizer se aquilo que tinha ouvido era uma piada de mau gosto ou um assunto sério de morrer. As reações entre os muitos homens a bordo que falavam russo também não lhe deram nenhuma indicação.

— Com isso resolvido, vamos às boas notícias! — continuou o almirante em inglês. — Mas, primeiro, ainda uma curta informação: o K 601 foi rebatizado hoje para U-1 *Jerusalém-Al Quds*. Com isso, passa a ser o navio comandante da marinha palestina. E a esse propósito, tenho aqui uma carta do presidente da Rússia, Vladimir Putin, que vou ler.

Ele voltou a falar em russo, de que Asafina e Hannah apenas entenderam as palavras Jerusalém e Putin, e foi desdobrando, então, a carta, que leu em inglês

— Salto por cima de algumas frases do início. E vamos ao principal. O presidente Putin diz que foi com orgulho e admiração que tomou conhecimento da formidável expedição do K 601 sob o comando de Anatolich Petrov e por isso mesmo tomou duas decisões. *Em segundo lugar*, conceder ao comandante Petrov uma licença temporária da marinha russa, com a patente de contra-almirante. E *em primeiro lugar*, conceder ao contra-almirante Petrov o maior louvor da República, a medalha de... Herói da Rússia! O presidente lamenta não poder estar presente, mas confia a missão de entrega da condecoração ao chefe da marinha palestina.

Alguns dos presentes começaram a aplaudir e a demonstrar satisfação, enquanto crescia na sala um murmúrio cada vez mais forte, que terminou quando o almirante levantou a mão para dizer o mesmo em russo.

Não conseguiu, porém, chegar muito longe na versão russa, pois logo a sala irrompeu em vivas e grande alegria. Em seguida, o almirante abriu a caixa vermelha e elevou-a bem alto para todos verem o brilho igual à estrela dourada de cinco pontas, com a faixa com as cores da Rússia, que ele trazia pendente no seu peito. Ele pegou a medalha, fez sinal para o comandante se aproximar e colocou sem mais floreados a condecoração no que poderia ser considerado o lugar certo. Depois, os dois se abraçaram e se beijaram, diante do júbilo geral da tripulação. Ninguém podia deixar de notar que o grande oficial russo estava chorando.

O almirante levantou a mão novamente e conseguiu que quase todos se aquietassem e calassem. Quando a comemoração diminuiu bastante, ele acrescentou:

— O presidente Putin disse ainda, em minha opinião um pouco azedamente, mas nós vamos aceitar isso como uma piada, que também achava inadequado haver apenas estrangeiros a bordo portando essa condecoração.

Ao traduzir para o russo esse comentário, as suas palavras ficaram submersas pelo riso geral.

— E agora, camaradas — continuou o almirante em inglês —, vou ter o prazer de condecorar eu mesmo alguns dos nossos tripulantes. Peço que se aproximem os marinheiros Vladimir Shaikin, Viktor Varionov, Boris Popov, Yevgenij Kutsnetsov, Michail Rodin, Boris Likchatiev, Yevgenij Semionkin e Aleksander Kopiekin.

O episódio não necessitava mais de traduções. Os oito jovens russos ficaram em formação na frente e cada um recebeu um emblema dourado, que foi colocado no lado esquerdo do peito, uma vez pelo comandante e outra pelo almirante. E quando o procedimento chegou ao final, repetiu-se a mesma cena com alguns palestinos. E então os murmúrios acabaram, aumentando a ansiedade por novas surpresas.

— Sei o que muitos de vocês estão pensando — recomeçou o almirante, com um sorriso aberto. — Por que certos camaradas, além disso novatos, receberam o emblema do submarino em ouro, enquanto outros o possuem apenas em prata? A explicação é muito simples. Este aqui, em ouro, é o emblema do submarino da marinha palestina. Todos os que mostrarem o emblema russo em prata, embora menos elegante, se é que posso dizer uma coisa dessas, podem vir buscar o seu equivalente em ouro. O nosso emblema tem a figura de dois tubarões com um tridente. O emblema do submarino russo, pelo qual tantos de vocês tiveram de lutar muito para receber, deverá ficar daqui para a frente entre os seus pertences particulares.

Evidentemente, ele teve que repetir a mesma coisa em russo e recebeu de volta alguns risos de satisfação, antes de prosseguir com a informação seguinte.

— E agora, *finalmente*, camaradas, oficiais e marinheiros! — continuou ele, de repente, num outro tom de voz, mais grave, conseguindo de imediato silêncio total. — Temos aqui a ordem de serviço para atacar. Hoje é o dia 22 de setembro e são 3h46 GMT. No dia 2 de outubro, às 17 horas GMT, vamos atacar a base marítima de Israel, em Haifa. A intenção é acabar com toda a frota israelense do Mediterrâneo de uma vez. O ataque vai ser feito em duas etapas. Primeiro, com mísseis de cruzeiro, e duas horas depois, com torpedos. Essa é a nossa missão e assim será feito.

A sala ficou em silêncio total. Mais de quarenta pessoas que ali estavam como que empacotadas na sala e que ainda há pouco viviam em ambiente de festa, de repente, ficaram todas petrificadas. A maioria parecia ter mesmo entendido a versão em inglês da ordem de serviço, já que quando o almirante leu a ordem em russo não se notaram novas reações.

— Mais uma coisa — continuou o almirante, sem ter necessidade de pedir silêncio. — Nós vamos agora para uma profundidade de 500 metros. Somos os únicos a poder navegar a essa profundidade e a velocidade vai ser baixa. Com isso se inicia uma licença de quatro horas, tal como a designamos. O bar vai abrir dentro em pouco e haverá alguns petiscos para degustar, que, se eu entendi direito, serão do tipo libanês-tunisiano. E haverá, evidentemente, pepino salgado para os nossos camaradas russos. As bebedeiras serão reprimidas com a máxima dureza! Pensem bem nos tubos de torpedos. E isso é tudo por agora. Tenham todos uma boa noite!

Ele saiu imediatamente da sua posição e foi sentar-se, enquanto o ambiente em silêncio total se modificava rapidamente no momento em que as cortinas que escondiam a mesa de repasto foram retiradas, deixando à vista uma diversidade de pratos festivamente coloridos e uma quantidade ainda maior de garrafas de vodca e de vinho tinto.

— *Well* — disse Peter Feisal, que ficou de pé, com as mãos atrás das costas, ao lado das duas correspondentes a bordo durante toda a apresentação. — Acho que esta é a primeira noite a bordo para as senhoras. Reservei uma mesa no refeitório dos oficiais para vocês. Posso lhes servir uma bebida?

— Pode-se fazer uma entrevista exclusiva com esse almirante? — perguntou, quase gritando, a famosa repórter Rashida Asafina.

— Minha querida senhora e ilustre correspondente — respondeu meio de paródia, mas cavalheirescamente, o tenente que lhe servia de companhia. — Tal como certamente puderam observar, estamos a dez dias da realização do nosso ataque. Estou convencido de que as senhoras vão ter oportunidades reais, antes e... espero eu, com toda a sinceridade... depois desse ataque para fazer as entrevistas que desejarem. Mas, para falar a verdade, estou também certo de que este não será o momento mais adequado para isso. Posso então servir-lhes alguma coisa para beber ou comer?

✪✪✪✪✪

O comandante Aleksander Ovjetchin sentia uma melancolia profunda. Melancolia russa da pior espécie pós-bebedeira, embora ele não tivesse bebido nem uma gota de álcool havia muito tempo. Era apenas a falta das balalaicas, pensou ele, numa tentativa desesperada de ironizar a sua própria situação ou de demonstrar bom humor, tentativa, diga-se, malsucedida.

Tudo tinha terminado para ele. Estava a bordo de um petroleiro miserável que avançava penosamente rumo ao norte pelo Mar da Biscaia. E nada de significativo havia pela frente na sua vida. Era quase impossível entender e, sentimentalmente, ainda mais difícil aceitar. O Projeto Pobjeda tinha sido tudo para ele em mais de cinco anos. Tinha vivido esse projeto todos os dias, de manhã à noite. E, em especial, à noite, quando sempre sofria de insônia, por conseqüência da sua dedicação completa à realização do trabalho. Tinha abandonado a sua família e, na prática, ficou morando na Estação de Pesquisas 2 por meses a fio. Mesmo quando voltava para o seio da família, ficava alheio, ausente e pensativo. Podia jogar bola com a filha de cinco anos de idade, Natasha, mas, de repente, ficava com a bola na mão, em outro mundo que não o dela, que se via obrigada a gritar para ele devolvê-la e continuar a brincadeira.

Possivelmente, ele estava apenas extenuado pelo trabalho. Nas últimas semanas, depois do K 601 ter voltado da sua fantástica viagem autônoma e isolada à Irlanda, teve de trabalhar que nem um animal para conseguir dos burocratas da marinha o carregamento final e completo de armas. Os funcionários reclamaram da falta de dinheiro, inclusive do pagamento do sinal, e queriam exigir o recebimento de impostos como no tempo da Perestroika. E, principalmente, reclamaram da falta de segurança. Na realidade, eles sabiam muito pouco a respeito da situação. Para eles, era apenas questão de colocar armas russas nas mãos de um comprador estrangeiro. E não se interessavam em saber que mãos seriam. Explicaram até para Ovjetchin que negros e amarelos queriam apenas as armas aparatosas para exibi-las uns para os outros, mas que, no entanto, não havia intenção nenhuma de usá-las.

Por fim, desesperado, ele escreveu para o presidente, o que era um pouco como escrever para o Papai Noel, mas por muito estranho que parecesse era *Vladimir Vladimirovich* o único homem com poder na Rússia, além de um pobre comandante, que tinha conhecimento completo do Projeto Pobjeda. Na sua carta, equilibradamente humilde, como se esperava que fosse, e equilibradamente objetiva, ele abordou acima de tudo o problema da permanente conversa sobre segurança. Era claro, concedeu ele, que seria um azar desgraçado se os torpedos do tipo Schkval fossem parar intactos nas mãos do inimigo. Mas no caso do K 601 seria, de fato, uma catástrofe comparativamente muito maior se a nova tecnologia russo-palestina fosse parar nas mãos do inimigo. Isto porque, tal como a situação se apresentava no momento, ao se instalarem os novos instrumentos na próxima geração de submarinos da frota russa, em especial na versão experimental do Projeto 885 da classe Jashin, a Rússia passaria a gozar, finalmente, de uma vantagem decisiva na guerra submarina. Isso era um fato científico. Mas era também um fato os palestinos serem possuidores dessa tecnologia, em igualdade de circunstâncias com a Rússia.

Portanto, não se tratava de amizade nem de agradecimento pela ajuda. Tratava-se de puro interesse próprio. A conclusão disso tudo só poderia ser uma: era preciso armar o K 601 o melhor possível, justamente para evitar que o submarino fosse parar em mãos inimigas. Quanto mais o submarino estivesse precariamente armado, maior seria o risco. Dessa maneira, tanto a avareza quanto o obtuso pensamento de segurança estariam traindo o bom senso.

Ele deve ter reescrito a carta umas dez vezes, sempre hesitando entre o risco de ser excessivamente técnico, humilde em exagero e, na pior das hipóteses, dogmático.

Mandar a carta para o presidente era na prática o menor problema. Todos os oficiais dos serviços secretos no nível de comandante e acima tinham esse direito e ainda existiam velhas rotinas soviéticas para o efeito.

Mas a espera pela resposta tornou-se quase insuportável à medida que o tempo corria. Aliás, ele não chegou a receber resposta nenhuma, a não ser sob a forma da mensagem que nomeava o comandante Petrov para o posto mais elevado de contra-almirante e como Herói da Rússia. Mas nem uma palavra a respeito do resto.

Ainda que a resposta como tal não tivesse chegado, era muito possível que tivesse existido. Isto porque, de repente, um dia, uma semana antes da partida, era como se todos os problemas burocráticos tivessem desaparecido. O K 601 foi armado, rapidamente, com torpedos Schkval, com mísseis especialmente modificados, sem ogivas nucleares, mas com uma imponente substituição convencional, o número solicitado de torpedos para combate contra outros submarinos e o total de Robalos para fazer explodir e evitar os torpedos disparados contra o K 601. Até mesmo os pedidos insistentes e difíceis de entender por parte do médico de bordo, querendo instrumentos e remédios contra infecções, foram atendidos pontualmente, assim como o pedido de todos os mapas marítimos eletrônicos e até mesmo os equipamentos coreanos sobressalentes, necessários para permitir a recepção a bordo de programas de televisão. E quando todo aquele milagre se concretizou, o vice-almirante da base ainda veio perguntar, *delicadamente*, se havia mais alguma coisa de que necessitassem, pois a ordem era para atender imediatamente.

Portanto, o presidente havia respondido, sim, à carta. Era a única conclusão a que se poderia chegar, diante da repentina mudança burocrática. A questão era apenas a de ele ter tanta falta de imaginação e ser tão *cabeça dura*, como Mouna costumava dizer, que lhe foi impossível entender a ligação.

O pequeno navio petroleiro fazia mais ou menos 12 nós de velocidade e o trabalho dos motores a diesel, ainda que imperceptível ao ouvido, fazia com que a superfície da água no copo, em cima da mesa de plástico marrom, na sua frente, vibrasse. Era ali que ele ficaria sentado nos próximos dez dias ou mais, certamente com alguns relatórios para preparar, mas na maior parte do tempo sem nada para fazer a não ser olhar para o mar. Além disso, com o imediato Stepanchenka, amargurado, em prisão numa cabine em algum lugar no apertado corredor da tripulação e sem ar-condicionado. A amargura de Stepanchenka era fácil de entender. Tinha estado tão perto de ganhar um bom dinheiro e daquilo que ele não conhecia, certamente, em detalhes, mas que compreendia ser a maior viagem de um submarino isolado de todos os tempos. Não era possível acreditar em qualquer outra coisa, desde que a viagem à volta da Irlanda fora apenas um exercício diante da missão que estava por vir.

Stepanchenka, evidentemente, era um risco em alto grau. Assim como todos os outros que foram excluídos, visto que a maioria deles, com alguma razão, podiam dizer que isso aconteceu sem motivo e que tinham sido injustiçados. Pessoas assim constituíam sempre um risco de segurança. Os espiões não eram recrutados apenas por questão de sexo e de dinheiro, como acontecia antigamente, mas acima de tudo por sua amargura ou vaidade, o que muitas vezes era quase a mesma coisa.

Para os oito marinheiros que tinham sido excluídos depois do último exercício, ele havia criado, junto com Mouna e o vice-almirante da base da marinha, um esquema especial de trabalho. Em primeiro lugar, receberam de Mouna 10 mil dólares cada um como consolação. Em segundo lugar, não puderam deixar a Estação de Pesquisas 2 antes de chegar o dia de entrar de serviço em outros submarinos. E aí, entre os seus novos companheiros, eles poderiam se vangloriar como quisessem e passar adiante quantos segredos conhecessem. Dali a cerca de duas semanas, esses segredos seriam conhecidos em todo o mundo.

No dia 2 de outubro, às 17 horas GMT, ele já estaria há dois dias de volta a Severomorsk. Seria uma segunda-feira, portanto, nada poderia prejudicar a nova vida familiar que pretendia iniciar, após o Projeto Pobjeda. Chegaria à noite bem cedo. E o que é que ele deveria fazer em seguida?

Ficou remoendo as idéias durante alguns momentos, fantasiando a chegada no escuro e pisando na neve macia, deixando o escritório a caminho de casa. Estaria olhando constantemente para o relógio, talvez parasse e olhasse para o céu à procura de algum sinal, poderia até acontecer uma aurora boreal a iluminar o céu, o que seria normal nessa época do ano. Saber de tudo e, ao mesmo tempo, nada saber era uma coisa que poderia levar qualquer um à loucura.

Não, havia sim, claramente, uma coisa a fazer. Iria convidar o docente Ivan Firsov e o doutorando Boris Starsjinov para um pequeno repasto no escritório. Eles também estavam a par do que ia acontecer, embora não soubessem qual o alvo nem a hora. Também tinham tido uma participação decisiva no Projeto Pobjeda. Assim seria feito.

Ficariam no escritório, petiscando qualquer coisa, talvez um pouco de língua cozida com pepino salgado e uma vodca bem gelada. E às 17 horas GMT, que seriam 19 horas, no horário de Severomorsk, ligariam a televisão na CNN ou na BBC World, para verificar se eles iriam interromper de repente a programação para anunciar uma nova notícia mundial ou se teriam de esperar mais meia hora pela programação normal de noticiário.

Na geladeira, do lado de fora do escritório, ele esconderia uma garrafa de champanhe e uma porção de caviar. Não havia hesitação da sua parte. A questão era saber apenas se as coisas na geladeira poderiam ficar prontas logo após meia hora de espera ou se teriam de esperar mais de uma hora para serem consumidas. A festa ficaria, sem dúvida, um pouco cara, mas o grande momento da sua vida valia bem os 100 dólares de despesa.

Pensando bem, seria o salário de um mês. Até mesmo aquele imediato idiota que apalpou os peitos de uma palestina a bordo ganhou centenas de vezes mais do que ele próprio no Projeto Pobjeda e era a partir de agora um risco de segurança. Por causa da sua insatisfação.

Na realidade, era até um pensamento engraçado. Ele próprio, um pobre comandante russo, no momento, estava de posse do maior segredo do mundo. A única coisa que poderia evitar o sucesso total do K 601, pelo menos no primeiro ataque, era uma avaria extremamente improvável, um ato de sabotagem também extremamente improvável de alguém a bordo — ou uma traição.

No mundo inteiro, o único que, na prática, poderia cometer essa traição era ele, ou, teoricamente, o que poderia ser desconsiderado, o presidente Putin. Todos os outros que sabiam a hora e o lugar exatos estavam a bordo de um submarino que não iria subir à superfície senão muito depois do ataque.

Era um pensamento terrível. Em termos de raciocínio puramente teórico, quanto valeria o que ele sabia no caso de traição e quanto custou a frota israelense? Pelo menos, alguns bilhões de dólares e, ainda por cima, um preço político que seria difícil de avaliar. De um ponto de vista real, ele teria tempo de sobra para vender um segredo cujo valor seria, após alguma barganha, de, no mínimo, meio bilhão de dólares. E ele ganhava 100 dólares por mês, tinha dedicado cinco anos inteiros da sua vida por esse salário e, como era de acreditar, estava insatisfeito.

Visto estritamente por esse prisma, como *razvedtjik*, a análise era muito simples. Ele devia ser morto de imediato, por motivos de segurança.

Assim deveria ser, sem dúvida. Ele repensou o assunto de várias maneiras, mas não, não se podia desviar a atenção dessa lógica. Será que Mouna não devia ter pensado nisso, ela que pensava em tudo? Ou será que ela confiava cegamente nele? Nesse caso, muito elegante, mas nada profissional.

De forma alguma era de pensar que ele iria trair o seu próprio projeto; nunca na vida. Mas tinha sido uma fantasia que, nitidamente, havia feito a sua pulsação acelerar, como se tivesse sido rebocado da sua melancolia para uma espécie de felicidade desesperada. Estava na hora, com os diabos, de uma vodca! Ou duas!

Ele tinha deixado o refeitório uma hora antes, a fim de ficar sozinho e agir como estava fazendo, apenas respirando fundo e olhando o mar negro até as primeiras cristas das ondas. Estava começando a ventar, tal como sempre se esperava acontecer na Biscaia. Poderia ficar uma dança bem viva durante a noite, num barco relativamente pequeno como aquele em que estava, como acontecia sempre num caça-minas de instrução no Mar de Barents. Não fazia diferença, a comida a bordo não era nem um pouco parecida com a que se servia no K 601.

A propósito, pensava que tinha sido um dos garotos da cozinha de bordo que tinha entrado no refeitório para lhe oferecer pudim de couve na versão um ou dois, ou ainda, na pior das hipóteses, na versão três.

— Garoto, me traz logo uma dose de 100 ml! — gritou ele, sem se virar.

Mas a resposta não veio. Sentiu apenas uma mão que cuidadosamente pousou sobre o seu ombro. Quando se virou, descobriu, espantado, que era a mão do capitão do navio.

— Desculpe, comandante — disse o capitão em voz baixa. — Vou mandar chamar logo um dos garotos da cozinha. Mas...

— Não tem nada de que se desculpar — disse o comandante Ovjetchin, rindo. — Acho que faz tanto tempo para você, Aleksei Andrejevich, como para mim, que passamos por uma situação dessas. Aliás, aceita uma bebida?

— Não agora; obrigado, comandante — respondeu o capitão do navio, nitidamente constrangido. — Acontece que recebi ordens muito estritas do vice-almirante, em Severomorsk, quer dizer, do chefe da frota do Ártico...

É um inferno! Eles também bebem, pensou Ovjetchin. É uma merda. Eu aceito a lógica, mas não a injustiça. Jamais poderia me tornar um traidor!

— Cumpra apenas as suas ordens, capitão — suspirou ele, pensando que no momento tinha visto uma situação sobre a qual sempre havia refletido desde criança. Por que não resistiam a isso até as últimas conseqüências?

— É claro, comandante — respondeu o capitão, ligeiramente consternado. — Recebi instruções para lhe dar esta carta, precisamente, à distância de cem minutos depois de terminado o encontro com o submarino, ou seja, agora. Por favor!

O capitão retirou-se depois em silêncio, deixando na mão de Ovjetchin um envelope marrom com o emblema da frota do Ártico e o seu próprio nome escrito à mão.

Pensativo, ele tentou avaliar o conteúdo do envelope pelo peso, notando que a sua pulsação continuava acelerada como se não tivesse voltado ainda da viagem estelar que havia iniciado. Uma carta do vice-almirante, agora? Cem minutos após o encontro?

Alisou o envelope que, na realidade, era apenas uma cobertura ou um disfarce, como se queira interpretá-lo. Dentro, havia outro envelope branco em papel tipo linho, grosso e rígido, com as duas águias em relevo dourado do lado de trás. Na frente, escrito à mão, o nome do comandante Aleksander Ilich Ovjetchin, Frota do Ártico, Projeto Pobjeda.

Ele não ousou rasgar o envelope como fazia com qualquer outra carta recebida. Levantou-se e procurou uma faca, que enfiou por um dos cantos e, assim, cortou cuidadosamente o papel pela parte superior. Águias em dobro, novamente. Olhou logo para a assinatura embaixo e ficou congelado: *Putin, presidente*.

Escrita à mão, o estilo era limpo e claro:

Caro Aleksander Ilich,

Você vai me desculpar esta pequena piada, de um tjekist *para um* razvedtjik. *Mas só agora posso colocar o meu nome embaixo de um documento como este, que você, aliás, tem autorização para guardar. Ao contrário de muitas outras mensagens que tanto você como eu, rotineiramente, somos obrigados a rasgar depois de lê-las.*

Evidentemente, vou ser breve. A sua intervenção tem sido muito grande e eu resolvi condecorá-lo com a estrela de primeiro grau da marinha russa. Você não vai recebê-la, infelizmente, das minhas mãos. Uma honra desse nível atrai sempre, e com toda a justiça, o interesse público, o que não favorece neste momento o nosso interesse. O chefe da frota do Ártico já recebeu as minhas instruções sobre esse pormenor.

Ele também recebeu as minhas instruções sobre outro assunto, o de promovê-lo a comodoro da marinha russa.

Não consigo expressar toda a minha admiração pela lealdade e solidariedade que você demonstrou durante todo este grande e inédito projeto.

A representante do presidente palestino no projeto pareceu ser da mesma opinião. Segundo a boa ordem e formalmente, a general-de-brigada Mouna al Husseini pediu autorização para lhe pagar 200 mil dólares pelo seu trabalho. É claro que aprovei e autorizei esta proposta.

Algum dia, quando tudo isto tiver passado, espero encontrá-lo de novo para uma conversa amigável de tjekist *para* razvedtjik *sobre este grande caso que nós conseguimos manter em sigilo por tanto tempo e pelo qual lutamos duramente para realizar. Boa viagem, Aleksander Ilich!*

Putin, presidente

Ele leu a carta lentamente três vezes. Não, absolutamente nada podia ser mal-entendido. De um ponto de vista objetivo, a carta era clara como cristal. Até mesmo o nome de Mouna estava bem escrito na sua conversão para o russo.

Teria ele pensado seriamente em traição alguns momentos antes? Claro que não. Foi apenas uma brincadeira com idéias. Além disso, de um ponto de vista puramente profissional. Como seria possível viver com meio bilhão de dólares, mas nunca se poder olhar no espelho?

O seu copo de vodca de 100 ml chegou pela mão de um garoto que pediu desculpas pela demora, informando que o pudim de couve para o jantar seria da variante dois.

— Obrigado, marinheiro, está ótimo, mas me traga mais outra dose — pediu ele, com voz ríspida e bruscamente. O garoto fez uma vênia e desapareceu sem dizer palavra. De repente, notou que ainda estava de uniforme de gala, mas com o botão do colarinho aberto e com a barba por fazer.

Anatolich, Mouna e Carl, que *troika* imbatível a bordo do K 601, pensou ele, levantando o copo de vodca para a escuridão. *Que a felicidade e o bem-estar sigam nessa sua viagem, U-1* Jerusalém, acrescentou ele, num murmúrio para si mesmo, despejando de uma vez o seu copo pela goela abaixo como se fosse um jovem imediato da marinha soviética, uma coisa que já tinha acontecido, sim, mas há muito tempo.

✪✪✪✪✪

Ibrahim Olwan acordou uma hora cedo demais. Isso nunca tinha acontecido desde que entrara a bordo. Primeiro, achou que estava enjoado, com uma indisposição no estômago que veio, afinal, na hora absolutamente mais inconveniente da sua vida. Ele levantou-se e tentou vomitar na minúscula bacia disponível, mas não deu certo. Chapinhou o rosto com água fria e sentou-se no beliche limpo mais embaixo.

Era uma cabine muito pequena e apertada. Ouvia-se apenas o ruído do ar-condicionado de que era preciso se lembrar sempre que se pensava que o silêncio era completo. Presente, apenas ele, Olwan. Ou tenente Olwan, caso se quisesse ser mais preciso. Qualquer outra coisa ele já não era mais. Nem Ibra, o Bruxo. E qualquer outra coisa além de tenente Olwan certamente ele não teria tempo para ser na vida.

A aldeia chamava-se Qalqiliya, bombardeada, atacada por tanques de guerra, casas arrasadas, homens arrastados, garotos atiradores de pedras mortos, por vezes por balas de borracha com núcleos de chumbo, por vezes com balas de pontas de chumbo, tanto fazia. Foi daí que veio a família Olwan.

O seu pai mudou o nome da família para Alwin, justo no dia em que o filho mais velho foi aceito na Universidade de Cambridge. Foi comovedor e, ao mesmo tempo, degradante. Um refugiado palestino de Qalqiliya tinha um filho que recebera uma bolsa para pesquisas em Cambridge e por vingança ainda maior com o nome de Alwin. Pelo menos, então, foi fácil simpatizar com a situação.

Mas, mais tarde, era uma coisa da qual se envergonhar. Voltou a chamar-se Olwan. Para os irmãos Peter Feisal e Marwan, no que dizia respeito ao cuidado do pai em anglicizar um nome por demais árabe, pareceu pelo menos mais do que divertido. O pai dos dois irmãos havia mudado Husseini para Howard e como ele era um homem que se orgulhava de ser mais inglês do que os ingleses, os filhos irritavam-no chamando-o de *Leslie* Howard, o nome de um ator da década de 1940, de postura aristocrática, esbelta e elegante. Mas agora, finalmente, eles tinham desistido de ridicularias. Agora, eram de novo Husseini e Olwan, tenentes da marinha palestina.

Olwan mantinha-se quieto, respirando tranqüilamente e tentando pensar em outras coisas e não no que estava acontecendo com ele e de que não havia como fugir. Ele continuava indisposto e as suas mãos tremiam um pouco sempre que as esticava na sua frente.

Eram precisamente 15h01 GMT. Adormecer de novo era impensável. Estavam a menos de duas horas da hora T.

Na realidade, estava cheio de medo, reconheceu ele no momento em que começou a vestir as calças do uniforme. O suor frio voltou. A menos de duas horas, entraria em guerra. E isso era completamente inevitável. A idéia do elevador voltou. Quando ele o usava, sempre imaginava que a vida era como esse tipo de viagem: a pessoa estava lá dentro e nada podia fazer, a não ser contar os andares: agora já viajei um terço, agora estou na metade e em breve o elevador vai parar totalmente, independentemente dos sentimentos e dos medos do passageiro. E então tudo estaria terminado.

Os jogos de vídeo usados para os exercícios de manobras, quer para atacar Devonport, na Inglaterra, quer para afundar o USS *Alabama*, tinham sido construídos por ele. Pelo menos, tinha sido ele a fazer a maior parte do trabalho. As regras básicas da matemática e dos computadores eram as mesmas. E os jogos de manobras não se diferenciavam muito dos que ele criava para os sedentos adolescentes em Londres e pelos quais recebia somas fabulosas. Até aquele momento tudo tinha ocorrido como se fosse um desses jogos.

Nem mesmo as minuciosas reuniões de planejamento na sala de comando, a repetição constante das manobras, os estudos detalhados do porto de Haifa por meio de fotos de satélites dos serviços secretos russos, o controle duplo das coordenadas, a repetição dos números, nem as manobras realistas feitas no Mar de Barents, com o disparo de mísseis de verdade, durante a última viagem, nada disso dera a ele a sensação de estar trabalhando com uma realidade.

Do ponto de vista intelectual, não havia problema. Naturalmente, ele conhecia bem do que tratava, conhecia bem aquilo que estava fazendo, mas, quanto à sensação, a coisa era outra. A sensação tinha chegado primeiro agora, sob a forma de indisposição e de suores frios.

O maior quebra-mar de Haifa tinha 2.826 metros de comprimento. O menor, 765 metros. O primeiro alvo era o conjunto de baterias antiaéreas, com robôs do tipo Patriota situados na ponta e ao longo, pelo lado de dentro, do maior quebra-mar, repetia ele, como que querendo enfeitiçar o medo rememorando todos os dados de novo.

Os mísseis do U-1 *Jerusalém* deviam primeiro subir 150 metros, estabilizar o seu curso e dirigir-se para o alvo à velocidade Mach 0,75. Ao ascenderem o segundo estágio, os mísseis cruzariam a barreira do som, ainda a uma distância segura do alvo. Deviam atingir essa distância antes dos *pingues* sonoros. Ao disparar o terceiro estágio, quando as quatro pequenas asas se recolhessem, os mísseis acelerariam até Mach 3, três vezes a velocidade do som, fechando no seu curso. E desceriam de três a cinco metros de altura sobre a superfície do mar, dependendo do tempo e da altura das ondas.

A tremedeira nas mãos não queria passar. Ele continuou com a sua feitiçaria como se essa técnica fosse a injeção tranqüilizante de que presumivelmente precisaria. Por mais improvável que esses robôs Patriota, um presente dos Estados Unidos para Israel se defender dos mísseis iraquianos, viessem a ser usados com êxito contra o ataque do U-1 *Jerusalém*, mesmo assim essas baterias continuavam a constituir o primeiro alvo. A regra principal a bordo era no momento a de não correr nenhum risco. No entanto, isso era como atirar num pássaro imóvel, como diria um verdadeiro gentleman inglês. Os mísseis de cruzeiro do U-1 *Jerusalém* eram, tecnologicamente, duas gerações mais modernos do que os robôs Scud iraquianos que os Patriotas deviam derrubar. Provavelmente alguma empresa americana ganhara rios de dinheiro vendendo as suas armas antiquadas para Israel, que depois mandaram a conta para os contribuintes norte-americanos e que, em seguida, foram pedir dinheiro emprestado à China e à Arábia Saudita.

Ele continuava de cabeça quente. Pensava desordenadamente, embora em silêncio, nada batia com nada, mas ele precisava se recompor. Tinha que fazer baixar a febre, afastar para longe todas as idéias irrelevantes.

Mas continuava a suar frio e não tinha conseguido vestir-se, além das calças do uniforme.

Praticamente toda a frota israelense estaria reunida numa pequena área. Haifa era o seu porto e a base de submarinos. Estava-se no dia 2 de outubro, Yom Kippur, um feriado que correspondia ao dia de Natal na Inglaterra, ao Dia de Ação de Graças nos Estados Unidos ou ao Id al-Fitr no mundo muçulmano.

As associações continuavam a girar dentro da sua cabeça, sem qualquer ordenação. Talvez fosse tudo conseqüência, puramente, do número exagerado de ensaios e repetições. Depois que eles passaram pelo Estreito de Gibraltar, surfando ligeiro pela corrente fria de entrada, vinda do Atlântico, à profundidade de 600 metros, não fizeram outra coisa a não ser ensaiar o ataque. Talvez fosse demais, mas durante as manobras, por vezes, tiveram dez minutos para resolver segundo dados totalmente novos e bem complicados. Talvez se tratasse, puramente, de um método melhor.

Por que fora ele e não Marwan ou Peter Feisal o escolhido para ficar nos controles de navegação no momento decisivo? Apenas por acaso. O esquema diário já tinha sido decidido antes da última saída de Severomorsk, e desde então era apenas uma questão de matemática que não dava para influenciar, mais ou menos, como no caso do elevador, para cima ou para baixo.

Ele estava cheio de medo diante da certeza absoluta de que iria matar um número desconhecido de pessoas? Não tantas assim, afinal. A hora do ataque fora escolhida para atingir os navios reunidos num único lugar, enquanto as tripulações, supostamente, deviam estar em casa, festejando com as suas famílias. Os navios eram o mais importante. Israel perderia toda a sua frota. No entanto, algumas dezenas de marinheiros e oficiais iriam morrer, assim como o pessoal da guarda e, na pior das hipóteses, uma parte dos palestinos que trabalhavam no serviço de limpeza. Aliás, errado. Os palestinos da limpeza não estavam autorizados a entrar nas bases militares de Israel. Haifa não era Devonport.

Diabos, estar sentado ali, nas baterias de robôs, fumando, jogando conversa fora, discutindo o sexo dos anjos e olhando a superfície escura do mar. Era de lamentar. E lamentar, acima de tudo, o fato de ter tirado a sorte errada e ter que permanecer na base durante aquele feriado. E, então, ver de repente as primeiras luzes chegando acima do horizonte. Primeiro, era para acreditar que fossem aviões de caça da própria força aérea. Depois, dava tempo para entender que vinham rápido demais para serem aviões a jato. A seguir, viria a idéia de consultar o operador de radar. Para, finalmente, nem sequer ter tempo de ouvir a resposta. Seria tarde demais.

Não, ele não tinha, absolutamente, nenhum problema de consciência, não era isso. O ataque não custaria mais vidas de israelenses do que de palestinos, durante um mês, nas áreas ocupadas por Israel. Vidas de crianças palestinas atingidas por tiros ou em casas bombardeadas, onde se supunha haver imames ou agitadores suspeitos. O ataque era, acima de tudo, uma questão política, tal como Mouna al Husseini os tinha orientado. Nada de *perdas colaterais*, nada de mísseis desencaminhados, atingindo o centro de Haifa. Esses deviam ser explodidos antecipadamente, ao menor sinal de desvio. Nós não éramos como eles. Esta será uma operação estritamente militar.

Em tudo isso ele acreditava. Parecia razoável, de boa política, caso se quisesse usar a expressão de Mouna al Husseini.

Uma explicação mais constrangedora, mas também humana, para a sua indisposição e suores frios era talvez o medo de ser malsucedido no momento em que, finalmente, ia acontecer. Era estranho, mas completamente possível verificar como tais preocupações egoístas poderiam ser interpretadas facilmente como algo mais bonito, como sentimentos de angústia pela vida humana.

A tendência do homem é se auto-enganar, pensou ele. E ao mesmo tempo sentiu curiosidade em saber se fora ele próprio ou Shakespeare o autor de tal conclusão tão perfeita. Enfim, o cinismo da idéia fez com que ele acordasse. Fez a barba, acabou de vestir-se rapidamente e saiu para tomar um chá no refeitório. E bater um papo, tal como um verdadeiro oficial de submarino devia fazer, antes de um ataque. E conseqüentemente acalmar-se, visto que devia mesmo se mostrar calmo. Precisamente, como aquele com quem ele iria conversar. Peter Feisal ainda estava a meia hora do seu horário de descanso e em breve iria se deitar. Ele devia estar no refeitório. Diante de Peter Feisal é que ele não podia de jeito nenhum demonstrar medo, se era mesmo medo aquilo que sentia. E Peter Feisal devia estar na mesma situação. Apenas um último chá, um pouco de conversa e, depois, calmamente, entrar na sala de comando e sentar-se diante dos monitores, como se tudo fosse como era habitual. E em seguida obedecer apenas a todas as ordens na seqüência em que viessem. Exatamente como era normal. Era tudo o que tinha a fazer.

Peter Feisal, de fato, estava no refeitório, com os olhos um pouco avermelhados, com a barba por fazer, diante de um chá e um pedaço de torta de amêndoas. Ele estava praticamente sozinho, visto que estavam em alerta máximo e apenas o pessoal que ia cumprir ou estava para terminar o seu plantão podia utilizar aquele espaço. Nem mesmo os habituais jogadores de xadrez estavam no seu lugar.

Os dois não tiveram tempo para trocar muitas palavras. Peter Feisal fez uma brincadeira, dizendo que achava um pouco estranho que fosse se deitar numa hora dessas. Ibrahim respondeu comentando que ainda não era chegada a hora mais interessante. No momento, não havia problemas. Mas 16 horas mais tarde, quando Peter Feisal entrasse de plantão, aí sim seria a hora da maior animação com os americanos nos calcanhares. E essa seria uma hora ainda pior para tentar dormir em paz.

Ambos sorriram de maneira viril, como a situação exigia. E a teoria de Ibrahim sobre a influência mútua entre os dois ficou praticamente demonstrada. Dentro da sala de comando, essa influência iria parecer ainda mais forte, diante de todas as instruções curtas, precisas e absolutamente calmas por parte do comandante e do almirante.

Ibrahim tinha acabado de apanhar o seu chá e se sentado de novo quando o capitão-de-mar-e-guerra Charlamov entrou, olhou em volta e logo avançou na direção de Ibrahim, assim que o descobriu. Fez uma saudação meio relaxada e explicou que eles tinham decidido fazer a troca de plantão um pouco mais cedo. Portanto, seria bom se Ibrahim pudesse vir de imediato.

— Temos uma pequena dificuldade — explicou Charlamov, estranhamente calmo, quando os dois atravessaram a divisória que dava acesso à sala de comando.

Uma pequena dificuldade era uma designação demasiado simples para o que tinha acontecido. A não ser que o entusiasmo britânico pelos eufemismos tivesse se espalhado a bordo.

A sala de comando estava cheia de gente. Atrás da mesa do chefe, estava toda a *troika* de comando. Ibrahim endireitou o corpo e fez continência para os três, de uma vez, e aguardou que a sua saudação fosse respondida.

— À vontade, tenente! Em suma, a situação é a seguinte — disse o almirante, com o seu sotaque suave, mas ainda assim distintamente americano —, temos um problema. Estamos a pouco mais de uma hora de T. Mas temos um submarino não identificado que se aproxima de nós a toda a velocidade. Não sabemos ainda se é turco ou israelense. Se for turco, poderá passar por nós e continuaremos conforme o planejado. Mas se for israelense vamos ter que acabar com ele. A primeira questão é saber qual é a identidade desse submarino. Entendeu?

— É claro, almirante.

— Mais alguma pergunta antes de você substituir o tenente Husseini?

— Uma pergunta, almirante.

— Faça-a então, mas depressa.

— Se for israelense, por que não deixá-lo passar e chegar à base, juntando-se no ninho?

— Porque é uma ameaça mortal contra nós, se descobrir que estamos aqui. E porque garantimos poder inutilizá-lo agora. Mais alguma pergunta?

— Não, almirante. Entendido.

— Muito bem. Prossiga!

Quando chegou embaixo, juntando-se a Marwan, ele recebeu rapidamente a mesma descrição, mais ou menos, da situação, mas com todos os dados técnicos, em exposição gráfica bem resolvida, em três dos quatro monitores.

Estava-se apenas a alguns minutos de distância do lugar de onde seriam lançados os mísseis de cruzeiro contra Haifa. Todos os seus tubos com torpedos estavam, portanto, armados, mas a única defesa contra um ataque de submarino era constituída por quatro *Schstjuka*, os Robalos, que poderiam explodir os torpedos lançados contra o U-1 *Jerusalém*.

O sistema "olhos de caranguejo sul e norte" descobrira a aproximação de um submarino navegando a 25 nós, com motores diesel a toda a força, em curso direto para Haifa. A suposição era de que se tratava de um israelense pronto para festejar o feriadão, que se atrasara e estava com pressa para chegar e sua tripulação se juntar à família. O curso deles, segundo as marcações, atingiria o U-1 *Jerusalém*, diretamente, em ângulo zero, dentro de 27 minutos, caso nenhum dos navios mudasse de curso e velocidade.

Essa era a situação. Mas o que o comando pensava fazer nesse caso Marwan não fazia a menor idéia. E no momento, aliás, estava na hora do seu almoço e dos estudos especiais de línguas.

Ibrahim murmurou qualquer coisa parecida com "bom garoto e bom trabalho" e sentou-se na pequena cadeira rotativa de couro, verificando mecanicamente todas as funções. O sistema *Krabböga Syd* avançava na mais alta velocidade para se aproximar o mais possível do submarino, naturalmente, a fim de fazer a sua identificação. Já se tinha conseguido reconhecer o registro sonoro do navio estranho, o que não tinha sido difícil em função de ele vir a toda a velocidade e utilizando os motores a diesel. Mas sabia-se apenas que era uma nave de origem alemã. E que tanto os turcos quanto os israelenses usavam esse tipo de motores alemães. Os israelenses, definitivamente. A biblioteca nos computadores não dizia mais do que isso.

Mas junto da pequena mesa de comando onde se comprimiam os chefes já se tinha chegado a uma conclusão a respeito da nacionalidade do outro submarino ou já se tinha aceitado o incerto pelo certo.

— Trocar os mísseis de cruzeiro nos tubos três e quatro por torpedos de caça a submarinos! Essa foi a ordem dada, primeiro em russo e depois em inglês, o que, nesse estágio, já era praticamente desnecessário.

Na sala de comando, ninguém respirou fundo ou reagiu de qualquer outra maneira que se notasse. Apenas se transmitiu a nova ordem para o compartimento de torpedos. Ibrahim imaginou como os marinheiros russos lá embaixo deviam estar soltando palavrões e maldizendo a sua vida ao ter que recomeçar tudo de novo, puxando guindastes e elevadores para retirar os pesados mísseis e depois meter nos tubos os torpedos como se tudo fosse apenas novamente mais uma maldita manobra de treinamento.

— Já temos contato visual com o submarino inimigo? E se não, quando vamos ter? — perguntou o almirante momentos depois. A ordem, estranhamente, nem foi repetida em russo.

— Negativo, senhor — respondeu Ibrahim, hesitando alguns segundos, enquanto os olhos percorriam os quatro monitores. — Temos que esperar uns sete ou oito minutos, mas vamos chegar a tempo de vê-lo de perto com o *caranguejo sul*.

— Muito bem, tenente. Dê-nos a identidade assim que a tiver!

Após alguns momentos, a ordem foi repetida em russo. O U-1 *Jerusalém* continuava a uma velocidade constante de cinco nós e sem corrigir o curso, direto para a sua posição a 27 minutos de distância, a oeste de Haifa, de onde seriam lançados os mísseis de cruzeiro. Pelos monitores diante de Ibrahim a posição ficava muito próxima do lugar onde o submarino inimigo iria cruzar com o U-1 *Jerusalém*. A matemática era simples. Melhor não poderia ser. Era quase um jogo de brincar no computador, feito para principiantes, tão irreal quanto qualquer outro.

Eles estavam relaxados, certos de que não encontrariam qualquer inimigo pela frente. Mentalmente, já estavam em terra, pensou Ibrahim, que agora permanecia completamente frio e calmo. Esse jogo de dados era simples demais.

Do compartimento de torpedos veio a comunicação que os dois mísseis de cruzeiro nos tubos três e quatro tinham sido substituídos e que estavam aguardando novas ordens.

Na sala de comando, o silêncio era total. Todos permaneciam nos seus lugares, sem se mexer, ninguém segredava nada para o vizinho, todos olhavam fixamente os monitores na sua frente.

Os minutos corriam lentamente para Ibrahim, enquanto manobrava o seu robô de espionagem, cada vez mais próximo do curso do submarino inimigo. Um dos seus fones, o do lado esquerdo, estava ligado na pequena nave, de modo que o ruído dos motores a diesel do submarino era ensurdecedor. Motores alemães, certamente. Enquanto isso, no fone do lado direito, o silêncio era praticamente total. De repente, ele começou a receber uma imagem no seu monitor vazio, o mais importante no momento.

— Já temos contato visual, senhor! — comunicou ele. — Placa de madeira, com nome em letras douradas, na torre. Vou soletrar: T-E-K-U-M-A, *Tekuma*, repito, *Tekuma*. Placa ilegível mais abaixo na torre. Vou tentar chegar mais perto...

— Temos a identidade, senhor! — interrompeu o operador de dados. — *Tekuma*, um dos três submarinos israelenses da classe Dolphin, movidos a diesel elétrico, com 1.900 toneladas, tripulação de trinta homens, armados com torpedos alemães do tipo DM 2 A 4 Seehecht e provavelmente com mísseis nucleares do tipo *Popeye Turbo*!

— Obrigado. Então, vamos destruí-lo. Preparar os torpedos, dois tiros com intervalo de cinco segundos! — Foi a ordem dada, ultrarápida, primeiro em russo e depois em inglês, mas ainda no mesmo tom de voz como nos exercícios.

Nenhuma hesitação, nenhuma discussão. Apenas silêncio.

— Vamos contar? — perguntaram os chefes, cada um na sua língua, e dois responderam logo, confirmando. A questão significava que se queria assegurar a escolha do momento exato do disparo. E logo surgiram num quadro grandes números vermelhos à vista de toda a sala de comando e no canto superior de todos os monitores. Do compartimento de torpedos veio a confirmação de que as tampas dos tubos de torpedos tinham sido abertas, estando os tubos já cheios de água e os torpedos sem a tranca de segurança, prontos para serem disparados, desta vez, com explosivos completos. Era fogo de verdade.

Os algarismos vermelhos continuavam inexoravelmente a fazer a contagem regressiva. Ibrahim retirou os auscultadores dos ouvidos. O barulho dos motores do inimigo era forte demais. E viu que outros na mesma cabine tinham feito o mesmo. Como no elevador, pensou ele. Inexoravelmente, como no elevador.

O U-1 *Jerusalém* estremeceu um pouco, quase imperceptivelmente. Uma primeira vez e alguns segundos depois, mais uma vez.

— Torpedos lançados, em curso, 130 segundos até o alvo — comunicou o oficial dos torpedos.

Os segundos continuaram o seu tiquetaque monótono. O submarino israelense estava agora tão perto que permitia o contato visual e na sequência apareceu em todos os monitores que até ali tinham estado vazios. O *alvo* continuava na sua velocidade máxima. Via-se nitidamente o remoinho das águas atrás das hélices de sete pás.

Os submarinos desse tipo eram a arma superior e mais forte da frota israelense, um perigo mortal inclusive para o U-1 *Jerusalém*, pensou Ibrahim, desesperado, olhando fixamente para os números do quadro da contagem regressiva. Naquele submarino, todos deviam estar certos de que não havia inimigos por perto e tinham pressa para chegar a casa.

— Curso ainda correto, vinte segundos para atingir o alvo — comunicou o oficial dos torpedos, num tom de voz que soou quase de enfado.

Deus no inferno, pensou Ibrahim, agora eles devem ter ouvido o que vem a caminho. Eles não podem ter começado já a festa. Como se chama mesmo? No seu monitor, nada dizia que o *alvo* tinha escutado a chegada dos torpedos cujos motores deviam soar como um trovão nos ouvidos do oficial do sonar, se estivesse no seu lugar. Ah, finalmente! O submarino israelense começou a fazer uma manobra de fuga e disparou quatro torpedos para interceptar os torpedos inimigos.

— Curso ainda correto, dez segundos para atingir o alvo, comando de direção intacto, imagem visual intacta, manobra de fuga e torpedos para desviar os nossos, compensados — relatou o oficial dos torpedos, secamente.

Quinze segundos mais tarde, o U-1 *Jerusalém* recebeu o impacto do som e em seguida a pressão de duas explosões: os torpedos tinham atingido o alvo. A iluminação dentro da sala de comando piscou e os monitores assentes sobre molas sacudiram. Foi feito um controle rápido sobre perdas, antes de o comando mandar fazer uma análise das perdas no inimigo. A proa tinha sido atingida, onde devia ficar a sala dos torpedos, e o outro acertara no centro do submarino, mais ou menos no lugar correspondente àquele onde eles estavam agora.

Na seqüência houve um som indescritível que todos puderam ouvir mesmo sem instrumentos. Ibrahim tentou simulá-lo no seu jogo de exercícios. Era o som de metais estalando debaixo de água, aço se partindo que soava como música, mas com dissonâncias modernistas, estrondos surdos das primeiras partes do submarino quebrado que desciam dançando e batiam no fundo arenoso e macio, outras batiam no fundo pedregoso e o som era mais forte, uma música de morte que ele gravava agora pela primeira vez, uma gravação perfeita sem quaisquer interferências.

Ouviram ainda alguns últimos sons lamurientos, quando o submarino partido se alojou no fundo e depois o silêncio absoluto em ambos fones.

— Podemos observar alguma bóia de salvamento? Tiveram tempo para isso? — perguntou o chefe russo. O almirante nem se preocupou em traduzir. A pergunta era muito simples, normal e muito clara.

— Não sei. Vou examinar com o *olho de caranguejo* de mais perto — respondeu Ibrahim, tentando se mostrar tão indiferente quanto os homens no comando.

— Carregar os tubos três e quatro, conforme a ordem inicial — ordenaram os dois chefes.

— Nós vamos realizar agora o ataque contra Haifa, como planejado. Aprontar para daqui a cinco minutos. Executar! — ordenou o almirante. A ordem foi repetida logo em russo.

— Sete minutos para o ataque com os robôs, contagem automática a partir de agora — informou o oficial de robôs. O silêncio absoluto voltou a reinar na sala de comando. O giroscópio mostrava que estavam a dez metros *plus minus* zero da calculada posição de disparo, com o U-1 *Jerusalém* subindo lentamente para a superfície, a fim de tomar a profundidade certa para disparar os mísseis de cruzeiro.

Não havia nenhum ruído de barcos por perto. Estavam sós na posição. Os algarismos digitais vermelhos voltaram ao quadro e aos monitores. A contagem regressiva prosseguia. Os décimos de segundo passavam rápido demais para serem vistos, mas os segundos continuavam no seu implacável tiquetaque descendente. Ibrahim achou incompreensível que não sentisse mais qualquer nervosismo.

7

Condoleezza Rice não era precisamente uma inexperiente qualquer em matéria de política exterior e de segurança. Entre homens, ela fez parte do Conselho Nacional de Segurança desde os tempos do presidente Bush sênior, altura em que se tornou conselheira especializada em mísseis e em capacidade de armas nucleares russos.

 Ela viu muitos elefantes chegar e ir embora e, acima de tudo, aprendeu a entender e a esquivar-se do jargão esportivo duro, condimentado com termos de futebol americano e de beisebol, que constantemente surgiam em situações de crise militar. E durante o último ano começou a ter certo controle sobre os dois militaristas Dick e Rummy. Ainda que, em nome da justiça, se tivesse de admitir que as suas atuações estavam mais para as de cisnes decorativos, devido em grande parte à situação miserável no Iraque. Não se passava um dia sem que eles tivessem que engolir uma ou outra das suas previsões arrogantes, como a de que seria uma "limpeza" ou um "passeio no parque" que prometeram após a conquista de Bagdá. Dick também se consumiu muito ao conseguir realizar a arte de acertar um dos seus amigos durante uma caçada a patos. As inúmeras piadas que surgiram em todos os programas de entrevistas na televisão nos Estados Unidos ainda continuavam a causar-lhe sofrimento. A pior de todas foi a variante do apresentador Letterman, dizendo que "certamente, ainda não conseguimos apanhar Bin Laden, mas, de qualquer maneira, já fisgamos um advogado de 78 anos".

Mas as crescentes fraquezas de Dick e Rummy constituíam a força dela, e isso, disse ela com a maior sinceridade, era melhor para os Estados Unidos. Dirigir a política externa da nação mais temida e odiada do mundo já era difícil o suficiente para dispensar dois babuínos a bater no peito cada vez que apareciam diante das câmeras de televisão.

No momento, porém, ela tinha ambos sob controle. E quando se levantou de manhã, como de hábito, às 4h45 para iniciar o dia com uma corrida na esteira e exercícios de musculação na sua sala de ginástica no apartamento do Edifício Watergate, nada indicava que justamente esse dia iria terminar com mais uma violenta recaída da política *babuínica*. O Iraque estava como estava. Os permanentes retoques nos planos de guerra contra o Irã feitos por Rummy constituíam quase uma terapia para os iranianos. E não se tornariam realidade à primeira vista. Muito menos com armas nucleares.

Até o almoço, o seu dia seria como de rotina, tratando apenas de papelada nas primeiras horas. Depois, um encontro com o presidente do Malawi, a quem iria dar uma reprimenda. E a seguir, almoço com discurso na reunião anual de caridade da Fundação Nacional Judaica onde se falaria, como habitualmente, do Yom Kippur e de reconciliação. E ela diria também, como de hábito, que Israel sempre poderia contar com o apoio dos Estados Unidos, que esse apoio jamais iria faltar, mas que a política de assentamentos poderia se tornar um problema. Um problema, aliás, que os israelenses teriam que resolver internamente. Mais ou menos isso.

O relógio marcava um pouco mais do meio-dia e meia quando ela iniciou o seu discurso, chegando a receber as duas primeiras ondas de aplausos, marcando pausas na fala, quando um dos seus assistentes, sem mais nem menos, subiu ao pódio e lhe segredou que o Conselho Nacional de Segurança, o CNS, tinha sido convocado de imediato para uma reunião de crise. E que a crise era séria.

Diante dos murmúrios do público, ela pediu desculpas, terminou seu pronunciamento rapidamente, explicando que o CNS precisava se reunir de imediato porque havia surgido uma crise.

Espero que seja, de fato, uma crise de monta, caso contrário eles aqui vão me ralar fortemente por ter descido do pódio, pensou ela, irritadíssima. Estava já no assento traseiro da limusine que se dirigia em comboio para a Casa Branca, com carros da polícia de sirene ligada, outros do serviço secreto e mais as motos da polícia em volta dela como se fossem um enxame de abelhas.

A crise era de fato enorme. Aqueles que compareceram à festa do Yom Kippur iriam demonstrar a maior compreensão do mundo por ela os ter abandonado e saído quase correndo. Ela encontrou o chefe do pessoal, Joshua, na escada, descendo do seu escritório na ala sudoeste da Casa Branca, e ele, realmente, não tinha uma expressão nada alegre. Apenas a alguns passos da entrada para a sala de reuniões do CNS, a "sala das crises", ele correu e segurou-a pelo braço.

— Que merda bateu no ventilador desta vez? — perguntou ela.

— Vamos ter um grande pesadelo pela frente — sussurrou ele. — Haifa está em chamas, Dick e Rummy estão furiosos. Faça o que puder para segurá-los, por favor.

Haifa em chamas? Era no que ela estava pensando ao entrar na sala sombria onde os homens esperavam. Saudou o presidente e sentou-se ao lado dele sem sequer olhar para o vice-presidente e o ministro da Defesa. Um comandante dos serviços secretos da marinha iniciou imediatamente a apresentação. Essa era sempre a ordem utilizada. Primeiro as informações sobre o que aconteceu, sobre o que se sabia, e depois a discussão do assunto e das medidas a tomar.

As imagens de satélite eram horríveis. O porto de Haifa era um mar de fogo e ela primeiro pensou que se tratava de mais um ataque terrorista. Tinham conseguido inesperadamente repetir a manobra de lançar um avião de passageiros seqüestrado contra um alvo. À primeira vista, parecia ser a única explicação possível para uma destruição tão ampla.

Mas a seguir foram mostradas as imagens do verdadeiro ataque, com seis mísseis de cruzeiro que se aproximaram a uma altura extremamente baixa. Ela viu imediatamente do que se tratava. Justamente a velocidade Mach 3 na última parte do vôo contra o alvo e os movimentos em ziguezague eram sinais indubitáveis. Tratava-se de uma variante dos mísseis 3 M-54 Klub ou SS N 27, como eram conhecidos na linguagem da OTAN. Tecnologia russa de alto nível onde ela é mais assustadoramente eficiente.

Quando o comandante terminou a sua breve apresentação factual, os monitores foram desligados e acenderam a luz na sala. Todos ficaram em silêncio. Nessa situação, ninguém sequer podia sonhar em falar antes do presidente.

George W. Bush inclinou-se para a frente, numa expressão de "linguagem corporal" que traduzia decisão e pela qual ele recebeu tantos elogios nos livros de Bob Woodward. Depois, lançou um olhar em direção ao chefe da CIA.

— Ok, Johnny, nós nos vimos hoje às oito horas da manhã, a sua habitual resenha sobre segurança, não é?

— Sim, senhor presidente?

— Olhe para mim agora, Johnny, e diga que você não fazia a menor idéia disso aí.

— Lamentavelmente, essa é a verdade, senhor presidente. Nós não fazíamos nenhuma idéia de que isso ia acontecer, nem tínhamos sequer alguma suspeita ou indicação.

— Ok. Pergunta seguinte. Quem é que nós achamos que fez isto... Ou, se começarmos por outra ponta. Quem é que, sob um prisma puramente técnico, *pode* ter feito isto?

— Nós, a Rússia, a Grã-Bretanha e a França somos os únicos com capacidade puramente técnica para isso. E todos são improváveis interventores no caso.

— O Irã poderá estar por trás disso?

— Um pouco forçado demais, senhor presidente. O Irã teria a vontade política, sem sombra de dúvida. Mas é extremamente improvável que eles tenham acesso à tecnologia que acabamos de ver.

— O que é que você diz disso, comandante? — perguntou o presidente como se fosse uma chicotada dirigida para o dispensado chefe da CIA e o nervoso comandante.

— *Well*, senhor presidente... O Irã tem três submarinos da classe Kilo, estacionados em Bandar Abbas, no Golfo Pérsico. Os submarinos Kilo podem disparar esse tipo de mísseis russos. O Departamento de Espionagem está trabalhando agora numa análise e...

— Os mísseis são russos, do tipo SS N 27 — interrompeu Condoleezza Rice.

— Ok. Então já sabemos disso — constatou o presidente. — Os submarinos iranianos podem, portanto, disparar essas engenhocas. Próxima pergunta. Os submarinos iranianos podem navegar do Golfo Pérsico até Haifa, no Atlântico?

— A pergunta é para mim, senhor presidente? — arriscou o comandante.

— É claro, comandante. Você ouviu a pergunta?

— Sim, senhor presidente. Seria necessária, certamente, alguma espécie de reabastecimento discreto em alguma nação amiga no caminho à volta da África. Mas, se eles conseguissem isso e com um pouco de sorte, seria possível, sim. Muito longe de ser impossível.

— Uma última pergunta, comandante. Existem outras nações na área que tenham acesso a submarinos, além do Irã?

— A Turquia, senhor presidente. A Turquia tem 14 submarinos, mas definitivamente nenhum acesso a quaisquer mísseis russos deste tipo ultramoderno. Em minha opinião, podemos excluir a Turquia.

O presidente recostou-se um pouco na cadeira. Era o sinal na sua linguagem corporal que significava deixar a palavra livre para quem quisesse falar.

— Nós devemos, evidentemente, preparar de imediato uma mensagem para a imprensa a partir da Casa Branca, uma mensagem dada pelo presidente — apressou-se o chefe do pessoal, Joshua Bolton, entrando na conversa, antecipando-se ao ministro da Defesa, que já tinha começado a abrir a boca e parecia se preparar para falar.

— *Yepp* — disse o presidente. — Israel é um país amigo aliado nosso e assim por diante. Mas também os Estados Unidos não vão ficar de braços cruzados, nem poupar esforços, incluindo medidas militares, e assim por diante. Será que devo fazer um pronunciamento à nação ainda esta noite?

Ele inclinou-se para a frente e mostrou-se decidido de novo, de modo que ninguém na sala sequer pensou em ir contra essa proposta.

— Vou convocar os redatores de discursos, ordenar uma entrevista coletiva para a imprensa e... Às oito horas, esta noite, será o melhor horário na televisão? — resumiu o chefe do pessoal.

— Sim, está bem assim. Mas nós não podemos ficar apenas falando, precisamos agir também. Devo confessar que estou tremendamente disposto a dar um soco no queixo de alguém desta vez — continuou o presidente, dirigindo um olhar na direção de Donald Rumsfeld, que logo segurou a bola.

— Nós temos duas escolhas — começou o ministro da Defesa, satisfeito. — Primeiro, vamos ter que capturar esse submarino...

— Sim, nada de falhas, quero esse submarino afundado antes do pôr-do-sol — concordou o presidente, energicamente.

— Depende de qual pôr-do-sol se refere, senhor presidente — brincou Rumsfeld. — O pôr-do-sol no Mediterrâneo oriental já aconteceu. Mas nós podemos fechar o submarino lá dentro e depois é só uma questão de tempo. Talvez o pôr-do-sol de amanhã. Mas a maior possibilidade está, evidentemente, na execução das operações contra o Irã ou, então, vamos por partes e executamos cada uma em separado. Estou pensando em particular no fato de que devemos partir rápido e acabar com essa base de submarinos em Bandar Abbas.

— Nesse caso, quero ter certeza de que todos nesta sala estão de acordo com essa medida — disse o presidente, olhando para cada um dos rostos em volta da mesa.

Era a hora, reconheceu Condoleezza Rice. Em certos momentos, o presidente parecia o treinador de uma equipe de beisebol. Ele inclinava-se para a frente, fazia contato visual com cada um dos presentes, um a um, e perguntava qualquer coisa como "você está a bordo nesta questão ou não?" Nessa altura, era difícil ser contra. Condoleezza Rice era uma entre poucos que podia ou ousava ir contra. E, falando honestamente, o presidente permitia o debate, sim, mas qualquer um que quisesse apresentar outra proposta precisava ter bons argumentos ou uma solução pronta, ou ainda, pelo menos, uma proposta viável para uma nova solução. E, sob vários aspectos, a hora era essa. Se ela perdesse a oportunidade, Dick e Rummy partiriam em frente e receberiam de mão beijada a sua guerra contra o Irã, tão rápido e completamente quanto apenas os dois queriam.

— *Well*, senhor presidente — começou ela, decidida. — Nós temos no momento — e, eu repito, no momento — uma proposta boa e outra má da parte do ministro da Defesa. A proposta boa é, naturalmente, usar todos os recursos disponíveis para pegar esse submarino. É lá, sem dúvida, que se encontram os culpados. E quando, enfim, nós os identificarmos, será muito mais fácil localizar os mandantes. E então, e só então, deveremos decidir sobre o passo seguinte.

— Não existe nenhum outro possível mandante, a não ser o Irã — chiou Rumsfeld.

— É possível que o ministro da Defesa tenha razão — respondeu Condoleezza Rice, friamente. — Mas nesse caso isso se saberá dentro em breve, talvez já na nossa próxima reunião, daqui a quatro horas. Mas eu digo apenas isso. Pelo amor de Deus, não podemos atacar o Irã pelo motivo errado. Isso se tornaria não apenas um pesadelo em termos de política externa, mas também viria a prejudicar todos os nossos planos para um ataque amplo e eficaz.

Alguns anos atrás, George W. Bush teria achado quase insuportável ver dois dos seus colaboradores mais próximos em curso de colisão diante de uma decisão importante. Nessa época, ele jamais saberia como escolher entre Condi e Rummy. No momento, porém, a situação era diversa. No momento, ele confiava mais nela.

O presidente resolveu colocar um ponto final na conversa e adiar a reunião para as 18 horas, visto que era preciso tempo para fazer muita coisa até que se reunissem de novo, de preferência com muito mais dados. O vice-presidente, Dick Cheney, informou que não poderia voltar. A essa hora estaria discursando na Convenção dos Veteranos de Guerra no Exterior, em Nashville.

— Certo — disse o presidente, dando o único sorriso do dia. — Faça isso, Dick, faça um bom discurso, mas não me coloque em maus lençóis, por favor.

Agora que o presidente subia as escadas que o levariam ao salão oval, o trabalho que o esperava era uma série de telefonemas mais ou menos agradáveis, antes de receber os habituais redatores do seu discurso. Primeiro, telefonou para o primeiro-ministro israelense, Ehud Olmert, que já esperava a sua ligação. Como era natural, começaram falando do 11 de setembro e da nova era na história da humanidade com início nessa data, que tinha se tornado brutalmente mais nítida, agora, uma vez que Israel acabava de ser atingido também. George W. Bush se comprometeu com "um apoio militar total e sem reservas", e contou que tinha acabado de dar ordens para a 6ª frota caçar o submarino e seus terroristas, com todos os recursos à sua disposição. Ele iria fazer uma declaração pela televisão às 20 horas, horário da Costa Leste, tornando pública essa decisão.

Na ocasião, o primeiro-ministro israelense não tinha nada a acrescentar, os seus serviços secretos tinham sido apanhados na cama, aparentemente, tal qual os americanos. A respeito de os israelenses terem alguma desconfiança de quem fora o mandante, o primeiro-ministro declarou que, sem dúvida, o Irã se apresentava como o suspeito número um. Esse país, nos últimos anos, tinha ameaçado Israel com ataques militares. Ninguém podia entender, no entanto, como eles haviam conseguido circundar a África, com um dos seus submarinos, sem serem notados.

Terminaram a conversa com os habituais compromissos mútuos de amizade e apoio, enviando cumprimentos para as respectivas famílias.

Quanto ao presidente russo, Vladimir Putin, a informação era de que ele não estava acessível, em função de um discurso que fazia durante um banquete. Retornariam a chamada do Kremlin assim que ele tivesse terminado.

Tony Blair estava em casa, no número 10 da Downing Street, e atendeu rapidamente ao telefonema da Casa Branca quando a secretária passou a ligação.

Tony foi, como de hábito, muito razoável, salientando que nunca haveria sequer qualquer hesitação em colocar os Estados Unidos e a Grã-Bretanha lado a lado na luta contra o terrorismo internacional. Em contrapartida, estava muito pessimista em relação às perspectivas de conseguir que o Conselho de Segurança das Nações Unidas apoiasse a guerra contra o Irã. Para isso, era preciso aquilo que os americanos costumavam chamar "fumaça de pistola", uma prova inquestionável. E caso não se obtivesse essa prova, não seria possível unir o Conselho de Segurança, a não ser na tomada de posição contra o terrorismo, que, na realidade, não obrigava a nada. Aliás, nem nessa questão era possível unir o Conselho de Segurança. A idéia de os Estados Unidos e a Grã-Bretanha entrarem juntos e sós em uma nova "coalizão de dispostos" era prematura. Aquilo onde deviam se concentrar todos os esforços em primeiro lugar, entendia Tony, era no que Condi havia proposto — sim, ela falou com Jack, e este me contou —, de aprisionar o submarino. A frota britânica que se achava no Mediterrâneo já tinha recebido instruções para colaborar com a 6ª frota americana nesse sentido.

Os redatores da Casa Branca começaram a bater impacientemente na porta do salão oval, mas George W. Bush dava preferência a falar com Putin, antes de se concentrar no seu discurso à nação.

Desta vez, Putin respondeu, parecendo que estava de muito bom humor, tal e qual como nos velhos tempos, quando os homens de Estado da União Soviética voltavam dos banquetes. Ele pareceu quase despreparado para o que o seu colega americano queria discutir: o ataque a Haifa. A repercussão não tinha sido muito grande na mídia russa, pelo menos não até o momento. E a Rússia não tinha nenhum sistema permanente de observação sobre a área, de modo que não tinha informações próprias.

George W. Bush achou que, simplesmente, estava na hora de colocar o presidente russo contra a parede, dizendo que as armas utilizadas eram russas. Mas, em resposta, Vladimir apenas riu e fingiu acreditar que George, de fato, estava tentando acusá-lo de ter atacado o aliado mais próximo dos Estados Unidos. Assim iria parecer.

Putin não foi, de forma alguma, inamistoso. Ao contrário, salientou várias vezes a velha amizade que os unia. Mas George W. Bush se sentiu provocado a lhe fazer uma pergunta que ele próprio considerou dura e decisiva.

— Vladimir, me diga uma coisa, agora, com a maior honestidade: a Rússia vendeu os modernos mísseis de cruzeiro para o Irã, mísseis que podem ser disparados de submarinos do tipo Kilo?

— Mas, meu querido amigo e presidente — irrompeu Putin —, em primeiro lugar, qualquer míssil de cruzeiro pode ser disparado, teoricamente, de qualquer submarino. Nós seguimos, praticamente, o padrão internacional na construção dos tubos para torpedos. Quase sempre são todos de 533 milímetros. De resto, o Irã nunca fez, publicamente, a compra de armas da Rússia.

— Isso significa que eles também não compraram esses mísseis de vocês?

— Mas, George, querido amigo, você não ouviu o que eu disse? O Irã, publicamente, não fez essa compra. Ou porque, de fato, não comprou ou porque exigiu uma cláusula de silêncio no contrato. Assim, não posso afirmar isso.

George W. Bush tentou surpreender o seu colega mais jovem com várias perguntas capciosas, mas sem sucesso. Ficou mal-humorado e demonstrou isso antes de dar a conversa por terminada. Mas também ficou com a convicção de que o Irã tinha recebido esse tipo de mísseis russos, usados no ataque a Haifa. Até se certificar, teria que ficar por ali. Estava na hora de receber os redatores.

Condoleezza Rice dedicou a maior parte do tempo até a retomada da reunião do CNS a fazer telefonemas. Primeiro, falou com o ministro das Relações Exteriores da Grã-Bretanha, Jack Straw. Era o telefonema mais simples. Os dois eram amigos pessoais e tinham sempre muita facilidade em chegar a um acordo. Jack pensava como ela, que a única decisão clara a tomar na hora era de capturar o submarino.

A chanceler alemã, Angela Merkel, foi certamente muito amável no tom da conversa, disposta a manter as melhores relações com os Estados Unidos, o que era um item importante na sua política, mas foi ao mesmo tempo muito dura contra a idéia de as Nações Unidas sancionarem uma guerra contra o Irã, antes de se saber ao certo se era esse país que estava por trás do ataque contra Haifa. Segundo as agências noticiosas alemãs, o Irã desmentia categoricamente ter sido responsável pelo ataque. Mas que a marinha americana iniciasse a caça ao submarino no Mediterrâneo achava a chanceler alemã totalmente indicado.

O primeiro-ministro da França, Dominique de Villepin, o homem que mais se opôs nas Nações Unidas quando os Estados Unidos tentaram aprovar uma resolução de guerra contra o Iraque no Conselho de Segurança, expressou opiniões semelhantes. No entanto, com reservas muito mais notórias.

Caso, contra todas as suposições, o submarino fosse palestino, o que, segundo uma parte das fontes dos serviços secretos franceses já tinha dado a entender, a questão iria parar, de acordo com o ponto de vista da França, numa situação totalmente diferente. Nessa altura, a França se oporia a qualquer forma de interferência internacional organizada, inclusive a caça ao submarino. O problema passaria a ser uma questão estritamente entre israelenses e palestinos.

Donald Rumsfeld dedicou toda a sua tarde no Pentágono a gritar e a soltar imprecações. Era preciso demonstrar a ligação iraniana com o ataque, o mais depressa possível, para evitar perder tempo. Para o pessoal dos serviços secretos da Defesa americana, não havia a menor dúvida a respeito do que seriam as desejadas informações — e o que seria indesejável.

Mas na falta de dados definitivos houve apenas discussões sobre indícios e a procura de objeções contra as objeções dos outros.

Por exemplo, a questão de ser muito difícil para o Irã retirar um dos seus submarinos através do Estreito de Hormuz, no Golfo Pérsico, e dar a volta pela África.

Para começo de conversa, bastava pensar de onde tinham vindo originalmente esses submarinos da classe Kilo. Eles haviam feito a viagem por seus próprios meios desde o norte do Mar Glacial Ártico até o Irã, uma distância muito maior do que aquela do Irã até Haifa. Podia-se pensar também que o Irã já vinha falando em atacar Israel há mais ou menos um ano, indicando com isso que estavam preparando, de fato, esse ataque. Nada teria impedido ainda que eles tivessem comprado mais um submarino dos russos, mandado a tripulação de avião e navegado depois para o Mediterrâneo, atacando Israel logo na viagem inaugural.

Além disso, em abril, o Irã já tinha treinado o disparo de torpedos que se suspeitava serem do tipo supermoderno Schkval, dos russos. Ou então eles mesmos tinham conseguido construir esse tipo, de torpedo. Nesse caso, os cientistas da marinha de guerra do Irã mereciam, de fato, todas as felicitações, já que se haviam antecipado, por exemplo, aos americanos e britânicos nos esforços prioritários para copiar o

Schkval. Ou ainda, o que era mais provável, os iranianos, assim como os chineses, teriam comprado esses torpedos, mas com cláusula de sigilo no contrato. Como ponto de partida, a conclusão não poderia ser outra senão a de que, no momento, já existiam torpedos Schkval no Irã. Nesse caso, os homens de barba e turbante deviam estar bem interessados em gastar um pouco dos seus petrodólares para elevar a qualidade dos armamentos do país com esse torpedo formidável, certo?

Ao mesmo tempo, veio a informação da vigilância por satélites de que havia uma certa atmosfera de pânico à volta das instalações estratégicas no Irã, como se eles esperassem ataques aéreos nas usinas nucleares e nos portos. Era ainda uma circunstância preocupante o fato de, no momento, se ter controle apenas sobre um dos três submarinos iranianos que estava no porto de Bandar Abbas.

No conjunto, tudo constituía uma argumentação muito digna de credibilidade. Preocupante era também o fato de o submarino iraniano no Mediterrâneo estar armado, justamente, com torpedos Schkval. Caso tivessem comprado uma encomenda que lhes permitiu as manobras de treinamento, então era quase certo que teriam equipado o novo submarino com a mesma arma. Isso poderia constituir um perigo impossível de negligenciar para os americanos e britânicos que no momento já andavam à caça do submarino inimigo.

A interligação dos fatos era boa. Tudo se encaixava. Mas o ministro Rumsfeld não estava satisfeito, antes ficava cada vez mais irritado e não parava de gritar à medida que o tempo corria e a hora da nova reunião do CNS se aproximava. Ele deu a entender que havia certas pererecas que não iam aceitar as provas apresentadas.

Por outro lado, podia-se afirmar que não eram necessárias provas, que se estava perdendo tempo com formalismo. Os iranianos já estavam fortalecendo suas defesas à volta de alvos estratégicos e escondiam os seus submarinos. Isso mostrava que estavam conscientes de que foram apanhados com a mão na massa. E caso se colocassem juntos os esforços documentados do Irã para ter armas atômicas, a constituição de um arsenal que até mesmo poderia ameaçar os porta-aviões americanos — os novos torpedos Schkval, próprios ou russos — e a sua fala política, clara e repetida, de que Israel devia ser arrasado, tudo isso devia chegar para dar início a uma guerra preventiva. É claro que limitada àquelas regiões do Irã que fazem fronteira com o Iraque. Ao ocupar uma zona de segurança entre o Irã e o Iraque, seria cortada a insurgência muçulmana, que dificultava seriamente a construção da democracia no Iraque.

Que justamente esse território limitado do Irã onde ficaria situada a zona de segurança sanitária, quer dizer, ocupada, fosse por acaso a mais rica em petróleo não era diretamente uma desvantagem. Ainda que fosse uma circunstância que não pudesse ser apontada como razão principal do ataque a ser feito. Por último e finalmente, era apenas uma questão de tempo a concretização desse ataque. Por conseguinte, tanto fazia, ou talvez fosse até melhor, malhar o ferro enquanto estivesse quente.

Quando o ministro da Defesa, Rumsfeld, estava mais excitado, telefonou para Dick Cheney do seu avião, o Air Force Two, a caminho de Nashville. Evidentemente, Dick queria saber das últimas notícias. E Rummy não perdeu a oportunidade de soltar os cachorros, não só descrevendo aquilo que ele chamava de provas sobre a situação, como ainda falando haver suspeitas de que certas pererecas viriam com contestações.

O vice-presidente tirou daí uma série de conclusões definitivas, puxou do seu discurso, versão número quatro, e chamou o seu redator mais confiável.

Fazer um discurso para os velhos veteranos de guerra podia ter o seu lado bom, mas um triste. O patriotismo podia ficar às vezes em ponto morto. Mas diante de um discurso rotineiro como aquele, por sorte tinha acontecido algo no mundo que poderia ser usado como ilustração para todos os importantíssimos sacrifícios que os rapazes americanos fizeram no exterior pela causa da liberdade, geração após geração.

E havia acontecido algo no mundo, certamente. O horroroso ataque contra a frota israelense dominava toda a mídia, de um jeito tão amplo quanto o foi no 11 de setembro. E, por toda parte, os muçulmanos olhavam os jornais, os sites da internet, os noticiários da televisão e para as multidões de novo horrorizadas. Nos primeiros noticiários, especulou-se que Osama bin Laden e a al-Qaeda dispunham agora de armas de destruição em massa e de plataformas capazes de ameaçar os Estados Unidos. Uma legião de peritos militares garantiu que a destruição seria ainda maior contra qualquer base da frota americana de um ataque como aquele que fora dirigido contra Haifa. Outra legião de peritos, tão grande quanto aquela, a dos peritos em terrorismo, garantiu que já tinha sentido o que estava por vir, ou seja, "o esperado segundo estágio" na evolução da al-Qaeda. A diferença em relação a um ataque equivalente contra alvos americanos estava no fato de a al-Qaeda preferir matar, neste caso, a população civil. Portanto, seria apenas uma questão de tempo haver ataques de submarinos dirigidos contra Nova York, Boston, a Filadélfia ou, evidentemente, com maior surpresa e, portanto, com maiores possibilidades de sucesso, contra outro alvo: Los Angeles. E que, praticamente, não havia nenhuma defesa contra esse futuro ataque. Era apenas uma questão de saber *quando e onde,* e não de *se* o ataque viria a ser realizado.

Mas a primeira linha de orientação da al-Qaeda dos noticiários mudou assim que os repórteres começaram a perceber que dentro da administração se suspeitava de o Irã estar por trás do ataque terrorista. Saíram as imagens de Bin Laden e entraram as do presidente iraniano, Mahmoud Ahmadinejad.

Falar para uma multidão de veteranos de guerra bêbados é como roubar o doce de uma criança e esperar dela aplausos, se é isso que se pretende conseguir, reconheceu Dick Cheney. E, falando francamente, naquele momento ele precisava mesmo de muitos aplausos. Tinha sido um ano muito adverso, desde o caso do acidente na caçada. E Rummy havia lhe fornecido munição suficiente.

Para começo de conversa, em seu discurso ele fez uma jogada de bom humor dizendo que não tinha conseguido memorizar o nome do presidente iraniano, mas obteve a primeira onda geral de risos ao mencionar que se tratava de mais "um daqueles tipos barbudos".

E, em seguida, disse, claramente, que era do Irã que saía a fumaça da pistola. Se ele se resguardou com uma ou outra reserva em relação ao assunto, isso foi sutil demais para ser notado por um público tão imenso, bêbado e patrioticamente esquentado, formado por ex-soldados americanos que participaram em muitas guerras no exterior e ainda acreditavam "cem por cento" em suas conquistas a favor da democracia e do estilo de vida americano.

Dick Cheney descreveu a estratégia iraniana com submarinos, como eles tinham ido buscar novas unidades na Rússia, como as equiparam com as armas mais terríveis, cuja eficácia fora avaliada agora por Israel.

Portanto, na realidade, ele disse apenas que o Irã tinha essas armas dirigidas contra Israel, não que fora o Irã que as usara. Mas isso ninguém notou, nem mesmo os jornalistas presentes.

E então ele passou a citar os cenários criados pela mídia, autênticos pesadelos que esses tais como "Ahmed Alladin", ou como ele se chamava, podiam criar contra a população civil americana.

Com isso, ele chegou ao clímax do seu discurso, exaltando, durante dois minutos, a coragem dos americanos que não hesitavam em oferecer a sua vida pela liberdade e a democracia, geração após geração. Isto porque os poderes do "eixo do mal" sempre se apresentavam de volta para conhecer o gosto amargo da derrota. O mundo livre sempre respondia com a vitória, independentemente do que acreditassem os barbudos com toalhas de cozinha à volta da cabeça. Eles seriam vencidos mais uma vez pelos nossos garotos. E, no momento, essa gangue mais recente de barbudos está sendo caçada como ratos, ou melhor, neste caso, como baleias orcas, no Mediterrâneo. E o resultado só poderá ser um, visto que os defensores da liberdade jamais desistem da sua missão. E aquele que ameaçar as nossas famílias e as nossas crianças estará ultrapassando, definitivamente, o limite em que a raiva dos guerreiros americanos se torna terrível, tal como os japoneses, os nazistas, os saddamistas, e os binladistas já experimentaram no passado e que os barbudos iranianos, em breve, vão experimentar num inferno de fogo. Deus abençoe a América!

Os aplausos e o júbilo geral pareciam não ter fim.

Justamente quando o vice-presidente Cheney colhia o seu grande triunfo, pelo menos de momento, o Conselho Nacional de Segurança se reunia de novo na Casa Branca.

O ministro da Defesa Rumsfeld chegou obstinadamente decidido. Mas também ele ficou de início quase paralisado diante das novas informações que os serviços secretos da marinha apresentaram, incluindo novas imagens de satélite.

Haifa tinha sido atacada de novo. Desta vez, com torpedos que tinham passado por entre os quebra-mares e entrado no porto, dirigidos contra alguns navios que restavam intactos, entre eles a corveta *Hanit* e os barcos robôs *Kidon* e *Yaffo*. Aquilo que antes correspondia à destruição de 75 por cento da frota de guerra israelense no porto de Haifa agora havia aumentado e a frota estava, praticamente, toda destruída.

Mas não era tudo. O porto de reserva em Asdod, situado entre Tel Aviv e Ashkelon, fora atacado uma hora mais tarde e mais quatro navios foram destruídos, entre eles o único barco israelense de salvamento de submarinos. Além disso, Israel já tinha dado pela falta do seu submarino mais moderno, o *Tekuma*, que se receava ter sido torpedeado pouco antes do ataque a Haifa. O departamento sismológico na Universidade de Tel Aviv registrou perturbações sísmicas que correspondiam perfeitamente à explosão de dois torpedos.

O mais provável era ter que enfrentar vários submarinos agressores. Com certeza, era preciso reconhecer que aqueles que equiparam o submarino, ou os submarinos, sabiam o que estavam fazendo. Pelo que se podia entender, tinham afundado um submarino, numa batalha sob as águas. Haviam disparado mísseis de cruzeiro com precisão, durante o seu primeiro ataque, e, além disso, tinham sido bem-sucedidos no segundo ataque com torpedos dirigidos de um jeito considerado de realização impossível se não tivessem o apoio de informações de terra ou fornecidas por satélite. Por isso, foram mandadas informações para todas as unidades da frota americana que, no momento, se aproximavam da região, recomendando todo o cuidado possível.

No que dizia respeito à nacionalidade dos submarinos, o presidente Mahmoud Abbas, da Palestina, apareceu numa entrevista pela televisão, explicando que o ataque havia sido realizado por sua ordem expressa e que era a "frota palestina" que tinha entrado em ação. E disse estar certo de que tinha agido de acordo com as leis internacionais. Disse ainda que em "repetidas oportunidades" tinha exigido a suspensão do bloqueio da costa e das fronteiras territoriais de Gaza, e que se isso não acontecesse, tomaria as devidas medidas militares. Medidas que agora tinham sido postas em prática.

Em seguida, o presidente palestino afirmou que aquilo que havia denominado "frota palestina" de forma alguma estava em guerra contra os Estados Unidos e que não havia qualquer intenção em atirar contra navios de guerra americanos. Mas que, caso se recebesse qualquer ataque, a resposta seria dada com fogo.

Assim que a apresentação da entrevista, de repente, foi suspensa, estabeleceu-se um silêncio completo e todos olharam para George W. Bush, que sorriu de uma maneira muito estranha e deu a entender que não acreditava em tudo o que tinha ouvido.

Esta vai ser uma reunião muito complicada, pensou Condoleezza Rice. E daqui a duas horas ele vai ter que se pronunciar à nação. Na pior das hipóteses, vamos atacar o Irã ainda esta noite.

❁❁❁❁❁

O refeitório no U-1 *Jerusalém* era um autêntico inferno de sangue. Pelo menos um terço do refeitório dos oficiais na popa tinha sido transformado em hospital. A maioria dos feridos e sob choque gemia e soluçava incessantemente. Um ou outro chorava de dor em alto e bom som.

Na parte restante do refeitório a vida continuava como de hábito, mas, evidentemente, ficou muito apertada e, além disso, servia-se exclusivamente comida russa, visto que as duas cozinheiras palestinas, os oficiais Leila e Khadija, agora davam assistência como enfermeiras nas operações e à médica anestesista, a capitão-de-mar-e-guerra Mordavina.

A primeira medida adotada por Jelena Mordavina foi a de rapidamente classificar todos por gravidade de ferimentos. Todos os casos de fraturas, por muito dolorosas que fossem, tiveram que esperar. Os dois homens com hemorragia interna grave teriam que ser operados primeiro. Alguns dos que tiveram de esperar por tratamento receberam injeções de morfina, mas com doses muito equilibradas, evitando que os pacientes acabassem adormecendo.

De vez em quando, ou a imediata Leila ou a imediata Khadija saía da pequena sala de operações, como a enfermaria de bordo se tinha transformado, a fim de verificar a fila dos feridos. Já se tinha formado uma mancha de sangue que muitos nem notavam, mas que se espalhava pelo chão à medida que o tempo passava. Um dos russos do compartimento de torpedos chegou a falar brincando que o diabo havia entornado sopa de beterraba pelo chão. Mas ninguém por perto riu da brincadeira. Os lamentos dos colegas feridos e dos que estavam em estado de choque faziam com que a atmosfera entre os visitantes do refeitório, inesperadamente, se tornasse triste.

Carl teve tempo apenas para dormir umas duas horas, ao ser acordado pelo capitão Larionov, que lhe informou ter a cirurgiã a bordo necessidade absoluta de falar com ele e que, literalmente, era uma questão de vida ou morte. Ela tinha acentuado mesmo que ele lhe dissesse que era, literalmente, uma questão de vida ou morte.

Rapidamente, Carl jogou água fria no rosto, vestiu uma roupa e saiu correndo para a enfermaria, Bateu à porta e entrou devagar, deduzindo que lá dentro o espaço livre seria pequeno.

E era mesmo. Havia muito sangue por toda parte. Dois homens estavam deitados, um ao lado do outro, anestesiados e de barriga aberta. Jelena Mordavina estava de bata verde, cheia de manchas vermelhas, metendo a mão na barriga de um deles. Da barriga do outro ouvia-se um chiado, certamente do sangue sendo sugado para fora.

— Fica aí onde você está, Carl! — Deu apenas uma olhada rápida por trás dos óculos de aumentar. — O risco de infecção aqui dentro já é bastante elevado como está.

— Qual é a situação, o que é que eu posso fazer? — perguntou Carl.

Jelena Mordavina abanou um pouco a cabeça e apontou para Leila, que apertava em algum lugar com um dedo, fazendo qualquer coisa que Carl não podia ver.

— Assim mesmo. Pode costurar aí? — perguntou Jelena Mordavina, mas Leila, cheia de medo, sussurrou um não.

— Muito bem, vai ser rápido, eu mesma faço isso.

Carl esperava. Por sorte, o inglês de Jelena era bom, pensou ele. Era difícil para eles cooperarem, falando apenas em russo.

— É, a situação é a seguinte, Carl — continuou Jelena Mordavina, dirigindo uma olhada breve para ele —, este aqui que eu estou costurando já conseguimos salvar. É claro, se desconsiderarmos o risco de infecção e outras complicações. Tiramos dele o baço, que estava rebentado. Foi até difícil de costurar. O outro está sangrando muito. Estamos tentando consertar o fígado dele. Não pode ser retirado. Provavelmente, podemos salvá-lo também, mas existe um problema.

— Que problema? — perguntou Carl.

— Fácil de descrever, talvez difícil de solucionar. Começamos a ter falta de sangue e precisamos de mais. Não adianta explicar agora as complicações. Tem a ver com grupos sanguíneos e outros detalhes, mas, para ser breve, existem apenas oito homens a bordo que podem nos fornecer o sangue de que precisamos.

— Você tem a lista deles?

— Sim, tenho. Está em cima da bacia, à sua esquerda. Pode levar.

— E se eu não conseguir que eles forneçam o sangue voluntariamente? — perguntou Carl, preocupado. Para ele, havia claramente um problema.

— Então, teremos as seguintes conseqüências — respondeu Jelena Mordavina, sem se desconcentrar no que estava fazendo. Parecia até que ela estava costurando um terno qualquer. — Ou eu uso o resto que temos dos sacos de plástico com sangue concentrado, e é muito possível que seja suficiente, e aí ficaremos praticamente sem possibilidades de novas intervenções deste tipo na próxima situação de crise. Ou então deixamos morrer esse aí que está mais próximo de você. Ou ainda recebemos sangue fresco desses oito homens a bordo que detêm o tipo certo de sangue. A decisão é sua.

— Quanto sangue de cada homem? — perguntou Carl.

— Quinhentos mililitros serão suficientes.

— Qual é a urgência?

— Se o primeiro homem esticar o braço do lado de fora da porta daqui a dez minutos, está tudo bem. Depois, é só formar uma fila e pronto. Khadija vai tratar de montar o que for preciso lá fora no corredor.

— Entendi — disse Carl, pegando a lista e na esperança de que o seu nome estivesse nela. Mas essa sorte ele não teve. Todos os oito nomes eram de marinheiros a bordo em posições de nível primário, três palestinos e cinco russos. — Vou resolver isso. O primeiro homem vai estar aqui à espera dentro de dez minutos — disse ele, sem entusiasmo, recuando um passo e fechando a porta.

Ele sentiu um desconforto enorme ao encaminhar-se para o centro de comando para pegar o microfone que dava comunicação para todo o submarino. E então chamou todos da lista e ordenou-lhes para comparecer de imediato onde estava, independentemente do que estivessem fazendo. Era possível que alguns estivessem dormindo. Precisava de uma lista de serviços e chamou um oficial para trazê-la.

Os primeiros homens chegaram uns dois minutos depois, dois russos e um palestino.

Ele começou logo a explicar a situação, em russo e em inglês. A mensagem não era difícil de formular, mas também era a única.

— Nós temos um colega lá embaixo sendo operado. Ele precisa de sangue, justamente do tipo que vocês têm. Só vocês podem salvá-lo da morte. Peço a sua ajuda, uma ajuda voluntária. Ou quase. Quem será o primeiro na fila?

Um dos russos levantou a mão, hesitante. O palestino olhou para ele, com um olhar furioso, quase de ódio.

— Muito bem, Grisjin. Você já sabe onde fica o consultório. Vá direto para lá onde alguém irá recebê-lo.

O maquinista Grisjin fez menção de uma continência e saiu logo em seguida, sem pressa ou entusiasmo. Ao mesmo tempo, chegaram o oficial Gontiarenco com a lista de serviços, um mergulhador palestino e mais dois russos. Carl pediu ao oficial para ver quem estava faltando, enquanto ocorriam em surdina explicações em árabe e em russo entre os marinheiros presentes. O mergulhador palestino era chefe de grupo e parecia ter acabado de tirar um cochilo. Ele pareceu não ficar muito feliz quando soube do que se tratava.

— Diante das circunstâncias, não será pedir um pouco demais, almirante? — perguntou ele, demonstrando um nítido esforço para se conter.

— Não — disse Carl. — Acredite em mim, subtenente Hassan Abu Bakr. — Você talvez tenha salvado todas as nossas vidas hoje. Sobre isso falaremos mais tarde. No momento, o que peço é que salve mais uma vida.

— O almirante me *pede*?

— Sim. Eu não quero que isso seja uma ordem.

— E o almirante acha que isso está certo?

— Estou convencido de que sim. Só lamento que o meu próprio sangue não sirva, por não ser do tipo certo.

Hassan Abu Bakr baixou a cabeça, pensou ou orou durante alguns momentos. Depois, levantou a cabeça, respirou fundo, olhou para Carl e fez continência.

— Ok, almirante, eu cumpro a missão!

— Obrigado, suboficial, vá ao consultório e entre na fila.

Com isso, a crise desapareceu. Todos os dispostos a recusar acabaram seguindo os primeiros a ceder.

A tarefa seguinte de Carl era mais fácil, mas, ao mesmo tempo, mais difícil, ainda que não tão urgente. Um tenente esperava por ele numa pequena câmara no corredor, junto da sala de comando, usada como sala de reuniões ou, como era também chamada, espaço de reunião da liderança. O tenente estava pálido e parecia tremer de frio.

— A situação é a seguinte, tenente — disse Carl, suspirando ao sentar-se. — A sua patente é clara e advém do seu uniforme, mas eu quero que você declare o nome e o número de serviço.

Como resposta, recebeu apenas um pequeno e lento não, com um abanar de cabeça.

— Não complique a situação, tenente — continuou Carl, em voz baixa. — É praticamente impossível que um oficial israelense não entenda inglês. A Convenção de Genebra me dá o direito de fazer esta única pergunta a um prisioneiro de guerra. Mas também o obriga a responder a ela.

— Vocês são americanos? — perguntou o tenente israelense, com um repentino relance de ódio nos olhos.

— Não — disse Carl. — E eu também não sou americano, embora talvez pareça pelo sotaque. Você está a bordo do U-1 *Jerusalém*, navio-chefe da frota palestina. O meu nome é Carl Hamilton e sou comandante supremo da marinha palestina.

O tenente levantou o olhar de novo, mas desta vez com um brilho de espanto, em vez do ódio que o ajudara a disfarçar o seu estado de choque.

— Marinha palestina... Frota *palestina*!

— Está correto, tenente. Nós torpedeamos o seu submarino a 27 minutos de distância, ao largo de Haifa. Um pouco mais tarde salvamos os sobreviventes que estavam na popa do *Tekuma* afundado. Foi isso que aconteceu. Os recursos de salvamento por parte de Israel estavam também inutilizáveis. Podemos falar disso mais tarde. Mas agora você está aqui, é prisioneiro de guerra e por isso, por favor, declare a sua patente, nome e número.

— Para a marinha *palestina*?

— Totalmente correto. Para o chefe da marinha palestina, inclusive. Então?

— Isto deve ser um pesadelo...

— Isso eu posso compreender. Mas nós não podemos ficar aqui sentados, perdendo tempo. Dois dos seus companheiros estão na mesa de operação com hemorragias internas e em risco de morte. A nossa cirurgiã e suas assistentes estão trabalhando intensivamente para salvar a vida deles. Agora mesmo, oito homens da minha tripulação aceitaram doar sangue. Estão fazendo isso neste momento, enquanto continuamos aqui sentados. Se tiverem sucesso, haverá nove sobreviventes do *Tekuma*.

— Estão todos aqui a bordo?

— Sim, sem dúvida. Lamento, mas é assim mesmo.

— E por que eu devia colaborar com os nossos carrascos? Se o senhor me desculpar... Mas o senhor é mesmo almirante?

— Vice-almirante, sim. Se eu desculpar?

— É que eu tenho certos preconceitos históricos contra colaborar com carrascos, mesmo que eles sejam do tipo do grande almirante Karl Dönitz.

Carl reagiu espontaneamente, ficando furioso, mas ainda conseguiu se conter. Engoliu o insulto ao ser comparado com o substituto de Hitler, fingindo não ter entendido a referência.

— Tenente, temos que chegar agora a uma solução!

— Caso contrário...?

— Não existe nenhum caso contrário. A Convenção de Genebra proíbe qualquer forma de violência contra prisioneiros de guerra. Ela prescreve até que os oficiais sejam tratados melhor do que os prisioneiros rasos. Uma notável conseqüência prática dessa prescrição, meu jovem tenente, está no fato de você ir compartilhar uma cabine comigo. Na realidade, eu sou um dos dois únicos homens no comando a bordo que têm dois beliches na cabine. Você e os seus colegas vão inclusive receber comida que não irá contra os seus padrões culturais. Nós temos até uma cozinha a bordo que serve animais abatidos segundo as leis religiosas muçulmanas. Mas eu preciso em absoluto que você me diga o seu nome.

— Por quê?

— De fato, na primeira oportunidade, vamos enviar via rádio uma lista para a Cruz Vermelha com os nomes dos prisioneiros a bordo. Assim como vamos dar as coordenadas do local exato onde estão os destroços do seu submarino afundado. Isso ainda de acordo com as regras. E agora?

— Zvi Eshkol, tenente da frota israelense, Heyl Hayam. E é a Cruz Vermelha que vai informar nossa condição aos nossos parentes?

— Totalmente correto, tenente Eshkol. Acertou em cheio. Ok, era tudo o que eu tinha o direito de lhe perguntar. Mas agora gostaria de lhe pedir um favor.

— Um favor?

— Preciso dos nomes e patentes de todos os seus oito colegas do *Tekuma*. Esses nomes também serão enviados para a Cruz Vermelha. Você é o único oficial israelense a bordo, conseqüentemente exerce o comando sobre o grupo de prisioneiros e daí será o nosso oficial de ligação. Portanto...

— Eu entendo, almirante. Assim que reencontrar os meus colegas, eu lhe darei a lista dos nomes.

— Ótimo. Está com fome? Quero dizer, se...

— Para falar francamente, sim, almirante.

Carl providenciou para que alguém viesse buscar o tenente Eshkol, para escoltá-lo até o refeitório, onde recebeu um improvisado jantar, junto com os outros dois marinheiros israelenses que também estavam bem, sem ferimentos. Depois, voltou para a saleta de reuniões e mandou trazer à sua presença a repórter Rashida Asafina, da Al Jazzera, que nas últimas horas havia estado recolhida na sua cabine.

Ao chegar, Rashida estava muito zangada, o que não era de surpreender. Veio acompanhada de um dos três tenentes ingleses que em turnos faziam a escolta permanente da correspondente a bordo.

Ela o insultou, citando entre outras coisas as palavras ditas por ele a favor da liberdade de imprensa, uma afirmação que o fez sorrir sinceramente, ao mesmo tempo que confirmava o seu respeito por essa liberdade. Mas que também respeitava a necessidade de recolhimento de repórteres em certas ocasiões e que essa era a situação atual.

Ela o contestou, furiosa, e com bons argumentos. Que dessa *situação atual* ela não fazia a menor idéia do que fosse, visto que tinha ficado trancada na sua cabine durante dez horas.

Ele contou, primeiro, que tudo já pertencia ao passado e que a partir daquele momento ela teria as mesmas condições de trabalho como combinado antes. Portanto, podia filmar tudo a bordo, exceto o compartimento de torpedos e o centro de comando, a três metros do lugar onde estavam. Podia falar também com quem quisesse a bordo, desde que respeitasse quem não quisesse falar ou ser filmado.

E a situação, concretamente, era a seguinte. Nas últimas oito horas, o U-1 *Jerusalém* tinha atacado os portos israelenses de Haifa e Asdod, e destruído, segundo estimativas, mais de 90 por cento da marinha de Israel. Além disso, tinham afundado o submarino israelense *Tekuma* em mar aberto e que da sua tripulação havia nove prisioneiros a bordo, tripulantes que eles, em outras palavras, tinham conseguido salvar.

Às oito horas GMT, o U-1 *Jerusalém* devia subir à superfície durante cerca de 15 minutos. Rashida Asafina e a sua assistente receberiam ajuda para preparar o equipamento, a fim de enviar material via satélite para o escritório central do canal Al Jazeera. Nessa altura, ela teria a liberdade de apresentar o que quisesse, depois, é claro, de ter telefonado via satélite para a base da estação, a fim de eles se prepararem para receber a emissão. Finalmente, ela poderia fazer uma entrevista com a general-de-brigada Mouna al Husseini, que era a porta-voz do presidente palestino a bordo. Mais alguma pergunta?

Era quase um milagre que Rashida Asafina tivesse podido memorizar todas essas informações sem perder a concentração. Mas a sua primeira reação pareceu a Carl muito compreensível.

— Que inferno! — explodiu ela. — Esta é a notícia mais importante do mundo desde o 11 de setembro. E eu aqui sentada, sem poder transmiti-la ao vivo.

— Em breve, vai poder fazê-lo, e essa vai ser a reportagem mais interessante do mundo. Não se preocupe, você terá seu furo de reportagem. Em menos de oito horas, você vai se tornar célebre no mundo inteiro — disse Carl, sem o mínimo sinal de ironia.

Mas havia, evidentemente, uma quantidade imensa de perguntas a esclarecer. O que estaria acontecendo pelo mundo? E se ninguém respondesse quando ela telefonasse para a redação? A esta altura, eles deviam estar pensando que ela fora raptada. Seria possível prolongar o tempo de transmissão? E o que fazer com todo o material gravado que não poderia ser transmitido para a Al Jazeera em apenas um quarto de hora, atendendo a que não se poderia transmitir e bloquear ao mesmo tempo a transmissão do satélite.

Carl levantou as mãos, tentando frear a corrente de perguntas feitas por ela.

— Fique fria, Rashida. Aliás, você não se importa que eu a trate por Rashida, já que estamos aqui sozinhos? Assim, dispensamos o tratamento de almirante para cá e senhorita correspondente para lá.

— Para mim, está tudo bem. Mas não vou querer deixar transparecer essa intimidade durante a entrevista com você.

— Então estamos de acordo. Ótimo. Vamos em frente. Primeira pergunta: o que é que está acontecendo no mundo? Não sei. Dentro de algumas horas, vamos nos aproximar da superfície e receber a versão da CNN do que o mundo acredita estar acontecendo. Provavelmente, tal como você disse, a notícia terá a mesma dimensão na mídia do 11 de setembro e...

— Por que justamente a CNN!

— Nós temos pouco tempo. Cada vez que apontamos qualquer instrumento acima da superfície, nós nos arriscamos a ser descobertos. E se formos descobertos, nos arriscamos a morrer. Precisamos sintonizar a versão americana em primeiro lugar, por uma questão de pura economia de tempo.

— Ok! Eu entendo. Continue!

— Se ninguém atender quando ligarmos para a sua redação, será falta de sorte. Nesse caso, precisamos deixar passar algumas horas e escolher outro lugar para repetirmos a tentativa.

— Poderei ver também a versão que vocês receberem da CNN?

— É claro que sim. É tão importante para você quanto para nós saber o que eles pensam lá em cima. Isso é possivelmente aquilo que você irá desmentir. E o tempo de transmissão... Essa foi outra pergunta sua, certo? É a mesma coisa. Quanto mais a gente se mostrar na superfície, mais nos arriscamos a morrer. Temos que limitar esse espaço de tempo, além de que, por exemplo, temos de nos colocar fora do alcance rápido dos caças israelenses. E o que era mais?

— Como é que vamos transmitir todo o nosso material gravado para a redação?

— Bem, não todo de uma vez, receio. Vamos subir à superfície várias vezes e você vai ter que fazer pausas, enquanto continuamos a receber as notícias da CNN.

— E o que é que vai acontecer comigo, com a minha assistente e com todo o material gravado?

— Quando entrarmos em algum porto seguro, vocês vão ter que decidir. De qualquer modo, tenho certeza de que vão querer mandar todo o material gravado para a redação. Mas se a repórter de televisão mais célebre do mundo vai querer continuar enclausurada conosco quando formos cumprir uma nova missão, isso é uma questão em aberto.

— Onde e quando vamos chegar a esse porto seguro, e qual será a missão seguinte?

— Vai demorar umas duas semanas antes de entrarmos no porto. Onde e precisamente quando eu não posso, ou melhor, não *quero* dizer agora.

— Por que não? Eu não posso fugir nem dar com a língua nos dentes, certo?

— Oh, sim. Você vai fazer amanhã uma transmissão em direto e, mais tarde, talvez várias outras, além de telefonemas para a redação.

— Você não confia em mim?

— Talvez eu confie. Mas você nem teoricamente terá a possibilidade de nos matar a todos, só porque as notícias são sagradas. Mais perguntas?

Restavam apenas mais algumas pequenas questões de ordem prática. Rashida Asafina sabia, assim como Carl, que ela em breve seria a repórter de televisão mais conhecida, anunciando o maior furo jornalístico do mundo. E essa oportunidade nem lhe passava pela cabeça arruinar.

Antes preferia saber por quanto tempo antes da transmissão ela iria poder ver a versão da CNN, com as alternativas aventadas sobre o que teria acontecido, alternativas que ela iria corrigir diante da bandeira palestina colocada em cima da torre do submarino e ao lado de Mouna al Husseini. E, a propósito, ela gostaria que Mouna também visse a CNN antes de elas prepararem a entrevista.

Isso não seria problema nenhum. Por ora, os maiores problemas para o U-1 *Jerusalém* já tinham terminado, segundo Carl. No momento, estavam ali no olho do furacão. Mas o que estava acontecendo lá em cima na superfície era uma crise, certamente, muito mais violenta.

✪✪✪✪✪

O discurso do presidente seria transmitido da Sala do Tratado, The Treaty Room, no segundo andar da Casa Branca. Nela, à direita, está pendurado um quadro que deu o nome à sala e que representa o presidente McKinley observando a assinatura do tratado de paz depois da guerra hispano-americana.

Enquanto o presidente se preparava, chegou um assistente agitado, junto do porta-voz da imprensa, contando que alguma coisa tinha vazado. Um dos canais de televisão tinha transmitido a notícia de que a guerra iria começar.

— Esses loucos continuam a não entender nada — resmungou o presidente da sua posição quase deitada na sala dos maquiadores. — Essa guerra já começou há muito tempo, desde o dia 11 de setembro de 2001.

Houve um momento de silêncio entre mais de uma dúzia de pessoas que se encontravam na sala. A única coisa que se ouvia era uma conversa sussurrada entre Condoleezza Rice e um secretário de Rumsfeld chamado Card.

— Do que é que se trata agora? — perguntou o presidente, irritado.

— É do Pentágono, senhor presidente — respondeu Condoleezza Rice, com uma espécie de contenção fria na voz, muito conhecida do presidente. Era dessa maneira que soava a voz dela quando estava furiosa.

— Ah, sim? E o que é que há com o Pentágono? — perguntou ele.

— Eles querem ter mais poder de decisão.

— Eu já disse para eles que têm todo o poder de decisão de que precisam. O importante é evitar prejuízos colaterais. Deixe isso para lá.

O silêncio voltou a imperar de novo na sala. Faltavam dez minutos para a transmissão e o pessoal começou a debandar. Bush resmungou qualquer coisa a respeito da falta de ritmo no teleprompter e recebeu um copo de água. Novo silêncio.

— Parece que chegou a hora do funeral — brincou o presidente. — Já fizemos isto antes. Aliás, onde é que você estava e o que fez na última volta da corrida, Big Al?

A pergunta foi dirigida para um dos homens da segurança, que respondeu dizendo que não tinha estado de serviço, não era o seu turno. Mas que tinha feito cinco minutos correndo a milha, dias antes. O presidente concordou que o tempo era razoável, mas salientou que ele próprio tinha corrido três milhas em 21 minutos e seis segundos.

Novo silêncio, cheio de tensão. Irritado, o presidente perguntou onde é que andava a gangue da televisão. Na sua pergunta, ele se referia ao pessoal dos vários canais de televisão que rondavam a Casa Branca e que, por ordem, substituíam uns aos outros no esquema de transmissão das imagens. Eles tinham acabado de chegar, com os técnicos, praticamente sem fôlego. Bush brincou mais uma vez, dizendo que as emissoras de televisão na sua ânsia de cortar gastos qualquer dia chegariam ao ponto de exigir do presidente que ele próprio se maquiasse, como fazia Tony Blair. A contagem regressiva começou. Bush fez alguns exercícios de aquecimento com os braços, ficou satisfeito, ajeitou o paletó e piscou o olho para uma das assistentes da televisão.

Parecia estar alegre e pronto para a luta. Cinco segundos de silêncio total para o fim da contagem regressiva. E o presidente dos Estados Unidos foi anunciado.

— Queridos compatriotas, americanos aqui no país e em qualquer lugar do mundo — começou ele por dizer, inclinando-se um pouco para a frente e olhando decididamente para os telespectadores, ou seja, para o texto que corria e que era a oitava versão do seu discurso.

"Esta noite, somos mais uma vez um povo que assiste ao grande perigo de uma destruição em massa pelas mãos dos inimigos da democracia. E mais uma vez somos chamados para defender a liberdade.

"Hoje, no Yom Kippur, o Dia da Conciliação, em que o Senhor nos instiga a nos conciliarmos com os nossos inimigos, Israel, um país nosso aliado e amigo no Oriente Médio, foi vítima de um atentado terrorista de tal ferocidade bárbara que só pode, e deve, ser comparado com o 11 de setembro de 2001. A cidade de Haifa sofreu um ataque covarde com armas de destruição em massa disparadas de um submarino.

"Por isso, temos que reconhecer a existência de coisas que, neste caso, surgem como certezas cristalinas. Israel é um país amigo e aliado. Os Estados Unidos não recuam e jamais vão recuar do lado dos seus amigos. Nós iremos sempre defender a democracia e a liberdade. Aqueles que nos odeiam e odeiam a liberdade e o estilo americano de viver acham que podem nos assustar com emboscadas covardes. Mas eles estão enganados, mortalmente enganados.

"Vamos utilizar todos os recursos ao nosso dispor, todos os meios diplomáticos, todos os instrumentos dos nossos serviços secretos, todas as instituições para consolidar e manter as leis nacionais e internacionais. E usaremos todas as nossas forças militares para derrotar a rede global de terroristas que agora, mais uma vez, causa destruição e sofrimento.

"Nós nos fortalecemos nesta guerra contra o terrorismo, mas ninguém poderá prometer uma vitória rápida e fácil. A única coisa que posso prometer é a vitória.

"Aquilo que os americanos podem esperar não é a vitória numa única e grande batalha, antes uma campanha contínua e decisiva que se diferencia de tudo o que anteriormente vimos. Essa campanha inclui ataques inteiramente visíveis na televisão, mas também operações que são secretas, e que continuarão secretas, mesmo quando bem-sucedidas. Peço a todos paciência, mas peço acima de tudo a confiança de todos, que deixem a vida correr como de hábito e que abracem as suas crianças.

"Mas estejam certos de que eu jamais vou esquecer as feridas abertas em nós e na democracia neste dia, nem esquecer os culpados. Nesta batalha que agora ocorre, eu não recuo, nem descansarei e muito menos hesitarei na minha decisão a favor da liberdade, da estabilidade e segurança do povo americano.

"Por isso, dei às forças armadas dos Estados Unidos duas missões. O porta-aviões USS *Thomas Jefferson* acabou de arrasar o porto de submarinos terroristas que o Irã construiu em Bandar Abbas, no Golfo Pérsico. Queremos que o mundo jamais esqueça que aqueles que dão guarida aos terroristas nos seus portos escolhem o seu lado.

"Dei ordem também às forças da marinha dos Estados Unidos para encontrar e destruir aquele ou aqueles submarinos terroristas que realizaram a emboscada contra a pacífica cidade de Haifa, em Israel.

"Os terroristas devem ser eliminados ou aprisionados. Se arrastarmos os nossos inimigos para a justiça ou arrastarmos a justiça para eles, assim mesmo a justiça será feita.

"Deus abençoe os Estados Unidos."

Condoleezza Rice tinha permanecido em pé, a cinco metros do presidente, enquanto ele fazia o seu discurso, muito acima da média. Ele não tinha feito pausas, nem pronunciado palavras erradas, nem ainda se embaraçado no ritmo do pronunciamento, o que acontecia sempre que ele era obrigado a ler. Ele tinha se mostrado consciente dos alvos a atingir e seguro de que estava fazendo o correto.

E até então estava tudo bem e em ordem. O problema era que todo o espetáculo tinha ares de um tiro no escuro ou puro acaso. Realmente, nesse momento, era de esperar que Deus abençoasse os Estados Unidos.

Ele tinha lhe pedido para ficar na Casa Branca. Ela tinha um quarto próprio, com um closet completo e, além disso, naquela noite, a primeira-dama do país estava em Los Angeles para falar de valores familiares diante do Congresso das Mães da América. Depois do seu discurso, ele não queria ser deixado sozinho. Precisava ter alguém com quem pudesse trocar idéias. Era como se fosse necessário continuar correndo para voltar ao ritmo normal. Além disso, não comera nada antes do discurso, mas, em contrapartida, sempre ficava com uma fome de lobo depois de falar.

Eles festejaram comendo na Casa Branca os *supercheeseburgers* da King, um luxo a que só podiam permitir-se quando estavam sozinhos e ninguém podia vê-los. Por momentos, ficaram trocando idéias a respeito do uso de várias expressões antes de chegar a hora de Dick. Por exemplo, Condoleezza Rice achava que as frases "submarino terrorista" e "armas de destruição em massa", quando se tratava de mísseis de cruzeiro, mostravam conceitos modificados e problemáticos da linguagem política. Mas como ele já se tinha decidido, ela resolveu passar adiante para o lado positivo, por exemplo, ao fato de ele não ter se comprometido com a idéia de que o submarino teria vindo do Irã, ainda que todos entendessem a questão por esse lado. Mas, de fato, ele não disse isso.

Depois, chegou a hora de Dick falar. Chegava a ser cômico, suspirou o presidente, mas se ele se lembrava bem, tinha dito a Dick, ao se separarem depois do almoço na reunião do Conselho Nacional de Segurança, para que ele "não o pusesse *novamente* contra a parede, por favor". Portanto, podia-se achar ter sido um lembrete mais que suficiente. Sobretudo, considerando que, uma vez antes, Dick já tinha feito essa arte. Antes de a Casa Branca sequer ter insinuado que Saddam Hussein tinha armas de destruição em massa — as únicas palavras que o próprio George W. Bush deixou escapar foram que Saddam Hussein *procurava ter* essas armas —, Dick foi dizer durante um discurso que *já se sabia* disso. E como a Casa Branca não estava disposta a repudiar nem a desmentir o vice-presidente, a manobra, inquestionavelmente, só fez com que a máquina de guerra andasse mais depressa.

E, no momento, mais uma vez, Dick fez a mesma coisa. Ele tinha feito a ligação em termos firmes entre o Irã e o submarino, ou aos submarinos, caso fossem vários. Na prática, era uma declaração de guerra. Portanto, não havia mais nada a fazer senão apressar o ataque o mais possível, antes que o tempo de aviso se prolongasse demais.

Condoleezza Rice ainda fez uma objeção cautelosa, dizendo que, apesar de tudo, havia ainda uma ponta de incerteza em relação ao ataque contra o Irã — embora fosse natural e até muito provável que a suspeita se confirmasse.

George W. Bush não quis aceitar a crítica. No momento, já estava comprometido. O porto de submarinos seria destruído, assim como algumas instalações para enriquecimento de urânio destinado ao programa nuclear dos iranianos. E isso poderia ser feito a qualquer hora, sem necessidade de um motivo especial para fazê-lo. Nações canalhas como o Irã não podiam dispor de armas nucleares, nem sequer armas que pudessem ameaçar a marinha dos Estados Unidos.

Mas, no entanto, a declaração continha uma filigrana sob a forma de um compromisso: seria uma ação limitada. Rummy queria dar início de uma vez a todo o projeto, designado por Operation Extended Democracy, o grande ataque contra o Irã. Talvez não fosse, de fato, uma boa idéia. No momento, o ataque limitado poderia servir como camuflagem. Poderia parecer como se fosse toda a operação projetada, mais a caça ao submarino. Nessa altura, ainda restaria a opção do grande ataque e mais tempo para prepará-lo.

Condoleezza Rice resolveu manter o seu desagrado em relação à idéia. Tal como o presidente descreveu a situação, ele tinha feito apenas uma tentativa para remediá-la. Afinal, o homem responsável pelo eventual disparate era Dick. Mas era ela que teria complicações, na manhã seguinte. Quando o Conselho de Segurança das Nações Unidas se reunisse, o ataque contra o Irã já teria terminado há muito tempo e os incêndios estariam apagados. E seria pouco provável que os delegados presentes na reunião demonstrassem qualquer entusiasmo e estivessem dispostos a sancionar a caça ao submarino.

— Com a ajuda de Deus, ainda vamos conseguir salvar a situação, Condi — resumiu o presidente, entre um bocejo e uma piscadela.

Já eram mais de dez horas da noite e ele tinha o hábito de ir cedo para a cama. Era melhor dormir e descansar diante de um novo dia que, certamente, seria de trabalho intenso, propôs ela, levantando-se e dando boa-noite, com um leve aceno com a cabeça. Reagindo, o presidente fez apenas um sinal com a mão, profundamente enterrado na sua poltrona, parecendo mesmo cansado. Já tinha mudado de roupa e estava de agasalho de treino, mas ela duvidava que ele realmente fosse para a sala de ginástica para treinar e assim aliviar as suas tensões. Parecia bem cansado e certamente fora muito desgastante chegar ao texto final do discurso diante de tantas vontades contraditórias de redatores e conselheiros.

Ao sair, Condoleezza Rice fez um sinal com a mão para que o presidente permanecesse sentado. Afinal, conhecia a casa tão bem quanto ele e a primeira-dama do país.

✪✪✪✪✪

Condoleezza Rice, normalmente, não tinha dificuldades para adormecer, nem para acordar às 4h45 sem despertador. Mas naquela noite foi diferente.

Ela estava escorregando, segurando o rabo daqueles dois homens, e, pela evolução do caso, arriscada a ter que ajustar a sua dinâmica a mais uma guerra mal preparada e com soldados americanos ocupando mais um país muçulmano. Rummy assegurava que a população iraniana passaria para o lado dos soldados de ocupação e se afastaria dos odientos tiranos religiosos, coisa em que ela não acreditava nem por um segundo. Isso também diziam os dois homens a respeito do Iraque.

Mas Dick e Rummy tinham a capacidade de, em certas situações, empurrar o presidente na sua frente. O estilo de liderança de George mantinha-se sempre na fronteira da pressa. Se alguém sabia disso era ela, que o conhecia melhor do que todos os principais, como eram chamados os membros do poder à volta dele. Ele queria ver ação e soluções, e, quando decidia avançar em determinada direção, fazia-o correndo na frente, raramente olhando para o lado, resmungando contra aqueles que hesitassem e ridicularizando-os. E nessa altura qualquer coisa que não fosse uma adesão de 100 por cento seria encarada quase como uma traição. Ele parecia jamais hesitar e as suas breves declarações poderiam sugerir reações até impulsivas. E era também assim que ele gostava de se apresentar em algumas poucas entrevistas concedidas a certos repórteres da corte. "Eu sigo o meu instinto", era uma frase muitas vezes repetida nessas entrevistas.

Ela estava bem consciente a respeito de todas essas peculiaridades. Mas achava também que a hesitação poderia ser a "criada de quarto" de qualquer político sério, uma expressão com a qual se sentia muito satisfeita. Uma reflexão cautelosa era parte necessária em qualquer processo de decisão. Por isso, ela pensava fazer parte do seu trabalho agitando a bandeira da cautela, até mesmo acendendo a luz vermelha, se necessário, para convencer o presidente a refletir de novo.

Mas não podia afirmar que a sua estratégia, nesse caso, tivesse sido especialmente bem-sucedida nos últimos dias. E Rummy já estava programado para conversas matinais em cinco canais de televisão, onde ele iria se orgulhar do seu ataque bem-sucedido contra o Irã e dizer umas e outras que certamente não iriam tornar mais fácil o jogo diplomático do dia seguinte na ONU. Para Rummy e Dick, isso constituiria apenas a confirmação de uma profecia sua, o que os enchia de auto-satisfação. Mais uma demonstração de que os Estados Unidos não podiam contar com qualquer outro aliado, a não ser Tony Blair. Uma linha de pensamento que, ainda por cima, tinha tendência a encontrar apoio fácil na cabeça do próprio George.

Apenas duas coisas podiam salvar a situação, na perspectiva de Condoleezza Rice. Em primeiro lugar, que o submarino, ou os submarinos, realmente fosse iraniano. E em segundo lugar, que fossem pegos logo, o mais depressa possível, a fim de estabilizar a situação.

Um detalhe a que se tinha dado muito pouca importância foi o presidente palestino ter afirmado categoricamente que o submarino era palestino. E que, além disso, tinha atacado seguindo as suas ordens. Rummy apenas riu de desdém do líder terrorista que sempre procurava atrair para si as honras de atos cometidos por outros, só para recolher um pouco de publicidade. E da parte da CIA, eles desconsideraram a alternativa palestina como impensável.

De qualquer maneira, finalmente, ela acabou adormecendo de tanto remoer os mesmos assuntos, mas acordou repetidamente durante a noite, olhou para o relógio, voltou a ter dificuldade em adormecer, até que, finalmente, adormeceu mesmo e perdeu a hora.

Faltando cinco minutos para as seis, o seu secretário telefonou, pediu desculpas ao sentir, espantado e constrangido, que a tinha acordado, mas insistiu, dizendo que ela deveria assistir ao noticiário da CBS dentro de alguns minutos.

Ela vestiu um roupão, pediu um suco de laranja, um iogurte, um café descafeinado pelo serviço de quarto da Casa Branca e ligou a televisão.

A primeira notícia *não* foi o ataque durante a noite contra o Irã. Muito menos o discurso do presidente na noite anterior. Sobre uma vinheta vermelha e ardente do 11 de setembro israelense, veio uma notícia-bomba que deixou todos completamente abismados.

A rede independente árabe Al Jazeera tinha uma correspondente a bordo do submarino que era agora apresentado com o nome de U-1 *Jerusalém* e como "o navio-chefe da frota palestina". E aí veio a transmissão da Al Jazeera, paga certamente a peso de ouro pela CBS.

Uma repórter do tipo normal, muito convencida e convincente, se apresentava na frente da torre de um submarino navegando sobre as águas e com a bandeira palestina no fundo. Ela contou que fora aquele submarino que destruíra por completo a frota israelense em Haifa e o porto-reserva de Asdod, e que, além disso, afundara o submarino israelense *Tekuma*, a 27 minutos de distância da costa de Israel, antes de iniciar o ataque a Haifa.

Além disso, ainda, havia nove israelenses a bordo, prisioneiros de guerra, sobreviventes do *Tekuma*, dois deles em estado grave, que tiveram de ser operados por causa dos seus ferimentos. Portanto, qualquer afirmação do governo americano que se tratava de um submarino iraniano estava completamente errada.

Depois, a repórter apresentou uma mulher de uniforme como a suprema comandante política a bordo do U-1 *Jerusalém*, a general Mouna al Husseini.

Condoleezza Rice continuava sentada na beira da cama, com as costas retas, e com um gesto da mão mandou embora o criado que veio trazer rapidamente o seu café da manhã. Não conseguia tirar os olhos da televisão.

Primeiro, a repórter pediu à comandante para descrever aquilo que o U-1 *Jerusalém* havia realizado e recebeu um resumo que apenas confirmava suas piores apreensões.

— E por que a frota palestina realizou este ataque? — Foi a pergunta seguinte.

— Por ordem do presidente Mahmoud Abbas, nós derrotamos a frota israelense pelo fato de os israelenses bloquearem Gaza, e esse bloqueio não poder ser evitado de outra maneira. O presidente Abbas avisou Israel várias vezes sobre o assunto.

— De onde vocês receberam este submarino?

— O U-1 *Jerusalém* é um projeto cooperativo entre a Rússia e cientistas palestinos. O submarino é de fabricação russa, mas nós incluímos uma série de melhorias e mudanças com recursos próprios.

— Vocês têm também pessoal russo a bordo?

— Sim. Nós temos quatro ou cinco nacionalidades a bordo, mas esta é a frota palestina e nenhuma outra.

— Mas os russos detêm uma posição proeminente a bordo?

— Não posso concordar com isso. Eu própria exerço o supremo comando político a bordo. Sou eu que comunico as ordens do presidente palestino. De resto, o oficial de patente mais elevada a bordo é americano.

— Vocês têm armas nucleares?

— Qual é a resposta que o comando americano costuma dar para essa pergunta? Eu vou dizer como eles. O U-1 *Jerusalém* está armado com todas as armas necessárias para que possamos cumprir todas as nossas missões.

— Segundo os noticiários americanos, vocês estão sendo caçados por toda a frota americana do Mediterrâneo e o presidente George W. Bush prometeu afundá-los. Algum comentário?

— Em primeiro lugar, nós, palestinos, não estamos em guerra, absolutamente, com os Estados Unidos. Não temos quaisquer intenções de abrir fogo contra navios americanos. Se formos atacados, vamos responder com fogo, mas isso será diferente. Além disso, o presidente americano manifestou-se numa ocasião em que estava mal informado a respeito da nossa identidade. Que um ataque por parte do Irã contra Israel, que detém poderes de autoridade ocupante, pudesse motivar uma reação como essa é de certa forma compreensível. Mas a questão muda de figura agora, ao mostrarmos que somos palestinos.

— Por quê?

— Porque temos a lei internacional do nosso lado, não o Irã. Somos um povo ocupado. Podemos usar a violência militar contra os nossos ocupantes.

— Vocês não receiam que os Estados Unidos venham realizar um ataque contra palestinos mesmo depois de, como vocês dizem, terem mostrado a bandeira?

— Espero realmente que não. Nós não queremos afundar qualquer navio americano. Isso não iria ao encontro dos nossos interesses.

— O que vai acontecer em seguida?

— Infelizmente, não posso responder a essa pergunta. Nós aguardamos novas ordens do nosso presidente. Você terá que perguntar isso a ele.

Nervosa, a repórter encerrou a reportagem, nitidamente apressada por ter recebido algum sinal vindo dos fundos. A transmissão foi logo encerrada e uma bateria de peritos uniformizados invadiu o estúdio da emissora local, ao mesmo tempo que o locutor do programa lamentava a ausência do ministro da Defesa, Rumsfeld, como anunciado, devido ao fato de ter ficado impossibilitado de comparecer.

Condoleezza Rice desligou a televisão e tentou organizar os seus pensamentos. No momento, não tinha necessidade nenhuma de ouvir os peritos em terrorismo e de ver generais aposentados começarem a especular.

A entrevista foi apressada e ensaiada, considerou ela. Provavelmente, pelo fato de ser necessário vir à superfície para transmitir e então era preciso não falar por muito tempo.

O que foi dito, ensaiado ou não, dava a impressão nítida de autenticidade. A origem russa do submarino daria para confirmar sem demora, pressionando Putin. Mas, sem dúvida, já estaria confirmado. Ela própria tinha visto os mísseis de cruzeiro durante o primeiro ataque.

A Al Jazeera tinha mandado o material primeiro. A repórter era conhecida deles, estavam certos disso. Portanto, estavam convencidos da autenticidade do material. E a CBS não teria comprado esse material e concordado em transmiti-lo se não tivesse certeza de que o conteúdo era digno de confiança.

Apenas um detalhe parecia improvável. Mas a repórter que deve ter permanecido a bordo durante bastante tempo não reagiu nem objetou sequer com um pestanejar de olhos diante da afirmação de que o oficial supremo a bordo — acima, portanto, da general! — era americano. Esse não era apenas um fato misterioso, era um verdadeiro e terrível escândalo.

E com isso a imprensa mundial ficaria dividida. Esta foi a segunda conclusão a que chegou Condoleezza Rice. Havia uma mulher bonita, fria, para não dizer dura, por trás da maior operação terrorista da história do Oriente Médio. Isso iria gerar um verdadeiro terremoto na cultura jornalística ocidental, com repercussões tão fortes que, certamente, dariam para registrar na escala Richter.

A resolução no Conselho de Segurança era para esquecer. A general palestina seria uma garantia viva de veto por parte da França, da Rússia e da China. Não contando com uma série de outros votos negativos. Seria, antes, completamente contraproducente que os Estados Unidos e a Grã-Bretanha ficassem lá sozinhos com um grande pepino nas mãos.

Seria um dia longo e muito trabalhoso. E, para começar, Condoleezza Rice resolveu beber o seu suco de laranja.

✵✵✵✵✵

A entrada seguinte do U-1 *Jerusalém* na cena mundial foi tão sensacional quanto a primeira. E também tão inesperada.

Por volta das oito horas da noite do dia 5 de outubro, o comandante do cruzeiro de luxo *Pallas Athena* com registro no porto em Pireus recebeu uma chamada totalmente inesperada pelo rádio. O barco estava a caminho de Rodes com chegada prevista para dali a duas horas e meia. A bordo, havia oitocentos passageiros e trezentos tripulantes.

Os telegrafistas interpretaram primeiro a chamada pelo rádio como uma brincadeira, mas o comandante estava passando por perto e ouviu parte da conversa. Alguma coisa o fez acreditar que talvez fosse sério. Pegou o microfone e colocou os fones nos ouvidos.

Quem estava chamando o *Pallas Athena* se apresentou delicadamente, mas disse com convicção que era o chefe da marinha palestina, a bordo do U-1 *Jerusalém*, a meio minuto de distância do navio de passageiros e a caminho.

Era feito um pedido a que, no caso de ser verdadeiro, seria muito difícil negar provimento. A bordo do U-1 *Jerusalém* havia um sobrevivente israelense recém-operado do submarino *Tekuma* afundado. Seria uma irresponsabilidade manter um prisioneiro de guerra em estado crítico de saúde. E não havia condições de atracar antes de algumas semanas. Portanto, o prisioneiro devia ser levado para Israel o mais depressa possível, para garantir a sua sobrevivência. A proposta era enviar um barco inflável do *Pallas Athena*, a fim de buscar o paciente do submarino a uma distância entre 100 e 200 metros.

Entrevistado por todas as mídias do mundo nos dias seguintes, o comandante Ioannidis explicou que não pudera aceitar como blefe tudo o que se passou. Se um submarino quisesse atacar um navio civil de cruzeiro não seria preciso usar uma vítima de guerra para esse fim. Além disso, o chefe da frota palestina, pela voz, parecia honesto e convincente.

O salvamento do primeiro maquinista de torpedos, Uri Gazit, tornou-se uma história mundial que permaneceu viva na mídia durante quase uma semana. Até mesmo pelo fato de o marinheiro israelense, diante das circunstâncias, mostrar estar em boa forma e poder dar entrevistas do seu leito de recuperação no Hospital Hadassa para os jornalistas, tanto israelenses quanto estrangeiros. O mais sensacional no que ele tinha a dizer foi o fato de não ter uma palavra de crítica contra o inimigo. Antes pelo contrário. Os colegas palestinos, tripulantes de um submarino como ele, tinham até feito fila para doar sangue durante um período crítico da sua operação.

Esse acontecimento aparentemente insignificante tornou-se um enorme sucesso de relações públicas a favor da causa palestina, um sucesso que veio precisamente na hora certa.

O mundo, assim como a mídia mundial, já se tinha dividido em duas partes que se confrontavam. As mídias americana e britânica falavam do ataque a Haifa como sendo o 11 de setembro de Israel e do U-1 *Jerusalém* como o "submarino terrorista". O resto da Europa, com exceção de alguns países do leste, como a Lituânia, a República Checa e a Bulgária — que preferiram seguir a linha anglo-americana —, falou polemicamente de "Pearl Harbor de Israel" e do U-1 *Jerusalém* como "o navio-chefe da marinha palestina", um submarino formidável e coisas parecidas.

A divisão entre as mídias do mundo correspondeu bem à cisão internacional dentro das Nações Unidas. A tentativa de os Estados Unidos e de a Grã-Bretanha condenarem o ataque contra Haifa como um ato de terrorismo encalhou no Conselho de Segurança da ONU no qual os países com direito a veto, a França, a Rússia e a China, esclareceram que uma resolução como essa não tinha nenhuma chance de passar.

Em contrapartida, os Estados Unidos e a Grã-Bretanha ficaram sozinhos ao votar — aliás, ao vetar — contra uma resolução que exigia o cessar-fogo por ambos os lados do conflito e a retomada das negociações. Com isso, a situação política nas Nações Unidas se fechou por completo.

Um novo acontecimento mundial fez com que os Estados Unidos e a Grã-Bretanha ficassem ainda mais sob pressão. A população de Gaza, isolada, resolveu tomar banho de mar, estimando-se que quase um milhão de pessoas entrou na água ao mesmo tempo. Isso estava proibido, visto que a frota israelense dominava a costa. Uma grande quantidade de barcos de pesca, mais ou menos reparados, de Gaza também se fez ao mar perante o júbilo geral, conseguindo com isso retomar o seu comércio. Gaza estava no limite da fome e da desnutrição. Israel tinha parado todo o comércio e interrompido a chegada de mantimentos, assim como confiscara todas as tarifas aduaneiras e a arrecadação de impostos pelo fato de os palestinos terem votado no partido errado nas últimas eleições para o Parlamento.

A frota pesqueira primitiva, pouco segura e improvisada, que se tinha feito ao mar a partir das praias de Gaza, representava com isso mais do que apenas um gesto simbólico de liberdade e de consolação. Era também uma tentativa séria para se obter comida.

Os helicópteros Apache de Israel atacaram essa frota pesqueira de Gaza com tiros de advertência, que foram respondidos com imprecações de ódio e maldições. Nessa altura, os israelenses passaram a disparar nos alvos e afundaram uns trinta barcos de pequeno porte, matando pouco menos de cem pessoas. Os números exatos jamais foram confirmados pela mídia mundial. Mas as perdas em vidas foram indubitavelmente maiores do que o número de israelenses mortos durante os ataques do U-1 *Jerusalém*.

O Conselho de Segurança da ONU condenou por unanimidade o massacre de civis por Israel e recomendou mais uma vez o cessar-fogo e a retomada das negociações. A unanimidade foi apenas aparente, visto que os Estados Unidos e a Grã-Bretanha dessa vez se sentiram obrigados a se abster. Por um lado, não podiam condenar Israel, mas, por outro lado, também não podiam fechar os olhos ao massacre.

O presidente Mahmoud Abbas, da Palestina, viveu então durante esses dias o período mais intensivo de entrevistas à mídia em toda a sua vida. De repente, toda a mídia mundial fez fila para entrevistá-lo. E ele não desprezou a ocasião.

Ele aceitou a resolução do Conselho de Segurança da ONU quanto ao cessar-fogo e deu ordens (via mídia) à frota palestina para evitar qualquer novo ataque. Deu a entender também que certa base israelense de helicópteros tinha estado muito perto de ser arrasada, mas que, no momento, generosamente, havia sido poupada.

Houve uma imagem, uma fotografia montada a partir da primeira e curta entrevista da Al Jazeera a bordo do U-1 *Jerusalém*, que acabou se transformando num emblema com o mesmo poder de empatia da foto de Che Guevara na sua época. A imagem mostrava a general-de-brigada Mouna al Husseini diante da torre do submarino com a bandeira palestina e as ondas do mar como pano de fundo, com o vento a bater nos seus cabelos e um sorriso desafiador.

Primeiro, a imagem acabou reproduzida na primeira página de muitos jornais do mundo. Um pouco mais tarde apareceu como cartaz na parede de todas as casas, desde Casablanca até Bagdá. Mas em Bagdá entraram em ação as forças americanas de segurança para com tinta sabotar essas imagens, consideradas como antiamericanas ou, no mínimo, desafiadoras. Essa ação tornou a imagem ainda mais popular, acelerando a sua reprodução em massa.

O novo culto à moda de Che Guevara recebeu em breve mais alento. A correspondente a bordo, Rashida Asafina, resolveu arriscar uma chance, depois de ter pedido autorização ao vice-almirante a bordo do U-1 *Jerusalém* e obtido a sua aprovação.

Ela conseguiu contrabandear um vídeo que entregou a um dos tripulantes do cruzeiro de luxo *Pallas Athena* que vieram buscar de barco inflável o israelense ferido. Explicou rapidamente que ele devia colocar o pacote no correio mediante pagamento pelo destinatário de 10 mil dólares. Ele não podia vender o vídeo para nenhum outro canal de televisão, visto que fora ela quem fizera o trabalho e que era ela mesma que aparecia em todas as imagens. O marinheiro do *Pallas Athena* foi suficientemente inteligente para acreditar nela, mandou a fita pelo correio mediante pagamento contra-entrega assim que desceu à terra e em breve estava 10 mil dólares mais rico.

O conteúdo do vídeo na sua maior parte reproduzia uma longa entrevista pessoal com Mouna al Husseini, que, mesmo antes da existência do U-1 *Jerusalém*, já era uma lenda no Oriente Médio.

Na Al Jazeera, eles editoraram rapidamente a longa entrevista, intercalando-a com clipes históricos e imagens de outras entrevistas. Fizeram um programa de 47 minutos, uma hora comercial na linguagem de televisão, que dentro de dois dias foi vendido para 147 canais de TV no mundo inteiro por um valor acima de 40 milhões de dólares.

O título escolhido para o programa tinha muita força: *Madame Terror.*

Não se pode dizer que o título fosse muito justo. O conteúdo, na sua maior parte, era muito simpático para com a personagem principal. Mas o título vendia bem.

Com ou sem justiça, Mouna al Husseini transformou-se em Madame Terror para todo mundo enquanto viveu. Para alguns, parecia soar como Che Guevara — a célebre imagem dela parecia jamais envelhecer —, e para outros era como se ela fosse a própria Sra. bin Laden. Essa lógica parece eterna. O que para uns é o herói da liberdade, para outros não passa de um terrorista.

8

O U-1 *Jerusalém* navegou primeiro para o norte, passando pela Síria, depois direto para oeste, ao longo da costa da Turquia, passou pela Ilha de Chipre, até se aproximar de Rodes, onde encontrou um navio de cruzeiro em que poderia se livrar do paciente israelense que precisava de tratamento intensivo. A intenção de passar desafiadoramente perto da Turquia, navegando por longos períodos até mesmo por águas territoriais turcas, era a de criar, no caso de ser descoberto, tanto desorientação quanto desarmonia política entre os navios que caçavam submarinos da OTAN.

A Turquia tinha 14 submarinos diesel elétricos, a maioria com motor alemão. Um submarino desconhecido, mas, dentro das águas turcas devia provocar uma imensa desorientação até que os turcos entendessem a situação. E por muito que o regime turco estivesse acostumado a apoiar os Estados Unidos, desta vez teria que enfrentar a opinião arrasadora da população, visto que o U-1 *Jerusalém* já estava identificado como sendo palestino.

Dessas intenções políticas resultou muito pouco, entre outros motivos pelo fato de ninguém estar procurando pelo submarino ao norte de Israel. Os aviões de busca da OTAN tinham se concentrado numa zona em forma de leque, de Haifa até as grandes profundezas a leste do Mediterrâneo. A 6ª frota dos Estados Unidos tinha barrado a passagem entre a Sicília e a Tunísia, achando com isso ter o submarino terrorista confinado na área leste do Mediterrâneo. Que os terroristas tentassem fugir para o norte da Sicília, depois de ter passado o Estreito de Messina, não só estreito como profundo, pareceu aos estrategistas da OTAN quase impensável. Mesmo assim, foram mandadas quatro corvetas de busca, equipadas para localizar submarinos, para essa "passagem traseira", segundo o termo usado pela marinha.

Quando a emboscada ficou montada, foram enviados dois submarinos americanos e um britânico para a área leste do Mediterrâneo, a fim de assumir a caçada. Evidentemente, era um pouco como procurar uma agulha num palheiro. Por outro lado, os terroristas não poderiam fugir da armadilha. Portanto, era apenas uma questão de tempo para que fossem apanhados.

Assim se configurou o plano do ponto de vista puramente tático. Mas surgiu uma complicação política embaraçosa, pelo fato de os terroristas estarem com reféns. A questão de saber se se poderia afundar o submarino terrorista com reféns israelenses a bordo não era, porém, um problema tático para os oficiais americanos e britânicos a bordo dos navios de busca sob o comando da OTAN — a Itália, a França e a Grécia se recusaram a participar, em conseqüência da opinião pública nos respectivos países, e a Turquia retirou-se cedo —, era uma questão a ser resolvida pelos políticos.

No meio dessa alegada armadilha, achava-se o U-1 *Jerusalém* ao sul de Creta, em curso para o oeste, a 500 metros de profundidade. Avançava lentamente, assumindo, por conseguinte, uma situação de "permissão interna". Nenhum inimigo poderia descer à mesma profundidade e os torpedos na OTAN não funcionavam abaixo dos 450 metros.

O refeitório havia retornado à sua função original. Um dos prisioneiros de guerra israelense ainda continuava na UTI, quer dizer, o consultório de Jelena Mordavina. Os outros, a essa altura, já estavam com as feridas bem tratadas, com as diversas fraturas contraídas no momento das explosões contra o *Tekuma* bem engessadas. E todos permaneciam confinados.

Foi organizada uma pequena festa assim que as imediatas Leila e Khadija recuperaram o sono perdido e se reapresentaram nas suas funções normais, muito apreciadas, de cozinheiras. Todo o pessoal foi chamado a comparecer na messe em uniforme de folga e as correspondentes a bordo também chegaram com o seu equipamento a postos. A cerimônia seguiu o mesmo padrão da anterior. O almirante chegou por último e na hora certa. Todos ficaram em posição de sentido e fizeram continência, recebendo depois ordem de ficar à vontade.

— Camaradas, oficiais e marinheiros — começou ele, desta vez em russo. — Cumprimos agora a nossa primeira missão, derrotando a frota israelense. Com isso, passamos à segunda missão, a de enganar os nossos perseguidores e sobreviver. E até o momento está tudo correndo bem. Por isso, temos estas quatro horas de recreação.

Depois de repetir a mesma coisa em inglês, ele continuou pedindo à capitão-de-mar-e-guerra Mordavina e às imediatas Leila e Khadija para comparecerem à frente.

— Todos a bordo cumpriram as suas tarefas com perfeição, caso contrário não teríamos vencido o primeiro combate nem sobrevivido — continuou ele. — Mas alguns de vocês tiveram desempenhos excepcionais e vão ser compensados de acordo com os serviços prestados. A nossa equipe médica trabalhou vinte horas seguidas para que nós, ao contrário do inimigo, cumpríssemos todas as exigências da Convenção de Genebra quanto à forma como devem ser tratados os prisioneiros de guerra. Que isso vai nos dar grandes vantagens políticas é uma coisa certa. Mas acredito que o nosso pessoal da equipe médica, durante o trabalho que realizou, nem sequer pensou nisso. Fizeram antes o seu trabalho de forma exemplar. Portanto, a capitão-de-mar-e-guerra Mordavina e as suboficiais Leila e Khadija vão ser condecoradas agora com a estrela de prata da marinha palestina.

Os aplausos foram corteses, mas um pouco moderados, enquanto as três mulheres subiam no estrado para receber a condecoração, uma estrela prateada de cinco pontas, suspensa por uma fita com as cores palestinas.

Justo no momento que, um pouco coradas, elas desciam do tablado, o almirante as deteve — e agora, sim, repentinamente, diante de grande júbilo, lhes deu o emblema dourado do submarino. Enquanto as insígnias lhes eram colocadas pelo comandante Petrov, o almirante explicava que estava na hora de todos a bordo serem considerados marinheiros de submarino. Desta vez, os aplausos foram bem mais entusiásticos.

E ainda mais popular foi a iniciativa do almirante, quando ele chamou à frente o subtenente Hassan Abu Bakr e os sargentos Ahmed Abu Omar, Mahmoud Abu Utman e Daoud Abu Ali. Eles receberam as mesmas condecorações e insígnias que as três mulheres, mas os aplausos foram muito mais entusiásticos. Em seguida, o biombo dos fundos foi levantado e a refeição servida, a festa havia começado.

Os quatro mergulhadores condecorados dirigiram-se entre duas filas de companheiros russos e palestinos que lhes davam tapinhas calorosos nas costas. E seguiram para uma mesa especialmente reservada para eles no refeitório onde já se servia uma refeição russo-libanesa, com vinho, vodca, aguardente de palma e água. Nenhum dos quatro mergulhadores pertencia ao grupo palestino a bordo que fazia objeções ao consumo de álcool, uma situação muito engraçada, porque eles eram chamados de "os quatro califas". Isso nada tinha a ver com os seus grandes serviços prestados, mas porque eles próprios tinham escolhido esse nome de guerra, segundo os quatro primeiros seguidores de Maomé, quatro califas.

O chefe do grupo, Hassan Abu Bakr, que chegou mesmo a dar seu sangue para os prisioneiros israelenses, tinha se mostrado um pouco irritado e pensativo nos últimos dias, mas depois de um pouco de aguardente de palma e de boa comida o mal-estar desapareceu. E, uma hora depois, quando ele já estava novamente de bom humor, chegou um dos gentlemen ingleses para lhe dizer que seria bem-vindo à mesa do almirante no refeitório dos oficiais. Não era um convite a que se pudesse dizer não. Portanto, ele se levantou logo, hesitou um pouco antes de pegar o seu prato para levá-lo consigo, pediu desculpas aos seus camaradas com um encolher de ombros e atravessou a festa rumo ao refeitório dos oficiais.

Assim que o viu chegando entre tanta gente, Carl abandonou a mesa onde estava na companhia do comandante Petrov e da médica Mordavina e foi receber o subtenente Hassan numa mesa para dois. Afastou a cadeira para o convidado e fez uma continência para ele, meio na brincadeira.

— Está na hora de nós dois termos uma pequena conversa em particular, não é, subtenente? — disse Carl, parecendo divertir-se com a situação como se o problema não fosse nada de especial.

— Quando o almirante quiser falar comigo, eu compareço — respondeu Hassan Abu Bakr, cautelosamente. — Nós, palestinos, conseguimos a maior vitória de todos os tempos e o senhor foi o nosso chefe. Portanto, uma grande parte da vitória se deve ao senhor, almirante — acrescentou ele, um pouco ousadamente.

— Assim como eu seria o grande culpado se tivéssemos morrido. É isso que você quer dizer? — revidou Carl, rapidamente, mas nada agressivo. — Agora vou dizer uma coisa para você. Com toda a honestidade. Aqueles que até agora realizaram as ações mais importantes e contribuíram mais para a nossa sobrevivência foram você e a equipe médica. É isso mesmo. Mas eu me pergunto se você, realmente, entende por quê.

— As maiores contribuições para a nossa vitória foram daqueles que navegaram certo e fizeram a pontaria certa — objetou Hassan Abu Bakr, na expectativa.

— Sim, mas era disso que eu estava falando. Eu falava da missão seguinte, a da nossa sobrevivência. Neste momento, isso é o mais importante. Oito prisioneiros israelenses bem tratados constituem realmente o mais importante também para o inimigo.

— Mas por uma vitória como a nossa valeria a pena morrer. A sobrevivência não é o mais importante.

— Não era, mas agora é — constatou Carl, que numa transição acrescentou: — Desculpe, um momento!

Carl pediu um vinho, dois copos e uns petiscos. Fez um brinde, saboreou o vinho, olhou para a garrafa e acenou satisfeito.

— Acabei de ver o jornal da noite da CNN — continuou ele. — Entre outras coisas, apresentaram entrevistas com os cirurgiões do Hospital Hadassa em Israel, que foram, espantosamente, benevolentes ao considerar o nosso trabalho a bordo. E o nosso colega operado do fígado, Uri Gazit, também falou. Ele não fez críticas sobre nós. Antes pelo contrário. Dirigiu a sua irritação contra o falho sistema de alerta de Israel e a incompetência da liderança do seu próprio navio. Em Israel, tiveram início movimentos, exigindo que rolem cabeças, mas não as nossas, as dos chefes da marinha israelense. Será que isso não dá o que pensar?

— Essa foi o tempo todo a intenção de utilizar o nosso equipamento, a de que eu iria salvar a vida de israelenses?

— Sim, subtenente. Essa era, de fato, a minha esperança. E devo dizer que você e os seus companheiros transformaram essa esperança em realidade, muito além do que seria de esperar.

— Não acha um pouco estranho? Primeiro, a gente tenta matá-los, depois, a gente os salva.

— No primeiro caso, é a guerra, no segundo, política. É preciso ter sucesso em ambos os casos para vencer. O mundo lá em cima está agora dividido. Uma parte nos chama de terroristas. A outra, de heróis da liberdade. A França, a Rússia e a China estão de um lado na ONU. Os Estados Unidos e a Grã-Bretanha, do outro. Se eles estivessem unidos, estaríamos condenados à morte. Você não se lembra do que eu lhe respondi da primeira vez que me perguntou para que servia, realmente, o equipamento de salvamento?

— Para salvar vidas.

— Nossas vidas, para ser mais exato. E foi isso que aconteceu.

— Por isso, nós não somos suicidas com bombas, mas guerreiros civilizados, precisamente como os nossos inimigos não querem que sejamos. Eles adoram os suicidas com bombas e odeiam o U-1 *Jerusalém*. E é por isso que vamos atacar Israel de novo...

Finalmente, acendeu-se um brilho de puro entusiasmo nos olhos daquele ex-guerrilheiro que sempre esteve inclinado a oferecer a sua vida pela causa. Ele ergueu espontaneamente o copo de vinho na direção de Carl e fez um brinde.

Justo nesse momento, pensou Carl, aliviado, nós nos tornamos finalmente amigos e não apenas subtenente e vice-almirante. Mas por que é tão difícil ver a antiga verdade de que a guerra é o prolongamento da política? O inimigo encontra-se diante de uma luta política no escuro, e nós a navegar saindo tranqüilos do Mediterrâneo ao som, intercaladamente, de música de boate da Rússia e de rock árabe e africano.

✪✪✪✪✪

O almirante Georgi Triantafellu tentava seriamente adivinhar o que, no momento, o sistema democrático exigia dele, quer dizer, do chefe da marinha americana, ou, mais solenemente, Chief of Naval Operations. Ele era almirante de quatro estrelas. E, mais além, não poderia ir. Estava a dois anos da aposentadoria e não tinha quaisquer ambições políticas. Aliás, sempre se mantivera longe da política.

No entanto, agora estava tentando entender o que a democracia exigia dele. Uma coisa, possivelmente, era mandar garotos americanos para a morte. A outra, por receio diante de Rumsfeld, era não dizer o que realmente pensava, e com isso, talvez, encobrir a verdade do presidente e do comando supremo.

Uma parte dos colegas havia escolhido manter a boca fechada até o momento da aposentadoria. Justo nesse ano tinha sido sensacional, visto que nada menos de sete dos generais destituídos haviam dirigido críticas violentas contra o ministro da Defesa e a política de guerra por ele instituída. Por parte dos porta-vozes do Pentágono, começou-se a falar, brincando desrespeitosamente, de uma "epidemia de diarréia oral de generais destituídos". O último da lista, o sétimo, foi o comandante da OTAN Wesley Clark.

Ele tinha conhecido Wesley pelo menos o suficiente para ter a certeza de que era um homem que gostava de ver ordem e clareza à sua volta. Por isso, também, quando Wesley se juntou no domingo de Páscoa — entre tantos outros dias para escolher — ao grupo dos generais dissidentes, a sua crítica passou a ter muito peso. Pelo menos, para aqueles que continuavam na liderança da Defesa. O Pentágono logo veio a campo com uma refutação em que se salientava o fato de Rumsfeld ter tido 139 reuniões com os chefes da Defesa americana e 208 encontros com os principais responsáveis da área, desde o início de 2005.

Eram esses números que demonstravam o quanto eles gostavam de brincar. Se Rumsfeld tivesse tido todos esses encontros com os líderes militares durante tão pouco tempo, então tinham sido contadas todas as suas descomposturas como encontros. Mas, além disso, esses números demonstravam, justamente, aquilo de que todos reclamavam, que Rumsfeld se metia em todos os pequenos detalhes e ainda inventava as suas próprias estratégias e, se necessário, inclusive nas táticas a usar em cada ataque. Pensando bem, tudo isso dava uma impressão de quase loucura.

E, no momento, ele teria em breve um novo encontro com Rumsfeld, onde, sem sombra de dúvida, iria receber mais uma descompostura, daquelas de fazer as paredes estremecerem. Isso, simplesmente, porque Rumsfeld não aceitava os fatos que de uma maneira ou de outra contrariavam as suas requintadas estratégias. Os fatos, simplesmente, não podiam mostrar aquilo que mostravam os relatórios dos serviços secretos colocados em cima da mesa do almirante Georgi Triantafellu. Mas fatos continuavam a ser fatos.

O pessoal do serviço secreto da marinha tinha trabalhado como formigas nos últimos dias. Não havia nada a reclamar no que dizia respeito à sua operosidade. O erro estava apenas no fato de o pessoal ter recolhido informações demais do tipo em cima do qual a liderança democrática dos Estados Unidos estava sempre disposta a vomitar. Portanto, que raio de informação ele iria dar a Rumsfeld dali a momentos?

A sua mulher, Liza, ficaria até alegremente surpresa e satisfeita se ele se aposentasse dois anos antes do previsto e planejado. E será que haveria razões para reclamar? Um pouco menos de dinheiro, mas eles já tinham o suficiente. Um pouco mais de tempo para pescar trutas do tipo arco-íris em Vermont? Um pouco mais de tempo para velejar no verão, nunca mais o bipe que poderia interromper o corte do peru na mesa do Dia de Graças. Sem dúvida, era uma alternativa com um bom número de inserções agradáveis.

Ele folheou as últimas páginas do relatório da central dos serviços secretos da marinha em Tampa e leu o resumo final mais uma vez.

Segundo imagens de satélite, o submarino foi identificado como do tipo Alfa, designação russa para o Projeto 705. E isso já era preocupante e desconcertante.

Pelo que se sabia, os submarinos Alfa não estavam mais em serviço. O último tinha sido construído em 1981, de acordo com as informações disponíveis. Mas se o Alfa foi reabilitado de um projeto já morto, isso, evidentemente, dava para entender que o modelo foi fortemente modificado. Já desde o início, o modelo era bem avançado em relação ao seu tempo, sendo um submarino de ataque para, em primeira mão, caçar outros submarinos. Por isso, conseguia atingir uma velocidade máxima de 42 nós, maior do que aquela que o americano USS *Seawolf* consegue hoje, um bom bocado além do ano 2000.

Tinha um comprimento de 81,4 metros e foi por aí que o satélite espião o havia identificado. Além disso, conseguia ter uma autonomia, na versão original, de cinquenta dias.

Havia ainda outro problema. Os submarinos Alfa tinham cascos de titânio e isso significava que podiam descer talvez até profundidades de 800 metros. Além disso, eram diabolicamente difíceis, para não dizer impossíveis, de localizar por meio de magnetismo e de campos elétricos.

Caso se tivesse trocado o reator nuclear por uma variante moderna de motor a diesel elétrico, ficaria ainda mais difícil localizá-lo. A marinha dos Estados Unidos tinha feito manobras ao largo de San Diego com um submarino sueco desse tipo e não havia dúvida nenhuma a respeito de quem ganhou a parada. Os suecos foram instados a prolongar o contrato de participação nas manobras por mais um ano.

Como poderia explicar essa situação? Possivelmente, o submarino palestino já poderia ter passado pelo Estreito de Gibraltar, apesar de os britânicos terem prometido que o seu sistema de vigilância no local era seguríssimo. O Alfa poderia ter passado junto ao fundo do estreito, a uma profundidade de 600 metros. E ainda por cima escapando de todos os detectores magnéticos pelo fato de o casco ser de titânio.

Havia ainda o relatório do USS *Alabama*. O seu comandante, Rafael K. Osuna, ao voltar à base, fez uma declaração contundente no seu relatório, mesmo sabendo que poderia ser prejudicado por isso.

De fato, o USS *Alabama* tinha tido contato direto e próximo com um submarino russo desconhecido que não só havia jogado merda em cima deles como ainda por cima os levou a acreditar que se tratava de um submarino do tipo Akula, embora nada indicasse que fosse o caso. E o USS *Alabama* acabou não conseguindo identificar o submarino adverso, visto que ele simplesmente desapareceu sem deixar rastro.

Pouco depois, os britânicos passaram por um problema inexplicável, causado por um submarino russo que se aproximou muito do local onde a frota inglesa realizava grandes manobras. Foi vista uma parte da torre do submarino, intencionalmente mostrada, mas ninguém até então queria se comprometer dizendo com base nas más fotografias obtidas que se tratava de um antigo Alfa. Mas no momento já havia motivos mais fortes para levar a informação a sério.

Portanto, estava-se diante de uma versão modificada de um Alfa, com um sistema de controle tão moderno que lhe dava a possibilidade de circular à volta da frota britânica, seguir depois para o Mediterrâneo e sem ser descoberto chegar a Haifa, onde desfechou um ataque perfeito.

Tendo esses fatos como pano de fundo, esse era um cenário muitíssimo provável. Não dava para descartá-lo. Era desagradável, sim. A esse respeito era possível até concordar com Rumsfeld. Mas era um cenário baseado em fatos.

Ainda por cima, era preciso analisar o que se sabia a respeito da capacidade tática da tripulação do submarino. Aqueles danados, depois do seu ataque com robôs, *aproximaram-se* de Haifa para avaliar o resultado e, friamente, completar o trabalho. E depois, enquanto todos os procuravam usando um sistema de busca em forma de leque a partir da costa de Israel, eles desceram tranqüilamente por essa mesma costa e foram destruir o resto da frota israelense no porto de Ashod e, mais tarde, organizaram uma complexa ação de salvamento, fizeram prisioneiros e de novo desapareceram numa direção logicamente impensável. Só houve novo contato quando eles se revelaram e passaram adiante um israelense ferido para um navio de passageiros. E desapareceram de novo sem deixar rastro.

Mais uma vez, apenas fatos. Estava-se diante de uma tecnologia inquestionavelmente avançada, em parte desconhecida e impossível de avaliar. Como a liderança do submarino, logicamente sem ter acesso a fotografias de satélite, pôde avaliar a situação no porto incendiado de Haifa e atacar de novo com torpedos continuava a ser um mistério. Se tivessem informações de observadores em terra, isso teria sido descoberto por um intensivo sistema de busca e reconhecimento que, no mínimo, teria registrado pistas dessa comunicação.

E, além dessa tecnologia em parte desconhecida, estava-se diante de um ou vários comandantes de submarino que, certamente, não eram quaisquer *cameleiros* formados em cursos de aprendizado rápido. Antes, os que de melhor a Rússia podia oferecer.

De novo, mais fatos. Sabia-se agora com mais detalhes o que, de fato, aconteceu. Uma única questão de grande importância, ainda por responder, era saber se o submarino possuía armas nucleares a bordo, mas isso não tinha importância tática. Era uma questão política.

Enfim. Estava-se de volta àquela pergunta de ordem não-militar a respeito das implicações da democracia americana. Como chefe da marinha dos Estados Unidos, era claro que ele estava sob as ordens do comandante supremo, ou seja, do presidente do país. Mas isso pressupunha também que ele assumisse a responsabilidade de informar o presidente dos fatos absolutamente corretos. Se o presidente mandasse garotos americanos para a morte em conseqüência de informações incompletas, a culpa seria daquele, ou daqueles, que nada fizera para que o presidente tomasse conhecimento de toda a realidade.

Primeiro, o presidente deu ordens para que o submarino fosse caçado e afundado a qualquer preço. Mas isso foi antes de se saber ao certo do que se estava caçando. O presidente pensava que se tratava de um submarino iraniano do tipo Kilo.

Mais tarde, quando se soube que o submarino era palestino e que tinha prisioneiros israelenses a bordo, Rumsfeld deu ordem para que, mesmo assim, fosse afundado. Mas "com cautela", o que em si era uma ordem tão idiota a ponto de provocar gargalhadas até da srta. Triantafellu. Ninguém afunda um submarino com cautela! Ou se lança um torpedo contra o miserável ou uma bomba jogada por avião, mas com cautela nada se consegue. A alternativa era realmente a de "obrigá-lo a ir à superfície" por meio de uma ação de ataque que lhe causasse uma avaria menor, uma tática que já se mostrou ineficaz durante a Segunda Guerra Mundial.

Aquela mulher ousada que posou de comandante do submarino na televisão havia salientado que não queria afundar nenhum navio americano, a não ser que fosse necessário. Parecia, portanto, que ela tinha cobertura para a sua atitude atrevida. Aliás, era uma atitude provocante, da qual se podia sorrir com benevolência, pelo menos quando Rumsfeld não estivesse por perto. Afinal, era uma mulher ameaçando a marinha dos Estados Unidos!

Mas fatos eram fatos. Os danados tinham derrubado um submarino israelense movido a diesel elétrico sem a menor dificuldade. Ou através de um notável serviço secreto funcionando muitíssimo bem ou através de uma enorme dose de pura sorte, menos provável, claro. Mas os danados haviam conseguido concretizar as suas intenções.

E no momento estavam na área em questão dois submarinos americanos da classe Los Angeles com ordens para atirar e obrigar a ir à superfície esse Alfa por meio de uma avaria leve, não se sabendo ao certo como os comandantes desses dois submarinos iriam cumprir essa ordem. E isso, simplesmente, não era bom.

Esse submarino só poderia ser atacado pelo ar, quando estivesse em algum porto ou quando se conseguisse encontrá-lo, contra todas as perspectivas, em uma situação perfeita. Ou talvez nunca. Os fatos, com toda a sua frieza, eram esses e nada mais. A conclusão era clara. E isso era o que ele teria que dizer a Rumsfeld, que a caçada ao U-1 *Jerusalém* na tentativa para derrubá-lo deveria ser interrompida enquanto feita por submarinos.

Era fácil constatar isso para si mesmo, enquanto sozinho, atrás da sua escrivaninha. Mas aí surgia a democracia posta em prática. Todo o sistema estava montado de forma que fosse preciso coragem para falar a verdade e não se inclinar por medo daqueles que tinham mais estrelas nos ombros. Mentir era sabotar a democracia americana, era sabotar a missão recebida como oficial e ainda mais como chefe de toda a frota. E não a de servir segundo a sua melhor competência e com total consciência, tal como tinha jurado diante de Deus que faria. Esse foi o juramento feito em que prevalecia a palavra consciência.

Portanto, ele iria se encontrar com Rumsfeld e recomendar a imediata retirada dos seus submarinos caçadores. Em vez disso, recomendaria a tentativa de atingir o submarino pelo ar ou na hora de ele ficar na posição certa. Mas não agora, nem na área leste do Mediterrâneo.

Rumsfeld ficaria furioso e o chamaria de covarde, maricas, medroso e ainda outras coisas menos elegantes. De que valia a responsabilidade das suas quatro estrelas de almirante, de que valia mostrar a antiga coragem americana de homem íntegro?

Eis a questão: valia jogar as quatro estrelas em cima da mesa de Rumsfeld e acrescentar que, evidentemente, mandaria uma cópia do relatório junto com o seu pedido de dispensa para o presidente. E para o presidente iria dizer as coisas como elas eram:

— Senhor presidente, como chefe das operações navais, acho que é meu dever absoluto avisá-lo de que se continuarmos essa caçada improvisada e inconseqüente, Sua Excelência, senhor presidente, com toda a inquietante certeza, terá que se apresentar diante do povo americano para explicar a perda de um submarino nuclear americano da classe Los Angeles com 133 homens a bordo.

✪✪✪✪✪

Mouna al Husseini resolveu retirar-se para a sua cabine e deitar-se durante meia hora. Isso deu a ela uma sensação estranha de liberdade civil, não se lembrando mais de nos últimos tempos ter gozado de tal luxo. Além disso, dormiu como uma criança, pesadamente e sem sonhos, talvez porque o sono coincidiu com um percurso do U-1 *Jerusalém* em que este navegou lentamente e em silêncio extremo pelo Estreito de Messina, entre a Sicília e a costa continental da Itália. Esse era o último lugar onde os americanos iriam procurá-lo, pelo menos segundo Anatolich, que esfregava as mãos na expectativa do resultado da manobra. Mouna ainda chegou a ouvi-lo contar como faria, antes de ser substituído e de se recolher à sua cabine.

Os lençóis novos e recém-lavados cheiravam caracteristicamente a sabão russo, uma coisa que ela tinha aprendido a apreciar. Era um aroma de que certamente viria a se lembrar pelo resto da sua vida. E como a sua vida já ia longa, lembrou-se ela, de repente, tentando ao mesmo tempo não atrair as forças do mal com a sua presunção. O U-1 *Jerusalém* ainda tinha pela frente as manobras mais difíceis e perigosas. Aquilo que tinham feito até então correspondia à parte mais espetacular e mais eficaz em termos de tonelagem inimiga destruída ou fosse lá como quisessem chamar a isso. Mas o mais perigoso ainda estava por acontecer. E era ela uma das poucas pessoas a bordo que sabiam disso.

Embora como o chefe do grupo de mergulhadores, Hassan Abu Bakr, costumava dizer, aquilo que fizeram até ali já valia o preço da morte. Ele não estava sozinho a raciocinar desse jeito. Os palestinos a bordo, na sua maioria, pensavam o mesmo. Enquanto a maioria dos russos, certamente, estava fazendo contas ao dinheiro e a uma espécie de jogo com pontos ganhos, convencidos de que venceriam o jogo e voltariam para casa, para a Madre Rússia, vivos e ricos. Eles não sabiam o que os esperava.

Não havia, porém, nenhum motivo para desespero. Antes pelo contrário. Infinitamente muito poderia ter dado errado e em parte tiveram uma sorte inacreditável. Foi por sorte que o submarino israelense *Tekuma* veio apressado na direção deles. Foi ainda por uma sorte maior que os conflitos a bordo do K 601 explodiram tão cedo, de modo a ser possível encarar esse problema decisivo a tempo e encontrar uma solução adequada. Esses conflitos a bordo, se tivessem brotado agora, poderiam resultar na morte para todos.

A sorte maior, no entanto, foi o recrutamento de Carl. De início, tanto ela como ele acharam que o papel dele devia ser o de fazer teatro. Representar a figura de um herói de guerra condecorado com muitas estrelas do almirantado. Dessa forma, conseguiria conter os russos, o que parecia ser uma missão limitada, mas era excepcionalmente importante.

Mas ele fez muito mais. Tinha um olho especial, ou instinto, de como uma organização militar devia ser montada e posta a funcionar sob pressão, dentro de um modelo ocidental e de sua aparentada cultura russa de guerra. Nesse ponto, a experiência dos dois na carreira divergia por completo. Ela tinha passado toda a sua vida de oficial em salas cheias de fumaça de cigarro, inclusive onde se comia, se bebia uísque Johnnie Walker com a comida, se fumava e se falava simultaneamente e sem qualquer ordem especial. Isso levava a decisões confusas para o final do dia, de modo que era necessário procurar por homens como Abu Ammar, Abu Lutuf ou Abu al Ghul para recomeçar tudo de novo, conseguir alguma espécie de vaga decisão e depois agir conforme o bom senso mandava.

Carl representava uma cultura completamente oposta. Quando se sentou na reunião do grupo de líderes, ele se apresentou como o natural presidente da mesa, aquele que conduzia as discussões ponto por ponto, tranqüilo e frio, nunca se exaltando nem elevando a voz. As reuniões dirigidas por ele ficavam muito longe daquelas entre palestinos, regadas a uísque e nas quais todos falavam e ninguém se entendia. As reuniões com Carl eram infinitamente mais produtivas.

Foi como aconteceu na reunião dos líderes para debater a questão dos prisioneiros de guerra. Como se fosse a coisa mais natural do mundo, ele próprio foi buscar o tenente israelense e, de fato, ambos dividiam a mesma cabine — nem mais nem menos! Em seguida, ele deu início à 143ª reunião, registrando que o tenente Zvi Eshkol comparecia naquele ponto em que se discutiria o futuro do status a bordo dos prisioneiros de guerra e suas rotinas.

Depois, foram precisos apenas dez minutos para determinar todas as decisões a esse respeito, inclusive de uma forma democrática. O tenente israelense, de início, comentou que tudo funcionava muitíssimo bem do jeito que estava e que ele, em nome de todos os seus companheiros, não tinha nada a reclamar das rotinas seguidas até o momento.

No entanto, Carl explicou que, infelizmente, as rotinas tinham que ser mais drásticas, mas disse isso de uma maneira que dava a entender que havia espaço para uma melhoria do tratamento. Carl começou por lembrar mais uma vez as condições apontadas pela Convenção de Genebra, um truque demagógico que ele utilizava com freqüência. Entretanto, segundo os acordos internacionais em vigor, qualquer prisioneiro de guerra tinha direito a tentar fugir. Ou não? Ele próprio, em situação semelhante, não hesitaria em tentar a fuga. É claro que não era nada fácil fugir de um submarino, mas era direito dos prisioneiros israelenses tentarem, e isso era também a sua obrigação como membros da sua marinha. Portanto, o que fazer? Seria razoável tentar sabotar os motores do U-1 *Jerusalém* de forma a obrigá-lo a ir para a superfície, certo?

— É claro — concordou o tenente israelense, fascinado. Era um plano perfeitamente executável.

Portanto, decidiu-se por uma nova ordem, segundo a qual um dos oito prisioneiros restantes, aquele de quem foi retirado o baço e que continuava o seu tratamento intensivo, deveria mudar para a cabine de alguém, de preferência a do comandante Petrov, visto que a sua tinha dois beliches. Alguma pergunta a este respeito?

Anatolich mal teve tempo de pensar que iria ter um inesperado companheiro israelense de cabine, e já Carl passava para outro assunto.

E depois a reunião ainda continuou mais rápida, discutindo questões, possivelmente, mais difíceis. Havia quatro lugares na cadeia improvisada. Três dos prisioneiros estavam engessados e outros três sem ferimentos, incluindo o tenente Eshkol. Isso implicava a possibilidade de dois prisioneiros poderem se encontrar ao mesmo tempo em área livre à volta do refeitório e do ginásio, enquanto que os outros dois ficavam fechados na cabine. Mas o esquema teria que ser montado de modo que jamais dois elementos sem ferimentos estivessem em área livre. Além disso, era preciso fortalecer a vigilância na casa das máquinas. Nada, porém, de vigilância armada. Isso só iria complicar a situação. Os israelenses poderiam tentar pegar as armas. E alguém poderia sair ferido.

 Ao sair do local, o tenente Eshkol pareceu estar se sentindo excepcionalmente bem tratado, mesmo considerando que as regras ficavam significativamente mais duras. O estranho era verificar que, de certa forma, ele tinha razão. Essa era uma das capacidades extraordinárias de Carl que ela, para falar a verdade, havia subestimado de início: a sua capacidade de conquistar as pessoas logo de imediato.

 Mas aquilo que Mouna mais tinha subestimado nele era a sua capacidade de julgar *no olho*, como ela dizia. Quando ele chegou a Severomorsk e travou conhecimento com Aleksander Ovjetchin, assim que tomou o pulso da situação de crise, não precisou mais de dois dias para encontrar Anatolich Petrov para o cargo de comandante da nave. Ele tinha se salvado do torpedeamento do *Kursk*, Ovjetchin forneceu mais algumas informações e pronto — um dos mais ousados e mais competentes comandantes de submarinos da Rússia, pertencente a uma classe à parte, entrava a bordo. E, ainda por cima, para satisfação geral, inclusive do presidente russo e, em especial, do próprio Anatolich.

 Que diferença enorme na vida a bordo sem a presença de Anatolich! E não se devia esquecer também a dos seus dois imediatos, Charlamov e Larionov. E menos ainda a professora Mordavina. Que cirurgiã! E só o significado dessas quatro pessoas para o moral a bordo era inexcedível. Essa era obra de Carl, muito mais do que um papel meramente teatral. Até mesmo o próprio Anatolich reconhecia agora que Carl representava, sim, o papel de líder a bordo.

Aliás, uma coisa contra a qual Mouna al Husseini não fazia a menor objeção, visto que tudo aquilo que parecia não vir nunca a funcionar agora funcionava com a mesma bem azeitada precisão social como nos submarinos nucleares americanos. Pelo menos, a acreditar no conteúdo de muitos dos filmes da lista dos mais vistos a bordo do U-1 *Jerusalém*.

Ela se vestiu e se dirigiu para o refeitório para tomar o café da manhã ou qualquer que fosse a refeição servida na hora. Mas, de repente, hesitou, insegura, lembrando-se que tinha reorganizado o seu esquema diário, a fim de condicioná-lo melhor às transmissões de televisão. Decidiu-se, porém, em função de ter dormido bastante. Devia ser o café da manhã. No refeitório, havia um grupo de russos que assistiam a um noticiário gravado da CNN. Os jogadores de xadrez também estavam no seu lugar habitual, assim como as professoras de línguas com os seus alunos. Começara-se a trabalhar com dois ou três alunos ao mesmo tempo para treinar mais a conversação e, em especial, a linguagem do dia-a-dia. A essa altura, todas as palavras técnicas já estavam na mente de todos a bordo. A idéia era colocar as pessoas que falavam corretamente o russo ou o inglês entre os oficiais para participar dessas aulas de conversação. Ela mesma, Carl e os três tenentes ingleses se tornariam os conversadores em inglês. Os oficiais e alguns dos técnicos russos desempenhariam a função correspondente em russo. Carl estava montando um esquema nesse sentido.

Rashida Asafina chegou sem maquiagem e sonolenta. Sentou-se à mesa, tranqüilamente, e ficou resmungando qualquer coisa a respeito de, sempre ao acordar, levar algum tempo antes de perceber que, de fato, estava num submarino, na pior das hipóteses a uns 600 metros ou mais da superfície do mar. Mas o que não se faria pela arte do jornalismo?

Elas ensaiaram durante um breve período a entrevista que fariam dentro de algumas horas, primeiro em inglês, como habitualmente, e depois a mesma coisa em árabe. A redação no Catar havia reclamado ou, mais corretamente, dito que uma grande quantidade de telespectadores no mundo árabe tinha reclamado, de nunca ouvir Mouna na sua própria língua. Portanto, desta vez, seria preciso fazer duas entrevistas no mesmo período. Os estrategistas a bordo haviam calculado o tempo da descoberta visual até um possível ataque de robôs e se recusavam a dar mais tempo para as entrevistas. Era uma atitude compreensível, sabendo-se que os americanos continuavam com a intenção de afundar o U-1 *Jerusalém* na primeira oportunidade que aparecesse. Aliás, Mouna saberia de mais alguma coisa a esse respeito?

Com um encolher de ombros, Mouna respondeu que não. Nada mais além daquilo que a CNN e a Fox teriam tido a bondade de informar. No momento, contudo, parecia quase certo que a 6ª frota americana "se mantinha na área leste do Mediterrâneo fechando o cerco" enquanto os invencíveis submarinos americanos USS *Annapolis* e o USS *Louisville*, assistidos, certamente, pelo também invencível HMS *Triumph*, da Armada Real Britânica, "cruzavam as profundezas do mar com uma técnica da qual nem um simples linguado poderia escapar". Acreditando nas palavras do perito militar da CNN, visivelmente excitado e encantado com a situação.

E eles podiam acreditar, sim, por mais algum tempo, já que as forças americanas e britânicas procuravam no lugar errado, a uns mil quilômetros de distância. Na realidade, o que se sabia? Talvez eles nem quisessem encontrar o U-1 *Jerusalém*, visto que, nesse caso, teriam de matar oito israelenses. O canal da televisão americana ainda não tinha entendido direito quais eram as intenções das forças de busca. De Israel, um comunicado lacônico informou que jamais se iria negociar com terroristas. O preço a pagar seria excessivamente elevado.

A conversa do perito militar da CNN, de que a marinha dos Estados Unidos detinha uma técnica especial, engenhosa e superior, para atacar qualquer submarino "cuidadosamente" dava para rir. Isso, simplesmente, não podia ser verdade. De qualquer maneira, os americanos no momento estavam geograficamente muito longe.

Mas a expressão "reféns", muito repetida, irritava Mouna. Não seria de levantar essa questão durante a entrevista?

Rashida Asafina não estava muito encantada com a proposta. Como repórter reclusa, ela já tinha problemas demais com a sua credibilidade. Era preciso não se apresentar como se fosse uma porta-voz do U-1 *Jerusalém* ou simples seguradora de microfone e até então tinham conseguido equilibrar razoavelmente a situação, nenhuma pergunta fora proibida. O problema era apenas o de adaptar as entrevistas ao tempo curto à disposição, antes de realizá-las. As perguntas sobre terrorismo, nesse caso, eram jornalisticamente mais motivadas do que a polêmica sobre os "reféns".

Mouna acenou com a cabeça, concordando. Bebeu o resto do seu café turco, levantou-se e seguiu para a sala de comando. Foi encontrar Anatolich de muito bom humor, ainda que cansado e com a barba por fazer por efeito de um longo turno, mas ainda em boa forma. Larionov iria assumir em breve o comando.

Mouna animou-o ainda mais ao lhe contar que o perito militar da CNN havia dito que os dois submarinos americanos e um inglês teriam capacidade até para achar "um linguado" na área por eles controlada no Mediterrâneo oriental.

— Na verdade, são mentirosos e de uma ousadia sem paralelo — exclamou Anatolich, rindo muito. — Um linguado, um *kambala*, é? Será que o público ocidental acredita numa coisa dessas? Pode ser enganado, assim, com tanta facilidade? Ah, vai ser ainda mais divertido, daqui a pouco, quando a gente puxar as calças deles para baixo!

Ele continuou a rir à socapa. Não podia deixar de pensar naquela piada de linguado, enquanto descrevia a situação para Mouna. A passagem pelo Estreito de Messina tinha sido feita sem problemas, significativamente mais fácil do que quando eles treinaram a passagem entre a Irlanda e a Inglaterra. Inclusive havia muito tráfego no estreito, com muitas embarcações de passageiros navegando de um lado para outro e batelões de mercadorias puxados por rebocadores por toda parte, fazendo um barulho infernal, de modo que aquele que quisesse ouvir um linguado circulando ficaria com dor crônica de ouvidos em poucos segundos.

Durante a passagem, eles haviam preparado uma carta de navegação eletrônica do perfil de todo o estreito. Se tivessem que voltar pelo mesmo lugar, a passagem ficaria muito mais fácil, sem a necessidade de utilizar o robô *krabböga* — o "olho de caranguejo" — na frente. Ao norte do estreito, tinham observado a posição de quatro corvetas da OTAN que dormiam sossegadas que nem cegonhinhas recém-nascidas. Havia barreiras eletrônicas geradas a partir das corvetas. Era uma técnica de última geração para reconhecer "assinaturas" magnéticas. Mas moderna ou não, de nada valia. Por um lado, passavam na área toneladas e toneladas de ferro por minuto. E, por outro, o sistema não funcionava contra um casco de titânio.

Portanto, tudo tranqüilo. Restavam apenas alguns minutos de distância até Capri e havia um vale muito profundo quase até a ilha. Assim que a apresentação televisiva estivesse pronta, eles desceriam como se fosse num tobogã direto para uma grande profundidade. O único problema era se surgisse algum navio da OTAN saindo ou entrando no porto de Nápoles, justo no momento da chegada. Mas se isso acontecesse era apenas uma questão de esperar um pouco. De qualquer forma, Larionov poderia dar conta dessas eventualidades. Anatolich queria mesmo era ir embora e descansar.

O seu jovial bom humor se propagou para os outros na sala do comando, até para Larionov, que chegou para assumir o seu turno. De resto, Larionov era uma daquelas pessoas que sorria muito raramente, assim como raramente levantava a voz.

No entanto, o ambiente divertido era apenas ilusório, visto que, na realidade, a situação era muito perigosa. Para perceber isso, nem era necessário ser especialista em submarinos. Mas, se conseguissem se safar, isso seria uma vantagem política fantástica. E, além disso, conseguiriam atrair para o seu lado todas as atenções do mundo. Se bem que, neste aspecto, isso poderia ser uma faca de dois gumes, segundo Carl, que era quem mais entendia da mentalidade americana. Aquele de quem os americanos iriam rir-se mais era, segundo Carl, o ministro da Defesa americano, Donald Rumsfeld, que já estava abalado no poder. A corrente anterior que exigira a sua demissão tinha voltado novamente, depois da malsucedida meia guerra contra o Irã, quando os americanos ainda acreditavam que eram os submarinos iranianos do tipo Kilo que tinham atacado Haifa. Caso Rumsfeld fosse obrigado a demitir-se, tudo estaria bem. O seu sucessor poderia, então, recuar de todas as promessas feitas de afundar o U-1 *Jerusalém*. Mas se ele conseguisse manter-se no poder, o U-1 *Jerusalém* continuaria, sem dúvida, como número um na sua lista de mortes. Isto é, ficava tudo como estava.

Enquanto Larionov preparava a manobra de subida à superfície, Mouna voltou para a sua cabine para ler mais uma vez as suas respostas na entrevista. O mais importante era o número de letras em três agrupamentos na última resposta. Era um código simples para quem estivesse preparado para entendê-lo. Os americanos, porém, continuavam desnorteados, sem saber como o U-1 *Jerusalém* estava funcionando sem eles terem ainda sintonizado e decodificado quaisquer ligações de rádio.

Ela retocou rapidamente a sua maquiagem e escovou o cabelo, ao mesmo tempo que ensaiava mais uma vez a combinação de letras. Caso se saísse bem, iria merecer uns dois copos de vinho no jantar.

Assim que Larionov atingiu a profundidade de periscópio, ele o alçou e ficou à procura de qualquer um dos barcos de turismo que, permanentemente, navegavam à volta de Capri. Ao encontrar o que lhe interessava, deu novas ordens e comandou a subida. Três minutos depois o submarino mais famoso do mundo estava navegando na superfície, a uns cinqüenta e poucos metros de um navio de passageiros, com o convés cheio de turistas que logo começaram a acenar e a dar vivas. A torre do submarino, com a grande bandeira palestina desfraldada, já era uma imagem dominante, desde há duas semanas, em todos os canais de televisão do mundo.

A equipe da Al Jazeera e seus ajudantes da tripulação acenaram de volta e mandaram beijos para os turistas, enquanto preparavam o equipamento para a transmissão. Rashida telefonou para a sua redação, que agora se mantinha permanentemente de prontidão, informando que daria início à transmissão dentro de minutos.

Então, Mouna chegou ao convés e foi recebida com uma salva de palmas por parte dos turistas que, com centenas de câmeras — e essa era a intenção —, registraram o momento em que ela, ajeitando o cabelo, assumiu a posição de entrevistada diante da bandeira palestina.

— O U-1 *Jerusalém* acaba de subir à superfície ao largo da mundialmente famosa Ilha de Capri — começou por dizer Rashida Asafina, com a sua voz bem sonora de repórter. — Como podem ver, fomos bem recebidos por alegres turistas, certamente surpresos, que estão aqui perto. Atrás da Ilha de Capri, a distância, como podem ver, está a cidade de Nápoles, que é a base principal da frota americana no Mediterrâneo. Nós nos encontramos há muito tempo à distância de tiro dessa base, mas, pelo que relataram os meus colegas dos Estados Unidos, a frota americana está nos procurando na área oriental do Mediterrâneo, a cerca de mil quilômetros daqui. E comigo hoje está a chefe política a bordo, a general-de-brigada Mouna al Husseini. Posso saber por que estamos aqui, diante de Nápoles?

— Claro. Certamente, não é para atacar a frota americana. Neste caso, seria melhor ter ficado a oriente do Mediterrâneo — começou por dizer Mouna, com um sorriso inocente muito bem ensaiado. — Para falar a verdade — continuou ela, ficando, de fato, muito séria. —, nós recebemos ordens do presidente Abbas para manter uma trégua. Nesse sentido, e para marcar a seriedade das nossas intenções, nos afastamos para longe, de tal maneira que não podemos atingir Israel com as nossas armas. Nem eles a nós.

— O que é que a senhora acha dos ataques suicidas realizados contra Israel nos últimos dias?

— Isso é conseqüência da frustração e do desespero que resultaram do massacre de civis realizado por Israel em Gaza. Mas quero salientar que a frota palestina não tem nada a ver com terrorismo.

— Mas a administração americana acusa os senhores de serem terroristas, certo?

— Nesse caso, deve tratar-se de um mal-entendido. A frota palestina não atacou, e não tem a intenção de atacar, alvos civis.

— Anteriormente, a senhora recusou-se a comentar se tinham armas nucleares a bordo. Em Washington, agora, dizem que têm, sim. Vai comentar?

— Essa é uma acusação absurda, quer seja dirigida contra nós, quer contra o Irã. Não existe nenhuma possibilidade de ter armas nucleares num país tão pequeno como a Palestina. As armas nucleares seriam tão letais para nós quanto para os israelenses.

— Vocês têm ainda oito prisioneiros israelenses a bordo. Como é que eles estão?

— Muito bem, diante das circunstâncias. O ferido mais grave acabou de sair do tratamento intensivo. A situação médica de todos está sob controle.

— Nós, da Al Jazeera, podemos fazer alguma entrevista não censurada com qualquer dos prisioneiros?

— Sim, mas só com aquele, ou aqueles, que se dispuser a colaborar voluntariamente. Nós não queremos mostrar os nossos prisioneiros porque isso vai contra os acordos internacionais. Não se pode constranger prisioneiros. Na próxima oportunidade de transmissão, você vai ter que levantar essa questão. No momento, não temos tempo. Acontece que estamos em território da OTAN e muito perto de uma das suas bases. Vamos ter que mergulhar de novo em breve.

Rashida Asafina dirigiu-se, então, para a câmera, encerrando rapidamente a entrevista em inglês, informando que estava transmitindo do U-1 *Jerusalém*, ao largo da base da OTAN, em Nápoles.

Depois, houve um corte e seguiu-se a repetição da entrevista em árabe. E quando se chegou ao final já a água começava a subir lentamente, numa cena cheia de efeito, pela proa do submarino.

Dez minutos mais tarde já se estava em segurança a 700 metros de profundidade, à velocidade máxima proporcionada pelos motores a diesel e com o máximo de ruído possível, num percurso que poderia parecer como se estivessem rondando a Sicília pelo lado norte.

Estava na hora do champanhe, dizia Mouna ao chegar ao refeitório. Tudo tinha dado certo. Já tinham saído das águas da maior base da OTAN no Mediterrâneo, depois de esfregar o dedo no nariz dos americanos, de mostrar que estavam com intenções pacíficas e, além disso, de puxar o tapete debaixo dos pés de Rumsfeld e do perito militar da CNN que caçavam linguados nas águas orientais mediterrâneas.

Infelizmente, não havia champanhe a bordo, explicou Carl, ironicamente triste. Tinha que reconhecer essa falha no planejamento, que devia ser reparada. Mas havia alguns vinhos Bordeaux, muito bons e delicados, entre os quais ele se responsabilizou pela escolha certa.

✪✪✪✪✪

Em vez do Air Force One, George W. Bush pegou um avião C-20, suficientemente pequeno para aterrissar em Hagerstown, na Virgínia, seguindo depois de carro até Camp David. Ele tinha pedido aos seus principais colaboradores, Cheney, Rice e Rumsfeld, para viajar antes e preparar a reunião do dia seguinte. Calculava que de algum jeito iria conseguir obrigá-los a colaborar entre si, desde que os deixasse sozinhos, sem a sua presença como técnico, para chegar a um programa funcional.

Mas ele não pôde notar se o esquema tinha funcionado ou não, na hora do almoço, composto de bife de búfalo na casa de madeira do vice-presidente. A conversa era volátil, sincopada, sem que ninguém trouxesse anotações consigo, a respeito de uma exigência cada vez maior no sentido de aumentar a escalada das ações contra o Irã, contra o maldito submarino e decidir sobre o pedido de demissão do chefe da marinha. Havia que discutir ainda sobre os preparativos necessários para atacar o Irã com força total. O problema mais venenoso, o da marinha dos Estados Unidos se colocar por completo à disposição de Israel e com isso passar a ser oficialmente parte integrante da guerra contra os palestinos, era uma questão que todos pareciam querer evitar. George W. Bush pareceu decidir que era uma conversa viscosa e sem vigor e resolveu retirar-se bem cedo.

Mais tarde, Condoleezza Rice considerou a noite como uma espécie de ato correspondente à tradição americana de realizar um jantar como ensaio geral na noite anterior ao verdadeiro dia de casamento. Pouco depois de o presidente ter saído, ela também pediu desculpas e se retirou.

Ela tinha pensado em deixar a televisão de lado e dedicar-se inteiramente à leitura do relatório de 220 páginas do serviço secreto da marinha, a fim de fazer valer os seus pontos de vista contra Rumsfeld, quando a reunião de verdade começasse. Mas acabou achando que valia a pena dar uma passada pelos canais de notícias e ver se havia alguma coisa de novo que merecesse ser discutida no dia seguinte.

Havia, sim. E já tinham decorrido algumas horas do acontecido, enquanto eles ficavam trocando figurinhas na casa do vice-presidente.

O submarino tinha voltado à superfície, em plena luz do dia, com turistas acenando como pano de fundo, bem ao largo da base principal da frota americana no Mediterrâneo, em Nápoles. Não era apenas uma ousadia sem paralelo. Não era apenas um ato de coragem, como ela logo notou. Era acima de tudo um ato de grande inteligência política.

Mais uma vez, Rummy não se conteve. Ainda que tivessem chegado a um compromisso, o de apenas ficar procurando pelo submarino, ele foi usar uma expressão drástica, dizendo que se podia encontrar até mesmo um linguado — só que no momento já se sabia que a procura fora feita na área errada do Mediterrâneo. Esse peixe ele teve que comer muitas vezes. Os colecionadores de piadas teriam uma noite inteira para gozar, assim que começassem os programas de entrevistas dentro de algumas horas.

O linguado em questão havia subido à superfície num lugar bem dentro da distância necessária para poder disparar um míssil de cruzeiro contra o porta-aviões americano fundeado no porto de Nápoles. Essa mensagem não podia deixar de ser entendida. Eles tinham deixado claro que respeitavam a trégua combinada e que tratavam dos prisioneiros de guerra segundo todas as regras da arte da guerra, subentendida a comparação com outros casos.

Os adversários não eram apenas competentes militares da marinha. Disso ela já detinha a prova nas mais de duzentas páginas do relatório em cima da mesa da televisão. O inimigo, fosse quem fosse, já que até aquele momento tinha se visto apenas a sua carranca de proa, a figura representativa que, sem dúvida, merecia essa honra, era de uma capacidade política verdadeiramente satânica. E eles davam um peso enorme à política, acima de tudo à política exercida e formulada por meio dos noticiários da televisão. Assumiam um risco físico tremendo, apenas para complicar ainda mais a administração americana, e alcançavam o objetivo acima de todas as expectativas.

Ela leu rapidamente os pontos importantes do relatório do serviço secreto da marinha, cortando apenas o som da televisão, à espera dos programas de entrevistas que passariam mais tarde. E chegou à mesma conclusão mais uma vez.

O almirante Georgi Triantafellu devia receber alguma espécie de medalha. Quando Rummy ia pô-lo na rua, ele pediu para se encontrar com o presidente para falar, sobre um assunto de vida ou morte ou, pelo menos, a questão da sua disponibilidade. Foi assim que ele formulou o pedido junto das secretárias da Casa Branca.

Em casos normais, o presidente teria rejeitado tal proposta e dito que se o almirante queria expor os seus pontos de vista, deveria dirigir-se ao ministro da Defesa. Mas aconteceu que Condoleezza Rice estava no salão oval no momento em que a secretária entrou com a mensagem e ela logo sugeriu que o presidente devia aceitar vê-lo e que ela teria muito gosto em também assistir a esse encontro. George olhou um pouco em volta antes de concordar e mandar cancelar a reunião com o pessoal do comitê agrícola.

Foi um lance de sorte, mais porque o almirante manteve o que escreveu. Como esperado, George ficou tremendamente preocupado ao ouvir que por mais submarinos que se mandasse atrás do submarino palestino, havia um risco muito grande de tudo terminar com um dos submarinos nucleares americanos sendo afundado. E que se essa fosse a ordem do comandante supremo das forças armadas, o almirante apresentaria imediatamente o seu pedido de demissão.

Sob o ponto de vista técnico, o almirante estaria chantageando o seu presidente. Mas este parecia ser por demais convencional para entender isso.

Se o almirante se demitisse, ele seria obrigado a dar uma entrevista à imprensa — nisso, porém, ele parecia não ter pensado —, e nessa entrevista coletiva não demoraria muitos minutos para os repórteres espremerem dele a verdade. Que ele deixava a chefia da marinha americana por não poder em sã consciência arriscar negligentemente vidas americanas.

Deve ter sido isso que o homem disse. Apenas porque era a verdade plena e insofismável.

George nem sempre era rápido de pensamento, especialmente quando estava sobre estresse, mas no caso agiu de imediato. Ele praticamente rogou ao almirante para reconsiderar a sua demissão e deu a sua palavra de presidente que a caçada ao submarino, de fato, seria suspensa imediatamente. Entretanto, seria feita uma nova análise da situação e preparada uma ação que garantisse o sucesso sem perdas materiais e de vidas.

Não havia escolha. Quando Rummy entrou no jogo e ouviu falar do caso, murmurou qualquer coisa em relação a mandar cortar certas partes do corpo do almirante fofoqueiro. Mas isso, na situação, era outro problema, mais ou menos constrangedor. Fora uma sorte incrível que o tal Triantafellu estivesse disposto a jogar as suas estrelas de almirante em cima da mesa do chefe.

Ao ver David Letterman iniciar o seu talkshow, entrando com uma rede de pesca no ombro, Condoleezza Rice mudou imediatamente para Jay Leno. Na vinheta de abertura deste programa, havia uma foto do Pentágono com o retrato do seu chefe e um cartaz com as palavras *Gone Fishin'* — Foi à Pesca! E o público explodiu em gargalhadas. Ela não precisava ver mais nada.

O inimigo entendia de política americana, pensou ela, ironicamente, lembrando-se ao mesmo tempo de que o relatório dos serviços secretos da frota desmentiu clara e completamente a idéia de haver um oficial americano no submarino terrorista. Tinha sido feita uma verificação geral de todos os oficiais americanos aposentados, num esforço tremendo, para chegar à conclusão de que nenhum contra-almirante ou de patente superior estava implicado no caso. Era uma espécie de consolação. Mas, evidentemente, havia a bordo do submarino terrorista algum, ou alguns, membro da tripulação que entendia de fazer guerra através da mídia, inclusive com a ajuda da própria mídia do inimigo. Impressionante.

Ela chegou bem descansada ao Laurel Lodge, do Camp David, na manhã seguinte. O seu secretário tinha reunido durante a noite a versão final e escrita a limpo das suas anotações e lembretes, de modo que ela se sentia armada até os dentes, tendo já escrito também a decisão que devia ser tomada, do ponto aonde queria chegar.

A reunião começou como habitualmente, com uma pequena prece em que pediram a Deus para lhes dar forças e os levar a tomar as decisões certas a favor da liberdade e para Sua satisfação.

Os principais, ou seja, o gabinete de guerra, como por vezes era chamado, reuniram-se numa sala de paredes cobertas de painéis de madeira, sentando-se a uma mesa também de madeira com lugares, se necessário, para duas dúzias de pessoas. O estilo de vestuário em Camp David, como habitualmente, era o de botas de caubói e camisas axadrezadas. George W. Bush usava jeans e jaqueta verde.

O chefe da CIA chegou com o seu perito em terrorismo, Cofer Black. Rumsfeld, com o seu assistente, ainda mais sedento de sangue, Paul Wolfowitz, enquanto Dick se contentou com um assistente de escalão mais baixo.

George W. Bush abriu a sessão com uma pequena mensagem introdutória, salientando que a situação poderia terminar com os Estados Unidos sendo deixados sozinhos na guerra contra o terrorismo. Mas isso não era caso para desanimar nem desistir, visto que eram eles mesmos que representavam a própria América.

O conteúdo dessas palavras, pensou Condoleezza Rice, significa, certamente, a idéia de que se deve esquecer ou não ligar para aquilo que o resto do mundo pensa, visto que se tinha aceitado o trabalho de levar a guerra contra o terrorismo até o fim e não dava para bater em retirada — visto que "a América é a América".

Depois, Rummy iniciou a discussão. Não se podia afirmar, nem por companheirismo, nem com a melhor das boas vontades, que ele estivesse alegre e satisfeito. A sua situação atual não era nada fácil e a maioria dos que estavam sentados em volta da mesa chegava mesmo a ter pena dele.

Rummy tinha posto de pé apenas uma meia guerra contra o Irã. E por muito que, por parte da administração, se falasse aos quatro ventos que o ataque preventivo contra o Irã nada tinha a ver com o submarino palestino, na verdade tanto a mídia local quanto a do resto do mundo estavam de acordo num ponto. Tinha-se batido no cara errado.

Depois disso, Rummy saiu correndo e garantindo a destruição do submarino terrorista, chegando a dar um toque de poesia ao assunto, falando, no final, de linguados. E agora era preciso interromper a caçada.

Rumsfeld resolveu falar a favor da única e razoável linha de decisão a curto prazo. Tinha-se parado com os bombardeios do Irã, declarando que o trabalho já estava feito e que esse país tinha aprendido a lição. A alternativa de continuar a guerra a meia força e deixar que escalasse gradativamente para uma guerra total, a Operation Extended Freedom, estava atualmente fora de cogitação.

O plano era dedicar tempo suficiente para elaborar o grande ataque. Mas este iria acontecer assim que o Irã demonstrasse que não tinha aprendido a lição e voltasse, por exemplo, a reconstruir as instalações para o enriquecimento de urânio.

No que dizia respeito ao submarino, as forças armadas foram instruídas para não atacá-lo de perto com submarinos ou navios de superfície. Em contrapartida, manter as manobras de reconhecimento e atacar pelo ar, assim que a oportunidade surgisse, mais cedo ou mais tarde.

George W. Bush tomou logo a palavra, assim que Rumsfeld terminou a sua apresentação. Isso era sinal de que o presidente havia aceitado aquilo que o ministro da Defesa dissera e que não era necessário continuar a discussão. Em vez disso, voltou-se para o chefe da CIA e perguntou-lhe se o departamento compartilhava das conclusões do serviço secreto da marinha em relação ao submarino terrorista.

As conclusões eram pertinentes, sim, no principal. Além disso, tinham sido realizados grandes esforços para obter o nome do comandante que a Rússia colocou à disposição do submarino. Fontes disponíveis relativamente seguras informaram que seria o comandante

Anatoliy Valerivitch Petrov, ex-comandante do submarino nuclear *Kursk*. Neste caso, garantidamente, um dos melhores comandantes de submarinos da Rússia. Foi ele que enganou a 6ª frota americana em 1999, justamente quando no comando do *Kursk*. Dava-se grande importância a essas informações, visto testemunharem um envolvimento muito sério de apoio russo ao ataque terrorista dos palestinos.

O presidente concedeu a palavra, em seguida, a Condoleezza Rice, com um aceno curto. Com isso, ele queria nitidamente que todas as cartas fossem colocadas na mesa, antes de iniciar as discussões.

Ela achou que era a sua primeira missão explicar a dificuldade encontrada para definir a ação palestina como terrorismo.

Por exemplo, partindo da resolução do Conselho de Segurança das Nações Unidas nº 1.373, de 28 de setembro de 2001, isto é, logo a seguir ao 11 de setembro.

No quinto parágrafo, a resolução diz que "confirma a necessidade de combater por todos os meios, de acordo com as determinações das Nações Unidas, todas as ameaças contra a paz e a segurança internacionais que possam resultar de ações terroristas".

O problema estava na expressão "ações terroristas". Foi aí que a unanimidade internacional acabou. Mesmo que ainda não tivesse sido encontrada uma definição incontroversa da palavra terrorismo, chegou-se à conclusão de que o termo se aplicaria sempre quando a ação fosse dirigida contra a população civil. A ação dos homens-bomba, por exemplo, era indiscutivelmente terrorista quando dirigida aos freqüentadores de uma cafeteria em Tel Aviv, mas discutível se alguém dirigisse um caminhão carregado de explosivos contra uma base militar americana.

O ataque palestino, pelo menos até o momento, tinha sido dirigido contra alvos militares especialmente escolhidos. Essas ações não eram apenas difíceis de descrever como terroristas. Elas tinham o apoio de leis internacionais.

Mais difícil ainda era usar a mesma resolução das Nações Unidas contra a Rússia, considerando que os palestinos ainda não constituíam uma nação de fato e que a Rússia, assim, estava dando apoio a "um simples grupo de terroristas." Ou coisa parecida. Os palestinos poderiam ser considerados como sujeitos às leis internacionais, o que em princípio era a mesma coisa que considerá-los como nação.

— Mas espere aí — interrompeu o presidente. — Você quer dizer que se os terroristas se armarem com armas mais contundentes e atacarem, por exemplo, a nossa frota, eles não são mais considerados como terroristas?

— Não exatamente, senhor presidente — reagiu ela, rapidamente. — Se o submarino terrorista nos atacar, a discussão termina. Nessa altura, se quisermos, poderemos até lançar bombas atômicas contra eles. Mas até agora eles atacaram apenas alvos militares em Israel. A esse respeito não existe dúvida nenhuma.

— Mas não podemos nem realizar ataques preventivos? — continuou o presidente, indignado.

— Eu pensava, justamente, chegar a isso, senhor presidente. Nós podemos admitir que suspeitamos do submarino estar provido com um reator nuclear. Isso contraria diversos acordos sobre disseminação nuclear. Nós podemos suspeitar que o submarino transporta armas nucleares, um ponto em que aquela mulher a bordo tem sido ambígua nas suas declarações. Podemos exigir uma inspeção, e se não aceita... Teremos então o direito de agir contra a disseminação internacional de armas nucleares e ainda contra o risco de pirataria internacional. Estes são caminhos que podem ser trilhados, desde que não analisados sob o ponto de vista de terrorismo. Em compensação, os meus cumprimentos, senhor presidente, pelas suas palavras convincentes de que não se é terrorista apenas pelo fato de se conseguir armas mais contundentes. É bom dar esse palpite para os seus redatores de discursos seguirem essa forte linha de pensamento, senhor presidente.

George W. Bush mostrou-se, de repente, bem satisfeito. Não apenas porque Condi o elogiara, mas mais por ela ter indicado, de fato, motivos aceitáveis para caçar e afundar esse maldito submarino.

O resto da manhã foi dedicado à questão de como fornecer a Israel novas unidades de marinha de guerra. A alternativa de indicar a marinha americana como protetora permanente de Israel foi logo descartada com sucesso por Condoleezza Rice. Isso implicaria uma declaração de guerra formal por parte dos Estados Unidos contra o povo palestino, dando o direito ao submarino de atacar navios americanos, o que poderia piorar a situação. Nesse caso, seria preciso afundar primeiro o submarino.

A iniciativa da União Européia e da Rússia ainda em consideração de garantir a Gaza um território nacional de três milhas marítimas e seis milhas de fronteira comercial era uma questão complicada. Essas concessões podiam levar a crer que o terrorismo compensava. Mas, de qualquer maneira, a iniciativa poderia ser bloqueada com o veto americano nas Nações Unidas.

De maneira geral, as decisões do dia coincidiram com as previsões de Condoleezza Rice. Em primeiro lugar, dava-se por terminada a meia guerra contra o Irã, na perspectiva de esperar uma nova chance de atacar por inteiro, conforme proposta do ministro da Defesa.

Em segundo lugar, seriam levantados recursos para a reconstrução da marinha de guerra de Israel.

Em terceiro lugar, seria feita uma caçada mais discreta do que até então do submarino, até que fosse encontrada uma posição mais favorável para puni-lo. E só então afundá-lo.

O almoço foi servido às 12h45. Antes, o presidente disse que todos teriam direito a algumas horas de folga, para fazer exercícios e então voltar para aprovar ou não as propostas sobre as quais haviam concordado.

Na realidade, a reunião da tarde foi curta, com o presidente ainda vestindo o seu agasalho de treino, após uma corrida rústica que ele, orgulhosamente, disse ter ganhado contra os seus seguranças pessoais. Todos acabaram por aprovar as propostas apresentadas durante a manhã.

Cheney e Rumsfeld meteram, nitidamente, o rabo entre as pernas, deixando Camp David antes do almoço. À noite, Condoleezza Rice sentou-se ao piano e conduziu a cantoria geral tendo como números as canções "*Ol'Man River*", "*Nobody knows the trouble I've seen*" e "*America the Beautiful*", enquanto George W. Bush, ao lado, tentava montar um *puzzle* complicado com motivos eqüestres.

✻✻✻✻✻

Após cinco dias de silêncio, o U-1 *Jerusalém* subiu à superfície durante a noite, ao lado de um navio pesqueiro meio enferrujado, não muito longe de Túnis. Nessa altura, a frota americana do Mediterrâneo tinha se reagrupado para caçar o submarino ao norte da Sicília, seguindo na direção norte para as Ilhas Baleares, e para o sul, para a boca de entrada do Mediterrâneo, em Gibraltar, no caso de o submarino procurado tentar fugir por esse lado. Não era, positivamente, uma tática ruim. Afinal, o submarino tinha sido avistado e até filmado a curta distância por muitos turistas perto de Capri, nas proximidades de Nápoles e do então indefeso porta-aviões USS *Ronald Reagan*.

Como é que o U-1 *Jerusalém* pôde chegar a essa posição ninguém entendia. Mas era um fato. E como os terroristas tinham saído dessa posição não seria difícil de imaginar, achava a liderança da 6ª frota, o CENTCOM, e acima de tudo o ministro da Defesa, que mais uma vez estava claramente convencido: pelo Estreito de Messina é que eles não poderiam ter saído!

O submarino, porém, passou pelo Estreito de Messina, de uma maneira, desta vez, mais rápida e mais fácil, já que todos os vigilantes empenhados em guardar a passagem mais apropriada entre o leste e o oeste do Mediterrâneo estavam longe.

A transferência de carga do pesqueiro para o submarino levou uma hora, sendo que o mais difícil foi o bombeamento do óleo diesel dos tanques do pesqueiro para os barris e destes para os tanques do submarino, enquanto que a transferência de mantimentos, inclusive de um caixote com garrafas de champanhe, ocorreu tão fácil quanto da vez anterior.

— Este é um momento decisivo, minha querida correspondente de guerra — disse Carl. — Foi neste pesqueiro que você veio de Túnis, e é nele que, se quiser, poderá voltar. Essa é a situação. Nós vamos sentir a sua falta por vários motivos. Mas não posso censurá-la se for essa a sua decisão.

Os dois estavam sentados na praça-de-armas, cada um bebendo o seu chá. Por todo lado, à sua volta, amontoavam-se os novos víveres trazidos do pesqueiro.

— Quanto tempo temos ainda? — perguntou Rashida Asafina, quase agressivamente. — Ainda vou conseguir entrevistar o tenente Zvi Eshkol e o tal maquinista Davis, ou seja lá como se chama?

— Sim, mas por um motivo compreensível vai ser a última coisa que faremos antes de submergir de novo. O sinal de satélite da Al Jazeera, a esta altura, deve estar permanentemente vigiado. Portanto, a transmissão vai ter que ser rápida.

— Quais são as nossas alternativas? — perguntou a fotógrafa Ruwaida, que parecia, nitidamente, muito mais interessada em ir embora do que a sua repórter e chefe.

— É o seguinte — explicou Carl. — Nós vamos entrar num porto dentro de 12 dias. Vai ser uma entrada para todo mundo ver. E um grande acontecimento. Então, você vai ter a sua segunda chance de nos deixar. Considero que a viagem até lá vai ser a menos perigosa de todas as que fizemos até agora, se sobrevivermos a esta parada para reabastecimento.

— Podemos mandar as nossas fitas neste pesqueiro, todo o nosso material gravado? — perguntou Rashida.

— Sim, sem dúvida. *E*... Vou responder já à pergunta seguinte: as fitas vão chegar ao seu destino. O pesqueiro nos pertence. E é do nosso interesse, tanto quanto do seu, que esse material seja guardado para o futuro.

— Mas nós já estamos com poucas fitas. Não sabíamos que iríamos gravar durante várias semanas — objetou a fotógrafa Ruwaida.

— De fato, nós já prevíamos isso, de modo que encomendamos umas trinta fitas beta, que devem estar em algum lugar, entre essa tralha toda que recebemos hoje. Talvez não seja fácil encontrá-las agora, mas estão aí. Não vai ser problema — explicou Carl.

— Onde fica esse ponto e quando vamos chegar lá? — perguntou Rashida, que já parecia decidida a ficar.

— Dentro de 12 dias, como eu disse. Mas, por motivos fáceis de entender, não posso dizer onde. Quem ficar a bordo vai saber logo e acho que você vai ter uma grande surpresa.

— E a viagem até lá é segura?

— Sim. O último risco que vamos assumir é a sua transmissão. Depois, vamos submergir e desaparecer.

— E por quanto tempo vamos ficar no novo lugar? — perguntou Rashida.

— Três ou quatro dias, imagino.

— Quer dizer que vamos ter tempo para trocar de correspondentes?

— Certamente. Se a Al Jazeera ainda quiser continuar com o direito exclusivo de ter repórteres a bordo do U-1 *Jerusalém*, podemos arranjar a coisa.

As duas jornalistas desataram a rir, espontaneamente e ao mesmo tempo. Estava claro que a rede de televisão Al Jazeera continuaria interessada no direito exclusivo de transmitir direto do U-1 *Jerusalém*.

A questão, portanto, estava esclarecida e restava apenas preparar a entrevista com os dois prisioneiros de guerra israelenses, como eram chamados na linguagem da Al Jazeera.

É descrito como síndrome de Estocolmo um estado psicológico que surgiu depois que dois suecos, assaltantes de banco, mantiveram vários reféns no cofre-forte durante vários dias. O caso terminou como se costuma terminar, com a desistência dos assaltantes.

Mas o que mais espantou o mundo foi o fato de as pessoas tidas como reféns, em especial uma mulher, uma funcionária, terem defendido os assaltantes ao serem libertadas, passando a despejar a sua irritação contra a polícia que, desnecessariamente, segundo os reféns, tinha ameaçado agredir os assaltantes ainda dentro do cofre-forte.

O conceito síndrome de Estocolmo foi repetido por muitos canais de televisão do mundo inteiro nos dias seguintes.

Isso por causa da entrevista feita por Rashida Asafina, repórter atualmente famosa no mundo inteiro, diante da bandeira palestina e da torre do U-1 *Jerusalém*. Na entrevista, o tenente Zvi Eshkol e o maquinista Uri Davis, do torpedeado submarino israelense *Tekuma*, declararam que o tratamento a bordo era de primeira classe e que até a comida era muito melhor do que nos submarinos israelenses. Além disso, eram considerados como colegas, com todo o respeito, tanto por palestinos como pelos russos. E lhes asseguraram que seriam trocados por prisioneiros palestinos e ninguém, entre eles, duvidava nem por um segundo de que essa promessa seria mantida. Tinham recebido tratamento médico perfeito e todos se sentiam bem de saúde, inclusive o companheiro que passou por uma operação complicada com a retirada do baço. Aliás, houve tripulantes palestinos que até fizeram fila para doar sangue.

Em contrapartida, os dois entrevistados fizeram severas críticas ao comando da frota israelense que de forma alguma preparou a sua marinha para um ataque tão lógico quanto aquele realizado pelos palestinos. Diante da provocadora pergunta final, se eles achavam que os palestinos de Gaza deviam ter direito a águas territoriais e a um porto próprio, os dois encolheram os ombros e disseram não estar muito interessados em política, mas que a idéia lhes parecia bastante razoável, visto que a ocupação de Gaza havia terminado.

Nenhum guarda ou oficial foi visto por perto durante a entrevista. Parecia, de fato, que os dois prisioneiros de guerra — reféns, segundo outros — tinham sido entrevistados em completa liberdade. Puderam até mandar lembranças para as respectivas famílias e terminaram jogando beijos para a câmera.

— *Yes!* — soltou Rashida Asafina nesse momento. — O final ficou realmente perfeito!

Não era, porém, uma reflexão política da sua parte, mas apenas um julgamento estritamente profissional da jornalista.

9

O Atlântico foi como um gigantesco berço de segurança para o U-1 *Jerusalém*. O risco de encontrar, por puro azar, um submarino americano era quase nulo. Matematicamente calculado, como Anatolich por diversão tentou fazer, seriam necessários 6.734 anos. O Atlântico representa um quinto da superfície terrestre, 106,2 milhões de quilômetros quadrados por submarino americano, duas vezes o estado do Texas.

Foi apenas um passeio. A lista de serviços a bordo era mínima. Havia que manter os motores funcionando e o submarino no curso certo. Sobrou tempo para realizar trabalhos deixados para trás, como a manutenção do equipamento, lavar e engomar roupa, costurar uma pequena bandeira palestina nos uniformes de folga, ver filmes que não mostrassem histórias de submarinos — os russos a bordo ficaram malucos com os filmes de caubóis —, continuar as aulas de conversação em grupos cada vez maiores e ler o enorme pacote de jornais transferidos do pesqueiro na hora do reabastecimento no Mediterrâneo. Durante as noites, subia-se à superfície para navegar com o respirador renovando o ar e, ao mesmo tempo, gravavam-se os noticiários do mundo. Com mais tempo disponível, pegaram-se os programas da BBC e da Al Jazeera para comparar com os canais americanos. Todos relatavam, mais ou menos detalhadamente, como "o cerco se fechava à volta do submarino no Mediterrâneo".

Na passagem pelo equador, organizou-se a festa de Netuno, com o batismo simbólico dos marinheiros que atravessavam a linha pela primeira vez. Anatolich Petrov foi um Netuno a caráter e muito popular. Prepotente, ele decidiu que até mesmo os marinheiros israelenses que não tivessem passado por essa prova fossem batizados, mas, com a exceção de um deles, todos já tinham aceitado esse batismo e, indignados, disseram que o ato se produzira no Oceano Índico.

Na festa de Netuno, a bebida correu livre. E o dia seguinte amanheceu muito tranqüilo, com o submarino emergindo para uma profundidade de segurança, a fim de minimizar o risco de alarme e proporcionar à tripulação a possibilidade de ficar cem por cento em forma.

Quando Mouna chegou ao refeitório para comer aquilo que o seu biorritmo indicava ser o café da manhã, a sala dos oficiais estava vazia, registrando-se apenas a presença do tenente israelense, concentrado na leitura de um monte de jornais, tanto do Oriente quanto do Ocidente. Mouna parou ao ver que ele, no momento, estava lendo um jornal israelense.

— Bom-dia, *segen* Eshkol — disse ela, ainda cansada. — Não sabia que era possível ler o *Ha'aretz* a bordo. Quais são os comentários que eles fazem? Posso me sentar aqui?

— Naturalmente, general. Como é que a senhora sabe que *segen* é tenente em hebraico?

— Eu não sabia, mas consultei o computador para o caso de surgir uma oportunidade de entendimento cordial. Em árabe, a designação é um pouco mais complicada, *mulazim awwal*. Mas, afinal, o que é que diz o maior jornal de Israel a nosso respeito?

— A senhora vai ficar espantada, general, olhe aqui! Desculpe, a senhora lê em hebraico?

— Mais ou menos, com dificuldade.

Ele procurou no monte de jornais israelenses, folheando para a frente e para trás, citando os editoriais, as cartas aos editores e as reportagens. No seu conjunto, a imagem parecia muito mais variada do que ela esperava. No editorial do *Ha'aretz*, por exemplo, condenava-se furiosamente o massacre de banhistas e pescadores — os chamados "pescadores ilegais" — em Gaza. Havia certa compreensão pelo pânico e o desespero que reinavam no Zahal, o poder militar israelense, depois do Pearl Harbor que arrasou Israel — o jornal, portanto, não usou a comparação com o 11 de setembro —, mas isso não desculpava o fato de Israel ter passado pela vergonha do ataque monstruoso. Principalmente pelo ataque palestino ter sido dirigido contra objetivos militares, com, comparativamente, poucas perdas de vidas humanas. A melhor maneira de combater o terrorismo não era fazer terrorismo, completava o editorial.

— Uau! — deixou escapar Mouna. — Eu esperava mais sede de vingança.

— Isso também existe. E não é de admirar. Se tivéssemos a bordo Maariv ou Yediot Aharonot, teríamos uma situação diferente, com propostas mais ou menos fantasiosas de vingança. Mas isso também existe sim. Isso também é Israel, e é o meu Israel!

Ele quis salientar esta última parte batendo palmas por cima do monte de jornais.

— Fale-me — disse ela. — Fale-me sobre o *seu* Israel.

— Se a senhora falar sobre a sua Palestina, general.

— Ok, mas você primeiro.

Ele começou do seu bisavô e do irmão dele, que nasceram no final do século dezenove, na Ucrânia, e "voltaram" para a então Palestina turca em 1913. Os dois irmãos chamavam-se Schkolnik, mas *juduizarum* logo o seu nome e passaram a pertencer às "almas de fogo". No que dizia respeito a reavivar o hebraico como língua moderna, foram pioneiros no movimento dos *kibutzim*, fundaram o movimento sindicalista Histadrut e pertenceram e fundaram o partido socialdemocrata, o Mapai.

Conseqüentemente, todos que cresceram na família Eshkol se tornaram "maipaístas" e "kibutzniques", a elite cultural, política e até militar de Israel durante a primeira metade do Yishuvs; portanto, da existência da comunidade judaica. E a posição de elite perdurou muito além do nascimento de Israel como Estado. O irmão do seu avô chegou a ser primeiro-ministro e até ministro da Defesa, um posto que ele entretanto, aparentemente por inteligência, deixou para Moshe Dayan pouco antes da Guerra dos Seis Dias, em 1967.

Mas ser "maipaísta" hoje não é mais aquilo que foi antes. É quase ridículo. É como pertencer a uma ex-elite do poder, tal como imaginamos que aconteceu com a velha nobreza na Europa. E a casa da família no *kibutz*, uma das mais antigas de Israel, há muito que se transformou em casa de fim de semana para os parentes e amigos.

Na sua infância, Zvi via os árabes lá fora como uma grande e ameaçadora massa que queria apagar do mapa um pequeno país, Israel. Mas de certa maneira passou a diferenciar, assim como os seus irmãos, irmãs e primos, os árabes *lá de fora* dos árabes *aqui de dentro*. Eles todos tinham muitos palestinos como empregados e trabalhadores nos *kibutzim*.

Mouna encontrou um jeito cordial de encurtar a história indo pegar o café da manhã que pedira e que continuava a ser servido com suco fresco de laranja tunisiana. Ao voltar, despreocupada, retomou a conversa:

— Portanto, por que foi o primeiro de uma família de pioneiros a escolher a marinha, e não o exército, como todos os outros? — perguntou ela, ao colocar a bandeja na mesa, sentando-se.

— Desculpe, general, se fui prolixo.

— De forma alguma. Aquilo que você contou me deu uma imagem muito boa. E eu sou sua vizinha, mas não totalmente ignorante em relação à nossa história. É verdade que você foi o primeiro na família a entrar para a marinha?

— É verdade, sim.

— Ok, por que a marinha, e não o exército?

Ele suspirou e balançou a cabeça, resignado, como se ela tivesse tocado num ponto doloroso e, além disso, estivesse consciente do que fazia. Então encolheu os ombros e contou precisamente como aconteceu, sendo mais breve desta vez.

Ele era o mais novo de três irmãos. Levi e Shlomo já tinham feito o serviço militar antes dele — eles pertenciam a uma família em que nem sequer se falava em evitar o serviço militar, embora este fosse de três anos, que a maioria considerava como tempo jogado fora.

Levi e Shlomo odiavam o serviço militar. E nisso não estavam sozinhos, acreditasse ela ou não. Prestar o serviço militar em Israel, nos últimos decênios, significava, pelo menos durante os primeiros dois anos, ficar em pé e atormentar os palestinos nas barreiras, pedir a identidade de mulheres prestes a dar à luz, mandar as crianças voltarem para casa inventando uma razão qualquer para dizer que não havia escola nesse dia, segurar vendedores de verduras até que os tomates se estragassem com o sol, defender colonos que tinham passado a noite serrando e derrubando oliveiras da aldeia palestina vizinha, e milhares de outras coisas do mesmo tipo. Primeiro, ficava-se zeloso, depois ou racista ou nauseado, havia apenas essas duas possibilidades. Todo mundo perguntava o que a ocupação fazia aos palestinos. Poucos pensavam no que isso fazia a Israel.

Seus irmãos mais velhos pertenciam ao grupo dos que ficavam nauseados. Não, mais do que isso, ficaram quase desesperados e prestes a se juntar aos "oficiais pela paz", que preferiam ir para a cadeia a continuar a servir nos territórios. Mas os pais, os tios e as tias ficariam furiosos se alguém da família de pioneiros se juntasse a esses traidores da pátria.

A saída era entrar para a marinha. Nos mares, não existiam inimigos palestinos. Estavam limpos. Os submarinos poderiam atacar as naves estrangeiras e colocar em terra tropas especiais, como a Sayeret Matkal, para realizar operações secretas no exterior ou...

Nessa altura, ele se interrompeu.

— Ou ser a defesa máxima e última contra a destruição de Israel, usando o poder de destruir — completou Mouna.

— Isso eu não posso comentar — disse o tenente Eshkol que, de repente, se fechou como um mexilhão.

— Claro que não. Mas este não é um interrogatório manhoso, é uma conversa entre vizinhos no meio do Atlântico e longe de casa. Espere, não diga nada! Deixe-me falar e depois podemos continuar. Nós medimos a radioatividade os restos do *Tekuma* antes de mandar o nosso barco de salvamento. Vocês estavam com armas nucleares a bordo. Os seus mísseis *Popeye* podem atingir o Irã até mesmo do Mediterrâneo, ainda mais facilmente do que do submarino que vocês têm em Eilat e que faz o patrulhamento do Mar Vermelho. Nós sabemos.

— Sem comentários, general.

— Muito bem. Vamos deixar isso para lá. Portanto, a marinha foi uma espécie de compromisso para você, uma maneira de prestar o serviço militar como as tradições familiares exigiam, mas evitando fazer mães grávidas sofrerem.

— Sim, é mais ou menos isso. Considerando que vocês, palestinos, não dispõem de marinha.

Esta última frase ele disse com um sorriso irônico, deu de ombros e se dirigiu até a mesa onde estavam servindo os pratos, enquanto, demonstrativamente, levantava os braços, olhando em volta, como que apontando para a única unidade da frota de ataque palestina.

Mouna gostava dele. Era apenas isso. Mas como quase se envergonhava diante daquela reflexão tão simples e humana, tentou imaginar como seria se ela mesma estivesse presa num submarino israelense. O *Tekuma*, por exemplo. Ela sabia muito bem como os israelenses tinham tratado a sua gente como prisioneiros. Ela mesma tinha mandado muitos dos seus agentes para a morte.

— E a senhora, minha vizinha e general, conte-me sobre a sua Palestina — sugeriu ele, ao voltar com um copo de café árabe e um pedaço de bolo russo de amêndoas. — É verdade o que está escrito nos jornais?

Ela bateu com a mão no monte de jornais ingleses e americanos que estavam ao lado dele, em cima da mesa, e nos quais o seu retrato aparecia por toda parte.

— Ah, sim — disse ela, resignada, com um pequeno movimento de ombros. — A maior parte é verdade, mas de um jeito quase irreconhecível. Talvez em conseqüência da maneira como está formulada. *Matou os seus primeiros judeus aos oito anos de idade.* Sim, mas apenas de uma maneira factual. Eu me lembro, mas, no entanto, não reconheço a descrição. Quando eles derrubaram com uma escavadora a nossa casa em Gaza, a minha avó ainda estava lá dentro e morreu sob os escombros. É muito possível que alguém da família tenha feito alguma coisa merecedora de punição, não sei. Eu era apenas uma das crianças de menor idade. Naturalmente, eu odiei aqueles que tinham arrasado a nossa casa, israelenses que eu nunca tinha visto de perto. Eram apenas homens com capacetes e armas, que levantavam poeira quando passavam de vez em quando, nos seus caminhões reduzidos. Vocês usavam esses pequenos caminhões nessa época. Alguém, não me lembro mais quem foi, me deu duas granadas de mão e três minutos de treinamento. E eu e mais algumas crianças nos escondemos debaixo de um telheiro e... Bem, foi isso que aconteceu.

— Mas depois a senhora se tornou agente com direito a matar, general. E com bastante sucesso nessa arte, se acreditarmos na imprensa americana.

— Sim, é verdade. Foi um longo caminho percorrido, desde esse momento que fiquei escondida sob o telheiro. A Al Fatah tomou conta de mim. Eu era uma criança procurada como heroína. Mas a minha formação foi, de fato, muito longa até chegar ao lugar onde estou e que você mencionou.

— Desculpe, mas não tenha certeza do que foi que mencionei.

— Foi num período na década de 1980. Israel lançou uma operação de amplitude mundial denominada Vingança de Deus ou qualquer outra coisa do gênero. Oficialmente, tratava-se de encontrar e matar todos os implicados no drama dos reféns em Munique, nos Jogos

Olímpicos de 1972. É certo que foi a polícia alemã que atirou em todos os atletas israelenses considerados reféns e todos os palestinos. Mas as ações de vingança contra nós perduraram por 12 anos e vocês aproveitaram a oportunidade para assassinar alguns escritores, jornalistas e ainda outras personalidades. Nessa altura, eu fui uma entre tantos a contra-atacar, mas também não posso dizer que saímos vitoriosos.

— Quer dizer que vocês passaram para o lado do terror por puro desespero?

— Vocês quem?

— Desculpe, general, mas quando a senhora disse "vocês aproveitaram a oportunidade para assassinar alguns escritores, jornalistas", eu deixei que seguisse adiante.

— Admito, você tem razão, tenente. Mas, de qualquer maneira, o terrorismo afetou mais a nós do que, desculpe a expressão, *a vocês*.

— Portanto, quando os mártires do Hamas ou do Jihad Islâmico ou das brigadas de Al Aqsa, ou ainda outros fanáticos, explodem mulheres e crianças num supermercado de Tel Aviv, isso afeta *a vocês*?

— Sim, mas escute aqui, tenente, esse é um dos meus repetidos temas, uma coisa que nunca me deixa sossegar. O terrorismo contra civis afeta mais a nós do que a vocês. Quando o U-1 *Jerusalém* deixou Severomorsk, na Rússia, eu tinha os números atualizados. Até hoje, evidentemente, devem ter mudado. Mas em setembro deste ano a posição era a seguinte: desde que Ariel Sharon, no ano 2000, resolveu fazer um passeio por um templo sagrado, a fim de provocar uma discussão, e obteve sucesso, aconteceu muita coisa. Foram mortos 3.466 palestinos pelas forças armadas de Israel. Durante o mesmo período, foram mortos por *nós* 988 israelenses, mas este número inclui 309 militares. E se falarmos de crianças, *vocês* mataram 691, e *nós,* 119. É assim que os números falam, de fato. Portanto, nós perdemos.

— De onde a senhora tirou esses números, general?

— Não foi, precisamente, do ministro das Informações do Hamas, como você poderá pensar. São números da organização israelense de direitos humanos, a B'Tselem, mas eles estão de acordo com aqueles a que chegamos nos nossos serviços secretos.

Ele limitou-se a abanar a cabeça.

Mouna achou que seria errado continuar a discussão. Afinal, ele era seu prisioneiro de guerra. Quando lhe fosse restituída a liberdade, ele iria ser recolhido para um longo programa de reeducação feito por oficiais superiores, psicólogos e rabinos, que lhe iriam fazer entender que o rosto humano visto por ele era o de uma falsária, uma máscara diabólica de que ele precisava libertar-se. Todas as conversas deste tipo de que ele teria que se lembrar seriam analisadas até a exaustão. Nesta altura, não valia nem a pena tentar entrar no tema "a minha Palestina". Já estavam os dois enredados em intestinos explodidos e braços e pernas rasgados, tanto de bombas com pregos quanto de mísseis Hellfire.

— Dentro de duas semanas você já vai estar, certamente, em casa, em Israel — disse ela, mudando de assunto.

Naturalmente, os olhos dele reluziram instintivamente, de surpresa e com um pouco de dúvida.

— Como assim, general? A senhora sabe de alguma coisa a esse respeito?

— A resposta é sim, tenente — disse ela, sorrindo. — Enquanto estamos aqui, nos braços seguros do Atlântico, as negociações prosseguem. Temos oito prisioneiros de guerra israelenses. Israel tem uns mil palestinos, mas eu não conheço o número exato. A bordo do U-1 *Jerusalém*, naturalmente, queremos que vocês vão embora o mais cedo possível, visto que só causam problemas, comem e respiram e talvez estejam fazendo planos insidiosos contra nós. Israel quer tê-los em casa. E acima de tudo os Estados Unidos querem que vocês sumam do cenário-alvo. Acho que temos uma boa posição para negociar.

— Quantos palestinos eu valho, general?

— Difícil de dizer. No sentido religioso ou filosófico, você vale apenas um palestino. Na atual graduação do valor humano das pessoas, na mídia e na política, você deve valer, no mínimo, cem palestinos. Nós talvez cheguemos a um acordo, mais ou menos, no meio do caminho, durante as negociações.

— Boas notícias, fantásticas, general. Eu não posso negar que espero ansiosamente pela minha libertação.

— É claro, nem seria de imaginar outra coisa. Mas se eu estivesse na sua posição, prisioneira a bordo do *Tekuma,* por exemplo, não teria nada a esperar. Se é que eu ainda estivesse com vida ou consciente. Desculpe, não era essa a minha intenção. Esqueça. Vamos chegar a um porto dentro de uma semana. E calculo que uma semana mais tarde você será trocado e em condições de voltar para o *kibutz,* são e salvo e bem-disposto, com direito a uma boa licença.

— Sim, evidentemente. No momento, não tenho nenhuma frota na qual servir!

De repente, os dois desataram a rir. Essa constatação surpreendeu os dois, ao mesmo tempo.

— Minha querida general, se é que posso me expressar dessa maneira tão pouco militar. E, na verdade, espero que possa. Sei que o que vou dizer pode parecer uma loucura e nada realista, mas espero poder convidá-la para me visitar em casa no *kibutz*.

— É um bonito sonho — admitiu ela, olhando para o monte de jornais, com pelo menos cinco manchetes falando de "Madame Terror". — E eu o convidaria para ir a Gaza, onde ninguém tocaria sequer um cabelo seu, estando comigo. Suponho que o mesmo aconteceria comigo no seu *kibutz*, sendo você um Eshkol.

— Sim, é um pensamento bonito. Não é verdade, general, agora que ninguém nos ouve?

— É claro. Mas a sua perspectiva de vida é melhor do que a minha.

— Mas a esperança, segundo dizem, é a última que morre.

— É, vamos ver.

❂❂❂❂❂

O presidente palestino, Mahmoud Abbas, já nem se lembrava mais há quantos dias estava viajando. Certamente, há quase duas semanas. Ele precisava tratar de toda a política externa palestina, visto que todos os países importantes no mundo boicotavam o seu governo como terrorista. Que o Hamas tivesse vencido as eleições para o Parlamento palestino foi, evidentemente, um acidente infeliz, sobretudo porque dera a Israel uma desculpa para interromper as negociações de paz e completar a construção do seu muro de *apartheid*, "barreira de segurança", na maior tranqüilidade. Não se negociava com terroristas, nem mesmo com aqueles eleitos por meio de um método terrorista excepcionalmente raro que é o de ter vencido uma eleição democrática. Ainda mais irônico era saber que Israel estimulara e até apoiara financeiramente o surgimento do Hamas na década de 1980 para perturbar Yassir Arafat e a sua administração. Foi uma tática americana que, na mesma época, construiu o movimento de resistência islâmica no Afeganistão para criar um Vietnã para a União Soviética. Isso funcionou maravilhosamente bem. A União Soviética teve que enfrentar um inferno diante de islâmicos treinados, pagos e armados pelos Estados Unidos, assim como a OLP teve problemas crescentes e infernais com o Hamas. Essa foi uma ironia que ele, Abbas, não se cansava de salientar nas suas entrevistas para a imprensa internacional, embora os repórteres a ignorassem, querendo em substituição respostas para a questão do submarino. Seria possível para o submarino atacar as bases aéreas israelenses, havia armas nucleares a bordo tal como o Pentágono afirmava, seria o próximo passo a destruição de Tel Aviv?

E seria possível para ele como presidente influenciar o governo do Hamas no sentido de respeitar as três exigências que "o mundo inteiro" fazia? Nomeadamente, em primeiro lugar, reconhecer a existência de Israel; segundo, respeitar todos os acordos já assumidos; e terceiro, desistir de fazer terrorismo?

Havia apenas uma resposta para isso tudo. A Palestina seria reconhecida por Israel? Israel respeitaria os acordos assumidos? Desistiria de ações terroristas ou que nome poderia ser dado aos massacres de banhistas e pescadores habitantes de Gaza?

Afirmou, então, que isso era outra coisa, visto que Israel era uma democracia. Mas os jornalistas ocidentais jamais foram além.

O convívio com os políticos ocidentais era bastante mais fácil do que com as suas mídias. O U-1 *Jerusalém* fez do presidente palestino uma figura excepcionalmente interessante. Todos os governos do mundo, com exceção, claro, dos Estados Unidos e Israel, faziam fila para recebê-lo.

A primeira e única dificuldade sempre foi a de sair da Palestina ocupada. Os israelenses nunca o deixavam sair pelo Aeroporto Ben-Gurion, "por medida de segurança". Portanto, o presidente palestino tinha que passar de carro pela barreira da ponte de Allenby e entrar na Jordânia. E no controle israelense de passaportes na ponte representava-se sempre, mais ou menos, o mesmo teatro. O documento de saída era sempre examinado detalhadamente por algum tenente de 25 anos de idade, que o declarava incompleto e que a identidade dele era de origem duvidosa. A objeção por parte dele de que era o presidente da Palestina era recebida com risos e sacudidelas de cabeça e, na seqüência, retardava-se a sua passagem por algumas horas. Sempre a mesma coisa.

Uma vez em Amã, capital da Jordânia, ele se recuperava, física e espiritualmente, de ter sido barrado na fila de palestinos por algum aborrecido tenente israelense e se tornava um dos estadistas mais requisitados do mundo. Tudo por causa do U-1 *Jerusalém*.

O ministro das Relações Exteriores russo, Sergei Lavrov, havia voado para Amã para se encontrar com ele em particular e apresentar-lhe os pontos de vista políticos da Rússia.

De fato, foi muito interessante ouvir as palavras de Lavrov, que com a sua voz melódica, num tom grave, descreveu de forma monótona, sem nunca parar ou hesitar, como a Rússia estava agora desenvolvendo uma política agressiva no Oriente Médio. O U-1 *Jerusalém* era também uma alavanca da política russa, segundo as palavras de Sergei Lavrov.

A Rússia convocou o assim chamado quarteto — Rússia, União Européia, Nações Unidas e Estados Unidos — para uma avaliação muito séria e encontrar uma solução para a crise do submarino. A proposta da Rússia era a de que Gaza devia ter um porto, soberania completa sobre o seu território, em terra, no mar e no ar, e de que o bloqueio econômico da cidade fosse suspenso. As fronteiras e a segurança deviam ser supervisionadas por tropas das Nações Unidas e não por tropas israelenses.

Em contrapartida, os palestinos desmobilizariam o U-1 *Jerusalém*. A favor dessa proposta, a Rússia colocaria todo o seu peso diplomático e força política. Desde que aceite uma questão, uma questão decisiva. O submarino devia voltar para a Rússia. Todas as propostas para o submarino ficar nas mãos dos Estados Unidos ou da ONU ou da União Européia deviam ser rechaçadas. Isso era de interesse primordial para os russos. A tecnologia desenvolvida a bordo do U-1 *Jerusalém* jamais poderia ir parar nas mãos dos americanos, de jeito nenhum.

Mahmoud Abbas não tinha dificuldade nenhuma em reconhecer a lógica desse argumento e para ele, no caso de se conseguir a libertação de Gaza, a desmobilização do submarino não seria de forma alguma um preço alto a pagar. Mas… E se os americanos exigissem confiscar o submarino? Sem a boa vontade dos americanos, ainda seria possível para o quarteto ou a ONU tomar alguma decisão?

Sergei Lavrov já tinha a resposta. Seria demonstrado, pura e simplesmente, que os palestinos tinham comprado o submarino, com a condição de reexportá-lo para a Rússia. Isso era uma condição normal em se tratando da venda de material de guerra, uma garantia de que o material não seria vendido para ninguém mais, a não ser para o país de origem. O presidente palestino iria ter que chamar a atenção para essa cláusula de compra. E nesse caso teria todo o apoio e garantias da Rússia.

Até então, as negociações com Sergei Lavrov tinham decorrido sem complicações. Estavam até tranqüilos no palácio real jordaniano, com apenas algumas pessoas, poucas, à sua volta. Mahmoud Abbas tinha um secretário e a velha raposa das Relações Exteriores, Farouk Khadoumi. E Sergei Lavrov, o seu dispensável intérprete, já que o seu inglês era ótimo.

Mas o passo seguinte foi um pouco mais complicado. Sergei Lavrov explicou que o U-1 *Jerusalém*, sem dificuldades, poderia sair vencedor num confronto com submarinos de ataque dos Estados Unidos. Ele afirmou isso como se fosse um axioma. E Mahmoud Abbas não tinha possibilidade nenhuma de julgar a verdade dessa afirmação. Não sabia nada sobre submarinos e tinha visto o U-1 *Jerusalém* apenas na televisão. Mas aonde Lavrov queria chegar era, na verdade, à questão de que os americanos deviam ser poupados, mesmo que atacassem primeiro o U-1 *Jerusalém*. Se os Estados Unidos sofressem perdas, certamente o seu presidente, religioso e fundamentalista, iria receber instruções de Deus para arrasar e deixar em cinzas e ruínas grandes áreas do mundo. Os Estados Unidos eram uma nação extremamente sensível em se tratando de perdas materiais e humanas. E, à parte a incomensurável quantidade de mortes e de destruição que se espalhariam pelo mundo, se os Estados Unidos registrassem essas perdas, na verdade isso iria fechar todas as portas de negociação. E assim nada se ganharia. Antes se ficaria numa situação extremamente séria e complicada.

Quando a conversa chegou a este ponto, Mahmoud Abbas sentiu-se notoriamente impotente. Aquilo que Lavrov não sabia era que o único contato entre o presidente palestino e o submarino se fazia por meio das entrevistas na televisão. E Mahmoud Abbas tinha repetido várias vezes que a frota palestina não tinha de forma alguma quaisquer intenções de guerra contra os Estados Unidos, mas que responderia com fogo se fosse atacada. O que é que ele poderia dizer a não ser isso?

Lavrov respondeu que se tratava apenas de não dar aos americanos a possibilidade de atirar primeiro. Aliás, existia alguma verdade nas afirmações dos canais americanos de televisão de que o submarino estava preso diante da costa espanhola?

Nessa questão, porém, Abbas podia dar uma resposta tranqüilizante. Pelo que ele sabia, o U-1 *Jerusalém*, no momento, já se encontrava no Atlântico. Nessa altura, o ministro russo das Relações Exteriores sorriu pela primeira vez.

Muito mais cordial tinha sido o encontro com o governo norueguês. Jens Stoltenberg e o seu partido tinham voltado ao poder, e de imediato se lançaram com ímpeto e de boa vontade no seu projeto de negociadores da paz. Foram os noruegueses que já em 1993 lançaram o chamado processo de paz e, no momento, já estava se movimentando com energia máxima para retomar todos os esforços nesse sentido. Os dois já se conheciam bem desde essa época. Mahmoud Abbas era então o conselheiro financeiro de Yassir Arafat e Farouk Khadoumi, o ministro das Relações Exteriores. Oslo estava um inferno em novembro, neve meio derretida e escuridão, mas o apoio dos noruegueses foi incalculável. Eles chegaram a romper contra o boicote econômico proclamado pelos Estados Unidos. Os Estados Unidos chegaram a ameaçar todos os bancos no mundo que mandassem dinheiro para Gaza, isolada e asfixiada. Isso conduzia para uma ameaçadora catástrofe de fome para dois milhões de habitantes. Mais de 140 mil funcionários dos serviços públicos já não recebiam salário há quatro meses, quando o Den Norske Bank se ofereceu para intermediar todo o apoio econômico do mundo árabe — e da Noruega, evidentemente — com o banco palestino de Gaza. Um total de 40 por cento de todos os empregados em Gaza puderam então sair da asfixia econômica.

Os Estados Unidos tiveram que engolir o aborrecimento. Afinal, não podiam bombardear a Noruega, um dos países-membros da OTAN.

A segunda melhor coisa que aconteceu no encontro com o velho amigo Jens foi a maneira fácil e elegante que ele encontrou para ordenar a troca de prisioneiros. O U-1 *Jerusalém* tinha apenas oito israelenses a bordo. Seria desgastante, portanto, exigir um número demasiado alto de palestinos para a troca, como se os israelenses fossem muito mais valiosos do que os palestinos. Mas então Jens se lembrou de um acordo anterior, no ano 2000, justamente um pouco antes do passeio de Ariel Sharon pelo Templo da Montanha, em Jerusalém, durante a prece muçulmana de uma sexta-feira e, precisamente como esperado, isso deslanchou a segunda intifada. Segundo esse acordo a que Ariel Sharon teve de ceder, com referência à intifada, foram libertados por Israel oitocentos prisioneiros políticos palestinos.

Mas agora dava para dizer que se voltava ao velho acordo. Originalmente, os oitocentos palestinos seriam libertados sem qualquer compensação, apenas como um passo no caminho a favor do processo de paz. Por isso, da parte palestina, era uma oportunidade de mostrar a sua boa vontade: a volta ao processo de paz, a volta à libertação de oitocentos palestinos, segundo o antigo acordo — e os oito marinheiros israelenses como bônus. Era um plano inteligente. Ninguém precisava perder a pose, ninguém precisava comparar o valor humano de palestinos contra o de israelenses, ninguém precisava dizer que estava sendo pressionado. Jens prestou-se a negociar o novo acordo e ofereceu até a Noruega como lugar para a troca de prisioneiros.

Até aí estava tudo bem. Mas, segundo Jens, havia ainda um ponto crucial a resolver, uma questão que podia deitar tudo a perder. E isso era a possibilidade de o U-1 *Jerusalém* acabar entrando em choque com a frota americana. Isso só poderia levar ao sofrimento. Ou os americanos matariam todos a bordo do U-1 *Jerusalém*, palestinos e russos, além dos oito israelenses, ou também poderia acontecer, de fato —

uma coisa que os oficiais da marinha norueguesa não se cansaram de salientar para o seu primeiro ministro —, o U-1 *Jerusalém* poderia causar perdas dramáticas à marinha americana. Nessa altura, os americanos iriam à loucura e sabotariam em seguida todos os entendimentos, além de lançar bombas em algum lugar, na pior das hipóteses em Gaza.

No avião entre Oslo e o Cairo, Farouk brincou dizendo que a única coisa que se poderia prever por parte do presidente egípcio, Hosni Mubarak, era a de que ele, primeiramente, ficaria orgulhoso em receber a pequena delegação palestina, composta por três homens, para discutir uma solução para o submarino. Mas, tal como Sergei Lavrov e Jens Stoltenberg, ficaria preocupado com a eventualidade de perdas americanas.

Era uma situação absurda. Farouk já tinha se encontrado com o presidente egípcio, pelo menos umas vinte vezes, e sabia do que estava falando.

Os dois sentaram-se mais uma vez, de janelas abertas, no palácio do presidente no Cairo, ouvindo o concerto de buzinas e o eterno ruído do trânsito na cidade. E não demorou nem cinco minutos para Mubarak falar na absoluta necessidade de não causar perdas para os americanos. Essa uníssona preocupação em relação ao poder militar dos americanos começava a beirar a loucura. Mas Mubarak colocou a questão como condição para o Egito apoiar na ONU o plano de paz para trocar a libertação de Gaza pelo submarino. E ainda teve estômago para vir com admoestações a respeito da inconveniência de deixar que os fanáticos palestinos vencessem as eleições. Uma coisa, evidentemente, que ele jamais aceitaria.

Não era a hora certa para discutir isso. Mas Farouk Khadoumi ainda assim não deixou de fazer um comentário meio ácido, dizendo que, em se tratando de islâmicos fanáticos, havia sempre alguma diferença entre eles. O Hamas tinha sido criado, praticamente, pelos israelenses para infernizar a OLP. Os islâmicos egípcios foram estimulados pelo próprio Mubarak e pelo seu antecessor, Anwar Sadat, a fim de acabar com a influência ocidental no país. E agora Mubarak tinha à perna hordas de fanáticos que, acima de tudo, queriam matar o presidente do país, a fim de impor no Egito um regime islâmico ortodoxo. Aquilo que se planta é o que se colhe.

Depois, tiveram que se rebaixar e pedir dinheiro emprestado para as passagens e ajuda para telefonar para Thabo Mbeki, na África do Sul. Eles tinham recebido as passagens para viajar para o Cairo, sob o governo de Jens Stoltenberg e, além disso, dinheiro colocado nos seus cartões American Express, mas de alguma maneira o governo americano conseguiu bloquear os cartões com a justificativa de ser parte da luta contra o terrorismo. No momento, porém, eles precisavam voar para a África do Sul via Paris.

Dois dias mais tarde, na presença do primeiro-ministro francês, Dominique de Villepin, aconteceu mais ou menos a mesma coisa. Receberam a promessa de apoio. A França faria tudo ao seu alcance, com a ajuda do resto da Europa, para obrigar Tony Blair a seguir a linha da União Européia no apoio ao plano de Gaza. E eles conseguiram mais dinheiro emprestado, desta vez dinheiro vivo, já que os seus cartões estavam bloqueados. E por último, mais uma vez, receberam instruções para evitar um confronto com a marinha americana. Dominique de Villepin disse também estar convencido de que existiria o risco de George W. Bush, no caso de uma derrota militar, ficar furioso e mandar bombardeiros e mísseis de cruzeiro para todo lado.

No avião para a África do Sul, eles ficaram brincando a respeito do caso. Na realidade, era quase uma loucura, mas o mundo inteiro parecia estar de acordo numa coisa: o movimento de libertação da Palestina devia tratar a US Navy com luvas de pelica. E eles nem sequer sabiam onde o U-1 *Jerusalém* se encontrava. Mas também nem sequer ousaram comentar isso para todos esses políticos com quem se encontraram. Exatamente no momento em que tinham acesso a um formidável poder político, lhes faltava qualquer possibilidade de controlá-lo. Segundo os últimos noticiários da televisão que viram na sala de espera no Aeroporto Charles de Gaulle, as unidades navais americanas e britânicas haviam encurralado o U-1 *Jerusalém* ao largo de Marbela e se preparavam para o ataque final. Os repórteres americanos mostravam-se agitados, certos do que ia acontecer e obviamente satisfeitos.

E se for verdade? Farouk sabia tão pouco de submarinos quanto Mahmoud Abbas. Dentro de dois dias, a certa hora, Abbas teria que ligar o seu celular. Era tudo o que ele sabia.

✪✪✪✪✪

Faltavam três semanas para o ponto alto da época de turismo na Cidade do Cabo, que oferecia um Natal e um Réveillon com sol e calor, em especial para norte-americanos e europeus do Norte que chegavam, fugindo do seu inverno para o verão do hemisfério Sul. A temperatura era agradável, por volta de 25 graus, e o hotel na área do porto, o Waterfront, já estava com a ocupação pela metade. No entanto, provocou muita irritação a atitude repentina das autoridades da cidade que colocaram barreiras à volta do Hotel Cape Grace e, mais ou menos, obrigaram os hóspedes do segundo andar a mudar de quarto. Além disso, ordenaram bruscamente o afastamento de todos os iates de luxo e veleiros particulares fundeados em lugares pagos no cais junto ao hotel.

Em breve, a redação dos jornais e os canais de televisão locais mudaram de ritmo. Estava claro que o presidente Thabo Mbeki se preparava para receber algum visitante importante, mas isso costumava, no mínimo, ser rodeado do mais completo sigilo. Mas o presidente parecia adorar todas essas situações espalhafatosas que, pelo menos por alguns dias, podiam desviar a atenção de todas as preocupações com ministros acusados de estupro ou corrupção, ou ainda de alguma nova declaração sensacional sobre a AIDS.

Logo se reuniu um grande número de repórteres no aeroporto da Cidade do Cabo para registrar de imediato a visita secreta. Tinham aumentado também a guarda diante da casa de Nelson Mandela. Se o caso levava a colocar Nelson em movimento, isso significava que alguma coisa de muito grande estava para acontecer.

Ainda mais misterioso foi o convite do secretário de Imprensa do presidente para que a mídia credenciada comparecesse a uma bancada especial na frente do Hotel Cape Grace às 13h45. Ora, o visitante, ou visitantes, quem quer que fosse, deveria passar forçosamente pelo aeroporto. Surgiu o boato de que seria Madonna, mas como ela não gostava de ser fotografada nos aeroportos, já que sempre viajava sem maquiagem, teria pedido ao presidente sul-africano para atrair a mídia para outro lugar. Por segurança, a redação dos jornais resolveu mandar pelo menos um fotógrafo para o aeroporto, para não perder o furo de retratar Madonna ao natural.

Às 13h30, a banda de música e a guarda de honra estavam postadas no cais em frente do Hotel Cape Grace. As forças de segurança alargaram a área reservada com grades e houve irritação também pela maneira demorada como foram verificadas as credenciais dos jornalistas que compareceram.

Dentro do restaurante do hotel, devidamente resguardado, estavam os dois presidentes, Abbas e Mbeki, o conselheiro Khadoumi e um bando de homens de ombros largos e de fones no ouvido. O telefone do presidente Mbeki tocou. Ele respondeu rapidamente e com uma voz irritada, mas logo mudou para um tom mais suave. Parecia inseguro ao confirmar qualquer coisa, visto que deu de ombros antes de desligar.

— Nelson Mandela está a caminho. Agora é só saber se você não está brincando comigo — murmurou ele, nervoso, virando-se para Abbas.

Mahmoud Abbas estava suando e com o rosto pálido de nervosismo e cansaço em conseqüência de uma noite em claro. A situação toda tinha algo de irreal, era quase um pesadelo. Por alguns momentos, ele se sentia confiante e otimista. A seguir, apenas resignado e cheio de dúvidas. Mas nem chegou a responder ao seu colega sul-africano. O seu celular tocou e ele atendeu com a rapidez de uma cobra.

— O U-1 *Jerusalém* está pronto para subir à superfície, chegará ao cais dentro de dez minutos. Cuide para que a ponte entre a Victoria Basin e a Alfred Basin seja levantada — disse Mouna al Husseini.

Um fluxo de alívio percorreu todo o seu corpo, enquanto acenava para Thabo Mbeki e lhe segredava: *dez minutos*. Depois, a única coisa que lhe veio à cabeça foi perguntar a Mouna como ela podia lhe telefonar estando dentro de um submarino. E ela respondeu dizendo que tinham colocado uma antena acima da água.

Essa antena foi a primeira coisa que se viu a distância na chegada do U-1 *Jerusalém*, de um dos barcos de turismo a caminho da Ilha Roben. Era um espeto fino e afiado que cortava a superfície como uma espada e criava um rastro de espuma branca.

As cenas seguintes seriam clássicas e mostradas em milhares de transmissões televisionadas nos próximos dias. Ao longe, na Victoria Basin, logo à entrada da grande área do porto, o U-1 *Jerusalém* subiu à superfície. Para o convés, subiram então os marinheiros e oficiais, assumindo uma formação perfeita na popa e na proa, diante da torre. Içaram-se na torre uma grande bandeira palestina e outra menor, sul-africana, o que, em termos náuticos, significava que a África do Sul seria o destino da nave.

Toda a movimentação de turistas na Waterfront parou. Todos correram e se aproximaram do cais, com espantada e entusiástica admiração, e também com murmúrios de ódio. Entre os turistas americanos, a reação foi variada: uns apontavam o dedo médio para cima, outros acenavam e soltavam gritos de júbilo.

A ponte perto da Clock Tower que emoldurava a bacia interior do porto, a Alfred Basin, foi elevada, chiando, por soldados sul-africanos, a fim de dar passagem ao U-1 *Jerusalém*, que deslizava sereno e devagar em direção ao espaço livre do cais, diante do Hotel Cape Grace onde toda a delegação que esperava já se tinha alinhado. A banda de música soltou os primeiros acordes do Hino Nacional da Palestina e, quando o submarino atracava, deu início ao hino nacional da África do Sul.

O U-1 *Jerusalém* quase ocupou toda a largura do cais diante do hotel, mas não houve problemas durante a atracação. Os soldados sul-africanos de serviço jogaram os cabos, apanhados no ar por marinheiros bem treinados e de uniforme azul, com a bandeira palestina no braço esquerdo. Foi colocado então o passadiço, rápida e perfeitamente fixado. Da torre do submarino ouviu-se um sinal de apito, em dois tons, um agudo seguido de outro grave, e todos no convés se viraram instantaneamente para a delegação em terra e fizeram continência. Em seguida, avançou para o passadiço um homem de fisionomia não-árabe e com o uniforme de almirante, que parou e, com um gesto, indicou que a heroína da liberdade, ou a terrorista, no momento mais conhecida do mundo, devia descer a terra antes dele.

Com Mouna al Husseini à frente, o grupo de oficiais do submarino desembarcou e se dirigiu para o lugar onde estavam os presidentes. Presumivelmente, Nelson Mandela já sabia o que estava fazendo, ao criar uma imagem clássica.

Depois que Mouna o saudou com uma continência, Mandela abraçou-a, deu-lhe um beijo e voltou a abraçá-la carinhosamente, para encantamento de todos os presentes. Foi uma imagem para se tornar cartaz nas paredes das casas de uma grande parte do mundo.

Os outros oficiais foram recebidos com mais cerimônia, mas corretamente pelos dois presidentes sul-africanos e os dois políticos palestinos.

Carl estava bem consciente de que esse era um ponto de virada na sua vida. Tentou o mais possível não se importar com todas as lentes das câmeras que faziam zoom naquele que até então era considerado o chefe secreto da frota palestina. Tinha vivido uma década inteira com rabo-de-cavalo e na sombra, mas a partir daquele momento tinha dado por terminadas todas as restrições para não filmá-lo. Rashida Asafina, dentro de um quarto de hora, certamente estaria na redação da Al Jazeera, na Cidade do Cabo, mandando todo o material gravado que não teve a possibilidade de enviar antes.

Era difícil de imaginar o que iria acontecer. Na prática, ele era considerado um assassino fugitivo, condenado à prisão perpétua. Não era precisamente, portanto, o melhor dos representantes de um projeto palestino de libertação. As entrevistas de Rashida, evidentemente, foram positivas no tom geral, mas a comunidade midiática internacional, certamente, não iria aceitar. Se não por outro motivo, seria por inveja, ou seja, pelo fato de a Al Jazeera ter tido, o tempo todo, a exclusividade de reportar a história, no momento, mais quente do mundo. Ele tinha duas escolhas, a de não dizer mais nada para ninguém ou a de dar uma entrevista exclusiva, nos dias seguintes, na Cidade do Cabo, a qualquer um dos programas americanos de maior audiência, por exemplo, o *60 Minutos*. Eles não iriam tratá-lo, certamente, com luvas de pelica, mas, por outro, lado ele tinha alguns argumentos para se defender. Antes pelo contrário: ele teria até vantagem em encarar um entrevistador tão duro e antagônico quanto possível.

Mas isso seria uma questão para resolver depois. Aquela tarde serviria apenas para fazer política. Enquanto uma parte da tripulação do U-1 *Jerusalém* se instalava no Hotel Cape Grace e se organizava o esquema de vigilância no submarino, todos os principais responsáveis se reuniram numa sala para discutir questões de segurança e preparar os discursos que Mbeki e Abbas iriam pronunciar no banquete à noite. Mandela voltou para casa, a fim de descansar. Retornaria à noite e, no banquete, diria apenas alguma coisa a respeito da antiga solidariedade entre os movimentos de libertação na Palestina e na África do Sul.

Thabo Mbeki tinha duas perguntas concretas a fazer. Os americanos poderiam atacar o submarino no cais diante do hotel? E Israel poderia organizar um ataque aéreo mesmo àquela distância enorme das suas bases?

As perguntas foram dirigidas automaticamente para Carl, que respondeu, a princípio, afirmativamente para ambas. O porta-aviões americano mais próximo estaria em algum lugar no Oceano Índico, mas se recebesse ordens para atacar poderia levar um ou, no máximo, dois dias para dar raio de ação aos seus aviões. Um ataque aéreo cirúrgico contra um alvo grande e parado no porto, à luz do dia, não seria nenhuma dificuldade técnica para os caças da marinha americana.

Quanto a Israel, a situação seria mais complicada. Eles tinham apenas uma aeronave-tanque, suficiente para o fim em vista, o de deslanchar um ataque contra o Irã. Mas a distância até a África do Sul era três vezes maior. Para atacar a Cidade do Cabo precisariam pedir emprestados aviões-tanque dos Estados Unidos e isso parecia politicamente improvável. Israel tinha tido ótimas ligações com o antigo regime do *apartheid* e, conseqüentemente, ligações mais precárias com o atual regime. Eles não se sentiriam politicamente coibidos em bombardear a Cidade do Cabo. Mas existiam outras barreiras difíceis. Os americanos não gostariam de se colocar à disposição de Israel, preferindo atacar com os seus próprios meios. Além disso, existia na situação uma complicação bastante picante. Um ataque israelense teria que vir do norte, por uma questão de economia de combustível. E a África do Sul tinha agora à sua disposição o caça sueco JAS 39 *Griffon*, superior ao israelita F 16 e aos americanos F 14 *Tomcat* ou F 18 *Hornet*, que também funcionam a partir de porta-aviões. Os israelenses arriscavam-se a ser derrotados, caso insistissem em realizar um ataque obviamente esperado. E do ponto de vista americano isso seria uma *no-win-situation*, ou seja, derrota certa. Seria uma aventura muito arriscada travar uma batalha com os jatos sul-africanos, mesmo chegando com muitos aviões mas lentos, a partir de porta-aviões. Para não falar que, mesmo vencendo no plano militar, eles perderiam no plano político.

E ainda sobreviriam outras complicações políticas. Em primeiro lugar, é nossa intenção deixar aqui na Cidade do Cabo os oito israelenses, prisioneiros de guerra, que seriam mandados de avião para casa, em Israel, caso cumprisse a sua parte no acordo que os noruegueses negociaram, de soltar oitocentos palestinos. Antes de essa troca de prisioneiros se realizar, um ataque israelense é politicamente quase impossível, visto que bombardear a primeira democracia vencedora da África, sob todos os aspectos, seria uma loucura política.

E mais uma coisa. O Pentágono acusou o U-1 *Jerusalém*, repetidamente, de ter armas nucleares a bordo, o que em si poderia justificar um ataque. O presidente palestino deveria fazer, portanto, um contato imediato com a IAEA, a inspetoria internacional nuclear em Viena, e convidar os seus membros para inspecionar o submarino. Era um convite ao qual não se podia dizer não.

Já seria uma insensibilidade muito grande bombardear um submarino diante de um hotel, presumindo que teria armas nucleares a bordo. Ainda mais insensível bombardeá-lo para evitar a inspeção da IAEA. Pior ainda depois de os inspetores da IAEA não constatarem nenhum indício de radioatividade a bordo, nem de energia nuclear, nem de armas atômicas.

As conclusões seriam fáceis de tirar. Nos próximos dias, não existia nenhum risco real de um ataque. Os Estados Unidos utilizariam o tempo disponível para mandar avançar os seus submarinos e esperar o U-1 *Jerusalém* ao largo da costa da África do Sul. Mas isso era outro problema para mais tarde e para o qual existiam outros métodos para solucionar.

Os dois palestinos fumavam que nem chaminés. E bebiam uísque Johnnie Walker, Black Label, segundo notou Carl, durante toda a sua exposição e discussão. Os sul-africanos ficaram, estritamente, no café.

À noite, no banquete festivo, houve três discursos significativos, com a imprensa internacional presente. O presidente Thabo Mbeki falou da solidariedade entre os combativos movimentos de libertação e do natural apoio da África à causa palestina. O ex-presidente Nelson Mandela foi mais breve, mas também mais pessoal. Disse que era um sonho que acalentava há muito tempo poder encontrar-se com um presidente palestino eleito pelo povo e que o caminho para a liberdade era também para a democracia, mesmo tendo de desculpar as palavras abusivas dos partidários do *apartheid*. Na maior parte da sua vida, ele tinha sido chamado de terrorista, tal qual o seu colega palestino. Maior, portanto, a satisfação de estar sentado como terrorista ao lado de outro terrorista, presidente eleito ao lado de presidente eleito. E mais uma vez verificar que aqueles pensamentos depressivos na cela da prisão, durante tantos anos, finalmente e definitivamente não tinham mais razão de ser.

O presidente Mahmoud Abbas, da Palestina, apresentou o seu plano de paz, tal como lhe foi sugerido tanto pelo ministro das Relações Exteriores da Rússia e o primeiro-ministro da França. Antes, porém, ele falou todas as habituais palavras cordiais sobre o significado da amizade sul-africana e da sua visita oficial.

A noite terminou tarde e foi finalizada com mais rodadas de uísque na suíte de Abbas. O convite para a IAEA tinha seguido durante a tarde e a resposta veio rápido. A equipe da IAEA viria da Europa de avião e chegaria ao aeroporto da Cidade do Cabo no dia seguinte. Foi um alívio.

O dia seguinte foi dedicado a apresentações políticas diante das câmeras de televisão. Os prisioneiros israelenses seriam soltos e a tripulação do U-1 *Jerusalém* condecorada com a Order of The Companions of O. R. Tambo, da África do Sul.

Antes de adormecer pela primeira vez em oito meses numa cama grande de verdade, Carl fantasiou de forma irônica a imagem do Pentágono como um formigueiro no qual alguém, de repente, deu uma paulada e remexeu em volta. Segundo os últimos comunicados para a imprensa do Departamento de Defesa dos Estados Unidos, o U-1 *Jerusalém* não estava mais cercado ao largo de Marbela. Tinha localizado e cercado o submarino terrorista, com a máxima certeza, junto às Ilhas Baleares, no Mediterrâneo.

Ao nascer do sol, ele se levantou e foi até a varanda do quarto. Isso ele não iria poder fazer dentro de dois dias, mas, naquele momento, a surpresa estava do seu lado. Uma onda de nuvens brancas descia do topo plano da Montanha Taffelberg. Era um fenômeno chamado "a toalha de mesa" da montanha, designação que ele conheceu em uma das brochuras deixadas em cima da escrivaninha do hotel.

✺✺✺✺✺

Naquele domingo, Condoleezza Rice concedeu a si mesma uma hora extra de sono. Por isso, já se aproximava das oito horas quando terminou o seu programa de treinamento e, ainda de roupão, foi sentar-se à enorme mesa da cozinha, no seu elegante mas deserto apartamento do famoso Edifício Watergate. Um ministro das Relações Exteriores dos Estados Unidos não poderia morar num buraco qualquer, como George afirmou.

Mas em momentos como esse, em que não havia nada de especial que lhe exigisse pressa ou em que tivesse que se concentrar, ela chegava a sentir uma leve sensação de melancolia. Os seus pais já tinham falecido, não tinha marido nem filhos, e justo nesse fim de semana não houve convite para viajar até o rancho do presidente em Crawford, na planície árida do Texas onde havia passado uma grande parte da sua vida mais recente. O tempo também estava muito triste, então ela resolveu aproveitar o dia para fazer uma visita à sua tia de Birmingham, no Alabama. Era uma promessa várias vezes adiada, mas que, naquele dia, parecia que nada podia emperrar. Na segunda-feira, ela voaria para Londres, a fim de se encontrar com a nova ministra das Relações Exteriores da Grã-Bretanha, Margaret Beckett, mas era só. Nada lhe poderia roubar aquele curto dia de vida privada.

Ela tinha conseguido amenizar as conseqüências da malsucedida guerra contra o Irã, fechando um acordo com as Nações Unidas, a União Européia e a Rússia sobre a continuação das inspeções à indústria iraniana de produção de energia nuclear. Se os iranianos fossem contra, isso daria motivo para novas sanções, e se tentassem se esquivar das sanções de um jeito ou de outro, isso por sua vez daria motivo para a utilização de "outros meios à disposição, inclusive, violentos". O que significava guerra total, aquilo que Rummy tão esperançosamente aguardava. Estava bem claro que os iranianos iriam meter os pés pelas mãos, de um jeito ou de outro, mais cedo ou mais tarde. Ou, pelo menos, de uma maneira que justificasse as medidas extremas. Mas isso era um processo que se arrastaria pelo menos por um ano e com isso toda a situação de crise ficaria desarmada, o que era aonde ela tentava chegar o tempo todo.

A Câmara dos Representantes, apesar da sua nova maioria democrática e anti-Bush, depois das eleições do último outono, tinha desistido de atrapalhar a concessão do subsídio a Israel para a reconstrução da sua marinha de guerra. E o submarino terrorista, felizmente, estava desaparecido. Nas afirmações do Pentágono em contrário, ela não acreditava mais. E com isso restava apenas o jogo diplomático com a União Européia, onde Tony Blair batalhava duro contra os seus colegas europeus. Era esse o problema que ela iria discutir com Margaret Beckett durante a sua visita a Londres. E assim restava a questão dos russos que estavam na ofensiva com uma política totalmente nova e gananciosa no Oriente Médio.

Portanto, trabalho não faltava, mas era, principalmente, trabalho diplomático para resolver a prazo, não problemas militares prementes. Por conseqüência, não havia nada que pudesse estragar o seu domingo, e George, aliás, era extremamente contrário a tratar de política aos domingos, dizendo que o dia de descanso do Senhor não era para ser passado trabalhando.

Por esse motivo, quando o seu telefone restrito tocou na sala de estar, ela não pressentiu nada de mal. Imaginou que fosse George querendo discutir alguma coisa depois de ter lido o *Post* ou o *Times*, jornais que aos domingos tinham colunistas simplesmente infernais.

Mas quando escutou que era o seu secretário que telefonava e lhe pedia para sintonizar os canais de notícias, ela pressentiu que alguma coisa tinha dado errado. O secretário sabia que, voluntariamente, ela não via televisão aos domingos e que não devia telefonar e contrariar esse hábito, a não ser que fosse algo muito importante.

Era importante, sim. E não apenas importante, mas, além disso, ela tinha de admitir, era assustadoramente impressionante.

A imagem do U-1 *Jerusalém* aparecia deslizando nas águas do idílio turístico da Cidade do Cabo ao som do que seriam os hinos nacionais da Palestina e da África do Sul. No convés, viam-se os componentes da tripulação de uniformes perfeitos, o mais longe possível do que se poderia imaginar de terroristas. Depois, Nelson Mandela, aquele diabinho atrevido, recebeu a própria Madame Terror com abraços e beijos. E lá estava o submarino, de formas um pouco mais arredondadas e esguias do que os submarinos americanos, pelo que ela podia julgar. Simplesmente mais bonito e com uma torre mais baixa e de formas mais suaves. Era esse, portanto, o submarino que a 6ª frota afirmou ter praticamente encurralado e afundado no Mediterrâneo. Eram imagens muitíssimo fortes. Os terroristas tinham passado a ser heróis de guerra. Eram recebidos em visita de Estado pela África do Sul, um país politicamente importante. E Mahmoud Abbas, que devia estar no Cairo para negociar a intermediação do Egito num contato com os Estados Unidos, aparecia mesmo com a pose de presidente da Palestina.

Enquanto percorria os principais canais de televisão, verificando que todos transmitiam a versão indubitável de uma sensacional, mas ao mesmo tempo normal, visita de Estado entre dois presidentes eleitos, ela lembrou-se da quase maniacamente repetitiva expressão de Rummy: "Poder frouxo."

No último ano, ele tinha lamentado muitas vezes que o inimigo havia ficado cada vez mais competente em manobrar o poder frouxo.

Ninguém no mundo podia resistir ao poder forte e duro dos Estados Unidos e das forças armadas que o país podia mobilizar. Mas repetidamente acontecia ser-se driblado até mesmo na sua zona de defesa — ele falava freqüentemente em termos esportivos — pelos poderes frouxos dos inimigos e sua capacidade de usar a televisão e as outras mídias.

Aquilo que se via agora na televisão colocada na cozinha branca e espaçosa do apartamento dela era a confirmação completa das piores reclamações de Rummy. Parecia até que eles tinham contratado algum diretor de Hollywood. Afinal, sabiam o tempo todo o que estavam fazendo. E não se tratava, precisamente, de uma primeira vez. O efeito surpresa era total e a hora, às oito da manhã de um domingo, no horário de Nova York, da costa leste, muitíssimo bem escolhida. Eles iriam ficar aparecendo na mídia de todo o mundo nas próximas cinco ou seis horas. Tudo tinha sido infinitamente, quase assustadoramente, bem planejado e dirigido. Restava apenas reconhecer isso.

Ela ouviu as curtas palavras do presidente Abbas, durante a entrevista coletiva, e depois desligou. A jogada dele não era para desdenhar. Em primeiro lugar, tinha chegado à África do Sul em visita oficial, a fim de fortalecer a longa amizade entre os movimentos de libertação dos dois países. Em segundo lugar, tinha em vista entregar os oito prisioneiros israelenses, diante do que foi afirmado pela África do Sul e pelo governo norueguês — o governo *norueguês* novamente se metendo, pensou ela — de que a troca de prisioneiros se realizaria com rapidez e correção. Em terceiro lugar, não havia receio algum de qualquer ataque por parte dos Estados Unidos, visto que não estavam em litígio com os americanos e, além disso, aguardavam para breve a chegada dos inspetores da IAEA — "Diabos", eles pensaram em tudo, murmurou ela, entre dentes. E quanto a Israel, o presidente palestino achava que os israelenses, certamente, não iriam querer atacar e se defrontar com os caças sul-africanos sobre território da África do Sul.

Foi aí que ela resolveu definitivamente desligar a televisão, passando a preparar mais uma xícara de café descafeinado e a refletir, pondo em ordem os seus pensamentos.

Quem seria o seu *Mastermind*? Talvez não fosse a questão mais decisiva de momento, mas aquela exibição de poder frouxo era diretamente ameaçadora na sua força. Eles usavam gravata ou uniforme militar, falavam um inglês perfeito e se mostravam longe da imagem de terroristas — Osama bin Laden de barba, de camisolão e de toalha de cozinha enrolada na cabeça, murmurando coisas incompreensíveis através da Al Jazeera. Eles se dirigiam, em primeira mão, ao público europeu, jamais mencionaram a palavra de Deus. Em poucas palavras, eles eram os terroristas mais perigosos que apareceram nessa longa guerra. Essa era, de fato, a situação.

Tratava-se apenas de aceitar o fato, respirar fundo e, dentro de uma hora, mais ou menos, fazer o seu melhor para evitar que Rummy deixasse a Cidade do Cabo em cinzas e ruínas. Ela pegou o telefone para primeiro ter a conversa mais triste, a de dar para a sua tia, em Birmingham, aquela espécie de mensagem por demais freqüente, de que tinha de ir de imediato para a Casa Branca, alguma coisa tinha acontecido no mundo. A sua tia aceitou a explicação, como de hábito, quase submissa e sem a mínima reclamação.

Não se tratava de submissão, corrigiu-se ela própria, já sentada na limusine preta, a caminho da Casa Branca. Era orgulho. A tia tinha crescido no Alabama, num tempo em que os negros tinham que se sentar atrás nos ônibus, em que as crianças negras não tinham acesso a ônibus escolares e em que eles nem sequer tinham direito a votar. E agora, num espaço de tempo muito curto, a pequenina Condi era secretária de Estado da mais brilhante democracia do mundo. Era orgulho.

Isso a fazia lembrar-se do seu relacionamento com George e *a primeira-dama*. Os dois não eram exatamente pessoas muito espertas ou instruídas. George não se firmou entre os colegas professores na

Universidade de Stanford. Mas a democracia não exige que todos sejam inteligentes. A democracia americana exige, contudo, que todos tenham as mesmas oportunidades. E George foi eleito pelo povo americano, era o presidente dos Estados Unidos e assumiu a missão com a maior seriedade religiosa. Era o mais importante. Não a sua capacidade de, de vez em quando, misturar os assuntos ou dizer alguma coisa que parecesse estranha para quem, como ela, foi equipado por Deus com uma mente sadia e brilhante. Se aceitara a sua missão na democracia americana com a mesma seriedade que ele, ela tinha que ajudá-lo, mais ou menos como quem ajuda o seu velho pai que nunca teve a oportunidade de estudar nas mesmas escolas que ela. E ele, de certa maneira, era como um pai, ou, pelo menos, um irmão mais velho. Ele e *a primeira-dama* eram a sua família mais próxima, não contando com a sua tia em Birmingham. Qualquer outra família ela certamente não iria ter. A sua carreira tinha ido longe demais. Nenhum homem corteja a secretária de Estado norte-americana, nem sequer ousa soltar uma cantada.

Ao entrar no Salão Oval da Casa Branca, o presidente pareceu-lhe confuso e irritado, murmurando qualquer coisa a respeito do dia de descanso do Senhor e de uma técnica que não deu certo. Ele havia pedido uma videoconferência com os principais. Dick Cheney estava na sua casa de campo no Wyoming, Donald Rumsfeld em Taois, no Novo México, e o novo, sempre nervoso e tagarela chefe da CIA estava certamente no seu gabinete de trabalho em Langley.

Tinham colocado as câmeras e os monitores de maneira que George W. Bush ficasse sentado na sua poltrona habitual em frente da lareira e Condoleezza Rice na poltrona reservada aos chefes de Estado visitantes ou às mais altas autoridades convidadas do país. George preferia que fosse desse jeito, sempre que precisava organizar uma reunião urgente entre os principais, e eles estavam cada um para o seu lado no país. Gostava de olhá-los nos olhos durante as conversas. E, acima de tudo, de que os outros o olhassem nos olhos.

Assim que, finalmente, o pessoal técnico pôs em ordem todas as conexões e George W. Bush completou a sua prece inicial a Deus, ele começou a reunião pedindo ao ministro da Defesa para expor o seu ponto de vista. Isso pareceu a Condoleezza Rice ou uma esperteza muito grande ou uma burrice tremenda. Não tinha certeza.

Como era natural, Rummy começou logo a tecer os seus argumentos. Primeiramente, salientou que já tinha ficado acordado entre todos que, por uma questão de segurança, se esperaria o submarino terrorista entrar numa posição favorável para atacá-lo. E a posição agora era de pênalti. Era até de pênalti sem goleiro na trave. As perdas colaterais seriam mínimas. Dois mísseis de cruzeiro deviam ser suficientes para acabar com o problema do submarino terrorista. Se o presidente desse a ordem, tudo seria providenciado para um ataque dentro de cinco horas.

George W. Bush fez algumas perguntas que na realidade tratavam apenas de assuntos já discutidos e recebeu, por isso, respostas que ele já sabia. Condoleezza Rice ficou calada e calma. Até ali tudo tinha corrido como ela esperava e tinha pensado no carro durante o caminho para a Casa Branca. A sua responsabilidade pela democracia exigia que não perdesse a cabeça e tentasse ajudar o presidente a encontrar a melhor decisão. Nesse caso, isso significava que ela teria de apertar o freio em relação a Rummy e Dick, antes que estes começassem a bater os tambores da guerra.

O presidente tinha assumido aquela posição de corpo inclinado para a frente. Isso mostrava, segundo o seu jornalista preferido, Bob Woodward, que havia assumido uma expressão corporal de decisão a tomar. Significava também que iria ouvir os argumentos de todos os "garotos" antes de passar a palavra para Condoleezza. Nenhum problema. Ela estava preparada.

Dick Cheney, naturalmente, concordava por completo com o exposto por Rummy e, em especial, com a definição de que era a hora de executar o pênalti. No entanto, os israelenses também deviam ter visto a reportagem da CNN, e até mesmo da Al Jazeera. Por isso, a questão era saber se não seria melhor ficar quieto e deixar os israelenses fazerem o seu dever de casa.

Ele não chegou a ir muito longe e Rummy já o interrompia, salientando que os caças israelenses não tinham raio de ação suficiente, caso não tivessem a ajuda dos americanos com a cessão de aviões-tanque com combustível durante o caminho. Uma operação cirúrgica com mísseis de cruzeiro era definitivamente a melhor solução.

Nessa altura, George W. Bush atalhou com um comentário bastante apropriado e inteligente, constatou Condoleezza Rice, com satisfação. O submarino terrorista ainda não tinha libertado os israelenses feitos reféns a bordo, conforme prometido. E, além disso, se os terroristas tivessem realmente armas nucleares, tal como publicamente proclamado e repetido pelo Pentágono, quais seriam, de fato, as conseqüências físicas do ataque?

Rummy deu um riso abafado de satisfação ao ouvir a pergunta. Os terroristas iriam ter a atitude, em nossa opinião muito burra, de libertar os seus prisioneiros dentro de um ou dois dias. Esse tempo seria aproveitado para ajustar no pente-fino o plano de ataque. E as eventuais armas nucleares não seriam detonadas caso o submarino fosse explodido por um ataque cirúrgico.

Totalmente certo, concordou Dick Cheney. Mas ainda assim não seria de considerar a possibilidade de ajudar os caças israelenses com combustível no caminho para o sul. Não haveria testemunhas, nem câmeras de televisão, nem esses malditos jornalistas sobre toda a extensão do Oceano Índico. Os israelenses tinham as maiores e melhores razões para realizar o ataque. Eles resolveriam o problema e receberiam sem incômodo toda a merda decorrente do ataque, criando mais inimigos entre os países africanos. E em compensação os Estados Unidos deixariam de passar por esses inconvenientes. Por tudo isso, essa lhe parecia uma solução construtiva para o problema.

O presidente franziu a testa e olhou um pouco para cima, sinal de que estava se aproximando de uma decisão. Isso, para Condoleezza Rice, era alarmante. Mas ainda nessa altura ele não deu a palavra para ela, antes passou a bola — como gostava de dizer — para o chefe da CIA, que, muito nervoso, aparecia no monitor enxugando o suor da testa com um lenço.

— E vocês aí na agência também não faziam a menor idéia de que o submarino terrorista se encontrava no Oceano Índico e não no Mediterrâneo — brincou o presidente. Na realidade, a brincadeira era dirigida mais para Rummy e o Pentágono, que conseguiram apenas realizar uma caçada ao submarino quase bem-sucedida nas águas do Mediterrâneo.

— Não, senhor presidente. Quanto à localização do submarino, nós achamos que era mais uma missão militar, em especial da marinha e dos seus serviços secretos. E, evidentemente, da NSA, que, por mais estranho que pareça, não chegou a lugar nenhum com os seus sinais de busca. Em contrapartida, temos uma série de novos conhecimentos a respeito do comandante do navio, o que poderá ter certo significado tático e político.

— Parece muito pouco como desempenho dos serviços da CIA — ironizou o presidente. — Mas vamos ouvir!

— Muito bem, senhor presidente. O comandante do submarino terrorista, Anatoly Valeriovitch Petrov, foi promovido, recentemente, a contra-almirante da marinha russa, além de ter recebido uma medalha, designada por Herói da Rússia, que é o equivalente, mais ou menos, à nossa Medalha de Honra, e isso significa...

— Isso foi, na verdade, uma comparação muito inconveniente — resmungou o presidente.

— Nesse caso, peço desculpa, senhor presidente. O que eu tentava dizer é que a medalha é a condecoração mais importante da Rússia. A conclusão, portanto, é de que o sr. Putin atribuiu o maior significado a esta operação terrorista. Nós pensamos em colocar um dos nossos jornalistas a pressionar esse Petrov a dizer a razão pela qual recebeu a medalha. Vai haver uma entrevista coletiva lá na África dentro de duas horas e...

— Então, nós agradecemos esse seu precioso discernimento — interrompeu-o George W. Bush. — Eu acho já ter entendido que os russos, infelizmente, estão com muitos dedos metidos nessa marmelada. E com isso começa a chegar a hora de cozinhar o nosso plano de ação. Senhora secretária?

Agora é para valer, pensou ela, dando uma olhada para o monitor onde apresentavam mais notícias. Ou conseguia desarmar a situação ou caminhariam para uma catástrofe na linha dos desejos dos "garotos". Era isso que estava em jogo.

— Senhor presidente — começou ela, depois de respirar fundo. — Nos próximos dias, um ataque contra o submarino terrorista seria extremamente contraproducente. O presidente da IAEA, Muhammed El Baradei, certamente já saiu de Viena num avião, liderando pessoalmente um grupo que vai inspecionar a eventual existência no submarino de material físsil. As afirmações relativas a essa capacidade nuclear a bordo partiram, se é que eu entendi certo, do Pentágono, e isso seria o nosso motivo principal para neutralizar o submarino. Realizar um ataque diante do nariz da IAEA e, além disso, arriscar-se conscientemente a contaminar com radioatividade o lugar turístico mais popular da África...

— Quantas vezes será preciso dizer — interrompeu Rumsfeld — que as armas nucleares não explodem na hora que são destruídas!

— Obrigada pela informação, senhor ministro da Defesa — disse ela, recuperando rapidamente a palavra. — Eu também não disse que nos arriscávamos a detonar as armas nucleares. O que eu disse é que nos arriscávamos a contaminar a Cidade do Cabo com radioatividade, se é que ela existe a bordo do submarino terrorista. E isso já seria muito ruim. Além disso, já ficou demonstrado que existem a bordo os modernos mísseis de cruzeiro. Esses contêm combustível líquido. E isso significa incêndio e risco de todo o carregamento de armas ir pelos ares na frente do hotel. E queira Deus que Nelson Mandela não esteja lá nessa hora, tomando o seu chá. Há ainda o caso dos reféns israelenses. As conclusões são simples e claras. Não existe nada material no mundo que possa justificar aquilo a que poderíamos chamar de perdas colaterais aceitáveis na Cidade do Cabo. Já temos grandes e muitos problemas diplomáticos na África, posso assegurar.

— Mas qual será a alternativa? — interrompeu George W. Bush. — Nós não podemos ficar aqui, rolando os dedos e admirando as bonitas formas do submarino terrorista. Temos que dar um pontapé no traseiro de alguém de vez em quando, ou não somos os Estados Unidos!

— Totalmente certo, senhor presidente — respondeu Condoleezza Rice, com um aceno de concordância. — Somos nós que representamos a América. Somos nós sozinhos que temos a responsabilidade pela liberdade e a democracia no mundo. Justamente por isso não podemos pisar na bola numa situação crítica como essa. Em outras palavras, nada de destruição na Cidade do Cabo. E isso significa também nada de ajuda com aviões-tanque para a aviação israelense.

— Portanto, a preocupação solícita da secretária de Estado diz respeito a um número de africanos que nos odeiam e não em relação a uma solução final para esse maldito e delicado problema do submarino terrorista! — interrompeu Dick Cheney.

— Nada disso! — respondeu Condoleezza Rice, depois de ter notado, com um olhar rápido, que o presidente a tinha autorizado com um aceno a responder. — O que eu disse foi nada de destruição na Cidade do Cabo. Nós temos vários dias para pensar. A inspeção da IAEA vai demorar exatamente esse tempo. Nós podemos ainda usar outros métodos para acabar com eles. Mas ou eles escolhem fazer do submarino um monumento para os turistas na Cidade do Cabo. Ou vão ter que sair da área e submergir. Ou não?

Ninguém fez objeções.

— Muito bem, senhores — continuou ela. — Então, vamos continuar a procurar a área do pênalti. Se o submarino submergir e nunca mais ouvirmos falar dele, isso seria, do ponto de vista político, a melhor solução. Estou convencida de que a US Navy poderá executar esse pênalti muito bem. Ou me corrija se eu estiver errada, senhor ministro da Defesa.

— Não há absolutamente nenhuma razão para isso, senhora secretária de Estado. A sua suposição está absolutamente correta — respondeu Rummy.

Ela expirou tranqüila. Por um lado, tinha evitado uma grande catástrofe. E, por outro, tinha ganho tempo. Enquanto o submarino se demorasse na Cidade do Cabo, seria possível negociar uma solução, sem ter que arriscar vidas sul-africanas ou americanas. A situação poderia ainda ser desarmada, sem que Rummy sequer entendesse o que tinha acontecido.

Assim que a reunião terminou, ela olhou para o relógio. Ainda dava tempo para visitar a tia em Birmingham, caso ela pudesse utilizar um dos aviões do governo, de Andrews. Isso só era permitido em casos de emergência, mas esse era um deles.

Donald Rumsfeld, ao contrário, não tinha nenhum plano para continuar a sua folga de domingo ou para ir à missa, como era o caso do presidente. Ele já estava a caminho do seu escritório no Pentágono. O problema era simples. De que maneira seria possível e mais rápido reunir os submarinos mais bem armados da frota americana numa emboscada ao largo da Cidade do Cabo. Ainda continuava a ser a melhor área para executar o pênalti.

✪✪✪✪✪

Ao olhar pela janela, Mouna achou que voava por cima do Sudão. Um deserto montanhoso e interminável como esse não existia em qualquer outro lugar do mundo.

Algumas vezes ela tinha adormecido, outras vezes ficara ouvindo a leitura pesada e um pouco teatral do livro *Guerra e Paz*, classificado em quarto lugar numa lista dos dez mais escutados a bordo, onde figuravam desde Vysotskich até Turgeniev para escolher.

Ela era a única pessoa não negra na primeira classe do avião da South African Airways a caminho de Londres. Como os quatro homens mais próximos tentavam de vez em quando e de várias maneiras fazer contato, ela chegou à conclusão de que nenhum deles tinha visto o seu rosto nos jornais, ainda que de uniforme. De qualquer forma, ela não tinha conseguido se vestir como uma dama da classe alta do Sul da Europa, como era a sua intenção, mesmo tendo encontrado uns óculos de sol Gucci que pareciam extremamente caros e exóticos. Os shoppings na Waterfront da Cidade do Cabo eram para turistas de classe média. Conseqüentemente, ela estava vestida com roupas típicas de verão e ia enfrentar o frio de Londres em dezembro. Mas, acima de tudo, foi um bom sinal o fato de ela ter se preocupado em fazer compras. Todo o resto estava nas mãos de Deus, como os loucos no seu próprio governo atual certamente diriam.

Não se podia dizer não à secretária de Estado norte-americana. Acontece apenas que não existia outra alternativa.

Em compensação, podia dizer-se que foi a mais surpreendente conversa telefônica que ela teve em toda a sua vida. Aconteceu na segunda noite, durante o banquete em que o presidente Mbeki distribuiu uma série de ordens sul-africanas. Justamente no momento em que o presidente Abbas anunciava, já um pouco etilizado, coisa que ela nunca tinha visto antes em público, que ela seria promovida a contra-almirante e chefe assistente da marinha palestina, o presidente sul-africano levantou-se com o telefone celular na mão e se aproximou dela.

Evidentemente, foi uma cena inesquecível, quase um diálogo cômico. Só mais tarde, apenas alguns segundos mais tarde, ela entendeu do que se tratava e que, na verdade, parecia incompreensível, um retrato nítido do relacionamento entre os grandes poderes do mundo.

— É para você, contra-almirante — disse Mbeki, ao estender o telefone para ela.

— Alô, aqui é a contra-almirante Mouna al Husseini — anunciou ela, com uma risadinha, já que estava preparada para que aquilo fosse uma espécie de brincadeira.

— Boa-noite, senhora almirante, aqui fala Condoleezza Rice, secretária de Estado norte-americana. Lamento interromper o seu jantar, não me ocorreu que isso pudesse acontecer.

— Desculpe, um momento — reagiu Mouna, levantando-se imediatamente da mesa e dirigindo-se para a porta que dava para um terraço. — Devo dizer que esta foi uma chamada surpreendente. O que é que eu posso fazer pela senhora, secretária?

— Gostaria de me encontrar consigo, depois de amanhã, em Londres ou, pelo menos, nos arredores de Londres. Apenas nós duas. Não oficialmente. Nada de publicidade. *Okay?*

— Por que eu? Por que não o meu presidente?

— Porque eu não posso me encontrar com uma pessoa acima do meu nível. Porque posso falar à vontade com você. Porque a nossa conversa poderá terminar com um convite para o seu presidente se encontrar com o do meu país. Isso tem a ver com a ordem diplomática em vigor.

— Eu preciso me aconselhar com o meu presidente. E como é que posso saber que não se trata de uma impostora israelense?

— Admiro a sua rapidez de raciocínio, senhora almirante. Nós fizemos reserva num vôo através da embaixada americana em Pretória. O pessoal do corpo diplomático irá buscá-la amanhã e a conduzirá direto para o aeroporto. E em Londres, no aeroporto de Heathrow, será recebida por Sir Evan Hunt, do MI6, e um dos seus assistentes que, acredito, a senhora conhece, um escocês cujo nome esqueci no momento.

— Ok, a senhora também raciocina rápido. Deixe-me falar apenas com o meu presidente. Posso telefonar de volta?

— Será um pouco difícil. Eu estou num avião cruzando o Atlântico. Telefonaremos novamente, dentro de dez minutos, está bem? Obrigada por ter atendido.

Quando voltou da conversa no terraço, ela puxou o braço de Abu Mazen — tinha dificuldade em chamar o seu presidente pelo outro nome, já o conhecia há muito tempo como o ratinho branco Abu Mazen — e explicou-lhe o que estava acontecendo. Primeiro, ficou um pouco chateado por não quererem encontrar-se com ele. E ela explicou de maneira breve que o presidente não devia participar de negociações secretas com alguém que é apenas secretária. Isso o levou a aceitar a situação. Mas depois ficou preocupado com o risco de uma emboscada. Seria a terceira tentativa de os israelenses a assassinarem.

Mouna afastou essa idéia. De fato, ela já tinha escapado de mais emboscadas do que a maioria, mas a negociação direta com os Estados Unidos no momento podia ter um valor inestimável. Talvez eles nem precisassem cumprir todo o plano de ataque a Israel.

Tinha valido a pena pensar no assunto. E continuava valendo a pena. Depois do banquete, eles se retiraram para a suíte de Abbas, acompanhados de Abu Lutuf, ou, melhor dito, Farouk Khadoumi, que era como ele na verdade se chamava. E ficaram considerando todas as possibilidades. Foi quase como nos tempos de Abu Ammar. Black Label demais. E discussões demais e, sobretudo, muito confusas. Por que a questão, apesar de todas as possíveis variantes, era muito simples. Aonde é que Condoleezza Rice queria chegar?

Mouna estava com o pulso acelerado quando o avião taxiou no aeroporto de Heathrow, sob chuva e o céu para lá de cinzento. A única coisa que sabia com certeza absoluta é que a partir daquele momento ela não poderia "desaparecer" sem criar problemas. Se a tivessem enganado e armado uma emboscada, tudo terminaria num enorme escândalo ou numa espécie de julgamento político em que ela teria ao seu lado advogados de classe mundial. E se quisessem transformá-la na única mulher em Guantánamo entre todos aqueles barbudos idiotas, isso seria uma idiotice muito maior e ilegal.

Nenhuma dessas alternativas era plausível. Mas a sua distensão não era total, especialmente quando um grupo uniformizado entrou na cabine da primeira classe antes que alguém saísse, oferecendo escolta à senhora almirante, diante de africanos surpresos e admirados, homens de negócios, políticos ou quem quer que fossem os seus companheiros de viagem.

Sir Evan Hunt e Lewis MacGregor estavam esperando por ela na sala VIP. O primeiro parecia se esforçar demais para ser gentil, e o segundo aparentava uma gentileza sofrida.

— Senhora almirante, seja bem-vinda às terras britânicas e as nossas felicitações pela sua promoção — saudou-a Sir Evan Hunt, cordialmente, com uns olhos que não sorriam. Lewis MacGregor fez apenas um leve gesto de reverência.

Através de uma série de caminhos escusos e de corredores ornamentados do enorme aeroporto, e passando por agentes antiterroristas não muito discretos, os três chegaram a uma limusine escura que os aguardava.

Assim que o carro começou a rodar na chuva, com escolta à frente e atrás, com carros piscando luzes azuis, o ambiente no assento traseiro ficou notoriamente tenso. Hunt sentou-se ao lado de Mouna, enquanto MacGregor baixou um dos assentos menores e sentou-se em frente do chefe.

— *Well*, almirante — começou por dizer Hunt, após alguns momentos —, como sabe, nós vamos escoltá-la para uma reunião com o nosso melhor aliado, se é que eu posso me expressar assim.

Aquilo que a senhora e a outra parte vão conversar não é no momento assunto nosso. Mas de nossa parte nós temos, digamos, uma série de questões a esclarecer, certo?

— O que é que o senhor quer dizer com *nós*, o MI6 e o Jihaz ar-Razed? — replicou Mouna, a fim de ganhar um pouco de tempo. Ela ainda não tinha certeza de qual seria o problema.

— Precisamente. Nós temos uma série de negócios a esclarecer, certo?

— Não que eu possa entender, Sir Hunt. Nós fizemos um acordo que ambas as partes têm cumprido, não é verdade? O meu chefe aqui em Londres, Abu Ghassan, voltou após ter feito um serviço que no momento era mais importante. Desde então, vocês prenderam um grupo de elementos fantasiados de terroristas e levaram esses elementos ao tribunal, mesmo não tendo tempo de fazer qualquer ação prejudicial. Foi um ótimo resultado, não é verdade?

— Sem dúvida, mas não era disso...

— Portanto, valeu a pena o nosso acordo, certo? Que nós, por nosso lado, cumprimos, certo?

— Claro que sim, senhora almirante. Mas no momento a nossa preocupação está mais relacionada com certos cidadãos britânicos. Quando nós analisamos as fotos da imprensa mostrando o grupo de oficiais a bordo do terror... Quero dizer, do submarino, vimos...

— Os irmãos Husseini, ex-Howard? Ou talvez eu devesse dizer os tenentes da marinha palestina, Peter Feisal e Marwan Husseini, além de Ibrahim Olwan. Será que eles cometeram algum crime, ligando-se a alguma organização terrorista?

— Poderia considerar-se assim, se nos desculpar, senhora almirante. E isso nos deixa preocupados, o que certamente compreende. E também não fazia parte do nosso acordo.

Mouna sorriu, não podia continuar a disfarçar. Os ingleses jamais se desdiziam, sempre cheios de formalidades e de rodeios.

— Agora, escute aqui, meu querido amigo — disse ela, sem ironia. — Os senhores já mandaram homens para a morte em mais de uma oportunidade, Sir Hunt. Infelizmente, eu já fiz isso com muito maior freqüência. O seu problema, contudo, não é de natureza sentimental. O senhor quer saber se poderá receber de volta os irmãos Husseini e Ibrahim Olwan quando eu não precisar mais deles?

Ele demorou a reagir. Lewis MacGregor nem sequer mudou de expressão. E Mouna teve a estranha sensação de que ele estava ali mais como uma espécie de segurança sem orelhas. Idiotas, pensou ela. Em primeiro lugar, ela estava a caminho de um encontro com a secretária de Estado dos Estados Unidos. E em segundo lugar ela já podia ter matado aqueles dois estúpidos no mesmo segundo em que se sentaram naquela limusine blindada e à prova de som. Os ingleses eram loucos.

— Eu gostaria — disse Sir Evan Hunt, depois de um longo e doloroso silêncio — que a senhora lhes informasse, aos tenentes Husseini e Olwan, que eles não vão ter qualquer problema jurídico, caso queiram voltar para a Grã-Bretanha, depois do seu... serviço prestado para a senhora.

— Eu entendo — disse Mouna, aliviada. — O senhor fez bem o seu dever de casa, Sir Hunt. E já começou a entender aquilo que o U-1 *Jerusalém* significa em termos de recursos científicos a bordo. Aqui entre nós, eu não teria nada contra se o senhor informasse o seu *maior aliado* a respeito das suas apreensões nesse ponto. Por vários motivos, no momento não queremos matar americano. Nós temos, de fato, alguns terroristas entre nós, que, uma vez entregues por mim ao senhor, de forma alguma deviam ser tratados como terroristas. Obrigada. Eu irei transmitir o seu recado.

Nada mais precisava ser dito a respeito do assunto. Tornaria a situação mais embaraçosa.

A chuva batia forte no carro. Eles estavam se dirigindo para o sul, ao longo do Tâmisa. Quando Lewis passou a mão pelos cabelos, o primeiro movimento que ousou fazer desde que se sentou, ela viu a arma que ele trazia por baixo do paletó.

Típico dos ingleses, pensou ela de novo. A pistola debaixo da axila, de onde era mais fácil puxá-la. Um borrifo de fixador para cabelo nos olhos dele teria sido suficiente para depois matá-los; aliás, aos dois.

✪✪✪✪✪

Carl estava de muito bom humor, quase eufórico. Em duas suítes combinadas, a uma esquina do segundo andar do hotel, ele instalou os seus ajudantes, com a ajuda de secretárias e do pessoal do Ministério do Turismo, que o presidente sul-africano teve a amabilidade de colocar à sua disposição. Ele procurava incessantemente na memória uma citação um pouco cômica de Mao, com a qual ele tinha brincado no Clarté, a organização estudantil radical de extrema esquerda onde tinha começado a sua vida mais consciente. Era alguma coisa a respeito de ordem, prontidão e burocracia, armas que não podiam ser subestimadas na luta contra o imperialismo. Havia muita coisa nesse pensamento. Se se tem os Estados Unidos como inimigo em potencial, não é a violência de imediato o princípio mais eficiente para a vitória. A publicidade é melhor.

Até o momento, ele tinha organizado duas entrevistas coletivas que ele mesmo liderou, a primeira com o presidente Mahmoud Abbas e a segunda, com os líderes do U-1 *Jerusalém*. Correu tudo bem. Havia uma horda de jornalistas ávidos na mesma sala, todos querendo sobreporem-se uns aos outros, de modo que o líder sempre podia passar a palavra adiante, para um concorrente, no caso de algum repórter se tornar inoportuno. Esse pequeno método, casual e aparentemente improvisado, dava uma sensação, também, de tranqüilidade e descontração democrática, como se fosse importante, por exemplo, dar a todos a chance de fazer perguntas. Além disso, os muitos risos foram a seu favor, visto que, em especial, os repórteres americanos sempre citavam com satisfação a bem-sucedida caça ao submarino lá no Mediterrâneo, a milhares de milhas do lugar onde eles agora se encontravam.

Por antecipação, os entrevistados tinham combinado demorar-se um pouco mais sobre certos assuntos, que não tinham armas nucleares, que os inspetores da IAEA iriam, sem dúvida, comprovar essa afirmação após os trabalhos que estavam realizando no momento, assim como não tinham nenhum reator nuclear a bordo. O alvo político estava limitado à integridade territorial de Gaza, em terra, no mar e no ar. Que de forma alguma podiam ver os Estados Unidos como país inimigo e que não estava prevista qualquer confrontação com a marinha de guerra norte-americana.

Esta última afirmativa era a mais difícil de apresentar de uma maneira digna de crédito, não apenas por ser mentira, mas também porque, embora fosse agradável provocar risos em relação à caçada anglo-americana do submarino no Mediterrâneo, era difícil negar que uma parte das forças da OTAN continuava a realizar tentativas sérias para pegá-lo. Carl tentou dar a entender que se tratava de um jogo para o povão ver, com motivação política muito difusa. Ele próprio achava que nem os colegas dos submarinos ingleses e americanos nem a frota palestina desejavam um confronto. Essa era a parte mais fraca da apresentação durante as entrevistas coletivas.

Mas o grande número foi o dos prisioneiros israelenses. Só as imagens da televisão, quando eles desceram para terra e saíram marchando, já foram muito fortes. Carl e Mouna ficaram junto do passadiço, quando os prisioneiros subiram para o convés, alguns deles ainda engessados e apoiados em marinheiros palestinos. Eles avançaram até o passadiço um de cada vez. Então, Carl e Mouna faziam continência que era respondida por eles. Depois, trocaram apertos de mãos e despedidas.

O tenente Zvi Eshkol, que certamente não podia imaginar o que as modernas teleobjetivas conseguiam fazer, tinha lágrimas nos olhos e continha nitidamente o impulso de fazer como Nelson Mandela e dar a Mouna um abraço de despedida. Foi uma sorte ele ter se contido no último instante, segundo Carl. Caso contrário, ele se arriscaria a enfrentar a corte marcial ao chegar ao seu país.

Por interferência do seu porta-voz, o tenente Eshkol, os prisioneiros de guerra israelenses pediram para realizar também uma entrevista coletiva. Carl organizou o encontro com os jornalistas, com ele fazendo uma curta apresentação inicial em que afirmou que, para a marinha palestina, o contingente israelense não era mais considerado como prisioneiros e que, por conseguinte, não havia o risco de entrar em conflito com as disposições da Convenção de Genebra, segundo as quais os prisioneiros não podem ser mostrados nem diminuídos. Em seguida, saiu da sala, fazendo continência para os israelenses que, a um tempo, se levantaram como um só homem, com pernas engessadas ou não, e repetiram a mesma saudação de volta. Imagens bombásticas.

Nada do que se disse na entrevista coletiva dos israelenses surpreendeu Carl, que viu tudo na televisão da sua sala de trabalho, já que o canal sul-africano a transmitiu ao vivo. Nem uma só palavra negativa se ouviu por parte dos israelenses contra os "colegas do submarino" — só o uso dessas duas palavras! — pertencente à marinha palestina. Pelo contrário. Vários deles se manifestaram de modo a criar um problema de consciência para o seu próprio país que nunca tratou os prisioneiros palestinos do mesmo modo. Essas afirmações valiam ouro.

Após as entrevistas coletivas, começaram a entrar chamadas telefônicas da mídia de todas as partes do mundo e o pessoal de Carl chegou a ter dificuldade em atender os seis telefones instalados, sempre com palavras amáveis, mas recusando praticamente todos os convites.

Na realidade, havia outro tipo de propaganda que exigia mais organização. Carl decidiu dar 24 horas de folga a um terço da tripulação de cada vez. Durante a folga, os marinheiros e oficiais iam dormir no hotel e participar de três excursões — à Ilha de Robben (obrigatória), à Montanha Taffelberg e ao Cabo da Boa Esperança. Durante o dia, fariam compras de até 200 dólares, mas com restrições de tamanho em se tratando de suvenires. E à noite jantariam em grupo no restaurante.

Em questão de ordem e moral, Carl exigia muito. Ainda no alto-mar, mas perto da Cidade do Cabo, o pessoal treinou certos exercícios, como, por exemplo, a formatura no convés, meia-volta volver em postura de continência, sempre sob comando de sinais de apito, e outras evoluções mais. O pessoal quase teve um esgotamento.

Cada marinheiro representava mais do que, simplesmente, a si mesmo. Não apenas a frota palestina, não apenas a marinha russa, mas acima de tudo, no momento, a tripulação naval mais famosa e mais falada do mundo. Aquele que se desviasse do comportamento provocaria a retirada do direito à folga de todo o seu grupo. E cada grupo tinha cinco membros, com um deles exercendo a liderança e sendo responsável pela ordem, estando sujeito a punição, caso qualquer um dos outros cometesse algum deslize ou se metesse em apuros.

Pelo menos durante as primeiras 48 horas, tudo funcionou sem perturbações. Por todo o lugar, naquele paraíso turístico, os marinheiros e oficiais uniformizados se misturavam com a população local e internacional. Todos receberam autorização para usar a sua Ordem dos Companheiros de O. R. Tambo, a condecoração sul-africana para aqueles que se destacassem na luta pela causa da liberdade. Tudo se transformou em imagens maravilhosas na imprensa internacional e em grande quantidade de fotografias de coleções particulares, de turistas em férias. O efeito mais proeminente veio da inserção do pessoal feminino a bordo do assustador "submarino terrorista".

A polícia sul-africana sempre se mostrou amável e disposta a cooperar, de um jeito que, certamente, não lhe era habitual, nem habitual na polícia militar em geral. Por exemplo, forneceu em poucas horas para todos os membros da tripulação um documento que permitia a saída e entrada na área limitada e muito vigiada à volta do Hotel Cape Grace.

Os problemas de segurança deviam começar a aparecer no terceiro dia, segundo imaginava Carl. Era o momento de começarem a chegar os agentes americanos e israelenses disfarçados de turistas. Um jornalista americano chegou mesmo a se denunciar durante a segunda entrevista coletiva, pela maneira como se agarrou a Anatolich e lhe fez perguntas a respeito da sua promoção e nomeação para Herói da Rússia. Cheirava a CIA a distância. Eram perguntas destinadas a ligar cada vez mais o presidente Putin à quilha do U-1 *Jerusalém*.

A partir do terceiro dia, havia o risco de provocações diretas contra o pessoal de folga e, na pior das hipóteses, sabotagem contra o submarino. Foi necessário montar um esquema de vigilância para evitar a presença de mergulhadores junto do casco da nave.

Rashida Asafina telefonou do Catar, informando que estava disposta a assumir uma segunda viagem, mas que ela, nesse caso, teria de trocar de fotógrafo. Carl fez apenas uma objeção. Ela seria bem-vinda, mas teria que trazer uma mulher como assistente. Era, de fato, uma condição a observar. Ela não conseguia entender o porquê, mas ele manteve-se firme e não queria dar mais explicações. Ela saberia o motivo assim que estivessem de novo em alto-mar. E não era, com certeza, aquele que ela, irritada, dera a entender.

Tudo corria normalmente. O fornecimento de eletricidade para o submarino foi regularizado, graças à ajuda de dois eletricistas russos, muito experientes, que remontaram o esquema de acoplamento da energia sul-africana. O U-1 *Jerusalém* recebeu ainda combustível e mantimentos, tanto quanto foi possível armazenar. Recebeu até um bom sortimento de vinhos sul-africanos, um presente da organização dos produtores do país. Até então nada de grandes problemas. E, dentro de algumas horas, ele iria convidar toda a liderança do submarino para jantar num restaurante de peixe, com uma bela vista para o mar.

Restava apenas uma preocupação imediata. Finalmente, tinha chegado o telefonema sobre o qual Carl havia avisado as secretárias para não descartar. O programa *60 Minutos* pedia uma entrevista exclusiva com ele a se realizar na Cidade do Cabo.

Ele próprio fez questão de atender, dizendo que não havia problema em dar a entrevista, desde que pudesse ser feita dentro de 24 horas, visto que o U-1 *Jerusalém*, provavelmente, não ficaria no porto além desse prazo.

Evidentemente, isso não era verdade. A partida deles fora adiada em função da viagem de Mouna a Londres. Mas não havia razão nenhuma para dar aos escutas da NSA a data exata da partida.

De qualquer maneira, não havia problema nenhum, segundo o chefe de redação do *60 Minutos*, visto que o seu pessoal devia pousar na Cidade do Cabo dentro de uma hora.

Portanto, restava sentar e esperar. Era uma coisa que tinha de ser feita mais cedo ou mais tarde. Estava claro que ele deve ter sido identificado no momento em que pisou o chão firme e ficou diante do fluxo de flashes das câmeras. Não eram muitos os vice-almirantes ocidentais que haviam recebido a medalha de Herói da Rússia. E com isso a máquina da imprensa, pelo menos temporariamente, transferira a sua atenção de Mouna para ele. Mesmo que o repórter do *60 Minutos* tivesse a intenção de rebaixá-lo e de ridicularizá-lo tanto quanto possível, o que era de esperar, nada podia ficar pior do que estava. A mídia norte-americana já o tinha apresentado exaustivamente como maluco, fugitivo e um perigoso assassino em série, longe de ser o orgulho da marinha palestina.

E logo a repórter, estrela do programa, estava sentada na sua frente, com dois cameramen ao lado. Carl tinha recusado todas as propostas para realizar a entrevista a bordo do submarino, justificando que não era apenas por falta de espaço, mas também por causa do pessoal da IAEA ter o direito de trabalhar sem ser perturbado.

Ela começou sendo dura, como era de esperar.

— Almirante Hamilton, o senhor é um assassino à solta, condenado a prisão perpétua no seu país, a Suécia?

— Sim.

— O senhor era chefe dos serviços secretos da Suécia quando assassinou vários dos informantes da sua organização?

— Também está correto.

— O senhor perdeu o controle?

— Acho que podemos considerar que sim. A Máfia siciliana tinha acabado de assassinar a minha mulher, os meus filhos e a minha mãe. Com a minha experiência militar e autodisciplina, eu talvez parecesse ter um comportamento bastante normal. Mas como ficou demonstrado, eu não estava normal, antes em estado psicótico.

— Passou por algum tratamento médico?

— Sim, por muitos. Você poderá contactar o dr. Bloomstein, em La Jolla, para um esclarecimento mais científico. Ele foi o meu terapeuta durante sete anos e eu o libero a partir de agora do seu compromisso de sigilo profissional.

— Então, o submarino palestino não tem um louco como chefe supremo?

— Não. E eu acho que a minha tripulação ficaria espantada ao ouvir essa pergunta. Tenho a responsabilidade total por todas as operações que o U-1 *Jerusalém* realizou. O fato de eu ter matado gente em serviço há pouco mais de dez anos não tem nada a ver com o comando que exerço atualmente. Eu era então vice-almirante e continuo sendo vice-almirante.

— No passado, o senhor era um assim chamado agente com direito a matar?

— É assim que se pode interpretar a questão, embora eu me coloque contra essa terminologia literária. Em regra, essas operações difíceis são recompensadas não com prisão, mas, ao contrário, com a *Navy Cross*, por exemplo.

— Eu pensava, justamente, falar disso. Os peritos que analisaram detalhes do seu uniforme dizem que pousou com uma medalha da marinha, a Navy Cross. É verdade?

— Eu não pousei. O Congresso dos Estados Unidos me concedeu essa condecoração em 1993, se não me falha a memória. Poderá verificar isso no protocolo do Congresso.

— Que serviços o senhor prestou para receber essa condecoração tão elevada?

— Isso foi na seqüência de uma operação de busca e neutralização de armas nucleares soviéticas à deriva, destinadas a um Estado ditatorial. Foi uma operação conjunta entre americanos, suecos e palestinos. A contra-almirante Mouna al Husseini foi a responsável principal pela operação, representando a Palestina. A ação dela foi superior à minha. Ela também devia ter recebido a Navy Cross, mas presumo que isso não aconteceu por ela, na época, não pertencer à marinha. Os palestinos, então, não tinham marinha. E ela era oficial do exército.

— Poderia dizer mais alguma coisa em relação a essa operação?

— Não, vai ter que perguntar às autoridades do seu país. Não tenho razão nenhuma para revelar negligentemente os segredos militares americanos.

— O senhor, a acreditar pelo uniforme, é um Navy Seal?

— Pode acreditar, sim. Eu fui aceito no meio dos Navy Seals, após dois anos de instrução em San Diego. O ano deve ter sido 1985. Uma vez Navy Seal, sempre Navy Seal. Esse é o nosso moto.

— Como é que pôde andar à solta por tanto tempo sem ser preso?

— Fui protegido pelo governo federal americano, em parte adotando a cidadania americana, e em parte, pelo programa de proteção a testemunhas do FBI. Pelo menos, o FBI achou que eu não poderia ser um louco assassino em série.

— Deve estar consciente, almirante Hamilton, de que essa é uma afirmação extraordinária, certo?

— Nem por isso. O meu endereço em La Jolla, perto de San Diego, está em nome de Hamlon e não é segredo nem para o FBI nem para os vizinhos.

— Qual foi o acordo com o FBI?

— Que eles me protegeriam e que eu mantivesse, evidentemente, um perfil sem ostentação.

— Esse perfil sem ostentação foi uma condição com a qual o senhor rompeu, certo?

— Sem dúvida. A minha amiga de longa data e companheira de lutas, a contra-almirante Mouna al Husseini, procurou-me em La Jolla e me fez um convite a que eu, dificilmente, podia dizer não. Um pouco mais tarde, fui nomeado chefe da marinha palestina pelo presidente Mahmoud Abbas. O resto é história.

— Daí o senhor se tornou um mercenário?

— De jeito nenhum. Sou voluntário. Trabalho sem direito a salário.

— Mas com a cidadania americana, arrisca-se a ser levado a tribunal como terrorista. Acha que corre o risco de receber a pena de morte?

— Sobre esse assunto ainda não refleti. É possível. Mas nesse caso eles têm que me prender primeiro, e pelo menos no momento isso não parece provável. Infelizmente, não vou poder rever a minha casa, nem os meus amigos em La Jolla, acho eu. Mas existe um preço para tudo.

— Não receia um confronto militar com a sua... Como podemos dizer? Com a sua última pátria, os Estados Unidos?

— Devemos sempre recear a marinha mais forte do mundo, caso a gente esteja num navio de guerra sob outra bandeira que não a dos Estados Unidos. Em contrapartida, não vejo como a marinha americana encontre um motivo para nos atacar, nem que eles assumam esse tremendo risco.

— Porque nesse caso vocês vão contra-atacar, certo?

— A resposta é sim. Essas são as ordens, sem compromisso, dadas pelo presidente palestino. Nós não vamos, repito, nós não vamos disparar primeiro. Mas, se dispararem contra nós, imediatamente vamos disparar de volta. De qualquer maneira, não espero que cheguemos a essa situação. Nós não estamos em guerra, graças a Deus, contra os Estados Unidos.

Nessa altura, ela deu a entrevista por terminada, fazendo, satisfeita, um estalido com os dedos. Levantou-se e fez outro sinal com o polegar para cima, dirigido para o fotógrafo, antes de se virar para Carl, assegurando que a entrevista tinha sido bombástica, plena de informações reveladoras, furos autênticos, com respostas inesperadas. Nem uma única palavra seria cortada. Ele tinha sido fantástico como entrevistado. Não divagou, respondendo com frases curtas, sem necessidade de serem editadas, o que não era nada habitual, segundo ela afirmou.

Dez minutos mais tarde, a equipe da CBS estava de volta ao aeroporto. Somente Carl ficou rememorando a entrevista e tentando chegar à conclusão se fora boa ou ruim, na sua perspectiva e na da marinha palestina. Não era fácil dizer. As acusações por instabilidade psíquica sempre pesavam muito nos Estados Unidos. Por outro lado, ele não tinha apresentado, nem um pouco, aquele olhar desvairado de Humphrey Bogart, nem começado a rolar bolas de aço entre os dedos. Enfim, o que fora feito estava feito. A próxima tarefa a realizar seria muito mais agradável: comer uma sopa de mariscos e peixe grelhado num restaurante ao ar livre e beber uma quantidade nada insignificante de vinho branco sul-africano, jovem e vigoroso.

✪✪✪✪✪

Era como se fossem, mais ou menos, dois pugilistas da categoria de pesos pesados, avaliando-se reciprocamente, prontos para disputar o título máximo, pensou Condoleezza Rice, assim que Mouna al Husseini entrou na sala do solar com lareira em que ela se encontrava. As duas se cumprimentaram fria mas corretamente. Estavam sozinhas na sala meio escura, não contando com o guarda de segurança, sentado tão longe quanto possível das duas poltronas diante da lareira.

Ela está de roupa de verão, evidentemente comprada às pressas na Cidade do Cabo, pensou Condoleezza Rice.

Ela deve ter usado tanto fixador no cabelo que parece até que tem um bolo em cima da cabeça. Cada jóia colocada com precisão planejada, brincos e um colar de bijuteria, aliás, bijuteria americana, pensou Mouna.

Ambas sentaram-se e Condoleezza fez um gesto em direção a uma bandeja ao lado com várias bebidas, inclusive, gim e água tônica. Mouna abanou ligeiramente a cabeça. E ambas se olharam de novo.

— Foi muitíssimo bom que pudesse vir, senhora almirante. Sinceramente, aprecio muito a sua atitude e sei que nós duas temos muito a dizer uma à outra. Espero também que cheguemos a um entendimento — começou por dizer Condoleezza Rice.

— Estou certa de que vamos chegar a um entendimento, sim, senhora secretária de Estado — respondeu Mouna, rápido, quase mecanicamente, dando a entender que era a anfitriã que, como no tênis, devia sacar primeiro.

— Está bem. Então, lá vamos nós! — continuou Condoleezza Rice. — O que é que pretendem alcançar? O que é que o seu presidente lhe deu como instruções a apresentar?

— As nossas exigências são conhecidas e nós não temos nenhuma lista com mais exigências a fazer. Queremos Gaza livre, e isso significa um porto próprio, um aeroporto próprio e um território nosso, em terra, mar e ar. Nada mais, nada menos.

— Em troca de quê?

— Nós desmobilizamos o U-1 *Jerusalém* e, em seguida, estamos dispostos a retomar as negociações de paz.

— Vocês não vão conseguir isso tudo.

— É só isso que diz a secretária de Estado norte-americana?

— Sim. E é o que diz também, na situação atual, uma pessoa habituada a julgar em termos de política externa.

Mouna não sabia se devia se sentir derrotada, arrasada ou apenas disposta a lutar. Ficar furiosa seria, de todas as maneiras, uma idiotice. Essa seria a única oportunidade de falar diretamente com a mulher mais poderosa do planeta.

— Eu poderia entender melhor a sua atitude antipática e desencorajadora, senhora secretária de Estado — recomeçou Mouna, lentamente, mais ou menos como se estivesse falando com burocratas ingleses —, se tivéssemos exigido as fronteiras do leste de Jerusalém como estavam em 1947 e o direito de receber de volta todos os refugiados. Isso poderia ser visto como exigências irrealistas, talvez não injustificadas, mas irrealistas. Mas por isso mesmo resolvemos seguir uma estratégia moderada, a senhora não acha?

Ela é esperta, pensou Condoleezza Rice. O currículo dela a descreve como uma matadora de aluguel num nível de cascavel e os serviços secretos bancaram os idiotas quando eu disse que queria apenas um guarda na sala. Mas ela se comporta como um político profissional. Só pode ser uma combinação inusitada.

— Em termos de conversa, a senhora marcou o primeiro gol, senhora almirante — reagiu Condoleezza Rice, de repente, abrindo um largo sorriso. — Mas eu não pedi para me encontrar com a senhora para debater sobre situações justas ou injustas. Receio que, nessa altura, a senhora iria ficar por cima, sem dificuldade. Embora sem utilidade nenhuma. Não me pergunte o que eu acho sobre situações injustas, pergunte-me sobre o que eu posso fazer para resolver a atual situação.

— Eu não tenho mandato para recuar em qualquer dos pontos que mencionei. Gaza é um campo de prisioneiros para dois milhões de pessoas. O povo está vendendo os seus últimos pertences; as mulheres, as suas últimas jóias de ouro; as milícias começaram a atirar umas contra as outras; a situação é desesperadora. A única coisa que nós podemos fazer contra isso, pela primeira vez na nossa história, é usar a força militar. No entanto, ainda não a usamos por completo. Tal como a senhora pôde constatar, apresentamos apenas exigências razoáveis. Assim que a corda da forca afrouxar sobre Gaza, logo a situação ficará "resolvida". Logo vamos poder retomar as negociações e esse é o único caminho.

— Negociações com esse governo islâmico do Hamas?

— É o único governo que temos e que o povo elegeu. Mas, sim, também eles estão a favor do plano de paz do presidente. Eles também vão negociar.

— Mas vão renunciar à violência?

— Renunciar à violência? Ora senhora secretária de Estado, no presente, não será essa exigência em relação ao Hamas e aos pobres dos homens-bomba um pouco insignificante? O U-1 *Jerusalém* representa dez mil vezes mais violência extensiva. E nós temos demonstrado, devo salientar mais uma vez, a maior moderação. Já esclarecemos quais são os nossos pontos de vista e demonstramos qual é a nossa força, mas recuamos, resolvendo usar de moderação. O que é que se poderá pedir mais de nós?

— Se a tentativa de negociação fracassar, vocês vão recomeçar na linha de violência?

— Evidentemente.

— E vão atacar o quê?

— Senhora secretária de Estado, eu estou bem consciente das suas capacidades. A senhora sabe muito bem qual é o tipo de armamento que temos a bordo. E sabe que as bases aéreas israelenses são o alvo natural para os nossos ataques. Mas, mais uma vez, lembre-se de que fomos nós que, de uma posição de superioridade militar, estendemos a mão. Trata-se de um recomeço histórico, não é verdade?

— Sim, podemos considerar que... Não, *devemos* considerar que sim — respondeu Condoleezza Rice, se arrependendo logo do que havia dito. Não podia se mostrar complacente demais. Nem se deixar cair na armadilha de, de vez em quando, responder sim em relação a uma pequena questão secundária em comparação com o problema central. — Vamos fazer uma pausa — propôs Condoleezza Rice. —

Com isso, quero dizer que passamos a falar um pouco de questões periféricas, como, por exemplo, a Inglaterra. Ok?

Claro. Não se podia dizer não à secretária de Estado norte-americana e era preciso manter uma expressão boa até que, eventualmente, fosse mandada embora. Essa era uma regra simples do jogo, a que Mouna, por seu lado, devia ater-se.

A conversa delas a respeito da Inglaterra, que logo desbancou para o jocoso, com muitas risadinhas até impróprias numa conversa entre uma secretária de Estado e uma contra-almirante, versou sobre o problema principal, problema de que ambas tinham conhecimento e que cada uma sabia que a outra conhecia: o voto decisivo no Conselho de Segurança da ONU. Tony Blair estava sendo muito pressionado pelos seus colegas da União Européia, em relação à Lituânia e à República Checa. Ao mesmo tempo, estava lutando por sua vida política e já sentia contra ele uma grande parte da opinião pública do seu país. As entidades medidoras de opinião na Inglaterra mostravam uma posição estável da opinião a favor da aceitação das exigências palestinas. Mas a sua resistência taurina se explicava por ele ser uma espécie de poodle de George W. Bush, de novo a figura favorita para os cartunistas ingleses enfeitarem a primeira página dos jornais. Além disso, Blair estava desesperado, à procura de uma boa desculpa para a participação britânica na Guerra do Iraque. Nenhuma das duas explicações para a posição da Grã-Bretanha, país considerado como o último bastião ao lado dos Estados Unidos, era especialmente lisonjeira para com Tony Blair. A revolta dentro do seu próprio partido estava para acontecer e uma grande parte dos colegas parlamentares já havia publicado uma carta aberta pedindo para que ele apontasse uma data para a sua demissão como primeiro-ministro.

Portanto, havia muito para rir dessa situação. Mouna, inclusive, resolveu servir-se de um gim-tônica, sem que Condoleezza Rice alterasse a sua expressão. Afinal, já era um progresso nada insignificante as duas poderem rir juntas.

Ela deve ser a mulher mais dura na queda e mais esperta que já encontrei, pensaram as duas, uma a respeito da outra. Com mais um detalhe: ambas se consideravam, reciprocamente, divertidas.

Mas também souberam reconhecer que estavam usando tempo extra e que deviam voltar ao principal e ao jogo duro. Condoleezza Rice olhou para o relógio.

— Ok — disse Mouna. — Vamos em frente. Você primeiro.

— *Allright*, almirante — reagiu a secretária de Estado, mas sem rastro de artificialismo ou de dureza. — Vamos deixar correr alguns meses e contra isso Tony Blair não terá nada a dizer. A Grã-Bretanha, em seguida, vota com a França, a China e a Rússia no Conselho de Segurança e nós nos abstemos. Com uma condição.

— Soa como se já estivéssemos perto e, ao mesmo tempo, não. Qual a condição?

— De nós comprarmos o submarino. Completo.

— Nós temos um compromisso com a Rússia de não reexportar o material de guerra que compramos dela. Lamento, mas isso é simplesmente inegociável.

— Nessa altura, fica difícil para mim convencer o meu presidente a não solucionar de uma vez para sempre o problema do U-1 *Jerusalém* com violência.

— No entanto, gostaria ainda de lhe pedir, senhora secretária — recomeçou Mouna, resignada, julgando haver ainda alguma esperança —, para fazer o possível para prevenir qualquer ataque contra nós. As baixas americanas seriam terríveis para nós. As baixas palestinas seriam terríveis para os americanos. Será uma situação sem vencedores, uma *no-win-situation*. Façam tudo o que quiserem, mas não comecem uma guerra contra nós. E nada do que eu digo é por medo de morrer.

— Não, eu sei — sussurrou Condoleezza Rice, resignada, por que também ela sabia que o jogo tinha acabado. — Você é a única heroína pela liberdade que quase foi morta duas vezes. E eles mataram o seu marido e os seus filhos, não é verdade?

A mudança abrupta de curso por Condoleezza Rice no particular era resultante do fato de ter reparado, de repente, no anel de Mouna no dedo anelar esquerdo. Era negro, com uma estreita moldura de ouro e com um brilhante no centro, de cerca de um quilate e meio, rodeado de um rubi e uma esmeralda. As cores da Palestina. Ela agora está casada com a luta pela libertação e ficará tão só quanto eu pelo resto da sua vida, pensou Condoleezza Rice, embora as suas perspectivas de vida sejam significativamente piores do que as minhas, por melhor que ela esteja treinada.

Mouna contou-lhe calmamente a respeito da sua vida pregressa, dos mortos, do médico pacifista que era o seu marido na época em que esteve prestes a abandonar tudo que tinha a ver com guerra e serviços secretos, apenas para poder viver uma vida normal com a família. Pelo menos, para saber o gosto.

Elas ficaram conversando até as primeiras horas da madrugada sobre os homens e a vida, sobre política e poder, e sobre solidão na hora do café da manhã. As duas eram iguais.

E nenhuma delas tinha qualquer motivo secreto para, de repente, retomar as negociações políticas que ambas consideravam como terminadas. No seu insucesso, porém, ainda tiveram o prazer de ter encontrado uma única pessoa no mundo com quem podiam falar abertamente sobre os seus segredos mais particulares.

Para Condoleezza Rice, ficou por fazer a sua habitual ginástica matutina das 4h45, ainda que o seu equipamento especial tivesse sido trazido do avião do governo para o solar de onde Tony Blair, rápida e divertidamente, retirou um dos seus amigos. Condoleezza Rice acabou bebendo dois gins-tônicas, coisa que ninguém tinha visto antes e que ninguém mais, a não ser Mouna al Husseini, viria a ver.

Quando o carro chegou para levar Mouna para o aeroporto de Heathrow, ela recebeu ainda um último e especial favor, um telefone celular com o qual ela poderia telefonar a qualquer hora, "de qualquer submarino em que estivesse". Elas riram muito daquela última menção ao submarino e, depois, as duas mulheres mais sozinhas do mundo se abraçaram carinhosamente.

✪✪✪✪✪

— Atenção! Navio pronto para submergir! — comandou Carl, quando o U-1 *Jerusalém* já navegava, lentamente, pelas docas do porto da Cidade do Cabo. A tripulação no convés tinha acabado de realizar a derradeira saudação no pequeno porto em que os iates, a toda a velocidade, se encaminhavam para a Ilha Robben. No submarino, os tripulantes na devida ordem começaram a desaparecer pela escotilha da torre, entrando no bojo da nave. As bandeiras já tinham sido baixadas da torre, atendendo a que, desfraldadas dentro d'água, elas emitem sons, suscetíveis de serem detectados por sistemas de sonar. E o sonar que iam encontrar pela frente era no momento, reconhecidamente, o melhor do mundo.

Eles não puderam realizar qualquer discussão com o pessoal a bordo, enquanto ainda no porto. O risco de escuta era grande demais. Durante as suas curtas reuniões eles apenas espalharam informações falsas, parecendo muitíssimo certos de que nenhum perigo os esperava ao largo da costa sul-africana. O U-1 *Jerusalém*, submergindo devagar, diante dos aplausos dos turistas, fortaleceu a impressão de que não havia nervosismo algum, nem estado de prontidão.

Na realidade, era completamente o contrário. Os tubos dos torpedos foram carregados, assim que foi iniciada a descida. E desta vez com dois torpedos do tipo Schkval e seis torpedos antitorpedos, além de dois torpedos teleguiados que correspondiam ao tipo Mark 48 da OTAN.

Eles seguiram à velocidade mínima, menos de dois nós, a fim de dar distância aos três robôs *krabbögon* — os "olhos de caranguejo" — lançados que navegavam na frente, com os seus motores elétricos silenciosos. No centro de comando, todos estavam de prontidão máxima.

Carl reuniu toda a liderança na pequena sala de reuniões, onde discutiu a situação durante um breve espaço de tempo.

Eles continuavam a navegar usando os motores a diesel, perfeitamente audíveis. A intenção era saber se, de fato, estavam a caminho de uma emboscada. Esses motores, garantidamente, desviavam a atenção dos pequenos robôs elétricos que seguiam puxando os seus cabos finos e desenhando aos poucos a paisagem submarina diante deles, que era transmitida para os monitores da ponte de comando.

Não havia muitas alternativas. Se não encontrassem nenhum submarino americano à sua espera, não haveria nenhum problema. Caso encontrassem apenas um submarino, possivelmente, mudariam para os motores de energia elétrica e usariam um dos robôs para enganar os americanos, tal como fizeram, mais ou menos, com o USS *Alabama*. Era muito mais difícil de dizer o que se faria caso encontrassem vários submarinos americanos ao mesmo tempo.

Eles adotaram um curso para o sul ao longo da costa, continuando a descer para profundidades cada vez maiores. Era o curso mais lógico para um submarino com capacidade para descer a grande profundidade, como era o caso do U-1 *Jerusalém*. Se o inimigo estivesse à espera deles, ele se encontraria a uma profundidade entre 200 e 400 metros.

Depois de debater a situação com o grupo de líderes, Carl dirigiu-se para o centro de comando onde havia um microfone acoplado a todo o sistema de alto-falantes a bordo.

—Atenção, marinheiros! Esta não é, absolutamente, uma manobra de treinamento, para se recuperarem de bebedeiras e das alegrias que tiveram na África. Esta é a grande operação para a qual foram treinados. Suspeitamos de uma emboscada feita pelos americanos e não vamos entrar nela para perder. Ponto final!

Para maior segurança, ele repetiu toda a mensagem em russo.

Os números vermelhos no relógio digital que dava o tempo real, o GMT, no centro da sala, mudavam com estranha lentidão num silêncio absoluto e concentrado. Os robôs continuavam a ganhar distância, a cada minuto que passava. E com isso aumentava o panorama geral na frente deles, nos monitores.

Carl e Mouna estavam juntos de pé e ao lado de Anatolich, com os olhos um pouco vermelhos, mas definitivamente em forma. Eles sabiam muito bem o que Anatolich esperava que acontecesse.

Mouna apertou a mão de Carl, mas não havia nada de sensual no gesto. Apenas uma espécie de cumplicidade no desespero. Ela esperava que a área submarina diante deles estivesse vazio. No momento, não havia outra coisa que ela esperasse mais. A guerra contra os Estados Unidos significaria, certamente, o fim de tudo, o pior que poderia acontecer.

— Temos contato no sonar a um, zero, quatro, seis, quatro. Vamos tentar contato visual. — Era a voz fria e tranqüila, em inglês, de Peter Feisal.

— Ótimo. Preparar contato visual. — Era agora a voz de Anatolich, dando uma ordem em russo.

Carl não se preocupou em traduzir. A essa altura, todos no cento de comando já entendiam tudo o que acontecia. E, no momento, o que acontecia mexia com os sentimentos de todos, menos de Anatolich.

— Temos também contato na direção sul. Vamos tentar o contato visual. — Ouviu-se da parte de um russo, substituto de Marwan, embora em inglês.

— Ótimo. Faça isso! — reagiu novamente Anatolich.

Mouna continuava apertando a mão de Carl, quase num espasmo, com toda a força.

— O que está a caminho é o inferno — sussurrou ela.

— Ainda não sabemos. Eles podem estar em missão de busca ou tentando fazer manobras em cima de nós — sussurrou Carl de volta.

— Ou pretendem nos vigiar. Querem estar certos de que não vamos voltar para o Mediterrâneo. Condi deve ter falado do que você ameaçou fazer.

— Não tente brincar comigo, Carl. Não é lugar nem a hora certa para isso — resmungou ela.

— Temos contato visual — relatou Peter Feisal como se estivesse falando de uma gaivota meio estranha. — Tipo desconhecido, o perfil não existe no registro. Vou chegar mais perto... medir comprimento... 107 metros... chegam os números... 23, repito 23, dois três.

— Temos a identificação — relatou o oficial de dados, cinco segundos depois. — USS *Jimmy Carter*, classe Seawolf, 8.060 toneladas, reator nuclear, velocidade máxima de 39 nós, submarino de ataque.

— Diabo dos infernos, agora é que a sereia vai comer o pepino — resmungou Anatolich.

— Por favor, fale claro. Obrigada — sussurrou Mouna.

— Os ianques mandaram para nós o que têm de melhor. Custa quase tanto quanto um porta-aviões. Acho que não vieram para brincar de esconde-esconde. Diabos!

— Mais uma vez, por favor, fale claro. Obrigada! — pediu Mouna, enquanto Carl sentia as unhas dela entrando em sua mão direita.

— Já abriram as escotilhas dos torpedos? — perguntou Anatolich aos berros, dirigindo-se a Peter Feisal que manobrava o robô, perto do supersubmarino americano.

— Sim, comandante! As duas escotilhas superiores estão abertas — respondeu Peter Feisal, sem o menor tremor ou insegurança na voz.

— Que inferno! — gritou Anatolich. — Abrir o um e o dois, preparar disparo do Schkval. Abrir o sexto tubo com o Schtjuka. Agora!

Lentamente, eles mudaram de curso, subindo ao encontro do supersubmarino e descendo, depois, um pouco, para uma nova posição de espera.

— A partir de agora, mudar para motores elétricos! — comandou Anatolich.

— Temos agora contato visual com o bandido número dois — relatou o oficial russo que manobrava o olho de caranguejo do lado sul. — Número 757 na torre.

— Temos a identificação — relatou o oficial de dados. — USS *Alexandria*, classe Los Angeles.

— Muito bem — resmungou Anatolich, que, de repente, pareceu muito mais calmo. — Veja se também esse submarino abriu as escotilhas de torpedos!

— Será que não estamos perto demais? — perguntou Carl.

— Pode-se dizer que sim — respondeu Anatolich, em voz baixa. — Estamos a umas três milhas marítimas. Essas bestas poderiam disparar de uma distância muito maior. Portanto, não dá para entender o que é que eles estão esperando.

— Talvez eles queiram estar absolutamente certos de que vão acertar? — sugeriu Carl.

— *Niet* — respondeu Anatolich. — Eles ouviram que nós abrimos as escotilhas de torpedos. E já tinham feito a mesma coisa. Ambas as partes romperam com a mais sagrada de todas as regras não-escritas. Pode-se aumentar a pressão nos tubos e preparar o tiro de uma maneira ou outra, pode-se fazer uma aproximação de um jeito ou de outro, brincar com manobras enganosas. Tudo é possível. Mas *não* se abrem as escotilhas dos torpedos. É uma declaração de guerra. Eles estão esperando por alguma coisa, mas eu não entendo o quê.

— Acho que eu sei — disse Carl. — Eles estão esperando pela última ordem do presidente. Já podiam ter disparado há muito tempo, ao que parece. Mas precisam ter a última e definitiva ordem de confirmação. É assim que funciona a democracia.

— Isso soa muito perigoso aos meus ouvidos — murmurou Anatolich, com o olhar pregado nos monitores à sua frente.

— O USS *Alexandria* abriu duas escotilhas de torpedos — anunciou uma voz em russo.

— Podemos evitar o ataque? — perguntou Mouna. — Eles nos encurralaram por dois lados e aguardam a ordem de atacar do presidente ou do ministro da Defesa. Isso é um erro da parte deles. Já estamos navegando com motores elétricos. Podemos descer lentamente, saindo para o lado.

— Muito arriscado. Eles têm os torpedos Seawolf que, uma vez disparados, perseguem o alvo — respondeu Anatolich, fechando o punho diante do monitor onde se via a proa do USS *Jimmy Carter* com duas aberturas negras ameaçadoras no casco.

— Torpedo ao mar, 120 segundos até o alvo! — anunciou o chefe do sonar.

— Cento e vinte segundos! — bufou Anatolich. — Que foi que eu disse? Estávamos perto demais. Muito bem! Disparar o Schtjuka contra o alvo. Fogo!

— Torpedo dois ao mar, 115 segundos até o alvo — anunciou o oficial do sonar.

— Schtjuka dois, fogo! — reagiu Anatolich.

Durante os vinte segundos seguintes, não se ouviu nem uma palavra no centro de comando. Todos podiam ver, no entanto, nos monitores o que estava acontecendo. Os dois torpedos que vinham a caminho eram escutados como um zumbido distante sem a necessidade de aparelhos. E o zumbido mais nítido era o dos torpedos Schtjuka do U-1 *Jerusalém*, disparados ao seu encontro.

— Ambos os Robalos estão a caminho, na direção do alvo, nenhuma perturbação. Alvo alcançado em dez segundos — informou Peter Feisal.

Todos ficaram fazendo a contagem regressiva até se ouvirem duas explosões com diferença de três segundos entre elas.

— Fogo, tubo um, Schkval, direto para o alvo! — ordenou Anatolich, de dentes cerrados.

O U-1 *Jerusalém* estremeceu como se fosse o recuo de uma espingarda quando o torpedo Schkval, o mais temido do mundo, saiu do tubo e se dirigiu direto para a proa do submarino batizado com o nome do ex-presidente Jimmy Carter. Havia apenas três na sua classe, cada um tendo custado mais de dois bilhões de dólares. Eram ases da frota submarina americana, com 134 homens a bordo, dos quais 14 eram oficiais.

— Cinco segundos para atingir o alvo, nenhuma perturbação, curso exato! — anunciou Peter Feisal, com o seu sotaque suave, muito britânico.

10

A corte marcial contra o comandante Martin L. Stevenson, temporariamente afastado do comando do USS *Alexandria*, fora marcada para a longínqua base militar anglo-americana de Diego Garcia, no Oceano Índico. Foi para lá que o submarino sobrevivente seguiu, depois da tragédia ao largo do Cabo da Boa Esperança, por ordem da mais alta instância do Pentágono, ou seja, o ministro da Defesa Donald Rumsfeld.

Estava claro que Rumsfeld queria ganhar tempo, mandando o USS *Alexandria* para tão longe quanto possível da pátria e, acima de tudo, da mídia.

O antigo chefe da US Navy, o almirante Vern Clark, foi nomeado para presidente da corte marcial e levado de avião de Tampa, na Flórida, junto com um pequeno grupo de juízes e advogados da reserva da marinha.

A tripulação do USS *Alexandria* foi internada sob condições suaves, isto é, estava presa, mas numa área muito grande, com acesso a banho de mar e atividades esportivas. E também não podia se comunicar. Ninguém podia nem telefonar para casa.

Uma corte marcial para dirimir sobre acusações tão sérias como as que estavam em pauta era um acontecimento único na história moderna. Era uma questão de vida ou morte para os implicados.

A corte marcial reunia-se em locais que, normalmente, serviam para aulas de instrução, mas sem ar-condicionado, e, em seu lugar, segundo o modelo britânico, havia ventiladores de teto. Ficou rapidamente insuportável o ambiente na sala, cheia de gente.

O presidente, o almirante Vern Clark, foi suficientemente previdente na hora de escolher o uniforme para a missão. Uma checada rápida em um mapa serviu para que ele e os seus parceiros dessem preferência ao uniforme branco da marinha, próprio para os trópicos.

Mas para o acusado, o comandante Martin L. Stevenson, sob todos os aspectos, o ambiente estava muito mais quente. Ele e todos os seus 12 oficiais, que se sentaram em fila dupla atrás da barra de julgamento, envergavam o uniforme de folga de inverno. Não puderam se apresentar vestidos com os seus uniformes de serviço para um lugar que muito se parecia com a sua própria cova funerária.

Os 12 oficiais do USS *Alexandria* ainda não tinham sido acusados, por motivo de uma tecnicidade relativa às cortes marciais. Eles tinham se colocado do lado do seu comandante, todos o haviam apoiado na sua difícil decisão que agora seria considerada, e, se ele fosse condenado, eles seriam condenados também, num rápido julgamento e em grupo. Se ele fosse inocentado, todos também o seriam automaticamente.

O almirante Vern Clark era conhecido na marinha por ser duro e ninguém acreditava em outra coisa senão no fato de Rumsfeld, intencionalmente, ter indicado um juiz que queria enforcar o acusado. Em especial pelo processo objetivar as duas piores acusações possíveis: a recusa em obedecer a uma ordem e ato de covardia diante do inimigo em guerra. Ambas as acusações são consideradas como traição à pátria.

O julgamento começou com a leitura das acusações. Demorou menos de dois minutos.

— Muito bem — disse o presidente do tribunal. — O citado entendeu o conteúdo das acusações?

— Sim, Sir — respondeu o comandante Stevenson.

— E como o senhor se considera diante dessas acusações, comandante?

— Inocente, Sir.

— Mas nós temos objeções a fazer em relação à descrição das acusações, seção dois, ponto III — disse, de repente, o jovem tenente nomeado advogado de defesa.

— Cale a boca, tenente — ordenou o presidente, irritado. — O senhor poderá usar essa conversa fiada na área civil. Por favor, queira fazer a sua apresentação, capitão-de-mar-e-guerra!

O capitão-de-mar-e-guerra estava assumindo, portanto, o papel de promotor. Aquilo que ele descreveu já era conhecido de todos na sala. Por isso, ele passou em revista o ato de acusação, rapidamente e, em parte, de uma maneira sumária. O USS *Alexandria* tinha recebido ordens para seguir para um setor ao largo da Cidade do Cabo e para dar assistência ao USS *Jimmy Carter*. Ambas as unidades tinham ordens do Pentágono e, mais tarde, do presidente para encontrar a pista e destruir o navio pirata, ilegal e estrangeiro, que operava sob o nome de U-1 *Jerusalém*. A ordem foi clara e inequívoca. Nenhuma reserva, nenhuma possibilidade de mal-entendido ou de improvisar qualquer alternativa própria ao plano de ação.

Como o USS *Jimmy Carter* era o navio mais avançado de toda a frota de submarinos dos Estados Unidos, a ordem de ação entre os dois submarinos americanos era natural. O USS *Jimmy Carter* seria responsável pela localização e destruição do inimigo. O USS *Alexandria* estaria junto para servir de apoio e agir na hipótese improvável de alguma coisa dar errado.

Lamentavelmente, o improvável aconteceu. Logo que o ataque teve início a partir do USS *Jimmy Carter*, os seus dois torpedos disparados foram destruídos por uma arma desconhecida, e o submarino pirata disparou, então, um torpedo do tipo russo, Schkval, que acertou e imediatamente afundou o USS *Jimmy Carter*.

Nessa situação, era dever do comandante Stevenson atacar o navio pirata e essa ação chegou a ser preparada. Mas em vez de cumprir as suas obrigações como oficial da US Navy, o comandante Stevenson deixou-se convencer pelo inimigo a capitular, desistindo de disparar as suas armas e abandonando a área. Esse abandono foi resultante de uma ordem direta do inimigo, o que constituía uma atitude sem precedente na história da marinha americana.

O comandante Martin L. Stevenson e o seu defensor admitiram que em si a descrição correspondia à verdade. Mas a defensoria solicitou autorização para apresentar uma gravação do desenrolar do combate entre o USS *Jimmy Carter* e o submarino inimigo. O tribunal autorizou.

O almirante Vern Clark fechou os olhos e se recostou na cadeira para melhor poder reconstituir pela gravação o que aconteceu, enquanto o comandante Stevenson descrevia em voz baixa para os ouvintes não informados a natureza dos efeitos sonoros.

Primeiro, ouviu-se o som de dois torpedos disparados do tipo Gould MK 48 ADCAP deixando o USS *Jimmy Carter* e acelerando. Era o tipo de torpedo absolutamente mais moderno e mais mortal da marinha americana, conseguindo uma velocidade de 50 nós em dez segundos. Os torpedos seguiram diretamente para o alvo, a distância de tiro era curta e, portanto, a destruição do submarino inimigo devia ser, praticamente, cem por cento certa. Nessa altura, ouviu-se um novo som de dois torpedos menores e, provavelmente, mais rápidos, cujo efeito sonoro tinha uma freqüência mais elevada, dirigindo-se direto para os dois torpedos disparados do USS *Jimmy Carter*, num ângulo pequeno. Em seguida, duas explosões.

Depois, ouviu-se o som, provavelmente o mais temido da biblioteca de sons da marinha americana. O som característico e inteiramente diferente que um torpedo do tipo Schkval, avançando dentro de uma bolha de ar, produz quando acelera e atinge uma velocidade inaudita. E logo se ouviu esse torpedo atingindo a proa do USS *Jimmy*

Carter. A distância curta — que não foi opção do submarino inimigo, mas das forças americanas — reduziu o tempo entre o disparo e a chegada ao alvo para menos de dez segundos.

O mais estranho foi o som do torpedo atingindo o alvo. Não foi uma explosão, mas uma quebradeira generalizada e prolongada. O pesado torpedo de duas toneladas foi passando de seção para seção do USS *Jimmy Carter*. Sem carga de explosivos. Foi o peso e a velocidade que fizeram o trabalho.

Em seguida, ouviu-se o som horrível de um submarino se desfazendo em pedaços, afundando e se partindo ainda mais, dentro de uma espécie de nuvem de bolhas de ar.

— Obrigado. É o suficiente! — disse o almirante Clark. — Esse foi, portanto, o seu momento da verdade, comandante Stevenson. Não foi? Nesse momento, o senhor devia ter aberto fogo com tudo o que pudesse ser disparado contra o diabo de submarino inimigo. Por que hesitou? Pense bem antes de responder, comandante!

— Sim, Sir. E obrigado pelo conselho, Sir — disse o comandante, notando que a sua boca estava seca. Interrompeu-se e bebeu um pouco de água, antes de continuar. — Eu também dei ordem de abrir fogo, mas nessa altura verificamos que havíamos perdido o alvo.

— Parece incompreensível, comandante. O senhor devia estar numa posição segura quando eles dispararam, certo?

— Sim, Sir. Mas, segundos mais tarde, eles desapareceram por trás de uma barreira de som de um tipo que eu, na falta de uma terminologia melhor, tenho que chamar de desinformação acústica. Será que posso mandar continuar a gravação?

O seu pedido foi autorizado. Seguiu-se uma curta mas espantosa demonstração. De repente, pareceu que passava por perto um submarino funcionando com motores a diesel e em alta velocidade. A biblioteca de sons indicaria mais tarde que se tratava de um submarino israelense na velocidade máxima. Mas então ele desapareceu e surgiu um novo submarino, avançando a diesel elétrico, desta vez de origem turca, dirigindo-se para a costa e perto do lugar onde o USS *Jimmy Carter* tinha afundado.

A conclusão só poderia ser uma. Tinham sido atingidos por uma espécie de manipulação avançada e não havia nenhum alvo para o qual disparar nessa situação.

E logo a seguir veio o telefonema. A afirmação provocou primeiro certa hilaridade e desorientação, até que o comandante Stevenson conseguiu explicar aquilo que todos os homens na sala, habituados a navegar em submarinos, conheciam, mas não a maioria dos oficiais e do pessoal administrativo presentes. É fácil telefonar de um submarino para outro. Existe até uma freqüência especial para esse tipo de comunicação. E o telefonema tinha sido feito, diretamente, pela freqüência habitual da OTAN.

A corte marcial decidiu aceitar o pedido da defesa para transmitir o telefonema na totalidade. A tensão aumentou nitidamente na sala, enquanto os advogados e os tenentes, ao lado do acusado, tentavam atabalhoadamente pôr o gravador para funcionar. Finalmente, ouviu-se o telefonema em alto e bom som:

"Aqui fala o vice-almirante Hamilton, chefe da marinha palestina. Chamando o comandante do USS *Alexandria*. Responda pelo amor de Deus ou feche as suas escotilhas de torpedos!"

A um sinal do comandante Stevenson, o tenente desligou o gravador.

— Desculpem, mas gostaria de chamar a atenção deste tribunal para um detalhe de grande interesse — explicou o comandante. — Que eles soubessem ou dissessem saber que nós tínhamos aberto as escotilhas talvez não signifique muito. Pode ser até que tenha sido um tiro no escuro. Mas eles conheciam a nossa identidade. Tinham a nossa posição, pelo que podemos supor. Mas nos identificaram não apenas como submarino da classe Los Angeles, mas até como indivíduos.

— E qual é a conclusão a que quer chegar, comandante? — perguntou o presidente do tribunal, franzindo a testa.

— A conclusão é a de que nós, em especial pensando no que acabamos de testemunhar e naquela situação em que continuávamos ouvindo os sons vagos de um USS *Jimmy Carter* abatido, estávamos diante de um inimigo que não apenas falava sério, mas possuía uma tecnologia superior até mesmo em relação àquela existente a bordo de um Seawolf.

— Ótimo. Vamos continuar. Suponho que o senhor, então, pegou o telefone para responder, comandante?

— Sim, Sir!

— Podia acreditar nisso. Então, talvez possamos ouvir o resto da conversa, certo?

Houve um novo momento de silêncio total na sala onde uns trinta pares de olhos seguiam os movimentos do jovem tenente manipulando o encrencado gravador. Mas acabou se ouvindo:

"Aqui fala, o comandante a bordo do USS *Alexandria* chamando o U-1 *Jerusalém*. Câmbio."

"Foi bom o senhor ter pegado o telefone, comandante. Acabamos de acertar o USS *Jimmy Carter* porque eles abriram fogo primeiro. Não era, repito, *não era* esse o nosso desejo. Se o senhor não mandar fechar as escotilhas de torpedos do USS *Alexandria* e não abandonar a área, vamos ficar numa situação muito embaraçosa."

"Negativo, almirante. O senhor está falando com um comandante da US Navy. Não podemos receber ordens do senhor."

"Isso seria uma grande tolice, comandante. Nós temos o senhor na mira. Temos um torpedo — o senhor sabe de que tipo — apontado para a sua proa. Vai chegar rápido se eu der ordem para disparar. Queremos evitar isso. Por isso, eu apelo para o senhor — estou apelando, não dando ordens — para que se afaste."

"Ainda negativo, almirante. Eu não posso me desviar das ordens recebidas. E o senhor sabe disso."

"Então, vamos fazer o seguinte, comandante. Eu vou mandar um disparo ativo de sonar, direto na sua proa, dentro de dez segundos. Nessa altura, o senhor saberá que nós o temos na mira. Mas o senhor terá então a possibilidade de saber a nossa posição exata. Se abrir fogo, vamos explodir os seus torpedos e, em seguida, o seu submarino. Lembre-se que o senhor tem 133 americanos a bordo, sob a sua responsabilidade. Agora, vamos mandar um *pingue*, apenas um *pingue*."

Em seguida, ecoou na sala o efeito sonoro de um "tiro" de sonar, um *pingue*, que todos os oficiais da marinha do mundo conhecem e identificam, quer tenham estado a bordo de um submarino ou não.

— Interrompam aí! — ordenou o almirante Vern Clark, enxugando o suor da testa com um lenço branco. De fato, estava muito quente na sala, mas o gesto tinha mais de um significado e ele não era o único que suava só de pensar na situação em que o colega, o comandante Stevenson, se encontrava no momento em que a gravação foi interrompida.

— Portanto, comandante, precisamente nesse momento, o senhor sabia qual era a posição exata do inimigo, certo? — continuou o almirante com uma calma forçada.

— Sim, Sir. A posição não era aquela que esperávamos. O inimigo tinha feito uma mudança. Mas com o sinal do sonar ativo, ficamos sabendo da posição exata, sim.

— Portanto, foi a segunda vez que o senhor teve a chance de abrir fogo, comandante, não foi?

— Sim, Sir.

— E essas eram, indubitavelmente, as ordens recebidas. Ou não?

— A resposta é sim, Sir.

— E por que não cumpriu essas ordens, comandante?

— Por duas razões, Sir. Por um lado, tínhamos perdido novamente a posição do inimigo, em conseqüência de uma onda daquilo que eu chamei de desinformação sonora. Podemos até recomeçar a gravação...

— Não é necessário. Este tribunal acredita na sua palavra a esse respeito, comandante. Portanto, por favor, continue.

— O segundo motivo estava relacionado com as palavras do vice-almirante Hamilton, que me pareceram totalmente corretas. Eu tinha a responsabilidade por 133 marinheiros americanos a bordo. Considerei que eles perderiam a vida desnecessariamente, se eu tentasse realizar um ataque desesperado contra um alvo que, ainda por cima, nós não sabíamos onde estava.

— Portanto, foi por isso que o senhor decidiu capitular, comandante?

— Sim, Sir.

— E está também gravada a sua decisão?

— Sim, Sir.

— Ótimo. Então, este tribunal quer ouvir a continuação.

Desta vez, o tenente colocou o gravador para funcionar sem problemas. E na sala ouvia-se apenas o sussurro suave dos ventiladores de teto. Todos os presentes estavam tensos, desencostados nas suas cadeiras, à espera de ouvir algo sem precedentes: um comandante da US Navy capitulando "diante do rosto do inimigo", um termo antiquado que usaram no ato de acusação.

"Aqui é o comandante do USS *Alexandria*, chamando o chefe da marinha palestina. Entre em contato, almirante!"

"Eu continuo na escuta, comandante. Já tomou uma decisão?

"A resposta é sim, almirante. Fechamos agora as escotilhas dos torpedos. O USS *Alexandria*, em seguida, vai afastar-se da área."

"Parabéns pela corajosa decisão, comandante. Câmbio final."

O silêncio ficou pesado na sala do tribunal e todos os presentes pareceram sofrer. Ouvira-se uma derrota e, possivelmente, um colega oficial criminoso que se mostrara covarde diante do rosto de um inimigo.

— Senhor presidente! Por parte da defesa, queremos provar que o ato de acusação inclui uma evidente contradição ao apresentar duas afirmações que se anulam uma à outra... — começou por dizer o jovem advogado. Mas não pôde ir adiante.

— O *tenente Black* queira ter a bondade de ficar calado! — gritou o almirante. — Este tribunal está convencido de que o *comandante* Stevenson, com honestidade e sem rodeios, disse o que precisava ser dito.

Ele pronunciou as palavras *tenente Black* com inescapável ironia, fortalecida pela sua afirmação de que o comandante Stevenson não precisava, estava subentendido, de nenhum *black* em sua defesa. À questão deve-se acrescentar que o tenente Black era branco, e que o comandante Stevenson era negro, o primeiro afro-americano a assumir o comando de um submarino da classe Los Angeles. Mas na atmosfera tensa da sala ninguém sequer ousava sorrir.

O almirante adiou a sessão, anunciando que o tribunal iria se reunir para considerar a situação e que voltaria às 14 horas para anunciar a sentença.

No grupo dos oficiais do USS *Alexandria* desapertaram-se os colarinhos e tiraram-se os paletós, colocando-os sobre os ombros, assim que os homens saíram do edifício simples que, contra todo o bom senso, foi escolhido para funcionar como corte marcial em que se decidia sobre a vida ou a morte do seu chefe. Voltou-se a especular sobre o boato de que Rumsfeld teria ficado tão furioso que nomeou um juiz para, garantidamente, se vingar. Os oficiais foram discutindo o assunto e descendo para uma quadra de basquete onde se encontrava uma quantidade espantosa de marinheiros do USS *Alexandria*, enfrentando o calor tropical.

Não existia nenhuma diferença entre eles. Todos ficaram como um só homem, apoiando o seu chefe. Todos afirmaram que teriam agido da mesma maneira em situação semelhante. Até mesmo a demissão desonrosa e a perda da pensão, a pena de prisão ou até, teoricamente possível, a pena de morte, teria valido uma decisão como essa. O USS *Jimmy Carter* tinha sido afundado com toda sua tripulação de 134 homens, um homem a mais do que a bordo do USS *Alexandria*.

Evidentemente, eles tentaram adivinhar qual seria a decisão do júri, embora ninguém ousasse fazer uma aposta. O almirante Vern Clark não tinha se mostrado simpático nem compreensivo. Muitos disseram estar convencidos de que ele seria a favor da condenação e que, nesse caso, eles pediriam o desligamento da marinha, nem que tivessem que voltar de Diego Garcia para casa a nado. Outros estavam mais otimistas, dizendo que o bom senso, uma vez por outra, devia ter a chance de vencer, até mesmo contra o regulamento da marinha.

Mas quando todos voltaram a sentar-se na sala, suados e tendo que ajeitar de novo as gravatas, nenhum deles tinha certeza do que iria acontecer.

Quando a almirante Vern Clark entrou na sala de aulas, transformada em corte marcial, mostrando-se nitidamente irritado, todos os presentes se levantaram e ficaram em sentido, fazendo continência.

— Vamos recomeçar a sessão! — começou ele, gaguejando. Depois ficou olhando longamente para a mesa na sua frente, antes de retomar a palavra:

— De todos os crimes que um oficial da US Navy pode cometer, o pior é o de demonstrar covardia diante do inimigo. Eventualmente, poderá ser ultrapassado pelo crime de se recusar a obedecer a ordens superiores, inclusive do chefe supremo das forças armadas, o presidente dos Estados Unidos, em situação de guerra. O comandante Stevenson cometeu esses dois crimes. Sobre isso não há nenhuma dúvida. Inclusive, ele os confessou e apresentou provas em apoio a essa tese. Com isso, este processo poderia parecer simples. Mas de simplicidade não tem nada. É preciso muita coragem para agir como o comandante Stevenson fez. Este tribunal constatou que, com a sua atitude, o comandante Stevenson salvou 133 americanos nesse dia, o mais sombrio de toda a história da marinha dos Estados Unidos, desde a Segunda Guerra Mundial. O comandante Stevenson está livre de todas as acusações. A sua ficha de serviços prestados não será maculada por esta acusação. Este tribunal decidiu que o comandante Stevenson deverá reassumir o seu posto no comando do USS *Alexandria*. Conseqüentemente, também os outros oficiais do submarino estão livres, neste caso, de qualquer acusação.

Um júbilo geral esteve a ponto de explodir entre os 13 oficiais, impotentes entre o desespero e a esperança, mas todos pararam assim que o almirante levantou a mão.

— Mais uma coisa, cavalheiros! Esta corte marcial vai mandar uma recomendação para o Congresso dos Estados Unidos para que o comandante Stevenson receba a Navy Cross. Com isso, este julgamento está terminado!

No momento em que o presidente bateu forte o martelo na mesa à sua frente, explodiram as cenas de alegria entre os oficiais do USS *Alexandria*. Eles pularam como se fossem colegiais. O almirante, grisalho, que já estava a caminho da saída, voltou-se e gritou para eles, exigindo silêncio e serenidade.

— Cavalheiros! Não se esqueçam de que são oficiais da marinha dos Estados Unidos e que têm de se comportar como tal!

Em seguida, saiu rapidamente.

✪✪✪✪✪

Pelo que se lembrava, Condoleezza Rice só tinha chorado uma vez na idade adulta. Foi no dia 11 de setembro de 2001. Durante todo esse dia, ela se manteve calma, decidida e agindo com lógica. Foi no dia seguinte, ao voltar para casa, à noite, sozinha, no seu apartamento do Watergate, e ao ligar a televisão. Em frente ao Palácio de Buckingham, em Londres, realizava-se uma grande manifestação de pesar e de solidariedade aos Estados Unidos, país atingido em cheio pelo terrorismo, e decorria uma parada militar. A banda escocesa de gaitas-de-fole tocava o Hino Nacional americano. De repente, ela não agüentou mais. E chorou.

No momento, acontecera o mesmo. De repente, uma nova onda de sentimentalismo. Tudo se repetiu como se fosse uma espécie de sagrada ironia. Desta vez, ela conseguira terminar o seu discurso no almoço das filhas da revolução americana, Daughters of the American Revolution, uma organização extremamente sedenta de sangue, quando o seu secretário veio atrás dela e a alcançou à saída pela porta da cozinha, no porão do hotel, dizendo que havia pressa em chegar a mais uma reunião do Conselho Nacional de Segurança, o CNS. Tinha desaparecido um Seawolf ao largo da costa sul-africana. Imediatamente, ela pediu que a deixassem sozinha no assento traseiro da limusine.

Foi então que ela não agüentou pela segunda vez na idade adulta e chorou. Fosse lá o que tivesse acontecido, certamente era o pior que podia acontecer. Não se "perdia contato" com um Seawolf, isso ela sabia muito bem. Isso não podia acontecer. O Seawolf tinha a bordo um equipamento de transmissão mais sofisticado do que a mais moderna das emissoras de televisão. Os Estados Unidos estavam a caminho de registrar mais uma derrota e serem um país transformado num gigante ferido e furioso que reagia com violência para todos os lados.

E isso se sobrepunha a um cerco de vários dias por parte da mídia. A Casa Branca estava, de fato, cercada, sem qualquer dúvida. Na maior parte das vezes, foram obrigados a comer a sua própria merda.

Tudo começou quando o novo porta-voz de imprensa, Tony Snow — um achado que o pessoal da Casa Branca disse ter pescado na Fox Television, o canal favorito do presidente —, veio a público, fazendo diversas declarações sobre o submarino terrorista. Que este era liderado por uma notória assassina de judeus, por um psicopata e assassino em série e um comandante russo que o ditador Putin tinha promovido e que não ligava a mínima para regulamentos internacionais de marinharia, ou seja, em outras palavras, "uma gangue de loucos assassinos". O pior é que ele colocou essas declarações na boca do presidente.

Verificou-se que essas declarações foram um autêntico tiro no pé, de devastadoras e inimagináveis conseqüências. Isto porque, quando "o louco assassino" Hamilton apareceu em entrevista exclusiva no programa *60 Minutos,* ele abriu caminho para todos os jornalistas investigativos dos Estados Unidos e forneceu a todos verdadeiros nacos de boas notícias. Ele tinha estado o tempo todo depois da fuga da prisão sob a proteção do governo americano. Além disso, fora integrado no programa de proteção do FBI e, por fim, condecorado com a Navy Cross pelo Congresso. Mouna al Husseini tinha participado da mesma operação que ele e em cooperação com as forças armadas dos Estados Unidos! E tudo isso foi investigado e comprovado em poucos dias pelos jornalistas, uma revelação mais constrangedora do que a outra. E o pior é que esses jornalistas investigativos tiveram mais facilidade do que nunca em encontrar fontes de informação dentro da própria administração do governo e muito mais dentro do novo Congresso eleito contra o presidente, e até no Pentágono. Parecia uma revolta generalizada. E o enxame de jornalistas não descansava, correndo atrás de mais sangue.

Não havia dúvidas de quem estava por trás e organizando toda essa onda de ataques do chamado quarto poder, achou Condoleezza Rice. Nem era preciso perguntar muito a respeito de quem era o *Mr. Mastermind* disso tudo. Bastava ter visto uma única vez a entrevista do vice-almirante Hamilton no *60 Minutos.* Era como se ele estivesse mencionando tudo *en passant,* como se nem sequer estivesse consciente da questão, apresentando uma imagem de honestidade e de alta consideração. E, entretanto, jogava no ar um montão de ossos e pedaços de carne que obrigavam o bando de cachorros a virar-se e, em vez de ridicularizar o submarino terrorista, passar a lançar-se contra a administração do seu país.

E agora essa do desaparecimento de um Seawolf com mais de 130 homens a bordo. O mais moderno e mais poderoso submarino nuclear lançado ao mar pelos Estados Unidos em todos os tempos.

Desaparecido? E o reator atômico a bordo? Estaria em território sul-africano envenenando as águas territoriais da África do Sul? E se Rumsfeld tivesse espalhado mais uma nova série de mentiras para defender o seu traseiro? Ele tinha sido obrigado a engolir cada pedacinho das suas insinuações sobre a existência de energia atômica e de armas nucleares a bordo do U-1 *Jerusalém*. Para não falar do fiasco da caçada ao submarino palestino no Mediterrâneo, quando a nave entrava de bandeiras desfraldadas e ao som alegre de marchas militares no porto da Cidade do Cabo.

Por maior que a catástrofe seja, isso vai provocar um fim para todas as mentiras. Isso era a única coisa de que estava certa, no momento em que o carro entrou pelos portões da Casa Branca e ela dava uma última checada na sua maquiagem.

É uma posição difícil de sustentar, pensou ela, ao entrar na penumbra do salão de crise no porão da Casa Branca. O presidente ainda não tinha chegado, mas Rummy e Dick já estavam lá. Nenhum deles disse qualquer coisa e evitaram até enfrentar o olhar dela.

Assim que George W. Bush entrou, todos se levantaram ao comando de um fuzileiro naval. O presidente estava pálido e parecia alheio. Condoleezza Rice teve a sensação de que ele nem a tinha reconhecido quando a saudou.

Em vez de, imediatamente, dar início à apresentação dos oficiais da marinha que esperavam do lado de fora da sala — tinham que enfrentar uma luta contra o tempo —, o presidente explicou que deviam começar com uma prece que ele próprio ditou. No entanto, foi difícil entender o conteúdo da prece, a não ser o pedido a Deus para defender as vidas americanas e abençoar os Estados Unidos. Todos na sala fingiram acompanhar o presidente, murmurando qualquer coisa, com a cabeça abaixada. Condoleezza Rice chegou a recear que o presidente e os seus amigos viessem a sofrer algum tipo de derrame cerebral.

Assim que o chefe do serviço secreto da marinha começou, finalmente, a sua apresentação, surgiu uma situação implacável e cruel de dados concretos.

Às 14h48, horário local, o USS *Jimmy Carter*, cumprindo ordens do presidente, disparou dois torpedos contra o submarino terrorista, a oito milhas marítimas ao largo da Cidade do Cabo, portanto ainda em águas territoriais sul-africanas. Os torpedos foram neutralizados, ou seja, simplesmente destruídos por armas ainda desconhecidas. Em seguida, o submarino terrorista disparou um torpedo do tipo Schkval e afundou o USS *Jimmy Carter*. Tudo ficou gravado pelo USS *Alexandria,* que participava da operação como submarino de apoio. A gravação foi mandada um pouco menos de meia hora mais tarde, via satélite, para o CENTCOM, em Tampa. Existem razões para acreditar que todos a bordo do USS *Jimmy Carter* morreram, visto que o submarino ficou em pedaços, sem que se registrassem reações aos sinais de alarme enviados. Essa é a situação.

Houve um silêncio total na sala. Todos ficaram olhando para o chão ou para os seus papéis em cima da mesa.

— Os senhores querem dizer mesmo que afundaram o USS *Jimmy Carter*? — perguntou o presidente, finalmente.

— A resposta é sim, senhor presidente — respondeu o comandante que fez a apresentação.

— Vocês já sabem que todos os nossos rapazes a bordo estão mortos? — continuou o presidente, após uma longa e sofrida pausa. Ele pareceu um pouco encolhido e estranhamente desconcentrado.

— Nós receamos o pior, senhor presidente — respondeu o comandante, rapidamente. — Mas ainda não temos certeza. O torpedo atingiu a proa e foi suficientemente forte para afundar a nave de imediato. Isso significa que o torpedo atingiu, no mínimo, três segmentos do submarino, que logo se encheram de água. Mas é sempre possível que haja sobreviventes nos dois outros segmentos do submarino, na popa.

— Vocês tomaram algumas medidas para resgatar eventuais sobreviventes? — perguntou Rumsfeld, aproveitando uma curta distração aparente do presidente.

— Nós não temos nenhuma possibilidade de enviar assistência a partir do nosso território, não dentro de tempo hábil, senhor ministro da Defesa — respondeu o comandante, mecanicamente. — Fizemos contato com os britânicos. A maneira mais rápida de resgatar eventuais sobreviventes a bordo seria enviando por avião os pequenos submergíveis de salvamento britânicos.

— Por que não foram tomadas ainda essas medidas? — insistiu Rumsfeld. — O relógio avança, disso o senhor entende muito bem, certo?

— Sim, Sir. Mas os Estados Unidos ainda não reconheceram a perda de um submarino nuclear no território de um país estrangeiro. Há um procedimento padrão que precisa ser seguido, segundo todos os regulamentos existentes. — Foi a resposta que veio rápida.

Havia um dilema inesperado que retardou a todos durante um bom tempo. Primeiro, era preciso reconhecer a perda, depois pedir assistência à Grã-Bretanha e à África do Sul. Esta última iniciativa devia partir e ser responsabilidade do Ministério das Relações Exteriores. O Pentágono poderia entrar em contato com Londres.

Mas antes era preciso expedir um comunicado por parte da Casa Branca. Os jornalistas já tinham começado a telefonar para o departamento de Imprensa. Os rumores estavam nas ruas.

— Essas poucas pessoas deviam ser enforcadas em público — disse o presidente, de repente, embora em voz baixa, quase inaudível. Um silêncio prolongado dominou a sala e todos olharam para ele, mas parecia que ele não queria olhar nos olhos de ninguém.

Decidiu-se que o presidente devia fazer uma declaração à nação, uma "declaração de emboscada", como já se falava, no horário nobre, à noite. O porta-voz da Casa Branca também devia emitir um comunicado à imprensa, dizendo que um submarino americano em missão de busca tinha sido atacado de surpresa pelo submarino terrorista da Palestina, apesar das garantias recebidas de que navios de guerra dos Estados Unidos não seriam atacados. A boa vontade em acreditar no porta-voz do submarino palestino tinha custado uma quantidade desconhecida de vidas americanas. Mas os culpados não podiam escapar. Poderiam correr o quanto quisessem, tentando salvar as próprias vidas, mas não poderiam se esconder indefinidamente. E assim por diante.

Condoleezza Rice ficou preocupada. Mais uma vez seriam ditas mentiras. E havia gente demais dentro da marinha que conhecia a verdade. E os jornalistas eram os melhores para detectar onde estava a verdade.

As mentiras provocariam primeiro, com certeza, uma revolta generalizada, ódio e uma violenta vontade de vingança em todos os Estados Unidos. Isso era fácil de prever, claro.

Mas se as mentiras fossem descobertas, a mesma revolta seria dirigida contra a administração e, além disso, iria bater direto no presidente, tanto mais que este parecia não hesitar diante do risco de repetir a versão incorreta à noite, no seu discurso à nação.

Mas no ambiente tal como estava, com eles divididos, perseguidos, desesperados e desanimados, Condoleezza Rice achou que não haveria chance nenhuma para discutir uma versão oficial mais detalhada. Por isso, anotou o que era para ela fazer e voltou para o seu departamento, a fim de realizar o telefonema mais desagradável da sua vida, para o presidente Thabo Mbeki.

Meia hora mais tarde, já no seu escritório, sozinha e esperando que a administração sul-africana encontrasse o seu presidente, ela pensou pela primeira vez nesse dia trágico, em Mouna al Husseini e na longa conversa que as duas tiveram uma noite, não fazia muito tempo, num pequeno e dilapidado castelo particular na Inglaterra. Mouna tinha sido totalmente sincera ao avisar sobre as conseqüências de um ataque americano contra o U-1 *Jerusalém*. Ela tinha falado a verdade, ao declarar que não era a morte que receava, mas as conseqüências políticas de entrar em guerra com os Estados Unidos. E talvez tivesse sido ela a dar a ordem para afundar o USS *Jimmy Carter*. Tudo, afinal, era uma grande e arrasadora tragédia.

✪✪✪✪✪

Quando o U-1 *Jerusalém* dobrou o Cabo da Boa Esperança, a ponta mais ao sul da África, o submarino ficou quieto, na espera, durante meio dia, a grande profundidade, antes de passar pelo Estreito de Bab al Mandab e seguir para o Mar Vermelho. A passagem teria que ser feita durante a noite. O estreito era tão raso que o submarino arriscava-se a ser descoberto pelo ar.

A manobra complicada de travessia do estreito, na costa leste da África, teve lugar ao mesmo tempo que todos os satélites estavam sintonizados em busca do submarino na costa oeste e a frota britânica, formada em grupo, como uma linha de zagueiros, diante do Estreito de Gibraltar. A estratégia estava definida, se não de outra maneira, pelo menos em termos de dramaturgia na grande mídia. Todos os canais de televisão afirmavam saber que o submarino terrorista ia de volta para o Mediterrâneo, a fim de realizar novo ataque contra Israel. Em parte, todas as iniciativas palestinas para negociar uma melhoria do status de Gaza foram malsucedidas. E, por outro lado, a situação piorou, ficando desesperada e sem saída, depois de se ter atacado e afundado um submarino nuclear americano em missão pacífica de vigilância. Com isso, tinha se assinado a sua própria condenação à morte.

Assim se descrevia a situação, pelo menos na mídia americana. Do que se dizia nas outras mídias nada se sabia a bordo do U-1 *Jerusalém*, isto porque Carl tinha dado ordens para restringir a elevação de antenas acima da superfície do mar.

O ambiente a bordo estava muito tenso. Nem mesmo os russos pareciam especialmente animados, embora o seu chefe tivesse obtido a maior vitória de todos os tempos contra um submarino nuclear americano. Mas a primeira excitação do triunfo murchou rápido e passou a um estado de lamúria e irritação.

Possivelmente, isso tinha a ver com os novos prisioneiros. Os marinheiros do submarino americano se diferenciavam, nitidamente, dos israelenses que tinham estado a bordo na primeira parte da viagem. Talvez porque fossem em maior número e poucos tinham ferimentos graves. À parte algumas entorses e um dedo quebrado, Jelena Mordavina pouco teve o que fazer com os americanos.

É certo que o problema da falta de espaço a bordo se resolveu razoavelmente bem, pelo fato de o carregamento de torpedos ter diminuído. No setor, foi possível colocar umas dez camas. Os prisioneiros americanos olhavam ferozmente e pouco falavam, mas mantinham entre si conversas intermináveis em voz baixa, imperceptível. Começava a ficar insuportável.

Repetidamente, Carl tentava tocar no problema com o porta-voz, um capitão-de-mar-e-guerra chamado Kowalski que tinha cabelos negros, cortados curto, e falava intermitentemente com frases incompletas como se fosse alguma espécie de paródia militar.

Kowalski nem sequer amolecia na hora de ser convidado pelo almirante para o almoço, pelo menos não na primeira vez. Na segunda vez, Carl inventou uma desculpa para chegar à mesa de uniforme de gala, explicando que houvera uma pequena cerimônia a bordo. Assim que Kowalski descobriu que Carl era um Navy Seal e tinha sido condecorado com a Navy Cross, mudou rapidamente de atitude.

— O problema, capitão Kowalski, é o senhor e eu termos de encontrar um ponto de equilíbrio a bordo — começou Carl, segurando uma garrafa de vinho na frente do copo de Kowalski, que apenas abanou a cabeça.

— O senhor devia provar, capitão. É um Pinot Noir sul-africano. *Meerlust*, o que significa, pelo que posso entender, "saudades do mar". Não?

Kowalski cedeu com um aceno curto e Carl pôde servir um pouco de vinho para ele e para si mesmo.

— *Skål*, capitão — brindou Carl.

Kowalski pareceu desconfiado ao provar com cautela o vinho, mas, no entanto, mostrou-se positivamente surpreso.

— Como disse, capitão, nós devemos encontrar uma maneira de melhorar as relações a bordo — repetiu Carl.

— O que é que quer dizer com isso, senhor?

— Quero dizer o seguinte: se imaginarmos uma situação em que as nossas posições estivessem trocadas, eu e os meus colegas estaríamos de mãos amarradas atrás das costas lá embaixo na carlinga, com um capuz na cabeça. Por vários motivos, eu não quero fazer isso com vocês, e a Convenção de Genebra é um desses motivos.

— Posso simpatizar, senhor. Mas que fazer?

— Essa é justamente a questão. Vocês são 15 pessoas, na maioria completamente sãs. São empreendedores e inteligentes, caso contrário não seriam tripulantes de um Seawolf. E assim que a gente vira as costas, vocês começam a planejar como se amotinar ou sabotar o U-1 *Jerusalém*. Não, espere! Não tome isso como crítica, mas como elogio. Mas como é que o senhor acha, capitão, porta-voz do contingente americano, que eu devo tratar o problema?

— Evitando o motim, senhor.

— É claro.

— Amarre-nos nas costas. E prenda-nos num compartimento, com um capuz na cabeça, senhor.

— Essa talvez não seja a resposta mais inteligente e mais diplomática que eu já ouvi, capitão. Mas eu admiro a sua sinceridade.

— Informou à Cruz Vermelha os nossos nomes, senhor?

— Infelizmente, ainda não. Estamos navegando sob total silêncio radiofônico e, como oficial de submarino, o senhor, sem dúvida, deve saber por quê. É triste que tenha acontecido o que aconteceu. Nós não queríamos isso, mas o USS *Jimmy Carter* disparou primeiro.

— Correto. E vocês tiveram a sorte do seu lado. As merdas acontecem, senhor.

Carl não conseguiu ir além disso com o capitão Kowalski. E ainda que a personalidade especial de Kowalski talvez fosse a principal barreira a um relacionamento menos tenso entre a tripulação e os prisioneiros, Carl nada podia fazer. Kowalski era o oficial de patente mais alta entre os americanos e, por isso, automaticamente, o seu porta-voz e representante. Em contrapartida, o que ele podia fazer era, pouco a pouco, aumentar o tempo de prisão de Kowalski na cabine que ambos compartilhavam.

Como ele esperava, o problema teve uma solução. Uma noite, quando Carl chegou à sua cabine, depois de ter terminado seu turno para dormir, evitando acender a luz para não perturbar, foi atacado pelas costas por Kowalski, que conseguiu até passar um laço no pescoço dele. Esse seria o tiro de partida para uma tentativa de motim.

Só que o tiro saiu pela culatra. Carl reagiu e acabou por agredir e dominar Kowalski, enfiando-o no beliche de baixo. E, no final, ainda repetiu para ele a velha piada americana de que ele tinha atacado o homem errado.

Mais tarde, Carl condenou a duas semanas de prisão disciplinar não só Kowalski como mais quatro americanos que o esperavam do lado de fora da cabine, com algumas armas improvisadas. Com isso, o lugar de porta-voz e de oficial de contato dos prisioneiros passou para um tenente chamado Simonsen. E com este tudo funcionou muito melhor.

A última noite antes de o U-1 *Jerusalém* chegar à zona de ataque, Carl convidou Petrov, Jelena Mordavina, Mouna e a atual grande estrela da televisão mundial, a repórter Rashida Asafina, "para um eventual jantar de despedida". Ele acentuou as suas últimas palavras em ar de brincadeira, mas ninguém gostou da piada. A partir do dia seguinte, seria estabelecida a proibição absoluta de bebidas alcoólicas a bordo. E o estágio de prontidão seria elevado em dois níveis. Por isso, após uma longa pesquisa, ele acabou escolhendo os melhores vinhos da adega, presente dos viticultores sul-africanos.

Carl iniciou o jantar anexando mais duas novas divisas nos ombros de Anatolich Petrov, elevando a patente dele para contra-almirante, dizendo, de brincadeira, que nem sempre estava de acordo com o presidente Putin, mas que Anatolich, inquestionavelmente, bem merecia a promoção, mesmo tendo em conta as fortes exigências da marinha palestina. Todos riram bastante e brindaram ao novo status do comandante.

Rashida Asafina — que Carl convidou mais para obrigar Anatolich a falar em inglês — aproveitou a ocasião para levantar a questão da necessidade de substituir a fotógrafa por outra. Jelena Mordavina explicou que talvez fosse por causa da falta generalizada de mulheres a bordo. Anatolich considerou que a exigência tinha a ver com o fato de as mulheres ocuparem menos espaço no submarino, consumiam quantidades menores de oxigênio e podiam passar com mais facilidade pelas divisórias e as escadas. E isso levou a novas gargalhadas gerais e a mais brindes.

Em seguida, Mouna explicou que a questão era muito simples. Tanto ela como Carl eram antigos chefes de espionagem. E da primeira vez que Rashida Asafina chegou a bordo com uma fotógrafa como assistente ninguém entendeu qual era a situação. Da segunda vez, todo mundo já sabia do que se tratava. E se Mouna ou Carl, nas suas antigas posições de trabalho, tentassem trazer para bordo um espião ou um sabotador, eles investiriam forte, justamente, num fotógrafo. Uma grande parte dos espiões recebia instruções em fotografia. E uma grande parte ainda era comprada por dinheiro. Mas nenhum chefe de espionagem, bem pago e digno de confiança, jamais conseguiria arregimentar num curto espaço de tempo uma agente que, simultaneamente, fosse contratada como fotógrafa pela Al Jazeera. Essa era a história.

Carl teve apenas que levantar o seu copo e acenar, concordando. Mas havia um problema mais sério, continuou ele, parecendo preocupado. O contra-almirante Anatolich Valerivich Petrov tinha cometido um grave crime de insubordinação que, se não fosse a sua nova posição de oficial superior, o levaria a ser condenado a deixar o U-1 *Jerusalém* por um dos tubos de saída de torpedo. No momento, porém, ele teria que ser levado à corte marcial, disse Carl, suspirando e olhando pensativo para o seu copo de vinho.

Os outros olharam fixamente para ele, inseguros, não sabendo o que, na realidade, teria acontecido ou se Carl estava de brincadeira.

Carl fez uma pausa um pouco mais prolongada e, então, acrescentou que, como era sabido, os dois comandantes a bordo tinham cabines anexas. E Carl que, como antigo oficial dos serviços secretos, sempre estava alerta, fez certas observações acústicas vindas da cabine ao lado. Um crime estava sendo cometido. E a esse respeito não havia dúvida alguma. Segundo o regulamento a bordo, todos os marinheiros, independentemente da sua patente, que cometessem esse crime, teriam que deixar o submarino e, se necessário, por algum dos tubos para lançar torpedos. E o crime era o de assediar sexualmente qualquer das mulheres da tripulação.

Jelena Mordavina corou acentuadamente. Anatolich coçou, irritado, atrás da orelha, de tal maneira que chegou a cair fios de cabelo em cima da mesa de jantar.

— O erro foi meu — confessou Jelena Mordavina, em voz baixa, com o olhar fixado na mesa e continuando corada.

— Eu assumo toda a responsabilidade! — disse Anatolich, gritando.

Carl, Mouna e Rashida Asafina caíram na gargalhada, brindaram solenemente entre si e depois com o par de jovens e novos namorados, segundo as palavras da repórter Rashida.

— Vocês já estão noivos? — perguntou Carl, de espírito aliviado, querendo dizer com isso que a brincadeira tinha terminado.

— Nós estamos, em termos marítimos... Quero dizer, em termos de camaradagem, nós estamos noivos sim — murmurou Anatolich, enquanto Jelena Mordavina acenava, confirmando, com a cabeça, agora nitidamente mais satisfeita.

— Diga-me, contra-almirante Petrov, na marinha russa, o comandante superior tem direito a realizar casamentos a bordo?

— Nãoooo, só na marinha mercante nós temos essa prerrogativa — respondeu Anatolich, fazendo com o dedo alguma espécie de círculo na mesa. E, no momento, também ele começou a corar.

— Hum — murmurou Carl, pensativo. — Na marinha sueca, de onde eu venho, os oficiais têm essa prerrogativa. E na marinha palestina, de que eu sou o chefe supremo, também nós a temos, a partir deste momento. Portanto, o que é que vocês dizem? Vamos legalizar esse relacionamento criminoso?

— Por favor, espere. Preciso trazer aqui a minha fotógrafa! — disse Rashida Asafina, quase virando a mesa ao se levantar e correr dali.

Vinte minutos mais tarde, realizou-se o casamento, na praça-de-armas, decorada a preceito e com todos os oficiais presentes. O vinho sul-africano foi trazido em substituição do mais apropriado champanhe, em recipientes com gelo, na realidade caixas para guardar carne.

— Aceita, Jelena Andrejevna Mordavina, este homem como seu marido, prometendo amá-lo, na alegria e na dor, na riqueza e na pobreza, nas profundezas do mar e em terra, enquanto viver e respirar? — perguntou Carl em russo.

O silêncio pairava em todo o refeitório, todos estavam de pé, enquanto as duas cozinheiras se debruçavam pela abertura da cozinha para a sala do refeitório.

— Sim — respondeu Jelena Mordavina.

— Muito bem — disse Carl, acrescentando: — Aceita, Anatolich Valerivich Petrov, esta mulher como sua esposa, prometendo amá-la, na alegria e na dor, na riqueza e na pobreza, nas profundezas do mar e em terra, enquanto viver e respirar?

— É claro! — respondeu Anatolich.

— Sim é o que se diz — corrigiu Carl.

— Nesse caso, sim.

— Em nome da marinha palestina, eu vos declaro marido e mulher.

E assim explodiram os aplausos e se encheram os copos de vinho.

Meia hora mais tarde, Carl estava sentado a uma mesa, sozinho com Rashida Asafina e a sua nova fotógrafa. Ele percebera que a câmera estava ligada, mas não se importou.

— Você sabe, Rashida — disse ele, enfatizando bem as palavras —, esse foi o momento mais bonito a bordo do U-1 *Jerusalém*. Existe sempre uma esperança.

— Será que a esperança está morrendo? — insistiu Rashida Asafina, seguindo a rotina.

— Sim — disse Carl. — Dentro de algumas horas, vamos entrar na zona da morte e ninguém sabe o que acontecerá depois disso.

✪✪✪✪✪

O Pentágono parecia vazar feito uma peneira. Assim acontece quando o povo quer se ver livre do seu chefe, constatou Condoleezza Rice.

Ela mesma sempre teve todo o cuidado em nunca usar expressões que a ligassem às decisões do presidente a respeito da emboscada ou às proclamações do Pentágono de que ninguém no mundo iria poder atacar um Seawolf, a não ser por ataque traiçoeiro e covarde em tempo de paz ou por meio de sabotagem ou por terrorismo, raro e mal-intencionado.

Ela não se opunha publicamente, mas fazia o possível para seguir a linha tênue e frágil entre a deslealdade e a mentira. Assim que os repórteres investigativos começaram a analisar, detalhadamente, tudo o que ela tinha dito nos últimos tempos, nada encontraram que a culpasse. Ela nunca havia mentido.

O jornal *Washington Post* foi o primeiro a desvendar a mentira da "Emboscada do Cabo da Boa Esperança", como a história foi batizada, e passou a ser conhecida. Uma cópia das gravações na corte marcial de Diego Garcia, de uma maneira muito estranha, tinha sido desviada.

Todas as tentativas da mídia para falar com o comandante do USS *Alexandria*, Martin L. Stevenson, foram repelidas com a desculpa de que o submarino e a sua tripulação se encontravam em uma missão e só estariam disponíveis dentro de seis semanas ou mais. E também não seria possível qualquer conversa via satélite ou qualquer outra forma de comunicação, visto que o USS *Alexandria* estava obrigado a observar total silêncio radiofônico. Deram a entender até que a nave estava participando da grande caçada ao submarino terrorista.

A revelação de que tinha acontecido o contrário, de que foram os Estados Unidos que armaram uma emboscada ao U-1 *Jerusalém* e que o submarino palestino não fora o primeiro a abrir fogo, antes estava a ponto de ser destruído por dois torpedos, atingiu estranhamente muito mais o primeiro-ministro britânico, Tony Blair, do que George W. Bush.

No momento, Blair estava no Parlamento britânico e fazia a apresentação da história, por vezes em tom de júbilo e outras vezes em tom de raiva — história que estava sendo discutida e contestada nos canais de televisão do mundo inteiro. De repente, ele colocou uma questão retórica: se um Estado democrático devia acreditar mais em um "assim chamado presidente que afirmava ser o chefe de uma gangue de terroristas, implacáveis e sedentos de sangue" ou nos seus amigos e parentes na maior democracia do mundo? Infelizmente, ele chegou a dar a entender que até os serviços secretos da Grã-Bretanha tinham em mãos uma documentação que confirmava em absoluto a versão americana para a "Emboscada do Cabo da Boa Esperança".

O presidente palestino, Mahmoud Abbas, de início, não tinha muito a argumentar contra a versão da emboscada. Ele não tinha podido fazer nada, a não ser repetir que, segundo as suas ordens, o U-1 *Jerusalém* jamais poderia ter disparado primeiro. Mas que nada mais sabia. Afinal, ele não estava lá. Mas a elite mundial de repórteres continuou insistindo com ele e pressionando-o implacavelmente para saber o que ele sabia.

Mas, então, veio a revelação do *Washington Post*. E aí ficou claro que Tony Blair tinha mentido mais uma vez diante dos parlamentares britânicos. Restava anunciar a sua aposentaria, para o verão seguinte.

Com mais cautela, tanto os porta-vozes do Pentágono e do Ministério da Marinha da Grã-Bretanha quanto a mídia passaram a transmitir os sucessos da caçada ao U-1 *Jerusalém*, desaparecido há três semanas. Provavelmente, estaria ao largo da costa ocidental da África ou nas proximidades do portal de entrada para o Mediterrâneo. Nada mais se dizia, com receio de dar com a língua nos dentes. Em contrapartida, salientava-se de vez em quando que a caçada ao submarino era a maior e mais completa de todos os tempos.

Foi então que, em pânico, se convocou mais uma reunião de crise na Casa Branca. E Condoleezza Rice pensou que estaria para breve o canto de cisne de Rummy. Alguma coisa de grande e de inesperado havia acontecido. E, pela sua experiência, ela acreditava que seriam notícias positivas.

Mais tarde, reconheceu que devia ter ameaçado com a sua demissão, mas a sua relação pessoal com o presidente havia atrapalhado o seu julgamento.

A presença do pessoal da marinha na sala das reuniões de crise, em qualquer outra situação, teria sido mais apreciada do que nunca. Mas, no momento, já se tinha tornado uma rotina perversa o anúncio de mais uma manobra surpreendente do U-1 *Jerusalém*, que, certamente, não se encontrava nas proximidades do Mediterrâneo.

Em sua apresentação, como normalmente, monocórdica, o porta-voz do Departamento de Serviços Secretos da Marinha americana informou que Israel tinha dado o seu submarino *Leviathan* como desaparecido, receando-se que tivesse sido afundado no porto militar situado no golfo de Akaba, perto de Eilat, atacado primeiro com torpedos e a seguir com um número não especificado de mísseis de cruzeiro. Portanto, havia se usado uma tática oposta àquela contra Haifa, no Mediterrâneo. As corvetas *Lahav* e *Eilat* tinham sido totalmente destruídas, junto com os barcos robôs *Keshet* e *Kidon*, além de uma grande quantidade de munição. Resumindo e embaralhando, a frota israelense no Mar Vermelho não existia mais. Suspeitava-se de que o ataque tinha sido desferido pelo submarino terrorista palestino.

Se a mensagem não fosse extremamente grave, Condoleezza Rice teria caído na gargalhada. *Suspeitava-se* de que fora o U-1 *Jerusalém* a atacar. Oh, sim. Mas não teria sido o Irã de novo?

— Como é que foi possível eles terem chegado até o Golfo Pérsico? — perguntou o presidente.

Ninguém respondeu. Em parte, porque se eles chegaram lá só poderia ser sob a superfície dos mares. Mas ninguém ousava apresentar ao presidente uma resposta inútil para uma pergunta idem.

— Eles estão presos no Mar Vermelho. Não vão ter tempo para sair antes de nós fecharmos a área com a esquadra do nosso porta-aviões — disse Rumsfeld, em voz alta, sem estremecer. E ele se inclinou um pouco para a frente ao falar. — Está na hora de acabar com esses terroristas de uma vez por todas! — acrescentou, decidido.

— Sim, está realmente chegando a hora de dar uns pontapés em alguns traseiros. Eu quero esses traseiros! — disse o presidente, levantando-se um pouco da cadeira como se a reunião estivesse para terminar. E assim entenderam os presentes. Todos se levantaram. E a reunião terminou.

Foi então que Condoleezza Rice achou que devia ter pedido demissão, já que nada podia fazer para ajudar o seu amigo George W. Bush.

✪✪✪✪✪

Em Washington D.C. existe um ditado, que a Arábia Saudita é o quinto poder do Estado. O que diferenciava o seu embaixador, o príncipe Bandar bin Sultan, dos outros embaixadores, junto da Casa Branca, é que ele conseguia ter acesso imediato ao presidente. Até mesmo os representantes da mídia, do chamado quarto poder, mais destacados e mais bem predispostos, levavam meses telefonando, conversando, insistindo e se humilhando, antes de conseguir uma audiência. Mas para o príncipe Bandar bin Sultan era diferente. Ele tinha sido, e ainda era, amigo íntimo do pai do presidente, o ex-presidente Bush. E o pai do príncipe Bandar, o rei Fahd, tinha sido amigo ainda mais íntimo de Bush pai, tendo tomado juntos decisões históricas, principalmente durante a primeira guerra do Iraque, também conhecida como a Guerra do Golfo, em 1991.

A isso devia acrescentar-se que a posição da Arábia Saudita era muito delicada no mundo árabe, justamente por causa do relacionamento especialmente íntimo e amistoso com a família Bush. Osama bin Laden construíra o seu poder à custa de acusações contra o rei saudita, de que este, "guarda de duas mesquitas sagradas, em Meca e em Medina", havia deixado os infiéis, isto é, os militares americanos, estabelecerem bases militares na Arábia Saudita, durante e depois da guerra de 1991. Por isso, a participação saudita na segunda guerra contra o Iraque, em 2003, teria sido um risco incalculável.

O príncipe telefonou do seu celular, quando estava almoçando num restaurante em Georgetown com a sua família e *entourage*, no mínimo umas vinte pessoas, informando em poucas palavras que ia fazer ao presidente uma visita e que era importante.

O dia de trabalho tinha terminado e George W. Bush estava a sós com Condoleezza Rice, no Salão Oval, a fim de discutir aquilo que ela queria, o novo insucesso da caçada ao U-1 *Jerusalém* e a nova derrota militar. E aquilo que ele queria, as conseqüências de matar de uma vez por todas a tripulação desse tal submarino.

Quando o príncipe Bandar telefonou e anunciou a sua chegada, não havia nada a fazer. Restava apenas esperar por ele e ouvir o que tinha para dizer. E seria, certamente, mais uma chatice. Caso contrário, ele não teria usado o seu privilégio. Cada um deles pediu um sanduíche de pão integral com cebola torrada e rosbife, sem maionese, água mineral e café descafeinado, comendo tudo antes que o príncipe chegasse.

Ao entrar no Salão Oval, ele deu a entender que estava com pressa, mas não deixou de perguntar sobre a família do seu amigo George, o estado do pai, a saúde da esposa, coisas assim. Só depois entrou direto no assunto, razão da visita.

— Senhor presidente, desculpe-me tratá-lo de maneira tão formal, mas é realmente com o presidente que eu quero falar. Nós estamos diante de um problema grave. Há cerca de uma hora, aquele submarino, o *Al Quds*, você sabe, fundeou no porto de Jeddah. E está lá agora, ancorado, diante dos olhos de todo o mundo. Esse é o nosso problema.

— Como assim? Qual submarino? Você quer dizer *aquele* submarino? — perguntou George W. Bush. — Em outras palavras, ele continua no Golfo Pérsico? Que bom...

— Não, não no Golfo Pérsico, meu amigo. Ele está em Jeddah, no porto onde fica a cidade de Meca. Portanto, no Mar Vermelho. É embaraçoso, mas é um fato.

— Vocês podem afundá-lo e internar a tripulação? — perguntou George W. Bush, com incendiado otimismo.

— Não, meu querido amigo, não podemos fazer isso, absolutamente. Por favor, me escute. Nós fomos surpreendidos. Uma firma palestina de transporte reservou lugar no cais, comprou mantimentos e combustível. É uma burocracia danada no porto de Jeddah. E, de repente, pouco antes da meia-noite, entrou aquele submarino porto adentro e está sendo abastecido. Nós não podemos evitar nada, mas eu espero que eles vão embora o mais rápido possível. Só peço, meu querido amigo e amigo da minha família, que você não tenha a grande idéia de atacar o submarino no nosso território.

— Mas vocês sempre nos apoiaram na luta contra o terrorismo — objetou George W. Bush, quase suplicando, como se tivesse sido pessoalmente traído.

— Sim, George, sempre demos o nosso apoio. Mas isso tem o seu custo. Entendo que você queira destruir esse submarino, em especial depois de ele ter acabado com o seu submarino mais moderno. Eu entendo muito bem, realmente. Mas você não pode atacá-lo na nossa área. Isso seria uma grande ameaça para o reino saudita, e também, uma séria ameaça para a nossa boa colaboração de muitos anos. E nem uma palavra para os israelenses, por favor! Todos sabem que eles não têm os seus próprios satélites e, portanto, um ataque por parte dos israelenses será interpretado como tendo sido feito a partir de informações da sua parte.

— A vantagem tática é que nós temos agora a posição exata do submarino quando ele sair do porto, o que provavelmente vai acontecer antes do amanhecer — interrompeu Condoleezza Rice, com decisão. Em sua opinião, a realização de um ataque militar na Arábia Saudita, se fosse possível, seria ainda pior do que um ataque na Cidade do Cabo.

— Eu entendo — disse George W. Bush, de espírito aguçado e sobrancelhas franzidas. — Suponho que essa tal dona Hosiana é um pouco popular lá para os seus lados também.

— Não, George — objetou o príncipe Bandar, suavemente. — Ela é uma figura sagrada entre a grande massa plebéia. Ela é a Joana D'Arc dos muçulmanos. Mas eu acredito que você e eu nos entendemos, George. Eu aprecio muito a nossa amizade e a amizade entre as nossas famílias, você sabe disso. Desculpe eu ter tomado o seu tempo assim, sem avisar antes. Mas agora tenho que voltar para a minha família, que me espera impaciente à mesa do jantar. Obrigado pelo tempo que lhe tomei, George.

✪✪✪✪✪

As forças americanas de qualquer porta-aviões constituem a máquina militar mais formidável que jamais existiu sobre a face da Terra. Na teoria, podem destruir tudo à sua volta num raio de 800 quilômetros do seu centro, que é o próprio porta-aviões, claro. Um navio desses equivale a um prédio de 24 andares, tem uma pista de aterrissagem de 90 metros de largura e até seis mil homens a bordo. É o coração e o cérebro das forças de ataque, de aviões de ataque, de aviões de busca, de aviões de reconhecimento e de aviões de ataque contra submarinos. Mas à volta desse centro em que o comando pertence a um contra-almirante que é rei ou, melhor ainda, corresponde atualmente ao antigo comandante de exército romano, existe uma frota de cruzadores, fragatas e corvetas — e dois submarinos de ataque, especializados no combate anti-submarino.

Os Estados Unidos dispõem, atualmente, de nove desses conjuntos de forças de ataque, distribuídos pelos mares do mundo. A qualquer hora, o presidente pode ordenar a um desses conjuntos de forças armadas para se dirigir a qualquer lugar e destruir aquilo que o presidente desejar.

Foram essas forças armadas estacionados no Oceano Índico, tendo o porta-aviões USS *George Wahington* como navio-bandeira, sob o comando do contra-almirante Daniel E. Slepp, que receberam a ordem do presidente para navegar para o Mar Vermelho, encontrar e destruir o submarino terrorista, cercado nessa área.

Essas forças armadas estavam a oito horas de Jeddah no momento em que a chamada "ordem vermelha" foi recebida direto do presidente, junto com a informação de que o alvo estava nesse porto. Mas a ordem seguiu com as instruções específicas de que o alvo inimigo não devia ser atingido enquanto no porto e nem mesmo nas águas territoriais sauditas.

A primeira medida que o contra-almirante Slepp tomou, evidentemente, foi a de mandar os seus aviões de reconhecimento para confirmar a posição do alvo. Assim que a confirmação chegou, o resto ficou muito simplificado. Ele mandou os seus aviões de busca para acompanhar o alvo enquanto estivesse a pouca profundidade e ao longo das águas sauditas. Nas águas mais profundas esperavam os dois submarinos de combate.

O porta-aviões ficou na retaguarda. Do inimigo, afinal, sabia-se que estava armado com torpedos do tipo russo Schkval. Na primeira linha ficariam os dois submarinos de ataque. A seguir, as fragatas e corvetas especializadas no ataque a submarinos. E, por fim, os cruzadores, numa posição mais à retaguarda, junto ao porta-aviões.

A observação constante do porto de Jeddah confirmou todas as informações recebidas e havia o controle completo do submarino inimigo quando este se fez ao mar e submergiu.

Uma coisa com a qual o contra-almirante Slepp estava satisfeito era em ter um dos seus melhores amigos a bordo, como chefe de operações táticas. Os dois se conheciam desde a juventude e achavam notável que dois garotos do interior, cada um vindo do seu lugarzinho perdido no Kansas, viessem a estar juntos no fim das suas longas carreiras, tal qual como no início, na escola de cadetes. Talvez isso dependesse dos grandes espaços desertos do Kansas que faziam lembrar os mares, e talvez daí viesse a sua inclinação desde garotos pela marinha.

Ao amanhecer, às seis horas, os dois já estavam na ponte de comando e de bom humor. Sentaram-se nas suas cadeiras, preparadas para contrabalançar o movimento das ondas, cada um com a sua caneca de café na mão. Até mesmo um porta-aviões pode balançar bastante quando o vento é forte.

— Está quase chegando a hora do ataque — disse o amigo John Robbins, como uma espécie de saudação matinal, ao chegar à ponte de comando.

— É mesmo. Se esse diabo não decidir subir para o norte do Mar Vermelho, nós vamos apanhá-lo, sim, pelas "bolas" — respondeu-lhe Slepp, que acrescentou: — Aliás, por que ele faria uma coisa dessas? Não pode contar com a travessia do Canal de Suez, certo?

— É uma história muito triste essa do USS *Jimmy Carter* — murmurou o comandante Robbins. — Eles devem ter tido um azar desgraçado. Ninguém erra um tiro na situação tal como foi descrita.

Os dois chefes do USS *George Washington*, com certeza, estariam menos à vontade se tivessem um conhecimento mais completo das circunstâncias em que se deu o embate entre o submarino mais avançado da sua frota e esse submarino terrorista. Mas o Pentágono tinha carimbado todos os relatórios sobre o assunto com o selo de sigilo absoluto, a ponto de a imprensa americana no momento saber muito mais sobre a capacidade destrutiva do U-1 *Jerusalém* do que os chefes a bordo do USS *George Washington*. E nenhum deles lia os jornais, principalmente os que tinham mais de cem páginas, de Nova York e Washington.

O Mar Vermelho mostrava-se num dos seus dias mais ensolarados. O tempo estava claro e o vento, ameno. Se os dois chefes na ponte de comando do USS *George Washington* estavam à espera de alguma coisa, com toda a certeza seria, de repente, a informação de que um dos seus submarinos teria localizado e destruído o alvo. Embora estivesse demorando demais. Já havia passado uma boa parte da manhã.

Aquilo que eles menos esperavam acabou acontecendo. De repente, bem à luz do sol, no meio da superfície infinita das águas, diante deles, surgia do fundo do mar o U-1 *Jerusalém*. Não havia dúvida nenhuma sobre a identificação. Não existia outro submarino igual de serviço em qualquer outra parte. Além disso, era bem visível a bandeira palestina na frente da torre, mesmo a olho nu e a milhas de distância. Mas o submarino exibia também uma grande bandeira branca e apareceu uma pessoa subindo no convés da torre.

— Valha-me minha Nossa Senhora e todas as sardinhas do mundo! Que é que está acontecendo? — exclamou o contra-almirante Slepp.

— É o inimigo, meu irmão — constatou o comandante Robbins, após uma rápida olhada pelo binóculo. — E ele está com a bandeira branca, quer parlamentar. E está à distância de poder lançar um torpedo. Vou acionar o alarme!

Havia uma ordem alternativa nas instruções da Casa Branca, ainda que bem no final e talvez um pouco obrigatória como formalidade. Era de "capturar" o submarino inimigo. A bandeira branca para parlamentar da parte de alguém que há muito tempo já poderia ter disparado um torpedo devia ser levada a sério. Foi a conclusão a que os dois amigos chegaram e sobre a qual os dois rapidamente concordaram na ponte de comando do USS *George Washington*.

Apenas segundos mais tarde, o responsável pelas comunicações a bordo anunciou que havia um contato direto por rádio. Foi ligado um telefone e trazido para o chefe da unidade.

— Pelo amor de Deus, pense que você está falando com um oficial superior, inclusive condecorado com a Navy Cross — disse o comandante Robbins, com um sorriso que mais parecia um esgar e apontando para o telefone. Ele não entendeu a situação como ameaçadora, ou por falta de imaginação ou apenas por experiência e lógica militar e marítima. Se o comando a bordo do submarino tivesse a intenção de disparar os seus torpedos contra o USS *George Washington*... meu Deus, que catástrofe! já o teria feito. No momento, eles queriam apenas conversar. Muito simples. Ali, no Mar Vermelho, no Kansas ou em qualquer outro lugar.

O contra-almirante Slepp pressionou o botão do alto-falante no telefone e gritou:

— Sou o contra-almirante Daniel Slepp! Com quem estou falando?

— Com o vice-almirante Carl Hamilton, chefe da marinha palestina. — Na ponte, ouviu-se a resposta com um estrondo enorme, de tal maneira que vários jovens oficiais até se encolheram. Slepp ajustou o som.

— O senhor veio para entregar o submarino para a marinha americana, almirante? — perguntou Slepp, enquanto fazia sinal para o seu chefe de operações táticas e amigo, tentando saber as medidas que ele pretendia tomar.

— Negativo, almirante. Nós subimos à superfície para, amigavelmente, convencê-lo a nos dar salvo-conduto e a não tomar quaisquer medidas agressivas.

— A minha resposta também é negativa, almirante. Ou aceitamos a sua capitulação e tomamos o seu submarino ou o afundamos. Qual é a sua escolha?

— Nem uma coisa nem outra, almirante. Quero salientar... Quero salientar várias questões e peço-lhe um tempo para escutar o que tenho a dizer até o fim. Caso contrário, talvez partamos mesmo para a luta. Está bem, almirante?

— Está bem. Esclareça as suas intenções, almirante!

— Obrigado, almirante. Em primeiro lugar, nós temos quatro torpedos Schkval apontados para quatro lugares diferentes no casco do seu navio. As escotilhas dos torpedos já estão abertas. Se eu morrer, perco o controle do grupo que faz fogo. Estamos acertados até aqui?

— Estou ouvindo, almirante. E depois?

— Temos 15 prisioneiros de guerra americanos a bordo. São do USS *Jimmy Carter*. Os nomes estão sendo enviados por rádio para a

Cruz Vermelha. Estou certo de que o seu equipamento de escuta já recebeu essa informação. A nossa intenção é voltar para a Cidade do Cabo, entregar esses prisioneiros e, em seguida, deixar a área. Mais uma coisa: a nossa conversa está sendo transmitida direto, via satélite, pelo canal de televisão Al Jazeera. Compreendeu, almirante?

— Entendi. Solicito uma pausa, almirante!

— Autorizada. O senhor poderá retomar o contato quando quiser. Mas eu tenho o dedo no gatilho, e o senhor tem seis mil americanos a bordo.

Aquilo que começara como uma pequena manobra quase amistosa, ainda que não convencional, tinha se transformado num verdadeiro inferno. Os dois velhos amigos do Kansas olhavam-se fixamente na esperança de que o outro dissesse a palavra mais apropriada.

Era uma situação que... pura e simplesmente, não existia! Nunca ninguém tinha imaginado isso. Qualquer míssil que se aproximasse do submarino já seria visto a distância a olho nu. E, além disso, eles tinham o radar funcionando. As corvetas que poderiam fazer fogo com canhões automáticos não estavam por perto. Estavam caçando o submarino bem longe na frente. Os quatro torpedos Schkval no casco do USS *George Washington* iam resultar numa catástrofe cujo tamanho seria impossível sequer de avaliar.

O equipamento de escuta confirmou que uma lista de nomes tinha sido enviada para a Cruz Vermelha internacional. Levou quatro minutos para o pessoal do CENTCOM, em Tampa, confirmar que os nomes correspondiam a tripulantes do USS *Jimmy Carter* e eram autênticos. Pertenciam a homens dados como desaparecidos. Mas as informações eram sigilosas.

— Portanto, temos apenas duas questões a considerar — constatou o chefe de operações táticas e amigo do comandante. — Queremos matar 15 prisioneiros americanos? Queremos arriscar e, conseqüentemente, afundar o USS *George Washington*?

— Não, raios me partam! Naturalmente que não! — gemeu o contra-almirante Slepp, desesperado, dando um murro de punho fechado na sua própria testa. — É impossível!

— Muito bem — suspirou o amigo, apontando, aliviado, para o telefone.

Epílogo

O U-1 *Jerusalém* fez uma nova visita ao porto da Cidade do Cabo, com uma cobertura da mídia internacional ainda maior do que na primeira vez. Os 15 prisioneiros americanos foram entregues a autoridades sul-africanas. Incondicionalmente. Não havia prisioneiros palestinos nos Estados Unidos com quem fazer qualquer troca. Nem mesmo em Guantánamo.

Durante a curta estadia para manutenção na Cidade do Cabo, Mouna al Husseini deu uma única entrevista à televisão estatal da África do Sul. Ela confirmou para a mídia americana o que já tinha revelado antes, que os dois submarinos americanos, o USS *Jimmy Carter* e o USS *Alexandria*, tinham armado uma emboscada em águas territoriais sul-africanas e feito fogo primeiro, a que o submarino palestino reagiu. Depois, o USS *Alexandria* capitulou e afastou-se. Com isso, ela informou que, de maneira geral, a missão do U-1 *Jerusalém* terminara. E que a intenção era vender o submarino de volta para a Rússia, entre outras razões, por causa de as necessidades econômicas de Gaza serem astronômicas. Mas que as exigências para a libertação de Gaza permaneciam.

Quando o U-1 *Jerusalém*, sem festas, nem permissões para saídas a terra, deixou o porto e submergiu, não encontrou nenhum submarino inimigo à sua espera ao largo da costa sul-africana.

✪✪✪✪✪

O ministro da Defesa Donald Rumsfeld demitiu-se voluntariamente. A exigência de ele ser submetido à corte suprema tornou-se enorme, recebendo o apoio não apenas dos democratas, é claro, mas também da maioria dos republicanos no Senado e da nova minoria republicana eleita para a Câmara dos Deputados. O julgamento de um ministro da Defesa um ano antes de mais uma eleição presidencial seria uma catástrofe. E, no momento, no mundo da mídia americana, considerava-se Rumsfeld como muito próximo de um estado de loucura; entre outros motivos, por ter contrariado opiniões mais lógicas e arriscado a perda de um porta-aviões americano com seis mil homens a bordo.

✪✪✪✪✪

O Conselho de Segurança das Nações Unidas votou novamente a resolução que assegurava a Gaza a total soberania do seu território em terra, no mar e no ar. E que essa soberania seria garantida por forças armadas da ONU, formadas por pessoal de países neutros. E que essa soberania incluía o direito a ter um porto e um aeroporto internacionais. A resolução foi aprovada por 14 votos a zero e uma abstenção, a dos Estados Unidos, país que desistiu de usar o seu direito a veto.

George W. Bush esclareceu, um pouco misteriosamente, que agradecia a Deus essa decisão sábia e, por conseqüência, a sua popularidade cresceu na base de um por cento. No entanto, só o presidente Richard M. Nixon teve níveis mais baixos de popularidade em toda a história dos Estados Unidos desde que essa popularidade começou a ser medida.

✪✪✪✪✪

O que aconteceu com o U-1 *Jerusalém* não se sabe ao certo. Afirmou-se que os satélites americanos de reconhecimento tinham observado o submarino acostado no cais de Severomorsk, ao norte de Murmansk, logo depois do início do Ano-novo, e que havia uma fila de carros de luxo estacionados por perto, numa área reconhecidamente pobre. Qualquer confirmação oficial da presença pessoal do presidente Putin na chegada do submarino à Rússia jamais surgiu.

Dois meses depois de ter sido afundado, o USS *Jimmy Carter* foi trazido de uma profundidade de 260 metros para a superfície, ao largo da costa sul-africana. O reator nuclear, milagrosamente, não sofreu avarias sérias e se fechou automaticamente. Catorze dos seus marinheiros nunca chegaram a ser encontrados. Os outros foram levados para o cemitério de Arlington, perto do Pentágono, sendo enterrados com todas as honras militares.

A procura pelo submarino israelense desaparecido, o *Leviathan*, não teve resultados positivos até que o presidente Mahmoud Abbas, sem mais explicações, indicou o Golfo de Akaba como o local onde poderia ser encontrado.

✪✪✪✪✪

O resultado político mais surpreendente dessa "volta submarina ao mundo, feita por terroristas", designação apontada por um agressivo colunista neoconservador do *Wall Street Journal*, dizia respeito a um pequeno detalhe.

A contra-almirante Mouna al Husseini foi convidada, formalmente, a comparecer ao Congresso americano, junto com o comandante Martin L. Stevenson, para receber a *Navy Cross*, uma condecoração que, segundo a nova maioria democrata, ela já merecia há muito tempo e que agora lhe era concedida com todas as honras.

É evidente que se tratava de um jogo de política interna no Congresso dos Estados Unidos por parte da nova maioria democrata, coisa que todos os comentaristas destacaram. Ao dar a "Madame Terror" essa condecoração, os congressistas americanos livraram-na de qualquer culpa na morte de marinheiros americanos. Por conseqüência, toda a culpa foi parar em cima do ex-ministro da Defesa Donald Rumsfeld. E, por meio dele, em cima de George W. Bush.

A contra-almirante Al Husseini foi muito discreta, estrita e lacônica no seu discurso diante do Congresso completamente lotado. Ela começou por dizer que, acima de tudo, gostaria de exaltar a coragem e o heroísmo do comandante Stevenson por ter contrariado ordens absurdas e salvado muitas vidas. Isso mostrava que o bom senso sempre tinha uma chance e que ele era um exemplo a considerar pela juventude do mundo inteiro, sonhando em se aliar às forças armadas na defesa da causa da liberdade e da democracia.

Ela terminou com algumas frases simples e, praticamente, clássicas:

— Eu jamais procurei ser inimiga dos senhores e, no entanto, foi isso que eu me tornei. Mas os inimigos podem se encontrar e podem se separar. E podem se encontrar de novo como amigos. Nunca é tarde para isso. A esperança é a última que morre. Sou palestina. E no momento sou uma amiga honrosamente condecorada. Vamos deixar que continue assim, se não por outra razão, pelo fato de a esperança ser a última a morrer. Que Deus abençoe os Estados Unidos... e a Palestina.

Todos no Congresso a aplaudiram de pé durante um minuto e meio. Mais tarde, na companhia do comandante Stevenson, ela foi homenagear os mortos no cemitério de Arlington e os dois, lado a lado, colocaram uma coroa de flores junto do monumento ainda inacabado dos marinheiros mortos do USS *Jimmy Carter* e outra coroa, junto do Monumento ao Soldado Desconhecido.

Mas em seguida Mouna al Husseini desapareceu, tão rápida quanto misteriosamente, evitando os programas de entrevistas na televisão americana. Ela decidiu entrar na sombra dos radares, tal como explicou, criptograficamente, alguns anos mais tarde, numa grande entrevista dada a Rober Fisk, publicada no jornal *The Guardian* em conexão com a inauguração do novo porto em Gaza.

Mas os rumores que circulavam entre os jornalistas de Washington diziam que a contra-almirante Al Husseini tinha tido uma ajuda considerável dos redatores de discursos da capital americana e tinha passado até grande parte da madrugada em casa daquela que era, no momento, a candidata mais forte dos republicanos à Presidência, Condoleezza Rice. Os vizinhos reclamaram do som do "rock acentuadamente étnico e tocado muito alto".

✪✪✪✪✪

O vice-almirante Carl Hamilton reapareceu apenas uma vez, e foi muito breve. A embaixada sueca em Moscou confirmou a sua visita para renovar o passaporte há muito tempo sem validade. Não existiam quaisquer possibilidades de negar o seu pedido, visto que "não havia quaisquer dúvidas quanto à sua alegada identidade de cidadão sueco".

A Suécia e a Rússia não tinham em vigor qualquer acordo de extradição de criminosos procurados. Aliás, as autoridades russas negaram que o criminoso em questão estivesse no seu território, embora anunciassem, contraditoriamente, que o vice-almirante Hamilton e o contra-almirante Petrov haviam recebido, durante uma cerimônia conjunta, pela segunda vez, a medalha de Herói da Rússia.

UM AGRADECIMENTO ESPECIAL

Para
Ove Bring, professor de direito internacional, FOI, Estocolmo
Anders Järn, comandante, chefe de flotilha, 1ª Flotilha de Submarinos, Karlskrona
Mohammad Muslim, imame, Londres
Mats Nordin, capitão-de-mar-e-guerra, Departamento de Material de Defesa
Edvard Piper, capitão, 3ª Flotilha da Marinha de Guerra, Karlskrona
Jens Plambeck, capitão-de-mar-e-guerra, 1ª Flotilha de Submarinos, Karlskrona

Sem a ajuda dos peritos acima o U-1 *Jerusalém* não teria ido muito longe, nem sob a superfície dos mares nem em política internacional.

Certamente, devo ter entendido mal uma coisa ou outra no enorme material técnico com que eu próprio lutei para entender e depois para tornar compreensível. Tais erros não podem ser creditados aos meus informantes, muito capazes, pacientes e sempre dispostos a ajudar.

Em contrapartida, o U-1 *Jerusalém* está equipado com alguma tecnologia futura que, pelo que se sabe, ainda não se encontra operativa. Trata-se de "ver" a longa distância dentro d'água. Essa capacidade, de momento, na marinha sueca é de cerca de dez metros, mas a corrida a caminho da revolução tecnológica apresentada pelo U-1 *Jerusalém* ocorre aceleradamente no mundo inteiro. Sem esse pequeno, mas significativo avanço técnico do "submarino terrorista" seria impossível, provavelmente, organizar por completo este romance. Essa pequena mentira era necessária para tornar a história digna de crédito.

De dois outros autores recebi por empréstimo informações importantes. Em primeiro lugar, trata-se de Vera Efron e do seu livro *Farwell my Kursk* (*Adeus, meu Kursk*) (Efron & Dotter AB, 2004), um romance-documentário que descreve os ambientes e as tradições na marinha russa.

Também do jornalista americano Bob Woodward fui buscar informações importantes e imagens de ambientes entre a elite de poderes dos Estados Unidos. Woodward tem tido acesso exclusivo ao presidente George W. Bush e seus colaboradores mediante homenagens prestadas em seus livros *The Commanders* (1991) (*Os Comandantes*, Editora Rocco, 2002), *Bush at War* (2002) (*Bush em Guerra*, ARX, 2003) e *Plan of Attack* (2004) (*Plano de Ataque*, Editora Globo, 2004). As minhas possibilidades de fazer pesquisas idênticas seriam evidentemente e por várias razões inexpressivas.

JG

Um agradecimento especial a Luiz Carlos Albuquerque Santos, capitão-de-mar-e-guerra da Marinha Brasileira, que fez a revisão técnica desta tradução.

JB

SOBRE O AUTOR

Jan Oscar Sverre Lucien Henri Guillou nasceu em 17 de janeiro de 1944, em Södertälje, ao sul de Estocolmo, filho de Charles Guillou e Marianne (nascida Botolfsen). A mãe pertencia a uma família abastada, de origem norueguesa, e o pai era francês e chegou à Suécia como filho do porteiro da Embaixada da França, na capital do país.

Em função das suas origens, Jan Guillou, ao nascer, recebeu as duas nacionalidades, a francesa e a sueca, mas desde 1975 ele detém apenas a nacionalidade sueca.

Jan Guillou cresceu num ambiente privilegiado em Saltsjöbaden e Näsby Park, perto de Estocolmo. No entanto, estudou em escolas públicas até o segundo grau, tendo sido, no final, expulso por comportamento violento, roubo e chantagem. Completou então os estudos num internato e passou no vestibular em 1944. Depois, na universidade, estudou Direito durante dois anos.

Após a separação dos pais, ele passou a viver com a mãe e o padrasto, que, segundo Jan, era sádico e tratava-o sistematicamente com violência.

Guillou iniciou a sua carreira no jornalismo como repórter da revista *FIB Aktuelt*, na década de 1960. Esse trabalho serviu de base para o seu romance satírico *Det stora avaslöjandet* (*A grande denúncia*), publicado em 1974. Em seguida, ele colaborou em várias publicações esquerdistas e participou de movimentos de solidariedade, principalmente, na revista *Folket i Bild Kultur Front*, de que se tornou redator-chefe em 1973. E foi nessa revista que ele publicou, junto com outro jornalista, Peter Bratt, uma série de artigos a respeito do Informationsbureau (Bureau de Informações), uma organização secreta especializada em registrar as opiniões de cidadãos suecos e que funcionava dentro do Ministério da Defesa. Isso deu ensejo ao chamado *Caso IB*. Devido a uma denúncia de espionagem, foi condenado a dez anos de prisão, tempo reduzido para oito anos.

Em 1984, Jan Guillou recebeu o Grande Prêmio Jornalístico pelos seus artigos que contribuíram para provar a inocência de Keith Cederholm num processo judicial de grande repercussão.

Entre 2000 e 2004, presidiu o chamado Clube dos Publicistas.

Como autor, Jan Guillou teve seus livros publicados por uma das maiores editoras suecas, a Norstedts, a qual abandonou no final da década de 1990 para fundar a sua própria editora, a Piratförlaget, junto com a atual esposa, Ann-Marie Skarp, ex-funcionária da Norstedts.

Entre os seus mais de 40 livros, Guillou tornou-se mundialmente conhecido pela série OS DESAFIOS DE HAMILTON, que narra as aventuras de um oficial do serviço secreto sueco, e pela série AS CRUZADAS, já publicada pela Bertrand Brasil.

Muitos de seus livros foram transformados em filmes para o cinema e a televisão.

Hoje, além de autor e diretor de cinema, ele escreve para o jornal *Aftonbladet* e é considerado um dos mais influentes formadores de opinião da Suécia.

Impresso no Brasil pelo
Sistema Cameron da Divisão Gráfica da
DISTRIBUIDORA RECORD DE SERVIÇOS DE IMPRENSA S.A.
Rua Argentina 171 – Rio de Janeiro, RJ – 20921-380 – Tel.: 2585-2000